The Waoman Upstairs

이 책에 쏟아진
해외 언론의 찬사들

단숨에 눈길을 사로잡는 플롯을 중심으로 전개되면서도, 내러티브의 초공간超空間으로 뛰어드는 법은 결코 없다. 어떻게 보면 정서적인 뉘앙스에 헨리 제임스 식의 관심을 보이는 저자가, 다소 선정적인 스토리라인에다 문학적인 함의를 주입해보는 실험으로도 읽힌다. 〈다시 살고 싶어〉는 결국 흥미진진하고 프랑켄슈타인과도 같은 소설작품으로 우리를 만난다.

미치코 가쿠타니 Michiko Kakutani **/ 뉴욕 타임즈**

신랄하게 재미있는 소설! 50년 전 시몬 드 보부아르는 창의적인 여성들을 향해 '감히 도발하고 감히 탐색하며 감히 폭발하는' 용기의 부족을 탓했었다. 몇 세대가 흐른 지금도, 이처럼 활활 타오르기 쉬운 분노는 여전히 신선하다.

미건 오그래디 Megan O'Grady **/ 보그**Vogue

요란하고 시끌벅적한 사건들이 도처에서 터지는 소설은 아니다. 그러나 도입부에서 주인공이 왜 그렇게 분노했던가를 마침내 깨닫게 될 때, 그것은 보기 드문 사랑의 배신이며 동시에 깜찍한 충격이 아닐 수 없다. 그러니까 말하자면 이것은 대단히 성숙한 소설작품이란 얘기다.

니컬러스 레저드 Nicholas Lezard **/ 가디언**

주인공 노라는 우리 시대의 마담 보바리다. 자신의 삶에 의미를 찾기 위해 그녀는 화려하고 중요한 사람들의 사랑을 갈구한다. 노라는 인정과 공감에 넘치고 너무나 설득력 있는 캐릭터이기에, 가끔은 그녀의 환상조차도 그 깊이를 가늠하기가 쉽지 않다.

앨리슨 루리 Alison Lurie **/ 뉴욕 타임즈 리뷰 오브 북스**

여자로 산다는 것이 어떤 건지를 제대로 포착한 이 책은 여성독자들에게 확실히 어필할 것이다. 또한 소설을 사랑하는 독자들은 저자의 아름다운 산문체와 등장인물의 감정을 정교하게 담아낸 그녀의 어법에 푹 빠질 것이다.

허핑턴포스트

분노의 땀을 쏟으며 사람의 진을 빼놓는가 하면, 묘하게 강렬한 자극을 주는 소설이다.

캐런 밸비 Karen Valby **/ 엔터테인먼트 위클리**

인간의 심리를 꿰뚫는 소설일 뿐 아니라, 마지막에서야 충격의 반전을 보여주는 탁월한 구성으로 기막힌 재미를 선사하는 픽션이다.

줄리어 클라인 julia M. Klein **/ 보스턴 글로브**

메수드는 어마어마하게 영리하고 성숙한 소설가다. 주인공의 분노가 첫 페이지부터 폭발하는 이 작품은 목소리를 가지지 못한 여자에게 고함을 내지를 수 있는 기회를 부여한다.

이본느 집 Yvonne Zipp **/ 크리스천 사이언스 모니터**

주인공 노라는 너무나도 사랑했던 친구로부터 끔찍한 배신을 당한 직후의 이야기를 들려준다. 하지만 이 소설 도처에서 그려지는 감정은 희망, 아름다움, 기쁨, 놀라움, 그리고 기대감이며, 중요한 것은 바로 그런 것들이다. 잃은 것만큼 그녀의 분노도 크지만, 그게 무슨 상관이랴?

애너수 윌슨 Annasue M. Wilson **/ 퍼블리셔즈 위클리**

분노로 떨리는… 심리적이면서도 이지적인 스릴러

로스앤젤레스 타임즈

The Woman Upstairs

※ 이 도서의 국립중앙도서관 출판시도서목록(CIP)은
서지정보유통지원시스템 홈페이지(http://seoji.nl.go.kr)와
국가자료공동목록시스템(http://www.nl.go.kr/kolisnet)에서
이용하실 수 있습니다.
(CIP제어번호: CIP2014017866)

다시 살고 싶어

The Woman Upstairs

클레어 메수드

권기대 옮김

베가북스
VegaBooks

조르쥬 보르샤르와 안느 보르샤르,

그리고 언제나처럼 J. W. 에게

바친다

The Woman Upstairs

누구나 너의 겉모습은 볼 수 있지만, 진정 네가 어떤 사람인지를 느끼는 이는 거의 없다.

마키아벨리, 〈군주론〉에서

우리가 사랑이라고 부르는 현상의 순전히 주관적인 성격, 혹은 어떻게 그런 사랑이 말하자면 참신하고 제삼자이며 부수적인 사람을 ─세상이 같은 이름으로 알고 있는 그 사람, 즉, 그의 구성 요소가 대부분 사랑의 주체인 자기 자신으로부터 오는 그 사람과는 별개인 사람을 ─ 창조하는지, 제대로 이해하는 사람은 거의 없다.

마르셀 프루스트, 〈잃어버린 시간을 찾아서〉에서

갸륵한 이데올로기? 엿이나 먹어라!

필립 로스, 〈쌔버스의 연극〉에서

Contents

일러두기

1. 저자 표기가 없는 주석은 모두 옮긴이 주이다.
2. 본문 중 고딕체는 원서에서 이탤릭체나 대문자로 강조한 부분이다.

Prologue

내가 얼마나 화가 났느냐고? 모르고 있는 편이 나을 거야. 아니, 그런 걸 알아봤자 어느 누구한테도 득 될 게 없어.

난 착하고 상냥한 여자야. 올 A학점에, 예의범절 깍듯하고, 착한 딸이며, 커리어도 훌륭한 여자지. 어느 누구의 보이프렌드를 낚아챈 적도 없고, 주변에 걸프렌드가 떨어진 적도 없어. 그리고 무엇보다 난 부모님과 오빠의 엿 같은 설교도 다 견뎌냈어. 어찌됐든 난 어린 나이가 아니야, 우라질, 난 마흔이 넘었다고. 그래도 일 하나는 끝내주게 하고, 아이들한테도 최고며, 엄마가 돌아가셨을 때 그 손을 잡고 있었던 것도 나였어, 사 년 동안 줄곧 엄마 손을 잡아준 끝에 말이지. 그리고 아빠와는 매일 전화로 이야기해. 잘 들어둬, 매일 전화한다고! 그나저나 강 건너 그쪽엔 날씨가 어때? 여긴 제법 우중충한데다 약간 후덥지근하거든. 원래 내 비석에는 "위대한 예술가"라 적기로 되어 있었지만, 지금 이 순간 내가 죽는다면 그게 아니라 "너무도 훌륭했던 교사 겸 딸 겸 친구"라고 적힐 테지. 근데 내가 정말로 소리 지르고 싶은 것, 그리고 내 무덤에도 커다란 글자로 적고 싶은 게 뭔지 알아? **씨팔, 전부 엿먹어라. 그래, 그거야.**

여자들은 다 그렇게 느끼지 않아? 차이가 있다면, 자신이 그걸 느낀다는 사실을 얼마나 알고 있느냐, 그러니까, 우리가 우리의 분노와 얼마나 가까이 맞닿아 있느냐, 하는 것뿐이지. 우린 모두 분노의 화신이잖아, 완전히 등신 같은 것들만 빼놓고 말이야. 지금 내 걱정은 그들이 요람에서부터 세뇌당한 나머지 영리한 여자들조차도 끝내는 완전히 등신이 될 거라는 거지. 무슨 뜻이냐고? 내 말은 애플턴 초등학교 2학년생들이 (어떨 땐 심지어 1학년생들까지도) 내 교실에 들어올 때쯤이면, 녀석들은 완전히 돌아버린다는 얘기지. 레이디 가가, 케이티 페리, 프렌치 매니큐어, 귀여운 복장 등등에 온통 정신이 나가 있고, 헤어스타일에까지 신경을 쓴다니까! 은하계라든가 애벌레, 혹은 상형문자 같은 건 아랑곳없고 헤어스타일이나 구두에 더 정신이 팔려 있거든. 어째서 혁명이니 뭐니 하던 70년대의 모든 이야기들이 바보 흉내나 내고 그저 예쁘게만 보이는 게 여자다운 걸 의미하는 이런 곳에다 우릴 데려다놓은 거지? 비석에다 '예뻤다'는 말을 새겨놓으면 '효녀'라고 하는 것보다 훨씬 더 고약했고, 그건 누구나 다 아는 사실이었어. 하지만 지금 우리는 외모의 세계에서 길을 잃고 있어.

그게 바로 내가 이렇게 화가 나 있는 진짜 이유야. 그 모든 집안일과 그 모든 체면치레와 여자가 되어야 하는 −아니, 그보다는 내가 되어야 하는− 온갖 의무 때문이 아냐. 그런 것들은 어쩜 인간이란 존재의 짐이니까. 정말이지 나는 거울들이 걸린 복도를 벗어나기 위해서, 21세기의 첫 10년 미합중국의 동부해안이란 세상의 이 거짓과 가식에서, 혹은 내 세계의 거짓과 가식에서, 벗어나기 위해 무진 애를 썼어. 그래서 화가 난다고. 근데 거울이란 거울의 뒤에는 또 다른 빌어먹을 거울이 있고, 복도란 복도를 따라 가보면 또 다른 복도가 나오고, 재미있다고 이름붙인 펀 하우스는 더 이상 재미없고 심지어 우습지도 않아. 하지만 **출구**라고 적힌 문은 어디에도 없는 것 같아.

내가 어렸을 땐 여름만 되면 풍물장터에 있는 펀 하우스에 들어갔었어. 싱긋 웃음 짓는 석고 얼굴은 오싹한 모습에다 2층만큼이나 높고 컸지. 우린 거대한 이빨 사이 뜨거운 핑크빛 혓바닥을 따라 쩍 벌린 입속으로 걸어 들어갔어. 그 얼굴만 보고서도 알았어야 하는 건데. 그저 우스갯짓에 지나지 않을 일인데도 으스스하게 무서웠어. 바닥이 찌그러지거나 좌우로 휘청거리고, 벽은 구부러져 있었으며, 시야가 혼란스러워지라고 방에는 페인트가 칠해져 있었지. 전깃불이 번쩍거리고 경적이 요란하게 울리는가하면, 흔들리는 좁은 복도에는 뚱뚱하게 보이는 거울, 기다랗게 보이는 거울, 안팎이나 아래위가 뒤바뀌는 거울들이 죽 걸려 있었어. 어떨 땐 천장이 내려앉거나 바닥이 솟아올랐고, 그 둘이 한꺼번에 일어나면 나는 벌레처럼 으깨지는 게 아닌가 싶었어. 이런 펀 하우스는 유령의 집보다도 훨씬 더 무시무시했지. 특히 펀 하우스는 원래 내가 즐기도록 되어 있는 곳이라 더 그랬어. 나는 그저 거기서 빠져나갈 구멍만 찾고 싶었어. 하지만 **출구**라고 적혀 있는 문을 열면, 한층 더 괴상한 방이나 끝도 없는 복도가 나올 뿐이었지. 펀 하우스에는 가차 없이 맨 마지막까지 가서야 끝나는 딱 하나의 길밖에 없었던 거야.

　마침내 나는 삶이란 그런 펀 하우스 같은 거란 걸 깨달았어. 우리가 원하는 거라곤 단지 **출구**라고 쓰인 그 문, '진짜배기 삶'이 있는 장소로 나가는 탈출구뿐인데, 그걸 절대로 찾을 수 없는 거야. 아니, 그 말은 이렇게 바꾸자. 최근 몇 년 동안에 문이 하나 있었지, 아니, 여러 개의 문이 있었지. 그리고 나는 그 문들을 택했고, 그 문들을 믿었어. 어찌어찌 진짜배기 삶으로 나아가게 되리라고 믿기까지 했어. 오, 하나님, 그 더없는 행복과 공포라니, 그 강렬함이라니, 너무도 **다르게** 느껴졌어. 하지만 난 문득 그동안 내가 죽 펀 하우스에 갇혀 있기만 했단 걸 깨닫게 된 거야. 속임수에 넘어갔던 거지. **출구**라고 적혀 있던 문은 전혀 출구가 아니었다고.

난 미치지 않았어. 그래, 화가 난 거지, 미친 건 아냐. 내 이름은 노라 머리 엘드리지. 마흔두 살. 마흔보다 혹은 마흔하나보다도 훨씬 더 중년 같다고 해야 하나. 늙은 것도 아니고 젊은 축도 아닌, 뚱뚱하지도 홀쭉하지도 않아. 키가 크지도 작지도 않고, 금발도 갈색머리도 아니며, 예쁘지도 못생기지도 않았어. 하지만 한땐 다들 제법 괜찮아 보인다고 생각했던 것 같아, 그 시절 엄청 읽어댔던 연애소설 주인공들처럼 말이지. 난 결혼도 이혼도 안 해본 싱글이야. 지금은 안 그러지만 예전엔 노처녀라고들 불렀지. 바짝 말라버렸다는 뜻으로 했던 말이지만, 마르고 싶어서 바짝 마른 사람이 어디 있겠니. 지난여름까지 나는 케임브리지에 있는 애플턴 초등학교에서 3학년을 맡았어. 지금도 돌아가서 계속 가르칠 순 있겠지만, 글쎄, 나도 잘 모르겠어. 그 대신 이 세상을 확 불 질러버릴지도. 정말 그럴지도 몰라.

미리 말해두겠는데, 내가 입은 좀 거칠지만 아이들 앞에서는 절대 욕을 하지 않아. 한두 번 "젠장!" 소리가 불쑥 튀어나온 적은 있었지만, 그것도 정말 어쩔 수 없는 경우였고 나지막하게 내뱉었을 뿐. 그렇게 분노로 가득한 사람이 어떻게 아이들을 가르치느냐고? 자신 있게 말하지만 인간이란 누구나 격하게 화를 낼 수 있는 법이고, 유독 그런 성향이 강한 사람도 있어. 하지만 좋은 선생님이 되려면 어느 정도 자제력이 있어야 해, 나처럼 말이지. 아니, 내 자제력은 '어느 정도' 정도가 아냐. 난 그런 식으로 자랐거든.

그다음, 나는 내 꼴이 비참하다고 온 세상을 향해 원한을 품고 숨어 사는 '지하의 여자'가 아니야. 그러니까 내가 어떤 의미에서는 '은둔의 여자'이기도 하지. 하지만 내 말은, 우린 누구나 다 그렇잖아. 인정도 찬사도 감사도 못 받지만, 그래도 더러는 양보하고, 방향을 틀어주고, 옆으로 비켜서줘야 하지 않아? 20대나 30대에도 그런 여자는 많지만, 40대 50대가 되면 그런 여자는 아주 헤아릴 수도 없어. 하지만 세상은 알아야 해. 그들이 만약 코딱지만큼이라도 관심을 보인다면, 우리 같은 여자들이 땅밑으로 기어들겠냔 말이야. 우리에겐 환한 전깃불이 그득한 랠프 엘리슨의[1] 지하층이나, 도스토예프스키의 은유처럼 동굴 따위는 없어. 우린 항상 위층에 있지. 그렇다고 어떤 식으로든 실컷 놀 수 있는 다락방 속 미친 여자도 아니야. 아니, 우리는 삼층 복도 끝에 있는 조용한 여자들이지. 쓰레기통은 항상 깨끗이 비워놓고, 유쾌한 인사말과 함께 계단통에서 환하게 미소 짓는 여자

---

1) **Ralph Ellison** 20세기 미국 흑인 소설의 고전으로 꼽히는 장편「보이지 않는 인간」의 저자_저자

들. 닫힌 문 뒤에서 숨죽이고 있는 여자들. 빌어먹을 암고양이나 느릿느릿 성가신 래브라도가 있건 없건, 소리 없이 좌절하며 살아가는 위층의 여자, 우리가 바로 그런 여자들이라구. 우리가 분노로 이글이글 타오르고 있다는 걸 알아채는 인간은 단 하나도 없어. 우린 완전히 투명인간이니까. 난 절대로 그럴 리가 없다고, 그건 내 얘기가 아니라고 생각했지만, 나 역시 눈곱만치도 다르지 않다는 것을 배웠어. 이제 문제는 그걸 어떻게 이용하느냐, 그들의 눈에 보이지도 않는다는 걸 어떻게 써먹느냐, 그걸 어떻게 활활 불태우느냐 하는 거지.

삶이란 무엇이 중요한지를 결정하는 일이지. 그건 현실을 좌우하는 판타지야. 넌 스스로에게 물어본 적이 있니, 차라리 날아다니는 게 좋을까, 아니면 눈에 보이지 않는 게 좋을까 하고? 여러 해를 두고 난 사람들에게 물어봤어. 언제나 그들의 대답에서 그들이 어떤 인간인지가 드러난다고 생각하면서. 그런데 주위에는 날겠다는 사람 천지야. 아이들은 거의 예외 없이 날려고 하지. 그리고 위층의 여자도 마찬가지로 날고 싶어 해. 둘 다 할 수

는 없냐고 묻는 욕심 많은 인간들도 더러 있어. 그리고 어떤 사
람들은 눈에 보이지 않는 쪽을 택하지. 그런 인간은 남을 음해하
는 새끼들이거나, 권력에 목말라 하거나, 만사를 멋대로 주무르
고 싶어 환장한 것들이라고 늘 생각했어. 하지만 대개는 날고 싶
어 하지.

　그 꿈들, 기억하니? 지금은 그런 꿈을 안 꾸지만, 그래도 그
건 젊은 날의 즐거움이었어. 개들이 내 꽁무니를 쫓아온다든지,
혹은 주먹을 치켜들거나 몽둥이를 쥔 화난 남자가 달려드는 절
망적인 상황을 맞닥뜨리지만, 두 팔로 날갯짓만 해대면 천천히
곧바로 위쪽으로 마치 헬리콥터나 절정의 느낌처럼 솟아올라 자
유의 몸이 되는 꿈. 그러면 지붕 위를 훌훌 날아다니고 바람을
꿀꺽 삼키며 파도를 타듯 기류에 올라타 들판과 담장을 넘어 바
닷가를 따라 바다의 구겨진 인디고 위를 날아다니는 거야. 그렇
게 날아다닐 때 하늘의 빛, 기억이 나니? 구름 속으로 뛰어들어
보면 구름은 불빛을 받은 베개처럼 친밀하면서도 눅눅하고, 아,
반대편으로 나올 때의 그 계시라니! 훨훨 날기만 하면 만사가 좋
았더랬지, 한 때는.

　하지만 난 그게 잘못된 선택이라는 결론에 이르렀어. 날기만
하면 온 세상이 내 것 같지만, 사실은 날면서 항상 무언가로부터
달아날 뿐이거든. 꽁무니에 따라붙은 개와 몽둥이를 든 사내는
눈에 보이지 않는다고 해서 없어지는 게 아니야. 그것들은 현실

이니까.

그럼 눈에 보이지 않게 되는 것은 어떨까. 그건 만사를 더 리얼하게 만들어. 내가 존재하지도 않을 방으로 들어가, 들킬 염려도 없이 사람들이 하는 이야기를 듣는 거지. 그들과 같은 자리에 있지 않으면서도 그들의 움직임을 다 볼 수 있는 거야. 마스크를 벗은 그들의 민낯을 보거나, 그들의 아주 다양한 마스크를 보게 되겠지. 왜냐하면 넌 어디서든 그들을 볼 수 있으니까. 내가 은밀하게 숨어있을 때 무슨 일이 일어나는지를 알게 되는 것은 고통스러울지 모르지만, 제발, 주님, 당신은 아시잖아요.

있잖아, 내 생각이 틀렸어, 요 몇 년 내내. 또 주위의 사람들도 대개 틀렸었고. 더구나 이젠 내가 정말로 다른 사람들 눈에는 안 보인다는 걸 알게 되었으니, 난 날고 싶은 마음을 버릴 거야. 꼭 날아야 할 일도 없었으면 좋겠고. 만사가 첨부터 다시 시작되면 좋겠어. 하지만 한 편으론 그렇게 되지 않았으면 하는 마음도 들기도 해. 나는 나의 무無를 의미 있는 무언가로 만들고 싶어. 불가능할 것 같아? 두고 봐.

Part
ONE

1

모든 것의 시작은 그 소년이었다. 레자Reza라는 아이. 그를 마지막으로 −더 이상의 기회도 없이 마지막으로− 본 게 올여름이었고, 이미 여러 해 동안 그랬던 것처럼 그때도 어릴 때의 모습은 사라지고 거의 청년이 되어, 몸매는 비합리적으로 균형이 잡히고 기다란 코와 여드름과 막 어른 티가 나는 거친 목소리가 느껴졌지만, 그래도 나는 어렸을 때의 그 완벽함을 그에게서 볼 수 있었다. 내 기억 속에서 그는 여전히 교회 의식을 치르던 여덟 살의 소년, 동화 속에서 걸어 나온 소년으로 빛나고 있다.

학기가 시작되는 첫 날, 그는 지각을 했다. 진지하고 불안한 표정에 크게 뜬 회색 눈동자. 눈을 깜박거리지 않기 위해, 무엇보다도 울음을 터뜨리지 않기 위해, 눈썹을 어떻게 해보려고 애쓰는 게 훤히 보였지만, 지네 다리 같은 아이의 눈썹은 줄곧 가

녑게 떨리고 있었다. 내가 이미 그 전해부터 운동장에서 봐왔기 때문에 대개 알고 있으며 더러는 이름까지 기억하고 있는 다른 아이들은, 대부분 일찌감치 와서 책가방이며 도시락이며 수업준비를 마친 상태였다. 엄마아빠는 입구에서 손을 흔들고 있었으며 어떤 아이들의 뺨에는 엄마의 핑크빛 립스틱이 아직도 선명했다. 그런 다음 아이들은 이미 각자 자리를 찾아 앉았고, 서로 인사도 나누었으며, 여름방학 동안에 있었던 중요한 일 하나씩도 이미 발표했고 (채스터티와 이벌리언스 쌍둥이는 자메이카에 사시는 할머니 댁에서 두 달을 보내고 왔는데 할머니는 닭을 기르고 계셨다 ─이건 쌍둥이자매가 하나씩 했던 이야기; 마크 티는 직접 고카트를 만들어 공원에 가서 신나게 달렸다; 링링의 가족은 유기견 보호소에서 슈피리어라는 이름의 여덟 살짜리 비글을 데려와 키우고 있다 ["슈피리어는 저랑 나이가 똑같아요." 링링이 자랑스레 이야기했다]; 등등) 이제 교실 안에서 지킬 규칙들을 이야기하려는 참이었는데 ("방귀 금지!" 창가에 놓인 책상 쪽에서 노아가 소리치자 여기저기서 폭소가 터지고 낄낄댔다), 문이 열리고 레자가 들어왔던 것이다.

　마지막으로 온 아이가 누구일지는 이미 알고 있었다. 명부에 이름이 적힌 다른 아이들은 이미 다 와 있었으니까. 아이는 머뭇거렸다. 엄지발가락이 안 보이는 단정한 샌들을 신고 조심스럽게 한 발짝씩, 마치 평균대 위를 걸어가듯, 발을 내디뎠다. 그는 여느 아이들과는 달라 보였다. 올리브색 피부나 강렬한 작은 눈썹이나 꽉 다문 입술 때문이 아니라, 그의 복장이 너무나 깨끗하고 격식을 차린 데다 이질적이었기 때문이다. 아이는 청백의 체크무늬가 들어간 소매 짧은 셔츠에다, 네이비블루 린넨으로 만든 기다란 버뮤다 쇼츠를 입었는데, 바지는 누군가의 손으로 다림질이 잘 되어 있었다. 샌들을 신었지만 양말도 신고 있었다. 가방은 메지 않았다.

"레자 샤히드구나, 그렇지?"

"어떻게 아시죠?"

"자, 얘들아." —나는 아이의 어깨를 잡고 몸을 돌려 친구들을 마주보게 했다— "마지막으로 새로 온 우리 친구야. 레자 샤히드. 잘 왔다, 반가워."

아이들이 일제히 크게 소리쳤다. "반가워, 레자." 나는 소년의 등 뒤에 서 있었지만, 그가 움츠러들지 않으려고 안간힘을 쓰는 게 보였다. 머리 위쪽의 두피가 움찔했고 양쪽 귀가 꿈틀거렸다. 그 순간에 나는 이미 그의 목덜미를 사랑하고 있었고, 부드럽고 가냘픈 돌기와 같은 목선을 따라, 고르지 않은 해안을 넘나들듯 물결치는 조심스레 손질한 까만 곱슬머리를 좋아하고 있었다.

사실 난 그 아이를 이미 알고 있었다. 이름이 레자인 줄은 몰랐고, 또 설마하니 내 클래스에서 공부하게 될 줄은 차마 상상도 못했지만, 그를 만나기 전 주일에 우리는 이미 슈퍼마켓에서 서로를 빤히 쳐다보게 되었고, 심지어 한바탕 웃음을 주고받기도 했었다. 나는 들고 있던 백의 손잡이 하나가 떨어져서, 한손으로 가방을 밑에서 치켜들고 다른 손으로는 나머지 식품들을 붙드느라 계산대에서 쩔쩔매고 있던 터였다. 용케도 사과만 백에서 떨어져 바닥으로 흩어졌다. 눈부시게 빨간 사과는 발아래 여기저기로 흩어져 창가의 카페까지 굴러갔다. 쇼핑백과 지갑은 출입구로 나가는 통로 한 가운데 아무렇게나 내버려둔 채 종종걸음으로 사과를 주우러 가, 바닥 위로 몸을 구부렸다. 내가 왼손으로 흠집 난 네 개의 사과를 눌러 어설프게 가슴에다 안으면서 마지막 사과를 테이블 밑에서 줍기 위해 무릎을 꿇고 있는데, 또렷또렷한 웃음소리가 한바탕 터져 나오는 게 아닌가. 그 소리에 나는 위를 올려다보았다. 아름다운 소년이 바로 옆 자리의 칸막이 뒷면을 끌어안고 있었다. 헝클어진 그의 곱슬머리가 춤을 추듯 흔들렸다. 그의 티셔츠에는 종일 노느라 때가 잔뜩 묻어 있었고, 뭘 먹고 있었는지 시뻘건 소스까지 덕지덕지 묻어 있었다.

"제길, 뭐가 그렇게 우습니?" 나도 모르게 '제길' 소리가 튀어나왔다.

"아줌마가요." 잠시 말이 없던 아이가 대답했다. 입은 심각하게 다물고 있었지만, 눈은 재미있다는 장난기가 역력했다. 아이의 말투에는 강한 억양이 드러났다. "그렇게 사과랑 씨름하고 있으니까 너무 웃겨요."

아이 얼굴이 풍기는 어떤 느낌, 살짝 홍조를 띤 뺨의 광택 없는 부드러움, 야성적인 검은 머리칼과 눈썹과 속눈썹, 즐거워하는 그 회색 눈동자의 강렬함 —나는 어쩔 수 없이 피식 웃으면서 카운터 근처에 쌓여 있는 물건들을 돌아보았다. 바닥을 쏘다니며 바바야가처럼[2] 춤췄던 꼴이 상상되면서, 아이의 눈에 비쳤을 내 모습이 보였다. "그래, 네 말이 맞구나." 나는 몸을 일으켰다. "하나 줄까?" 나는 먼지 속에서 건져낸 마지막 사과를 내밀었다. 아이는 코를 찡그리더니 다시 한 번 짧은 웃음을 터뜨렸다.

"아뇨, 지금은 안 좋아."

"그래. 안 좋겠다, 그지?"

출구를 향해 걸어가면서 나는 아이가 있는 테이블 쪽을 다시 바라보았다. 아이 옆엔 엄마나 아빠가 없었다. 젖가슴이 거대한 어린 베이비시터가 켈트식의 무슨 디자인으로 문신을 한 팔을 긴 의자 등에다 걸치고 앉아 있었다. 여자의 머리칼은 진홍색이었고, 안전핀 같은 것이 아랫입술 위에서 번득이고 있었다. 여자는 무료하게 상추 잎을 하나씩 뜯어내면서 마치 텔레비전을 보듯이 상점을 바라보았다. 소년은 더 이상 꼼지락거리지 않고 내

---

2) **Baba Yaga** 러시아 동화에 나오는 숲속의 요괴 혹은 마녀의 이름. 무소르크스키의 모음곡 전람회의 그림에서도 이 요괴가 극적으로 묘사된다.

쪽을 빤히 쳐다보았다. 부끄러워하지 않고 오래오래, 그러나 아무런 표정도 없이. 내가 미소를 보내자 아이는 눈길을 돌렸다. 그때 그 아이가 바로 레자였다.

금세 밝혀진 일이지만, 레자의 영어는 대책이 안 설 정도로 형편없었다. 하지만 나는 걱정이 되질 않았다. 그 첫날 학교가 파한 다음, 나는 아이의 파일을 뒤져봤다. 그의 거주지로 기록된 곳은 강에서 가까운 막다른 골목 안의 최고급 대학교 관사 가운데 하나였다. 부모가 그저 대학원생 정도가 아니라, 외지에서 초빙된 교수이거나 어쨌든 중요한 인사들일 거라는 의미였다. 그렇다면 부모가, 혹은 적어도 둘 중 한 사람이, 영어를 잘 할 것이고, 아이를 도와주는 데도 문제가 없으리라. 그들 자신이 학자들이니 아이 교육도 퍽이나 신경 쓸 것이고, 그렇다면 전투의 절반은 이미 이긴 거나 다름없잖아. 그뿐인가, 아이 스스로도 배우기를 원했다. 첫날인데도 그것이 눈에 보였다. 다른 아이들과 함께 책을 보면서 모르는 단어가 나오면 그는 그걸 가리키며 "이거 뭐?"라고 물은 다음, 친구들의 대답을 살짝 쉰 듯한 이방인의 우스꽝스런 목소리로 몇 번이고 반복하는 것이었다. 추상적 개념을 가리키는 단어가 나올 때면, 아이는 그것을 행동으로 보여주어서 친구들을 웃겼지만 막상 자신은 완전히 진지하고도 거리낌이 없었다. 점심 먹으러 가기도 전에 그는 노아에게서 '방귀'라든가 '궁뎅이' 같은 말을 배웠다. 내가 끼어들 일은 '엉덩이'라는 표현이 좀 더 공손하다는 것을 밝혀주는 정도였지만, 어쨌든 아이는 '엉덩이'라는 말을 또렷이 발음하는 게 어려운 모양이었다. 어딘지 혀 짧은 소리처럼 들렸지만, 어찌나 진지하게 노력을 기울이는지 그것조차도 나에겐 자못 감동적이었다.

이 아이의 매력, 그가 성공하리라는 걸 알 수 있는 세 번째 이유가 바로 그것이었다. 그 매력에 넘어간 것은 단지 나뿐만이 아니었다. 계집아이들이 놀라서 입을 딱 벌리거나 서로 소곤거리는 모습이 보였다. 또 레자가 너무나 싹싹하고 유쾌할 뿐 아니라 게임할 때면 용감하고 즐거운 맘으로 경쟁하는 아이, 말하자면 우리 팀에 있으면 딱 좋겠다 싶은 아이라는 게 드러나면서 사내아이들의 경계심이 녹아 없어지는 것도 감지할 수 있었다. 심지어 교사들도 레자의 매력에 굴복했다. 과학을 가르치는 에스텔 가르시아는 맨 처음 교직원회의에서 그 아이에 대해 이렇게 언급했다. "있잖아요, 어떨 땐 영어를 능숙하게 하는 것 자체는 별로 중요하지 않은 것 같아요. 아이한테 열정만 있다면, 그런 건 뛰어넘을 수 있잖아요."

나는 러시아 출신의 일리아라든가 베트남에서 온 두옹, 그리고 다른 예닐곱 명의 아이들을 상기시키면서, 그 말에 이의를 제기했다. 그런 아이들이 초등학교에서 어설픈 영어를 내뱉거나 제대로 영어를 익히지 못해 거의 묻혀버리는 꼴을 보지 않았던가? 그리고는 노심초사하면서 그들을 중학교에 보내지 않았던가? 무슨 깡패나, 탈락자나, 혹은 그보다 더 고약한 꼴이 되어 돌아오지 않을까 두려워하면서. 어쩔 수 없이 그런 일은 가끔씩 생기곤 했다.

"이제 겨우 첫 주쨌데 웬 걱정이세요? 그 애는 스펀지처럼 모든 걸 잘도 흡수하고 있잖아요?"

나는 이렇게 답했다. "아뇨, 그 아이에 대해선 전혀 걱정이 안 돼요. 하지만 걔는 예외잖아요."

그래, 예외지. 적응력 좋고. 정이 많고. 넉넉한 마음. 머리도 너무 좋고. 재바르기까지. 얼마나 귀여운지. 게다가 유머 감각은 얼마나 뛰어난지. 선생님들의 칭찬이 다 무슨 의미였겠는가. 우리 모두 조금씩 그 아이와 사랑에 빠졌으며, 녀석 때문에 황홀했다는 뜻이지. 레자는 여덟 살, 그냥 여덟 살의 여느 아이나 마찬가지였지만, 그의 일이라면 우린 모두 발 벗고 나서려고 했다. 에릭이나 대런, 혹은 얼굴은 달덩이 같은데 눈 밑의 시커먼 서클에서 마치 무슨 영원한 슬픔과도 같은 광채가 번득였던 마일즈. 그런 아이들에 대해선 우리가 이런 이야기를 한 적이 없었잖아. 우린 항상 아이들에게 그랬지, 너희들은 각자가 나름대로 다 강해. 너희 모두 서로 다른 재능이 있거든. 노력만 한다면 우리 모두 좋은 선택을 할 수 있어. 그러나 마치 그물에 담기듯 매력과 아름다움에 둘러싸인 레자는, 그런 말이 거짓이라는 것을 증명했다.

첫째 주에 레자는 즉흥적으로 벌어진 축구 시합에서 너무 흥분한 나머지 실수로 프랑수아즈를 넘어뜨리고 말았다. 그러자 그는 바르르 떨고 있는 친구의 어깨를 팔로 감싸 안고는 결국 그가 다시 기운차게 시합에 임할 기분이 들 때까지 갓돌을 따라 걷는 것이었다. 또 아이티에서 온 이민 가족 출신인 아리스티드가 프랑스어를 할 줄 안다는 사실을 알게 되자, 그의 얼굴은 즐거움으로 활짝 꽃피었다. 둘은 점심시간 내내 프랑스어로 쫑알거렸고, 끝내는 마크와 일라이가 소외받은 느낌이라고 불평을 터뜨렸다. 그러자 레자는 예의바르게 고개를 끄덕이고는 잠시 눈을 감았다가, 자신의 불완전한 소통 수단인 어설픈 영어로 다시 돌아왔다. 내가 이래라 저래라 할 필요도 없었다. 그때 이후로 레자와 아리스티드는 학교가 파하고 교문을 나선 다음에야 프랑스어로 이야기를 나누었다. 언젠가 레자가 입학한 지 오래지 않아 아이들이 유달리 시끄럽고 소란한 오후를 보낸 적이 있었다. 비가 억수로 쏟아지고, 아이들은 온종일 교실에 갇혀 있었다. 밖이 얼마나 어두운지 우리는 여러 시간 동안 짜증나는 형광등 불빛으로 목욕을 했다. 나는 예술가 혹은 예술가가 될 운명이었으므로 미술시간을 가장 좋아했는데, 사내아이들은 미술시간만 되면 무슨 기막힌 아이디어랍시고 템페라 물감을 플라스틱 병에서 쭉쭉 뿜어내기 시작했다. 처음엔 종이에다 물감을 쏴대더니, 내가 눈치를 챘을 즈음엔 가구에다, 바닥에다, 급기야는 서로서로를 향해 물감을 쏘아붙였다. 나는 상당한 자제력이 있다고 과시하여 마지않는 터이지만, 그땐 어쩔 수 없이 목청을 높여 실망, 실망, 완전 실망이라고 아이들에게 소리를 버럭 질렀다. 한 시간 뒤 그날 수업이 모두 끝나자, 레자가 내 책상 앞에 와 서더니 내 팔에다 자그마한 손을 얹었다. 나뭇잎처럼 섬세한 손을.

"미안해요, 엘드리지 선생님." 그가 입을 뗐다. "저희 땜에 엉망진창이 돼서 미안해요. 선생님이 화가 나서 미안해요."

그를 돌봐주는 베이비시터가 입구에서 서성이고 있었고, 그녀의 입술이 번쩍였다. 그 여자만 없었더라면 난 아이를 꼭 껴안아주었을 것이다. 잠깐 동안이었지만 그는 너무나도 내 아이처럼 느껴졌다.

어린아이들. 나와 어린아이들. 어린아이들과 나. 하고많은 사람들 중에서 어떻게 내가 다들 부러워하는 애플턴 초등학교 3학년을 맡게 된 걸까? 다른 반을 맡고 있는 에이프릴 와츠 선생님은 어떤가? 마치 빅토리아 시대 소설에서 뛰쳐나온 것 같다. 갈색 솜사탕 머리는 하늘하늘하게 끝이 가는 캔디 모양으로 말아 올렸고, 콜라병 바닥처럼 두꺼운 안경으로 멍하니 쳐다볼 때면 새파란 두 눈이 렌즈 때문에 어항 속의 물고기처럼 커지기도 하고 비뚜름해지기도 한다. 이제 겨우 50대 초반이지만 하지정맥류 때문에 탄성 스타킹을 신고 있는 그녀는 유머 감각이라고는 약에 쓸래도 찾을 수 없다, 불쌍한 사람 같으니라고. 학교에서 그녀보다 나를 좀 더 선호하는 것은 헤어스타일이나 안경이나 하지정맥류 같은 것 때문이 아니고, 마지막에 언급한 특성 때문이다. 뭐, 자랑스럽다고 으스대는 말은 아니지만, 나는 웃다가 의자에서 떨어질 정도로 호탕하게 웃어재끼는 사람으로 알려져 있다. 덕분에 천둥처럼 터져 나오는 나의 에너지도 사람들이 양해해주는 것 같다. 이렇게 말하는 게 좋겠다, 나의 감정은 어떤 종류든지 아이들이 감지할 수 있는 거라고. 그것은 내가 보기에 교육적으로 건전한 것 같다.

두어 해 전인가, 어떤 아이의 아빠가 날 보고 자기가 머릿속에 갖고 있는 교사의 이미지를 내가 완벽하게 충족시킨다고 말했는데, 그건 대단한 칭찬인 동시에 엄청난 충격이기도 했다. 실제로 그가 한 말은 이랬다. "선생님들 중에서는 당신이 이유식 광고에 나오는 갓난아이 격입니다. 교사의 전형이라고요."

"그게 정확하게 무슨 의미죠, 로스?" 나는 환하게 거짓 미소를 지으면서 물었다. 학년말 피크닉을 갔을 때였는데, 놀이터의 맹렬한 햇볕 아래 서너 쌍의 학부모들이 내 주위를 둘러싸고는, 자그마한 플라스틱 레모네이드 병을 붙들고 케첩 묻은 냅킨으로 자신의 턱이나 아이의 턱을 톡톡 두드리고 있었다. 핫도그며 두부로 만든 핫도그는 이미 다 먹어치운 다음이었다.

브리아나의 어머니 재키가 거들었다. "아, 로스가 한 말이 무슨 뜻인지 알겠어요. 우리가 어렸을 땐 누구나 당신 같은 선생님을 원했다는 거죠. 열의에 넘치면서도 엄격한 선생님. 아이디어가 넘치는 선생님. 아이들을 알아주는 선생님."

"로스, 정말 그런 의미로 말한 거예요?"

"글쎄요, 완전히 정확한 것은 아니지만…" 그의 대꾸를 들으면서 나는 그가 나랑 장난을 치고 있다는 사실을 깨닫고 깜짝 놀랐다. 애플턴 학부모들은 장난을 치는 일이 거의 없잖아? "하지만 아주 가까워요. 칭찬해드리는 뜻에서 한 말이라고요."

"아, 그렇다면, 고맙군요."

나는 언제나 사람들이 하는 말의 진의를 추적한다. 내가 아이들을 '알아준다'고 사람들이 말하면, 난 그게 행여나 내가 별로 어른스럽지 않다는 의미가 아닐까 걱정된다. 남편이 교수인 친구가 있는데, 그는 아이들을 정신병자에 비유했던 적이 있다. 그 사람 말로는 아이들이 광기의 언저리에서 살아가고 있으며, 아이들의 행동은 물론 특별한 동기는 없지만 미친 사람들과 똑같은 꿈의 논리를 공유하고 있다는 것이다. 그가 하는 말이 어떤 뜻인지 이해된다. 나는 아이들에게 인내하는 법을 배웠고, 항상 거기 어딘가에 있으며 일단 설명이 되고 나면 반박이 불가능한 논리를 기어이 얻어내는 법을 배웠기 때문에, 제정신이든 아니든 어른들도 정말로 똑같이 존중해주어야 한다는 사실을 이해하게 되었다. 이런 의미에서 본다면 사실 미친 사람이란 없는 것이다. 단지 이해되지 못하는 사람들이 있을 뿐이지. 내가 아이들을 알아준다고 브리아나 엄마가 말할 때, 내 자아의 한 부분은 공작새처럼 자랑스레 가슴을 부풀린다. 하지만 다른 한 부분은 생각한다, 저 여자가 날더러 미쳤다고 하고 있잖아. 아니면 적어도 이렇게 생각한다, 저 여자가 완전한 성인의 종족에서 날 분리시키고 있잖아. 헌데 그러고 보면 이것이 반대로 내가 왜 아이를 갖지 않는지를 설명해줄 것이다. 나 스스로에게가 아니라면, 현자처럼 모든 설명을 책임지고 있는 누군가에게 말이다.

　내가 고등학교를 졸업할 당시 네가 만약 "넌 마흔 살이 되었을 때 어떤 모습을 하고 있을까?" 하고 물어봤더라면 ─누군가가 틀림없이 그런 질문을 했을 텐데? 오래 전에 잃어버린 졸업 앨범에는 우리들의 미래를 위한 계획이 펼쳐진 데가 반드시 들어 있을 텐데?─ 나는 작업복을 입고 널찍한 스튜디오에서 일하고 있는 예술가의 행복한 그림을 그려주었을 거다. 그리고 햇빛으로 얼룩진 정원에서 뛰노는 아마 다섯, 일곱, 아홉 살 된 아이들과 몸집이 커다란 개도 한두 마리 그림 속에 있겠지. 이런 비전을 가능하게 해줄 소득의 원천이라든지, 아이들의 아빠에 대해서는 너에게 설명할 수가 없었을 거다. 그때만 해도 남자란 삶의 여러 가지에 부수적으로 따라오는 것으로 보였으니까. 아이들에겐 보모도 일체 필요 없었겠지, 서로 다투는 법도 없이 믿을 수 없으리만치 잘 놀고, 예술가인 엄마가 일을 마칠 때까지 보채는 일도 없으니까. 그런 다음엔 당연히 나무 아래서 즐거운 피크닉을 하는 거지. 돈도, 남자도, 도우미도 필요 없지만, 그 그림 속엔 필요한 것은 뭐든 다 있다. 밝은 빛, 그림, 정원, 그리고 절대 없어선 안 될 아이들까지. 그때 네가 만약 날더러 그 환상을 까부르고 없어도 될 것들을 모두 잘라내라고 했다면, 나는 피크닉과 개들과 정원을, 그리고 좀 더 잘라내야 한다고 윽박지른다면, 스튜디오까지는 그림에서 들어냈을 것이다. 꼭 그래야 한다면 예술을 위해선 부엌 식탁만으로도 족하니까. 아니면 다락방이라든가 차고 같은 데도 괜찮지. 하지만 예술과 아이들, 그 둘만큼은 절대 그렇게 흥정할 마음이 없었다.

　정확히 말해서 난 예술가가 아닌 것은 아니다. 그리고 정확히 말해서 아이들이 없는 것도 아니다. 단지 모든 걸 아주 형편없이, 혹은 네가 어떻게 보느냐에 따라서 아주 훌륭하게 배치해놓으려는 의도였을 뿐이지. 난 학교가 끝나면 아이들 곁을 떠난다. 그리고 매일 저녁과 주말에는 내 나름의 예술을 한다. 창문이 둘씩이나 달린 위층 침실 전체를 그 목적으로 쓸 수 있으니, 굳이 부엌 식탁을 사용하지 않아도 된다. 뭐 대단한 건 아니지만, 그래도 깡그리 없는 것보단 낫지 않은가. 그리고 바람이 잘 통하는 스튜디오를 함께 썼고, 그 스튜디오에 가는 상상만 해도 피가 끓고 빨리 가고 싶어 안달을 했던 시레나와의 한 해 동안, 위층 침실은 꿈만 같았다.

나는 지금 처지보다는 더 잘 되리라고 늘 생각했었다. 내가 이루지 못한 것에 대해선 이 세상을 탓하고 싶지만, 결국 때로 분노가 되어 나를 뒤덮는 실패, 너무나 분통이 터져 침이라도 뱉고 싶은 실패는 모두 내 탓이다. 나를 가로막은 장애를 극복하지 못하게 만든 것도, 나를 한낱 범인에 머물게 한 것도 나 자신, 바로 나 자신이다. 나는 너무나 오랫동안 언제까지나 생각했지, 나는 충분히 강하다고. 아니면 강하다는 게 뭔지 오해했던가. 우리는 먼저 야채부터 먹고 나서 나중에 디저트를 즐기는 법이라고 배우잖아, 그래서 난 믿었지, 그런 식으로 우직하게 노력하고 상황이 꼬일 때마다 차근차근 정리해나가다 보면 위대한 경지, 나의 위대한 경지에 이를 것이라고 말이야. 하지만 나중에 알고 보니 그런 건 계집아이들 혹은 계집애 같은 사내들에게나 해당할 규칙이더라고. 왜지 알아? 야채는 에베레스트 산만하고, 테이블 저쪽 끝에 있는 사발 안의 아이스크림은 시간이 흐르면서 조금씩 녹아내리고 있거든. 조금 있으면 개미들이 아이스크림을 핥고 있겠지. 그리고는 사람들이 와서 깡그리 치워버릴 거라고. 내가 쓸 만한 인간인 동시에 가족과 사회의 소중한 구성원이 되리라는 생각, 그러면서도 창작까지도 할 수 있으리라는 생각, 그 오만함이라니! 어리석기 짝이 없지! 도대체 지가 얼마나 강하다고 생각했던 거야?

아니야, 틀림없어, 강인함이란 게 내내 뭐였냐 하면, 세상을 향해 "젠장, 나 좀 내버려둬!"라고 말할 수 있는 능력, 그 모든 아픔에 등을 돌리고 무엇보다 (날 들볶는 사람 없이) 자신의 욕망을 곰곰 들여다볼 수 있는 능력이었다. 남자들은 여러 세대를 거쳐 그렇게 해왔다. 그들은 씨만 뿌려놓고 애들은 남이 키우도록 내던져두는 법을 터득했다. 코빼기도 안 비치고 전화만으로 어머니를 구슬리는 방법을 터득했고, 다른 건 다 제쳐두더라도 자기 일만큼은 (가장 먼저) 해야 된다고 ―마치 태양은 하늘에 있는 거라고 주장하듯이 아주 침착하게, 마치 다른 가능성들은 모조리 미친 짓이라는 듯이- 주장하는 법도 터득했다. 젊은 날의 환상 속에서 그런 강인함은 개나 정원이나 피크닉도 없고, 아이들도 없고, 하늘도 없는 그림을 가능하게 했다. 그것의 초점은 단 한 가지, 돈이든 권력이든 그림붓이든 캔버스든, 단 한 가지에 단단히 맞춰져 있다. 헌데 사실 그것은 실패의 비전이다. 머리통이 반 쪽이라도 알 수 있다시피 실패다. 그건 근시안적 사고다. 하지만 그런 걸 어쩌겠는가. 다른 모든 것, 다른 모든 사람들은 나보다 하찮은 소모품쯤으로 봐야 하니까.

나는 아이들을 닮았다. 나의 동기와 나의 합리가 항상 또렷한 것은 아니다. 그러나 나에게 설명할 기회만 주어진다면, 모든 게 명쾌하게 설명될 것이다. 그리고 어쩌면 그런 해명만으로도 나의 위대함이 (설사 그게 하찮은 거라 해도) 증명될 수 있을 게다. 내가 알고 있는 것과 그게 어떤 느낌인지를 말할 수만 있다면. 그렇게만 한다면 아마 너도 직접 깨닫게 될 거야.

2

자, 그럼, 처음부터 얘기해볼까, 간결하게. 나는 보스턴에서 해변을 따라 한 시간쯤 올라가면 만나게 되는 맨체스터-바이-더-씨라는 마을의 평범한 가정에서 태어났다. 보스턴 통근라인의 끄트머리였던 이 마을에 60년대는 잔물결조차 일으키지 않은 채 지나갔다. 곱고 창백하며 음악적인 모래 때문에, 그리고 너무나 많은 사람들이 너무나 오랫동안 찬사를 보냈기 때문에 싱잉 비치라고 불리는 백사장이 있었는데, 나에게 장엄함의 환각을 제공했던 것이 바로 우리의 이 완벽한 비치였음에 틀림없다. 네가 만약 완벽한 초승달 모양의 해안 한가운데 서서 거의 매일 영원을 향해 활짝 열린 풍경을 누린다면, 나무가 빽빽한 계곡이라든지 대도시의 협곡에서 자라난 사람과는 전혀 딴판인 가능성을 꿈꾸는 게 당연하지 않겠니.

그게 아니라면 그 환각은 우리 엄마, 맹렬하고 기이하며 불운했던 우리 엄마로부터 왔을 가능성이 크다. 내겐 엄마, 아빠, 그리고 오빠가 있었는데, 오빤 나보다 여덟 살이나 위여서 우리 둘을 한 식구로 보는 사람은 거의 없었다. 내가 아홉 살이 되자, 오빠는 이미 사라지고 없었다. 그 외엔 지퍼란 이름의 삼색 털 얼룩고양이와 지저분하고 발육이 불량한 똥개 스푸트닉이 있었는데, 나무작대기에다 누더기를 가발처럼 올려놓은 모양인데다 다리는 어쩜 그렇게 앙상한지 똑 부러지지 않는 게 신기했다. 아빠는 보스턴에 있는 보험회사에 다녔는데 아침마다 7시 52분 열차를 탔지. 엄마아빠가 한 번도 여윳돈이 없었던 걸 보면, 아빠는 회사에서 썩 나쁘지도 않았지만 분명히 성공가도를 내달린 건 아니었던 모양이다.

엄마는 집에 남아 담배를 피우고 이런저런 책략을 도모했다. 한동안은 어떤 출판사의 요리책에 들어갈 레시피를 실험했다. 물론 그 대가를 받았으며, 여러 달에 걸쳐 우리한테 계란 같은 소스와 내 기억으로는 마살라 와인이 자주 들어가는 정교한 세 코스 및 네 코스 정식을 차려주었다. 또 나로선 창피해할 일이었지만 엄마는 잠깐 동안 디자이너가 되었다는 환상에 빠져 있기도 했다. 그래서 손님용 예비침실에 있는 재봉틀 앞에 앉아 질식할 것만 같은 담배연기 속에서 몇 달을 살았지. 종종 이음매를 푸는 엄마의 입술 사이로 담배가 물려 있었는데, 나는 혹시

재가 옷감에 떨어지면 어떡하나 걱정이 되었다. 엄마가 만든 옷들은 비범하기도 했고, 동시에 충분히 비범하지 않기도 했다. 예컨대 나만한 여자아이들을 위해 페이즐리 저지로 미니드레스를 몇 벌 만들었는데, 얼핏 보기에 상점 진열대에서 벗겨온 것들이랑 그리 달라 보이지 않았다. ("이리 와, 귀염둥이." 엄마는 그렇게 날 불러서는 아직 사춘기도 안 된 내 가슴에다 종이 패턴을 갖다 대더니, 엄청나게 커다란 가위를 내 허리나 목에 닿을락 말락 밀착시켜서는 아무렇지도 않게 쓱쓱 잘라내곤 했다.) 하지만 나중에 보면 몸통 부분에 비행기의 둥근 창처럼 구멍이 숭숭 뚫려있고 가장자리가 지그재그 장식으로 마무리되어, 계집아이의 하얀 뱃살이 구멍으로 내비치고 있었다. 소매를 박아 이음매를 만들지 않고 혼란스런 리본 뭉치를 달아 여러 색깔의 둥근 매듭처럼 만든 옷도 있었는데, 그건 한 번만 세탁하고 나면 지저분해질 터였다. 실용성과는 담을 쌓고도 명랑했던 엄마는 내가 아홉 살 되던 해 여름에 스무 개도 넘는 다양한 디자인의 옷을 만들었다가, 나중에 그걸 파느라고 이웃 마을 축제 때 부스를 하나 얻기까지 했다.

칠월의 눈부신 어느 토요일, 나는 엄마랑 그 부스에 앉아 사람들의 눈요기가 되기 싫었다. 그래서 대신 아빠랑 함께 세탁소며, 주류백화점이며, 철물점 등을 돌며 지겹도록 심부름을 해주었다. 차 안은 숨 막히게 더웠지만, 엄마가 직접 만든 간판 아래 있다가 학교친구들에게 들킬 염려는 없어서 천만 다행이었다.

나는 엄마가 좋으면서도 엄마 때문에 창피했다.

엄마는 옷을 몇 벌 팔긴 했지만, 그 실험이 충분히 성공적이지 못했다는 걸 느꼈던 모양이다. 그래서 여행 가방은 내용물이 담긴 채 다락방으로 들어갔다. 오래지않아 재봉틀 역시 위로 옮겨지고, 어머니는 다음 번 '유레카!'의 순간이 번득일 때까지 여느 때보다 우울한 세월로 접어들었다.

아빠와는 달리 엄마는, 예측할 수 없다는 것이 얼마나 중요한지를 나에게 확실히 주입시켜주었다. "주위 사람들과 다르다는 것, 그게 전부란다." 엄만 그렇게 말하곤 했다. 그리고 이 때문에, 엄마의 그 환한 불꽃 때문에, 나는 오랜 시간이 지나서야 깨달을 수 있었다. 그녀 역시 조심스럽고 부르주아적이며, 미지의 것을 두려워하고 스스로가 너무 불안해서, 이름을 떨치는 것조차 견디지 못한다는 사실을. 그렇지 않고서야 어떻게 아빠처럼 평범한 사람과 단호하게 혼인을 유지할 수 있었을 것이며, 신중하게 정해져서 변함없이 판에 박힌 맨체스터-바이-더-씨의 일상을 어떻게 운명처럼 받아들일 수 있었겠는가?

하긴 나 자신에 대해서나 내 제한된 경험에 대해서도, 그것은 많은 걸 설명해준다. 그리고 내 머리 속에 들어있는 나 자신이 이 세상을 살고 있는 나와 그토록 딴판이라는 사실에 대해서도. 내가 내 스스로를 묘사한다면, 아무도 그게 나인지 알아보지 못할 걸. 그렇기 때문에 누가 나더러 나 자신을 설명하라고 하면 (그런 일은 거의 없다는 걸 인정해야겠지만) 난 이리저리 재단도 하고 적응도 시켜서, 사람들이 내 것으로 알고 있는 윤곽을 제공해주려고 애를 쓴다. 추측컨대 이젠 내가 정말 그런 윤곽을 지니고 있을 거다. 하지만 내 머릿속에 들어있는 진짜 내 모습을 보게 되는 사람은 거의 없다. 거의 한 사람도 나라는 여자를 은신처에서 데리고 나오는 것, 그거야말로 내가 줄 수 있는 가장 값진 선물이다. 어쩌면 나라는 여자를 노출시킨 자체가 실수임을 배웠는지도 모르겠고.

어쨌거나… 입구가 가운데 있는 식민지시대 양식의 평범한 가옥, 돌로 만든 현관 앞의 화분에는 제라늄이 있고 돌보지 않은 주목 울타리가 창문을 슬슬 물어뜯고 있는 평범한 집의 평범한 가정으로부터, 나는 저 평범한 바깥세상으로 ─마을의 초등학교로, 마을의 중학교로, 마을의 고등학교로─ 나갔다. 나는 제법 인기가 좋아서 여자아이들은 예외 없이 날 좋아했고, 사내아이들도 날 눈여겨봤을 땐 좋아했다. 비록 연애감정은 아니었지만. 난 아이들을 잘 웃겼다. 유별난 건 아니고 그저 하하하. 그것은 일 센트짜리 동전처럼 수수했다. 단조롭고 다소 고된 점은 있지만, 그래도 동전은 동전이었다. 사람들 앞에서도 난 익살맞게 굴었는데, 그럴 때도 대개는 스스로 웃음거리가 돼주었다.

그땐 교육도 지금과 달랐고, 나는 공부에 소질이 있어서 9학년은 아예 건너뛰고 8학년에서 곧바로 10학년으로 올라갔다. 하지만 그 일은 사회적으로도 약간 힘든 노릇이었고, 수학엔 영 절망적인 학생이라는 낙인을 완전히 찍어주고 말았다. 그도 그럴 것이 나는 이차방정식 푸는 공식이라든가, 9학년 수준의 수학에서 중요한 팁을 전혀 배울 기회가 없었거든. 첫 데이트에 관한 수필 쓰기라든가, 학교 파티에서 춤추는 법을 배우는 수업도 물론 놓쳤지만 말이다. 그래도 그때는 그런 일로 부끄러워하지 않았다. 고등학교 이학년 과정으로 내던져지든, 잠겨버리든, 헤엄을 쳐서 가든, 조금도 당황하지 않았다. 교내식당 가는 법조차 모르고, 패거리들이 어떻게 편을 가르고 있는지 기초지식도 없었을 뿐 아니라, 심지어는 새로 들어간 반 친구들은 모두 서로서로 잘 알고 내가 자기 동생의 친구라는 것까지 알고 있었지만 나는 그 친구들 이름조차 까맣게 몰랐다. 그래도 난 자랑스러웠다. 엄마 아빠가 날 자랑스러워했고, 월반은 어쨌든 올라가는 것이며, 내가 특별하다는 사실을 밝혀주는 것이었기 때문에 뿌듯했다. 그 전에도 오래도록 미심쩍었는데 이젠 확실히 알게 되었다. 나는 그럴 운명이었던 것이다.

아직 계집아이일 때는, 자신이 자랑스럽다든가 하는 따위를 절대 드러내지 않는 법이다. 바로 내 옆 자리의 나이가 한 살 반이나 더 많은 친구보다도 내가 역사나 생물이나 불어를 더 잘 한다고 떠벌려서도 절대 안 되는 법이다. 오히려 그 친구가 매니큐어도 더 잘 칠하고, 사내아이들과 이야기 나누는 재주도 훨씬 더 훌륭하다고 침이 마르도록 추켜세워야 한다. 그리고는 누구나 잘 아는 역사/생물/불어시험의 어려움에 대해서는, 눈알을 한 번 굴려준 다음 이렇게 말하는 거지, "오 마이 갓, 완전 재앙이야, 재앙. 생각만 해도 온몸에 소름이 돋는다니깨!" 요컨대 사람들이 나에 대해 위협을 느끼지 않도록, 그들이 나를 좋아하도록, 가능한 한 고개를 푹 숙여주는 거야. 내 맘속에는 사실 자긍심이 있고, 심지어는 거만한 생각이 있다거나, 그게 겉으로 드러나서 내가 얼마나 심각하게 '다소곳하지 못한' 사람인지 그들이 알게 해선 안 되잖아, 그치? 날 또렷하게 봐서는 안 될 사람들과 대화하는 예절바른 방식이 따로 있어 그런 걸 모두 배우게 된다. 그리고 사람들의 이야기 속에서 그들이 내가 정말로 귀엽다고 생각하는 것을 알게 되면, 난 승리의 스릴을 만끽하는 거야. "그래, 난 역사/생물/불어도 잘 하지만, 이런 전략에도 아주 능숙하다니깨!" 그처럼 조심스럽게 마스크를 만들어 쓰다보면 결국은 그게 나의 피부로 변하고 완전히 이식되어서, 벗겨낼 수도 없을 것처럼 보이게 될 거라는 생각은 도무지 머리에 들어오질 않는다.

　나랑 같이 월반을 감행했던 조쉬라는 사내아이를 봐. 자기보다 가슴도 더 떡 벌어지고 턱도 깔끔하게 각이 진 10학년 아이들 옆에 서서 소매에다 콧물을 닦고 있는 모양을 보라고. 그의 왜소한 몸집과 턱에 흐드러지게 핀 여드름이 눈에 들어오지 않아? 그가 아직도 앞면에 KISS라든가 AC/DC 같은 글자가 번쩍이는 검은 티셔츠를 입고 여드름으로 우툴두툴한 턱이며 축축한 입술이며 해초처럼 축 늘어진 머리칼이며 모두 한결같은 아래 학년의 옛 친구들과 함께 점심을 먹는 모습은 또 어떻고? 그런 걸 볼 땐 조쉬에게서 그 어떤 자긍심도 발견할 수가 없다. 그는 영락없이 패배했거나 길을 잃었거나 '루저'가 되어 있는 것만 같다. 왜냐하면 월반을 하는 경우 힘든 과제를 수행하는 와중에 **적당한** 정도의 사회적인 성공이 가장 중요한 고비라는 것을 누구나 다 알기 때문이다. 그러니까 내 친구 프레데리카 비티가 가장 인기 좋은 패거리에 속한 두 아이까지 모두 여섯 명의 여자아이들과 함께 프레데리카 아빠의 요트에서 벌어지는 생일 파티에 나를 초대할 때, 그런 황홀한 꿀맛을 절대로 볼 일이 없는 조쉬에게 불쌍한 마음이 생기지 않겠느냐고.

하지만, 잠깐, 잠깐, 그런 것들은 안중에도 없던 조쉬가 오히려 완전히 행복했다는 사실은 아무도 지적한 적이 없었다. 그는 이미 이차방정식 푸는 공식을 스스로 깨우쳤고, 학업의 전진에 관한 한 어떤 영역에서도 탄탄대로가 열려 있었다. 사실 조쉬는 MIT에 진학할 것이었고, 결국은 NIH에서 주로 자금을 대는 연구소의 신경생물학자가 될 것이며, 방대한 예산을 마음대로 주무르게 될 터였다. 그리고 그는 (약간 안짱다리이긴 해도) 완벽하게 매력적인 여자와 결혼을 해서, 안짱다리에다 안경을 낀 모습이 자기랑 쏙 빼닮은 얼간이 아이들도 몇 명 갖게 될 것이었다. 그에게는 만사가 그저 '괜찮다'는 이상으로 잘 풀릴 것이며, 어쩌면 상황이 달라질 수도 있었다는 의심은 단 한 순간도 하지 않을 것이다. 그는 사회성의 테스트가 있었다는 것과, 자신이 그 시험에 실패했다는 것조차 모를 것이다. 친구 아빠의 요트에서 벌어진 생일 파티? 아니, 그딴 명예는 꿈조차 꾸지 않았다. 사회적인 교제에 대한 그의 열망은 비록 보잘것없긴 했지만, 지금은 한 해 후배가 된 그의 옛 친구들에 의해서 완벽하게 충족되고 있었다. 달 여행을 하려야 할 수 없었던 것이나 마찬가지로, 그는 마스크를 만들어 쓰려야 쓸 수 없었다. 그래서 조쉬는 영원히 자기의 본 모습을 그대로 지켰다. 말이야 바른 말이지, 여성성은 하나의 거짓꾸밈에 불과했다.

❋◈❋

예술가가 되리라고 결심한 것은, 혹은, 그렇게 되리라고 깨달은 것은 고등학교에 다닐 때였다. 우리가 아직 어른이 되지 않았다는 바로 그 점을 기뻐하는 친구들, 비가 쏟아지면 웅덩이에서 신나게 풀쩍풀쩍 뛰고, 그네타기보다는 둥근 지붕 뒤에 숨어 마리화나를 피우고 싶어 어둠이 깔리는 운동장에 모이는 친구들, 그런 마음 맞는 친구들 몇몇을 발견한 다음, 나는 우리 패거리들이 차츰 방과 후에 미술실로 어슬렁어슬렁 모인다는 사실을 알게 되었다. 미술 선생님은 슬그머니 모른 척 눈감아주었다. 어깨까지 치렁치렁 풍성한 머리칼과 끝이 뾰족한 빨간색 염소수염을 자랑하는 그는, 무릎까지 오는 사냥부츠와 가죽조끼 차림의 다부진 체격이었다. 마치 동네 극장에서 셰익스피어 연극을 공연하다가 도망쳐 나온 사람처럼 생겼는데, 이름이 너무나 신기하게도 도미닉 크레이스였다.

학교가 공식적으로는 닫혀 있었지만, 그는 우리 패거리를 위해서 그림 도구를 밖으로 내놓고, 찬장은 잠그지 않은 채로 두었으며, 물감과 붓은 싱크 옆에 두고, 심지어 어떨 땐 암실로 들어가는 열쇠까지 작업 테이블 위에 놓아두기도 했다. 모든 게 불안한 신입생이었던 내가 생전 처음 키스를 당한 것도 바로 암실의 그 뻘건 불빛 아래서였다. 입에 침이 고인 채 앨프라는 이름의 선배와 뜨끈뜨끈한 포옹을 했던 것인데, 엄청 많은 지퍼가 달린 그의 가죽 재킷만큼은 정말 인상적이었다. 나는 오랫동안 그가 상당히 '쿨'하다고 생각해왔지만, 알고 보니 나만큼이나 어색하고 서툴렀다. 그럴 수 있다는 사실이 놀라웠다. 덕분에 그 키스는 되풀이되지도 않았고, 다시 언급조차 되지 않았다. 우리의 우정은 식솔이 많이 딸린 가족의 그것처럼, 뭐, 그리 대단하진 않았지만, 그래도 변함이 없었다. 그냥 그 키스는 전혀 없었던 일처럼 되었을 따름이고, 나중에는 정말 그런 일이 있기는 있었나, 의아해질 때도 더러 있었다.

스스로를 반체제적이라 생각하고, 조금 늦게 태어난 탓에 아슬아슬하게도 놓쳐버린 그 수십 년의 모험들을 못내 그리워하면서, 우리는 밤이 이슥하도록 미술실에 남아 큼직한 판지에다 포스터와 슬로건을 그린 다음 복도 주변에 그걸 테이프로 붙이고 다녔다. 이글이글 타오르는 듯한 원색으로 이런 글들을 썼다: "봉기하라!" "안일한 생각은 금물!" "당신의 영혼은 어디 있는가?" "금전과 투쟁하라!" "아나키스트에게 입맞춤을!"

도미닉 크레이스가 우리 편이었다면, 학교 수위들은 아이로니컬하게도 유용한 혁명의 레슨에서 우리 적이었다. 밤이 되면 그들은 다음날 아침 조회 전에 우리들의 불법 포스터를 모두 걷어내는 임무를 띠고 복도를 돌아다녔다. 우리는 그들이 찾을 수 없도록 ―혹은 적어도 널리 감상되기 전에는 찾을 수 없도록― 가장 멋진 포스터를 구석구석에 붙이는 게임을 벌였다. 우리는 그런 걸 그리고, 갖다 붙이고, 다음날 발각되지 않고 남은 것들을 찾아보는 데서 굉장한 흥분을 느꼈다. 서로 껴안고 있는 커플의 윤곽을 진한 파랑색으로 그린 옆에 "이웃을 내 몸처럼 사랑하라!"고 쓴 것은 생물학실험실 후문 안쪽에 붙어서 사흘을 견디어 냈다. "엄마아빠 때문에 우리가 개판이 된다니까!"는 하나의 인용문으로서 우리 엄마가 보태준 것이었는데, 농구공을 보관해두는 체육관의 벽장문 안쪽에 붙은 채로 일주일 내내 제거되지 않았다. 그러나 가장 단도직입적이었던 포스터 "SAT와 교내활동들은 뭣 때문에 하는가?"는 조회 때 에버스 교장선생님이 아이들 앞에서 번쩍 치켜들었다. 그는 우리 모두 연설의 자유에는 찬성하지만, 이런 식의 슬로건은 우리 공동체의 구조에도 전혀 도움이 안 되고 사기만 저하시킨다고 일갈했다. 그는 또 설명했다. 그뿐인가, 이런 것들은 어떤 손님이 보더라도 나쁜 인상만 줄 거예요. 이건 맨체스터 고등학교의 정신이 아니란 말입니다. 그는 의사표현을 위해서는 많은 통로가 있으며, 혹시 혼란이나 불만을 표현하고 싶은 사람은 주저하지 말고 학교신문에다 기고를 해서 모두 읽게 하는 게 어떻겠냐는 충고도 덧붙였다. 자, 이 사건은 이렇게 마무리되기를 바라는 마음입니다.

도미닉 크레이스는 범인이 우리란 걸 너무나 잘 알고 있었지만, 그걸 불지 않았고 그림도구들도 여전히 내놓았다. 그리고 우리는 에버스 교장선생님의 젠체하는 연설을 비웃긴 했지만, 그래도 덫에 걸린 파리처럼 크레이스 선생님의 미술실이 제공하는 기쁨에 이끌렸다. 내가 졸업반으로 올라간 그다음 해, 앨프는 다른 몇 명과 함께 이미 졸업했고, 우리 졸업반 여섯 명, 이학년 세 명, 그리고 신입생 한 명 등, 여전히 학교를 다니고 있던 우리는 모두 스튜디오 아트에 가입했다.

우리가 숙제로 받은 첫 번째 과제는 서양배 속에 바이올린을, 바이올린 속에 벌 한 마리를 그리는 것이었다. 친구들은 모두 크레이스 선생님의 지시를 곧이곧대로 받아들여, 연필로 꼼꼼하게 세 가지 사물을, 마치 중국식 상자세트처럼, 차차 더 작게 그렸다. 아무도 원근법을 제대로 구사하지 못했지만, 좀 더 나은 결과를 보인 아이들도 있었다. 하지만 나는 그림을 그리려는 시도조차 하지 않았다. 나는 일단 집에 가서 옷걸이로 만든 틀에다 풀 먹인 딱딱하고 두터운 종이로 속이 빈 커다란 서양배를 만들었다. 처음엔 두 조각으로 만들어 나중에 합칠 참이었다. 그리고는 안쪽을 금박으로 덧대었다. 그런 다음 나는 성냥갑 하나와 번쩍이는 잡지에서 오려낸 바이올린 그림을 이용해서 바이올린을 만들었다. 그리고 벽장에 있던 포충망으로 어머니의 라벤더 사이에서 꿀벌 한 마리를 잡아, 그놈을 유리병에 넣어 질식사 시켰다.

벌을 셸락으로 기분 좋게 칠하여 반짝반짝 빛나게 만든 다음, 나는 잠든 벌을 반나마 열린 바이올린 성냥갑 안에 눕히고, 그걸 서양배 안쪽 바닥에다 풀로 붙였다. 그런 다음 오빠의 도움을 얻어 (그때 오빠는 이미 투손에서 살고 있었는데, 나중에 결혼하게 될 여자친구 트위티를 데리고 고향집에 돌아와 있었지, 아마. 맞아, 틀림없어.) 서양배를 봉하기 전에 자그마한 전구 하나를, 마치 종야등처럼, 그 안에다 설치하고 조심조심 전선을 바닥으로 빼냈다. 그다음이 가장 중요한 순서였는데, 서양배 껍질에, 그러니까 풀을 먹인 딱딱하고 두터운 종이에 작은 구멍을 하나 내서 그 안을 들여다볼 수 있게 만든 것이다. 전선을 꽂고 금박 입힌 내벽이 서양배의 텅 빈 안쪽을 밝히면, 바이올린 성냥갑 안의 잠든 벌이 번쩍이는 모습이 기묘하게도 아름다웠다. 지금 돌이켜봐도 그렇게 말할 수 있다. 나는 서양배를 적갈색으로 만들기로 마음먹고, 바깥쪽을 아름답고 매우 진한 빨강색으로, 그것도 여러 겹의 물감을 발라서 두툼하고도 빛이 나도록 만들었다. 정말 열심히 일했다. 그 작업의 무의미함이 너무너무 좋았다. 그것은 나에게 엄청난 만족을 선사했고, 예전에 내가 만들었던 포스터들에 대한 답변이기도 했다. 난 혼자 생각했다, 교장선생님, 이것은요, 우리가 만들었던 그 모든 것들이 지향하는 거랍니다. 나는 마침내 그것을 교실로 가져가 친구들의 연필 그림 사이에다 턱하니 놓았다. 크레이스 선생님이 두 손을 턱 밑으로 가져가 쳇발 모양으로 (뭐랄까, 악마 같은 염소수염의 양쪽 끝을 조심스레 당기는 쳇발 모양으로) 만들고는 큰 소리로 껄껄 웃는 모습을 볼 때의 그 통쾌한 기분이란!

그는 우리들을 한 사람씩 돌아보면서 발표했다. "이것은 말이야…" 갑자기 페트루치오[3]보다는 윌리 윙카[4]를 생각나게 만드는 회심의 미소가 그의 입가를 스쳤다. "자, 이거야말로 예술작품이다." 잠시 말을 멈춘 그는 허리를 굽히더니 침실에 들어 있는 나의 벌을 들여다본 다음, 몸을 쭉 펴고는 휙 돌아다보았다.

"이거 누구 작품이야? 누가 만든 거냐고? 이거 네 거야? 그럴 줄 알았지. 잘 했어, 노라 엘드리지. 정말 잘 했어, 너!"

---

3) **Petruchio** 셰익스피어의 연극 〈말괄량이 길들이기The Taming of the Shrew〉에서 말괄량이 캐서리나를 정숙한 여인으로 만드는 남자 주인공의 이름.

4) **Willy Wonka** 1971년에 개봉된 영화 초콜릿 천국Willy Wonka and the Chocolate Factory의 주인공 이름.

3

시레나는 예술가였다. 아니, 지금도 여전히 예술가다. 진짜 예술가다, 그게 무슨 뜻인지는 내가 알 바 아니지만. 일부 중요한 서클에서는 지금 유명세까지 누리고 있다. 그녀는 파리에 살고 있지만, 프랑스 사람은 아니다. 이탈리아인이다. 하지만 이름만 봐선 금세 알 수 없다. 그녀의 성은 샤히드이고, 남편의 이름은 스칸다르이며, 아들은 이란의 마지막 왕과 이름이 같으니 말이다. 뭐, 그렇다고 그들 중 누가 약간이라도 페르시아계라는 뜻은 아니다. 그들은 그저 그런 이름을 좋아했을 뿐이다. 스칸다르는 레바논 베이루트 출신이다. 그래, 좋아, 그 전에 가족 가운데 누군가가 팔레스타인에서 왔지만, 그건 이미 오래 전 이야기다. 그리고 적어도 아버지 쪽으로는 일부가 줄곧 베이루트에서 살아왔던 것으로 생각된다. 스칸다르의 한 부분은 크리스천이고, 다른 부분은 무슬림이다. 그렇게 말하면 누군가에게는 그 모든 것에 대해 틀림없이 많은 해명이 될 테지만, 나에겐 특별히 설명이 되질 않는다. 그랬거나 저랬거나 나는 스칸다르 이야기를 하고 있었던 게 아니라, 그의 아내였던 —그리고 지금도 그의 아내인— 시레나, 이탈리아인이며 예술가인 시레나 이야기를 하고 있었다. 그 남자는 한참 뒤에야 내 이야기에 등장하게 된다.

네가 시레나를 보고 중동 여자라고 생각한대도 나무랄 수가 없을 거다. 그녀의 피부, 그 매끈한 올리브색 피부를 보면 그럴 만도 하니까. 아들의 올리브 살갗은 마치 분말로 털어낸 것 같아 거의 흰 가루가 덮인 모양이지만, 그녀의 우아한 뼈대를 덮은 올리브 살갗은 그녀를 나이 들어 보이게도 하고 동시에 젊어 보이게도 한다. 뺨이 마치 과일처럼 너무도 부드럽고 풍부하기 때문에 젊어 보이는 것이다. 눈가를 제외하고는 주름이 하나도 없었지만, 거기 눈가의 잔주름은 마치 그녀가 싱긋 웃거나 얼굴을 찌푸리고 태양을 쳐다보면서 평생을 살아온 것처럼 장관이었다. 그리고 코언저리에서부터 입가에 이르기까지 홈이 파져 있었지만, 그건 정확히 말해서 주름이 아니라 표정 짓기라고 해야 할 터였다. 그녀의 코는 새를 연상케 하는 강인한 이탈리아인의 코였고, 그 코를 중심으로 고운 피부가 팽팽하게 당겨져 어떨 땐 약간 반짝거리기도 했다. 거기 콧날 위에는 모래를 살짝 뿌려놓은 듯 약간의 주근깨가 박혀 있었다. 그녀는 아들의 눈과 맹렬하게 새까만 눈썹을 가지고 있었으며, 윤이 나는 검고 곧은 머리칼에는 은빛이 드문드문 보였다. 시레나는 젊지 않았다. 레자가 여덟 살이고 내가 그녀를 처음 만났을 때만 해도 마흔다섯 정도였음에 틀림없다. 하지만 누군들 그처럼 나이가 많다고 보겠는가? 진짜 나이는 그녀의 두 눈에, 그 눈 속의 삶에, 그리고 눈가의 잔주름에 드러나고 있었다. 역설적이게도 그 잔주름이 그녀를 젊어보이게 만들었다.

나는 구월 말의 백 투 스쿨 나이트[5]에서 시레나를 만났어야 했다. 이 모임은 학부모들이 (신기하게도 아이들은 어디에다 맡겨버리고) 교실에 모여 아이들이 쓰는 자그마한 책상에다 용케도 몸을 집어넣고는, 구구단의 즐거움이라든가 필기체 배우기의 중요성 등을 전염성이 강한 열정으로써 자세히 설명하는 선생님들의 이야기에 귀를 기울이는 행사다. 그런 프레젠테이션이 끝나면 이어 강당에서 쇼나 맥피 교장선생님의 연설이 있고, 그다음엔 뜨뜻미지근하고 젤리 같은 피자와 따뜻한 음료가 제공된다. 나중에 모임이 끝나면, 빠져나가려야 나갈 수도 없고 이제 녹초가 되어버린 우리 교사들이 남아서 그런 것들을 치워야 한다.

5) **Back to School Night** 학교 측이 학부모들을 초대하여 각 과목 교사들의 수업 설명도 듣고 교사들과 인사도 나누며 함께 다과도 하는 등, 친목을 도모하도록 하는 미국 학교들의 전통적인 모임_ 저자

그때 내가 시레나를 만났더라면, 난 일부러 그와 인사를 하려고 노력했을 것이다. 틀림없이 그랬을 거다. 하지만, 사정이 그렇게 되질 않고 나는 그녀를 이미 그 전에 만나버렸다. 레자가 아이들에게 얻어맞았기 때문이다. 아니, 딱히 얻어맞았던 것은 아니다. 나는 사태를 과장하는 경향이 언제나 있었지. 그러나 레자가 공격을 당했던 건 사실이고, 상처를 입은 것도 사실이다.

학기가 시작되고 세 번째 주 수요일, 가을 들어 처음으로 상쾌하고 가을다운 날, 방과 후 운동장에서 생긴 일이었다. 레자가 혼자서 (때로 아이들은 귀엽게도 '홀로서'라고 표현하지만) 정글짐을 오르내리며 놀고 있는데, 5학년 학생 세 명이 그를 집단으로 공격했던 것이다. 그들은 먼저 레자에게 공을 마구 던졌다. 자그마한 공이 아니라 큰 공, 농구공을, 장난으로 던진 게 아니라 세게, 악의를 품고서, 그를 향해 던졌다. 근처에 있었던 다른 아이는 이렇게 말했다. "저는 그 아이들이 피구 게임을 하는 줄 알았어요." 레자는 어차피 피구라는 게 무엇인지조차 몰랐겠지만, 어쨌든 아무도 그에게 게임을 하자고 말한 아이는 없었다. 그리고는 사태가 어찌어찌 악화되었고, 아이들 중에 몸집도 크고 멍청한 오언이란 녀석이 —내가 직접 일 년 간 가르쳤고 엄청난 고생을 하고서야 다음 해에 간신히 진급시켜줄 수가 있었으니 멍청한 녀석이라고 해도 될 테지— 레자의 옷깃을 잡고는 쇠기둥 쪽으로 밀어붙이더니 귀 아래쪽을 후려갈긴 것이다. 그는 레자를 "테러리스트"라고 부르면서, 운동장은 미국 아이들 거라고 말했다. 이런 전후 사정을 알아내기까지엔 약간의 시간이 걸렸고, 그러는 가운데 오언의 삼촌이 이라크에서 복무한 이래로 외상 후 스트레스 장애를 겪고 있다는 사실도 드러났다. 그러나 솔직히 말해서 그 어떤 것도 끔찍스러운 이 사건의 구실이 될 수도, 그걸 해명해줄 수도, 없었다.

나는 아이들이 써낸 에세이를 ─"사과 따기 현장학습이 좋았던 첫 번째 이유"에 관해서 세 문단 정도의 글을 쓰는 것이었는데, 글쎄, 아이들에겐 에세이가 굉장한 것이리라─ 하나씩 훑어보고 있었다. 어쨌거나 내가 교실에 앉아서 글을 보고 있는데, 대학교를 막 졸업하고 방과 후 놀이시간을 맡고 있던 세 명의 보조교사 중 한 명인 베서니가 레자를 데리고 들어온 것이었다. 베서니는 아이의 빨갛게 부어오른 귀에다 아이스 팩을 붙여놓는 기지를 발휘했지만, 아이는 창백한 얼굴로 바들바들 떨고 있었으며, 속눈썹은 눈물로 범벅이 되어 있었다. 베서니는 너무 어려서인지 아니면 너무 소심해서인지, 누가 봐도 먼저 해줘야 할 일들을 처리하지 못했었다. 즉, 우선 아이를 앉히고 어깨를 감싸 안아준 다음, 아이의 호흡에 자신의 호흡을 맞추면서 아이를 진정시키고, 아이의 시야에서 벗어나지 않게 조심하면서 휴대전화와 비상연락처를 꺼내 아이 어머니에게 전화를 걸어 아이를 데려가도록 부탁하는 조치를 취하지 않은 것이다.

나는 먼저 시레나의 반응에 짜증이 났다. 그녀는 느릿느릿한 이방인의 작은 목소리로 아이의 베이비시터인 마리아를 보내서 늦어도 45분 안에는 아이를 데리고 오면 어떻겠냐고 말했기 때문이다. 나는 상대방도 들을 수 있을 정도로 -난 상대가 내 숨소리를 들어줬으면 했다- 숨을 들이쉬고는 이렇게 말해주었다. "미시즈 샤히드, 지금 상황으로 봐서는 가능한 한 빨리 부인께서 직접 오시는 게 좋을 것 같습니다."

"제가 십 분 안에 가도록 하겠습니다. 늦어도 십오 분 안에요."

"그럼 여기 교실에서 기다리겠습니다. 가능한 한 서둘러 오십시오."

그런 다음 나는 레자의 옆에 앉아서 아이가 편안하게 느낄 수 있도록 한 팔을 그가 앉은 의자의 등에 올려놓았다. 그리고 물었다. "레모네이드 좀 줄까? 내 가방 안에 있어. 오리오 비스킷은 어떨까?" 나는 달콤한 음료수와 과자를 가져다주었고, 이로써 시레나가 도착하기 전에 적어도 가장 기본적인 최소한의 의무는 다했다. 거미줄에 맺힌 빗방울처럼 눈물이 속눈썹에 걸려 있긴 했지만, 레자는 울지 않았다. 단지 딸꾹질을 약간 했고, 숨소리는 마치 자그마한 어깨처럼 심하게 흔들렸다.

나는 불같이 화가 났다. 레자를 괴롭힌 세 악동들, 용케도 아무 것도 보지 못한 세 명의 보조교사들, 그리고 아직 만나지 못한 그의 어머니에게도 어쩐지 화가 치밀었다. 엄마란 사람이 낯선 땅에 아이를 보호받지도 못한 채 내버려뒀고, 자신이 아무 것도 모르는 시스템과 사람들에게 아이를 맡기지 않았던가 말이다. 만약 레자가 내 아이라면, 난 그런 짓은 안 할 텐데. 나라면 아이를 소중히 아끼고 촘촘히 에워쌌을 것이다. 그게 원칙이어서가 아니라 (물론 원칙이란 것도 거기 개입되긴 하지만) 레자가 이처럼 찬란하고 너무도 소중한 소년이기 때문에 말이다.

그리하여 마침내 레자의 어머니가 머뭇거리듯 노크를 하면서 유리창으로 들여다본 다음 살그머니 문을 열었을 때, 나는 최대한 근엄하게 만날 요량으로 자리를 박차고 일어났다. 그러나 나는 금세 무장해제당하고 말았다. 그녀의 눈동자에 담긴 고통과 —어쨌거나 그녀의 눈은 바로 아이의 눈이었다— 교실 이쪽으로 달려와 아이를 끌어안는 모습, 요컨대 그녀의 존재만으로도 내 모든 분노를 누그러뜨리기에 충분했던 것이다. 그들이 무슨 말을 나누는지는 짐작밖에 할 수 없었다. 둘은 프랑스어로 말하고 있었다. 엄마는 아이를 두 팔로 감싸고, 아이는 엄마의 가슴께로 얼굴을 돌렸다, 마치 엄마의 향기를 들이마시는 게 바로 상처를 아물게 하는 향유라도 되는 듯이. 레자처럼 큰 소년에게 그런 제스처는 어울리지 않았다. 내가 가르치는 3학년 아이들은 대부분 자기감정이 그렇게 노출되는 것을 선생님에게 보여주고 싶지 않았을 테지. 그래서 난 이 모자를, 내가 있다는 사실을 전혀 개의치 않는 그들의 태도를, 더욱 경탄의 눈으로 보고 있었다. 완전히 1~2분이 지나서야 어머니가 얼굴을 들고 아이를 껴안았던 팔을 풀고는 그 팔을 내밀었다. "엘드리지 선생님, 만나 뵙고 싶었어요."

"좀 더 나은 상황에서 만났으면 좋았을 텐데, 유감이군요."

시레나는 보일 듯 말 듯 어깨를 으쓱했다. "선생님의 전화를 직접 받아서 다행입니다."

"학교 운동장에서 뜻밖의 일이 생겼어요."

"그런 것 같네요."

"전 그 자리에 없었지만, 레자의 말로는 자기가 잘못한 것은 전혀 없다는군요."

시레나는 얼굴을 찌푸렸다. 마치 이렇게 말하고 싶은 것 같았다. "어쩜 그럴 수가?"

"저희 학교는 아이들끼리 괴롭히는 짓은 절대 용납하지 않습니다."

"당연히 그러시겠죠."

"학교에서 정확한 사태를 알아낼 것이고, 레자를 괴롭힌 아이들은 벌을 받게 될 겁니다."

"물론이지요."

"그 아이들이… 그러니까… 상처를 주는 부적절한 언어를 사용한 것 같아서, 특별히 마음이 좋질 않군요. 하지만 이 점은 이해해주셨으면 좋겠습니다. 저희 학교에서는 절대로… 한 번도… 그러니까 이런 일은 절대로 흔히 일어나는 사건이 아닙니다. 그리고 앞으로도 이런 일이 다시는…"

"잘 알겠습니다." 시레나는 몸을 일으켰다. 레자도 함께 일어섰다. 두 사람은 마치 엉덩이가 붙어 있는 것처럼 같이 움직였다. 그런 다음 시레나는 미소를 지었다. 그런데 그 미소가 바로 레자의 미소였기 때문일까? 그럴지도 모르지, 물론 그 당시엔 그렇게 생각지 않았지만. 그때 마치 큰 소리로 내뱉는 것처럼 또렷하게 이런 생각이 내 머릿속을 스쳤다. "아하, 바로 당신이었군. 그럼 그렇지. 진작 알았어야 하는 건데." 훗날 이 만남을 되돌아볼 때, 나는 이렇게 되뇌며 다시 생각했다. "나, 당신이 누구인지 알 것 같아." 그것은 너무나도 기이한 느낌이었다. 안도의 한숨인 동시에 경고의 소리랄까, 혹은 유령을 보는 것, 혹은 어떤 현현顯現을 경험하는 것이랄까. 언제나 당신의 곁에서 걸어가는 그는 대체 누구인가? 그것은 어쨌거나 철두철미 신뢰하지 않을 수 없는 느낌이었다.

그녀는 이렇게 말했다. "너무… 고마워요. 이리로 옮겨온 게… 레자한테는 아주 힘들었을지도 모르죠. 하지만 선생님과 함께 공부하는 건 정말로 좋아한답니다."

"우리도 레자가 함께 있는 게 정말 좋습니다." 나는 커다란 미소를 머금고 레자를 바라보면서 그렇게 말했다. 그러자 아이는 첫날 슈퍼마켓에서 보여주었던 것과 꼭 같이 심각하면서도 불가해한 표정으로 나를 마주보았다. "오늘 일어난 일은 참으로 끔찍스럽지만, 그 때문에 학교 오기를 싫어하지 않았으면 좋겠네요, 진심으로요."

아이는 아주 살짝 머리를 흔들었다. 학교 오기가 싫어질 거란 뜻일까, 그렇지 않을 거란 뜻일까.

"우리 왕자님은 대단히 강인해요." 어머니가 거들었다. "레자는 괜찮을 거예요." 그렇게 말하면서 미소를 짓던 그녀는 나를 쳐다봤다, 정말로 날 쳐다봤다, 다시 한 번. 나는 느꼈다, 이 여자가 날 제대로 보고 있구나. 난 이렇게 말하고 싶었다. "그럼, 당신도 이제 나를 알겠지요?" 나 혼자만 그런 느낌이 아니라는 것을 다짐받아두고 싶었던 것이다. 하지만 누군들 그런 말을 할 수 있담?

"미시즈 샤히드, 반가웠어요." 그렇게 우리는 —그녀가 부추겼기 때문에— 다시 한 번 악수를 했다. 그녀의 손은 자그맣지만 강하고 따뜻하고 전혀 축축하지 않았다. "사태를 파악하게 되면 즉시 부인에게 일이 어떻게 돌아가고 있는지 알려드리겠습니다. 제가 전화를 드리지요. 이건 제 집 전화번호입니다. 행여나 필요하실지 모르니까요. 자, 그러면 다음 주 백 투 스쿨 나이트에서 레자 아버님과 함께 뵙도록 하지요. 기다리겠습니다."

"다음 주, 네, 그렇지요." 얌전하게, 재미있다는 듯이, 그러면서도 서먹서먹하게 그녀가 대답했다. "물론이지요. 그럼, 안녕히 계세요."

물론이죠. 물론이죠. 이 만남이 나에게는 −마치 하나의 숙명인 듯, 하나의 문이 열리는 듯− 필연적으로 느껴졌다. 그때만 해도 난 그녀가 예술가라는 사실, 설치예술가라는 사실, 파리의 스튜디오를 떠나 있어서 상실감에 빠져 있다는 사실을 모르고 있었다. 레자와 시레나가 떠난 다음, 나는 다시 책상을 마주하고 앉았다. 내 눈길은 사과 따기 현장학습 에세이가 아니라, 교실 창밖 노르웨이단풍에 진홍으로 물든 야회복을 입히고 티끌 한 점 없는 9/11 하늘을 배경으로 흔들리고 있는 나뭇가지들을 향했다. 나뭇잎들은 어쩌면 저렇게도 날카롭게 도드라질 수 있을까? 하늘은 무슨 까닭에 저리도 흠 하나 없이 새파랄까? 어떻게 된 일이기에 이 평범한 오후는 갑자기 내 영혼을 좀 전에 느꼈던 분노로 가득 채우질 않고, 오히려 날아갈 것 같은 기쁨으로 −그래, 득의양양한 황홀감으로 가득 채운단 말인가? 어둑해지는 빛 속에서 연필을 손에 든 채로, 기다랗게 기울어진 오후의 햇빛을 받으며 책상 앞에 앉은 나는, 어린아이처럼 가슴이 콩닥거렸다. 교실 안의 그 어떤 것도 움직이지 않았고, 단지 내 뱃속에 나비 한 마리가 팔랑이듯이 가슴이 두방망이질했다.

4

다음날 아침 쇼나 맥피 교장선생님은 세 악동들을 앉혀놓고, 나눔과 참을성과 말의 중요성에 대해서 훈계하고 있었다. 내 장담하건대 그녀는 올바른 선택이라든가 그들 자신의 안전 같은 것에 대해 일장연설을 했을 테고, 그런 다음 레자를 불러와서 그 악동들로 하여금 자기가 보는 앞에서 한 사람씩 사과를 하도록 만들고, 악수를 하라고 시켰을 것이다. 그리고 먼저 레자를 돌려보낸 다음 세 악동들에게 일주일 동안 쉬는 시간이나 방과 후에 운동장에 나가 놀지 못하도록 금지령을 내렸을 거야. 물론 그들의 부모들에게도 그런 결정을 통보한 그녀는, 시레나에게 전화를 걸어 이번 사건은 −스스로의 표현대로− "원만히 해결되었다"고 재확인해주었다.

내 말을 오해하진 말라, 난 쇼나 선생님을 경애한다. 나보다

는 다섯 살이나 아래고 나처럼 싱글인데다 아이는 없지만, 나와
는 달리 우리 도시의 공립학교 시스템에선 스타 선생님이지. 당
시 그녀는 이미 교장으로 3년의 경력이 있었다. 서른도 되기 전
에 이미 애플턴을 운영하고 있었으니까. 하지만 학교행정가로서
성공할 수 있는 유일한 길은 아이들보다도 어른들을 더 잘 이해
하는 것이라는 생각이 든다. 아이들을 속속들이 이해한다고 과
시하지만, 기실 그것은 어른들을 위한 과시다. 만약 쇼나에게 정
말 아이가 있다면, 그 세 악동들이 인내와 포용의 규칙이 갖는
선한 의미를 깨달을 정도로 똑똑한 게 아니라 단지 그게 규칙인
것처럼 보인다는 사실을 깨달을 만큼만 머리가 돌아간다는 것을
알았을 텐데. 그리고 누구나 다 알고 있지 않은가, 아둔하고 행
실 나쁘지만 일말의 교활한 동물적 상식은 있어서 그걸 가장 큰
자랑으로 삼는 소년에게, 규칙의 요지는 규칙을 따르는 것이 아
니라 그것을 위반하더라도 발각되지 않는 것이라는 사실을? 아,
쇼나가 그걸 이해했더라면, 그 악동들이 교장실에서의 의례적인
악수를 수치로 간주할 것이며, 그 때문에 아이들은 레자를 한층
더 경멸하게 되리라는 사실도 간파했을 텐데. 그 문제를 표면상
으로 "원만히 해결"함으로써, 쇼나는 게릴라전을 부추긴 꼴이 되
었고, 나는 감시의 눈을 부릅떠야 한다는 걸 금세 알았다.

　시레나 역시 바보가 아닌지라, 사태를 알아챘다. 그녀는 그
날 밤에 집으로 전화를 걸어왔다. 전화를 건 사람이 누군지 깨

닫는 순간, 나는 그 기묘하고 강력하게도 짜릿한 스릴을 느꼈다.

"엘드리지 선생님, 밤늦게 죄송…"

"노라라고 불러주세요."

그녀는 한 동안 침묵했다. 전화선 저편의 짧은 침묵, 그것은 경이롭고도 신비로웠다. 그 침묵이 의미하는 바를 어느 누가 알 수 있을까? "노라, 네, 그러죠, 노라. 집으로 전화를 드려서 미안하지만, 당신의 의견을 꼭 듣고 싶었어요."

"그 악동들 말이죠?"

"네, 그 악동들." 그녀는, 마치 대화가 릴레이 경주라도 되는 것처럼, 내가 했던 마지막 말을 반복한 다음에야 자기 말을 하는 버릇이 있었다. 그게 문화적인 (이탈리아적인) 것인지, 아니면 남의 언어로 살아가면서 자기 뜻이 제대로 전달되는지를 확인하는 것과 연관이 있는지, 혹은 단순히 시레나식의 특이체질인지, 나는 도무지 판단할 수가 없었다. "내가 알고 싶었던 건, 선생님 생각에 그 아이들이 이제는 괜찮을까 하는 거예요." 그녀는 사랑스럽고 약간은 희극적인 이탈리아 억양으로 '보이스'라고 발음했다.

"부인께선 걱정이 된다는 뜻인가요?"

"제가 걱정이 되냐고요? 글쎄, 모르겠군요. 어떨 땐 다 괜찮아 보이지만, 그 아이들은 어쨌든 화가 나 있잖아요. 골치 아픈 상황은 싫고, 그게 아이들을 더 화나게 만들잖아요."

"그건 확실히 맞는 말씀입니다, 미시즈 샤히드."

"시레나로 불러주세요. 그래야 저도 노라라고 할 수 있죠."

"그래요, 시레나." 나도 그녀처럼 말하려고 애썼지만, 어쩐지 같은 식으로 들리질 않았다. "지금 상황에서 우리가 할 수 있는 건 방심하지 말고 경계하는 겁니다. 물론 그런 일이 다시는 생기지 않기를 진심으로 바랍니다만, 어쨌든 그런 사건이 더 이상 생기지 않는 한은…"

"우리 커피 한 잔 할 수 있을까요?" 그 짜릿함이 다시금 나를 강타했다. 인간의 몸이 (아무런 까닭 없이) 할 수 있는 일이란, 참으로 놀랍지 않은가. 그녀 역시 나를 알아보았다면 모르겠지만 말이다. 그리고 나는 이런 느낌이 들었다, 아까 이야기는 하나의 핑계거리였을까. 아니, 그저 단순한 핑계는 아니겠지만, 그래도 어쨌든.

"커피? 아, 물론이죠."

"설명해드리고 싶어서 그래요. 아들에 관해서 설명을 좀 드릴까 해서. 그 아이는 완전히 딴판으로 다른 세상에서 왔거든요. 미국에서의 올해가 아이에게 좋은 한 해가 되어야 해요. 이건 아주 중요합니다. 아이는 사실 별로 오고 싶어 하지 않았거든요. 그래서…"

그래, 그러니까, 핑계는 아니군. 실제로 이유가 있었어. 좀 더 훌륭한 교사가 될 수 있는 기회지. "물론이죠. 언제가 편리하겠습니까?"

우리는 백 투 스쿨 나이트가 지나고 이틀 후로 날짜를 잡았다. 우리는 하버드 스퀘어에 있는 버덕스 카페에서 만나기로 했는데, 그건 내가 썩 좋아하는 장소도 아니고, 그렇다고 시레나가 제안한 곳도 아닌 것 같으니, 참 기이한 일이다. 나는 필시 그 카페가 이 지역 생활의 하이라이트라 해서 거길 제안했을 것이다, 틀림없다. 하지만 정작 나한테는 항상 텁텁하게 느껴지는데다, 창문에는 김이 잔뜩 서리고, 앉을자리는 얻어걸리기도 어려운 곳. 그뿐인가, 이 집 케이크는 너무 느끼하고 엄청 비싸지만, 그렇다고 굳이 작심하고 버덕스까지 갔는데 케이크를 안 먹으면 그건 또 항상 뭔가를 낭비하는 느낌이 든다. 말이야 바른 말이지, 난 스타벅스가 더 좋다. 솔직히 말해서 음식이 형편없기 때문에 그걸 피하는 게 전혀 어색하지 않거든. 그렇지만 파리에서 온 사람한테 스타벅스로 오라고 하기도 어렵잖아.

나는 종종 궁금했다. 샤히드 가족이 이방인이라는 사실이 그들을 매력적이게 만드는 걸까? 나는 언제나 이국적인 것에 이끌렸다. 고등학교에 들어가던 해 런던에서 온 해티라는 이름의 교환학생이 있었는데, 난 그가 나타나기도 전부터 이미 그를 친구로 사귀겠다고 맘먹었다. 천상의 아이인 듯 창백하고, 달덩이 같은 얼굴에 크고 푸른 두 눈. 탈색된 단발머리가 매력적으로 흘러내려 얼굴의 절반을 덮었고, 복고풍의 새까만 맥 노트북 뒤판에는 과녁이 프린트되어 있었다. 해티는 튼튼한 친구였다. 뚱뚱한 게 아니라 강하고 튼튼했다. 검은색 레이스업 워커 부츠를 신고, 조이 디비전이나 클래쉬의 음악을 들었다. 물론 영국의 런던 출신이었다. 우리 학교에서 해티와 비교될 만한 아이는 아무도 없었던 게지. 나는 한 해 동안 해티를 위한 가이드 겸 조수 역할을 수행했고, 덕분에 우리 반 친구들의 눈에는 내가 훨씬 더 '쿨'하게 보였다. 자신이 나랑 꼭 같은 혹은 거의 같은 나이라는 사실을 해티가 실토한 것은, 그가 우리 학교에서 공부했던 기간의 절반이 흘렀을 때였다. 나는 경외감에 사로잡히기도 했고 놀라서 당황스럽기도 했다. 당황스러웠던 까닭은, 내가 어딘지 특별하다는 주장이 갑자기 허탕이 되어버렸기 때문이었다. 해티의 넉넉한 화살집 안에 담긴 화살 한 대에 불과하잖아.

그러나 이국적인 것으로 말하자면, 별 생각도 없이 브룩스 브라더즈 옷들만 입고 매서추세츠 웨넘에서 자라난 우리 아버지에겐 이국적이랄 게 조금도 없었다. 이국적인 풍취가 없기로는 엄마도 마찬가지였다. 다만 외할머니가 이탈리아계였는데 엄마가 두 살 때 돌아가셨고, 사진 한 장만 달랑 남아 있을 뿐이었다. 그리고 이모 한 분이 독실한 가톨릭신자여서 성직자가 되는 것까지 심각하게 고려했던지라, 그게 우리가 보기엔 꽤나 이국적이었다. 또 매트 오빠는 어렸을 때부터 어찌나 미국적이었던지 채소도 멀리했고, 외국 음식이라면 인도, 중국, 태국 등등을 가리지 않고 모두 끔찍이도 싫어했다. 누리끼리한 소스를 발라 먹는 말고기 아니냐면서 모조리 퇴짜를 놓곤 했다. 지금이라고 뭐 별로 달라지진 않았을 거다. 그래, 이국적인 것을 향한 동경은 오롯이 나만의 것이었다.

"엘드리지 가문은 거의 우리 마을이 첨 생겼을 때부터 있었어." 아빠는 와인 병을 따거나 으깬 감자를 나눠주면서 의기양양하게 말했다고 한다. "우린 내력 있는 혈통이라고." 상류층 사람들의 으리으리한 바닷가 저택에서 자전거로 잠깐이면 다다르게 되는 맨체스터-바이-더-씨에서, '거의'라는 아빠의 그 말이 얼마나 많은 걸 말해주는지! 첨부터가 아니라 '거의' 첨부터였기 보잘것없는 우리 집 현관 같은 냉혹한 결과가 만들어졌다는 생각이 든다.

나는 내가 잠깐 동안이라도 파리나 로마나 마드리드에서 살게 되리라고 늘 생각했다. 이제 돌이켜보면 퍼뜩 깨닫게 된다, 잔지바르나 파페에테나 타시켄트 같은 곳은 꿈도 꾸지 않았잖아? 난 환상조차도 조심스러웠던가, 착한 소녀의 환상, 빛바랜 아몬드 같은 환상?

지난 몇 년 동안 나는 마리안느 페이스풀의 노래 "루시 조던의 발라드"를 자주 떠올렸다… "서른일곱 나이에 그녀는 깨달았지, 스포츠카를 타고 따뜻한 바람에 머리칼을 휘날리며 파리 시내를 달릴 일은 절대 없으리란 것을…" 그럴 때면 난 눈동자 뒤에 아스라한 아픔을 느꼈다. 그 아픔은 스포츠카로 파리를 내달리는 황홀한 순간이 결코 오지 않을 것이기 때문이 아니었다 —
참 얼빠지고 너무나 그릇된 생각이었지만 나는 서른일곱, 서른
여덟, 심지어 서른아홉이 되어서도 그런 순간이 오리라고 확신하
고 있었으니까. 그 아픔은 (나의 '레자 연대기'의 첫해였던) 서른일곱
살이 한 번쯤 삶의 주판알을 튕겨보는 때며, 내 삶에도 형체와
지평이 있다는 사실과, 이제 내가 대통령이나 억만장자가 되기
는 글렀다는 사실과, 아직도 아이가 없다면 필시 죽을 때까지 그
건 변하지 않을 거란 사실을 마지막으로 한 번 인정해야 할 때라
는 마리안느의 말이 구구절절 옳기 때문이었다. 그런 다음엔 우
리가 정식으로, 공식적으로, 늙은이가 되기 전에 한 차례 순응
하는 기간이 있지만, 나는 그걸 순응의 목적으로 사용하지 않았
다. 난 그 세월을 다른 식으로 썼다. 혹은 달리 쓴다고 생각했다.
그러니까 난 내 인생을 진짜로 만들기 위해서 그 때를 쓰고 있다
고 생각했다. 육십 년대에는 다들 그렇게 말하지 않았던가? 내
자아를 "실현하기" 위해서라고? 그러나, 웬걸, 알고 보니 난 지금
이 순간까지도 여전히 펀 하우스 안에 갇혀 있다.

5

시레나는 백 투 스쿨 나이트 행사에 나타나지 않았다. 나는 망설였다. 전화를 걸어서 이틀 후 버딕스에서 만나기로 한 약속을 상기시켜주어야 하나? 나는 그냥 두고 보기로 했다. 내가 이러는 건 교사답지도 않거니와, 도무지 어른답지도 않은 짓이란 걸 잘 알고 있었다. 나는 우정의 테스트를 실시하고 있었던 것이다.

그녀는 테스트에 합격했다. 거의 십오 분이나 늦긴 했지만, 약속장소에 왔다. 짐 보따리와 가방을 예닐곱 개나 들고 오는 것 같더니, 숨을 헐떡이며 빙충맞게 다른 손님들을 툭툭 건드렸다. 그리고는 끝내 핫 초콜릿을 마시고 있던 어느 할머니의 뒷머리를 치고 말았다.

나는 한동안 기다리고 있었던 터라 간신히 테이블을 차지할 수 있었다. 이곳의 테이블과 의자는 작기도 하고 다닥다닥 붙어

있는데다 편하지도 않지만, 우리는 겨우 몸을 집어넣고 발치에
다 그녀의 물건들을 쌓아놓았다. 실내는 따뜻했지만 우린 코트
를 그냥 입고 있었다. 딱히 코트를 놔둘 만한 곳이 없었기 때문
이다.

"쇼핑했군요?"

"네, 쇼핑했어요. 내일이 남편 생일이라서." 그녀는 예쁜 웃
음을 지었다. "우린 항상 선물을 두둑하게 주고받아요. 대단한
건 아니고, 그냥 자질구레한 것들을 많이. 적당한 걸 고른다는
건 항상 어려운 과제잖아요. 그이는 좀… 특이하다고… 하나요?"

"특이하다고 하죠."

"네, 바로 그거예요, 특이하거든요"

"그러니까 남편분의 비즈니스 때문에 여기 오신 거로군요?"

"딱 일 년 동안만. 대학교에서 연구비를 받아 무슨 책을 저
술하고 있답니다."

"흥미롭군요. 무슨 주제로 책을 쓰시나요?"

"전 제대로 설명해드릴 수 없으니까, 아마 그이에게 직접 물
어봐야 할 거예요. 아무튼 윤리에 관한 책인가 봐요. 윤리와 역
사. 그 양반은 인간이 역사를 진실로 이야기할 수 없다는 사실
에 대해 흥미가 있대요. 따지고 보면 그딴 건 존재하지도 않지만.
하지만 그렇기 때문에 우리는 역사를 윤리적으로 이야기하도록
노력해야 한다나… 근데 그게 무슨 뜻이지요?"

"어째서 역사가 진실일 수 없다는 걸까요?"

"인간은 언제나 역사의 한 부분밖에 갖지 못하니까. 삼백 육십 도의 그림을 그릴 수도 없고, 한 인생의 단 한 순간에 경험하는 것들조차도 모두 다를 보여줄 수는 없잖아요. 그러니 우리가 어떻게 한 개인의 이야기, 한 민족의 역사, 한 국가의 역사를 진실로 말할 수 있겠어요? 완전 불가능이죠." 시레나는 좌절과 절망의 유쾌한 표현으로 두 손을 번쩍 들어올렸다.

"그렇다면 당신은 어떻게 하죠? 당신도 역사학자인가요, 아님, 윤리학 하는 분, 뭐 그런 거예요?"

"천만에! 난 그런 것 절대 못해요. 말이란 건 내 몫이 아닙니다." 그녀는 나를 빤히 쳐다보았다. 대리석 같이 까만 두 눈이 반짝였다. "난 예술가예요. 이런저런 것들을 만들죠. 설치하고. 비디오를 할 때도 있고." 그녀는 마치 케이크를 만든다든지 우표를 수집한다고 털어놓기라도 하듯이 침착한 어조로 말했다. 진심이라는 걸 알 수 있었다.

"설마… 정말이에요?"

"물론이죠. 왜요?"

"나도 예술을 하거든요."

농담이 아니라는 그녀의 말에 나는 속으로 짜릿한 떨림을 —이거야! 물론이지! 우리에겐 공통점이 있어!— 느꼈지만, 그가 미소를 보내자 행여 나한테 전문가 행세를 하려는 충동을 먼저 느끼지나 않을까 걱정이 되었다. 예술 하는 것이 나에겐 취미에 불과하다고 생각하진 않을까? 나는 초등학교 교사일 뿐이라고 생각하진 않을까? 그러나 시레나는 예절을 차리느라 속내를 드러내지 않았다. "당신의 작업에 대해서 꼭 듣고 싶군요. 정말로요."

"아니, 아니에요. 내가 당신의 작업에 관해 듣고 싶어요. 나에 대해선 다른 기회에 이야기하고." 그 말은 다른 기회가 있으리란 걸 전제로 했기 때문에, 나는 좀 너무 앞서가는 느낌이 들었다. "오늘 여기 온 것은 레자에 대해서 이야기를 듣기 위해서고, 그 말은 당신의 삶에 관해서 알고 싶다는 겁니다."

"우리 '가족에 관해선 딱히 할 말이 많지 않아요. 하지만 레자는, 그 애는 너무나 소중합니다. 왜냐하면 우린, 아니, 나는, 더 이상 아이를 가질 수 없거든요. 당신도 형제자매가 있지요, 노라?"

"오빠가 있어요."

"그렇다면 그게 어떤 건지, 얼마나 중요한지 알 겁니다. 나는 다섯 형제 속에서 자랐고 남편은 삼 형제였는데, 그 중 하나가 죽었어요. 어쨌거나 우리는 아이를 더 갖고 싶고, 레자를 위해서도 그래요, 아시겠죠?"

"교육자로서 말하자면 외동인 아이들은 학업 면에서 불리한 경우가 종종 있다고 해야겠지요…"

"그렇겠죠, 우리 부모들이 그런 아이들을 응석받이로 키우고 엄청 시간을 쏟으니까요. 그거 아세요, 외동인 아이들은 부부 사이에 제 삼의 인물처럼 된다니까요? 환경 때문에 아이들이 된다기보다 작은 성인이 되는 거죠."

"레자에 대해서도 바로 그런 게 걱정이군요?"

"네, 우린 그걸 우려하고 있어요. 파리에서는 걔를 위해서 아이들의 세계를 만들어주었거든요. 사촌 형제도 있지만 ─이탈리아에 사는데 진짜 사촌은 아니에요─ 사촌이나 진 배 없이 가까운 친구들도 있답니다. 우리 아파트에만도 오래 전부터 알고 지내던 생일이 삼 주 빠른 계집아이를 포함해서 친구가 셋이나 돼요. 거의 매일매일 서로 만나곤 하지요."

"아, 그러니까 미국으로 온 게 레자에겐 힘든 노릇이었군요."

"네, 물론이죠, 우리 세 사람 모두에게 힘들었어요."

"그런 걸 알고 있으면 도움이 됩니다. 고마워요." 난 무언가 좀 더 은밀한 정보가 누설되기를 바라고 있었다. 정확히 어떤 걸 바랐는지는 나 자신도 모르겠다.

"하지만 레자가 괴롭힘을 당한 일은, 글쎄, 뭐랄까…"

"네, 그 일은 끔찍했지요, 잘 알고 있습니다. 방심하지 않고 지켜볼 거예요. 하지만 그 악동들은 레자를 잘 알지 못하는 상급생들이었어요. 우리 반에서라면 레자는 대단히 인기가 좋답니다. 다들 아주 좋아하지요. 사내아이들이나 계집아이들 모두가요. 레자는 아주 싹싹한 아이거든요."

"네, 싹싹하고 착하죠."

"게다가 영어도 아주 많이 좋아지고 있습니다."

"그렇군요. 우리 식구는 저녁 식사를 할 때도 연습한다는 생각으로 영어로만 이야기를 나눕니다. 세 사람 모두 간간이 실수를 해가면서 말이죠. 식탁의 어떤 물건을 가리키는 영어를 모를 땐, 그냥 '그것 좀 주세요'라고 말해요. 때로는 모두들 너무 피곤해요. 하지만 요즘 레자는 우리한테 영어 단어들을 가르쳐주고 있어요."

"저속한 말들은 아니겠지요, 설마?"

"그런 말도 가끔…" 시레나는 미소를 띠었다.

우리는 커피를 다 마셨다. 인식의 순간, 그 조짐 —여기엔 당연히 어떤 의미가 있어야 했다.

"그나저나 당신의 예술은…" 나는 입을 뗐다. "당신의 예술에 대해서 뭔가 이야기를 하려던 참이었잖아요."

우리가 처음으로 나누었던 그 대화에서 그녀는 살림살이나 허섭스레기로 만든 화사한 정원과 정글 같은 설치예술에 관해 이야기를 해주었다. 비누를 정교하게 깎아 만든 앵초, 염색한 행주와 녹말로 모양을 낸 활짝 핀 백합과 튤립, 꼼꼼하고도 완벽하게 페인트를 칠해서 광을 올린 빨랫줄과 포일 같은 것들 말이다. 말로만 들을 때는 생생하게 그려지지가 않았지만, 그래도 아이디어는 이해가 되었다. 낙원의 비전, 공상적이고 아름다운 모습이 눈앞에 펼쳐지지만, 그 안으로 들어가 가까이 보게 되면, 꽃들은 오물이 묻어 얼룩덜룩하고 덩굴은 부서져 내리는 걸 알 수 있고, 밀랍 같은 이파리 위를 기어 다니는 반들반들한 딱정벌레는 사실 곰팡이 덮인 병뚜껑이거나 낡은 가죽 단추에다 다리를 붙인 것임을 깨닫게 된다는 아이디어. 시레나의 설치예술 작품에는 아든의 수풀, 애벌론, 오즈, 엘시노어 같이 동화나 전설에서 따온 이름이 붙어 있었지만 사실 그건 부엌이나 세탁실에 불과했다. 자세히 들여다보면 멋진 폭포 뒤엔 케케묵은 싱크가 있고, 나무 사이의 바윗돌들도 기실 가스버너로 태운 듯 새까맣고 부드러운 천을 댄 세탁기나 탈수기라는 걸 오래지 않아 깨닫게 된다.

시레나는 최근에 그런 설치작품들을 비디오에 담았다는 이야기도 들려주었다. 또 그 비디오의 스토리는 그 아름다운 세계가 사실은 가짜이며 쓰레기로 만들어졌음을 밝히는 내용이라고 했다. 그렇지만 우선 작품이 전체적으로는 아름답게 보이도록 촬영해야 했는데, 때로는 그게 어렵더라는 말도 했다. 그뿐인가요, 이야기로 푸는 게 또한 쉽지 않더라고요. 비디오를 만들 땐 스토리가 있어야 하고, 스토리는 시간을 두고 다른 방식으로 전개되는 법인데, 그게 항상 원하는 대로 전개되질 않더라고요.

나에게 이 모든 걸 이야기해주는 동안, 시레나는 한편으론 그걸 자랑스러워하고 심지어는 열정적이기까지 하면서도, 다른 한편으론 살짝 염세적인 태도를 버리지 않고 있었다. 나는 그걸 알 수 있었다. 은근히 감정이 상했다.

"당신이 지금 작업하고 있는 걸 좀 볼 수 있을까요?" 그렇게 물었다.

그녀는 고개를 절레절레 흔들며 베일처럼 내려온 머리칼을 통해 날 쳐다봤다. "원더랜드를 만들기로 되어 있어요, 그게 다음 프로젝트죠. 하지만 지금 여기엔 거기 관련된 게 아무 것도 없어요. 어쩌면 이전 작품들에 대한 비디오를 당신한테 보여줄 수는 있을지 모르겠군요. 실물과 똑같지는 않지만… 정말로요."

"하지만… 왜요?"

"공간의 문제죠. 내 작업 도구도 그렇고. 내 세상을 온통 거기 두고 왔으니."

"그렇다고 작업도 하지 않고 일 년씩이나 견딜 수는 없잖아요!"

"당연하죠. 그랬다가는 아들도 남편도 알고 싶어 하지 않는 괴물이 되고 말 걸요. 내가 미쳐버리지 않도록 지켜주는 게 바로 그거잖아요. 그것마저 없다면 너무 어두울 거예요."

"나도 마찬가지예요. 예술을 해야지, 안 그러면 미쳐버릴 걸요."

시레나는 미소를 지었다. 진심이 내비치는 미소를. 마치 정말로 지금 나의 해명을 듣고 싶다는 듯이. 그래서 나는 그에게 모두 말해주었다. 어릴 땐 커다랗고 지저분한 그림들을 그리곤 했다는 것, 하지만 엄마가 병으로 누워 자그마한 신체기능이 하나씩 없어지며 죽음을 향해 가던 그 여러 해 동안은 그림을 그릴 수 없었다는 것, 큼직한 제스처는 도무지 할 수 없었다는 것, 대신에 작은 물건들, 구두상자 크기의 방들, 조셉 코넬 규모의 디오라마 따위로 ―적어도 그런 것들만큼은 나한테서 뺏어갈 수 없는 것처럼― 눈을 돌렸던 것, 그리고 그런 것들은 내가 나 자신의 몰락을 막으려고 둘러친 파편들이었다는 것을. 하지만 어떻게 내가 더 이상 작품을 남들한테 팔기는커녕 보여주려는 노력조차 하지 않았으며, 내 작품이 이 세상에서 보금자리를 찾으리라는 생각조차 포기했는지는 설명해주지 않았다. 그 지긋지긋하게도 느린 생명의 소멸 중에도 어쩐지 내가 엄마의 삶을 지탱해줄 수 있는 유일한 길은, 가까이 다가가 버티며, 그가 나를 만들었듯이 내가 만든 것에 매달리는 것이라고 느꼈기 때문이라는 것도 말하지 않았다. 그런 생각이 말이나 될 것인지, 걱정되었기 때문에 그 땐 일체 언급을 하지 않았던 것이다. 그러나 안을 환하게 밝힌 상자들이며, 온갖 장면과 세상을 세밀화로 그렸던 일도 이야기해주었고, 그럴 때마다 항상 어딘가에, 거의 또는 전혀 보이지 않는 어딘가에, 조이 디비전의 모습을 아주 작게 황금빛으로 그려 넣었다는 것도 말해주었다.

"나로서는 믿는다는 게 정말 어려웠지만, 그래도 스스로를 떠밀어서라도 믿음을 갖는 게 가장 중요했죠. 그래서 난 어떤 상황에서든 그림 속에 환희를 집어넣었어요. 심지어는 죽음의 장면에도 그려 넣었고."

"이해할 수 있어요, 진심으로." 시레나는 그렇게 말했고, 나는 그녀의 말이 진심이라는 걸 알 수 있었다. 갑자기 그녀와 오후를 함께한 건 가치 있는 일이었고, 앞서 느낀 그 조짐에도 의미가 살아났다. 이제 우리는 버딕스의 작고 거북한 테이블에서 일어나 어둠이 깔린 오후를 향해 각자의 길을 가도 좋았다.

다시 서투른 동작으로 물건을 주섬주섬 그러모으고 있던 시레나는 날 쳐다보지도 않은 채 이렇게 말했다. "어디 작업 공간을 빌릴까 생각 중이예요. 헌데 내 맘에 드는 곳은 너무 크더라고요. 난 그렇게 큰 곳은 필요 없는데. 누구랑 함께 쓰면 더 좋겠죠? 혹시 관심 있어요?"

"네, 관심 있어요." 그녀가 무엇을 제안하고 있는지 제대로 이해하기도 전에 나는 불쑥 대답했다. 너무나도 신속한 "네"였다.

우린 밖으로 나와 인도에 섰다. 그녀는 내 팔에 손을 얹었다. 그의 아들이 작은 손을 내 팔에 얹었던 것과 똑같이. 아이의 제스처가 어디서 왔는지를 이제 알 것 같다. "전화할게요." 시레나가 말했다. "주말에 스튜디오 보러 가요. 토요일 오후, 어때요? 그땐 남편한테 레자와 함께 놀라고 해도 돼요."

"좋아요." 그날 아빠를 보러 가겠다고 이미 약속해놓았다는 사실이며, 그렇게 되면 브루클린의 아파트에서 이제나 올까 저제나 올까 나를 손꼽아 기다릴 그 깡마르고 머리가 허연 늙은이한테 전화를 해서 실망시킬 수밖에 없다는 사실은 생각조차 하지 않은 채 나는 그렇게 답했다. 게다가 내가 저지른 실수를 깨달았을 때조차, 나는 동요하지 않았다. 시레나가 확답을 주기도 전에, 나는 아빠한테 전화를 걸었다. 레몬처럼 노랗고 뜨거운 거실, 두 분이 함께 맨체스터에서 이사 왔을 때 (카드는 이미 테이블 위에 다 펼쳐졌지만 엄마는 여전히 그런 선택을 할 수 있었을 때) 엄마가 골라준 플러시 천의 기묘하고 낡은 장미색 폭넓은 양탄자, 그 속에 앉아 있는 아빠의 모습이 그려졌다. 옛집에서 버리지 않고 남겨둔 것 중에서도 부스러지기 쉽고 늙은이 냄새와 분위기를 가장 잘 풍길 법한 색깔이며 가구들을 들여옴으로써 엄마가 일부러 노인네 아파트처럼 만들었다는 사실이 나한테는 참으로 기이하게 느껴졌다. 마치 그렇게 함으로써 스스로의 의지로 노년에 접어들겠다는 듯이, 마치 계속 나아갈 수 있는 만반의 준비만 갖추면 거침없이 계속 나아갈 수 있다는 듯이 말이다. 그리고 아빠랑 대화를 할 때마다, 나는 이 핑크와 노랑의 바다에 내던져진, 겉으로도 그렇게 보였지만 실제로 그런 주위 상황은 깨닫지도 못하는, 그의 모습이 그려졌다. 나는 예기치 못했던 일이 생겼다고 아빠한테 말했다. 넌지시 학교 일 때문이라는 듯한 암시를 주었다. 아빠는 날 위해 기뻐해주는 내색을 하려고 애를 썼다. 어쩌면 직장에서 승진이라든지 뭐 그런 좋은 일을 의미한다고 생각했을지도 모른다. 한편 나는 마치 아빠를 보러 가는 것 외에는 아무 것도 바라는 일이 없다는 듯, 예기치 못한 일이 생겨 짜증난다는 기색을 드러내려고 애를 썼다. 우리 두 사람 모두 너무나도 오랫동안 이런 순박한 기만행위에 빠져 있어서 그걸 거의 의식하지도 못했다. 나는 아빠가 실망하고 있다는 걸 잘 알고 있었지만, 그땐 너무나 흥분되어 있어서 그걸 제대로 개의치도 않았다. 창피하지만 인정해야겠다.

살다보면 내 인생이 하찮아 보이고, 내 주변은 언제나 그대로인 것처럼 보일 때가 온다. 아무 것도 변하지 않을 것이며, 희망은 날 위한 게 아니라는 생각이 들 때, 그러니까, 저 루시 조던의 때가 온다. 그리고 네가 나라면, 네 삶의 조건에 눈뜨게 되는 그 초기엔 분노조차 느끼지 않을 거다. 당황할지는 모르지, 충격을 받을지도 모르고. 하지만 그런 게 바로 살아간다는 것 같아. 가닛힐[6]의 카탈로그가 전달되고 화장실에서 그 카탈로그를 세세히 들여다보는 게 하루의 가장 신나는 일과인 세상, 첫 번째 폭풍이

지난 다음 눈에 묻힌 장엄한 공동묘지를 한참 걸어 다니면서도 귀신들 사이에서 용케도 길을 잃지 않고 엄마의 비석을 찾아내 그 돌에, 엄마의 뺨에, 키스를 하는 것, 그것이 승리인 세상 말이야. 비석은 네 입술과 코에 싸늘한 맛을 남기고, 이랑진 구름이 깔린 하늘은 옅은 자줏빛으로 물들지. 이런 세상은 네가 한때 스스로 그런 곳을 누빌 숙명이라 믿었던 뉴욕 미트패킹 디스트릭트의 화랑에서 벌어지는 사치스러운 모임과는 완전히 판판이다. 그 세상이 아름답기는 하지만 —비탄과 고뇌 또한 아름다울 수 있잖아— 이 자그마한 승리에는 뭔가의 시작이란 측면은 조금도 없다. 묘지의 열린 문들이 있다고 해서 반드시 들어가고 싶은 문은 아니잖아, 뭐, 그렇게만 말해두기로 하자.

그러나 역시 거기 있는 것은 '죽음' 아니면 가닛 힐 카탈로그인 것 같다. 그럴 거야. 그 유쾌하고도 속이 빤히 내비치는 '죽음으로부터의 기분풀이' 말이야. 혹은 그 대타로 로 앤 오더에서 그걸 —벤슨 형사! 스테이블러 형사! 오래 헤어져 있었어!— 찾을 수 있고, 더 이상 혼자일 필요가 없어. 밤낮을 가리지 않고 어느

---

6) **Garnet Hill** 여성 의류, 아동용품 및 가정용품 전반을 온라인과 오프라인으로 판매하는 미국의 유명 쇼핑몰.

7) **Meatpacking District** 뉴욕 웨스트 빌리지의 한 구역으로 원래 도살장과 축산 가공공장들이 즐비했으나 지금은 완전히 환골탈태하여 미술, 패션 및 문화의 중심지로서 많은 클럽이 밀집해있기도 하다.

채널에선가는 방송을 하고 있으니까.

　그러다 느닷없이 무언가 다른 어떤 것이 나타나지. 조금도 기대하지 않고 있을 때에. 갑자기 하나의 기회, 하나의 자리, 감히 상상조차 할 수 없었던 어떤 사람 혹은 사람들이 등장하는 거지. 이 세상에서 금이란 금은 모조리 영원히 사라져버렸다고 생각했었는데, 이제 노다지를 발견한 것만 같은 느낌이 ―의기양양하게도!― 드는 것이다. 네가 언젠가 분노하고 있었다는 사실, 도대체 분노가 무엇인지를 알기라도 했었다는 사실을 잠시나마, 아니, 어쩌면 오랫동안, 잊을 수 있게 해준다면, 그걸로 충분하다.

6

나는 규모가 작은 인문과학대학으로서 특히 언어학 분야가
잘 알려진 버몬트의 미들베리에 입학했다. 스튜디오 아트를 전공
으로 택하지는 않았다. 미들베리까지 가서 그걸 전공하는 게 무
슨 의미가 있을까 싶었던 것이다. 대학을 선택하기 전에 엄마아빠
와 가졌던 논쟁은 거의 전투를 방불케 했다. 나는 이미 프로비던
스에 있는 예술학교 RISD와 뉴욕의 프랫, 그리고 몇몇 전통적인
인문과학대학에 입학원서를 제출해놓은 터였다. 엄마아빠는 나
를 앉혀놓고서 만약 내가 예술을 공부하러 간다면 그것은 좋은
기회를 낭비하는 거라는 생각이 든다고 했다. 그것이 아빠의 의
견이라는 사실은 놀랄 일이 못되었다. 그러나 나는 엄마를 신뢰했
기 때문에, 엄마 말에 귀를 기울였다.

"어떤 식으로든 넌 예술을 하게 될 거야." 엄마가 말했다. "너

의 예술은 학위에 달려있는 게 아니야. 아니, 정직하게 표현하자면, 너의 예술은 학위란 게 무의미한 영역에 살아 있어."

"그렇다면 뭣 때문에 대학교엘 가죠? 그냥 사회에 나가서 예술을 하면 안 돼요?"

"이봐, 꼬맹이" (다른 어느 누구도, 심지어 아빠도, 날 꼬맹이라고 부르지 않았는데. 엄마는 날 그렇게 불렀다. 그리고 더 이상 말을 하지 못하게 된 다음엔 두 눈으로 꼬맹이란 말을 하는 것 같은 느낌이 들었다.) "넌 아직 열여섯이야. 아직 투표를 하거나, 술을 마시거나, 아파트 계약서에 사인을 할 나이도 안 되었지. 간신히 운전이나 할 수 있을 정도잖아. 넌 이제 집을 떠나 대학엘 가도 좋고, 집에 남아 우리랑 살면서 차고에서 미술을 하다가 나중엔 하루 종일 길에 나가 아이스크림을 팔아도 돼. 모두 네가 선택하기 나름이야. 하지만 내가 너라면 무얼 선택할지는 분명해. 이 숨 막히는 쓰레기더미 같은 곳을 떠나는 거지. 넓은 세상을 보는 거야!"

"그럼, 엄마는 왜 여기서 이러고 있는 거야?"

"내가 어쨌다고?"

"나가서 세상 구경을 왜 하지 않느냐고?"

"아, 꼬맹이." 엄마는 내 머리칼을 쓰다듬었다. 그때 내 머리는 제법 길었기 때문에 그걸 쓰다듬는 것은 내 등의 좀 더 아래쪽까지를 쓰다듬어준다는 뜻이기도 했다. 꼬맹이 생쥐가 아니라 고양이를 쓰다듬어주는 것 같았다. 난 그 느낌을 사랑했다. 엄마의 아이인 것이 너무 좋았다. 엄마를 쳐다보면서, 와, 세상에서 엄마가 제일 예뻐, 라고 생각하던 기억이 난다. "귀여운 것, 나에게도 그런 순간이 있었단다. 어쩌면 또 한 번의 기회가 올지도 모르고. 하지만 지금 당장 여기엔 내가 필요해."

"어째서요?"

"이 집안을 따스한 가정으로 만드는 게 나라는 것, 몰랐니? 그게 엄마가 하는 일이야."

"하지만 내가 떠날 것이고, 그러면…"

"난 아빠를 사랑해. 아빠도 가정이 필요하잖아."

그런 다음 우린 다시 내 대학교 문제로 돌아갔는데, 미술학교는 정말이지 선택의 가능성이 없어 보였다. 대출받은 돈까지 합해봐야 대학이란 데를 보내는 것조차 빠듯할 정도로 돈이 없었고, 내가 대학과정을 마친 다음엔 직장을 구하는 것이 엄마에겐 대단히 중요했기 때문이다.

"넌 아직 애기야. 나중에 미술학교에 갈 수 있고, 그래도 맞비겨떨어질 테니까 걱정 마. 먼저 BA를 딴 다음에 그 위에다 미술 석사학위를 받으렴, 그러면 넌 만사 준비 튼튼 되는 거지. 난 네가 모든 걸 다 가지고 다 누렸으면 좋겠다. 네가 어렸을 때는 '미시즈 학위'니 뭐니 했지만, 지금은 세상이 다르잖아. 넌 남편이 주는 용돈 따위로 먹고 살지 않을 거고, 아무리 사랑하는 사람이 있다 하더라도 그 남자에 매달려 살진 않을 거야. 너 자신을 제외하고는 그 어떤 사람에게도 기대지 않을 거라고. 그렇게 약속하는 거야, 그치?" 엄마의 목소리에는 강렬함, 그 '엣지'란 게 있었는데, 그땐 그걸 어두움이라 생각했지만, 지금은 분노로 인식한다. 그것은 엄마의 간헐적인 절망의 시절에 듣게 되는 어조였다. 그렇게 하여 나는 미들베리에 진학했다.

엄마의 삶에서 커다란 딜레마는 너무 늦게, 그리고 너무 가혹한 대가를 치르고서야 자유를 엿본 것이었다. 나는 항상 그렇게 이해하고 있었다. 엄마는 중도에 온갖 규칙이 변했던 세대의 사람이었고, 말끔하게 다려진 리넨과 세 코스짜리 정식과 올려묶은 머리에 헤어스프레이를 뿌리던 세상에 태어났었다. 여자들을 교육시켜놓고는 집안일에다 배치했던 세상이었다. 그건 말하자면, 정교하게 수를 놓은 식탁보에다 엉망으로 더럽혀진 아이들의 아침식사를 내놓는 것이나 별반 다름없었다. 미시건대학교에서 획득한 그녀의 학위는 한낱 장식품에 지나지 않았으며, 그 학위증명서를 액자에 집어넣어 처마 밑 고미다락 안의 버려진 장난감으로 가득한 상자 뒤에 먼지더미를 뒤집어쓴 채, 아무도 찾지 않는 이류 미술작품 사이에 세워두었다는 것이 언제나 의미심장하게 느껴졌다. 엄마는 집안에서 처음으로 대학교육을 받은 여자였기 때문에, 졸업장을 액자에 걸어둘 만큼 신경 썼지만, 나중엔 그렇게 신경을 썼다는 자체가 부끄러워졌다. 그 졸업장으로 아무것도 이룩한 일이 없고 그저 자신의 기회를 날려버렸다는 느낌이

들었기 때문에.

이처럼 자긍심이 부끄러움으로 변한 것은 내가 태어난 직후 언젠가의 일이었다고 생각된다. 나는 1967년 세상에 모습을 드러 냈고, 내가 세 살이 되었을 즈음엔 맨체스터에서 엄마랑 가장 가까웠던 두 친구가 이혼을 하고 다른 곳으로 이사를 가버렸다. 자유로워진 자들의 혼란스럽고 딱히 더 행복하달 수도 없는 삶으로 다시 태어난 것이었다. 오빠는 우리 엄마 벨라 엘드리지가 겨우 꽃다운 스물셋일 때 태어났다. 그 소중한 교육을 받고서 엄마가 한 일이 바로 오빠를 가진 것이었다.

내가 알고 있는 한, 엄마는 첫 아기를 갖고 모든 걸 불사르는 모성의 욕구 때문에 온통 열정을 보인 케이스는 아니었다. 그땐 엄마 주위의 모든 젊은 아낙들이 꼭 마찬가지였다. 그들은 커피를 마시며 제인 오스틴을 논했고, 그러는 동안 천 기저귀를 찬 아기들은 마룻바닥에서 버둥대고 있었다. 여자들은 여전히 학생들이나 다름없어서, 돈 걱정을 하지 않아도 되는 걸 다행으로 생각했고, 인생은 길다는 것을 믿으며 여전히 명랑했다. 그 인생은 바닥 전체를 덮는 양탄자와, 도기로 만든 새 전기냄비 정도 이상의 좋은 것들을 가져다 줄 것이며, 간간이 결혼기념일 선물로 록-오버나 코플리 플라자에서 멋진 저녁을 하게 될 것으로 믿어 의심치 않았다. 엄마는 희망을 가져도 좋을 만큼 젊었던 것이다.

살짝 프랑켄슈타인을 연상시키는 사각 머리와 밝고 푸른 눈의 아기 매튜에 대해서는 -오빠는 당시의 갓난아기들과 닮아 있어서, 요즘 아기들에게서 잘 볼 수 없는 참으로 미국적인 면모를 지니고 있다- 비디오로 찍은 홈 무비와 구식 슬라이드가 얼마든지 많은데, 그 배경에는 손에 담배를 쥔 엄마가 얼굴을 여러 각도로 기울이고는 싱긋이 웃고 있다. 엄마는 아기의 놀이기구를 보며 싱긋 웃거나, 크리스마스트리 옆에 서서 싱긋 웃거나, 푸른 깅엄 식탁보를 씌운 독립기념일 피크닉 테이블 뒤에 서서 싱긋 웃고 있다.

나중에 찍은 사진들로 내가 갓난아기였을 때의 장면 가운데 남아 있는 몇 안 되는 것들을 보면, 한낮의 햇빛조차도 더 어두워 보인다. 어쩌면 코닥이 제조법을 바꾸었을 수도 있고, 아니면 세상이 계속 변모했기 때문일 수도 있다. 나는 보통보다 작고 성격이 어두운 아이였다. 삼 주일이나 빨리 세상에 나왔는데 ("항상 참을성이 없지, 우리 딸내미." 아빠는 그렇게 말하곤 했지) 체중은 육 파운드에도 못 미쳤고, 검고 짙은 머리칼은 출생 이후로 모두 빠져버려서 몇 달 동안 거의 대머리가 되어버렸다. 사진 속의 나는 예쁜 옷을 화려하게 차려입고 통통한 한쪽 발이 치맛단 아래로 쑥 삐져나온 어리둥절한 개구리처럼 생겼고, 덩치 큰 여덟 살배기였던 오빠는 뻐드렁니를 드러낸 채 액자의 가장자리로부터 나를 곁눈질로 비스듬히 바라보고 있다. 엄마는 이런 사진 속에 어디든 거의 모습을 드러내지 않는다. 필시 이 사진들을 찍고 있었을 거다. 우리 세 사람이 함께 나온 크리스마스 스냅숏이 한 장 있는데, 아빠가 카메라를 들었던 모양이다. 엄마 말로는 오빠와 내가 동시에 감기에 걸렸던 해라고 한다. 그래서 우린 모두 발그레하고 뺨은 마치 페인트칠을 한 인형 같다. 함께 찍은 엄마의 긴 머리칼은 엉클어져 초라해 보이고, 점무늬가 박힌 원피스가 어깨에서 흘러내리고 있다. 아마도 열이 있어서 그랬겠지만 우리 눈동자는 혼이 빠져 있는 것 같고 특히 오빠의 두 눈은 시커멓게 보이며, 엄마의 입은 반쯤은 비웃는 듯이 —마치 아빠한테 이제 그만 두고 그 빌어먹을 사진기는 좀 치우라고 말하려는 듯이— 열려 있다.

나는 아주 어렸을 때가 불행했던 것으로 기억되지는 않는다. 아니, 그와는 반대로 내가 두려웠던 것은 단 한 가지, 틈만 나면 짓궂게 굴었던 오빠였다. 하지만 그리 변변치는 않아도 이런저런 기록을 보면 엄마는 고통을 받고 있었던 것으로 보인다. 내가 태어났을 때 엄마는 겨우 서른한 살이었지만, 이미 온갖 풍파를 다 겪어본 터였고, 자신이 줄 수 있는 게 뭔지도 알고 있었다. 그리고 마치 잠자는 숲속의 미녀처럼 아기의 꿈에서 깨보니 세월은 흘러 이미 마흔 줄을 향해 달리고 있음도 깨달았다. 그러니 얼마 후 엄마가 별의별 무모한 일들을 시도했던 것도 무리가 아니었다. 요리며, 바느질이며, 아무도 출간해주지 않을 —아니, 출간해보려고 진심으로 애쓰지도 않을— 그림책 쓰기 등등, 그 모든 시도는 무언가 좀 더 큰 것으로, 어딘가 맨체스터 너머의 세상으로, 눈가 어디쯤에 여전히 아른거리는 어린 시절의 환상 속으로, 스스로를 내던져보려는 의도였다. 그러나 '도자기 만들기 마스터'라든지 '프 랑스어로 오순도순' 같은 강의에 등록을 할 때조차, 엄마가 그런 배움을 심각하게 생각한다고 믿기는 어려웠다. 내가 어렸을 때 엄 마가 보수를 받으면서 했던 유일한 일은, 휴일에 동네 서점에서 잠 시 근무했던 거였다. 성탄절의 수요 폭증에 대비해서 몇몇 대학 생들과 엄마를 가외로 채용했던 것이다. 엄마는 몇 해에 걸쳐 그 일을 했고, 덕분에 모서리를 완벽하게 접는다든지 금빛 리본으로 소용돌이 모양의 마무리를 하는 등 예쁜 포장을 제법 능숙하게 해낼 수 있게 되었다.

엄마는, 실용적인 의미에서는, 도무지 야망이라곤 없었다. 엄 마의 친구 중에 야심만만한 사람들은 뭘 하든 전략적으로 움직 였고, 밤에는 로스쿨을 다니거나 공인중개사 시험공부를 했으며, 그런 다음에 차근차근 부엌데기 삶에서 벗어나 큰 세상으로 나갔 다. 그런 친구들을 엄마는 경외하기도 했고 동시에 분개하기도 했 다. 뚱뚱한 여자들이 성공적으로 다이어트를 하고 있는 친구한 테 웃음을 띠고 초콜릿 케이크를 억지로 권하면서 그 친구를 부 러워하기도 하고 동시에 분한 맘으로 보기도 하는 식이랄까. 엄마 는 다시 일을 하러 다니는 친구나 이혼하고 큰 도시로 나간 친구 들과 가까이 지내지 않았다. 그냥 점심 한 번 대접하며 축하해주 고는 보내버리곤 했다. 마치 그들이 위험한 미션을 수행하기 위해 다시 안전하게 돌아오기는 불가능한 —사실 그건 불가능했다— 길을 떠나는 것처럼 말이다.

그 시절 숙녀들의 오찬이 어떤 모습이었는지 기억하니? 아침 일찌감치 먼저 상을 차린다. 데친 연어, 월돌프 샐러드, 여러 개의 물병에 담은 아이스 티, 병에 송글송글 물방울 맺힌 화이트와인, 최고 품질의 도자기에 담겨 나오는 모든 음식… 그리고 내가 방과 후에 집에 돌아오면 아줌마들은 여전히 파르스름한 담배 연기 속에 앉아 있었지. 마치 세상에 어떤 일이 생겨도 절대 그 자리에서 꿈쩍도 하지 않을 태세로. 하긴 일단 이 배타적인 집단을 떠나면 다시는 영영 돌아올 수 없다는 것은, 심지어 당시의 나도 알고 있던 사실이었다.

내가 일곱 살 때였나, 크리스마스 직전의 주일이었는데 —여기서 꼭 밝혀두어야겠는데 이 사건은 엄마가 책방에서 일하기 전이다; 아, 지금 얼핏 생각나는데, 엄마가 책방에서 일을 시작한 것도 바로 이 사건 때문이었다— 엄마는 슈퍼마켓의 창백한 불빛 아래서 정신없이 엉엉 울기 시작했다. 눈물이 얼룩져서 얼굴에는 지도가 그려져 있었다. 난 그저 보통 때보다 약간 특별한 것을 — 아마 초콜릿 쿠글 한 통이었을 거야, 너그러운 엄마들은 아이들이 버터 바른 흰 빵에다 그걸 얹어서 점심도시락 대신에 학교에 갖고 가도 아무 말도 안 했거든, 디저트를 메인 코스로 먹으라고 말이야!— 사달라고 했을 뿐이었다. 그런데, 세상에나, 난리가 났던 거지. 엄마는 그 자리에서 풀썩 주저앉아 울었다.

"얘야, 미안하구나." 눈물범벅이 된 엄마는 부끄러울 정도로 드러내놓고 훌쩍거리며 말했고, 나는 창피해서 땅에다 시선을 둔 채로 카트와 엄마를 함께 밀면서 그 자리를 벗어나려고 안달을 했다. "하지만 너랑 네 오빠한테는 줄 게 아무것도 없단다. 하나도 없어. 성탄절인데 선물로 줄 게 조금도 없다고. 땡전 한 푼 안 남았거든." 엄마는 작은 소리로 울부짖었고, 나는 몸을 움츠렸다. "식기세척기가 고장 났으니 어떡해, 고쳐야지. 게다가 고속도로에서 돌이 튕겨 차 앞유리가 깨졌잖아. 유리를 갈아야 하는데, 그게 또 얼마나 비싼지, 알잖아, 한 푼도 안 남았단다. 그렇다고 아빠한테 부탁도 못해. 어떻게 돈을 더 달라고 하니? 그래서 너한테 아무 것도 해줄 수가 없어. 미안하다, 얘야." 너도 이해하겠지만, 엄마는 아빠한테 용돈을 타 쓰는 형편이었다. 뭐, 원한다면 봉급이라 불러도 상관없겠지. 아빠도 엄마도 다 은행에 계좌가 있었는데, 아빠가 다달이 엄마의 계좌로 정해진 금액을 보냈고, 엄마는 그 돈으로 집안일을 꾸려나갔다. 살림에 쓸 돈을 살림에 모두 써버렸으니 선물 사줄 돈은 하나도 안 남은 거지. 나는 여전히 꼬맹이였지만, 이런 일들이 어떻게 돌아가는지 기본적으로는 이해하고 있었다.

더 이상 남들의 눈에 창피한 꼴을 안 보이며 엄마를 위로하느라 나는 이렇게 말했다. "됐어, 엄마, 상관없다고. 선물 없어도 돼." 물론 사실은 상관이 있었고, 난 실망하고 있었다. 특히 난 아직도 산타클로스를 믿어야 할 나이였잖아? 이런 돌발사태는 마치 커튼 뒤에서 오즈의 마법사가 나타나는 것 같았고, 온갖 예절이나 우리에게 꼭 필요한 위선을 터무니없이 위반하는 짓 같았다. "제발, 엄마." 나는 다시 말했다. "괜찮다니까."

그런데 바로 그 순간 —당시의 내겐 도무지 설명이 되질 않았지만, 지금은 어찌 보면 당연한데— 갑자기 엄마는 독사처럼 변해, 분노에 몸을 떨었다. 엄마의 분노는 슈퍼마켓 안에서 펑펑 흘렸던 눈물만큼이나 부끄러웠다. "넌 엄마처럼 이렇게 오도가도 못 하고 갇히면 안 돼." 엄마는 식식댔다. "안 그러겠다고 약속해, 응? 지금 꼭 약속할 거지?"

"그래, 약속할게."

"너 자신의 삶을 누려야 해. 네가 직접 돈을 벌라고. 아이들 크리스마스 선물 때문에 십 달러를 모아보겠다고 거지처럼 구걸하러 다니지 않도록, 아빠나 남편의 한심한 봉급에 매달려서 찰거머리처럼 살지 않도록. 절대, 절대 안 돼. 알았지? 약속하는 거지?"

"벌써 약속했잖아!"

"중요한 일이니까 그러지."

"알았어."

사태는 그걸로 끝났다. 엄마는 눈물을 닦았고, 우리가 계산대에 도달했을 즈음엔 환한 미소를 다시 머금고 있었다. 유일하게 남은 괴로움의 자국이라면, 마스카라가 조금 뭉개져 있는 것이었다. 내가 일학년이었을 때 담임선생님의 딸인 세이디가 계산을 해주었다. 이 여자애는 우리가 무슨 귀머거리라고, 아주 커다란 목소리로 천천히 말했다. 게다가 변발처럼 땋은 갈색 머리를 한쪽에다 붙여놓아 구닥다리 물 펌프의 손잡이처럼 보였다.

"미시즈 엘드리지." 세이디가 고함을 질렀다. "만나서 반가워요! 언제나처럼요!"

"그래 너도 반갑구나, 세이디."

"성탄절이 몹시 기대되지요?"

"그럼, 물론이지. 성탄절 너무 좋아. 넌 안 그러니, 노라야?"

난 엄마를 쳐다보느라 너무 정신이 빠져서 대답도 못했다. 벨트 위에다 식료품들을 쌓고 있는 엄마의 얼굴에 어른거리는 향수의 표정이 얼마나 강렬했는지 꼭 노먼 로크웰의 초상화처럼 보였기 때문이다. 엄마가 방금 세이디에게 했던 말을 진심으로 믿고 있다는 것, 크리스마스야말로 한 해의 가장 좋은 때라고 진심으로 믿고 있다는 것이 느껴졌다. 불과 몇 분 전에 누군가가 나를 향해 엉엉 울면서 소리를 질렀는데, 벨라 엘드리지는 그 사람이 자신이었다는 것을 깨닫지도 못했을 것이다.

우리 엄마는 사실 질질 짜는 스타일이 아니고, 난 엄마가 엉엉 우는 것을 본 적도 거의 없었다. 그러나 내 기억에 남은 엄마의 즉흥적인 눈물의 또 다른 예가 있다. 오빠가 대학에 들어가기 직전이었는데, 후난 구어메라는 식당에 갔다가 에어컨 때문에 꽁꽁 얼었던 기억이 생생한 걸 보니, 틀림없이 여름이었을 것이다. 오빠는 벌써 집을 떠나 독립했다면 얼마나 좋을까 하는 표정으로 지르퉁해 있었다. 언제나처럼 부드러운 아빠는 식탁을 감도는 긴장을 알아차리지 못했으며, 엄마의 화사하지만 딱딱한 분위기라든지 식사 내내 오빠의 소맷자락으로 손을 뻗었다가 닿기 직전에 손을 빼는, 일종의 섬뜩한 '틱' 장애 같은 버릇도 전혀 감지하지 못했다. 그 모든 것을 주의 깊게 바라보고 있었던 사람, 인조가죽 의자에 앉아 간장 묻은 합섬 식탁보 (그것은 사람이 움직일 때마다 꾸깃꾸깃 주름이 졌다가 끈적끈적 제자리로 돌아오곤 했다) 위로 몸을 구부리고 있는 우리 넷을 모두 관찰할 수 있었던 사람은, 오직 나뿐이었던 것 같다. 부자는 다가오는 풋볼 시즌에 관한 이야기라든지, 이제 오빠가 인디애나까지 가서 노트르담대학교에 다니게 되었으니 그 팀을 전적으로 응원해야 할 것이라는 등의 이야기를 종작없이 나누고 있었다. 스포츠라면 끔찍이도 싫어하던 엄마는 계속해서 주제를 바꾸어보려고, 눈이 흐리멍덩한 까치마냥 그럴 듯한 실마리만 있으면 끼어들었지만 —응, 캠퍼스라고? 여행이라니? 네 친구 버즈비는 보든 칼리지를 택했다고?— 줄곧 뜻을 못 이루고 그래도 고집 피우며 재빨리 반응했다. 그날 저녁은 내가 한 마디도 하지 않고 앉아 있었던 경우였다. 우리 가족은 늘 그런 식이었다. 오빠가 가끔씩 나를 모욕하거나 적대감을 숨기고 내 머리를 가만히 헝클어뜨리는 것만 제외하면 우리는 서로 관여하는 일이 거의 없었기 때문에. 심지어는 우리 네 식구가 모두 한자리에 있을 때조차 엄마아빠는 어떤 식으로든 오빠의 부모 아니면 나의 부모였고, 우리 둘 중 딱 한 사람하고만 넉넉하게 소통할 수 있었을 뿐이라, 오빠와 나는 어쩌다보니 지겨운 조상들을 공유하게 된 두 아이에 지나지 않았다. 그리고 그날 후난 구어메 식당에서의 모임은 누가 뭐래도 매튜 엘드리지를 위한 밤이었다.

　거기서 엄마를 쓰러뜨린 것은 포춘 쿠키였다. 내 포춘 쿠키에는 단순히 "할렐루야!"라고만 적혀 있었고, 오빠의 것은 "잠시 휴가를 떠날 운세"라고 되어 있었다. 아빠의 포춘 쿠키 안에는 이렇게 적혀 있었다. "우리가 행복한 것은 우리 형편 때문이 아니라 타고난 기질 때문이다." 아, 엄마가 그 메시지를 받았더라면, 아마도 만사가 평안했을 텐데. 그런데 엄마가 받은 운세는 "아직 하지 못한 일이 두고두고 마음을 괴롭힐 것"이라는 내용이었다. 그것도 우리가 식당에서 나가는 길에 내가 바닥에서 주워 보고서야 알게 된 메시지였다. 그 운세를 읽는 순간 엄마는 어디 다치기라도 한 듯 짧게 소리를 지르고는, 종이를 꾸깃꾸깃해서 던져버렸다. 그리 고는 입을 꾹 다물어버린 엄마의 눈가에서 아무도 모르게 눈물 이 주르륵 흘러 뺨을 타고 내려오는 것을 나는 식사의 마지막 십 분 동안 지켜봐야 했다. 나는 엄마의 아랫입술이 바르르 떨리는 것도 지켜보았고, 그럴수록 오빠와 아빠가 아무런 문제도 없다는 척 한층 더 단호하게 풋볼 이야기에 몰두하는 것도 지켜보았다. 심지어 오빠는 퉁명스런 태도까지 버리면서 그렇게 애를 쓰는 것 이었다. 아무도 엄마한테 한 마디도 건네지 않았다. 포춘 쿠키에 뭐라고 적혀 있기에 그래, 엄마, 라고 묻지도 않았다. 단지 식당 을 나서면서 아빠는 오빠의 어깨에 손을 얹고는 그 시절 사내들 의 허세로 가득한 은밀한 말투로 이렇게 중얼거렸다. "떠나기 전 며칠만이라도 엄마한테 좀 잘해드려야 해. 엄만 네가 집을 떠나 는 게 견디기 어려울 거야." 나는 여덟 살 머리로 아무리 생각해 도 궁금하지 않을 수 없었다. 아니, 노트르담대학교에 가는 게 무 슨 월남전에 나가는 것쯤 되나? (몇 년 전에 내 친구 셰일라의 사촌은 월남에서 전사했고, 우리 반 친구의 형은 머리가 좀 이상해진 채 월남에서 돌아왔었다.) 하지만 난 그렇게 묻진 않았다.

그 후 여러 해를 두고 나는 당시 엄마의 심정을 이해하려고 애를 썼다. 이루지 못한 연애에 대한 통한? 엄마 나름의 루시 조 던 순간? 오빠가 떠나니까 단순히 슬퍼서? 이젠 영영 말로 표현하지 못하고 남겨질 온갖 생각들 땜에? 하지만 확실히 알 수 있는 것은, 그 해답을 영영 얻지 못할 것이라는 사실뿐이었다. 그래서 난 오래 전에 작정해버렸다. 엄마의 눈물은, 아들을 키우기 위해서 희생해야 했던 그 모든 걸 뼈저리게 느끼면서도 이제 그 아들을 바깥세상에 넘겨주면서 엄마의 역할이 끝나게 된 것이 원통했기 때문이라고. 그러나 최근엔 생각이 좀 바뀌었다. 그건 어쩌면 정말 이루지 못한 사랑과 관련이 있을지 모른다. 혹은 기차역에서 낯선 남자와 주고받았던 은밀한 눈길 때문일지도. 그것도 아니면 답해주지 못했던 대학 시절 애인의 편지 같은 것… 요컨대 이제 내 삶이 변해야 할 때라고 생각은 하지만 사실은 도무지 변할 수 없는 그런 비밀스런 순간과 연관되어 있을지 모른다. 작으면서도 커다란 일, 엄마가 가슴을 치며 후회하는 일, 매일같이 엄마를 괴롭히는 일 말이다. 아이들을 가르치는 몇 년 사이 나는 가장 간단한 설명이 언제나 올바른 설명이라는 것을 알게 되었다. 그리고 이런저런 목마름이야말로 ─다시 말해서 욕망이야말로─ 거의 모든 슬픔의 원천이라는 것도 알게 되었다.

엄마한테 물어볼 수도 있었지만, 나는 한 번도 물어보지 않았다. 어쩌면 엄마는 후난 구어메 식당에서 울었던 일을 기억하지 못할 수도 있었다. 슈퍼마켓에서 엉엉 울던 일 역시 기억하지 못할 거다, 틀림없어. 의사의 진단이 나왔을 때도 ─그와 함께 무한의 고통이 확실해지고 이젠 다시 할 수 없게 된 수많은 일들이 어떤 것인지 밝혀졌을 때도— 엄마는 눈물 한 방울 흘리지 않았다. 그것은 표정을 잃은 슬픔이었다. 여러 달 동안 왼쪽 손에 경련이 있었는데 엄마는 그걸 신경 때문이라고만 생각했었다. 내가 저녁을 먹기 위해 주방 테이블에 다가갔을 때 엄마는 그걸 보여주었다. 온 집안이 고요했다. 오빠도, 나도, 지기도, 스푸트닉도 없이, 너무나 고요해서 거의 광활하게 느껴졌다. 주방에서 비치는 빛의 웅덩이 바깥쪽 복도는 어두컴컴했고, 음울한 거실에서 아련하게 흘러나오는 아빠의 독서용 램프 불빛만이 그 어둠을 깨뜨렸다. 인간의 몸이 어쩌면 뉴욕 타임즈를 읽으면서 그처럼 오랜 시간을 보낼 수 있을까? 엄마는 짧고 날카롭게 웃으면서 말했다. "이것 좀 봐라! 오락가락하는구나. 내 손이 지 맘대로 움직여. 나보다도 더 영리하다고 생각하는 거지. 나이가 든다는 건 역겨운 일이야."

"셀비박사한테 무슨 일인지 물어봐, 엄마." 나는 그렇게 말했지만, 그건 별 생각 없이 던진 말이었다. 왜냐하면 그 경련, 엄마 손가락 근육의 그 뒤틀림이 보이긴 했지만, 그건 그 육신, 엄마의 몸의 일부인데다 또 우리 눈에도 잘 보이기 때문에, 형태는 좀 달라도 어쨌든 통상적일 수밖에 없는 것처럼 보였기 때문이다. 게다가 나는 식전에 마시는 피노 그리지오 두 번째 잔을 따르느라 정신이 없었다. 와인이라도 따르지 않고서는 집안의 어두움이 습기처럼 내 뼛속으로 스며들어 며칠을 두고 나를 꽁꽁 얼어붙게 하리란 것을 그때 이미 알게 되었거든. 그때 난 서른 정도였고, 엄마는 예순 하나, 아빠는 막 예순다섯이 되어 은퇴한 지 두어 달 지났었다. 이제 두 분의 연세가 그다지 많이 차이나지도 않는데, 그들이 벌써 포기해버린 듯한 모든 것들이 신기했다. 그러나 나를 짓누른 것은 그 고립, 온몸을 무력화시키는 그 권태였다. 피노 그리지오는 도움이 되었다. 피노 느와르도. 아니, 엄마아빠한테 맥주밖에 없었다면 맥주라도 도움이 되었을 거다. 그래서 난 제대로 주의를 기울이지 않았던 거다. 엄마는 손의 경련을 아빠한테도 틀림없이 보여주었을 거다. 그리고 아빠는 아마도 신문에서 눈을 떼고 엄마를 올려다보면서, 내가 했던 말과 별반 다르지 않은 말을 나와 똑같이 산란하게 했을 테지. 그리고 그 때문에 엄마는 아무런 조치도 안 취했으며, 그 후로 일 년 가까이 셀비박사를 찾아보지도 않았고 이야기도 나눠보지 않았다. 그 일 년이 지났을 즈음엔 제대로 된 의학적 표현으로 섬유다발수축이라고 부르는 현상이 두 다리에까지 퍼져 있었다. 글을 쓰는 오른손까지 그렇게 되지 않았기에 망정이지, 그랬더라면 엄마는 쏜살같이 의사에게 달려갔을 거야. 어쨌거나 병원에 가서 테스트를 시작하게 되자 엄마는 겁을 잔뜩 집어먹었다. 특히 셀비박사까지 잔뜩 겁이 나 있는 걸 볼 수 있었기 때문에 더했다. 미소로 얼버무리고 잘도 위장하는 우리 엄마는 그래도 너무나 정직했다. 그래서 날더러 이렇게 말했다. "박사님이 날 안심시켜주었으면 했는데, 그럴 기미가 안 보이기에, 아이쿠, 정말 난리가 제대로 나긴 난 모양이라고 생각했지."

　마침내 진단이 떨어졌을 때 ―다른 병일 가능성을 모두 알
아보느라 시간이 좀 걸렸지― 엄마는 이미 다 알고 있었던 모양
이다. 일명 루게릭병이라고도 하고 스티븐호킹병이라고도 하는
ALS 진단은, 사실 간단히 말해서 엄마가 죽어가고 있다는 걸 확
인해주는 것이었다. 아, 물론 우리 모두 죽어가고 있는 거야 사실
이지만, 엄마의 경우는 지금부터 신속하고도 효과적으로, 대부분
의 인간들보다는 더 끔찍스럽게 죽어갈 것이란 뜻이었다. 하긴 엄
마의 몸은 이제 더 이상 절이 아니라 마음속에 오롯이 갇힐 때까
지 문이 하나씩 닫히는 감옥이요, 벽이라곤 하나도 없는 방, 하지
만 끝내는 문도 없어지는 방이어서, 고통 없이 자비롭게 죽는 것
이긴 하지만 말이다.

　나를 매료시켰던 것, (지금 이 순간과 마찬가지로 그 때도 난 여전
히 살아가는 방법을 배우고 있었기 때문에) 내가 본받을 만한 것은, 그
런 진단이 확정되었을 때 엄마가 자리에서 벌떡 일어나 "우리 그
럼 미얀마로 가자! 아니, 타지 마할을 찾아봐야 하나! 피라미드
도 봐야지! 아니면 아르헨티나의 대초원으로!" 하면서, 언제나 가
보고 싶어 안달하던 곳을 외치지 않았다는 사실이다. 그래, 엄마
는 메인주의 호수라든지, 엄마아빠가 흰 눈과 안개 속을 걸으며
결혼기념일을 축하했던 웰플리트의 겨울 해안이나, 엄마의 쉰 번
째 생신에 두 분이 ―호사의 극치를 만끽하며!― 주말을 함께 보냈

고 침대에서 아침식사까지 했던 뉴욕 피에르 호텔의 방 같은 장소와 작별하는 사요나라 여행도 떠나지 않았다. 그렇다고 엄마는 그 모든 것에 등을 돌리고, 더러운 접시를 씻지도 않은 채 싱크에 내버려두거나, 바구니에 세탁물을 쌓아두거나, 잔디를 깎지 않은 채 방치하는 일도 없었다. 아니, 엄마는 마치 아무 일도 일어나지 않은 것처럼 삶을 계속했다. 다만 계속 살아갈 뿐이었다. 엄마는 모든 것이 변해버렸다는 것을 잘 알았지만, 맨체스터의 우리 집을 깨끗이 유지하고 정리하고 팔기까지 만사를 꿋꿋이 챙겼다. 아빠는 역시 그런 일에는 아무짝에도 쓸모가 없었고, 그런 아빠를 엄마는 브루클린에 적당한 장소를 찾을 때까지 밀어붙였다. 그리고 이미 말했다시피 엄마는 거기서 아흔여섯 번째 생일까지 보내고야 말겠다는 것처럼 새 집을 꾸몄다. 엄마는 계속 탐정소설을 읽고, 몸을 움직일 수 있는 날까지는 그 스위스 빵집에서 똑같은 데이니쉬 페이스트리를 계속 샀다. 그리고 지팡이며, 휠체어며, 지긋지긋한 약 챙겨먹기며, 다스 베이더처럼 생긴 호흡기 등등 재난이 닥칠 때마다, 마치 각다귀 때려잡듯이 그 모든 걸 받아들이고는 곧장 무시해버렸다.

이 모든 사실에 비추어보건대, 엄마는 자신의 삶을 사랑했을 거라고 추측할 수밖에 없다. 그래, 엄마는 있는 그대로의 자기 삶을 사랑했다. 위대한 선승처럼 엄마는 사라지고 그 정수만 남았다. 나는 미술박물관MFA 주위를 서성일 필요가 없다, 남이 밀어주는 휠체어에 앉아 MFA 주위를 돌 필요가 없다, 아니, 난 MFA따위 조금도 필요 없다. 그곳의 보물들은 내가 사랑하는 모습 그대로 내 기억에 새겨져 있고, 설사 조금이라도 잘못 기억되어 있다 해도 —튤립이 있는 자리에 백합이 있거나 소년이 찢어진 모자를 건달패처럼 삐뚤게 쓰고 있다 해도— 그로 인해 그 모습은 한층 더 내 것이 된다. 그들은 나에게 새까만 아몬드 눈이 신비로운 젊은 이집트 여인의 초상을 장기 대여해주겠노라고 나설지도 모른다. 하지만 나에게 그 그림은, 도자기의 파편들과 내 맘속에 하나의 비밀로 남은 고대의 보석들에 둘러싸여서, 항상 미술관 안쪽 미라 뒤에 걸려 있다.

그러나 이제 엄마도 이미 오래 전에 세상을 떠났으니, 난 이제 엄마를 절반 정도만 믿었다고 말해도 되는 걸까? 난 엄마가 반항하기를 원했다. 엄마가 반항해주는 게 필요했다. 그래, 나도 알지, 혁명에는 어마어마한 에너지가 필요해, 화산이 터지는 것처럼, 잘 알아. 그리고 아픈 사람은 재원을 아껴 써야 하는 것 아닌가? 아무리 남편을 위해 풍부한 재원이 있다 하더라도 말이야. 하지만 난 엄마를 필요로 하지 않을 수 없었고, 엄마가 양보해버렸다는 느낌을, 엄마가 삶을 향해 무엇을 요구해도 좋은지를 조심스레 (커피 숟갈로?) 재고 있었다는 느낌을, 갖지 않을 수 없었다. 그리고 그것이 비극적이게도 터무니없이 모자란다는 걸 알게 되었음에도, 그 하찮은 자기 몫을 수용하기로 결심해버렸다는 느낌을 지울 수가 없다. 나는 엄마가 차라리 비열하기를 원했다. 무책임하고, 무분별하고, 쩨쩨하고, 욕심 많고, 온갖 것에 제기랄 탐욕적이고, 삶의 티끌 하나라도 얻기 위해 밀치고 침 뱉고 할퀴기를 바랐다. 하루는 엄마를 보러 갔다. 엄마는 얼굴이 흙빛이 되어 침대에 누운 채 숨만 우라지게 헐떡이고 있었고, 내 몸엔 가을 내음에다가 상쾌한 시월 하순의 오후 내 아파트에서 부모님들의 아파트까지 여러 마일을 달리고 난 다음의 (내 스스로 그걸 느낄 수 있었던) 만족감까지 묻어 있었지. 헌데 엄마가 나를 노려보더니 작정하고 덤비는 게 아닌가. "여기서 나가. 엄마가 못 나가니까, 네가 꺼져버려. 하지만 이게 어떤 건지를 내가 잊어버릴 거라고는 추호도 생각하지 마! 지금 이 순간, 그 때문에 널 미워하는 일은 없을 거라고도 절대 생각지 마! 나가!"

그래서 난 거길 뛰쳐나와서 다시 어둠 속을 뚫고 집까지 줄곧 내달렸다. 너무도 춥고, 너무도 피곤하고, 포장도로 위를 달리는 내 발은 쿡쿡 쑤시고, 바람과 엄마의 심술 때문에 ─다른 사람도 아니고 어쩌면 나한테 그렇게 비열하게 군담?─ 눈에선 눈물 코에선 콧물이 줄줄 흘려 내렸지만, 집에 도착했을 즈음 나는 스스로를 불쌍히 여기면서도 한편으론 기뻐하고 있었다. 왜냐하면 이번만큼은 엄마가 그냥 나긋나긋하게 물러서지 않겠다고 협박을 하고 있었거든! 그래, 이번만큼은 엄마가 으름장을 놓고 있었다고!

바로 그날 저녁 엄마는 전화를 걸어 사과했다. 엄마는 더 이상 다이얼을 돌릴 수 없었으니, 틀림없이 아빠가 대신 해주었을 것이다. 나는 자동응답기를 틀어서 엄마를 따끔하게 벌줄 심산이었는데, 엄마가 어찌나 기어들어가는 목소리로 이야기를 하는지 자동응답이 반나마 되었을 때 전화기를 들고야 말았다.

　　엄마가 그랬다. "다투고 싸웠으면 반드시 그 날 안에 화해를 하는 법이란다."

　　내가 꼬마였을 적부터 대꾸해왔듯이 대꾸했다. "둘 중 하나가 밤새 죽을지도 모르니까…" 하지만 이번엔 엄마가 웃었다, 메마르고 슬픈 웃음을. "그래, 우리 둘 중 누군가가, 내 새끼."

7

엄마는 여러 해가 지나고서야 돌아가셨다. 그건 정복하기가 만만찮은 예술이다. 엄마가 서서히 죽어가고 있는 동안, 나는 어떻게 살아야 하는지를 알아내려고 발버둥 쳤다. 그러니까 어떻게 해야 내 나름의 삶을 살 것인지 말이다. 사람들이 안부를 물을 때마다 변함없이 엄마 이야기를 들먹이는 건 바람직하지 않다는 걸 알고 있었다. 혹은 아빠 이야기를 한다든지. 나는 이것을 극복하고 하나의 삶을, 혹은 둘이나 셋의 삶을 얻기 위해 노력해야 했고, 또 그렇게 노력했다. 그때 난 이미 뮤지엄 스쿨에서 강의를 듣기 위해 뉴욕에서 보스턴으로 돌아와 있었으며, 자급자족하는 예술가라는 개념도 거의 포기한 상태였다. 저메이커 플레인에서 아파트를 함께 세낸다든지, 헤어진 보이프렌드의 친구의 친구라는 팜에 전 자전거 배달꾼과 (자전거는 만날 복도를 가로막고 있는 채로)

한집에 산다든지, 간간이 갓난아기 돌봐주는 일 따위… 나이가 서른 줄에 접어든다는 사실에는 그런 일들을 거의 견딜 수 없도록 만드는 무엇인가가 있었다. 엄마의 병명이 밝혀지기 전에 나는 이미 교육학 학위를 따기 위한 공부를 시작했던 터였다. 급여를 받을 수 있는 직업으로 돌아가는 길을 이미 모색하고 있었던 것이다. 내가 봐도 엄마아빠 그걸 천만다행으로 여겼다.

부모님을 보살피는 그 몇 년 동안에도 나는, 가장 능력이 출중한 비서라도 된 듯, 실용적인 여러 가지 일에 상당히 능숙해졌다. 내 삶은 여러 개의 모습을 띠었다. 우선 나는 갖출 것은 제법 갖춘 삼십 대 초반 젊은 여성의 모습을 빠짐없이 지니고 있었다. 아주 흥미롭진 않아도 능력 있고, 까다롭지 않게 사귈 수 있으며, 재빠르고, 효율적이고, 튀지 않는 복장에다 실용적인 헤어스타일. 그리고 사람들 말로는, 내 몸집에서 예상되는 것보다 좀 더 높은 톤이면서도 허스키한 목소리. 한 마디로 두드러지게 놀라울 거라곤 조금도 없는 여자.

하지만 그 첫째 삶의 모습은 하나의 가면이요, 나의 클라크 켄트[8] 라이프였다. 뭐, 두 번째 삶이라고 해서 내가 주인공이 되는 것은 아니었지만 말이다. 나는 저 너른 세상의 누군가가 나를

---

8) **Clark Kent** 우리에게 익숙한 영웅 슈퍼맨은 평소에는 Daily Planet 신문사에서 안경 쓴, 아주 평범하면서도 순진한 사진기자 클라크 켄트로 생활한다.

위해 글래머와 드라마가 가득한 제 2의 삶을 그려주었으면, 하고 바랄 때가 있었다. 무슨 록 스타의 정부라든가 FBI 요원처럼 말이다. 그러나 나는 누군가가 굳이 비밀의 삶을 상상해주려는 그런 종류의 인간이 아니었다. 그래서 그 두 번째 삶에서도 나는 무슨 연인이나 여자 사냥꾼이나 순교자가 아니라, 그냥 딸, 충실한 딸에 지나지 않았다.

그다음 나의 자그맣고 은밀한 세 번째 삶, 그건 내 디오라마의 삶이며, 예술가인 내 자아의 흔적이었다.

누가 봐도 우리 엄마아빠는 고마워하긴 했지만 날더러 내 인생을 포기하라고 하진 않았다. 그렇게 말할 수 있다. 그리고 설사내 인생을 포기하기로 작정했다 한들, 나는 그게 의도적인 선택이지 한심한 시간 관리를 보여주는 것은 아니라고 믿고 싶다. 내가 가르치는 아이들 중에는 시간 관리가 엉망인 아이들이 상당히 많다. 그건 얼마든지 볼 수 있다. 그러나 시간 관리에 능숙해지지 않고서는 성공하는 인생은 글렀다. 시험을 보는데 나머지 문제들의 답을 쓸 시간은 전혀 안 남겨놓고, 첫 번째 문제에만 세상에서 가장 훌륭한 답을 써놓아 봐야 무슨 소용이겠는가? 여전히 시험은 망쳐버리는데. 그리고 내가 황폐해지는 순간에는 바로 그게내가 한 짓이 아닐까, 걱정이 된다. 나는 고분고분한 딸의 과제에 대해서는 정말 훌륭하게 응답했다. 어른으로서 경력을 쌓는 문제에 있어서야 겨우 체면치레할 정도의 성과밖에 이루지 못한 것은 나도 잘 알지만, 정말이지 난 개의치 않았다. 왜냐하면 내가 정말로 완벽하게 답을 써내고 싶었던 두 가지 커다란 시험문제는 따로 있었기 때문에: 예술의 문제와 사랑의 문제 말이다.

　여기까지가 나의 첫 번째 "샤히드 연도"의 기적이었다. 여태껏 살아오면서 그때처럼 "그래, 이게 바로 해답이야!"라고 생각했던 적은 단 한 번도 없었다. 한 번이 아니라 거듭거듭, 매번 다른 형태로, 하나의 질문뿐만이 아니라 모든 질문에 대한 그 대답이 그해 내내 마치 음악처럼 나를 찾아왔던 것 같다. "사랑이 그래야 한다더니, 그대의 목소리가 내 머리 위에 떨어지네 ― 마치 거대한 '예스'처럼." 시드니 베쳇[9]의 연주로 듣는 필립 라킨의 노랫말: 연애시라고 할 수 없는 사랑노래. 그리고 애정생활이랄 것도 없는 나의 애정생활, 하지만 완벽한 만큼이나 통절하고 가공할 만한 그 어떤 것.

　그해 가을, 엄마가 돌아가신 지 두 해밖에 되지 않았다. 그

9) **Sidney Bechet** 클라리넷과 소프라노 색소폰의 거장으로 알려진 미국의 재즈 연주자.

시간의 거리가 그때는 어마어마하게 느껴졌지만, 이제 시간이라는 아코디언의 주름 속에서 그 두 개의 사건은 —머리조차 움직이지 못한 채 코끼리 같은 호흡기를 착용하고 숨을 헐떡이는 엄마, 빛 쪽으로 스르르 눈을 돌렸다가 마지막으로 감아버리던 우리 엄마; 그리고 슈퍼마켓에서 본 레자, 벤치 위로 몸을 걸치고 내가 쏟은 사과를 보며 깔깔대던 레자(누가 사과수레를 엎은 거지? 나야 나, 내가 그랬어!)— 거의 연속적인 걸로 느껴진다. 나의 지혜로운 친구 디디가 삶의 경과에 대해 여러 번 통찰하였듯이, 모든 떠남은 다른 어떤 곳에의 도착을 수반하고, 모든 도착은 저 먼 데로부터의 떠남을 암시한다. 엄마는 여기를 떠나 미지의 거기를 향했다. 그런 다음 레자와 시레나, 그리고 스칸다르는 나에게로 왔다.

8

시레나가 찾아낸 스튜디오는 서머빌 깊숙한 데 있는 예전
에 창고로 쓰던 곳이었다. 온통 벽돌과 창문인 건물은 대체로 폐
기된 철로에 인접해 있었는데, 그 사이를 여기저기 쓰레기 흩어
진 포장도로가 시커멓게 내달리고 높다란 육각형 철망 펜스가 쳐
져 있었으며, 펜스 안쪽에는 너덜너덜해진 플라스틱 봉지들이 마
치 묵시록의 깃발처럼 펄럭였다. 바로 옆 공장에서는 수없이 많은
스티로폼 구슬을 만들어내고 있었는데, 거기서 일하는 사람들에
게 끔찍한 암을 유발시키고야 말 듯, 대단히 유해한 일이었다. 공
장 굴뚝에서는 유독가스의 구름이 뿜어져 나와 대기 중으로 침투
되었고, 그 때문에 스튜디오의 내부에는 녹아내린 플라스틱의 톡
쏘는 냄새가 떠돌고 있었다.

좌우로 죽 뻗은 이 건물에는 고만고만한 스튜디오들이 오밀

조밀 모여 있는데, 어떤 것은 콧구멍만해서 합판과 못으로 나누어졌고, 어떤 것은 손상되지 않은 채 엄청 컸다. 각층의 계단통에는 무슨 거인의 문처럼 묵직하고 롤러로 여닫게 된 얼룩덜룩한 문이 달렸는데, 큼직한 금속 빗장으로 잠그게 되어 있었다. 근데 이런 문만 보면 난 소름이 끼쳤다. 바닥은 삐걱거리고 칸막이 해놓은 방마다 맹꽁이자물쇠가 걸려 있는데 그렇게 둘러쳐진 안쪽엔 뭐가 있는지 누가 알 거냐고… 아마도 페인트나 퍼즐조각이나 재봉틀 같은 것들이겠지만, 염산이 담긴 욕조나 도끼를 든 미치광이들이 없으란 법도 없잖아. 일요일 밤 버려진 철로 옆의 골목길에서 무슨 해괴한 일이 벌어질지 누가 알겠어? 심지어는 낮에도 그 건물은 버려진 것처럼 보였다.

이빨도 없는 복덕방 직원을 따라 ―노숙자 임시숙소에서 불과 두어 발짝 떨어진 복덕방의 이디 로이라는 이 직원은 호리호리하고 머리에 기름이 줄줄 흐르는 육십 대 후반이었는데, 세상에, 이 양반처럼 삶에 완전히 찌들어버린 중개업자는 일찍이 본 적이 없었지― 시레나와 함께 삼층으로 올라가면서 나는 마냥 불길한 느낌뿐이었다. 생쥐 느낌 같은 게 은근히 깔린 채 훅 끼치는 무슨 플라스틱 타는 냄새, 수십 년에 걸쳐 사람들이 밟고 지난 탓에 여기저기 패여서 발을 헛디디게 만드는 계단, 복도에 높이 걸려 먼지 같은 빛이 흘러나오는 침침한 전구, 창문을 때리는 후두두 달가닥 빗소리에다 (이디 로이의 이빨도 빠지기 전에는 틀림없이 그렇게 달

118

가닥거렸을 테지) 낡아빠진 틀에 끼인 창문들… 상상조차 안 되는 황폐함의 극치였다. 시레나가 이런 것들을 깨닫지 못하는 게, 아니, 깨닫기는커녕 잔주름이 난 두 눈을 반짝이며 아주 신바람이 난 게, 나로서는 참 신통했다.

"당신 마음에도 쏙 들었으면 좋겠네요." 다시 내 팔 위에 가볍게 손을 얹으며 속마음을 털어놓았다. 내 불편한 마음은 전혀 모르고 있었다. "완벽하잖아요."

헌데 이디 로이가 눅눅한 복도 끝 방의 맹꽁이자물쇠를 더듬거리며 간신히 풀어놓고 보니, 시레나의 말이 옳았다는 것을 금세 알 수 있었다. 스튜디오는 ─두 사람이 쓰더라도, 아니, 특히 두 사람이 쓰기에는─ 완벽했다! L자 형태의 공간은 방대했고, 천장 높이는 족히 4미터가 넘었다. 양쪽으로 창이 나 있는데 역시 엄청 크고, 판유리가 끼어 있으며, 기름기로 지저분하고 축축했다. 창틀 아래 선반은 길고 창틀은 헐렁헐렁했는데, 어쨌거나 등골이 오싹한 계단통과는 달리 그 어두컴컴한 가을의 토요일에도 하얀 빛으로 가득 찬 이 방에서는 달그락거리는 소리들이 생생하고 즐겁게 들렸다. 마치 건물이 숨을 쉬는 듯했다. 누군가 금을 그어놓고 두들긴 흔적이 남은 나무 바닥은 아름답고, 어찌나 큰지 스케이트라도 탈 수 있을 것 같았다. L자 모양의 코너에는 지저분한 다용도 싱크대가 걸려있고, 그 옆에는 여기저기 페인트가 묻은 기다란 금속제 테이블이 놓여 있었다. 그런 것들만 제외하면 방은 거대하고 완벽한 인큐베이터처럼 텅 비어 있었다.

"그렇군요." 나는 그렇게 답하는 게 고작이었다. 이디 로이가 시키면 잇몸을 드러내며 싱긋 웃었다.

임대료 내자면 고생깨나 해야 할 터였지만, 그땐 그런 걸 걱정할 여유가 없었다. 나는 잠시 한 걸음 물러나 왜 시레나가 나를 그곳으로 불렀는지 자문해보지 않았다. 그녀의 초청은 거의 틀림없이 그저 비용을 절약하려는 금전적인 동기에서 비롯되었으며, 심지어 그녀는 우리 삶의 행로가 만날 일은 거의 없을 거라고 상상했을지도 모르는 일이었는데. 난 다만 빛과 공간을 보면서 나에게 다시 생명을, 예술을, 불어넣어줄 여러 가지 조짐을 느낄 뿐이었다. 정말 내게 스튜디오가 필요한지, 내가 그걸 실제로 사용할 것인지, 스스로에게 묻지도 않았다. 나는 그 더러운 골목이며, 웅웅거리는 계단통이며, 그 냄새 따위가 내 마음으로 들어오지 못하게 막아버렸다. 내가 생각할 수 있는 거라곤 "예스, 예스, 예스"뿐이었다.

다섯 시. 우리는 하일런드 애비뉴의 치킨집 옆에 있는 이디 로이의 콘크리트 블록 사무실에서 임대계약서에 서명했다. 날은 다시 어두워져 있었고 비는 여전히 보슬보슬 내리고 있었지만, 우리는 각자 새 열쇠를 손에 들고 모자도 안 쓴 채 도로 위에 잠시 서 있었다. 시레나가 갑자기 나를 껴안았고, 그 통에 그의 머리칼이 한 움큼 입속으로 들어와서 나는 어색하게 몸을 떼야 했다.

그녀가 말했다. "내 경우는 말이죠, 이게 모든 것을 바꾸리라는 것을 알고 있어요. 누가 알아요, 어쩌면 내가 여기에다 원더랜드를 만들게 될지?"

"안 될 것도 없죠."

"나의 다음 번 프로젝트가 원더랜드예요. 우리가 여기로 오게 되리란 것을 알기 전에요. 여러 달을 두고 계획을 짰죠. 거울나라의 앨리스, 알죠?"

"거꾸로 보이는 거울나라… 마치 펀 하우스에 있는 것처럼. 알다마다요."

"당신은 무얼 할 생각이죠?"

"글쎄, 모르겠어요. 하지만 뭐든 할 거예요."

❦

그날 밤 나는 저메이커 플레인에 있는 디디와 에스더의 아파트에서 저녁식사를 했다. 디디와 나는 대학에서 같이 미술을 공부한 사이지만, 몇 년 뒤에 내가 다시 보스턴에 돌아온 다음에야 정말 친한 친구가 되었다. 그녀는 거의 육척거인 아마존이었지만 솜털처럼 부드러웠다. 지금도 마찬가지다. 피부에는 어디 한 군데 튀어나온 곳도 없고 땀구멍조차 없으며, 머리칼은 호박색 구름 같다. 그는 진홍색 립스틱을 하고 다닌다. 내가 뮤지엄 스쿨에 다닐 땐 함께 연못 주위를 걷거나 은하수 주점에서 밤늦게까지 당구를 치고 우리 인생에 대해 툴툴거리곤 했다. 대학 때부터 사귀었던 남편과 최근에 이혼한 디디는 서른한 살이 되었을 때, 계속 일해 왔던 라디오 방송국을 그만두고는 센터 스트리트의 동물병원에서 멀지 않은 곳에 빈티지 의류가게를 냈다. 몸집이 아주 작고 몹시 신경질적이며 새까만 곱슬머리에 퍼그 같은 눈을 가진 에스더. 디디가 그를 처음 만난 것은 에스더가 콜로라도에서 거행되는 오빠 결혼식에 입고 갈 오십년 대 파티 드레스를 입어보고 있을 때였다. 에스더에 대해 처음으로 이야기를 꺼내면서 디디는 에스더가 베티 붐처럼 생겼다고 말했다. 에스더는 매서추세츠 종합병원에서 암을 연구하는 유방암 전문가인데, 두 사람이 그렇게 다르면서도 그렇게 함께 행복할 수 있다는 게 언제나 놀랍기 짝이 없다. 디디는 내가 아는 그 누구보다 있는 그대로의 자기 자신에 만족하고, 또 나는 디디와 친구가 됨으로써 내가 내 자신이라 상상하는 인간의 모습에 좀 더 가까이 다가갈 수 있다고 항상 느껴왔다. 돈이나 옷차림이나 지위 따위 온갖 글러먹은 일에는 눈곱만치도 신경 쓰지 않지만, 진짜로 흥미 있는 것들은 귀신같이 찾아내는 사람의 모습 말이다. 에스더는 잘 토라지고 어딘지 짜증을 내는 것 같으면서도 상쾌한 느낌을 주는데, 나는 그런 그를 갈수록 아주 좋아하게 되었고, 그러면서 에스더야말로 그런 것들에 신경을 (심지어 아주 많이) 쓴다고 생각한다. 반면 디디는 그런 것들이 있다는 사실조차 제대로 알고 있는지 궁금하다.

혼자 살 때만 해도 디디는 고다르 영화의 포스터로 아파트를 장식하고 벽난로에는 칠리 페퍼 크리스마스 등불을 걸었으며, 가구란 가구는 죄다 직접 수거해서 고친 것들이었다. 예컨대 커피 테이블은 전화선을 보관하는 거대한 나무 보빈으로, 디디가 쓰레기장에서 가져와 환한 오렌지색 페인트를 칠한 작품이었다. 그러나 일단 그녀와 에스더가 집을 이루고 살게 되자 그 모든 것들이 사라졌다. 이건 사리넨 제품, 저건 임스 제품, 스테인리스 스틸에다 화강암 제품, 모든 게 그런 식이 되었고, 덕분에 그들의 콘도는 아름답지만 마치 부티크 호텔처럼 보였고 실제로는 아무도 살고 있지 않은 것처럼 느껴졌다.

그러다가 릴리가 오면서부터는 그들의 집이 난장판으로 바뀌게 되었다. 릴리는 중국에서 입양한 그들의 딸이다. 릴리는 에스더만큼이나 작다. 동그란 얼굴에다, 바짝 마른 팔다리는 갈색인데, 조용하면서도 장난꾸러기다. 물론 보기 싫지 않게 장난꾸러기다. 당시 릴리는 네 살이었고, 엄마의 친구들을 마치 자기 엄마처럼 사랑할 줄 알만큼 어렸다. 내가 현관으로 들어서자 녀석은 내 손을 붙잡고 이렇게 말했다. "들어와서 내 세상을 좀 봐요, 노라! 내가 세상을 만들었다니까요."

그날 저녁 나는 릴리가 생강과자와 완벽하게 앙증맞은 찻잔에 담은 냉차를 여러 가지 동물 봉제인형에게 ─배트맨 복장을 한 코끼리며, 토끼며, 오리며, 심지어 무지개 빛깔의 아르마딜로까지─ 나눠줄 수 있게 도와주느라, 테이블 아래서 책상다리를 한 채 첫 이십 분을 보냈다. 릴리는 또 디디의 도움을 받아 테이블 위에다 페이즐리 담요를 걸어 텐트를 만들었는데, 불빛이 비쳐 나와 자주색으로 얼룩덜룩하게 비쳤다. 아이는 소파와 쿠션과 베개 따위의 덮개를 모두 벗기는가 하면, 액자에 넣은 사진 몇 개를 ─파티에 간 디디와 에스더; 겨울날 그네에 앉은 릴리를 밀어주는 에스더─ 식탁 다리에 기대어 세워놓기도 했다. 그리고 동물인형에다 형형색색의 스카프를 씌어준 다음, 서로 열심히 이야기를 나누는 것처럼 보이도록 자리를 잡아주었다.

처음은 아니었지만 나는 문득 릴리의 세상이 나의 디오라마와, 그리고 시레나의 설치예술과도, 별로 다를 바 없다는 생각이 들었다. 그건 대지의 아주 자그마한 일부를 떼어내서 내 것으로 만드는 일이지만, 내가 진정으로 원하는 것은 누군가 다른 사람이 ─그 다른 사람이 성인이라면 가장 좋을 테지, 성인이야말로 중요하고 권위도 있으면서 동시에 나랑 꼭 같지도 않으니까─ 와서 그걸 보고 그걸 이해하고 또 그렇게 함으로써 어떻게든 나를 이해해주는 것이잖아. 또한 이 모든 것은 물론 내가 궁극적으로 이 지구상에서 덜 외롭게 느끼기 위해서고. 헌데 내가 릴리의 비밀스런 은신처에 들어가 있으면 행복하면서도 (행복 정도가 아니라 영광이라고 느끼면서도), 몇 분만 지나면 거기서 빠져나오고 싶어진다는 것 또한 사실이었다. 나는 이불을 들치고 다시 방으로 기어가 팔다리를 쭉 뻗고는, 인형이며 빵조각이며 골무 같은 컵이며 냉차 (밀크도 좀 넣어줄래요?) 따위는 내버려두고 싶었다. 그리고 다시 어른인 내 친구들과 그들의 대화로 돌아가고 싶었다. 그 이십 분 가운데 십오 분쯤 나는 그 안에서 릴리를 어르고 달랬다.

나는 스스로에게 말했다, 애당초부터 내 작품을 남에게 보여주는 게 항상 중요한 포인트였음에도 불구하고, 내 미술을 어느 누구에게도 보여주고 싶지 않은 까닭은 바로 이거야. 남들이 나를 어르고 달래는 게 싫기 때문에 그걸 보여주고 싶지 않았던 것이다. 남들이 나한테 듣기 좋은 이야기를 해줘야겠다고, 뭐든 한마디 해줘야겠다고, 느끼는 게 나는 싫었다. 왜냐하면 그들이 가식적으로 말할 땐 내가 영락없이 알아챌 수 있고, 난 그게 딱 질색이니까. 난 내 작품이 별로 좋지 않다는 말을 듣기도 싫지만 (릴리 역시 내가 그런 말을 하면 깜짝 놀랄 거다, 그 아이의 세계의 그런 말이란 없으니까) 누구든 내 작품이 좋다고 말해주는 것도 딱히 원하는 바가 아니었다. 난 그저 그들이 날 이해해주기만을 원했는데, 그렇다고 이해되리라고 믿을 수는 없었다.

나는 바지주머니 속의 열쇠를 만지작거렸다. 하지만 이제 나는 남들이 이해해주든 이해하지 못하든 상관없이 스스로를 노출시켜버렸다. 내가 없을 때도 시레나는 때때로 스튜디오에 있을 것이다. 나의 디오라마를 바라볼 수도, 만져볼 수도 있을 테고, 기웃거리거나 염탐할 수도 있을 것이다. 만약 시레나가 그러지 않기로 한다면, 그게 더 나을까? 어쨌거나 이건 내 몸뚱어리를 (혹은, 어쩌면 내 영혼을?) 아무나 세세히 뜯어볼 수 있도록 테이블 위에다 방치하는 거나 다름없었다. 내 몸이 그냥 하나의 사물인 것처럼.

"이제 그만 나와, 노라." 에스더가 테를 두른 담요를 들어 올렸다. 그녀가 빛을 등지고 있어서 퍼그 같은 눈밖에 보이지 않았다. "이젠 살아 숨 쉬는 땅으로 갈 시간이거든. 저녁 다 됐어."

릴리가 싫다고 투덜댔다.

"우리 아가씨도 마찬가지야. 이제 나와. 셋 셀 때까지 손 깨끗이 씻기야!"

릴리는 재빨리 기어 나왔다. 워낙 몸집이 작아서 아이는 손쉽게 움직였다. 에스더는 일어나라고 손을 내밀었고, 내가 일어서자 마치 대단한 일이라도 수행한 듯 등을 토닥거려주었다.

"너 아주 즐거워 보이네." 디디가 사발에 생선스튜를 국자로 떠주면서 말했다. 릴리에게는 마카로니와 치즈와 당근을 주었는데, 아이는 다리를 흔들어 의자를 툭툭 치더니 어른들이 음식을 받기도 전에 입을 벌린 채 씹어 먹었다. 나는 그런 태도를 고쳐주고 싶은 교사로서의 충동을 억눌렀다.

"그래, 즐겁지." 내가 대꾸했다. "나 스튜디오를 하나 빌렸거든."

"오, 그래?" 디디가 국자를 내려놓고 의자에 앉았다. "그거 뉴스거린데?"

"근데 스튜디오가 뭣 땜에 필요한 거지?" 이 말을 내뱉자마자 에스더는 내가 그걸 오해할지도 모른다는 점을 깨달았다. 사실 난 그 말이 꺼림칙했다. "아, 그러니까, 내 말은 집에 스튜디오가 있지 않느냔 거지."

"가외로 침실이 하나 있긴 하지. 하지만 이건 스튜디오라고."

"야, 그거 정말 멋진데." 디디가 다시 앞으로 몸을 숙이고 국그릇을 돌렸다. "아주 잘 된 것 같다, 애." 디디는 나를 똑바로 쳐다봤다. "그럼 얘기해봐, 어떻게 된 건지. 좀… 갑작스러운 것 같지 않아? 아마 에스더도 그래서 좀 놀랐을 거야."

난 시레나 이야기를 들려주었다. 먼저 레자, 그 다음에 시레나에 관해서. 하지만 시레나 때문에 내가 얼마나 가슴이 두근거렸는지, 그와의 만남이 얼마나 의미심장하게 느껴졌는지, 시레나 역시 미술을 한다는 걸 알고서 얼마나 기분이 좋았는지, 그런 것들은 하나도 말하지 않았다. 그럼에도 불구하고 친구들에게 이야기를 하면서 내 자신의 목소리를 듣는 기이한 경험을 했다. 그리고 내가 내 음성을 제대로 조절할 수 없다는 것과, 내 목소리의 크기며 억양이 몹시 일그러져 있다는 것도 인식할 수 있었다. 지나치게 큰 목소리로, 너무 열띤 어조로, 너무 많은 정보를 주고 있다는 기이한 느낌. 뭐랄까, 술을 몇 잔 마시고 나면 나 자신이 느릿느릿 말하는 걸 듣게 되고, 누군가가 그걸 알아챘을 정도로 주의를 기울이고 있는지 궁금해지는 그런 순간들처럼.

그러나 이번엔 궁금해 할 필요도 없었다. 에스더가 릴리를 침실로 데려가자, 디디는 나를 발코니로 불러내더니 마리화나에 불을 댕겼다. 어느새 비는 그쳐 있었지만, 홈통마다 빗물이 뚝뚝 떨어지고 있었다. 마당의 나무들이 어둠 속에서 번들거렸다.

"말해봐." 디디는 연기를 가슴 깊이 들이키더니 나한테 마리화나를 넘겨주면서 물었다. "이거 정말 무슨 일이야, 너한테 어떤 의미냐고?"

"그게 무슨 말이니?"

그가 숨을 내쉬었다. "니가 방금 이야기한 것 모두, 이거, 단순히 스튜디오 얘기가 아니잖아. 내 말은, 오케이, 아주 굉장한 일이야, 스튜디오에 관해선 진짜 기분이 좋다고. 지난 몇 년 사이에 니가 내린 결정 중에서 최고야. 그렇지만, 넌 거길 가보기도 전에 이미 마음을 결정해버렸어, 그렇지?"

나는 잠시 생각해봤다. "그런 것… 같네."

"그러니까 이건 실제로 스튜디오 얘기가 아니란 거지."

"그럼 뭐에 대한 얘기 같니?"

"아, 내가 지금 그걸 묻고 있잖아?"

나는 어깨를 한 번 으쓱하고는 깔깔 웃었다. 아무 말도 할 수 없었다. 그걸 무슨 말로 형용하겠는가. 설사 그런 말이 있다손 치더라도 너무 많은 걸 드러내 보일 수야 없지. 상대가 디디라 하더라도, 지나친 노출은 하고 싶지 않았다. "나 지금 기분이 엄청 좋거든. 그러니 무슨 상관이야?"

디디는 한 모금 더 마시고는 눈을 가늘게 떴다. "그럼, 그냥 좀 두고 봐야겠구나."

9

이 시즌을 기억하자. 이 저녁식사, 이 하루, 임대계약의 체결 등이 대통령선거 전의 그 토요일에 일어났다. 더브야의 라운드 투에서[10] 존 케리와 더브야가 맞붙었던 선거. 2004년 가을의 일이었다. 바깥의 드넓은 세상은 심각하게 개판이 되어 있었고, 우리나라 역시 개판이긴 마찬가지였다. 미국이 개입된 전쟁이 둘씩이나 맹렬히 계속되고 있었다. 하나같이 피바다, 메이저 피바다, 마이너 피바다, 배신과 무능력과 부패로 얼룩진 더럽고 걸핏하면 증오에 불타는 은밀한 전쟁들. 건드리지 마, 나 시작하면 끝도

---

10) **Dubya** 미국 George W. Bush 대통령의 별명. 그의 중간 이름인 W를 텍사스에서 흔히 '더브야'로 발음하기 때문에 만들어진 애칭이다. 저자는 부시대통령이 재선을 목표로 나섰던 이 선거를 Round Two로 부르고 있다.

없으니까.

그 전해에 어느 젊은 여자가 (겨우 스물다섯이었으니 아가씨라고 하는 편이 옳겠지) 학교에 초청되어 와서 자신이 설립한 NGO에 대해 강연을 한 적이 있었다. 데님 미니스커트 차림에 실버 블루 색상의 아이섀도를 한 이 키만 껑충한 아가씨는 손수 이 기구를 만들고, 대학을 갓 나왔을 나이에 의회에다 로비를 해서 수백만 달러를 얻어냈는데 (어떻게 했는지는 하나님만이 아실 테지), 그 목적은 민간인 사상자의 수를 파악하는 것으로, 극히 온당하고도 훌륭한 일인 것 같았다. 그녀는 아이들을 위해 이 모든 것을 바람이 좀 새는 듯 높은 음성으로 대단히 나긋나긋하게 이야기해주었다. 자기는 이라크 사람이든 미국 사람이든 상처받은 사람들을 너무나 도와주고 싶다는 것과, 또 지속적으로 파악하고 있지 않으면 어떤 사람들은 그냥 잊히고 말 거라는 얘기도 했다. 우리는 오륙학년 학생들만 보내서 그녀의 연설을 듣도록 했다. 아무려나 그녀가 하는 일이 기본적으로 죽은 사람들 숫자 헤아리는 것이니까, 그걸 아무리 미화하더라도 너무 어린 아이들에게 겁을 주거나 악몽을 꾸게 만들 수는 없었기 때문이다. 이 아가씨를 불러다 이야기할 기회를 주다니 교장선생님이 제법 용감하다는 생각도 들었지만, 그녀가 교육위원회 누군가의 조카딸쯤 되지 않을까 하는 짐작도 되었다. 실제 그녀는 그해 가을 세 학교를 더 방문하고서야 돌아갔다.

이런 풋내기가 어떻게 대단한 인물이 될 수 있는지, 난 도대체 이해할 수 없었다. 그런데 몇 달 후에 그녀는 CNN 저녁 뉴스 시간에 출연했다. 머릿수건을 두르고 클립보드를 손에 쥔 그녀는 아이섀도를 전혀 하지 않았고 가식이라곤 눈곱만치도 없었으며 수수하면서도 깊은 인상을 남겼다. 그리고 '음, 그니까요' 같은 말은 한 번도 하지 않았다. 그녀는 부상이나 사망이 공식적으로 보도조차 되지 않는 이라크 사람들이 -어린아이들, 가족들, 늙은 여인들이- 얼마나 많은지에 대해 섬뜩한 이야기를 들려주고 있었다. 하지만 그는 자신이 채용한 십여 명의 조수들과 클립보드를 들고서 집집마다 돌아다닌다고 했는데, 그들은 엄청 훌륭한 일을 하고 있었다.

그런 일이 있고서 넉 달쯤 지났을까, 이 아가씨는 다시 한 번 뉴스에 등장했다. 이번엔 뉴욕 타임즈의 제 일면에 자그마한 헤드라인을 장식하면서 다섯째 페이지에는 사진까지 게재되었다. 다시 아이섀도를 한 걸로 봐서 틀림없이 그녀가 현지로 떠나기 전에 찍은 사진이었다. 뉴스의 요지인 즉, 그녀가 통역과 함께 무장호송대의 뒤에 바짝 붙어서 공항으로 가는 저 악명 높은 길을 달리고 있었는데, 웬 빌어먹을 후레자식들이 로켓을 발사해서 그들을 날려버리고 말았다는 것이었다. 또 그 기사에 의하면 그녀의 마지막 한 마디, 군인들이 황급히 몰려와 바그다드 외곽 도로변에 먼지를 뒤집어쓰고 널브러져 있는 그녀의 불타고 피 묻은 가녀린 몸을 추스르려고 했을 때, 그녀가 마지막으로 뱉은 말은 (아, 난 이 말을 절대로 잊을 수 없을 거야) "나, 아직 살아 있어요."였다. 그녀는 스물여섯이었다.

하지만, 물론, 그녀는 아직 살아 있었다. 많은 사람들이 평생을 두고 살아 있는 것 이상으로 그 여자는 그 짧은 시간 속에 더 생생하게 살아 있었다. 그리고 다음 순간 그는 죽었다. 그 기사를 가져다가 보스턴 글로브만 구독하는 교장선생님에게 보여주었다. 하지만 보스턴 글로브에도 같은 기사가 났었다. 우리는 학생들에게 그녀의 죽음을 알리지 않았다. 여전히 현지에 나가 부상자와 사망자를 —지금도 여전히 수없이 많고, 그녀가 아직 살아 있다면 부지런히 헤아리고 있을 그 사람들을— 헤아리고 있을 그를 아이들이 가끔씩 생각할 수 있도록.

그래, 그때는 이런 시절이었다. 그렇지만 나는 11월 내내 매일매일의 아침을 마치 봄날인 것처럼 맞았다. 마치 계절적으로나 사회적으로 나날이 어두워지고 있는 게 아니라 새롭고 멋진 모험을 시작하려는 것처럼, 하루하루가 전날보다 더 완벽하게 빛나는 것처럼. 나에겐 정말 그랬다.

그건 마치 열한 살로 돌아가 제일 친한 친구와 함께 있기를 갈망하는 기분이었다. 나뭇잎이나 컵이나 아이의 손 하나하나가 자연의 경이로움처럼 나를 위해 영광스런 빛 속에서 꼼꼼하게 드러난 가운데, 내가 아침마다 그런 열성을 느끼며 잠을 깼다면, 그것은 하루도 빠짐없이 가슴속에 시레나와 함께 대화하고 모험할 가능성을 품고 있었기 때문이다. 이런 가능성은 ―단순한 가능성 이상일 때가 많았지만― 우리의 스튜디오가 주는 흥분, 우리가 만나게 될 추레하지만 순수하고 환하고 바람 잘 통하는 그 공간의 설렘과 불가분의 관계를 맺고 있었다.

시레나는 스튜디오에서 온 종일을 보낼 때가 많았지만, 나는 세시 반 전후 땅거미가 내릴 무렵, 햇빛은 길게 드러눕고 대기에는 눈가루가 섞이며 벌써 밤의 기미와 황량하지만 찬란한 겨울빛이 느껴지는 때가 되어야 비로소 느릿느릿 스튜디오로 들어갔다. 우린 커피를 마셨다. 자신이 사용하는 쪽의 벽에 기다랗게 걸어둔 보석빛 인도산 실크, 지저분한 깔개 하나, 짜임이 촘촘한 소형 쿠션 세 개, 그리고 놋쇠로 만든 쬐끄만 모로코산 접이 탁자 등과 더불어, 시레나는 기다란 식탁 위에다 버너를 설치했고, 스토브에 얹어두는 묵직한 팔각형 스타일의 이탈리아식 퍼컬레이터, 그리고 굿윌 상점에서 사온 이 빠진 찻잔 몇 개까지 갖다놓았다. 그녀는 애를 쓰지 않아도 무엇이든 아름답고도 편안하게 만드는 재주가 있었다. 내가 자라면서 엄마한테 있다고 생각했던 바로 그 재주다. 검소하고 엄격하면서도 몇 안 되는 가구 덕택에 동방의 시장을 닮아있는 우리 스튜디오가 나는 너무나 좋았다. 내가 들어섰을 때 텅 빈 스튜디오에 시레나가 씻지도 않은 찻잔들을, 타르 같은 커피 찌꺼기가 둥글게 묻어있고 진홍색 립스틱 자국으로 더럽혀진 찻잔들을 여기저기 버려둔 것조차도 마음에 들었다. 게다가 그녀는 종종 스카프나 스웨터까지 깜빡 잊고 바닥에 내버려두곤 했다. 마치 "걱정 말아요, 나 금세 돌아올 테니까."라고 속삭이는 것 같았다.

나는 하이라이즈에서 산 스콘이라든가 그때 데이비스 광장에 새로 생긴 상점에서 산 컵케이크 (스튜디오 오는 길에 하일런드 애비뉴에 잠깐만 들르면 되었다) 같은 스낵을 들고 가는 데 재미를 붙였고, 그럴 때면 시레나는 하던 일을 멈추고 커피를 끓였다. 우리는 두런두런 이야기를 나누며 45분가량 시간을 보내다가, 이윽고 그녀가 갑자기 일어나 있지도 않은 빵가루를 툭툭 털어내며 "오 트라바이유!" [11]라고 말하곤 했다. 난 보잘것없는 프랑스어 실력으로도 그 말을 이해할 수 있었고, 그녀가 그렇게 말하기를 기다리게도 되었다. 그러면 나는 커피잔을 씻었고 그녀는 시원스럽게 바닥을 두어 번 밀고는 나한테 등을 보이며 L자형 공간의 자기 코너로 물러가곤 했다. 나 또한 (약간은 주인의 명령에 바구니로 물러나는 강아지처럼) 내 자리로 돌아가 테이블 위에 설치해둔 스탠드를 환하게 켜고, 케이크와 대화로 푸짐해진 기분으로 작업을 하곤 했다. 밤은 우리 주위로 살며시 내려앉았고, 마침내 내 자리와 시

---

11) **Au travail** "Back to work."(다시 작업하자.) 혹은 "Let's get to work."(일을 시작해 볼까?)를 의미하는 프랑스어.

레나의 자리를 밝히는 빛의 웅덩이와, CD 플레이어에서 흘러나와 우리 둘 사이의 광대하고 어두운 공간을 부드럽게 떠도는 음악만 남게 되었다.

5시 반이나 45분쯤 되면 시레나는 자신의 작업도구들을 주섬주섬 싸서 베이비시터인 마리아와 레자가 있는 집으로 돌아갔다. 그리고 거기엔, 이론적으로 말하자면, 스칸다르도 있을 터였다. 물론 내게 그의 남편은 몇 달이 지나도록 하나의 암호로만 남아 있었고, 그녀가 핸드폰으로 조용하지만 재빨리 (그리고 내가 언제나 슬며시 짜증이 난 채로 상상하는) 프랑스어로 이야기할 때만 아련하게 들리는 존재일 뿐이었지만 말이다.

나는 누군가 다른 사람이 곁에 있을 때 작업하는 것이 좋았다. 그건 마치 크레이스 선생님의 미술교실로 되돌아간 기분이었다. 하지만 끔찍이 싫었던 것은 —금세 그렇게 되지는 않았다 해도— 시레나가 가버리고 난 다음의 시간이었다.

하지만 한동안은 내가 작업하고 있던 장면에 너무 푹 빠져서 그렇다는 것조차 제대로 깨닫지 못했다. 그해 가을 나는 애머스트에 있는 에밀리 디킨슨 박물관의 침실을 조그맣게 복제하고 있었다. 장화를 넣을 수 있는 상자 크기 정도에다 마룻장 하나까지 고스란히 넣고 모든 가재도구들을 일정한 비율로 줄여 정확하게 다시 만드는 것이었다. 그렇게 침실을 다 만들고, 주름장식이 달린 새하얀 린넨 잠옷을 입은 에밀리 디킨슨까지 만들고 나면, 전기회로를 설치하는 게 내 의도였다. 그렇게 되면 떠도는 조명으로 만든 손님들이 −천사 같은 음악의 여신과, 디킨슨이 사랑했던 죽음과, 그리고 내 황금빛 마스코트인 조이 디비전까지도 − 침대에 똑바로 앉아 있는 나의 에밀리 디킨슨을 방문할 수 있을 터였다.

내 상상의 세계 안에서 이것은 시리즈의 첫 작품이었다. 이어서 나는 로드멜의 버지니아 울프도 만들고 싶었다. 그녀의 주머니에다 돌도 집어넣고 그녀의 마지막 메모도 쓰는 것이다. 도도하게 흐르는 강물의 슬라이드도 설치하고 음향효과까지 넣어야지. 그리고 그녀가 직접 손으로 썼던 메모의 실제 사본을 디오라마 벽에다 투사하지 말고, 버지니아의 침실 창문을 빠져나와 스튜디오 바깥벽에다 투사한다면 글자들이 굉장히 크게 보일 것 아니겠는가. 나는 마음의 눈으로 그 글자들이 깜박거리는 것을 보았다. 깜박거린다는 것이 나에게는 대단히 중요했다.

그리고, 또 있다, 요양원에 있는 화가 앨리스 닐. 서른인가의 나이에 정신분열을 겪고 요양원으로 보내졌던 앨리스. 알겠니, 난 말이야, 에밀리 디킨슨의 검소한 하얀 방과 앨리스 닐의 하얀 방 사이에, 수도원과 정신병원 사이에, 둘 다 은신처이지만 너무나도 다른 성격이었기에, 어떤 울림이 있었으면 싶었다. 그리고 그 둘 모두 여자의 영역이었지. 나는 아직 존재하지도 않는 내 시리즈의 타이틀까지 생각해봤지. "그들 자신의 방?" 마지막에 의문부호를 붙이는 게 핵심이란 생각도 들었다.

나는 앨리스 닐의 이야기가 너무 맘에 들었다. 그녀의 삶이 지독하게도 어렵고 쓰라렸지만 결국은 훌륭하게 마무리되었다는 것도 이유의 일부였고, 그녀의 예술이 나의 예술처럼 거의 평생 동안 확고부동하게 인기가 없었다는 것도 그 이유의 일부였다. 그 랬기 때문에 그녀는 어째서 자신이 그런 예술을 하고 있는지, 그 리고 왜 마지막 순간까지 계속하고 있는지를 알아야 했다. 앨리스 닐은 AFH, 안티-펀-하우스였던 것이다. 그 때문에 나는 그녀를 사랑하지 않을 수 없었다.

내가 계획한 마지막 디오라마는 다른 것들과는 정반대였다. 나는 워홀의 '팩토리'에 있는 이디 세지윅의 방을 마음에 두고 있 었다. 이디는 세상으로부터 도피하려고 애쓰는 대신 세상을 위해 스스로를 희생했다. 그녀는 오로지 대중의 시선 안에서만 존재했 다. 상상해보라, 너무나도 아름다운 외면과, 그 외면에서 깡그리 지워져버린 모든 깊이. 하지만 그렇다면 그 사진들, 그것들의 강 렬함, 그녀의 활력은 무엇인가… 그 눈망울 뒤에는 두말할 나위 없이 하나의 영혼이 갇혀 있는 것만 같다.

이디는 필수불가결이었다. 내가 사춘기였을 때 이디 세지윅 은 이미 세상을 떠난 지 오래였지만, 나는 그녀에게 꼼짝없이 사 로잡힌 채, 새까만 타이츠를 착용한 곤충 같은 팔다리와 커다란 두 눈과 그 눈의 응시를 사랑하면서, 내 사춘기의 상당한 부분을 보낸 바 있었다. 그녀는 '쿨'한 사람들의 마릴린 먼로였다. 먼로보다 더 작고, 더 재바르고, 더 영리하고, 더 가까이에서 살아 있고, 죽어서도 더 효율적이었으며, 내면성으로 말하자면 닥스훈트의 그것보다도 더 알려진 게 없는 거식증의 가냘픈 인생이었다. 그렇지만 네가 만약 열여섯 나이로 대학 진학을 준비 중이었던 나에게 조지아 오키프가 되고 싶은가, 아니면 이디 세지윅이 되고 싶은가 하고 물었다면, 틀림없이 나는 망설였을 것이다. 그리고는 아마 세지윅이 되고 싶다고 말했을 거다. 그때 우린 이렇게 말했지, 이디는 무언가 중요한 것을 정의했다고.

하지만 요점으로 돌아가자. 그때 난 내 가상의 시리즈와, 그 중의 첫째인 에밀리 디킨슨 디오라마와, 그 실질적인 세부사항에 ―다소 본론을 벗어나 모든 걸 지워버리면서― 열정적으로 빠져서 혼이 나가 있었다는 점, 그걸 말하려는 것이다. 나는 단 한 올의 털로만 이루어진 그림붓과, 시계수리공들이 이마에 부착해서 쓰는 종류의 확대경이 있었다. 나는 에밀리의 침실 창문 사이에 걸려 있는 목판 풍경화를 미니어처로 만드느라 꼬박 사흘을 소모했고, 일단 그게 완성된 다음에는 원래 목판화와 닮지 않은 것 같아 첨부터 다시 만들어야겠다고 결심했다.

인형 집을 만드느라 피땀 흘린 수없이 많은 시간들, 나는 그게 너무도 좋았고, 우리 학급의 어느 아이처럼 거기에 푹 빠져버렸다. 그렇지만 시레나가 가고 없으면, 오래지않아 테이블에서 고개를 들고 그 커다랗고 어두컴컴한 방안 자그마한 빛의 웅덩이 속에서 나 혼자라는 사실을 깨달았다. 마치 내 자신이 다른 누군가의 디오라마에 들어 있는 인물이고, 내 자신의 무대에서 보이지 않는 거인에 의해 조종되고 있는 것처럼. 일단 혼자임을 인식하게 되면, 난 그 고독이 무서운 게 아니라 그것이 방해받을까봐 무서웠다. 그래서 나는 창가로 걸어가 밤을 뚫어지게 쳐다보며 누군가가 나를 감시하고 있지 않다는 것을 확인하려고 했다. 스튜디오 입구에 서서 행여 복도나 옆방에서 무슨 기척이 들리지 않나, 귀를 기울이기도 했다. 혹시 발걸음소리나 소란한 기운이 있는 경우엔 얼굴 없는 무엇인가가 스스로를 드러내듯이 왁자지껄해야만 마음이 놓였다. 사람의 목소리나 간간이 그러듯이 멀리서 라디오 소리라도 들리면 한결 더 마음이 푸근해졌다. 하지만 소리가 나직하거나, 숨죽였거나, 간헐적으로 들리거나 하면, 난 가슴이 턱 막히면서 내 악몽에 나오는 후드를 한 악당이 내가 나오기를 기다리며 계단통에서 어슬렁거리지나 않을까 두려워졌다.

어떤 때는 그런 공포를 극복하고 스스로를 다독여 나의 테이블로, 나의 자그마한 세상으로, 돌아가 다시 일에 열중하기도 했지만, 또 어떤 밤에는 －특히 날씨가 잠잠하여, 달그락거리는 소리도 없고, 비도 내리지 않으며, 내 바로 옆에서 생기는 소리 외에는 아무 소리도 나지 않는 밤이면－ 난 끔찍한 무서움에 굴복하고 급급히 짐을 챙겨 건물이 떠나가라 소란을 떨면서, 복도를 지나, 계단을 내려와, 밖으로 나오곤 했다. 그럴 때면 언제나 가로등의 부드러움과 건물 바깥 도로의 담백한 고요함에 깜짝 놀랐다.

10

내가 얼마나 미술 작업을 하고 싶었는지, 나는 여느 때보다
도 훨씬 더 또렷하게 깨달았지만, 혼자서 작업하는 것은 내키지
않았다. 참으로 완벽한 패러독스였다. 혼자서 일하는 것은 싫지
만, 내 작업은 오로지 혼자서만 할 수 있다니. 나의 이 딜레마에
도대체 무슨 해답이 있을 수 있었겠는가? 시레나. 그래, 시레나가
나의 대답이었다.

그래서 나는 아이들이 하루의 마지막 일과로 에스텔과 함께
과학을 공부하는 화요일과, 맨 끝에 체육을 하는 목요일에, 사십
분 정도 일찍 스튜디오로 달아나기로 했다. 한번은 직원회의를 깜
빡하고 사라져버려 영문을 모르겠다는 표정의 교장선생님으로부
터 핀잔을 들었다. "선생님, 괜찮아요?" 그가 물었다. "선생님답지
않은 일이라 묻는 거예요."

"그렇지요?" 나는 대꾸했다. "저도 궁금해지기 시작했답니다."

"제가 걱정하지 않아도 되도록 해줘요, 노라." 교장선생님은 그렇게 말했고, 그녀의 어조로부터 나는 그 말이 진심이라는 걸 알 수 있었다. 사람들은 '위층 여자'에 대해선 걱정하고 싶지 않다. '위층 여자'는 믿을 수 있고, 질서정연하며, 어떤 골치 아픈 문제도 일으키지 않기 때문이다.

"저 지금 더할 나위 없이 좋아요." 난 그렇게 말해주었다. 그 역시 나의 진심이었다. 그 숱한 화요일과 목요일에는 내가 작업하는 동안 가외로 거의 한 시간씩 동반자가 있었으니까. 시레나 역시 내가 있어주어서 기뻐했다. 그녀가 스카프를 이리저리 옆에다 모아두는 모습이라든가, 내가 그저 '안녕'이라고 인사를 했을 뿐인데도 내 쪽으로 다가오는 모습으로, 나는 그걸 알 수 있었다. 그녀는 레자의 안부를 묻거나, 내가 들려주었던 이야기로 성격을 알게 된 다른 아이들에 대해서, 혹은 동네의 그럴싸한 구두수선공에 대해서, 혹은 이런저런 주제에 대해서 질문을 던졌고, 그러면 우리는 재잘대면서 작업을 하거나 작업 준비를 하였다. 그런 날에는 겨우 두시 반밖에 되지 않았으므로 오후 내내 함께 할 수 있다는 커피를 마셨고, 나는 줄곧 싱글벙글 웃음을 감출 수가 없었다. 쇼나 맥피가 무슨 말을 하건 그게 무슨 상관이람?

시레나는 때로 내가 앉아 있는 쪽으로 와서 몸을 숙여 에밀리 디킨슨의 방을 보곤 했다. 언제나 자기한테는 그게 신선하고 새로운 것인 양 행동했다. 마치 내가 거기 없을 땐 자신이 절대로 하지 않는 일인 것처럼.

"정말 제대로 척척 돼가고 있네요." 숨을 한 번 들이쉬고 벽의 맨 위쪽 모서리를 손가락으로 머뭇거리듯 쓰다듬으며 그렇게 말했다. 혹은 내 테이블 위에 펼쳐져 있는 실제 방의 사진이나 포스트카드를 가리키면서 이렇게 말했다. "우와, 정말 쏙 빼다놓았네." 혹은 "그럼, 저 조각은 어떻게 처리할 거예요?"

혹시 시레나가 내 작업을 보고 나름의 판단을 하면 어쩌나 걱정을 했었는데, 전혀 그런 느낌은 들지 않았다. 그야말로 진짜로 호기심을 갖는 것처럼 느껴질 뿐이었다. 그녀가 나에 관해서 호기심을 갖고 있으므로. 그녀가 나를 좋아하기 때문에. 어느 날 오후 그녀가 나에게 커피를 넘겨주면서 내 팔이 아니라 내 손 위에 자기 손을 얹었다. 그리고는 말했다. "아, 정말이지, 당신이 여기 있어줘서 너무 좋아요. 당신이 없었더라면 아마 미쳐버릴지도 몰라요."

"우리의 우정을 위해서!" 내가 이 빠진 컵을 들어올렸다.

"그래요, 우리 우정을 위해서!"

"그거 알아요, 우리 둘 다 운이 좋다는 거?" 내가 말했다. "나한텐 이거 정말 굉장한 선물이거든요. 설사 이것 땜에 골치 아픈 일이 생긴다 해도 말이죠."

"그건 또 무슨 말이죠?"

나는 직원회의를 까먹고 놓쳤던 것과 교장선생님이 짜증냈던 이야기를 들려주었다. "하지만 상관없어요. 당신이랑 여기 이렇게 같이 있으니까."

그렇게 말해놓고는 내가 지나치게 열성을 보였나, 너무 애정에 굶주린 것처럼 들렸나, 하는 느낌이 들었다. 얼굴이 뜨거워졌다.

"아, 하지만, 알잖아요, 당신의 경우는 달라요. 이거, 당신에게 멋진 일이긴 하지만, 매일같이 계속되는 실제의 삶에 비하면 엑스트라죠." 나를 쳐다보는 게 아니라 창밖을 내다보면서 시레나가 그렇게 말했다. 마치 추워서 그러는 것처럼 컵을 턱 아래에 대고 있었다. "반대로 내 경우는, 여기 보스턴에 진짜 삶이라 부를 만한 게 없으니까, 이게 내 생활이거든요. 이게 전부예요. 물론 레자와 스칸다르를 제외하고 말이지만. 그래서 당신이 여기 있는 게 너무 기쁩니다."

나는 많은 이야기를 할 수도 있었다. 내 진짜 삶을 위한 세간살이가 그녀의 임시적인 상상의 삶에 담긴 그것보다도 더 적다는 걸 말해주고 싶었다. 그리고 내 삶이 그레이트 플레인즈를 관통하는 고속도로와 —거의 나무 한 그루 없이 곧고 평평하게 수 마일을 내달리는 길과— 어쩜 그렇게도 비슷할까, 하는 게 내 삶의 미스터리라고도 말해주고 싶었다. 그런데 지금은 나무뿐만 아니라 오아시스까지 생겼으니… 하지만 물론 이런 말들은 입 밖에 내지 않았다.

대신 나는 불빛으로 드러난 그녀의 실루엣을 바라보면서, 그녀의 검고 슬픈 두 눈의 반짝임을 바라보면서, 고개를 끄덕였다. 그리고 한 발자국 앞으로 나아가 그녀가 나를 어루만졌듯이 그를 어루만지고 싶었다. 하지만 어떻게 어루만져야 어색하지 않을까, 도무지 알 수가 없었다. 추측컨대 난 억눌린 기분이었거나 바짝 긴장하고 있었겠지만, 내가 괜히 불안했던 것은, 내가 느끼는 감정이 정확히 무엇인지를 내 자신도 잘 몰랐기 때문이기도 했고, 한편으로 시레나가 느끼고 있었던 것 또한 알 수 없기 때문이기도 했다. 어쨌든 나는 오해를 받기도 싫었고 당황스러운 지경이 되기도 싫었다. 그래서 그녀의 팔을 어루만지고 싶은 맘은 굴뚝같았지만, 그런 짓을 자제했다. 그냥 고개를 끄덕이고, 살며시 웃어주고, 찌끼만 남은 커피를 들이켰다. 그리곤 컵을 싱크에 요란스레 내려놓으면서 그녀의 제스처까진 아니지만 그녀가 했던 말을 처음으로 흉내 내어 이렇게 말했다. "자, 그럼, 오 트라바이유!"

　　네가 지금 무슨 생각을 하고 있는지, 난 알아. 내가 시레나한테 반해버렸다고 (맞아, 물론 반해 있었지), 그것도 로맨틱하게 반해버렸다고 (아, 그건 사실과 달라) 생각하고 있는 거야. 내가 연애감정으로 그를 좋아하고 있었는지 아닌지, 그걸 내가 어떻게 알겠어, 하고 넌 생각하고 있지? 누가 봐도 연애 따위와는 인연이 없어서 얌전이나 떠는 공허함과, 옥수수 껍질마냥 말라비틀어진 자궁과, 시들어버린 젖꼭지 같은 걸 떠올리게 만드는 내가 말이야, 그지? 그래 넌 이렇게 생각하고 있어, 그런 여자가 다른 무슨 짓을 하든, 고양이와 찻주전자와 섹스 앤 더 시티 재방송과 빌어먹을 가닛 힐 카탈로그에 둘러싸인 '위층의 여자,' 3학년 꼬마들과 세심하게 머금은 진주 같은 미소밖에 없는 그런 여자가 어찌어찌 다른 무슨 짓을 하든, 이야깃거리가 될 만한 연애 사건은 없다고 말이야.

하지만 단순히 눈에 보이지 않는다고 해서 존재하지 않는다는 뜻은 아니야. 그 어떤 순간에도 우리 주위엔 눈에 보이지 않는 것들의 무리가 떠돌아다니고 있거든. 귀신이야 투시력을 지닌 자들이 있어 보겠지만, 눈에도 안 보이는 감정과 기록도 되지 않은 사건들은 누가 볼까? 사랑은 그 어떤 귀신보다도 덧없는 것이거늘, 사랑을 보는 것은 누구이며, 하물며 그걸 붙잡을 수 있는 건 누구냐고? 넌 대체 누구이기에 날더러 내가 사랑을 모른다고 하는 거지?

맨체스터고등학교의 암실에서 앨프가 감상적으로 날 처음 껴안았을 때 나의 냉랭한 반응이나, 열여섯 살이 되어서도 남편이 필요한 이유를 이해할 수 없었던 나의 무능력은, 아마도 상서로운 조짐은 아니었겠지. 하지만, 들어봐, 나도 한창때엔 거의 결혼할 뻔한 적이 있었다. 돌이켜보면 내 스스로도 믿기 어렵지만.

나도 대학 다닐 땐, 그래, 보이프렌드가 더러 있었다. 주로는 동성 친구들한테 인기가 좋은 여자들도 보이프렌드가 있잖아, 그런 식이지. 나는 여러 번 오랜 기간 동안 종교적으로, 아니, 거의 금욕하는 수도승처럼, 누군가 비현실적이고 온당치 않은 사람을 그리워하곤 했다. 그러다가 사랑할 줄 모르는 무리들과 사랑받지 못하는 무리들 사이에, 나로서는 도무지 방어기제를 작동할 수 없었던 낙오자들이며 방랑자들이 끼어들었다. 이런 남자들이 초기의 내 연인들이었다. 나타났는가 싶으면 금세 사라지는 사내들. 예컨대 이마를 가린 광란의 새까만 앞머리를 하고 한 학기를 청강하면서 비트겐슈타인을 논했던 그 영국 학생; 어느 긴 주말 동안 하버드에서 올라와, 안경 너머로 두 눈을 깜빡이며 휴대용 술병의 버번위스키를 벌컥벌컥 들이키던 내 룸메이트 형의 친구 네이트; 혹은 조앤 골드스틴의 이스라엘 출신 보이프렌드 아비도 있었지. 막 군대를 제대한 새까만 피부의 그는 털도 많고 근육질이었는데 시즌 내내 마약을 하거나 맘 내키는 대로 여자들을 데리고 자면서 빈둥빈둥 돌아다녔고, 그러는 동안 조앤은 수업을 하거나 체육관에서 운동을 하거나 뭐 그러면서 전혀 낌새를 채지 못하고 있었다.

졸업반이 끝나는 여름, 절대로 사랑을 이해하지 못하리라고 생각하게 되었을 즈음, 나는 벤을 만났다. 8월이었고 엄청 더 웠다. 우리는 마서즈 비녀드Martha's Vineyard의 아퀴나 해안 피크닉에 서 만났는데, 그때 난 이 섬에 있는 내 친구 수지네 집에 머무르 고 있었다. 뜨거운 모래로 발이 뜨거워 동동 구르면서 다들 배구 를 하고 있었다. 키가 훌쩍 큰데다 바싹 말라서 그렇기도 했지만, 그는 처음부터 참을성 있고 달콤한 분위기랄까 거의 어린아이 같 은 기질을 갖고 있어서 더욱 눈에 띄었다. 그건 이후로도 결코 사 라지지 않은 분위기였다. 그는 에드거타운에 가서 저녁을 하지 않 겠느냐고 물었고, 나중에 누구한테 빌린 모페드를 가져와 날 태 워 갔다. 식사를 마친 다음 우리는 사우스 로드의 구불구불한 길 을 따라 수지네로 돌아갔는데, 달은 하늘 높이 걸렸고 요정 나라 에 있을 법한 옹이 많은 나무들이 길 위로 축 늘어져 있었다. 그 와 함께 있으면 안전하고 모험이라도 할 수 있을 것 같은 느낌이 들었다. 저 너머 처음으로 바다가 보이는 확 트인 들판으로 나왔 는데, 백랍 같은 달빛이며 수백 마리의 반딧불이가 점점이 박힌 요정의 랜턴처럼 환하게 비쳐주고 있었다. 그는 모페드를 멈춰 세 웠다. 우리는 울퉁불퉁한 돌담 위에 걸터앉아 아무 말도 없이 잠 시 동안 마냥 서로를 쳐다보기만 했다. 사실 숨이 턱턱 막히는 것 같은 기분이었다. 그리고 우리는 키스를 했다. 순간, 즐거움과 동 시에 일종의 체념을 담은 한숨이 터져 나오고 "그래, 그런 거야, 이러쿵저러쿵할 것 없지."라는 생각을 했던 기억이 난다.

벤도 원래 노던 캘리포니아에서 뉴욕으로 옮겨와 역시 대학을 막 졸업했던 터였다. 나 또한 그 상황에 편승하여 뉴욕으로 삶의 터전을 옮겼고, 수지랑 롤라라는 이름의 다른 대학 동기랑 함께 아파트를 얻었다. 102번가와 암스테르담 애비뉴가 만나는 곳에 위치한 기름때에 절은 공동주택이었는데, 당시로는 살기에 딱히 유쾌한 곳은 아니었다.

벤은 알파벳 시티에 살면서 저녁이면 밴드에서 연주를 했다. 처음 한 해동안 그는 주간에 짐꾼으로 일하면서 몸이 대단히 튼튼해졌고, 나는 웨이트리스로 일했다. 삶이 확정적이 아닐 땐 사는 것도 재미있는데, 그런 식으로 한동안은 모든 게 즐거웠다. 그러나 처음에 재미로 느껴졌던 것도 급속히 시들어버릴 수 있는 법. 오래지 않아 나는 머리도 아프고 발도 피곤해지고 손님들은 까다롭고도 무례하다고 느껴졌다. 그래서 나는 집에서 보내준 돈으로 양복을 하나 사서, 일자리를 찾아 인터뷰를 하기 시작했다. 놀랍게도 이 경영컨설턴트 회사로부터 소식이 왔고, 일단 그런 일자리가 생겼으니 무슨 수로 거절할 수가 있었겠는가?

그다음 나는 다른 사람이 되었음에 틀림없다. 말할 것도 없이 그림이라곤 하나도 그리지 않았다. 90년대 초반이었던 당시 예술은 무의미하게 보였고, 게다가 생전 처음 돈을 벌어보니… 글쎄, 완전히 다 설명할 수는 없지만, 아무튼 모든 일이 내가 아닌 다른 사람한테 일어난 것만 같고, 이제 와서 그 때의 내가 어떤 사람이었는지를 생각해보면 내가 알았던 그 어느 누구와도 도무지 닮지 않았다. 하지만 내가 바로 그 사람으로 변했고, 벤은 그런 변화에 잘 부응해주는데다 나를 사랑하고 있었기 때문에, 자기도 따라서 변해야 하지 않겠는가 하고 느꼈다. 그때 난 이런 식의 말을 내뱉었다. "우리 이젠 어린애들이 아니잖아. 좀 진지해야 할 때라고." 그래서 벤은 뉴욕대학교 로스쿨에 등록했다. 그것은 사람들이 진지해져야 할 필요가 있다고 느끼면서도 거기에 어떤 것들이 수반되는지 전혀 감조차 잡을 수 없을 때 하게 되는 바로 그런 종류의 일이었다. 물론 그는 밴드 활동도 그만두었는데, 시간이 날 때면 나랑 지내면 되기 때문에 그거야 어떻게 보면 더 이상 필요 없는 일이기도 했다. 그즈음 우리는 이미 그래머시 파크 동쪽의 따분하지만 썩 나쁘지 않은 방, 전후에 지은 콧구멍만하고 천장이 낮은 방을 얻어 함께 살고 있었다. 예술적 분위기의 발산으로 본다면 중립지대로서, 아츠 클럽에서는 불과 몇 블록밖에 안 되는 거리지만 모든 형태의 예술로부터는 백만 킬로미터나 떨어져 있는 곳이었다. 난 예술을 거의 쳐다보지도 않았다. 예술가가 되려 했던 내 계획은 힘없는 자의 환상이었다고 생각했으며, 내가 번 돈이 -내 권력이- 있으니 그런 건 필요도 없다고 생각했다.

난 34층 사무실에서 일했다. 어디를 가든 택시로 움직였다. 비행기를 타고, 공항에 앉아 기다리고, 호텔에서는 밤늦게까지 컴퓨터를 두드리고 있었다. 난 겨우 스물다섯이었고, 크리스티앙 루부탱 구두를 네 켤레나 소유하고 있었다. 값비싼 흰색의 초대형 소파도 있었고, 지금도 내가 즐겨 쓰는 세상에서 가장 비싼 스웨덴산 이불도 있었다. 그리고 벤은 나에게 청혼했다. 얼마나 고급이었던지, 손님들은 모두 우리보다 스무 살 쯤 연상이었고, 통풍으로 고생하지 않는 손님은 우리밖에 없었을 어느 식당에서 너무나 푸짐한 저녁식사를 하던 중이었다. 그가 청혼했을 때 나는 깨달았다. 벤이 (아무리 나한테 달콤하게 해준다 해도) 화이트칼라 형사 소송대리인이라 생각하니 하품이 나온다는 것, 소파며 구두며 이불 같은 건 완전히 내 관심사 밖이라는 것, 그리고 고급 음식만 먹고 나면 변비나 설사를 하게 되니 그런 건 좋아하지도 않는다는 것을.

넌 '위층 여자'에게서 이런 얘기를 기대하지는 않았겠지. 내게도 사랑이 있었고, 세속의 삶이 담긴 연애담도 있었지만, 난 그걸 버리고 떠났다. 만약 내가 벤과 결혼해서 웨체스터에 자리를 잡았다면 (물론 넌 우리가 웨체스터로 옮겼으리라는 건 알지, 그치?) 몇 년 후 우리 엄마가 병석에 누웠을 때 그렇게 선뜻 엄마를 보살피러 가지 못했을 거다. 왜냐하면 우리한테도 이미 아이들이 있었을 테고 (물론 넌 우리한테 아이들이 생겼으리란 걸 알고 있지? 그리고 보나 마나 결국엔 우리가 이혼하게 되리라는 것도 알거야, 그렇지?) 또 내 인생이 제기하는 시험문제 가운데 적어도 하나만큼은 제대로 대답을 했을 테니까 말이다. 하지만 그랬더라면 예술도, 숨 쉴 공기도 없었겠지. 단지 그 모든 일들과 그 일에 수반되는 것들이 있었을 테고, 끝까지 우직했던 벤을 나는 경멸하게 되었겠지, 바로 그의 유연함과 나를 닮은 그의 모습 때문에. 그리고는 −지금 돌이켜보면 완전히 틀렸지만− 깡그리 무시하는 맘으로 그를 바라봤겠지.

십 년도 더 지난 지금, 나는 벤이 어디 사는지 모른다. 벤 수터. (첨엔 내가 "나의 수터 수터"[12]라고 농담했었지.) 그러나 그가 행복하게 결혼해서 어여쁜 아이들과 커다란 집에서 살고 있기를 바라고, 언제나처럼 달콤한 사람이면서도 억만장자가 되어있기를 바란다.

오래 전의 일이지만, 벤이 내 마지막 남자였던 것도 아니다. 너에게 일일이 열거할 필요는 없겠지만, 간단히 말하자면 이렇다. 기혼남이었던 그 사람; 삶에 찌든 대학원 학생; 날더러 섹시하다고 말해주었던 −실제로 나한테 그렇게 말한 사람은 평생에 단 하나였지− 그 열 살 연하의 친구. 이렇게 말하면 아마 내가 수세에 몰린 것처럼 들릴까? 하긴 내가 방어적이라고 생각된다. 왜냐하면 샤히드 부부를 만나기 전까지는 나도 사랑을 이해한다고 생각했으니까. 사랑이 무엇이며 사랑에 대한 내 느낌이 뭔지도 잘

---

12) **My suitor Souter** 벤의 성이 공교롭게도 Souter(수터)였기 때문에 동일한 발음을 지닌 suitor(수터), 즉, 구혼자에 견주어 말장난을 한 것.

안다고 생각했으니까. 헌데 그들이 모든 걸 완전히 뒤집어버렸다. 눈도 깜짝하지 않고서 그들을 죽일 수 있다고 —무엇보다 시레나를 죽일 수 있다고— 너한테 말할 수 있다는 사실 자체로 충분하다. 더 이상 무슨 말이 필요할까? 아, 그렇다고 걱정하진 마, 내가 누굴 죽이겠어. 난 남한테 해를 끼칠 줄 몰라. 우리 '위층 여자'들은 다 그래. 다만 죽일 수도 있다는 얘기지.

11

크리스마스를 두 주일 앞두고 두 가지 사건이 생겼다. 첫째는 내가 어둠속 내 '스튜디오 외로움'을 뼈저리게 느끼며 항상 두려워 해오던 일이었다. 그새 나는 내 두려움과 싸우고, 그 경련을 끝까지 견디며, 저녁 늦게까지 에밀리의 디오라마 작업을 계속하려고 안간힘을 써왔다. 그날 나는 에밀리의 침대를 손보고 있었다. 문을 두드리는 것 같은 라디에이터 소리와, 머나먼 배 위에서 간간이 들리는 웅웅거림처럼 보일러가 불붙었다가, 확 터졌다가, 요동치며 다시 잦아드는 소리만 들렸다. CD 플레이어의 음악은 끝났지만, 나는 사람의 기척을 빠짐없이 듣고 싶은데 음악을 틀어놓으면 소리가 묻힐까 저어하여 그냥 조용한 채로 내버려두었다.

바로 그때 내가 빛의 웅덩이 안에서 사포로 닦고 나무를 깎고 분주히 움직이는데, 정말로 무슨 소리가 들리는 것이 아닌가. 저

벅저벅 멀리 계단통을 밟는 소리, 희미하고 낮게 울리는 소리, 그 다음엔 발자국소리, 내디뎠다가 멈추었다가 조심스런 발자국소리, 점점 커졌다가 복도를 따라 머뭇거리는 소리… 이제 자물쇠 달그락거리는 소리가 들릴까, 아니면 기름칠을 하지 않은 경첩이 삐걱 하는 소리…? 아니, 아냐, 걸음을 다시 옮기고 있어, 한층 더 가까이 다가오고 있어. 내 악몽에서 늘 그렇듯이, 발자국소리는 바로 스튜디오 문을 향해 왔다. 복도의 끝. 더 이상 어디 갈 곳도 없다.

나는 종이와 사포로 문지른 막대기들을 내려놓았다. 두 손이 테이블 위를 맴돌았고, 나는 그릇에 담긴 듯한 방안의 정적으로부터 내가 숨을 죽이고 있다는 사실을 깨달았다. 나는 의자로 바닥을 긁고 싶지 않았다. 쿵쿵, 심장 뛰는 소리가 들렸다. 출입구 위쪽 가로대 아래로 불빛이 보일까? 아마… 그럴 걸… 하지만 잠깐, 문을 노크하는 소리잖아! 그냥 무심코 똑똑 두드리는 게 아니라 조용하고도 리드미컬한 노크, 마치 비밀처럼, 마치 메시지처럼. 똑-또독-똑-또독-똑-또도독. 그리고는 다시 한 번.

문을 열어줘야 하나? 내가 여기 있는 걸 알고 있는 걸까? 내가 누구인지를 알고 있는 걸까? 저 리듬은 하나의 신호인가, 아니면 아무런 뜻도 없는 현실일까? 누군가가 방을 잘못 찾아서 문을 두드리는 걸까, 혹은 그보다 훨씬 더 무시무시한 어떤 일일까?

허둥지둥 나는 당황해서 움직였다. 의자가 분노에 찬, 요절을 내겠다는 투의 비명을 내질렀다.

다시 노크하는 소리. 이번엔 더 크다. 또 한 번 똑같은 리듬으로 역시 두 번. 무언가의 공표. 그리고는 손잡이가 덜컹거리는 소리.

이제 어쩐다? 이제 어쩐다? 어린아이처럼 주눅 들어 웅크리지 않는 게 중요해, 나의 권위에 넘친 스승의 목소리가 말했다. 그러나 나는 이그잭토 커터를 집어 들고, 칼날이 나와 있는지 확인했다.

"누구세요?" 이제 나는 할 수 있는 한 최대로 큰 소리를 내면서 의자를 끌었다. 작전 변경! 그리고는 남자가 그러는 것처럼 들리기를 바라면서 침입자를 향해 발을 쿵쿵 굴렀다. "누구세요?"

문 저편의 목소리가, 남자의 목소리가, 알아들을 수 없게 뭐라고 중얼거렸다. 나는 너무나 문에 바짝 다가섰기 때문에 반대편 그의 숨소리까지 들린다는 착각이 들었다. 그는 기침을 했다, 담배 피우는 사람의 기침. 나는 그 속으로 파고들어 한 인물 전체를 읽어보려고 애썼다.

"거기 누구예요? 좀 똑똑하게 말해봐요." 내 안의 선생님이 마침내 승리했다.

그리고 다음 순간 그녀의 이름이 들렸다. 내가 하는 발음이 아니라 그녀 자신이 발음하는 식으로, 시이-레에-나. 마치 이탈리아사람의 발음처럼.

나는 이그잭토 커터를 뒷주머니에 집어넣고 —그러면서도 어디 앉기 전에는 반드시 칼을 끄집어내야 한다는 걸 명심하면서— 빗장을 이리저리 움직여 문을 활짝 열어젖히고는 방문객을 깜짝 놀라게 해줄 심산이었다.

실제로 그는 잠시 놀란 표정이었다. 마치 몸짓과 표정으로 놀라움을 연기하는 무성영화 배우처럼, 눈썹은 치켜뜨고 입은 부지불식간에 떡 벌리고 있었다. 다음 순간 그는 다시 정색을 하더니 유쾌하고 거의 환심을 사려는 듯한 미소를 띠고 한 손을 내밀었다. "노라 엘드리지, 맞지요?"

나는 머뭇거렸다.

"집사람의 친구이자 동료이실 뿐만 아니라," 그는 동료라는 말의 둘째 음절에다 잔뜩 힘을 주어 말했고, 그 때문에 그의 말은 외국인의 억양으로 들리기도 하고 뭔가 권위 있게 들리기도 했다. "우리 아들의 선생님이시기도 하죠. 안녕하세요?"

레자의 아빠, 시레나의 남편이었다. "아, 그러면 당신은…"

"스칸다르입니다. 스칸다르 샤히드. 만나서 반가워요." 그는 앞으로 한 걸음 다가오면서 튼튼하고 네모진 털북숭이 손을 내밀었고, 나는 스튜디오 안으로 뒷걸음을 쳤다. "시레나는 없는가 보죠?"

"나간 지 한 시간이 넘은걸요."

그는 믿기지 않는 것처럼 그녀가 사용하는 쪽의 말끔하게 정돈된 어둠을 들여다보고는 (흠, 그러니까, 이번이 처음 방문은 아니군) 이어 내가 일하는 쪽의 달걀 같은 불빛을 쳐다봤다. "그나저나 요정의 작업장을 갖고 계시더군요." 그는 살짝 웃으면서 말했다.

"네? 그게 무슨…?"

"아, 제 말은 마치 구두수선공의 요정과도 같이 뭔가를 완벽하게 만들려고 늦은 밤까지 열심히 일하신다는 뜻이지요." 그는 미소를 흘렸지만, 이빨을 드러내지는 않았다. 신사양반이로군. "아, 그리고 지금 만들고 계신 것은 아주 작지 않습니까?" 그러니까 나의 디오라마도 이미 봤고, 어쩌면 내가 스케치한 것들도 벌써 봤다는 뜻이잖아. 그러니까 이 부부는 함께 내 테이블 위로 고개를 맞대고 내 작업을 봤거나, 아니면 적어도 시레나가 코트를 걸치거나 주전자에 물을 끓이는 동안, 이 남자는 다소 느긋하면서도 외설적인 태도로 내 소지품이며 내 작품을 자세히 들여다봤다는 얘기잖아. 이 사람이 스튜디오에 온 적이 있을 수도 있다는 걸 왜 한 번도 생각하지 못했던 걸까.

"네, 맞아요." 내가 답했다. "아주 작죠. 그건 인정해요."

"그래도 눈으로 볼 수는 있겠지요?" 그는 웃음을 터뜨렸고, 이번엔 반짝이는 이빨이 드러났다. "정말 반갑습니다." 그는 멈추었다. 시레나처럼 그 역시 억양이 있었지만, 아내와 달리 그의 억양은 또박또박 끊어지면서 깔끔했다. "차를 좀 끓일 테니 드시겠어요?" 그는 싱크 쪽으로 걸어갔다. 코트 단추는 여전히 다 채워져 있었다. 축축하고 헤진 그의 가죽 신발이 바닥에 시커먼 자국을 남겼다. 주인처럼 행세하는 그의 제스처가 내게는 비현실적으로 보였다.

"네? 차를요?"

"아님, 커피가 더 좋으세요? 시레나는 항상 커피를 마시죠, 저는, 전 차가 더 낫습니다만."

"헌데 시레나는 여기 없는데 어쩌나… 집에 갔어요." 내 말투가 좀 무례하게 들렸던지, 그는 동작을 멈추고 마치 내가 자신을 놀라게 했다는 듯이 나를 빤히 쳐다봤다.

내가 말했던가, 그의 태도가 도무지 종잡을 수 없긴 했지만, 샤히드는 ─외견상으로는─ 나의 이상형인 남자에 상당히 가깝기도 했다는 것? 그는 내가 지하철이나 공항 같은 데서 봤더라면 호기심을 갖고 눈길을 주거나 궁금해 했을 그런 종류의 남자였다. 만찬회 같은 데서 옆자리에 앉는다면 그 앞에선 부끄러워서 꿀 먹은 벙어리가 될 법한 그런 종류의 남자, 내가 절대로 이해할 수 없을 거라고 생각할 만한 그런 종류의 남자 ─그런 종류의 성인─이었다.

키가 크지도 작지도 않으며, 뚱뚱하지도 홀쭉하지도 않은 그는 검고 굽슬굽슬한 풍성한 머리를 조금 기르고 다녔는데, 이젠 마치 눈보라 속에 잠시 서 있었던 것처럼 희끗희끗해져 있었다. 그의 두 눈은 ─가만, 그런데 난 레자의 눈이 엄마를 닮은 줄 알

160

앉더니?- 음모를 품은 듯 복잡했고, 타원형이었으며, 속눈썹이 짙었고, 샘처럼 어두웠다. 그 눈이 안경 때문에 커 보였지만, 안경은 어딘지 조심스런 모양이라 상대가 보는 것은 커다란 두 눈뿐이었다. 뺨은 기분 좋게 둥그렇고, 코는 앙상하게 여위지도 않았지만 주먹코도 아니어서 데생 시간에 쓰임직 했으며, 검은 입술은 살짝 튀어나와 있었다. 나는 그의 턱을 만지고 사포로 문지르듯 깔끔한 저녁 면도를 느끼고 싶었다. 나는 미소를 띠며 말했다. "미안해요, 차가 좋겠어요."

그는 싱크에서 주전자를 채우고 버너를 켰다. 내게 등을 돌린 채 모두 편안한 동작이었다. "혹시 비스킷 좀 있을까요?" 그가 커피 깡통과 티 박스를 뒤지며 그렇게 물었다. "비스킷이 있으면 좋지 않겠어요?"

"유감스럽게도 막 떨어졌네요."

"막 떨어졌다고요?" 그가 재미있어 하면서 몸을 돌렸다. "그 표현이 맘에 듭니다. 막 들어왔다, 막 떨어졌다. 제가 조금만 더 일찍 왔더라면, 있었을 텐데 말이죠."

"그러게요."

"흠, 그러니까 당신과 시레나가 하는 일이 이런 건가요, '쿠키'를 ─그는 그 단어가 마치 외국어인 것처럼 인용부호 안에 넣어서 말했다─ 먹고 여학생들처럼 수다를 떠는 것?"

"뭐, 그렇다고 할 수 있겠네요. 이 스튜디오란 것 모두가 가십을 위한 핑계라고 해야 하나."

그는 한 마리 새처럼 목 위의 머리를 휙 돌려 곁눈질로 나를 쳐다보고는 히죽이죽 웃었다. "그거 아주 재미있네요. 아주 멋진 말이에요." 그는 어디선가 무슨 비스킷 남은 걸 찾았는지, 조금씩 과자를 깨물어 먹었다. "하지만 당신은 진지하잖아요."

"진지하다구요?"

"시레나가 그러대요, 당신은 진지하다고. 이게 아주 중요한 일이라고. 뭐, 수천 불을 받고 작품을 판다든지 멋진 사람들을 알게 되는 것과는 상관없이 말이죠. 당신이 진지하다는 바로 그게 중요한 거죠."

"물론이지요."

"척 봐도 진지하신 것 같군요." 나에게 차를 건네주면서 그는 재미있다는 표정으로 나를 쳐다봤다. "우유 타드릴까요?"

"아뇨, 괜찮습니다." 나는 잠시 생각했다. "그러면… 시레나는 수천 달러를 받고 파나요? 그리고 멋진 사람들과도 잘 알고요?"

"멋진 사람들? 그게 무슨 의미죠? 사람마다 서로 다른 무언가를 의미하겠죠. 하지만, 네, 맞아요, 아내는 그래요, 그게 무슨 뜻이건 간에 말입니다. 막 그렇게 되기 시작했지요." 그는 다시 한 번 알 수 없는 미소를 함박 머금었다. "물론 파리에서 그랬다는 얘기지만."

나는 내 몸속의 무슨 엘리베이터 같은 게 그 수직통로 안에서 뚝 떨어지는 것만 같았다. 흔히들 가슴이 철렁한다고 부르는 바로 그 느낌. 어떻게 된 일인지, 나는 우리 둘만의 세상 밖에서 벌어지는 시레나의 예술 활동, 그 예술의 과거와 미래에 대해서는 용케도 생각해본 적이 없었다.

"아내가 올해 이리로 이사해오는 걸 어려워했던 이유 중의 하나죠. 그녀의 커리어를 위해서는 모든 게 지난 한두 해 사이에 본거지에서 정말 '날개를 달기' 시작했다고 표현해야 하나요? 전시회, 최고의 화랑, 언론의 평, 그런 것들 있잖아요. 이곳에선 그런 기회가 없거든요… 하지만 아내한테 말했어요, 스튜디오를 찾아서, 아무 것에도 방해받지 말고 칩거에 들어간 것처럼 작업을 하라고. 그렇게 되면 좋을 것 같아요."

"정말 좋을까요?"

그는 차를 다 마시고 컵을 싱크에다 요란스럽게 내려놓았다. "물론 좋다마다요. 아내는 적당한 장소를 찾았고, 또 당신과 함께 하게 되었잖아요."

"저랑 함께하게 되었다고요?"

"쿠키도 먹고, 수다도 떨고, 동료잖아요, 진지하기도 하구요."

"네, 그렇군요."

"많은 예술가들이 그렇듯이, 시레나는 슬픔을 느끼게 되면, 정말이지 굉장히 슬퍼할 수 있답니다." 그는 몹시 아쉬워하는 모습이었지만, 이상하게도 마치 그 일이 자신과는 전혀 상관없다는 것 같았다. "그래서 우리 식구들은 시레나가 행복하기 위해서 항상 행복하지요." 그는 손목시계를 처다봤다. "집사람이 늦네요. 이번만큼은 내가 제때에 오고, 아내가 늦군요."

"돌아올 거라고 말하지 않았는데…"

"아, 저희들 그냥 함께 영화를 보러 가려구요. 그래서 합의를 했지요…" 다음 순간 그는 갑자기 말을 끊더니, 좀 과장된 몸짓으로 자기 이마를 찰싹 때렸다. "이런, 이런, 그러고는 계획을 바꾸었구나… 맞아, 계획을 변경했었어요." 다시 한 번 시계를 내려다보고는, 낮게 으르렁거리는 소리로 스스로에게 분노를 표시했다. "집사람은 이미 극장에 가 있을 것 같습니다. 혹시 켄딜 스트리트로 가는 가장 빠른 방법을 알려주실 수 있나요?"

나는 그에게 가능한 한 가장 간단한 길을 말해주려 했지만, 어쩐지 그가 제대로 내 말을 받아들이지 않고 있다는 인상을 받았다. 그가 느끼는 곤경은 충분히 순수한 것 같았지만, 예의상의 인사와 함께 급급히 복도를 내달리는 그를 보면서 나는 그가 제시간에 영화관까지 갈 수 있을 것 같지가 않았다. 아니, 제대로 영화관에 도착하기나 할까.

일과의 마무리로 물건들을 정리하고 컵들을 씻어 치우면서 나는 그가 나를 만나보기 위해 일부러 스튜디오를 찾았다는 스토리를 지어내보았다. 그가 직접 나를 알고 싶어서가 아니라, 자기 와이프가 그렇게 많은 시간을 함께 보내는 게 누군지 알고 싶어서, 그러니까 나라는 사람의 됨됨이를 재보기 위해서 왔다고 말이다. 어쩌면 내가 시레나에 대해 이야기할 때마다 느꼈던 바로 그 콩닥거리는 흥분을 간신히 억누르면서, 약간 숨을 헐떡이면서, 시레나도 나에 대해 이야기하지 않았을까? 그럴 가능성이 만에 하나라도 있지 않을까?

그토록 많이 알고 그토록 많이 소통하면서도, 언제나 그처럼 철저하게 명료함이 떨어진다는 것, 결국에는 그처럼 고립되고 불충분하다는 것, 이거야말로 인간이라는 것의 가장 기묘한 일면이 아닐 수 없다. 사람들이 이런저런 것을 말하려고 시도할 때조차, 형편없이 또는 어슷하게 말하거나 아예 대놓고 거짓말을 하지 않는가. 그건 그들이 나에게 거짓을 말하기 때문이기도 하지만, 오히려 그들 스스로에게 거짓을 말하기 때문인 경우도 허다하다.

어쨌거나 시레나는 스칸다르에 대해선 나한테 거의 이야기를 하지 않았다. 나는 이렇게 상상했다, 그녀가 남편에 대해서 말하지 않았기 때문에 남편은 그녀의 뇌리를 사로잡지 않은 거라고. 나는 그를 하나의 기정사실로, 아마도 상반되는 감정이 얽힌 기정사실로, 이해했다. 시레나는 자신의 작업에 대해서, 그 작업에 관한 자신의 불안과 환상에 대해서, 그리고 여러 가지 물질들의 유연성에 대해서, 비디오를 향한 자신의 복잡한 감정에 대해서, 너무나도 탁 터놓고 이야기했다. 그녀는 비디오가 유행되고 인기를 얻는 것이 그에 대한 자신의 흥미에 영향을 끼쳐, 자신이 매료당

하거나 거부감을 느끼게 될까봐 걱정이었고, 난 그걸 이해할 수 있었다. 내가 유행 따위는 상관하지 않는다는 점, 내가 그처럼 냉정하게 본능과 직감을 따른다는 점, 그녀가 나에 대해서 경탄하는 몇 가지 중의 하나가 바로 그런 것들이라고 그녀는 말했다. 내 성격이 그렇게밖에 할 수 없다는 것은 그녀에게 말해주지 않았지만, 난 그의 칭찬에 짜릿한 고마움을 느꼈다.

헌데 시레나는 아들 레자에 관해서는 이야기를 했다. 아들과, 그의 짓궂은 장난과, 우스꽝스런 표현과, 살짝 틀린 영어 발음으로 전혀 다른 말을 해버리는 익살스런 실수(엄마, '도기 독 월드'가 뭐야?), 그리고 더 어렸을 때의 에피소드 등을 나한테 들려주는 게 정말 좋은 모양이었다. 신이 날 때면 자기 자신의 소녀시절 이야기도 들려주었다. 형제자매가 많은 대가족과 폭군 같은 엄마. 어려서부터 한 쪽 귀가 먼 엄마는 마치 세상에다 요란한 소음을 쏟아냄으로써 귀에 들어오지 못하는 소리들을 보충하겠다는 듯이 말이 많았다나. 그리고 아빠는 그녀의 표현을 빌자면 여름날 까망베르 치즈마냥 '소프트'했단다. 그녀는 또 자신이 맨 아래 남동생과 얼마나 유별나게 가까웠는지, 그리고 결혼해서 정착하기를 열망했지만 끝내 짝을 못 찾았고 기회만 있으면 숨도 못 쉬게 조카를 애지중지 아꼈던 한 살 반 위의 언니와는 얼마나 폭풍 같은 관계를 유지해왔는지도 이야기해주었다. 또한 동남아시아 전역으로 배낭여행을 다녔던 젊은 시절의 이야기도 들려주었다. 태국 북쪽에서는 얼마나 마약에 취했던지 치앙마이 근처 마을에서 거의 한 주일을 비몽사몽 보내고, 당시 남자친구는 옆에서 간신히 목숨이나마 부지하게끔 억지로 먹고 마시도록 채근을 했다나 뭐라나.

시레나는 이 모든 것들을 내게 들려주면서도, 남편에 대해서만큼은 거의 입을 뗀 적이 없었다. 이걸 어떻게 받아들여야 하는 거지?

그나마 남편을 언급할 때는 레자와 연관이 있을 때뿐이었다. 예컨대 셋이서 저녁 먹으면서 영어를 했다든가 수족관에서 노랑 가오리한테 눈길을 줬다는 둥 함께 뭔가를 했던 얘기라든지, 가재도구를 이리저리 옮기는 (남편은 그런 일에는 통 젬병이었던 모양이다) 실생활에 관한 얘기 같은 것. 스칸다르는 두 시간이나 늦게 나타났어요, 스칸다르는 깡그리 잊어먹었지 뭐예요, 스칸다르가 지불을 안 했던 거죠, 스칸다르가 영수증을/자동차 키를/전화번호를 까먹었거든요… 이런 약점들을 언급할 때의 그녀는 반쯤은 너그럽고 반쯤은 자포자기를 닮은 피로의 기색을 보였고, 그건 그녀의 예쁜 입에 나타난 그녀만의 독특한 냉소적인 모습이었다.

시레나 내외가 모두 백 투 스쿨 나이트 행사에 오지 않았던 까닭만 해도 그렇다. 한번은 시레나가 그 행사에는 아빠가 참석하기로 해놓고, 잊어먹은 건지 말로만 잊었다고 하는 건지, 아무튼 행사를 빼먹고 케네디 스쿨에서 진행된 강의를 들으러 갔기 때문이라고 설명했다. 그때 나는 이렇게 말했다. "그런 게 사실은 좋을 거예요, 틀림없어요, 그렇죠? 그분과 결혼한 이유 중에는 그런 것도 있잖아요?"

"처음엔 그런 게 좋았죠." 그녀는 수긍했다. "아주 자유로워 보이더라고요. 하지만, 알잖아요, 그딴 건 금세 싫증이 나죠." 그러니까 당신도 아마 그를 상반되는 감정이 얽힌 하나의 기정사실로 생각했던 모양이지.

바로 그 주 금요일 나는 집에 돌아오자마자 구글로 두 사람에 대한 정보를 찾았다. 돌이켜보면 좀 더 빨리 알아보지 않은 게 이상한 것 같지만, 나는 세상이 두 사람에 대해서, 그녀에 대해서, 어떻게 생각하는지를 알고 싶지 않았다는 것을 이제야 깨닫게 된다. 난 다만 그녀가 내 것이기를 원했다, 마치 디킨슨의 디오라마가 내 것이듯이. 그녀 이전이나 이후나 그녀 밖에는 아무런 세계도 없이 말이다. 왁자지껄 소란도 없고 백색소음도 없고, 비틀린 얼굴을 보여주는 거울도 없이… 우리 모두 그런 삶을 원하는 것 아닌가? 그러니까 컴퓨터를 켜고 그들의 신상을 들쳐본 것은 말할 것도 없이 실수였다.

두 사람이 거기 함께 올라와 있었다. 칵테일파티에서 색 바랜 벨벳 재킷을 입고 입이 부리처럼 생긴 어느 장발과 함께 찍은 사진이었다. 레이먼드 애런과 역사철학에 관한 패널에 참가한 스칸다르의 사진도 있었다. 기다란 테이블 위에는 그의 이름이 적

헌 명패가 놓여 있고, 무언가 말을 하던 중이었는지 그는 눈을 감고 있으며 두 손은 날아가는 새처럼 번쩍 들려져 있지만 희미하다. 엘시노어 설치작품 개막식에서 찍은 시레나의 어두운 사진에는, 그녀가 기다란 샴페인 잔을 들고 사진사를 똑바로 응시하고 있다. 심각하고 뚱한 표정의 그는 가죽바지를 입고 하이힐을 신었는데, 머리칼은 젓가락으로 묶어서 머리꼭대기에다 얹어놓았다. 불어로 되어 나는 읽을 수 없는 스칸다르의 에세이로 연결되는 링크도 있었고, 고등사범학교 교수로 그의 이름을 올린 페이지도 있었으며, 시레나의 전시회에 관한 신문 기사 클립도 있었는데 그 중 둘은 대체로 엘시노어 전시회와 이 년 앞서 열렸던 전시회에 대한 것이었고, 역시 모두 불어로 되어 있었다. "이 페이지 번역"을 클릭해봤더니 문장구성이나 문법에 있어 우스꽝스런 오류가 넘쳐흘렀으며, 누가 봐도 포복절도할 용어들이 쓰이기도 했다. 말할 것도 없이 서로 다른 문화 사이의 교류는 근본적으로 불가능하다는 교훈이었다. 하지만 시레나의 작품을 칭찬하는 말들이 거의 불편할 정도로 호화찬란하다는 것은 나도 알 수 있었다. 특히 한 기사는 엘시노어의 탁월한 구성에 대해서라기보다 거기에 수반되는 비디오 시리즈에 대해서 침이 마르도록 찬사를 쏟아내고 있었다. 삼 분짜리 단편 여섯 개로써 우리에게 기쁨의 전율을 선사하고, 기쁨과 충격과 놀라움을 제공하는 그녀의 능력, 바로 그게 시레나의 진정한 천재성이라는 얘기였다. 이 비디오 하나하나는 어떤 창조물과 −예를 들어 몰래카메라로 뒤에서 찍은 관찰자인 인간, 살아있는 달팽이, 평을 쓴 사람이 가장 맘에 들었다는 찰흙으로 만든 햄릿 등등− 공간 사이의 관계를 묘사하고 있었다.

❊

그로부터 오래지 않아 내 꿈에 스칸다르가 나타났다. 환하고 생생해서 낮에까지도 뇌리를 떠나지 않고 마음을 울렁이게 만드는 그런 종류의 꿈. 마치 무언가가 −무슨 일이었지?− 정말 일어난 것처럼. 너무도 마음속으로부터 강렬하게 느낀 것이라 기억에서 지워지지도 않고 마치 몸에 새겨진 것만 같았다. 그것은 섹슈얼한 꿈이었다. 우리는 어떤 아파트 침실에서 함께 벌거벗고 누워 있었다. 내 아파트는 아니었고, 그의 아파트도 아닌 것은 인식하고 있었는데, 창으로 들어오는 높다랗고 비스듬한 빛이 하얀 걸로 봐서 왠지 거기가 유럽 어디쯤이라는 생각이 들었다. 아마도 암스테르담인가보다 생각했다, 평생 가본 적도 없으면서. 나는 주전자를 오븐에 올려놓기 위해 침대에서 빠져나오며 이렇게 말했다. "시레나가 곧 올 거예요, 알잖아요?" 그러자 그가 대꾸했다.

"아내는 상관 안 해요. 좋아하거든요." 뭘 좋아한다는 거지? 나는 의아해하면서 다시 그의 옆에 누웠다. 그가 내 안에 손가락을 집어넣었고 나는 절정에 이르렀다. 주전자의 물이 끓고 초인종이 울렸다. (아니, 틀림없이 내 자명종이겠지, 일어날 때야.) 나는 그런 것들에 대처하기 위해 다시 몸을 일으켰다. 하지만 겁은 나지 않았다. 시레나가 좋아한다고 그랬잖아? 여전히 짜릿한 흥분이 온몸을 감싸고 있었다. 몸을 돌려 스칸다르를 쳐다봤더니, 그는 침대 머리판을 기대고 누워 꿈꾸는 듯 익살맞은 미소를 띠고 살짝 이빨을 드러내며, 내 음부를 만졌던 손가락을 코에 대고는 마치 향수병인 것처럼 냄새를 맡고 있었다.

12

두 번째 사건은 그로부터 딱 사흘 뒤, 방학을 앞둔 학기 마지막 주일이 시작될 때에 일어났다. 나는 너무나도 오랫동안 이런 사건을 예측해왔던 터라, 내가 줄곧 걱정을 하고 있었다는 사실조차 이미 잊어버렸다. 그래서 일이 터지자 난 제대로 충격을 받았고 심지어 겁을 집어먹었을 정도였다. 분노란 놈이, 그리고 복수의 열망이란 놈이, 얼마나 끈질기게 오래 가는지를 보여주는 사건이었다. 그 놈에겐 핵의 반감기가 있어서, 사람들에게 가장 못돼먹은 방식으로 참을성을 가르친다.

레자가 다시 공격당했다. 이번에는 좀 더 간교하고 좀 더 포악한 공격이었다. 먼저 방과 후 활동 담당인 베터니, 마거트, 그리고 새러가 늘쩍지근하게 지켜보는 가운데 ─쓸모없이 문자나 날리면서 서로 만날 약속 잡느라 정신이 없었는데─ 운동장에서 뛰놀던 아이들 사이에 엄청난 눈싸움이 벌어졌다. 스무나문 명의 아이들이 방과 후 활동 중이었는데, 가장 소심한 아이 하나만 빼 놓고는 모두가 눈싸움에 끼어들었다. 저희들끼리 팀을 짜고 성채 를 쌓는 동안, 나는 스튜디오에도 가지 못하고 채스터티와 이벌리 언스 쌍둥이의 어머니 그리고 독서전문가인 리자와의 약속에 묶 여 있었다. 채스터티의 난독증을 이벌리언스가 고소해하는 것, 아 니 그보다 자기한텐 그런 증세가 조금도 없다고 고소해하는 것을, 어떻게 해야 할지 전략을 논의하자는 약속이었다. 어쨌거나 나는 고함소리와 웃음소리가 창문을 통해 즐거운 팀파니 소리처럼 들 어오는 가운데 미팅을 하고 있었다. 그저 아이들이 통상적으로 낼 법한 소리였다.

그런데 아이들 속에 지난번에 레자를 때렸던 성난 5학년생 오언이 마치 악마의 종자처럼 숨어있었던 것이다. 눈덩이 속에다 돌을 넣을 생각을 할 정도로 딱 그만큼만 머리가 돌아가는 동시 에, 딱 그만큼만 바보 같은 놈이었다. 게다가 녀석은 불행하게도 날카로운 돌을 택했고, 더욱 유감스럽게도 그의 팔매질은 정확했 으며 (하긴 나중에 밝혀진 것처럼 목표와 겨우 몇 발자국 떨어져 있었으 니 정확하지 않을 도리가 있었겠는가) 가장 고약하게도 레자는 돌이 날아오는 걸 보지 못했다.

어느 여자아이의 말을 빌자면, 레자는 순식간에 꼬꾸라졌고, 두 주먹으로 눈을 가리고 있었는데 뭐가 뭔지 깨닫기도 전에 그의 손가락 사이로 흐르는 피가 보였다고 한다. 그리고 말썽장이 뚱보가 "오, 이런, 젠장!"이라고 투덜거리는 소리가 들렸는가 싶었는데, 녀석은 몸을 돌려 줄행랑을 놓았다는 거다.

교실 안에 있던 우리는 운동장의 소란이 일순간 침묵으로 변했기 때문에 뭔가 일이 터진 것을 깨달았다. 마치 합창을 하고 있던 바깥세상이 숨을 멈춘 것처럼, 마치 연극의 한 장면이 끝나고 커튼이 내려오는 것처럼. 다음 순간 베터니가 호루라기를 불어댔다. 세 번 날카롭게 삐익삐익삐익! '얘들아-당장-일렬로-정렬'이라는 비상 신호. "잠깐 실례할게요." 쌍둥이 엄마에게 말한 다음, 나는 창가로 걸어갈 수밖에 없었다. 막 내리기 시작한 회색 눈의 무딘 빛으로 하늘이 빛나고 있던 게 기억난다. 창유리에 손가락을 갖다 대자 싸늘했다. 운동장을 내려다보니 먼저 공포에 질린 베터니의 모습이 들어오는데, 아이들을 커다란 이중 문 쪽으로 모두 불러 모으면서 군인들처럼 두 팔을 마구 흔들고 있었다. 그제야 나는 마거트가 누군가를, 몸을 잔뜩 움츠린 누군가를, 짓이겨진 눈 위에 피를 흘려 마술 같은 흔적을 남기고 있는 누군가를, 감싸서 옆문으로 데리고 가는 걸 얼핏 보았다. 우중충한 회색 빛 속에서도, 아니, 오히려 회색 빛 덕분에, 피는 진홍색으로 번들거렸다. 생각할 것도 없이 척 보기만 해도 알 수 있었다, 내 눈에 익은 그 외투를. 그리고 그 모자도, 맨 위에 방울 장식이 달린 흰색과 검은색의 그 모자도, 알 수 있었다.

"실례합니다!" 나는 소리쳤다. "사고가 났어요!" 필요 이상으로 크게 외친 나는 당황한 쌍둥이 엄마와 리자를 남겨두고 교실을 빠져나왔다.

나는 레자를 부축한 마거트와 동시에 교장실에 도착했다. 쇼나의 비서이자 애플턴에서만 37년을 근무한 베테랑으로, 더러는 쇼나의 보스라고까지 불리기도 하는 벨마 스니블리가 책상 뒤에서 나와 압박붕대를 달라고 했다. "거기 마냥 서있지 말고," 그녀는 풍만한 가슴께로 레자를 끌어안으면서도 자꾸 눈물을 흘리고 있는 마거트를 향해 날카롭게 꾸짖었다. "구급약을 보관해둔 선반에 가서 거즈를 가져와요. 소독수도 갖고 오고. 저기, 저기 있잖아!"

"레자야, 엘드리지 선생님이야." 혹시 나를 알아보지 못할까봐 그렇게 알려주었다. "괜찮을 거야." 내가 그를 향해 손을 내밀려고 하자, 벨마가 팔로 가로막았다. "눈을 맞은 거야? 바로 눈에 맞은 거야?" 나는 어떻게든 벨마를 에둘러서 보려고 했지만, '에둘러서'가 도통 되질 않았다. 그녀의 꽃무늬 윗도리는 건드릴 때마다 뱀 같은 소리를 냈다.

"한 번 들여다봐야 하는 것 아닌가요, 벨마?"

"내가 지금 보려는 중이에요, 노라, 그러니까 이 불쌍한 친구한테 너무 바짝 붙지 말아요." 그녀는 마거트가 찾아온 거즈 뭉치로 손을 뻗어 잡더니, 허공에다 그걸 흔들어댔다. "차가운 소독수

175

좀 줘요! 냉수 좀 달라고요! 깨끗이 소독부터 해야 한다니까!"

누군가가 거즈를 가져가서 소독수를 묻힌 다음 다시 그녀의 손바닥에 놓아주었다. 그러는 동안 벨마는 한 치의 양보도 없이 아이를 다른 팔로 꼭 안고 있었다. 몸을 떨면서 흐느끼기만 할 뿐, 아이는 마치 소스라치게 놀라 멍해진 동물처럼 꼼짝도 않고 있었다.

벨마가 상처 부위를 톡톡 두드려서 피를 닦아내고 보니 ─상처의 가장자리 부근에는 이제 피가 새까맣게 응고되기 시작했지만, 그래도 상당히 많은 피가 흘렀다─ 레자의 눈동자만큼은 상처를 입지 않았음이 분명해졌다. 그러나 2센티가 훨씬 넘게 베인 상처는 그의 눈 끝과 너무나도 가까워서 마치 철늦은 과일마냥 거기 살갗을 쩍 갈라서 눈구멍을 열어젖힐 것만 같았다.

"반창고 정도로는 수습이 안 되겠어요." 벨마가 사태를 엄준하게 진단했다. "꿰매야 할 것 같네요."

바로 그때 레자가 처음으로 소리를 내어 약간 훌쩍이더니 무서워하는 표정으로 나를 쳐다보았다.

"아가, 겁내지 마. 내가 데려다줄게."

"엄마." 아이가 말했다.

"응, 그래. 내가 곧장 전화해줄게. 엄마한테 바로 병원으로 오시라고 해야겠구나." 아무 것도 모른 채 우리들의 스튜디오에서 흡족한 마음으로 작업에 몰두하고 있을 그녀의 모습이 떠올랐다.

작품 위로 망사를 쓴 머리칼을 늘어뜨리고 조심조심 아스피린을 깎아 꽃을 만들고 있을 테지. 그녀가 남편에게서 걸려온 전화라고 생각될 땐 늘 그러듯이 −혹은 그렇다고 내가 상상하는 건가? − 혀를 끌끌 차면서 코트 주머니에 있는 전화기를 찾느라 허둥대는 모습도 떠올랐다.

"소지품은 다 갖고 있니?" 내가 그렇게 물었다. 바보 같이. "마거트, 레자의 배낭을 좀 갖다 줄래요? 지금 당장 내 차로 가야겠어요."

벨마가 아이를 내주면서 물러서더니 헛기침을 했다. "노라, 아이의 의료기록부를 체크해야 돼요. 그냥 아무 데나 데리고 가서는 안 되죠."

"소아과로 가는 거예요. 아무 데가 아니라 소아병원이죠. 만약 상처를 꿰매야 한다면 그게 최상의 방책이잖아요. 가는 동안을 위해서 압박붕대를 감아줍시다. 얘야, 이거 잡고 있을 수 있겠니? 손으로 꼭 잡아, 응?"

벨마는 한숨을 내쉬면서 머리를 절레절레 흔들었다. "아이 엄마를 이리로 오라고 해야 돼요. 비상사태를 제외하고는 그게 규칙이니까."

"지금 이게 비상사태가 아니라고 생각해요? 아이 엄마는 제 친구예요." 나는 그렇게 말했다. (있잖아, 그 혼비백산한 순간에도 나는 마치 비장의 카드를 꺼내 들듯이 그렇게 말하는 게 자랑스러웠고, 그게 사실이라고 생각하니 뿌듯했지.) "그리고 우리가 이렇게 시간을 낭비하고 있는 걸 원치 않을 거라고요. 내가 가는 길에 엄마한테 전화해서 응급실에서 우릴 만나도록 할게요. 그러지 말아요, 벨마, 이렇게 해야 한다는 건 당신도 알잖아요."

벨마는 다시 한 번 머리를 가로저었다, 이번엔 아주 살짝. "그렇게 될 거라는 것쯤은 나도 알아요, 노라. 하지만 출발하기 전에 바로 여기서 아이 어머니한테 당신이 전화를 걸어야 해. 어머니가 그렇게 하라고 동의하기 전에는 절대 아이를 데리고 갈 수 없어요."

그래서 난 벨마의 사무실에서 시레나에게 전화를 걸었다. 그때 그 기묘한 기분은 지금 어떻게 말로 표현할 수가 없다. 몇 번이고 주위 사람들을 의식하지 않을 수 없었다. 마치 내가 아이들을 통솔하고 있을 때 레자가 공격을 당한 것처럼 (마거트는 걱정으로 얼굴이 일그러진 채 여전히 사무실 안에 있었다) 내가 나서서 시레나에게 소식을 전하고 있다는 점, 그녀에 관해서 이야기할 때나 마찬가지로 그녀와 이야기를 나눌 때도 목소리 조절이 안 되어 (너무 친근하게 할 수도 없고 너무 사무적으로 말할 수도 없으며, 너무 크게 하거나 너무 소곤소곤 말할 수도 없어) 그녀와 나누는 이야기를 주위에서 다 듣고 있다는 점, 게다가 자신도 모르는 새 학교생활과 가정생활이 얼마나 뒤얽혀 있는지 도무지 감조차 잡지 못하고 있을 레자의 앞에서 이야기를 나누어야 한다는 점 등이 모두 기묘했다. 아이는 엄마가 나랑 스튜디오에서 미술작업을 한다는 건 알고 있었지만, 그게 실질적으로 무엇을 뜻하는지는 전혀 모르고 있었다. 더구나 자기가 방과 후 활동을 하고 있거나 베이비시터의 보살핌을 받고 있는 동안, 자기 엄마는 대개 나와 함께 비스킷을 깨물어 먹으며 (아빠의 말마따나) 여학생처럼 재잘거리고 있었다는 사실은 알 리가 없었다. 여학생처럼 재잘거리는 거야 그나마 괜찮지만, 아이가 없는 예술가처럼 그럴 때도 있었는데, 그거야말로 더할 나위 없는 배신이었다.

어쨌거나 나는 전화를 했다. 딱딱하고 엄격한 가짜 목소리, 시레나가 나랑 맨 처음 만났을 때 이후로는 들은 적이 없었던 선생님의 목소리를 가장했지만, 그래도 벨마가 나를 이상하게 쳐다보는 듯한 느낌이 강하게 들었다. 나는 시레나에게 무슨 일이 있었는지 말해주고, 아이의 눈은 괜찮지만 꿰매주어야 할 것 같다고 했다. 그러자 전화기 저 편에서 숨죽인 소리가 들렸고, 나는 벨마의 사무실에는 도무지 어울리지 않지만 나로선 어쩔 수 없는 목소리로 말했다. "울지 말아요, 시레나, 울지 말아요. 별 문제 없을 거예요." 그러자 그녀가 말했다. "우는 거 아니에요. 지금 코트를 입고 있어요." 나는 우리가 지금 소아병원의 응급실로 갈 테니 거기서 만나자고 말했다.

"그리로 가는 길을 몰라요." 시레나가 말했다.

"택시를 잡아요. 콜택시를 불러요. 집에 올 땐 내가 데려다줄 테니."

＊彩＊

　그날은 결국 내가 그들을 집으로 데려다주었다. 하지만 응급실에서 일곱 시간을 소모한 다음이었다. (에스더가 나중에 설명해주었다. "그 소아병원, 항상 그래요. 진료 하나는 정말 최상인데, 그건 명성을 유지해야 할 의무가 있다는 뜻도 되잖아요. 절대로 실수를 저지를 수는 없다는 거죠.") 먼저 간호사가 레자를 살펴보고, 그다음 레지던트가 보고는, 이어서 담당 의사가 보더니 확실히 하기 위해서 안과 전문의를 불렀다. 그리고 마지막으로 천만다행히도 어디에선가 환자를 보고 있던 성형외과의사가 와서 아주 작고 깔끔하게 상처를 꿰매주었다. 커튼이 처진 축축한 부스에서 ─의료 관련 포스터가 여기저기 붙어 있고 유령 같은 회색빛 전등이 켜져 있지만, 어딘지 점쟁이들이 앉아 있는 장터의 칸막이 방을 생각나게 했지─ 우리는 시간이 흐를수록 배도 고프고 생기도 떨어져갔는데, 의사들이 우리 부스를 찾아오는 사이에 어마어마하게 오랜 시간이 쓸모없이 낭비되고 있었다. 나는 먼저 레자에게 뭔가를 읽어주겠다고 했다가, 나가서 뭐 좀 먹을 걸 가져오겠다고 했지만, 여전히 근심으로 가득한 시레나는 내가 곁에 꼭 붙어 있어주길 원했다. 스칸다르가 다른 도시에 가고 없어서 정말 사태가 아주 나빠지거나 겉보기보다는 훨씬 고약해지는 경우를 대비해서 혼자 있기가 두려웠던 거다. 그래서 나는 의사가 결과를 알려줄 때까지 함께 있으마고 했다. 하긴 이미 상황은 거의 끝날 즈음이었다. 너무도 눈가에 가까운 상처는 네 바늘을 꿰매야 했지만 불과 몇 분 만에 끝났다. 바늘과 실을 깔끔하게 몇 번 잡아당겼을 뿐이었다. 마치 아침 먹고 학교 갈 준비하는 사이에 우리 엄마가 실밥이 터져 내려온 치맛단을 고쳐주는 거랑 비슷했다. 다만 엷은 갈색 머리의 의사는 조치가 끝나자 이빨로 실을 자르지 않고 빤짝거리는 작은 가위로 능숙하게 실을 잘랐다. 의사는 레자의 머리칼을 헝클이듯 쓰다듬어주고는 ─아이는 정신이 너무 흐릿해서 거의 잠들어 있는 상태였지─ 이렇게 말했다. "걱정 마. 모든 게 변함없이 그대로니까. 그 눈이라면 여전히 여자애들 가슴깨나 울리겠구나." 그 말이 사실이라는 것은 의사도, 우리도, 잘 알고 있었다. 마침내 의사는 아이에게 집으로 돌아가도 좋다고 말했다.

나는 강둑으로 난 골목길을 따라 그들의 타운하우스를 향해서 차를 몰았다. 레자는 차안에서 잠이 들어 있었다.

"도움이 좀 필요하겠죠? 아이는 내가 안고 들어갈게요."

어둠 속에서 시레나의 두 눈은 움푹 들어가 있었다. 그녀가 입을 뗐다. "노라, 정말 친절하게 해줘서 고마워요."

"친절하긴요." 그렇게 말하면서 시레나가 현관 열쇠를 찾는 동안 나는 아이를 팔에 안았다. 따뜻한 아이의 몸을 느끼면서 (그의 호흡이 내 목을 간질였다) 그녀를 따라 어두컴컴한 집으로 들어갔다. 그리고 그녀의 뒤에서 계단을 올라가 아이를 침대에 눕혔다. 신발을 벗기고, 코트를 벗기고, 바지 단추를 풀어 벗겨내고, 이불을 덮어주고 하는 내내 아이는 거의 꼼짝도 하지 않았다. 그만큼 피로가 깊었던 것이다. 시레나가 주전자를 올리고 불을 켜는 동안, 나는 가만히 서서 아이를 내려다보았다. 두 팔을 담요 밖으로 낸 채 누워있는 아이의 머리는 베개 위에 놓여 있고, 두 뺨은 핑크빛으로 상기되어 있었으며, 숨을 내쉴 때마다 입술을 작은 동그라미 모양으로 약간 오므렸다. 오, 하나님, 정말 예쁜 아이야, 온통 완벽한 약속의 아이야. 그의 방을 나오기 전에 나는 그의 머리칼을 쓰다듬어주고 몸을 굽혀 이마에 뽀뽀를 해주었다. 아이의 몸에서 병원 냄새가 났다. 아이는 자면서 약간씩 몸을 떨었다.

스칸다르는 집에 없었지만, 어떤 의미에서는 거기에 있었다. 나는 내가 꾸었던 묘한 꿈 때문에 아련한 죄의식이 가시지 않는 것을 느꼈다. 마치 내가 정말 무슨 잘못이라도 저질렀던 것처럼. 마치 시레나의 아이와 남편을 모두 훔치려 했던 것처럼. 마치 그녀가 나를 쳐다보고 그 사실을 다 알고 있는 것처럼.

그렇게 나는 거의 자정이 다 된 시간에 시레나의 식탁에 앉아 민트 티를 마시고 버터와 자두 잼을 바른 토스트를 먹고 있었다. 그곳은 기이하게도 삭막했다. 80년대에 개조해서, 튼튼하고 규격화된 못생긴 의자나 천장에 매달려 있는 얼룩덜룩 색깔 들어간 유리공 모양의 전등 같은 가구까지 포함하여 임대하는 곳이었다. 벽은 치장벽토를 발랐고, 바닥은 완전히 베이지색이었다. 부엌의 캐비닛을 보니 노인네들의 캐딜락이 생각났다. 오래 되었으면서도 세심하게 보존되어 있고, 감동적인 면도 있지만 동시에 끔찍스러운 것. 샤히드 부부가 이런 데서 살고 있는 게 그리 놀라울 일은 아니었다. 어쨌거나 잠시 있다가 떠날 사람들이니까. 하지만 그래도 놀라웠다. 그들은 너무나도 특별한 사람들인데, 이건 너무나도 밋밋하고 특징이 없지 않은가.

아주 오랫동안 시레나와 나는 아무 말도 하지 않았다. 그녀와 내 자신의 토스트 씹는 소리가 들렸다. 그녀는 아주 피곤해 보였다.

"저, 레자는 괜찮아질 거예요." 마침내 나는 그렇게 위로해주려고 했다. "의사 말이 우스갯소리는 아니에요. 변한 건 아무 것도 없어요."

시레나의 두 눈이 젖어 있었다. "아무 것도 안 변했다고요… 말은 그렇게 하지만, 그게 사실이 아니란 건 우리 다 알잖아요. 얼굴에 대한 이야기는 아니죠, 얼굴이야 낫겠지요. 하지만 애를 여기까지 데려와서 이 지경을 만들었으니, 대체 우리가 무슨 짓을 한 거죠? 스칸다르가 무슨 짓을 한 거죠? 그이를 제외하면 아무도 여기 오고 싶었던 사람은 없었는데. 하지만 어떤 마누라가 '아냐, 우린 따라가지 않을래요.' 하고 버틸 수 있겠어요?"

시레나가 이곳을 싫어한다는 사실, 이곳 생각만 해도 끔찍해한다는 사실은 미처 깨닫지 못했다. "나는 레자가… 학교며 모든 것을 점점 좋아하고 있다고 생각했는데."

"좋아하지 않으면 무슨 소용이 있겠어요? 아이가 잠들기 전에 고향 친구들 이야기를 들려줘요. 언젠가는 우리가 돌아간다는 것을 아니까, 괜찮았지요. 그러나 이제 이렇게 되었으니 어쩌죠?"

"사고를 친 녀석, 이번엔 제대로 벌을 받을 거예요. 퇴학을 당하게 될지도 몰라요."

"하지만 레자한테 그게 무슨 차이가 있겠어요? 전혀 도움이 안 되죠. 이젠 레자도 알게 되었잖아요, 자기가 어떤 사람인가 하는 것 때문에, 단순히 자기 이름이나 피부 색깔이 싫다는 이유 때문에, 사람들이 돌을 던질 수도 있는 세계에 살고 있다는 것을."

"이게 정상적인 일은 아니란 걸 당신도 알잖아요, 그렇죠? 정신머리가 이상한 아이, 정말 문제가 많은 한 아이의 일이에요. 레자와 개인적으로 무슨 관련이 있어서 그런 건 아니고, 또 레자도 이 점은 이해할 겁니다."

"만약 당신이 아랍인이거나 중동식의 이름을 갖고 있다면, 그건 절대로 사적인 문제가 아니에요, 그건 항상 **존재하는** 문제라구요. 미국 땅이라 걱정이 되긴 했어요, 하지만 생각했죠, 다른 곳도 아니고, 매서추세츠, 케임브리지인데…" 그녀는 말끝을 흐렸다가 다시 입을 열었다. "그게 어떤 기분인지 알겠어요?" 눈물이 한 줄기 흘러나와 그녀의 뺨을 타고 내려왔다. "대개의 경우는 물론 생각하지 않지요, 의식적으로는 말이죠. 그러나 조만간 누군가가 무슨 언급을 하죠, 반드시 설명이 되어야 할 어떤 말을. 있잖아요, 스칸다르에겐 난민촌에서 살고 있는 사촌들이 있어요. 그 사람 형은 베이루트 공습 때 스물셋의 나이에 목숨을 잃었어요. 먼지로 사라졌죠. 저도 잘 알아요, 레자가 이 모든 것을 알고 삭이는 게 중요하다는 것. 하지만 지금은 아니에요. 내가 누렸던 어린 시절, 그냥 아이처럼 행동할 줄만 알면 아무 문제도 없는 그런 어린 시절을 레자도 누렸으면 해요. 그렇게 되길 바랐어요. 분노도, 증오도, 복수의 외침도 없는 세상. 돌을 던지는 일도 없는 세상. 그런 것들을 위한 거라면, 역사를 위한 거라면, 나중에라도 얼마든지 시간이 있잖아요. 그리고 나는 생각했지요, 운이 따라주고 시간을 충분히 갖는다면 우린 레자를 이런 유산에 의해 삐뚤어지지 않고 건전하며 원만하도록 만들 수 있을 거라고. 여기로 오는 것 때문에 걱정도 많이 했지만, 설마 이런 일이 있으리라고는… 헌데 지금 이런 일이 생겼잖아요. 알겠어요? 이젠 아이가 더 이상 거기서 자유로울 수 없기 때문에, 모든 게 변한 거예요. 이제 이것은 시작에 불과하기 때문에." 이제 시레나는 울고 있진 않았지만, 두 손에 머리를 파묻고 있었다. 머리칼이 내려와 얼굴을 가렸

185

다. 그녀가 다시 얼굴을 들어 나를 봤을 때, 그는 미소를 짓고 있었다. "내가 무슨 이야기를 하고 있는지, 당신은 알지도 못하겠죠, 아마?"

"알 것 같은데요."

"됐어요. 괜찮아요. 당신 말처럼 아이의 눈은 괜찮을 거고, 그게 가장 중요한 일이니까." 그녀는 일어서서 접시를 쌓았다. "늦었네요. 멜로드라마는 그만 해야겠어요. 레자는 내일 학교에 가지 않을 테지만, 당신은 가야 하잖아요. 집에 가서 좀 자도록 해요."

현관에서 시레나는 꼭 우리 엄마처럼 다시 한 번 해맑은 미소를 지었다. "오, 친애하는 노라, 오늘 일에 대해선 아무리 고맙다고 인사해도 충분치 않을 것 같네요. 당신이 없었더라면 우린 어떻게 되었을까? 당신은 진짜 내 친구예요." 그녀는 두 팔을 내밀었다. 나를 껴안아주려는 것임을 알 수 있었다. 나는 껴안는 것을 그리 좋아하지 않지만 —어쩐지 불편해지기 때문에— 그녀의 포옹 속으로 한 발짝 들어가 그녀를 껴안아주었다. 그녀는 내 뺨에 키스를 하진 않았지만 대신 나를 끌어당겨 꼬옥 감싸 안았다. 내 몸이 뻣뻣해져서 제대로 그녀를 안아줄 수 없어질 만큼 오랫동안. 그녀의 스웨터를 통해서 툭 튀어나온 브래지어 고리가 느껴졌다. 그녀에게서 향수 냄새와 두려움에서 비롯된 날카로운 땀 냄새가 났다. 도대체 이유를 알 수 없었지만, 나는 갑자기 울고 싶어졌다. 참으로 기인 날이었다.

"내일 스튜디오에 나갈 수 있을지 모르겠어요." 마침내 몸을 떼 내면서 내가 그렇게 말했다.

"나는 못 나갈 것 같아요." 그가 말했다.

"스칸다르는 언제 돌아와요?"

"어쩜 좀 일찍, 지금쯤… 두고봐야죠. 그 사람은 위기란 것을 정말 믿지 않아요. 위기를 너무 많이 봐왔기 때문인데, 그 사람 말로는 진짜 위기란 것은 거의 한 번도 없대요."

"밖에서 그렇게 말하긴 쉽겠죠."

"언제나 그렇죠. 잘 가요."

"내 도움이 필요하면 전화해요."

그녀가 알 수 없는 미소를 띠고 고개를 끄덕이자, 나는 그가 전화를 하지 않으리란 것을 알 수 있었다. 그리고 그는 전화를 하지 않았다.

❀

그리고는. 기다림의 시간이었다. 레자는 다음 날도, 그다음 날에도 학교에 나타나지 않았다. 하루가 더 지나간 목요일에도 오지 않았고, 그즈음에 나는 방학이 되기 전에 레자를 볼 수 없으리란 것을 알았다. 수요일과 목요일에 학교 일을 마치고 스튜디오에 갔었는데, 텅텅 비어 있었다. 학교에서 내가 전화했을 때 그녀가 커피를 마시고 있던 잔이 아직도 반나마 찬 채로 카운터에 놓여 있었다. 금요일, 토요일, 그리고 일요일엔 차마 혼자서 스튜디오에 갈 용기가 나지 않았다.

그들이 두 주일 동안 프랑스로 돌아간다는 것은 알았지만, 정확히 언제 떠나는지는 모르고 있었다. 나는 시레나가 전화해주기를 ―레자가 어떻게 지내고 있는지도 말해주고, 그의 마음 상태도 전해주고, 하나님 맙소사, 하다못해 해야 할 숙제가 없는지라도 좀 물어주기를― 줄곧 기다리고 있었다. 다음 주 목요일이 되자 전화를 걸어야겠다는 생각이 떠올랐다. 무슨 일이라도 생겼는지 어떻게 알겠는가? 레자의 눈이 감염되었을 수도 있고, 아이가 신경질적이 되거나 의기소침해 있을지도 모르며, 부부가 이번 사태의 어떤 면에 관해서 엄청난 싸움을 벌였을 수도 있잖은가? 스칸다르가 자리를 비우고 없었다는 사실에 관해서, 혹은 애당초 케임브리지로 온 것 자체에 관해서, 아니면 다른 사람이 아닌 내가 레자를 병원에 데리고 갔다는 사실에 관해서… 무엇이 빌미가 되었건 시비가 붙었을 수가 있지 않은가? 어쩌면 온 식구가 프랑스로 돌아가자고 마음먹었을 수도 있었다. 영구귀국하기로 결심했다면 어쩔 것인가. 내가 믿고 싶지 않은 게 딱 하나 있었다면, 그것은 그들이 그 우중충한 타운하우스에서 완벽하고도 편안한 무사함 가운데, 나라는 존재에 대해선 일체 생각조차 하지 않으면서 나날을 보내고 있을 거라는 생각이었다.

그러고 있는 사이, 내 주장의 근거가 참으로 빈약하다는 것을 난들 모르고 있었을 것 같니? 천만에. 시레나는 나를 보고 진정한 친구라고 불렀을지 모르지만, 까놓고 말하면 나는 그냥 평범한 학교 교사이면서 때때로 스튜디오를 같이 쓰고 있는 사람에 불과하지 않았던가? 여태껏 살아오면서 내가 기사처럼 취급해주었던 사람들이 있었다. 아무리 위계질서에 무심한 척 가장을 하려고 해도, 인간이란 언제나 위계질서를 의식하지 않을 수 없는 법이니까.

그리고, 맞아, 귀를 먹먹하게 만드는 그 침묵 속에서 이 모든 것들을 생각하면서 나는 조금씩 화가 나기 시작했다. 도대체 그들이 누구기에 날 무시한단 말인가? 이게 무슨 매너야, 좀 더 폭넓고 인간적인 의미에서도 물론 그렇지만 그냥 직업적으로 생각해도 안 그래, 아, 설사 더 이상 친밀한 관계가 없다고 하더라도 ㅡ아냐, 그런 경우라면 더더욱 그렇지ㅡ 자기 아들을 황급하게 병원에 데려가주고 여러 시간에 걸쳐 함께 있어주었던 선생님한테 최소한 전화 한 통쯤은 해줘야 하는 것 아니냐고? 그래서 아이가 다시 학교에 돌아오겠다든지, 언제 그렇게 하겠다든지, 아니면 이젠 학교에 다니지 않겠다든지, 하지만 아이는 괜찮다거나, 오, 맙소사, 괜찮지 않은 상황이라거나, 아니, 설사 그런 상황이라 하더라도 "정말 고마웠어요." 같은 말쯤은 한 번 해줘야 하는 것 아니냐고, 왜냐하면, 알잖아, 살아가다보면 사람들이 날 위해서 무리를 해주었을 때 반드시 고마움을 표시해야 하는 법이니까 말이야.

무엇보다도 그 분노의 소용돌이 속에서 나는 슬펐다. 활활 타오르는 불꽃의 한 가운데에는 그 불꽃이 없애버리려고 안간힘을 쓰고 있는 바로 그 슬픔의 알맹이가 꽁꽁 얼어붙어 있지, 항상 그런 것 아닌가? 그리고 나는 그 모든 감정의 소용돌이 안에서도 알고 있었다, 그녀가 전화를 걸어오는 순간 −전화를 해주기만 한다면− 내가 모든 걸 용서해주게 되리란 것을. 전화기가 울릴 때마다 내 가슴은 헛된 희망으로 두방망이질했다. 그것은 반사작용이었다. 어찌 해볼 도리가 없었다.

화요일 정오가 되기 전에 교장선생님은 오언을 퇴학시켰다. 효율적이고도 인정사정없이. 그걸 두고 학교에는 자질구레한 소문에서 엄청난 소문까지 별의별 가십이 떠다녔고, 눈 속에 진홍빛 피를 흘리며 쓰러진 레자는 가히 신화적인 존재, 거의 호머풍의 이야기가 돼버렸다. 뇌에 손상을 입었다느니, 시력을 잃어버렸다느니, 부모가 소송을 제기할 거라느니, 온갖 종류의 허황된 쓰레기들이 운동장에서부터 교무실에 이르기까지 넘쳐났고, 동료교사들은 복도나 화장실에서 나를 붙들고 이런 소문이 사실이냐, 저런 풍문이 맞느냐를 끊임없이 확인하려 들었다. 이런 와자지껄한 소란은 마치 꿈처럼 내 곁을 스쳐지나갔고, 나는 머릿속을 가로지르는 바람소리만 들렸다.

금요일 아침에 겨울방학 발표회가 있었는데, 우리 반은 한스 크리스티안 안데르센의 동화로 만든 연극 「전나무」를 무대에 올렸다. 그 주일의 나에게 그것은, 오, 하나님, 딱 안성맞춤이라 느껴졌다. 다행히도 레자가 하기로 되어 있던 나무꾼 역의 대사는 딱 세 마디뿐이었기 때문에 어린 노아가 명랑하게 그걸 대신 맡아서 신명나게 해냈다. 이어서 모두들 "네모 팽이 놀이"에 맞춰 춤을 추었고, 그다음엔 5학년 학생인 에셜이란 이름의 나이지리아 소녀가 "고요한 밤"을 하늘로 날아오르듯 열창했는데, 이 아이의 작은 가슴에서 뿜어져 나오는 놀라운 목청은 마치 무슨 거룩한 음식처럼 우리 모두의 주위를 풍요롭고도 낭랑하게 온통 감싸주었다. 이윽고 쇼나 교장선생님이 이번 시즌 빛의 축제와 우리 모두가 고대하고 있는 새 출발에 관해서 희망적이고 대체로 무의미한 몇 마디를 주워섬겼다. 물론 그 주일이 시작되던 날에 생겼던 사건에 대해선 입도 뻥긋하지 않았다. 그리고는 이내 점심시간이 되었고 방학이 시작되었다.

불협화음이면서도 사랑스런 아이들의 재잘거림이 천장에 이르는 허공을 가득 메우는가 싶더니, 다들 짐을 챙기고 옷을 껴입은 다음 서로 등을 토닥여주면서 마치 하나님께 제물을 바치듯이 ―어떤 녀석들은 내가 눈치 채지 못하게 살그머니, 또 어떤 녀석들은 자랑스럽게, 그리고 어떤 계집아이들은 내 엉덩이며, 배며, 팔에 찰싹 달라붙어 안으면서― 카드와 작은 꾸러미들을 내 책상 위에 얹어놓고는, 더러는 재빨리 더러는 천천히 그렇게 하나둘씩 흩어져 사라졌다. 사내아이들은 그보다 덜 노골적인데다 어떤 경우는 거의 수줍은 듯 교실을 떠나며 소리쳤다. "안녕히 계세요, 선생님. 방학 즐겁게 보내세요, 선생님. 메리크리스마스! 내년에 다시 만나요, 알았죠? 바이! 바이!"

그리고 나는 홀로 남았다. 형광등 불빛이 가득한 교실, 책상 위에 환하게 쌓인 한해의 전리품들, 복도 저편 계단 아래로 사라지는 아이들 소리, 창에 걸린 한겨울 태양. 내 삶은 갑자기 텅 비어 사라지고 없었다. 나는 책들을 치우고 흑판을 깨끗이 지운 다음 펜들을 서랍 속으로 말끔히 집어넣었다. 교무실에서 선생님들이 점심식사를 같이 하게 되어 있었지만, 가고 싶지 않았다. 주고받는 의례적인 인사말들은 예나 다름없겠지. 다만 이번엔 레자와 오언에 대한 가십, 행사에서 일체 그들을 언급하지 않겠다는 교장선생님의 결심에 관한 가십으로 입들이 아프겠지, 틀림없어. 나는 코트를 걸쳐 입고 나의 노획품을 넣을 수 있는 식료품 백을 찾았다. (내가 아이들을 가르치기 시작한 이래로 얼마나 많은 카드를 모았을까? 하지만 그 안에 레자의 카드는 없었으므로, 진짜 내가 원하는 건 하나도 없는 셈이었다.)

스튜디오에는 에밀리 D의 외로운 침실이 나의 외로운 관심을 기다리고 있을 테니, 스튜디오에 가기에는 그야말로 완벽하게 안성맞춤인 날이군. 그러나 나는 대신 인사도 나누지 않은 채 학교를 빠져나와 집에다 짐을 갖다놓고 주드 로, 내털리 포트먼, 줄리아 로버츠, 클라이브 오언 등이 주연하는 **클로저**의 오전 상영을 보러갔다. 영화를 보고 나니 백 살쯤 돼서 이 우주에 완전히 나 혼자 남아있다는 기분이 들었다.

❖

당시 아빠는 건강이 별로 좋지 않았는데, 그것이 되레 내 부담을 덜어주었다. 한편으로는 금욕적이면서 다른 한편으로는 건강염려증 기미를 보였던 우리 아버지. 린넨 손수건에다 입을 대고 울부짖으면서도 동시에 눈곱만치도 문제없다고 −가장자리가 빨갛게 붓고 안이 내비치는 두 눈에다, 꺽꺽거리는 거친 목소리로−

고집을 피울 양반이다. 그러다가 느닷없이 우리를 향해 포크를 내젓는가 하면, 포크에 꽂힌 소시지나 양상추 잎을 흔들면서, 이렇게 털어놓겠지, 메이요 클리닉 뉴스레터에서 잘 보도되진 않지만 치명적인 바이러스성 기관지염에 관한 글을 읽었는데, 내가 그 병의 증상이란 증상은 빠짐없이 갖고 있다고. 혹은 자신이 얼마나 자주 소변을 보는지(아빠는 절대로 '오줌을 눈다'는 표현은 쓰지 않는다)에 대해 걱정을 하지 않을 수 없으니 이건 전립선암의 경고신호가 아니겠느냐, 아니면, 자기가 그처럼 자주 오후의 낮잠을 자게 되는 까닭을 모르겠는데, 아무래도 성인발병성 당뇨병이 그걸 설명해줄 것 같다는 둥, 이야기를 늘어놓을 것이다. 아빠는 우리가 당신의 증상 때문에 걱정하는 건 바라지 않지만, 자신이 시시각각으로 죽음에 다가가고 있다는 사실을 스스로 깨닫고 있는 만큼 우리도 알고는 있었으면, 하고 바랐다.

방학이 된 직후 나는 아빠와 함께 이자벨라 스튜어트 가드너 박물관을 찾았다. 우리는 그곳의 휑뎅그렁한 음악실에서 열리는 콘서트를 ─은퇴한 노인들과 음악밖에 모르는 바스락거리는 코트 차림의 괴짜들이 한낮 깜깜한 방에 이백 명쯤 모인 가운데 나무 연단 위에서 펼쳐질 현악사중주를─ 관람할 참이었다. 그런데 마지막 순간에 아빠는 콧물이 목 뒤로 넘어가는 증상이 심해서 끊임없이 헛기침을 해대야 하고 콧속의 점액이 흘러 자주 코를 풀지 않을 수 없는 둥, 자신의 감기 증상 때문에 자기뿐만 아니라 다른

194

청중들의 소중한 경험을 망칠 거라면서 꼬리를 뺐다. 그래서 우리는 대신에 전시물의 내용을 이미 잘 알고 있는 화랑들을 어슬렁어슬렁 돌아보았다. 지금도 이자벨라의 지문이 남아있는 것 같은 걸작들 사이를 발끝으로 살금살금 걸어서 맨 꼭대기 층의 전시실까지 올라갔다. 거기에는 자만심 넘치고 근시안이었던 사전트의 그림으로 불멸의 존재가 된 이자벨라가 직접 자기 영역을 지키고 있었다. 그런 다음 우리는 음악회 청중들보다 먼저 티 룸의 테이블을 잡기 위해서 종종걸음으로 내려왔다. 나이 들어 단 것을 좋아하게 된 아빠는 핫 초콜릿과 케이크를 주문했다.

"너희 엄마가 여기를 무척 좋아했지." 마치 그게 여기 올 충분한 이유라도 되는 듯, 아빠는 언제나처럼 속내를 드러냈다.

"이 티 룸 말이세요?"

"이 곳 전체지, 뭐. 저 안뜰. 저 모든 양치식물들. 엄마가 너무 좋아했었어. 우리가 여기 올 때마다 그렇게 말했지."

"그럼 아빠도 여길 좋아했어요?"

"나한텐 좀 어둡더라고. 예술은 훌륭하지만, 전부 뒤범벅이 되어서 혼란스러워. 꼭 대청소를 한번 해주어야 할 것처럼 말이지."

"굳이 여길 올 필요는 없었잖아요."

아빠는 코를 풀면서 고개를 가로저었다. 머리칼이 다 빠진 정수리에 자그맣고 단단한 딱지가 보였다. 태워서 없애버려야 할 또 하나의 피부암인가. "내 건강에 좋아. 그건 내가 잘 알지."

"뭐가 좋다는 거죠, 문화가?"

"이런 것들을 사랑한 건 엄마였어. 하지만 설사 좋아하지 않는다 하더라도 때로는 이런 걸 한다는 게 중요하지. 게다가 너랑 함께 있으니까 좋은걸."

"이해가 안 되네. 어째서 그런 게 중요하다는 거죠? 즐기지 못할 거라면, 무엇 때문에⋯ 더구나 아빠 나이에⋯"

"이 정도 나이가 되면 무엇인들 특별한 이유가 있겠니, 노라? 바보 같은 소리구나. 옷을 입으면, 그냥 입는 거야. 옷 입는 걸 즐기느냐 하고 묻는 게 아니지. 끼니마다 챙겨먹는 이유는 대체로 우리 몸이 그걸 필요로 하니까 그래. 박물관도 마찬가지지. 때로는 그런 것도 해줘야 한다고."

"수준이란 것? 어느 정도 수준을 유지하는 거란 말이죠? 내가 듣기엔 아주 기이하네요."

"노라, 이런 이야기가 재미있니?"

"네, 나한텐 흥미로워요. 사실은 그렇지 않더라도 마치 아주 좋아하는 것처럼 이런저런 일을 해야 한다는 얘기잖아요, 아빠 말은?"

"때로는 무언가를 배울 수도 있잖니." 아빠는 포크에서 떨어진 케이크를 집느라 더듬거렸다. "있잖아, 살다보면 즐기지 않는 일도 하는 법이란다."

"그거야 맹세컨대 나도 알죠. 그렇지만 박물관이란 건, 글쎄,

뭐랄까, 재산세나 뭐 그런 거랑은 다르다고요. 그건 즐거움이라야 한단 말이에요."

"난 즐겁지 않다고 말한 적 없는데."

"그랬잖아요. 그런 의미로 말했잖아요. 내 말은, 여기 오는 대신 영화를 보러 가거나 뭐 딴 걸 할 수도 있었다는 거죠."

"노라, 너 왜 이러니? 우리 코코아나 마시면서 멋진 대화를 나눌 수는 없겠니? 아이들의 크리스마스 발표회는 어땠니?"

"겨울방학 발표회요. 이젠 아무도 크리스마스 발표회라고 안 그래요, 아빠. 아무튼 이제 그 얘긴 그만할게요, 다만 중요한 일인 것 같아서 그랬어요, 알죠…"

아빠는 두 손을 번쩍 들었다. "노라, 제발. 그냥 우리가 엄마를 위해서 여기 왔다고 해두자, 응? 덕분에 엄마가 얼마나 이런 델 좋아했는지 생각나는구나. 그걸로 충분히 좋은 거 아니니?"

"그래요, 아빠." 나는 한숨을 내쉰 다음, 차를 홀짝거렸다. "어쨌거나 이번에 삼학년 아이들이 무대에 올린 건 전나무였어요. 그 작품 알아요? 한스 크리스티안 안데르센의 이야기 중의 하나죠."

난 그때 아빠로부터 '…인 것처럼' 살라는 와스프[13]의 생활신조를 받아들이려고 애썼다. 펀 하우스가 마치 진짜 삶인 것처럼.

---

13) **WASP** 원래 앵글로색슨계 백인 신교도를 가리키며, 미국사회의 주류를 일컫는 표현.

즐기지도 않는 것들을 즐기는 것처럼. 마치 행복한 것처럼. 내가 사랑하는 사람들이 마치 날 버리지 않은 것처럼.

디디는 그딴 것들에 속지 않았다. 한 해 중에서 가장 분주한 때인 크리스마스 사흘 전에 그는 종업원인 제이미한테 상점을 두 시간씩이나 맡겨놓고, 저메이카 폰드로 날 데려가 눈 내리는 호수 주위를 걸어 다니면서 대마초를 피우고 보온병에 담아온 뜨겁게 데운 와인을 홀짝홀짝 마셨다.

"뭣 때문에 속을 끓이고 있는 거야, 귀여운 아가씨?" 디디의 얼굴은 추워서 빨개졌고, 모자 아래 머리칼은 바람에 날리고 있었다. 발이 큰 그는 성큼성큼 걸으면서 한 발짝마다 땅을 꽉 밟고 서는 듯했다.

"무슨 얘길 하는 거야?"

"아이고, 이런, 이런. 우리가 여기서 나누는 이야기는 절대 발설 안 해. 에스더한테조차 입도 벙긋하지 않을 거야, 약속해." 이 친구는 만날 그렇게 말했지만, 온전히 믿어도 좋을지 알 수가 없었다. "무슨 일인지는 몰라도, 너 엄청 처량하거든."

"네가 어떻게 아니?"

"너 화장을 했잖아. 틀림없지. 털어놓아봐."

"털어놓을 것 하나도 없어."

"학교 복도에서 불장난? 새로 온 과학 선생님한테 입맛을 다시는 거야? 아님, 소방서 지날 때마다 손을 흔들어주는 소방관

아저씨?

"말도 안 돼."

"그럼 누가 널 헐뜯고 있어? 학교 내 정치? 쇼나라는 그 심술쟁이?"

"쇼나는 심술쟁이 아냐. 우리 뜻이 항상 맞는 건 아니지만, 그렇다고 심술쟁이는 아니라고."

"FBI가 도청이라도 한다고 생각하는 거야 뭐야, 무슨 일이지?"

"아무 일도 없어."

"아, 문제가 뭔지 알았어." 마치 행진 같은 걸음걸이를 멈춘 그녀는 날 똑바로, 뚫어지게, 쳐다봤다. "그 스튜디오 때문이구나, 그렇지?"

"스튜디오가 뭐 어쨌다고?"

"그 여자, 그 스튜디오 때문이야. 네가 하는 작업. 너의 미술 때문이야. 그래, 알 것 같아."

"뭘 안다는 거야?"

우리는 한 동안 입을 꼭 닫고 걸었다. 디디는 기다려야 할 땐 기다릴 줄을 알았다. 그건 마치 굴 껍질을 까는 것처럼, 하나의 기술이었다.

"나 지금 작업 안 하고 있어. 전혀."

"하지만 그거 정말 이상하구나… 방학이잖아. 말썽 피는 꼬

199

마들도 없고, 어디 여행 갈 일도 없고. 대체 무슨 일이니?"

"도저히 거기 갈 용기가 안 나."

"진행과정에 무슨 문제가 있니? 뭔가에 걸려서 나아가질 않는 거야?"

"그런 거 아냐."

"흠, 개인적인 문제로구나. 그 요부 때문이구나. 어디, 내가 추측해볼까? 그 여자가 너무 많은 공간을 차지하는 거야? 끊임없이 재잘거려? 아님, 냄새가 고약해?" 디디는 멍청하게 낄낄대더니, 갑자기 정색을 했다. "너 울고 있는 거야?"

"아냐." 그렇게 답했지만, 내 눈동자 뒤엔 눈물이 고여 있었고, 눈을 깜박거리고 있는데도 디디가 그걸 눈치 채고 있음을 알수 있었다. "아무 것도 아냐."

다음 순간, 나는 어떻게든 설명해보려고 했다. 여러 주일 동안의 작업과 대화에 대해서, 왠지 시레나와 레자가 내 사람들 같이, 거의 내 가족 같이, 내 비밀 같이, 느껴졌던 그 가을에 대해서 설명했다. 그런 다음 스칸다르와의 야릇한 만남, 그보다 더 야릇했던 내 꿈과, 돌이켜 생각만 해도 자의식이 생기더라는 것도 이야기했다. 그리고 레자가 얻어맞은 사건, 병원, 레자의 집까지 갔던 일, 그 이후의 감감무소식 등도 모두 말해주었다.

나는 디디한테 얘기하면서 줄곧 생각했다. 내 머릿속에 −내 기억 속, 내 생각 속에− 든 것이 어쩐 일인지 이 세상 언어로 번

역되고 있질 않구나. 삼차원의 인간들과 사건들이 내 이야기 속에선 이차원으로 변하고 있다는 느낌, 그 인간들과 사건들이 실제보다 더 작고 더 밋밋하다는 느낌, 그것들이 이야기의 대상이 되면서 그냥 대수롭잖은 걸로 변해버린다는 느낌이 들었다. 내가 느꼈던 강렬한 감정, 마치 물처럼 젊음처럼 이 자그맣고 보잘것없는 만남들을 들어 올려 나에게 그 모든 의미로 다가오게 만들었던 그 감정은 빠져 있었던 것이다. 그것들은 바로 내 눈앞에서 쪼그라들어 나의 말 속으로 위축되고 있었다. 말로 표현될 수 있는 거라면, 뭐든지 또렷하게 말할 수 있다. 말로 또렷이 표현할 수 없다면, 그게 뭐든 말할 수 없는 거다.

모든 이야기를 끝내자, 나는 황폐한 느낌이었다. 차가운 바람, 길 위에 쌓인 눈, 흰서리가 내린 평평한 연못의 얼음… 이 모든 것들이 나의 내면을 차지했고, 조그맣게 오그라든 내 가슴은 나의 바깥으로 나와 있었다.

"다 얘기를 해버리고 나니 속이 후련하지 않니?" 커다란 손을 내 어깨에 얹으며 디디가 물었다.

"글쎄… 난 기분이 더 나빠진 것 같은데."

"그러니까, 넌 시레나와 사랑에 빠져있고, 그녀의 남편과는 섹스를 하고 싶으며, 그녀의 아이는 훔치고 싶단 얘기군. 내가 제대로 이해한 거지?"

"아니, 전혀."

"그럼 네가 스무 마디 이하로 요약해봐. 너라면 그 모든 걸 어떻게 설명하고 싶니?"

"그건 말이야, 마치 잠에서 깨어나는 것과 같아. 난 학교에서 해마다 세계의 불가사의 같은 것에 대한 탁상용 호화판 책자를 들추어보거든. 대자연의 불가사의와 인간이 만든 불가사의 같은 도저히 믿기 어려운 사진들이 가득하지… 에어즈 록, 중국의 만리장성, 앙코르 와트, 페트라, 에펠탑, 피라미드 등등…"

"그래, 알아."

"내가 말하려는 건 이거야. 언제든 내가 삶에 대한 믿음을 잃게 되면, 난 그런 사진을 보면서 생각하지. '나 아직 이런 델 못 가봤어. 아직 이런 걸 구경하지 못했어.' 그러면 갑자기 어떤 경이로움이 날 가득 채워. 있잖아, 하늘이 활짝 열리는 것처럼, 이 모든 게 존재하고 있다는 걸 생각하고, 희망을 갖지, 언젠가는 나도 그 중의 몇 가지를 경험할지 모른다고, 그 냄새, 그 소리, 빛이 어떤지를 말이야."

"그럼, 모든 게 괜찮은 거야?"

"그러니까, 이번 가을, 그 세 사람은, 마치 뭐랄까 하늘이 열리는 것, 어떤 희망 같은 거였어. 가능성의 느낌. 그래, 희망이지. 그러니까 아직 모두 끝난 것은 아니라는 느낌."

"모두 끝나긴 왜 끝난다는 거야?"

"난 서른일곱, 싱글인데다 초등학생들을 가르치고 매일 같이 나막신을 신고 다니니까."

"난 다음 달이면 서른아홉인데? 거의 마흔이라고. 난 그걸 새로운 십 년이 시작되는 것으로 생각하고 싶어. 멋질 거야. 난 알지, 에스더는 벌써 마흔둘이지만, 시시각각으로 더 섹시해지고 있잖아."

"시시각각으로?"

"내가 보기엔 그래. 하지만 요점은 그게 아니고. 그나저나 널 그토록 의기소침하게 만든 게 뭐란 말이니? 그 사람들이 네게 희망을 주었고, 이제 방학이니까 어디론가 가버렸을 테고. 뭐가 비극적인 결말이라는 건지 난 모르겠네. 그 사람들 여기 있었다 하더라도 크리스마스 만찬에 널 초대하진 않았을 거야, 그렇지 않니? 아니면 네가 너희 아빠랑 식사하자고 그 사람들을 록포트에 있는 이모 집으로 초대했겠니? 그것도 아니잖아?"

나는 마음에도 없는 웃음을 터뜨렸다. 우리는 이미 연못을 한 바퀴 다 돌고 저 메이커웨이와 요란스러운 자동차 소음에 가까운 출발점에 돌아와 있었다. 어떤 할머니가 늙은 개를 데리고 우리 쪽으로 걸어오고 있었다. 주둥이가 회색인 검은 래브라도였는데 발이 아픈지 눈 쌓인 곳만 골라 다녔다. 할머니는 양털 모자를 쓴 머리를 절레절레 흔들면서 혼자 중얼거리다가 웃음을 터뜨리곤 했다. 마치 나처럼.

"이봐, 그거 호르몬 문제야, 틀림없어. 스스로를 처량하게 여길 이유라곤 사실 하나도 없단 말이야."

"내가 레자를 병원에 데려갔어. 그들과 그날 밤 절반을 함께 보냈다구. 그런데 나한테 아이가 괜찮다는 말 한 마디 없잖아."

"그래, 그 사람들 모두 숲에 사는 돼지야. 늑대가 키웠다고. 그러니 어쨌다는 거니? 미국의 절반이 그 모양이고, 이 세상의 절반이 대충 그 모양인데, 뭘. 이름이 박힌 편지지에다 직접 손으로 쓴 감사의 글을 받는다면야 그보다 좋을 일이 없겠지만, 헤이, 이것저것 모두 다 바랄 순 없잖아, 그지?"

"하지만 아예 돌아오지 않을지도 모르잖아."

"어째서 안 돌아온다는 거야?"

"시레나는 여길 엄청 싫어한다고 그랬어. 게다가 이제 아들이 두 번씩이나 얻어터졌으니… 그냥 파리에서 살지도 몰라."

"그럼, 스튜디오는 온통 네 것이 되겠네. 이거 봐, 노라, 너 참 말도 안 되는 소릴 하고 있잖아."

"너한테 말도 안 되는 소리처럼 들린다면, 그건 그게 정말 어떤 느낌인지를 내가 제대로 설명하지 못했기 때문이야."

디디가 막대기를 휙 내던지자 얼음 위를 스쳐 미끄러졌고, 그 바람에 이미 멀리 떨어져 있던 검은 래브라도가 짖어댔다. "아니, 이야긴 제대로 했어. 잘 알아들었다고. 하지만 네가 너 자신의 느낌을 컨트롤할 수 없다는 생각은 이제 그만두어야 해."

"컨트롤할 수 없어. 느낌이란 어떻게 해볼 수 없잖아."

"누가 그래?"

난 어깨를 으쓱했다. "춥다. 이제 그만 돌아갈까?"

"그래, 좋아. 하지만 추위조차도 그럴 마음만 있다면 느끼지 않을 수 있어, 알아들어?"

"그래, 그래, 정말 그래."

"넌 지금 머릿속에서 이야기를 만들어내고 있는 거야. 거기에 진짜인 것은 하나도 없어. 그 사람들이 뭘 하고 있는지, 뭘 생각하고 있는지, 혹은 너의 그 요부가 왜 전화조차 없는지, 전혀 모르고 있다고. 그냥 네가 모두 지어내고 있는 거야."

"이봐, 난 바보가 아니야."

디디는 팔로 내 어깨를 감싸 안았다. 몸이 얼어붙는 추위였지만, 그녀의 몸에서는 열이 발산되었다. "널 바보라고 하는 사람은 아무도 없어. 그저 비관주의자라는 것뿐이지. 네가 아무 것도 모른다는 사실 외엔 아는 게 하나도 없다면, 그냥 좀 내버려두면 안 될까? 아니면 최소한 듣기 좋은 이야기를 꾸며내든가?"

"내 강박신경증이 자꾸 끼어들거든."

"그럼 너의 강박신경증이 너한테 유리하게 작용하도록 만들어봐. 스튜디오로 돌아가서 차분히 앉아. 그리고 에밀리의 방을 완성하는 거야. 그렇게 되면 그들이 돌아왔을 때 무슨 일이 일어나든 간에, 혹은 뭐 그럴 일은 없다고 생각되지만 행여 그들이 돌아오지 않더라도, 넌 그 사이 시간을 선용했다는 만족을 얻을 수 있잖아. 우리 엄마가 늘 그랬어, 어찌 해볼 도리가 없는 일 때문에 걱정을 늘어지게 하는 건 당치 않는 일이라고."

"아무데나 들어맞는 고리타분한 말씀."

"바로 우리 엄마가 그래. 하지만 너도 알지, 우리 엄만 바보가 아니란 것."

그래서 나는 디디의 충고도 받아들이려고 해봤다. 크리스마스 당일은 록포트 바닷가에 있는 베이비 이모의 콘도에서 이모랑 아빠와 함께 보냈다. 외롭고 유순한 칠십 대의 이 두 양반은 감상적인 추억에 빠지는 일조차 없이, 자신들의 현재와 자질구레한 질병과 날씨와 텔레비전 뉴스 같은 것에 우롱 당하듯이 꽉 묶여 있었다. 뉴스라고 해야 알맹이도 없는 것들이었지만, 그래도 바로 다음날 아시아에 해일이 들이닥치자 뉴스도 죽음으로 가득했다.

우리는 베이비 이모가 평생 좋아했던 비엔나소년합창단의 크리스마스 캐럴이 경쾌하게 흘러나오는 가운데. 엄청 많은 양의 음식을 신나게 해치웠다. 나까지 거들어 지나치게 구워져버린 칠면조 고기, 엄청 큰 쟁반에 가득한 설탕에 졸인 고구마, 빵 같은 속과 로스트 포테이토며 축 늘어진 강낭콩 등등.

　새처럼 날렵했던 우리 엄마와는 신체적으로 너무나 달라 턱 아래 살이 축 늘어지고 파우더를 짙게 바른 베이비 이모는 관절염으로 다리를 절어서, 걸을 때마다 기름을 치지 않은 그녀의 뼈들이 마디마다 삐걱대는 모습을 생각나게 만들었다. 입가로 조심스럽게 진홍빛으로 윤곽을 그렸음에도 불구하고, 혹은 어쩌면 그 때문에, 이모는 죽은 우리 할아버지가 여장을 하고 있는 것처럼 보였고, 듬성듬성한 흰 머리칼을 두툼하게 빗어서 두피를 가렸으며, 레코드가 긁혀 지직대는 것 같은 묵직한 목소리로 말했다. 그리고 21세기 오픈마켓에서는 구하기 어려웠던 라벤더 향의 야들리 비누 냄새를 강하게 풍겼다.

　이모는 한 번도 결혼한 적이 없었으며 독실한 가톨릭신자였다. 용감무쌍하고 자립심 만점이며 이슈라고는 하나도 못 느끼는 여자가 되면 어쩌나 하고 내가 가장 두려워했건만, 이모는 딱 그런 모습으로 변하고 있었다. 이모의 고색창연한 하늘색 소파에 앉아서 나는 평평한 표면마다 빈틈없이 줄줄이 걸려 있는 액자 속의 가족사진들을 보지 않으려고 안간힘을 썼다. 오빠와 내가 자라온 모습, 엄마아빠에다 할머니 할아버지, 애틀랜타에 사는 내 둘째 사촌, 이모의 사촌인 준의 세 아이들 등등이 갓난아기 시절에서부터 졸업과 결혼에 이르기까지 한결같이 기록되어 있었다. 그뿐인가, 새로이 태어난 신참 가족들, 나의 질녀에다 조카의 아이들까지도 다른 사진이나 마찬가지로 조심스럽게 먼지를 털고 누가 봐도 꼭 같이 고풍스런 액자에 담겨 있었다. 베이비 이모가 우리 가족의 삶을 마치 자기 자신의 삶인 것처럼, 마치 오빠와 내가 엄마 후손이 아니라 자기 후손인 것처럼 주장하고 나서는 것이 언제나 조금은 뻔뻔스럽다고 느껴졌다. 나는 속으로는 이렇게 말하고 싶었다. "이모는 이모 삶을 찾으세요. 우리 걸 가질 수는 없잖아요!" 그러나 자기 부모며 친척이며 구역 주민들 등등, 다른 사람들의 인생을 보살피느라 자기 인생을 주어버린 이모가 무슨 수로 자기 삶을 가질 수 있겠는가? 이모는 언제나 조수였고 졸병이었다. 죽음을 앞둔 엄마조차 이모를 제쳐놓고 주연을 맡았으니까. 이제 나는 이모에게 물어보고 싶었다, 분노는 어디에다 고이 모셔두었는지, 어떻게 항상 그처럼 냉정한 모습을 유지할 수 있는지, 세상에 하찮은 관심만 받아도 어쩌면 그처럼 겸손하게 즐거워하는지! (그해 에스프레소 머신을 크리스마스 선물로 줬더니 —나중에 알고 보니 한 번도 사용하진 않았지만— 이모는 포장을 뜯으면서 내가 이처럼 자기 생각을 해주다니, 자기가 그럴 만한 가치가 있느냐고, 두 손을 내저으면서 자못 감정적으로 변했었다.) 그렇지만 이모는 교구 목사실에서 동맥류로 쓰러진 이래로 다시는 의식을 찾지 못해 (자신은 그걸 축복이라고 생각했을 테지) 지난 오년 동안의 피해자가 되어 있다. 헌신으로 일관하면서 다행히 어느 누구에게도 짐이 되지 않게 살아왔던 대가로 받은 달콤한 죽음이라고 해야 하나.

나는 이제야 상상할 수 있다, 우리의 베이비 이모가 되기 위해서, 세실리 맬런이란 이름의 성인이 될 수도 있었건만 그러질 못하고 마지막 순간까지 나이 먹은 갓난아기가 되기 위해서, 이모가 어떤 희생을 치렀는지를. 내 스스로의 인생을 알고, 그 안에서 가장 중요한 게 바깥으로는 얼마나 안 보이는지를 알고, 내 자신의 윤곽이 내 생각과 얼마나 동떨어지게 다른지를 알고 있기에, 나는 이제 진짜 베이비 이모를 영원히 잃어버렸다는 생각에 가슴이 아프다. 그녀처럼 되는 것이 너무나 두려웠기에 나는 물어볼 수가 없었고 (또 다른 누구도 물어볼 생각을 하지 않았으니까) 그래서 용감한 베이비 이모는 죽는 순간까지 '…인 것처럼'의 삶을 살았다. 하긴 또 한편 생각해보면 이모는 아빠의 계율을 너무나 성실하게 지켰기에 그녀의 영혼과 이승에서의 자아가 하나가 되었던 것인지도 모르겠다.

그래도 록포트에서의 크리스마스는 재빨리 지나갔다. 정오전에 도착해서 요리를 거들고 해변을 따라 차를 몰고 나가서 영원의 리듬으로 바위에 새하얗게 부서지는 파도를 구경한 우리는,

먹고, 치우고, 떠났다. 그리고 나는 돌아오는 길에 아빠를 브루클린에 내려줬고, 아홉 시엔 이미 아파트로 돌아와 있었다. 떠나기 전에 나는 이모의 설거지를 다해주고, 너무 덥지 않나 싶은 거실에 이모를 앉혀두었다. 이모는 통통 부은 두 발을 오토만 위에 얹어놓고 아빠와 함께 그들 세대의 질병에 대해서 나른하게 이야기를 주고받았다.

"루비 하워드 이야기 들었어요? 버니 마누라 말예요. 알츠하이머가 아니고 그보다 더 심각한 파킨슨병이라잖아요. 그 중에서도 루이바디라고 부른대요. 루이바디, 뭔지 알아요? 끔찍해." 두 사람 모두 낮잠이라도 자고 있나 싶을 정도로 오랜 침묵이 흐르고, 다시 이모가 입을 뗐다. "그리고 피트 러넌 있잖아요, 형부 교회에 다니던? 은퇴하고 이 동네로 이사 왔는데, 아내인 베스가 폐기종을 앓게 됐지 뭐예요. 지금은 거의 집에만 있는데 산소탱크를 끌고 다닌다우. 요즘 내가 몇 차례 보러 갔었지, 기분 좀 북돋워주려고. 헌데 이젠 피트가 암 진단을 받았대요. 방광암이래지, 아마. 아니면 전립선이었나, 아무튼 쉽게 낫는 종류는 아니래요. 베스는 아주 얌전한 여자인데, 분명히 남편의 비뇨기 계통이나 뭐 그런 비밀스런 것이기 때문에 정확하게 말하기를 꺼렸거든요. 하지만 상태가 고약한가봐." 이모는 한숨을 내쉬었다. "부부가 모두 병에 걸리는 게 최악이란 생각이 들지 않아요? 난 항상 그런 생각이 들대. 혼자 살 땐 다르지, 그럴 땐 스스로 짐이 더 되기도 하고 덜 되기도 하고… 그러니까 내 말은, 양로원 같은 델 들어가 야 된다는 데는 의문의 여지가 없고, 그걸로 끝이란 거죠. 이러쿵 저러쿵 할 것도 없잖아요. 예를 들어 앨리스와 로빈 메이넬의 경 우처럼… 형부, 그 사람들 아세요? 아무튼, 지난봄에 앨리스가 뇌 졸중에 걸렸는데…"

그렇게 이야기는 끝없이 이어졌다. 나는 냄비를 씻었고, 이모 는 온갖 친구들의 건강에 대한 비밀을 깡그리 쏟아놓았으며, 침 착한 기질의 아빠는 그걸 다 소화했다. 따뜻하고도 차가운 현관 에서 나는 이모의 부드럽고 오톨도톨한 뺨에다 키스를 하고, 그녀 의 집게발 같은 손을 꼬옥 쥐어주었다. 그런 다음 아빠의 팔을 잡 고 이모네 집 출입로 여기저기를 꺼멓게 뒤덮은 채 남아 있는 얼 음 위로 아빠를 조심조심 데리고 나와 자동차 좌석에 앉혔다. 아 빠 집에 도착해서는 주차 통용문 아래 차를 세우고 (관리인을 둔 그 건물에는 착실하게도 염분이 배어 있었다) 트레이더 조의 식료품 백 을 아빠 대신 들고서 그를 아파트 앞까지 모셔갔다. 쇼핑백은 새 전기면도기며, 해밀턴 전기며, 캐시미어 안감을 댄 장갑 등으로 반나마 차 있었고, 맨 위에는 곤죽이 된 요리가 담긴 터퍼웨어 그 릇이 놓여 있었다.

그때 나는 자고 있는 게 아니라 뜨겁게 달아오르고 있었다. 내가 나이 들어 정신이 오락가락할 때면, 누가 날 위해 이렇게 해 줄 것인가? 누가 나의 착한 딸이 되어줄 것인가? 오빠 내외가 애지중지하는 샬럿? 도저히 그럴 것 같진 않았다. 아니, 죽는 날까지 나 혼자서 헤쳐나가리라는 생각을 하면서 일종의 쓰라린 쾌감 같은 걸 얻었다. 부정과 엄준한 금욕에서 오는 쾌감, 다이어트 중인 사람이 속 시린 배고픔에서 얻는 쾌감이나 다를 바 없는 스릴이었다. 난 욕정을 억제할 거야. 나는 멈추지 않을 거야. 난 다른 사람들의 삶으로 넘쳐 흘러들어가 탐욕스럽게 핥고 바라고 요구하지 않을 거야. 절대로. 난 어느 누구에게도, 그 무엇도 부탁하지 않을 거야. 난 그저 내면으로부터 밖으로 활활 타올라, 가솔린을 끼얹은 승려들처럼 스스로를 살라버릴 거야. 스스로 원한 불타오름, 거의. 거의. 그래, 메리 '엿 같은' 크리스마스다!

분노에 사로잡힌 나는 세상에 둘도 없이 기괴한 짓, 가장 나답지 않은 짓을 했다. 성탄절 전야 열 시에 미끌미끌 텅텅 빈 거리, 이교도의 불빛으로 장식된 거리를 지나 소머빌로, 쥐죽은 듯 조용한 그 창고로, 차를 몰았던 것이다. 손가락 사이에 마치 무슨 무기처럼 열쇠를 쥐고서 (분노에 휩싸였지만 그 가장자리엔 여전히 두려움이 끼어들 자리가 있었기에), 나는 종종걸음으로 축 처진 계단을 민첩하게 올라갔다. 스튜디오 안으로 들어서서 등 뒤로 문을 잠갔다.

얼어붙게 추웠다. 물론 히터는 여러 날 동안 꺼져 있었다. 그 바람에 나는 행여 내가 실수를 했나, 싶어서 잠시 머뭇거렸다. 그렇지만 난 커피를 끓이고 음악을 튼 다음, 시레나의 물건들을 뒤져서 검은 양모로 만든 손가락 없는 핸드워머를 찾아냈다. 그걸 손에 끼자 마치 명작 극장 프로덕션에 나오는 올리버 트위스트가 된 느낌이었다. ("죄송하지만 국물 좀 더 주시겠어요?") 그래도 효과가 있어서 나는 손가락을 모두 부드럽게 움직일 수 있었다. 테이블에 앉았다. 한낱 내 쪽의 전등만 웅덩이 모양으로 켠 게 아니라, 우라질 천장의 전등이며 스탠드랑 데스크 램프까지 모조리 터져나가도록 환히 켜놓았다. 눈에 띄는 불이란 불은 전부 켜서, 랠프 엘리슨처럼 빛의 바다를 만들었다. 그리고는 마침내 에밀리 D와 함께 작업에 착수했다.

무슨 소리가 들린다 싶을 때마다 나는 더 열심히 음악을 듣거나 노래를 따라 부르든지 발을 쿵쿵 굴렀다. 크리스마스 밤이었다. 빌딩에는 아무도 없었다. 길에도 누구 하나 없었다. 아이들의 표현처럼 난 '완전' 혼자였고, 이 세상 끝까지 그렇게 혼자일 터였다. 씨발, 다 상관없어, 어느 놈이든 문을 따고 들어오기만 해봐. 날 놀라게 하든가, 날 범하려고 하기만 해봐. 내 이 무서운 분노의 한 자락을 선사해줄 테니까!

나는 꼼짝도 않고 네 시간동안 일을 한 다음, 복도 끝의 화장실에 가기가 너무 무서워서 한구석에 두었던 양동이에다가 오줌을 누고 그걸 싱크에서 씻어냈다. 그런 다음 다시 앉아서 또 네 시간동안 작업했다. 너무너무 피곤했다. 앞이 안 보일 정도의 피로, 더 이상 사물을 보기 어렵고 마치 심장병이라도 생긴 듯 모든 게 희미해지는 그런 피로가 몰려와, 마침내 내가 도대체 뭘 만들고 있는지도 확실히 알 수 없는 지경이 되어 잠시 멈출 수밖에 없었다. 그래서 도구를 내려놓고 시레나의 스카프랑 숄을 모두 꺼내 —그녀의 레몬 향수 냄새가 났다— 뒤집어썼다. 그다음 작은 카펫 위와 바닥 중에서 의자 옆 가장 먼지가 덜 나는 곳에다 시레나의 쿠션 몇 개를 놓고, 발을 코트로 덮은 채 드러누웠다. 음악은 여전히 흘러나오고 (CD 다섯 장이 들어가 계속 반복되는 붐 박스였다; 애니 레녹스, 존 아머트레이딩, 조니 미첼 — 옛날 노래들, 계집아이들이 즐겨 듣는 노래들, 나를 잠들게 해주는 믿음직한 음악 친구들) 불빛이 눈부신 바로 거기에 앉아, 나는 알 수 있었다. 에밀리와 함께 새해를 맞이하여 살게 되리란 것을, 새 학기가 시작되기 전에 에밀리의 방을 —어쩌면 에밀리의 비전을 고스란히 보여줄 전기 배선까지도— 완성하리란 것을, 다시 말해서 내가 활활 불타오르고 있으며 스스로 원하는 곳에 존재하고 있다는 것을, 그리고 이번만큼은 나의 참된 자아를 구현할 수 있을 정도로 분노하고 있다는 것을. 나는 눈을 감고 이끼가 돋은 듯한 이빨 위로 혀를 굴렸다. 그리고는 금세 잠이 들었다.

Part
TWO

1

새 학기가 시작될 즈음 에밀리의 방이 완성되었다. 빠진 게 있다면 투사 장치뿐이었다. 그녀의 말, 죽음 그 자체, 뮤즈, 조이를 비추어줄 그만의 매직 랜턴. 나는 크리스마스부터 새해까지 거의 한 주 내내 에밀리와 함께 틀어박혀서 보냈다. 아빠와 딱 한 번 저녁을 같이 했고, 친구 네 명과 모여서 ─여러 해 동안 절친한 아이들이었는데 그날 밤엔 어찌나 요란스럽고 유치하게 노는지 나의 세계와는 멀어도 한참 멀었지─ 한 잔 하기도 했지만, 그런 일탈을 제외하면 온종일 밤늦게까지 하얗게 밝힌 나만의 공간에서 사포로 문지르고, 풀을 붙이고, 깎아 만들었다. 그리고 아침마다 반쯤은 졸면서 만들어 납지에 싸 온 퀴퀴한 샌드위치랑, 네 조각으로 잘려 벌겋게 변한 사과랑, 금박지에 싸인 비싸고 잘 부서지는 아주 새까만 이탈리아산 초콜릿 따위를 먹었다. 초콜릿은 일이 잘 돌아갈 때면 스스로에게 주는 상이었다. 성탄절 아침엔 뼈마디가 욱신거리고 관절마다 딱딱해지는 등, 나이를 절감하지 않을 수 없었기 때문에 그 후로 다시 스튜디오에서 자는 일은 없었지만, 그래도 나는 어느 정도 악마를 이겨냈고 더 이상 어둠을 무서워하진 않게 되었다. 아니, 아니, 정확하게 그랬다는 건 아니고, 여전히 어둠이 두렵긴 했다. 한밤중에 건물을 나설 때면 시계가 자정을 알리기 직전의 신데렐라처럼 두 계단씩 한꺼번에 뛰어 내려가서는, 낡아빠진 나의 폭스바겐 골프를 향해 쏜살같이 내달렸다, 금색 호박마차가 금세라도 사라질 것처럼. 하지만 그 주일 나는 다른 어떤 것을 두려워하기보다 훨씬 더 열정적으로 에밀리와 사랑에 빠져 있었다. 스스로 순수하고 침착하며 자긍심에 넘쳐 있다는 느낌이 들었다. 그리고 에밀리처럼 그런 느낌과 더불어 혼자였다.

내 삶의 다른 사람들, 즉, 샤히드 가족으로 말하자면, 난 그 상처를 지져서 치유했다. 혹은 그랬다고 생각했다. 만약 디디한테 그것이 하나의 상처라고 말했더라면 코웃음을 쳤을 테지만, 그건 상처였다. 그리고 디디가 워낙 다그치는 통에 나는 억지로 그 상처에 딱지가 앉아 아물게 했다. 그건 아주 잘 된 일이었다. 그리고 마침내 그들이 돌아왔다.

새 학기 첫날 그는 스노우 부츠를 신고 쿵쿵거리며 교실로 들어왔다. 배낭을 멘 아이의 손에는 까맣고 흰 방울 달린 털모자가 들려져 있었다. 상냥한 얼굴에 약간 근엄함이 깃들어 있었는데 나를 보자, 내가 미소 짓는 걸 보자, 표정이 풀리면서 얼마나 생생하고도 노골적인 애정이 담긴 웃음으로 변하는지! 입으로뿐만 아니라 속눈썹 많은 눈으로 ─흉터가 났지만 사랑스러운 눈으로─ 어찌나 싱긋 웃는지! 나를 위한 그 미소를 (나의 미소를) 보는 순간, 마치 아이돌 스타가 십대 소녀에게 키스를 날려 보내기라도 한 듯, 나의 오장육부는 공중제비를 넘고 있었다.

레자가 돌아온 걸 나는 알지 못하고 있었다, 그렇지? 전화도, 이메일도, 쪽지도 없었잖아. 심지어 나는 스튜디오에서 ─그 며칠 동안은 우리의 스튜디오가 아니라 나의 스튜디오에서─ 시레나의 스카프를 손가락으로 어루만지며, 거기 남은 향기를 좇으며, 스스로에게 묻기도 하지 않았던가, 행여 그들을 본 것은 꿈속이 아니었던가 하고, 그녀의 남편과의 섹스를 상상했던 거나 마찬가지로 그녀와 나누었던 그 모든 이야기들 역시 꿈이었던 게 아닌가 하고?

체호프의 이야기 중에도 비슷한 게 있어서, 대학 다닐 때 나를 매료시켰던 적이 있었다. 미술대학을 가지 않았다는 회의 때문에 마음고생을 하고 있던 이학년의 어두운 겨울에 난 그 이야기를 되풀이해서 읽었다. 〈검은 옷의 수도승〉이란 제목으로, 어느 수도승의 혼령이 찾아와 창조성, 위대함, 존재의 의미와 같은 삶의 중대한 이슈에 대해 대화를 나누었다고 상상하는 한 남자의 이야기다. 그 수도승이 그에게 자신의 중요성과 자신의 빼어난 재능을 확신시켜주는 것이다. 그런데 남자는 수도승이 현실이 아니었음을 깨닫고 자기가 미쳐버린 것이라고 생각한다. 그러나 미치지 않는 대신 자신의 열망에 제약을 받고 혼자 있는 것보다, 그러면서 그렇고 그런 인간으로 남는 것보다, 수도승과 함께 있으면서 미치는 것이 얼마나 더 좋은 것일까? 어찌 되었건 자신에겐 특별한 점이 도무지 없다는 사실을 똑바로 보라고 그의 가족들이 윽박지를 때면, 그는 자신이 하찮다는 바로 그 점을 인정해야 하니 참으로 죽을 노릇이다. 시레나는 나의 수도승이었고, 어쩌면 그녀는 한낱 망상에 지나지 않았던 건지도 모르겠다.

그러나 레자는 거기 있었다, 느닷없이, 애플턴의 우리 교실 안에. 거의 얼굴이 발개져서 조잡한 에펠탑 열쇠고리를 때늦은 크리스마스 선물로 주려고 손을 내밀면서. 그러니까 아이도, 심지어 그들도 역시 날 생각하긴 했구나. 날 보고 싶어 했구나. 내 머리에 맨 먼저 떠오른 생각은, 바로 그 순간 시레나가 스튜디오에 있을지도 모른다는 것이었다. 그래서 아이들을 모두 남겨놓고 바로 학교를 빠져나가 그녀를 찾고 싶은 마음이 반쯤은 들었다. 혼자였던 그 열흘 동안 내가 이루어놓은 일이 그 직전 여러 주일 동안 해놓은 것에 뒤지지 않는다는 사실이야 대수로운 게 아니었다. 그녀는 나의 뮤즈였고, 술 취한 나의 버번 온 더 록스, 그야말로 거절할 수 없는 매력이 아니었던가.

레자의 눈은 크게 나빠 보이지 않았다. 실밥도 이미 제거되었고, 상처는 ―의사가 살을 들어 올려 꿰매던 것을 내가 봤던 그 작디작은 상처는― 여전히 빨갛고 새 살인 걸로 보였지만 아이들을 놀라게 할 정도는 아니었다. 오히려 예쁘고 자그마한 도적처럼 어딘지 건달 냄새를 풍기게 만들었다. 그는 자신도 잘 안다는 표정을 짓고 어깨를 툭툭 치면서 그 사건에 대한 일체의 질문을 잘도 비껴나갔다. 신입생이면서도 무엇 하나 드러내질 않았다.

하지만 파리에 대해서는 자세히 설명해주었다. 바스티유에서 즐겼던 범퍼 카, 그가 좋아하는 제과점, 거기서 아침마다 그를 보는 게 기쁘다고 팔미에[14]를 주었던 레오니란 이름의 사마귀 할머니 등등. 자기가 사는 아파트 로비에 삐뚜름하게 세워져 있던 플라스틱으로 만든 하얀 크리스마스 트리 이야기도 했는데, 그 때문에 건물 안의 개들이 지나가면서 플라스틱 줄기에다 한쪽 다리를 들고 쉬를 해서 오래지 않아 입구에는 소나무 잎이나 눈 냄새

14) **palmier** 종려나무 모양을 본떠 만든 바삭바삭하고 달콤한 프랑스 과자 이름.

는커녕 오래된 오줌 냄새가 진동하게 되었다나. 어린아이치고는, 또 영어가 허술하다는 걸 감안한다면, 레자는 훌륭한 이야기꾼이었고, 주위를 웃음바다로 만들기도 해서 방학 때문에 느슨해졌던 가족 분위기를 다시금 느끼게 만들었다.

❈

그날 오후 나는 스튜디오에 가지 않았다. 스스로에게 불쌍하게 보이기 싫었기 때문이다. 그토록 그녀를 보고 싶어 하는 것을 나는 원치 않았다. 나름 금욕을 선택한 것이요, 독립을 과시한 것이었다. 하긴 그녀가 스튜디오에 있는지조차 몰랐다. 대신 나는 달리기를 하러 나갔다가 생선가게에 들러 신선한 숭어를 사서 집으로 돌아왔다.

나는 요리에 소질이 없다. 생선을 사긴 했지만 요리를 하고 싶진 않았다. 그걸 냉장고에서 꺼냈다가 다시 집어넣고 찬장에 들어있는 캔 스프에 눈길을 주고 있는데, 아래층에서 초인종이 울렸다. 계단통이 너무 춥기도 하고, 잡지를 구독하라고 채근하는 아이들이거나 보조금 따위를 선전하고 다니는 공익조사단 사람일 거라고 예상했기 때문에, 나는 거의 내려 가보지도 않을 뻔했다. 문으로 다가가서 현관 밖의 전등을 켜고는 인상을 찌푸릴 준비를 잔뜩 했다.

그런데 거기 시레나가 서 있었다. 길고 두툼한 검은색 코트 차림에 커다란 백을 들고서. 키가 더 작아진 듯, 한 눈은 더 게슴츠레하고, 머리칼은 내 상상보다 더 푸석한 채, 그러나 미소를 띠며 두 팔을 활짝 벌리고, 약간 두드러진 앞니 위를 덮으며 우아하게 말려 올라간 입술, 그리고 주름이 잡힌 눈 꼬리.

"카리시마!" [15] 그가 소리쳤다. "친애하는 내 친구 노라! 어떻게 지냈어요?" 그녀는 손으로 내 팔죽지를 꼬옥 붙잡고 앞서서 집 안으로 들어가더니 문을 닫았다. "너무너무 열심히 일을 했더군요. 오후에 거길 들렀지, 스튜디오에. 당신이 만든 그 작은 방, 정말 완벽해요…" 그는 계단 위로 거의 나를 몰아가듯이 재촉하더니 갑자기 멈추어 서서 두 팔로 날 떼어놓고는 찬찬히 뜯어보았다. "얼마나 탁월한 작품을 만들었는지, 놀랐어요, 노라. 당신이 만든 그 에밀리의 방은 너무도 특이해요."

"아니, 뭐, 별로." 나는 기쁘고도 부끄러웠다. "근데 여긴 웬일이죠?"

"뭘 좀 가져왔어요, 먹을 것. 당신을 위해서 파리에서 가져온

---

15) **Carissima** 이탈리아 형용사 caro의 최상급 여성형. 영어로는 Dearest, Fondest에 해당한다. "오, 사랑하는 친구" 정도로 이해하면 되겠다.

건데, 혼자 생각했죠, 이거라면 오늘 저녁 노라를 기쁘게 해줄 수 있을 거라고. 그리고 반갑다는 인사와 고맙다는 인사도 할 기회가 생길 것이고…"

"고맙다고요?"

"아, 노라! 잘 알잖아요. 제대로 작별인사도 못하고 떠나게 되어 내가 얼마나 마음이 불편했는지 몰라요. 고맙단 말도 전혀 못했고. 그땐 정말이지, 당신이 없었더라면 우린 어떻게 되었을까? 헌데 난 이메일이라든지 전화 하는 게 끔찍이도 싫거든, 특히 영어로 하면 혼란스럽기도 하고… 아, 하지만 이제 이렇게 다시 당신을 만났어요. 푸아그라와 상세르[16] 한 병 그리고 아주 특별한 파네토네[17]를 들고, '해피 뉴 이어' 하려고 말이죠."

"푸아그라?"

"어, 푸아그라 안 좋아해요? 싫어하면 어쩌나 걱정했는데. 억지로 먹을 필요는 없어요. 다음에 다른 걸 가지고 올 테니까… 키쉬[18]는 어때요? 스튜? 어떤 게 좋을까?"

---

16) **Sancerre** 프랑스 르와르Loire 지방에서 나오는 백포도주.

17) **panettone** 전통적으로 연말연시 명절 시즌에 먹는 이탈리아의 크리스마스 케이크. 건포도, 설탕에 절인 과일, 피스타치오, 아몬드, 호두 등을 넣어 화려한 향과 진한 맛을 낸다.

18) **quiche** 달걀, 크림, 향신료, 양파, 버섯, 햄, 조개 또는 허브 등을 넣어 만드는 파삭한 일종의 파이. 프랑스 북동쪽 알자스-로렌 지방에서 시작된 디저트다.

"나 푸아그라 무지하게 좋아해요. 정말로. 고마워요."

시레나는 완전히 들떠있었다. 나를 다시 만나서 행복했다. 작별인사도 안 하고 떠난 걸 미안하게 느끼고 있었다. 나에게 푸아그라를 가지고 왔다. 내가 이보다 더 만족할 수 있었겠는가? 그녀가 들고 온 상세르는 충분히 차지 않았지만 그녀의 잔에 따라주었다. 얼음을 넣어줄까 하고 잠시 생각하다가 그냥 두기로 했다.

거기 그녀가 있었다. 시레나가, 나의 부엌에. 한 번도 와본 적이 없는데. 그는 내 아파트에 대해서 이런저런 듣기 좋은 말을 해주었다. 그림들을 칭찬했다. 그리고는 두툼한 코트를 벗어던지더니 마치 오래 마주 앉아 이야기할 셈인 것처럼 부엌 식탁에 자리를 잡았다. 병에서 숟갈로 떠낸 푸아그라의 가장자리에 붙은 노란 기름처럼, 나는 기분 좋게 녹아버렸다.

"그래, 고향에 가보니 어땠어요?"

"고향? 오, 노라. 그렇게 부를 수 있다면 얼마나 좋을까, 케임브리지가 당신의 고향인 것처럼 말이죠. 이 예쁜 아파트를 좀 봐요, 당신 냄새가 나고 당신에 관해서 이야기를 해주죠. 당신은 이곳을 너무나 잘 알고, 이곳은 당신을 너무나 잘 알잖아요. 그렇지만 돌아갈 때마다 항상 잊고 있었다가 다시 깨닫는 게 뭔지 알아요? 내가 사실은 파리 사람이 아니란 거예요. 거기에서도 난 이방인이라니까. 구석에서 두런두런 이야기를 나누는 수위들이라면 모를까, 어느 누가 파리를 진짜 자기 고향이라고 하겠어요?"

"그래도 돌아가게 돼서 기뻤을 텐데…"

"네, 무슨 말인지 알아요. 레자도 친구들을 만나 좋아서 어쩔 줄 몰랐죠. 스칸다르는 자기 친구들 땜에 즐거웠고. 어떻게 보면 한숨 돌린 거죠. 두 사람에 대해 책임감을 느끼지 않아도 되었으니까."

"그럼 당신은요?"

"나 역시 파리에는 역사도 있고 친구도 있고 동료도 있어요. 또 물론 남편과 아들이 있는 곳이 바로 고향이긴 하죠, 그러나 고향이란 상상 속에서만 존재한다는 그런 생각, 알아요? 일단 작은 배를 타고 집을 떠나면, 일단 배에 오르고 나면, 다시는 진정한 의미의 고향에는 갈 수 없다는 것? 고향에 남겨두고 온 것은 단지 기억 속에서만 존재하고, 나의 가장 이상적인 장소는 그동안 멈추었던 곳마다 남겨두고 떠났던 것들을 모두 뒤섞은, 뭐랄까, 상상 속의 기이한 혼합물이 되지요."

"그러니까 즐겁게 지내지 못했다는 얘기?"

"즐겁기도 했고, 그렇지 않기도 했고… 당신 보고 싶었어요, 스튜디오도, 내가 하던 작업도… 있잖아요, 난 당신과 좀 달랐어요… 창조적인 일이라곤 하나도 없었고 그저 레스토랑에서 식사를 하고 휴가철의 무의미한 부산함뿐." 그의 말을 온전히 믿어도 될지, 자신이 없었다. 나의 눈에 그는 마치 무대 위에 선 것처럼 가식으로 보였다.

226

"언제 돌아왔어요?"

"하루 이틀 전인가. 남편은 어제 저녁까지 뉴욕에 가야 했어요. 또 컨퍼런스인지 회담인지 뭔지. 그 사람 알잖아요." 그리고는 서글픈 미소. 그녀가 얼마나 자주 혼자일까를 생각해보았다. 그러나 레자와 함께. 나랑은 다르겠지. 정말로 혼자는 아니겠지.

"자, 이젠 당신 이야기를 해봐요." 그녀가 말했다. "새로운 한 해, 새 출발. 우리가 없는 동안 어떻게 지냈죠?"

"음, 상당히 조용했어요, 진짜로. 뭐, 이것저것 계속했죠."

"크리스마스는?"

"아빠와 이모랑."

"골치 아픈 오빠는 안 오고?"

"매트? 오빠 이 시즌에는 안 와요. 직접 가정을 꾸리고 있는 사람은 다 용서가 되니까, 당신도 안 그래요?"

"용서받는다고? 우리 전통으로는 안 그래요. 내 경우는 엄마가 와서 함께 머물렀고, 언니도 왔어요. 집안이 아주 시끌시끌했지. 레자는 아주 심각하게 응석받이가 돼버렸고."

"제대로 크리스마스 풍경인 것 같은데요."

"네, 하긴 그렇죠. 그래도, 있잖아, 누구나 자기 역할이 있어요. 근데 이걸 연극으로 치면 나는 딸인 동시에 여동생이고 엄마이기도 하지만, 절대로 예술가는 될 수 없어요. 글쎄, 모르긴 하지만, 내가 뤽 튀망[19]이라고 한들 식구들한테 무슨 의미가 있겠

227

어요? 내 의무 외에는 도무지 손톱 들어갈 틈도 없다니까.”

“동감이에요.”

“당신이? 하지만 당신은 너무나 자유롭잖아요. 난 당신의 그
점이 부러운데. 스튜디오와 거기서 일하고 있을 당신을 얼마나 자
주 생각했는지 몰라요. 혹은 이 예쁜 아파트에서 차분하게 생각
에 잠겨 있을 당신… 내가 맘속에 그렸던 아파트랑 완전히 똑같진
않아도 별로 크게 다르지도 않네요. 내가 이불을 개거나 스튜를
만들거나 선물을 싸거나 바보 같은 대화에 붙잡혀 있는 동안, 당
신은…”

“남의 떡이 항상 커 보이는 법이니까…” 그녀가 날 생각하고
있었다는 -질투하는 마음으로 생각하고 있었다는- 생각에 난
황홀해졌다. “레자 땜에 걱정했어요.”

“레자는 잘 지냈어요. 그 애 눈 봤죠, 그죠? 상처는 눈에 잘
띄지 않을 것이고… 그 끔찍했던 날 밤, 당신은 아이와 저한테 너
무 고맙게 잘 해줬어요.”

“정서적인 면 때문에 걱정을 하고 있었잖아요?”

“정서적인 면, 그래, 맞았어. 돌을 던지는 사내아이들. 하지
만 아이들이란 회복도 빨라요. 여길 떠나 있었던 게 도움이 됐죠.

---

19) **Luc Tuymans** 벨기에의 저명한 현대미술가. 그의 회화는 사진, TV, 영화 등 미디어에서
채택한 방대한 자료를 바탕으로 하여 주로 역사와 기억이라는 주제를 다룬다.

잊어버릴 기회가 되었으니까. 몇 차례 악몽을 꾸었지만 그 내용은 자세히 모르더라고요. 사건과 연관이 있는지 어쩐지 모르겠어요. 누가 그런 걸 알겠어요? 교장선생님은 그 소년이 퇴학당했다고 그러던데."

"곧바로 쫓겨났지요."

"자, 그럼 이제 새해 새 출발인가? 불평은 하지 않기로 맹세했어요. 나 불평하는 기술은 너무 좋은데, 이젠 다른 기술을 연습해야겠어요. 그리고 정말 열심히 작업하겠다고도 맹세했죠. 지금부터 오월까지는 아주 빠듯하거든요. 눈 깜짝할 새 몇 달이 훌쩍 지나가버리잖아요. 화랑 측에는 내가 전시회 준비를 다 마치고 돌아오겠다고 약속해버렸죠. 그러니까, 자, 오 트라바이유!" 그렇게 말하면서 시레나는 일어섰다. 갈 때가 되었다는 거다. 그러더니 덧붙였다. "당신은 새해에 어떤 걸 스스로에게 다짐했어요?"

나는 망설였다. 난 아무런 새해의 결심도 하지 않았다. 시간을 잊은 채 혼자 스튜디오에서 보냈던 그 밤, 타임스퀘어의 크리스털 볼이 이미 떨어져버렸다는 걸 뒤늦게야 깨달았던 그 밤, 나는 에밀리 D에게 새해를 축하해주었다. 레이스로 장식된 나이트가운 차림의 에밀리를 높고 좁은 침대에서 번쩍 들어 올려, 반짝이는 머리칼을 쓰다듬어준 다음, 조심조심 인형의 집 안으로 되돌려주었다. 해피 뉴 이어 투 유. "난 좀 더 홀로서기를 하겠노라고 다짐했어요." 난 그렇게 답했다.

"당신이? 하지만 당신은 어느 누구보다도 독립심이 강한데!"

"좀 더 혼자가 되겠다고 해야 하나…?" 무슨 까닭에서인지 나는 엄마가 생각났다. 외로움 속에서 땅에 묻히기까지 하루하루 좀 더 갇히기만 했던 엄마. "그 둘은 같은 게 아니잖아요, 그죠?"

2

내 고독을 불평해버렸기 때문에, 나는 시레나가 그 다음 주
날 저녁에 초대한 것이 동정심에서 비롯된 게 아닐까 걱정되었다.
그녀는 나를 일곱 시 반에 초대했다. 나는 일곱 시 사십 분에 도
착하면서 약간 늦어서 마음이 켕겼다. 포르마지오 계산대에서 일
하는 아가씨가 추천해주었던 값비싼 이탈리아산 레드 와인을 -
바롤로였지, 아마?- 한 병 들고 갔다. 스칸다르가 문을 열었다.
나를 보고 깜짝 놀란 것 같은 느낌이 들었다.

"아, 오셨군요. 여보, 친구 분이 도착하셨네. 자, 들어오세
요." 입구는 대단히 좁았고, 계단이 곧바로 위층을 향해 있었기
에, 내가 문 안으로 들어가기 위해서 스칸다르가 계단 위로 뒷걸
음을 쳐야 했다. 신체적으로 어떤 식의 인사를 하는 게 적절한지
아리송했기 때문에 우리는 그저 머리를 끄덕이며 어색하게 미소

를 주고받기만 했다.

"제가 불편한 날에 찾아온 건 아닌지 모르겠군요?"

그는 웃음을 띠고 머리를 가로저으면서 내 코트를 받으려고 손을 내밀었고, 그러면서 줄곧 계단 위에 물러서 있었다.

"불편한 때라니요?"

시레나가 이미 체크무늬 파자마를 입은 레자를 데리고 계단 끝에 모습을 드러냈다. "노라, 어서 와요! 지난 번 우리 집에 왔을 때보단 훨씬 더 좋아요. 이번엔 멋진 음식으로 축하할 수도 있고 좋은 차도 있거든요."

그들은 꽃이며 양초로 식탁을 꾸며놓았고, 을씨년스러운 착색 글로브 라이트는 꺼져 있었으며, 전략적으로 공간을 에두르는 전등을 밝힘으로써 식탁 주변을 제법 고혹적으로 만들 수 있었던 것 같았다.

"오세요, E 선생님, 제 방을 한번 보시지 않을래요?" 레자가 금세 내 손을 잡아당기고 있을 때, 그의 아빠는 와인을 잔에 따랐으며 엄마는 스토브 쪽으로 몸을 돌렸다.

아이를 따라 방으로 올라갔더니, 그 방 역시 모습이 바뀌어 있었다. 매직 랜턴이 천천히 돌아가면서 벽에다 재즈 음악가들의 연주 모습을 천연색으로 —드럼 세트에 앉아 있는 드러머는 녹색으로, 색소폰 주자는 장밋빛으로, 베이스 기타를 휘두르는 당당한 체구는 푸른색 윤곽으로— 비쳐주고 있었기 때문이다. 질주하고 있는 어느 축구선수의 —추측컨대 프랑스 선수의— 모습이 담긴 커다란 포스터가 침대 위 벽의 대부분을 차지하고 있었는데, 불빛 속에서 거의 살아있는 것처럼 깜박거렸다.

"지단이란 선수예요." 레자가 설명했다. "단연 최고죠. 유벤투스에서 뛰었는데… 그 팀 잘 아세요?"

"아니."

"제가 설명해드릴게요…" 아이는 나를 끌어 자기 옆 침대 위에 앉히고는, 지단의 커리어가 프랑스 국가대표팀과 리그 팀에서 어떤 궤적을 그렸는지 (명확함보다는 뜨거운 열정으로) 이야기하기 시작했다.

"얘야…" 그의 아빠가 문간에서 미소를 지었다. 그의 손에는 레드 와인 한 잔과 얼음 넣은 스카치 한 잔이 들려져 있었다. "노라 선생님과 같이 있는 시간은 낮에 학교에서야. 오늘 저녁은 어른들을 위한 거잖아."

"딱 일 분만요, 네?"

스칸다르는 프랑스어로 무언가 말했다. 그는 나에게 와인 잔을 넘겨주고 물러갔다.

레자는 공범자의 은근한 웃음을 보냈다. "삼 분 허락받았네." 그렇게 속삭였다. "하지만 우리가 사 분을 함께한들 누가 알겠어요?"

레자는 이미 식사를 끝낸 터였다. 다리를 흔들고 무심하게 공기에서 포도를 집어내면서 잠시 우리랑 함께 앉아 있었지만, 그는 별로 입을 열지 않았을 뿐 아니라 딱히 우리 이야기에 귀를 기울이는 것 같지도 않았다. 전채요리인 이맘 바얄디[20]와 크로스티니[21]를 치우기도 전에 그는 그만 올라가보겠다면서 자기 방으로 돌아가 아스테릭스[22]를 읽었다.

어른 셋 사이에선 기묘한 혹이 붙은 것 같지만, 레자가 가버린 것은 참으로 애석한 일이었다. 세 사람으로는 하나의 가족도(빈약하고 스파르타식인 가족도) 구성하기 벅찬 것과 꼭 마찬가지로, 세 사람이 멋진 디너 파티를 구성하기도 어렵기 때문이다. 하물며 그 셋 가운데 둘은 절친하고 다른 하나가 외계인인 경우엔 − 매너는 있으나 무모함은 모자라는 '위층 여자'인 경우엔− 더할 나

---

20) **imam bayaldi** 푹 삶은 가지에다 양파, 마늘, 토마토로 속을 채우고 올리브유에 끓여 낸 요리.

21) **crostini** 구운 빵을 작고 얇게 슬라이스 하여 그 위에 치즈, 멸치젓, 새우 등을 얹어 먹는 일종의 카나페.

22) **Astérix** 1961년 르네 고시니René Goscinny와 알베르 위데르조Albert Uderzo가 창조한 이래로 프랑스의 문화를 상징하는 대표적 캐릭터로 통하고 있는 만화 캐릭터. 미국의 미키마우스, 한국의 뽀로로, 일본의 아톰 등을 생각하면 되겠다.

위가 없다. 이러한 시나리오에서는 -적어도 처음에는- 누구나 땀을 뻘뻘 흘리는 기색이 역력한 법. 바삭바삭한 토스트에 담긴 훌륭한 가지 요리를 천천히 먹으면서, 우리는 모두 극도로 예절을 차렸다. 우리는 학교 이야기를 했다. 스칸다르는 내가 그 학교에 얼마나 오래 있었는지, 다른 학교와 비교해서 어떻다고 보는지 물었다. 그리고 좀 더 시야를 넓혀서 미국과 프랑스의 교육은 어떻게 대비되는지? 그리고, 아, 네··· 정말로 도움이 될 테니까··· 레드 와인 한 잔 더 하시는 게 좋겠군요··· 그러다가 조금씩 조금씩 딱딱함이 사라졌다. 시레나는 밀라노에서 학교 다녔던 얘기를 했고, 스칸다르는 베이루트의 불어 대학교에서 공부했던 얘기를 꺼냈다. 또 마지막 두 해는 부모님들이 어떻게 자신을 파리에 있는 기숙학교에 보내게 되었는지 (그는 이것이 오래된 프랑스 영화의 한 장면 같아서 잔인하고 경쟁적이고 금욕적이었으며, 학생들은 그 무게와 말고기 저녁 때문에 여기저기서 실신해 자빠졌다고 말했다. "길 잃은 고양이들은 쓰레기를 뒤지고 주방 밖의 골목에서 울어댔는데, 우린 학교에서 바로 그 고양이를 잡아 찜을 한다고 농담하곤 했지요.") 그리고 당시에는 미처 깨닫지도 못했지만 그것이 어떻게 자신의 인생역정을 영원히 바꾸어놓았는지도 이야기했다. "고향 친구들 절반, 아니, 절반 이상은 나와 달리 베이루트에 있는 미국 대학에 들어갔고, 결국 여기 미국에 와서 대학원이든 뭐든 하게 되었어요. 무슨 말이냐 하면 그들의 삶은 영어로, 혹은 적어도 미국어로, 된다는 거죠. 어떤 경우엔 아주 철두철미하게." 잠시 그는 말을 멈추었다. "어떤 커플은 캐나다에 있는데, 몬트리올에 가면 그 두 세상의 좋은 점을 모두 다 가질 수 있어요. 지금은 거기에 레바논 사람들이 너무 많아서 불어와 영어와 아랍어까지 다 쓸 수 있거든요."

"그럼 당신에게는 그게 어떻게 다르지요? 지금 당신은 미국에, 하버드에, 있잖아요. 그보다 더 미국의 제도에 가까이 갈 수는 없죠."

안경 뒤 그의 두 눈이 아이러니컬한 제스처로 크게 떠지면서, 눈썹이 이마 쪽으로 휙 올라갔다. "네, 그렇겠지요." 그가 대꾸했다. "하지만 사실 그건 제가 말하려는 요지가 아닙니다. 비유럽 국가의 지식인들에겐, 유배생활을 하는 방식 중에도 그 세속적 특성으로 인해 아주 편안한 길도 있거든요…"

"우스꽝스런 악센트의 땅." 나는 딱히 그럴 생각이 없었지만 크게 말해버렸다.

"그게 무슨 뜻이죠?" 시레나가 미간을 찌푸렸다.

"어떤 친구가 전에 했던 말이에요. 라디오에서 일하던 친군데 어쩌다가 학자들의 만찬회에 초대를 받았대요. 모두 프린스턴의 노교수들이었죠. 친구 말로는 그들 중 절반이 노벨상 수상자였는데 단 한 사람도 예외 없이 우스꽝스러운 악센트로 영어를 하더라는 겁니다. 그래서 마치 비행기를 타고 우스꽝스런 악센트를 지닌 천재들의 나라에 온 느낌이었대요."

스칸다르는 알 듯 모를 듯 미소를 지었다.

"그렇다고 당신들이 우스꽝스런 악센트를 가졌다는 이야기는 아니고요."

"하지만 상당히 맞는 말입니다. 친구 분 말이 정확해요. 이 나라엔 그런 집단들이 있어요, 낮게 깔린 구름처럼. 여기 우리도 그 중 하나에 속해요. 미국 안에 혹은 미국 땅 위에 있어도, 미국 과는 아무 상관이 없는 이들. 우리는 -온 천지에서 모여든 갈색, 흑색, 황색인종과 유대인과 아랍인들은- 각기 나름의 디아스포라 속에서 한데 모여 친숙한 대화의 세계를 만들죠. 상아탑 안의 자그마한 삶을. 그리고는 우리의 우스꽝스런 악센트로, 우리 대부분한테는 외국어인 말로, 서로를 향해 짖어댑니다. 나는 그렇게 소통이 된다는 사실에 항상 놀라움을 금할 수 없어요. 하지만 어쩌면 우린 용케도 생각하는 것보다 더 많이 말해요… 아니, 생각 보다 말이 적은 건가… 잘 모르겠어요."

"영어는 폭군과도 같아요." 시레나가 끼어들었다. 마치 언어 자체에 책임이 있다는 듯, 짜증난 모습이었다.

"하지만 프랑스도 비슷하지 않나요? 전날 그랬잖아요, 거기 있어도 역시 편안한 느낌을 가질 수 없다고."

그러자 그는 냉담하게 말했다. "프랑스에선 사람들이 영어가 아니라 불어를 하니까요."

"그렇지만 요즘은 영어도 더 많이 쓰이더라고." 스칸다르가 아주 즐거운 어조로 말했다. "어떨 땐 독어까지도 쓰던데. 상황에 따라서 세 나라 말을 모두 다 사용할 수 있는 동료들을 만나는 것도 별로 드문 일이 아니지요. 거길 가면, 외계인처럼 유럽의 표면에 떠다니는 게 아니라 유럽 속에 있게 돼요."

"충분히 이해하기가 어려운 것 같네요."

그는 말을 멈추고 와인을 마셨다. 그가 빈정대는 것 같으면서 동시에 진지하다는 것을 그의 눈에서 읽을 수 있었다. "유럽에 가면 싫든 좋든 언제나 역사가 있으며, 앞뒤의 맥락이 늘 존재합니다. 예컨대 내가 베이루트의 팔레스타인 가문 출신인 레바논 사람이고, 주로 기독교 정신을 물려받았고, 파리에 있는 대학에 다녔으며, 고등사범학교에서 교편을 잡고 있다고 말한다면, 나에 대해서 상당히 많은 것이 즉시 드러납니다. 내가 어떤 인간인지, 어떤 인간이 아닌지 밝혀지지요. 거기에 내 옷차림이나 행동거지를 보면 더 많은 것을 추측할 수 있고, 그런 것들에 의해서 내 자리가 정해집니다. '우스꽝스런 악센트'를 지닌 동료 교수들뿐만 아니라 식료품가게 주인이나 택시기사들도 날 알아보는 거지요."

"그게 뭐 특별히 대단한가요? 더구나 그들 생각이 틀린다면…?"

"뭐가 좋거나 나쁘다는 이야기를 하고 있는 게 아닙니다. 어떻게 다른지를 설명하고 있을 뿐이죠."

"당신의 조국에 대해서 방어적이 되어선 안 돼요." 시레나가 핀잔을 주었다. 그녀의 짜증은 메인 코스를 먹는 과정에 숨어 있었었다. 이제 그녀는 양고기 스튜를 떠서 담아주고 있었다. 기름기 흐르고 맵싸하고 향긋했다.

"미국에는," 스칸다르는 말을 이었다. "하버드 같은 데가 있어서 내가 거기 들어서면 이런 일이 어떤 형태로든 일어나고, 난 그것에 대해 더는 생각하지 않습니다. 여기서는 사회적인 출신보다 내 철학적인 사상이나 학문적인 유대관계가 더 중요해요. 어떤 특정한 방식으로 제가 알려지는 거죠. 하지만 대개의 경우…" 비꼬는 듯한 미소가 다시 떠올랐다. 바롤로 몇 잔에 알근해진 나는 그것이 섹시한 미소, 어딘지 은밀한 미소라는 것을 알아차렸다. "미국에서의 나는 대개의 경우 하나의 암호지요. 길거리에서 어떤 사람에게 내가 베이루트에서 왔다고 하면, 아마도 그게 어디냐고 물을 거예요. 내게 팔레스타인 친척들이 있지만 기독교 안에서 자랐다고 하면, 이렇게 생각하겠지요, '이게 어떻게 말이 되지?' 또 내가 파리에 있는 대학에 다녔다고 하면, 어째서 그런 비논리적인 짓을 했을까 궁금하게 여길 겁니다. 미국사람들에게 유럽과 중동은 정말 아득하게 멀다고 느껴지죠. 당신이 이곳 대학에서 공부하려고 레바논에서 왔다면, 당신은 즉시 미국인이 됩니다. 받아들여진다는 뜻이고, 그건 멋진 일이죠. 하지만 그건 예전과 전혀 관련도 없는 완전히 다른 옷 한 벌, 새로운 윤곽이 주어지는 것이며, 당신은 거기에 몸을 맞추든가 그것이 당신의 모습을 결정하도록 만들어야 해요. 과거의 짐을 다 내려놓고 시작하는 거죠."

"내게로 데려오라, 그대의 지치고 허기진… 그런 걸 위해서 이 나라가 존재하는 거잖아요."

"물론이죠. 내가 말하는 것은 그저, 만일 내가 열여덟 나이에 파리로 가지 않고 이 나라로 왔더라면, 내 모습과 내 삶의 모습이 헤아릴 수 없이 많은 의미에서 딴판이 되었을 거란 이야깁니다."

"하지만 우린 지금의 우리일 따름이고," 시레나가 약간 경고하는 어조로, 전에도 같은 소리를 들었던 배우자의 어조로, 혹은 남편이 수다스러워질 위기를 느낀 아내의 어조로, 말했다. "자, 자, 지금의 우리는 이제 먹어야 해요. 노라, 먹자구요!"

나는 그녀의 훌륭한 스튜를 포크에 가득 얹어 입으로 가져갔다. 그러면서 생각했다. "오늘 저녁 있었던 모든 일 중에서 이거야말로 꼭 기억해둬야겠다. 다양한 맛과 잣과 양고기와 커민과 건포도…" 난 그러나 음식에는 절반밖에 신경을 쓰지 않았다. 그보다는 스칸다르가 이야기를 하면서 자기 음식으로 장난을 하는 모습과, 마치 시레나가 방에 없는 것처럼 오직 나를 향해서만 이야기를 이어가는 모습을 지켜보고 있었다. 세 사람… 어려운 노릇이다. 다시금 그런 생각이 들었다.

마침내 나는 그에게 물었다. "하지만 그것은 양쪽 다 마찬가지라고 생각지 않으세요? 그러니까 만일 내가 유럽이나 베이루트에 가서 산다면, 내가 느닷없이… 음… 발가벗기지 않겠느냐는 거죠. 여기서 난 내 나름의 맥락을 갖지만, 거기에선 그저 한 미국인에 지나지 않으니까."

이 말에 스칸다르의 눈이 날 뜯어보았다. 마치 나의 미국인임을 하나의 속성으로서 평가하듯이 말이다. "그저 한 미국인이라고요? 천만의 말씀. 프랑스에서든, 레바논에서든, 당신처럼 아름다운 여자는 무엇보다도 아름다운 여성으로 간주되지요. 안 그래, 여보?"

시레나는 지친 듯 고개를 끄덕였다. "레자를 재워놓고 와야겠어. 불을 꺼야 할 시간인데."

잠시 후 다시 돌아온 그녀는 남편의 말을 가로막았다. "노라," 복도에서 그가 나한테 손짓했다. "잠깐 와줄래요? 괜찮죠?"

"물론이죠."

레자는 침대 위에 앉아서 두 팔을 내밀어 날 껴안았다. 다시. 애정의 표현은 아주 흔한 일인 듯했다. "선생님, 굿 나잇." 아이가 내 귀에다 속삭였다. "선생님이 최고야." 그런 다음 몸을 뗀 그는 나에게 환하고 사랑에 넘친 미소를 선사했다. 바보 같은 소리인 줄은 알지만, 마치 내 아이라는 착각이 들었다. 그가 정말로 날 사랑하는 것처럼. 난 그 기분을 만끽했다. 그러나 동시에 그 모든 축복을 받고도 시레나가 당연히 받아들이는 것처럼 보여 화가 치밀기도 했다. 팔짱을 낀 채 꿈꾸는 표정으로 문간에서 얌전하게

241

어슬렁거리는 그녀.

"본 뉘, 셰리 (잘 자, 귀여운 것)" 시레나는 그렇게 말한 다음 떠나면서 불어로 몇 마디를 더 던졌다. 아이는 어둠 속에 남고, 벽한 가득 그의 멋진 재즈 음악가들이 춤추며 돌아갔다.

❖

그다지 먼 거리가 아니었기 때문에 —아닌가…? 나는 나를 우쭐하게 만들 이유도, 나랑 전혀 상관없는 이유도 얼마든지 상상할 수 있었다— 스칸다르는 우리 집까지 걸어서 데려주겠다고 나섰다. 케임브리지에서도 가장 부유한 동네의 경사로를 거쳐, 눈을 이고 나무들이 서 있는 어둡고 고요한 정원들을 지나고, 하나뿐인 위층 창문에서 불빛이 노른자처럼 흘러나와 차가운 잔디의 작은 구획을 비치는 휑뎅그렁한 집들을 지나고, 혹은 깊이 잠든 괴물처럼 완전히 어둠에 쌓여 있는 다른 집들을 지나, 겨우 여섯 블록밖에 되지 않았다. 함께 걸으면서 스칸다르는 담배를 피웠다. 마치 풍랑 속의 어부처럼 동그랗게 모아 쥔 손으로 담배를 감쌌다. 그는 눈치를 못 채는 것 같았지만, 그가 옆에 있어서, 그의 침묵 때문에, 나는 어색했다. 거리가 무척 조용하네요. 나는 그런 말 외엔 더 좋은 말이 생각나지 않았지만, 그는 그런 의미 없는 관찰을 무시했다.

"당신처럼 예쁜 여자가," 나를 쳐다보지 않은 채 그가 물었다. "남편도 없고, 아이도 없어요?"

"지금은요."

"예전엔 남편이 있었다는 건가요?"

"있을 뻔했지요. 오래전에."

"그럼, 남자친구는?"

"스칸다르, 그만…"

"난처하게 만들 생각은 없어요. 하지만 당신이 싱글이라는 얘기를 들었을 때, 뭐, 실수가 있는 게 아닌가, 그냥 당신이 사적인 얘기를 안 해서 그런 것 아닌가 생각했어요."

"아뇨, 지금은 특별히 사귀는 사람 없어요." 그리고는 잠시 후에 덧붙였다. "그리고 레즈비언도 아니에요."

"레즈비언이 아닌 건 나도 알아요."

이 사람, 내가 자기한테 꼬리를 친다고 생각하는 건 아니겠지? "레자에 대해선 어떻게 생각해요?"

"레자의 어떤 점 말입니까?"

"방학 전에 학교에서 일어났던 일."

그는 어깨를 으쓱한 다음, 차가운 입김과 연기를 내뿜었다. "그 일에 대해 어떤 감정을 가지라고 말씀하시는 거예요? 결국엔

그런 것 없어요. 그런 일이 안 일어났다면 좋았겠지요, 하지만 그
런다고 무슨 소용이 있겠어요? 또 앞으로 다신 그런 일이 없기를
바랄 수는 있겠지만, 그것도 그래요, 불가능한 일을 바란다고 해
봤자 아무런 소용이 없잖아요."

"그럼 당신은 냉소가로군요."

보통은 움직임이 느릿느릿한 그가 재빨리 몸을 돌려 나를 쳐
다봤다. 눈길이 거의 화가 난 듯 보였다. "냉소가? 전혀 안 그래
요. 난 현실주의자요. 실용주의자. 하지만 낙관론자이기도 하지.
그렇지 않고서는 지금 내가 하는 일은 못 하거든요."

"그게 어떤 일인데요?"

"어떤 목적으로 우리는 역사의 윤리에 대해서, 역사의 바로
그 내력 안에 내재된 도덕적 질문에 대해서 말하는가, 혹은 그게
아니면 미래를 바라보고 더 나아지기를 희망하는가, 아니, 희망
이 아니죠, 더 나아지려고 노력하는가?"

"글쎄, 내 생각에는…"

"아니, 이건 심각한 문제요. 난 연구와 사고가 직업이긴 하지
만, 세상의 대화에 헌신하고 있거든요. 그 대화가 어디서 이루어
지건, 어떤 사람들 사이에서 이루어지건 간에. 그런 대화는 중요
하죠."

나는 그의 주위에 금빛 후광이 비친다고 상상했지만, 사실
그건 가로등의 핑크빛 거품이었다. 자기가 신의 선물이라고 생각

하는 이 사람들, 이 남자들. 이들이 매서추세츠주 케임브리지 같은 곳의 문제다. 그러나 이들의 뒤에는 약간의 후광이 남아 있고, 어쩌면 그들이 정말 신의 선물일 가능성도 −희박하지만− 있다. 마냥 부정할 순 없었다.

＊＊＊

    그들이 음식이라면, 나는 똑같이 입맛을 다셔가며 모든 코스를 다 해치웠을 것이다. 하나하나가 너무나 뚜렷하고 독특한 풍미로 넘치니 말이다. 하지만 그들 모두를 한꺼번에 이해하기란 불가능한 노릇이었다. 이 점은 분명히 짚고 넘어가자, 왜냐하면 안 그랬다가는 내가 하나의 가족을 좋아했다고 네가 생각할지 모르니까. 그들의 '한 가족임'이 내게 하나의 즐거움이라고 생각할지 모르니까. 그리고 넌 거기서부터 우리 사이에 신뢰가 있었다고 추론할 수도 있고(신뢰는 레자의 경우에만 사실이었지.) 양쪽 모두가 감정을 공유했을 거라고 추론할 수도 있다(난 그런 공유를 항상 의심했지만). 난 레자를 사랑했다. 난 시레나를 사랑했다. 난 스칸다르를 사랑했다. 이 모든 것은 사실이었다. 그 세 가지 사실이 서로 배타적이진 않았다. 그러나 중요한 것은 이거다, 그 세 가지가 (내가 이해할 수 있는 한은) 서로 연관되어 있지도 않았다는 사실.

내가 시레나와는 사랑에 빠졌고, 스칸다르와는 섹스를 하고 싶으며, 레자는 훔쳐가고 싶어한다는 디디의 추론은 틀렸다. 나는 그들 각자와 ─다른 두 사람과는 전혀 상관없이─ 완전하고도 독립적인 관계를 갖고 싶었다. 나는 그들의 '한 가족임'이 필요하면서도 ─그렇지 않고서야 어떻게 그들 하나하나가 나에게 올 수 있었겠는가?─ 동시에 그것을 경멸하기도 했다. 나는 그들 모두와 함께 있고 싶지 않았다. 그들 중 아무하고도 같이 있지 못하는 것보단 나았지만. 그리고 저녁이나 주말에 내가 없는 가운데, 그리고 내 생각은 거의 안 하면서, 그들 모두가 함께 있다는 사실은 생각만 해도 끔찍했다.

신뢰? 나는 거의 신뢰하지 않았다. "그 남자 나한테 말을 걸기라도 하려는 이유가 뭘까?" 그 다음 번 디디를 만났을 때 내가 물었다. "뭣 땜에 날은 어둡고 추위는 살을 에는데 굳이 걸어서 집까지 날 데려주겠다는 거지?" 디디가 나에게 무슨 말을 해주길 바랐는지, 무슨 말로 날 안심시켜주기를 내심 바랐는지, 스스로에게 인정하기가 싫었다. 그러나 나의 엉큼한 속셈을 신체적으로 자각하고 있었다. 가슴 한가운데가 꽉 조여 왔으니까. 식도가 꽉 조이는 느낌도 가능한 건가?

"그런 걸 물어야 해? 남자란 다 그렇고 그렇고 그런 거지 뭐."

나는 머리를 어찌나 세게 흔들었는지 아플 정도였다. "그렇지 않아. 그처럼 간단한 게 아냐. 그럴 수 없다고."

"그 사람 자신은 더 원하는 게 없지만 네가 인정해주길 바라는 모양이지."

"내 생각엔 말이야…"

"당신이 날 원하기를 원해," 디디가 노래를 불렀다. "당신이 날 필요로 하는 게 필요해…"

"무도관에서의 라이브 공연. 그래, 알아. 하지만 내가 인정하는 데서 뭘 얻고 싶은 거지?"

"그게 아마 그 사람 방식이겠지."

"어떤 '방식'으로 느껴지지 않아. 나에겐 그게 뭔가 특별하게 느껴져. 특별한 방식으로 말하거나 바라본다고, 나를 바라본단 말이야, 무슨 말인지 알겠니?"

"그러니까 유혹자의 눈을 갖고 있다는 말이구나?"

"아니… 그건 유혹보다도 훨씬 더 투명한 무엇이야. 나에게 깊은 인상을 심어주려고 애쓰는 게 아니거든. 그냥 나에게 정말로 말을 하려고 해, 그는…"

디디는 내 두 어깨에 손을 얹고 내 눈을 똑바로 쳐다봤다. "그 사람이 정말 고수라면, 넌 그 사람이 작업을 걸고 있다는 생각조차 않게 돼. 난봉꾼이란 바로 그런 사람을 의미하는 거지." 그는 나를 놓아주었다. "그런 사람들에겐 모든 여자가 특별한 예외야. 너도 알잖아. 모든 여자가 정복해야 할 개인이고, 넌 바로 앞에 넘어갔던 여자와 조금도 다를 바가 없단 말이야. 그건 반드시 섹스에 대한 이야기가 아냐. 물론 섹스가 목적일 수도 있지만. 클린턴 대통령에 대해 사람들이 이야기하는 거랑 똑같아. 그는 상대 여자가 방 안에 존재하는 유일한 여자인 것처럼 느끼도록 만든다잖아."

"그럼, 그게 그 사람의 목적이란 얘기야? 원하는 거라곤 책상 아래에서 재빨리 입으로 흥분시켜주는 것뿐이라고?"

디디가 어깨를 으쓱했다. "그런 이야기를 하는 게 아니지. 난 그 사람을 만나본 적도 없잖아. 내 말은, 세상엔 그런 사람들이 많다는 거야. 단풍잎처럼 생긴 것이, 색깔이나 질감도 단풍잎인데다, 단풍나무 아래서 발견되었다면, 그건 필시…… 내가 말하는 건 그거지."

그러나 난 그리 어리석지는 않았다. 더 나쁜 무언가를 두려워하면서도. 시레나든 스캔다르든, 그들과 있으면 나는 은밀함의 환상과 황량한 거부반응의 환상 사이를 오갔다. 언제나 내 가슴을 조마조마하게 만드는 의구심. 나는 그들에게 무엇을 가져다주었나? 화려하지도 않고 두드러지게 총명하지도 못하며 이 세상 중요한 인물도 아닌 나는 그들에게 누구인가? 그럼에도 불구하고 그들 셋은 모두 무언가를 바라면서 (아무도 그게 뭔지를 알려주진 못하지만) 나를 쳐다봤다. 그들은 각각 무언가를 원했고, 그것이 나로 하여금 나의 능력을 믿도록 만들었다. 그렇다고 내가 정확하게 말해서 비범한 여자라는 뜻은 아니다. 하지만 **정확히**는 아니란 것 뿐이지, 약간 그거랑 비슷할 수는 있잖아. 어릴 적부터 그 사실을 남몰래 믿고 싶었다. 아니, 나의 가장 깊고 은밀한 자아는 늘 그 것을 믿고 있었다. 그런 믿음 자체야말로 무언가를 하기 위해 꼭 필요한 전제조건임을 알았기에. 그러나 그런 스스로를 드러낼 용 기는 한 번도 없었다. 그들 식구 때문에 내가 스스로를 대단하게 생각했다고 말한다면, 그건 올바른 표현이 아니다. 그들이 바라 는 게 있었기에 내가 그렇게 생각할 수 있었다고 말하는 편이 더 정확할지 모르겠다. 나의 특별함, 소중하고도 드러나지 않은 특별 함에 대해 평생토록 은밀하게 느껴온 확신을, 그들이 일깨워주고 북돋워주었던 것이다. 그 확신은 그들로 인해 점점 지칠 줄 모르 게 강해지면서도 동시에 그들을 —그들이 나에게 휘두르고 있을 지 모르는 영향력을— 두려워하기도 했다. 바로 그런 두려움을 느 낀다는 사실만으로도 그들은 나에게 엄청난 영향을 미치고 있음 이 거의 틀림없었다.

3

나의 베이비시팅 시즌은, 아이러니컬하게도, 그렇게 시작되었다. 누가 봐도 '딱히 비범하달 수는 없는 여자'를 위한 취향은 아니었다. 하긴 돌이켜보면 그것이 '위층 여자'에게 딱 들어맞는 −피할 수 없는− 궤도였다는 것을 이해할 수는 있다. 아니, 그 당시에도 나는 그게 남들 눈에 어떻게 보일지 모르는 바는 아니었다. 애플턴의 많은 선생님이, 특히 젊은 교사들이, 베이비시팅으로 가외의 수입을 올리고 있었다. 교사로서의 권위를 손상시키는 가장 확실한 길인 것 같아서 나는 그걸 항상 경멸했었다. 너무나 그랬기 때문에 시레나가 그런 아이디어를 은근히 내비쳤을 때 나는 따귀를 한 대 맞은 것처럼 정신이 번쩍 드는 전율을 느꼈다.

우리는 스튜디오에서 방석을 깔고 누워 있었으며, 나는 그녀가 참석했던 공식적인 케네디 스쿨 만찬회 이야기에 배꼽을 잡고 웃는 중이었다. 자기 옆에 앉은 백발이 성성한 거물이 이십 분 동안이나 민주당에 표를 주어서는 안 된다는 (그 자신 민주당 지지자이기에 망정이지, 그렇지 않았더라면 공격적인 설교로 들렸을 수도 있었지) 장광설을 늘어놓고 있었는데, 그 사람 턱에 새빨간 국물 방울이 묻어 번쩍이고 있었다나. 시레나는 그를 비추는 조명 때문에 마치 국물이 자기를 빤히 쳐다보고 있는 것 같았다고 표현했다.

"그 양반 무슨 치과 수술이 잘못돼 턱에 뭐가 붙어도 못 느끼는 거라고 생각지 않아요? 그러니까 그 움푹한 데 자꾸 음식이 들어붙지. 혹은 그런 건가요, 막후에서 영향력을 행사하여 정치적으로 거물이 되면, 갑자기 공공장소에서 방귀를 끼든 얼굴에 음식 찌꺼기를 달고 다니든 괜찮아진다든가…? 그것도 아니면 그 양반 외계에서 왔거나, 자폐증에 걸린 사람이랑 비슷한가?"

"그런 경우를 위한 영어 표현이 있어요." 내가 말했다. "'똥구멍'이라고."

"그러지 말아요." 시레나가 거들었다. "그렇게 국물 줄줄 흘리는 것만 해도 황당하기 짝이 없는데."

그러고는 우리가 얼마나 웃어재꼈던지, 나는 무릎에다 컵에 담겼던 미지근한 커피를 좀 흘렸다. 그런데 그조차도 어쩐지 국물 방울 이야기와 연관되어 있는 것 같아서 우리는 다시 폭소를 터뜨렸다. 미친 듯 우스울 때 수반되는 거의 꺼억꺼억 흐느끼는 이상한 숨소리를 내면서 우리가 호흡을 되찾고 있는 바로 그 때, 시레나가 갑자기 정색을 하더니 이렇게 말하는 게 아닌가. "있잖아요, 당신한테 뭐 좀 부탁하려고 줄곧 눈치만 보고 있었어요. 레자에 관한 일인데."

"뭐, 잘못된 게 있나요? 내가 모르는 새 학교에서 무슨 일이라도?"

"아니, 아니에요… 그렇게 걱정할 일은 아니고. 오히려 집에 있을 때 일이죠. 남편이 여기저기 묶여 있고, 특히 이번 학기는 더 그래요. 우린 나가야 할 일도 자주 생기는 거 알잖아요. 그이가 여행을 하지 않고 있을 때는 일주일에도 세 번 네 번… 아주 끔찍해요. 정말 싫어." 그녀가 한숨을 내쉬었다. "헌데 레자가 그걸 가장 싫어해요. 자주 울기까지 하고. 아이가 나한테 딱 붙어서, 그 때문에 싸우기도 하지만… 믿을 수 있어요? 혹은 샐쭉해지기도 하는데, 그럴 땐 더 죽겠어요. 자기 방에 들어가서 문을 걸어 잠그고는 자기 전에 인사하러 나오지도 않고, 내가 들어오는 것도 싫대요."

"그 아이답지 않군요." 내 입에서 교사의 목소리가 튀어나오는 걸 느꼈다. "그런 일로 아이랑 이야기를 한 번 나눠봤어요? 정말이지 대화도 가능한 나이니까… 여덟 살이죠."

"일곱이면 합리적인 나이라고들 하죠. 알아요. 네, 물론 애랑 이야기를 했었어요. 사실은 그래서 당신에게 부탁을 좀 하려고요."

"나한테요?"

"왜냐하면… 만약 당신이 와줄 수 있다면 그런 날 저녁에도 참을 수 있다고 레자가 그러잖아요."

"내가 와준다면? 부부가 가는 행사에?"

"아니, 레자한테 와준다면 말이죠! 물론 매번 그럴 수는 없지만… 그거야 말이 안 되니까…" 그녀는 웃음을 흘렸지만, 이전과 같은 종류의 웃음은 아니었다. 자기가 하고 있는 말이 옳지 않다는 사실을 스스로도 알고 있었고, 또 그렇다는 것을 나도 알고 있었다. 자신의 부탁이 아니라 레자의 부탁이라고 둘러대기는 했지만, 기묘했다. 그건 우리 둘을 서로 다른 입장에서 대우하는 −서로 다른 궤도에 놓는− 말이었다. 내가 상처를 받은 것처럼 보였던 모양이다.

"오, 이런, 비즈니스 제안이 아녜요." 그는 내 팔에 손을 얹었다. 마치 고양이한테 그러듯 팔을 쓰다듬는 것 같기도 했다. "한 가족 같아서 했던 말인데… 오, 맙소사, 이거 문화의 차이인가?" 그는 어디다 시선을 둘지 몰라 했다. "이탈리아에서는요, 아주 가까운 사람들 사이에서만 이런 식으로 부탁할 수 있어요. 마치 당신이 아이의 이모처럼 느껴지니까. 아이 모습이 상상되지 않아요? 너무나 근엄하고 잔뜩 화가 난 표정. 그럼 내가 말하죠, '그럼 어떡해야 엄마아빠가 널 두고 외출을 해도 되는 거니? 대체 어떻게 해야 괜찮은 거냐고?' 그러자 아이의 얼굴이 이룰 수 없는 꿈을 부탁하는 즐거움으로 환해졌지요. '엘드리지 선생님이 오시면 괜찮아'라고 하잖아요. 그러더니 괜찮은 정도가 아니라 아주 좋을 거라고 하더니, 아예 **엄마**가 있는 것보다 더 좋겠다고 하지 뭐예요? 그래서 내가 슬픈 표정을 지었더니 '아, 엄마 있을 때랑 똑같이 좋을 거야'라나. 그럴 때 레자의 얼굴 표정, 알죠? 누가 그걸 거절하겠어요? 그래서 선생님에게 물어보겠다고 약속했지요. 아이가 행복하다는 데 어쩌겠어요… 하지만 당신이 꼭 예스라고 답해야 할 필욘 없어요, 그렇게 느끼면 안 돼요. 하지만 내가 부탁할 때 당신이 너무 불쾌한 표정이라… 그렇게 느끼는 것만큼은 안 돼요, 당신은 내 친구인데." 그리고는 내 팔을 만진 것은 시작에 불과했다는 것처럼, 시레나는 일어나서 나를 껴안았다. 그녀의 절대적이고도 모든 걸 감싸 안는 포옹, 그것이 너무도 불편했다.

"물론," 그녀는 나를 놓아주면서 덧붙였다. "대가는 지불할 거예요. 당연한 일이겠지만."

그 말이 사태를 더 고약하게 만들었다. "말도 안 되는 소리." 내가 대꾸했다. "난 레자를 사랑해요. 당신도 사랑하고. 그런 소린 하지도 말아요."

"하지만, 노라… 그래야만 해요. 생각해봐요, 얼마나 시간을 소모해야 하는 일인데…"

"농담하는 거죠? 내가 가족이면 가족이고, 아니면 아닌 거지. 이모한테 돈 주고 무슨 일을 시키려고?"

"아, 노라," 시레나가 머리를 절레절레 흔들었다. "당신 정말 너무 멋진 여자예요. 맞아요, 당신은 물론 가족이죠. 다시 한 번 안아줘요."

이쯤 되자 나는 바보가 —자신의 경계와 규칙을 주장하는 뻣뻣한 바보가— 된 기분이었다. 정직하게 말하자면, 그녀는 내가 영광스럽게도 선택을 받았다는 느낌, 이 역할은 오로지 나밖에 할 수 없다는 느낌을 주었던 것이다.

✦

그런 일이 있은 후 몇 달 동안은, 온갖 일이 벌어지기도 했고 아무 일도 일어나지 않기도 했다. 우선 표면적으로는, 삼십 대 후반으로 3학년생들을 가르치고 있는 미스 엘드리지가 자신의 기본원칙 하나를 위반하여, 한 번도 아니고 수없이, 한 학생을 위해 베이비시팅을 했다고 말해도 좋다. 그게 뭐 어때서? 또 그녀가 자신의 미술작업에 예상치 못한 진척을 보여서, 전반적인 확장의 정신으로 미니어처 룸 제작을 하나도 아니고 둘씩이나 착수했다고 말할 수도 있으며, 친구인 시레나의 설치작업에 적극적으로 —바느질에서 땜질까지 돕고, 자그마한 전구 배선에서 비디오 카메라 설치까지 힘을 보태는 등, 사소하지만 실질적인 온갖 방법으로—
개입하게 되었다고 해도 정확한 진술이 될 것이다. 마지막으로,
사태가 미친 듯이 전개되었던 이 시기에 바로 그 미스 엘드리지
는 친구인 시레나 및 그 남편 스칸다르와의 —좀 더 정확히 말하
자면 시간이 흐를수록 자기 친구가 된 스칸다르와의— 대화를 통
해서, 여태껏 중년의 삶에서도 가능하리라고는 생각지 못했던 좀
더 너른 세상에 관하여 일종의 깨달음, 혹은 일종의 흥분을, 경험
했다고 말해도 좋을 것이다.

　고등학교나 대학 다닐 때 그런 순간들이 있었던 거, 알잖아,
갑자기 우주란 건 결국 하나의 거대한 계획 혹은 설계인 것처럼
느껴지는 순간? 자기 전에 읽는 소설이 천문학 강의와 연결되고,
NPR에서 들었던 것과 연결되고, 점심 때 식당에서 친구랑 나누었
던 얘기와 연결되는 식으로 패턴이 만들어지는 계획 말이다. 그리
고는 마치 세상의 뚜껑이 열린 듯, 세상이 인형의 집으로 변해 그
걸 위에서 고스란히 전체로 보면 어떨지를 깨달을 수 있지. 머리가
어질어질해지는 장엄함. 하지만 다음 순간 뚜껑은 다시 덮이고, 나
자신도 추락하고, 범상한 것들의 지배가 다시 계속되는 느낌.

　젊었을 때 이런 일이 혜성의 출현보다 조금 더 빈번하게 생
긴다 하더라도, 나이 들어서는 전혀 생기지 않는 것 같다. 혹은
나처럼 보통 인간들에게는 전혀 생기지 않는 것 같다. 그러므로
그해 2005년 2월에서 5월에 이르는 몇 달 동안 내 머리 속에 마

치 작은 폭발이 연달아서 일어난 것 같다고 너에게 말한다면 (마치 지속적인 두뇌의 멀티 오르가즘처럼, 내 영혼이 끝없이 열리고 자극받는 것처럼, 세상의 뚜껑이 열리는 이 경험을 한 번도 아니고 헤아릴 수 없이 여러 번 했다고 말한다면), 그렇다면 넌 아마도 이해할 거야. 왜 내가, 그 후 여러 해를 두고, 시레나의 베이비시팅 요청에 대해 '예스'라고 답했던 것이 의심할 여지없이 올바른 일이었다고 생각했는지를.

⁕⁕⁕

그것은 하나의 의식이 되었다. 내가 재빨리 학교를 빠져나와 소머빌로 —바깥의 어둑어둑한 빛을 배경으로 창백해지고 창에 김이 서린 겨울의 스튜디오로, 환한 불빛 속의 갓 태어남으로— 향했던 그 숱한 오후들. 그렇게 시레나와 보내는 시간을 (그에게 굳이 설명하지 않았다는 의미에서) 레자에게 비밀로 했던 것과 꼭 마찬가지로, 내가 레자와 함께 있는 저녁 또한 비밀에 부쳐졌다. 그리고 거의 추문이랄 수 있는 기묘한 관계가 그렇듯이 그들이 갖는 경이감의 일부가 그들의 비밀이었다. 만약 우리의 육신이 그런 비유를 순수하게 상상할 수 있다면 말이다. 무슨 말이냐 하면,

오후 늦게 강가에 있는 그들의 타운하우스로 향했던 날들이면, 레자는 그 사실을 공개적으로 언급해서는 안 된다는 사실을 알고 있었고 부모들도 그렇게 말해주었다는 얘기다. 우리는 서로를 훔쳐보는 댄스, 은밀한 의미를 띤 미소의 춤을 추었고, 그게 여덟 살 소년과 어머니뻘 되는 (그러나 어머니는 아닌) 여자가 주고받는 것이었으니 보는 사람은 누구나 심란해졌을지도 모르겠다. 아마도 평균적으로 매주 두 번씩이었던가, 나는 학교에서 스튜디오로, 다시 스튜디오에서 집으로 가 차를 놔둔 다음, 걸어서 —더러는 거의 뜀박질을 해서— 그들의 집으로 가곤 했다. 그리고 이런 식으로 하루 동안에 내가 애타게 그리워하는 풍미를 하나씩 즐겼다. 시레나의 시간, 레자의 시간, 그리고 —항상 나를 우리 집 문간까지 데려다주었던— 스칸다르의 타임을.

이처럼 다른 일에 몸과 마음을 뺏기는 통에, 몇 년을 두고 내 인생의 풍경에 너무나도 크게 다가왔던 학교 일은 이제 내 맘 속에서 한낱 그림자로 오그라들었다. 지금 나와 이야기를 나누면서, 너는 그때 내가 가르치는 일이 일주일에 아침나절 한두 번으로 거의 없어져버렸다고 생각했을지 모르겠다. 그러나 사실을 말하자면, 모든 것을 놓아버리려는 나의 욕구를 위해 아이들이 어찌어찌 공간을 만들어준 것이었다. 그 겨울과 봄에 아이들은 아무런 말썽도 일으키지 않았다. 보습반 아이들은 용감하게 따라와주었고, 무단결석 사태도 일어나지 않았다. 아이들의 집안도 마치 잠든 화산 같아서 자녀들에게 용용암석을 쏟아 붓지 않았다. 별거도, 이혼도, 실종된 부모도, 질병의 재앙도 없었다. 뇌종양 진단을 받았던 2학년 남학생조차 종양이 양성으로 변하는 무한한 행운을 누렸다. 모든 신들이 미소 짓고 있었다.

✤

너는 생각하겠지, "하지만 이 불쌍한 여자, 중년이 다 된 이 노처녀, 대체 어디서 자기한테 가족이 있다는 생각을, 그러니까, 무슨 연고 같은 핑크빛 아파트에서 시들고 있는 아빠와, 록포트의 콘도에서 추억의 잡동사니에 묻혀있는 베이베 이모, 그리고 아득한 은하계 저편 애리조나에 사는 매트 오빠와 트위티와 아이들 외에도 무슨 가족이 있다는 생각을, 마술 부리듯 만들어낼 수 있었을까?" 그러나 가족이란 항상 기이하고도 고무줄처럼 탄성 만점인 개체들 아니었던가? 예컨대 디디는 오빠가 꿈도 꿀 수 없을 정도로 훨씬 더 내 가족이다. 그리고 샤히드 가족의 한 사람 한 사람 경우도 마찬가지임을 직관적으로 알았다. 그래, 난 그들이 필요했다. 물론 균형이 흔들려서 내가 그들을 너무나 필요로 한 나머지 상처를 입고야 말 그런 순간에 대해서 왈가왈부할 수는 있

259

다. 하지만 그들 역시, 각자가 나름의 방식으로, 나를 필요로 했다는 사실을 짐짓 모른 체할 수는 없다. 레자를 제외하면 그들이 반드시 그걸 인정하지야 않았겠지만, 그렇다고 그들이 날 사랑하지 않았다고 말하면 안 돼. 가슴이 알고 있거든. 몸이 알고 있거든. 내가 시레나, 혹은 레자, 혹은 스칸다르와 있을 땐, 우리 사이에 공기가 다르게 움직였어. 시간이 다르게 흘렀고, 말과 제스처는 그 자체 이상의 무엇인가를 의미했지. 네가 이런 경험을 한 번도 하지 않았다면 —하지만 환한 웃음을 띤 사랑의 방문을 받아보지 못한 사람이 어디 있겠니— 이해할 수 없을 거야. 그러나 그런 걸 경험해봤다면, 내가 한 마디라도 덧붙일 필요가 없겠지.

4

늦은 1월이었나, 아니면 2월 초였나, 시레나는 본격적으로 자신의 세계를, 그 원더랜드를, 구축하기 시작했다. 그녀는 가을 내내 작은 조각들을 만드느라 분주했다. 온갖 크기와 무지개 빛깔의 비누 꽃과 아스피린 꽃들, 거의 보이지 않는 줄에 매달려 천장에서 빗물처럼 쏟아져 내리는 거울 깨진 조각들 등이 백미며 상자에 보관되어 그녀 쪽 L자형 공간에 놓여졌다.

예술가의 낙서 정도로 보이던 것이 이젠 가득 담긴 의도를 드러냈다. 함께 늦은 저녁까지 스튜디오에 있었던 어느 저녁, 그녀는 자신의 청사진을 내 앞에 펼쳐보였다. 그것은 마치 그녀의 머릿속을 들여다보는 것처럼 그 작은 물결과 그 덜컹이는 충격들이 모두 내 척추를 타고 흘러내리게 만들었다. 작업대 위에 펼쳐놓은 이 종이를 바라보는 것, 아무리 발가벗은들 이보다 더 친밀할 수야 없지 않겠는가. 그 위엔 지운 자국과 지저분한 때와 (시레나의 것이므로) 한두 개의 동그란 커피 잔 흔적까지 있었고, 자신에게 보내는 메모로 온통 뒤덮여 있는데, 날카로운 연필로 어쩌나 깨알같이 적었는지 다른 사람들은 돋보기를 갖다 대야만 읽을 수 있었다.

그녀는 모든 사람들을 위해서 원더랜드를 구축하고 있었다. 우리 한 사람 한 사람이 앨리스가 될 터였다. 부분적으로 상상의 신비에 관한 작품인 그것은 동시에 존재하는 세상의 영적인 발견에 관한 작품이기도 했다. 시레나는 루이스 캐럴과 함께 이븐 투파일이라는 12세기 회교도의 비전을 뒤섞어놓았다. 투파일은 무인도에서 홀로 커가면서 자기 자신과 신을 포함하여 모든 것을 생전 처음 발견하게 되는 소년의 이야기를 썼다.

시레나는 나처럼 현실에 의해서, 실제로 존재하는 것이나 존재했던 것에 의해서, 제약을 받지 않았다. 그녀는 이야기책 세계들과 싸워서 다른 사람들의 역사는 아니지만 그들의 상상을 약탈했다. 어쩌면 그렇기 때문에 세상 사람들의 눈에는 그녀가 진짜 예술가로 보이는지 모르겠다. 반면 나는 취미가 유별난 노처녀, '엉뚱한' 따위의 말로 묘사되는 그런 종류의 사람으로 치부되는데… 하지만 엉뚱한 거라곤 조금도 없다. 내가 만든 에밀리 디킨슨의 방은 더도 말고 덜도 말고 바로 그것, 역사가들이 사실 그대로라고 확인했던 그대로를 정확히 복원하여 단지 미니어처로 만든 그녀의 방이다. 나는 언제나 죽음과 약속을 잡아두고 있다. 결국 나의 예술은 존재하는 어떤 것이나 존재할지도 모르는 것이 아니라 예전에 존재했던 것에 관련되기 때문이다. 그러니까 내가 만든 상자들은 모두 성지나 사원이라고 불러도 좋겠지.

하지만 시레나는 싱싱한 생명의 힘과 맞닿아 있다. 말이야 바른 말이지만 우리 모두 그걸 원하잖아. 가능성의 문을 열어주는 사람, 간신히 상상되는 것들을 향한 문을 열어주는 사람, 색채와 질감과 풍미와 변형을 껴안는 사람, 요컨대 포용해주는 사람, 바로 그런 사람이 우리를 끌어당기는 법이니까. 네가 시레나처럼 영리하다면, 인상 깊게 확신을 주듯이 가짜를 피하는 것처럼 보이면서도 기실은 사람들이 원하는 바를 의식적으로 정확하게 제공하는 하나의 페르소나를 창조해야 해. 혹은 좀 더 심란한 노릇이지만 어쩌면 네가 한 인격체가 될지 몰라. 네가 보고 만지고 냄새 맡을 수 있는 원더랜드, 앨리스의 것이기도 하고 아니기도 한 원더랜드, 21세기 회교식 로빈슨 크루소의 원더랜드, 동양이면서 서양이고 '그때'이면서 '지금'이며 '상상'이면서 '현실'이기도 해서 어쨌거나 지치게 만드는 성실에서 자유롭기에 무엇보다 너의 것이 되는 원더랜드, 혹은 어떤 식으로든 시레나와 친밀한 관계라도 되는 것처럼 너와 그녀 모두를 위한 원더랜드 — 너라면 그런 원더랜드를 건설하는 사람을 일컬어, '꿈을 조달하는 사람'이라 부르지 않겠니? 당연히 그렇게 부르겠지. 그리고 프랑스의 어떤 평론가도 후에 그렇게 불렀다. 만약 네가 '꿈을 조달하는 사람'이 대체 어디가 어때서 그러냐고 고개를 갸우뚱한다면 —그러니까, 네가 예술의 존재이유란 그런 것 아니냐고 말할 수도 있잖아— 그렇다면 반드시 기억해둬야 해, 그렇게 되려는 욕망, 그걸 하려는 욕망, 예술의 세계에서 적자생존하려는 욕망은 무자비함을 요구한다는 사실을. 그래, 어쩌면 그것이 이 세상의 예술가를 위한 최선의 정의일지 모르겠군: **무자비한 인간.** 그렇다면 내가 왜 예술가의 대열에 끼지 못하는가도 설명되겠군.

우리가 몸을 숙여 그녀의 청사진을 보고 내가 감탄하여 마지않았던 그날 저녁, 그녀는 다시 나에게 도움을 청했다. 레자를 보살펴달라고 부탁한지 불과 몇 주일 후였다. 내가 그걸 기억하는 까닭은, 그때까지 레자를 겨우 두 번 봐주었고 따라서 내 맘 속에는 시레나를 향한 고마움이 특별히 뭉클했기 때문이다. 어떤 의미에선 그녀가 마침내 나에게 아들을, 나의 아들을, 선사해준 것으로 생각했기 때문에 느꼈던 온갖 다른 복잡한 열정 위에 그런 고마움까지! 나는 레자를 위해 요리를 하고, 책을 읽어주고, 숙제로 인해 (교사로서가 아니라 엄마가 된 듯) 꾸중도 했다. 그리곤 녀석의 이마에 뽀뽀를 하고 이불을 툭툭 펴준 다음, 아이의 방 반그늘 속에서 딱딱한 의자에 걸터앉아, 아이가 잠들 때까지 그의 자그만 몸이 부드럽게 오르내리는 것을 지켜보았다. 벽에는 재즈 음악가들이 명랑한 퍼레이드를 펼치고 있었다.

그때 레자와 함께한 이 경험은 새로웠고 거의 성서적인 선물과도 같았기 때문에, 나는 시레나를 한층 더 사랑하게 되었다. 정말이지 시레나가 자기 육신이 낳은 육신을 나에게 선사해준 것만 같았고, 나는 그걸 너무도 풍성하게, 언제나 새롭게, 맛보았던 것이다. 그런데 전혀 뜻하지 않았던 또 다른 것이, 그 청사진이, 내 눈 앞에 느닷없이 활짝 펼쳐지다니.

"어떻게 생각해요?" 그녀가 물었다. 물론 내 어깨에 손을 얹고서. 그녀는 언제나처럼 그 아몬드 같은 눈을 크게 뜨고 나를 쳐다봤다. "뭐가 될 것 같아요… 어떻게 생각하죠? 합리의 땅인 동시에 경이의 땅이 될까요?"

내가 주로 느끼고 있는 게 그녀의 손길뿐인데, 어떤 답을 한단 말인가? 그 손길에서 무엇을 감지하고 있는지가 언제나처럼 궁금할 따름인데 말이야?

"이건 지도예요."

그녀가 혀를 끌끌 찼다. "날 놀리면 안 돼요. 물론 지도가 있죠, 나의 세계를 위한 비품들도 있고." 그러면서 백이며 상자들을 향해 몸짓을 했다. "하지만 지금은 다른 것들, 좀 더 큰 것들을 지어야 돼. 괜찮다면 섬 자체를 만들어야 해요." 그녀는 한숨을 내쉬었다. "파리에선 공간의 형태가 다르기 때문에, 온전히 말이 되진 않아요. 길고 좁은 게 아니라 뭐랄까 기묘하게 나누어진 사각형이거든요. 난 이걸 무슨 좁은 길처럼, 하나의 여정처럼 만들 거야. 그렇지만 어쨌든 먼저 여기서 그걸 만들어야 해요. 그 스케일을 보기 위해서도 당연히 그렇지만 또 비디오도 시작해야 하니까."

시레나는 대단한 계획을 품고 있었다. 애플턴 아이들이 ―나의 애플턴 아이들, 나의 3학년 클래스가― 와서 구경할 수 있도록, 우리 스튜디오에서 자기 원더랜드의 한 버전을 만들겠다고 했다. 그리고 그런 모습을 촬영하겠다는 거다. 이것이 그녀의 계획이었다. 나중에 바라건대 다른 비디오를 더 찍을 수도 있겠지만, 그녀의 관심사는 아이들이었다. "그런데 있잖아요, 노라, 당신이 없으면 난 원더랜드도 만들 수 없고 비디오를 만들 수도 없거든." 그녀가 더할 나위 없이 사랑스러운 미소를 띠자 두 눈과 입가에 주름이 생겼다. "당신도 알잖아, 그렇죠? 그토록 많은 대화를 나누었으니까." 다시 한숨을 쉬었다. "예전에는 작업하면서 어느 누구의 도움도 받은 적이 없었어요. 근데 당신은… 당신이 도와주면 우리 멋진 걸 만들 거예요, 경이로운 원더랜드를 만들 거라고요!"

"그래, 맞아요, 물론이지…" 나는 한꺼번에 너무 많은 것을 느끼고 있었다. 그건 무엇보다 흥분이었지만, 동시에 두렵기도 했다. 다시 한 번 무슨 경계선이 허물어지고 있었다. 하지만 경계선 따위, 허물어지면 어때, 내가 원하는 바인걸. 그래도 우리 아이들을 ―그녀의 아이를, 내 아이를― 이리로 데려오다니, 그건 어떤 의미일까?

그녀는 이미 상상의 나래를 펴고 있었다. "재버워키는[23]… 칼을 쥐고… 영어로 뭐라고 하더라?"

"스니커 스낵(쓱삭 쓱삭)!"

"맞아, 재버워키, 그의 두 눈, 어둠 속에서 빛나는 그의 눈… 그가 기이한 괴물임을 암시해주는 것. 그게 더 나아요."

"그렇겠군."

"그렇게 되면 그건 각자의 기괴한 흉물이 되니까요, 그렇죠? 알겠어요? 난 당신한테 괴물 같다는 게 무슨 뜻인지 말해주지 않아요, 마치 무엇을 사랑하라고 말해주지 않는 거나 마찬가지로. 난 그냥 당신이 맘대로 상상하도록 내버려두죠." 그녀는 가슴 위로 팔짱을 끼고 숄을 단단히 움켜잡은 채 자신의 물리적인 자아를 내부로 후퇴시켰다. 그래도 미소만큼은 여전했다. "우리에겐 각자의 판타지도 있고 각자의 악몽도 있으니까."

"맞아요."

"나한텐 완벽인 것도, 당신에겐 두 번조차 생각할 가치가 없을지 모르니까."

"누가 알겠어요…"

"누가 알겠어요. 맞아, 바로 그거야. 그러니까 우린 문을 가

23) **Jabberwocky** 1871년 Lewis Carroll이 쓴 〈거울 나라의 앨리스Through the Looking-Glass, and What Alice Found There〉에 나오는 넌센스 시다. 어느 기사가 재버워크라는 이름의 괴물을 무찌른다는 내용의 서사시이며, 영어로 쓰인 넌센스 시의 최고봉으로 꼽힌다.

능한 한 활짝 열어놓고 가능한 한 많은 판타지가 원더랜드를 찾아오도록 해야 해요. 모두가 거기서 스스로를 볼 수 있도록 말이죠."

"내가 어렸을 땐 원더랜드라고 하면 항상 어딘지 무시무시한 곳처럼 생각되었어요."

"맞아요, 무서운 곳! 하지만 우린 등골이 오싹해지기를 바라잖아요."

"그렇겠죠."

"거울이며 불빛이 있으면 우린 마치 어린애들처럼 좋은 감정, 나쁜 감정, 모든 감정을 원해요. 그러다가 휘익… 그런 감정이 다시 없어져버리기를 원하죠. 당신이 아이들을 이리로 데려오면, 우리 그들을 위해서, 레자의 교실을 위해서, 이걸 하는 거예요…"

"당연히 상황이 허락한다면…"

"왜냐하면, 결국 우리는 다른 무엇보다도 안전하기를 바라잖아요, 그죠? 거의 모두가 끝내는 이걸 원한다구요."

우리는 그녀의 원더랜드 지도를 내려다보며 서 있었고, 그녀는 내 도움이 없이는 그걸 만들 수 없다고 말했다. 경이롭다는 것에 대한 상상의 개념과 영적인 개념, 그렇게 두 가지 서로 다른 개념을 그녀는 한 데에 모으고 싶었다. 한 편으로 그녀의 이야기는 섬에서 홀로 자라 남자가 되는 어떤 소년에 대한 것이었다. 그것은 동시에 그의 고독한 과학의 (나중엔 심령의) 발견에 관한 이야기이기도 해서, 결국은 그가 절대적으로 믿게 되는 어느 신의 경배로 절정을 이룬다. 그리고 그 경배는 머리가 빙글빙글 도는 황홀경의 모습을 띤다. 그녀는 이런 동방의 신비주의와 또 다른 종류의 경이, 현대 서구의 경이, 즉, 이상한 나라의 앨리스를 뒤섞을 셈이었다. 그건 합리와 이성이 −그리고 땅이− 제자리를 지키지 못하여, 상상 때문에 선악이 혼동되고 동지와 적이 혼동되는 곳이다. 그녀의 말을 빌자면, 하나의 원더랜드는 사물을 있는 그대로 보려 하는 것, 명료함 따위가 가능하다고 믿는 것인 반면, 다른 하나의 원더랜드는 상대성을 믿고 사물을 여러 다른 관점에서 보는 것이며, 동시에 남들에게 보이는 것이고, 또 다르게 보이는 것이 어떻게 우리를 변화시키는지에 관한 이야기였다. 그 두 가지 가능성은 모두 경이로운 동시에 무섭기도 했다. 하지만 그 둘 중 하나만이 지혜로 가는 길이라고 그녀는 말했다. 나의 미술품이 적어도 지혜의 가능성을 제시할 수 있다면 좋겠어요. 그녀는 그렇게 말했다. 그리고 바로 그것을 위해서 내가 필요하다는 것이었다.

그 말에 어찌나 고상한 품위가 느껴졌는지, 나는 그녀에게 감정을 쏟아낼 수도 알랑거릴 수도 없었다. 내 안에는 그런 걸 가장할 충분한 가림막이 있었다. 나는 고등학교를 떠난 후로는 ─ 도미닉 크레이스의 은신처에서 보낸 그 들뜬 오후 이래로는─ 누군가의 예술작업에 힘을 보탠 적이 없다고, 있는 그대로 말해주었다. 또 사실상 에밀리 프로젝트가 끝났으니 이제 시대순은 아니더라도 어쨌거나 전집을 계속했으면 좋겠다고 언질을 주었으며, 그랬거나 저랬거나 거의 시간이 없어서 오후에 그저 몇 시간밖에 안 날 거라고 말해두었다. 그래도 그녀의 두 눈은 반짝반짝 빛났다. 마치 실제로는 내가 "그래요, 좋아요, 물론 예스지!"라고 답하기라도 한 것처럼 말이다. 그녀가 그걸 모를 리 없다는 것을 나도 알았고, 또 우리 둘 다 신바람이 나 있다는 것도 알고 있었다.

그게 2월 초 어느 주중의 일이었는데, 주말이 되자 나는 디디가 추천해준 마을 남쪽의 엄청 크고 허름한 의류 창고에 시레나를 데려주기 위해서 브루클린의 불쌍한 우리 아빠를 찾아갈 계획을 다시 한 번 취소했다. 사실은 아빠랑 벨몬트에 있는 의료기기 상점에 가서 아빠의 고관절 통증을 덜어줄 승강 좌변기를 찾아보자고 약속했었지만, 나는 죄책감을 느끼면서도 기존의 좌변기를 한두 주일 더 쓴다고 큰일이 나지는 않을 거라고 스스로를 위로했다. 시레나와 나는 산더미 같은 옅은 청색의 드레스와 피너포어를 골라, 그걸로 그녀가 새로이 구상하고 있는 하늘 덮개를 만들 요량이었다.

거기에는 대학 다니던 시절 의상학과 같은 구석, 말하자면 나의 경건하고도 극도로 꼼꼼한 재구성에 완전히 대조를 이루는 "알게 뭐야, 아무려면 어때?" 식의 호쾌함이 있었다. 그리고 그건 정말 신나는 일이었다. 내 어찌 그걸 잊을 수 있었겠는가. 라디오 볼륨과 차내 온도를 터져버리게 끝까지 올려놓고 서투른 배우들처럼 메이시 그레이의 노래를 ─날 떠나려고 해봐, 나는 비틀거리며… ─ 따라 부르는 것, 그리고는 삼학년 아이들이 무슨 감정을 나타내는 노래인지는 꿈에도 알지 못하면서 무조건 좋아했던 에이브릴 라빈의 히트송으로 넘어가는 것, 그저 그런 것만 해도 정말 신나는 일이었다. "마이 해피 엔딩"이란 노래였다. "넌 나의 모든 것, 내가 원했던 모든 것… 넌 줄곧 꾸며댔지, 마이 해피 엔딩은 이제 그만…" 우리는 십대 계집아이들 마냥 악을 쓰면서 노래를 불러댔고, 한 마디 한 마디가 끝날 때마다 미적거리며 떠도는 시레나의 우스꽝스런 이탈리아 억양이 한층 더 웃음을 자아냈다.

사실 하늘은 방대하고 푸르고 티끌 하나 없이 완벽하고 '미국'스러웠으며, 가능성을 담은 캔버스 그 자체였다. 잿빛 고속도로는 모래처럼 소금기를 띠고 하얗게 우리 앞에 죽 뻗었고, 남쪽을 향해 내달리는 우리의 왼편으로 만은 겨울 햇살 아래 휘황찬란하게 빛났다. 그 광경이 마치 음식 같아서, 온몸이 행복의 푸아그라로 가득 찬 것 같아서, 나는 너무나 뿌듯했다. 내가 행복하다는 것을 완전히 인지할 수 있을 만큼 나는 행복했고, 한 순간 바보처럼 감히 이런 생각까지 들었다. "상상해봐, 토요일 아침이 매번 지금과 같을 수 있다는 걸 상상해보라고!" 그리고는 노래를 부르는 중이었음에도 나는 얼굴이 붉어졌다. 그런 생각을 품고 있는 그 순간에도 그런 생각이 어딘지 글러먹었음을 잘 알고 있었기에, 그녀를 쳐다보지도 못했다. 또 한 번 경계선을 무너뜨리는 짓, (너무나 잠깐 동안이지만 너무나 위험하게) 내가 얼마나 굶주려 있었는지를 스스로에게 인정하는 짓이었다.

❦

이미 오래 전에 잃어버렸지만 대학 시절부터 알던 친구가 있다. 그 친구가 그랬지, 절대로 여행을 지루하다고 생각하지 말라고, 그렇게 생각하면 어떤 일이 생기든 그 여행은 지루하게 느껴질 수밖에 없다고. 그거나 마찬가지로 네가 만약 '위층의 여자'라면, 절대로 네 자신이 외롭다든가 버림받았다든가 (오 맙소사) 어딘지 부족하다고 생각하면 안 돼. 그래봤자 아무런 도움이 안 되거든. 그러면 끝장이라고.

우리는 의류 창고에서 모든 시렁과 용기를 깡그리 뒤졌다. 딱히 형체도 없이 낙낙한 그래니 드레스, 쪼그라든 방모 천 드레스, 신축성 있는 폴리에스터 바지, 이불과 담요, 스팽글 달린 망사, 무지갯빛 오간자 직물, 동물 패턴의 플러시 저지 재킷, 자주색과 암갈색과 연두색이 어울린 기막힌 색조의 코듀로이 천… 시레나는 눈을 감고서 모든 것을 손가락으로 더듬었다. 마치 옷에 점자로 메시지가 박혀 있기라도 한 것처럼. "내가 이걸로 작업을 할 수 있나 없나 보는 거예요." 내가 놀리자 그녀는 그렇게 설명했다. "사람도 마찬가지겠지만 합성섬유나, 가짜배기나, 그런 천들은 이렇거든요…" 그러면서 그녀는 손톱으로 칠판을 할퀴는 흉내를 냈다.

"그럼, 당신이 싫어하는 사람도 있다는 뜻?" 내가 물었다. 전에는 미처 그런 생각을 하지 못했었다.

"노라!" 믿을 수 없다는 듯 그녀는 머리를 절레절레 흔들었다. "아니, 당신은 싫어하는 사람이 없다는 거예요?"

"너무 많죠."

"난 내가 선택한 사람들 아니면 함께 일할 수 없어요. 그렇게는 못해. 나한텐 인생이 너무 짧거든요. 그렇죠? 인생은 너무 짧아! 만약 그들이…" 여기서 그녀는 다시 손톱 할퀴는 시늉을 했다.

"이러면 나랑 같이 못 있어, 가야 해요. 천도 집으로 가져갈 수 없듯이, 사람도 꼭 같아요. 난 그런 건 못 참아."

"그런 걸 나타내는 말이 있을 법한데." 내가 대꾸했다. "이탈리아어로는 뭐라고 해요?"

"레스핀제레respingere … 라고 할까… 거절한다, 돌려보낸다, 버린다, 그런 뜻이죠."

"어, 리-스핀지re-spinge라고? 그거 마음에 드네요. '스핀지' 해버려! 마약은 그만두고 스펀지는 갖다버려! 그 남자 다시 '스핀지' 해버려, '리-스핀지'하라고!"

이런 허튼소리에도 웃음을 터뜨릴 정도로 우리는 후끈 달아올라 있었고, 그 기분은 우리가 쓰는 말까지 감염시켰다. 그건 우리만의 사전의 한 부분이 되어서, 누군가 때문에 짜증이 나면 내가 "그 사람 '스핀지'해버려요."라고 하거나, 시레나가 낄낄대면서 '스펀지를 전부 리-스핀지해야' 한다고 불평했다. 지금 돌이켜보면 별로 웃기지도 않는 일이지만, 그땐 우리끼리 하는 짓거리가 되었다.

집으로 돌아오는 길에 우리는 몹시 배가 고팠지만, 시간이 너무 늦어버렸다. 오후의 태양은 여전히 밝았지만 이제 허공에 싸늘하고도 낮게 걸려 있었다. 차 안의 열기에는 밖이 정말로 얼어붙을 듯 차가울 때 느껴지는 그 따끔하면서 메마른 기운이 스며있었다. 우린 뭘 좀 먹기로 했다.

무슨 까닭인지는 몰라도 나는 데이비스 광장 뒤에 있는 이탈리아 바를 생각해냈다. 다른 걸 찾아 먹기엔 너무 늦어버렸을 때 한 잔 하기에 적당한 그런 장소였으니까 그랬겠지. 그래도 식사할 생각은 별로 들지 않을 것 같은 곳이었다. 언젠가 오후 내내 이 바에서 두 친구랑 죽치고 앉아 있던 기억이 났다. 둘 중에 아주 우습고 예쁘게 생긴 루이스란 이름의 게이는, 환상적인 재주를 지닌 미용사로 한동안 내 머리도 만져주었는데 몇 년 지나서 비 오는 밤에 자전거로 매스 애비뉴 다리를 건너다가 사고로 죽었다. 다른 한 명인 에리카는 내가 뉴욕에서부터 알고 지내던 여자로 내 보이프렌드 벤과 같이 로스쿨에 다니다가 중퇴하고는 노숙자들과 어울리면서 무슨 연구를 해서, 듣기엔 뭐 대단히 가치 있을 것 같지만 사실은 루이스나 다름없이 우스꽝스러웠다. 어쩌면 그 때문에 내가 이 바를 떠올렸는지 몰라, 그날 오후 우리는 일곱 시간씩이나 (내 기억으로는) 바텐더의 시칠리아 출신 어머니가 만든 굉장한 이탈리아식 웨딩 스프 그릇을 앞에 두고 허리가 부러지라고 웃어댔거든. 그러다가 결국엔 맛있는 네비올로 와인을 각자 한 병도 넘게 모두 네 병이나 해치웠는데, 넷이서 일곱 시간 동안 마신 거라 아주 완벽한 분량이었다. 아주 오래 전, 엄마가 아파 눕기도 전, 내 삶에서 여전히 예술을 꿈꾸던 시절, 나도 자신이 원하는 사람이 (그게 어떤 종류의 사람이든 상관없이) 정말 될 수 있으리라고 아직은 생각하던 때의 일이었다. 그 바에는 창문이라 할 만한 것도 없이 언제나 어둠에 잠겨 있어서 시간을 도통 알 수 없었기 때문에, 우린 한

쪽으로 들어갔다가 다른 쪽으로 나오곤 했다. 마치 시간여행자들처럼. 난 그 시간들을 사랑했다. 그런 거야말로 예술가들이 하는, 혹은 해야 하는, **짓**이라고 생각했던 나이에 딱 한 번 일어났었던 일이고, 어쩌면 그 이유 때문에 (아니면 그저 스프가 생각나서) 그 바에 가자고 했었는지 모르겠다. 아무튼 우리는 거기로 갔다.

여전히 카운터 뒤에 자리 잡은 주인은 이제 살도 더 찌고 머리도 더 벗겨졌지만, 예전에도 항상 뚱뚱하고 대머리였다. 시레나와 주인은 마치 무슨 인종적인 텔레파시라도 통한 듯, 서로 한 번 쳐다보자마자 이탈리아어로 이야기해야 한다는 것을 직감으로 아는 것 같았다. 순식간에 둘은 활기찬 대화를 이어갔고, 주인은 우리한테 브로콜리와 멸치가 들어간 어머니의 특별 파스타를 자기 손으로 만들어주겠다고 약속했다. 그 사이 그의 어머니는 세상을 떠난 모양이었다. 그는 한쪽 모서리에 우리를 위해 자리를 마련해주고, 검붉은 색깔의 촘촘한 인조가죽 쿠션을 우리 머리보다도 더 높게 대주었다. 벽에는 결코 빠질 수 없는 소피아 로렌과 안나 마냐니 사진이 걸려 있고, 한 번도 안 쓴 양초 세 자루가 우릴 위해 놓였다. 카운터에서 스카치 위스키를 마시고 있는 좀 나이 든 사내를 제외하면 우리가 유일한 손님이었다. 우리가 들어올 때 스피커에서 프랭크 시나트라의 노래가 나오고 있었는데, 주인이 시레나에게 뭐라고 말하자 그녀는 깔깔 웃었고 주인은 대신에 나이트클럽 기분이 풍기는 무언가 오래된 노래를 틀었다. 여자 가

수가 이탈리아어로 노래를 부르자 시레나는 너무나도 좋은 듯 눈을 감고 몸을 흔들며 따라서 약간씩 흥얼거렸다.

시레나와 나는 우리만의 파스타와 우리만의 레드 와인과 우리만의 양초와 우리만의 부스를 누렸다. 오래 걸은 탓에 우리는 피곤했지만, 나는 몹시 추운 다음에 오는 피부의 그 얼얼한 감각을 느꼈다. 그것은 상쾌해서 기운이 솟게도 했지만 동시에 묘한 최면 효과도 있었다. 모든 게 마치 꿈만 같았고 그 꿈의 한 가운데에서 나는 어떤 계시를 받았다. 시레나가 뭐라고 말하고 있었으나, 나는 그런 느낌 때문에 그 말이 들리지 않았다, 혹은 이해되지 않았다. 그래서 난 그냥 그녀를 쳐다보고 그녀가 이야기하는 모습만 뚫어지게 봤다. 와인 잔에 놓인 그녀의 우아하게도 멋이 없는 뭉툭한 손, 눈가의 주름살과 말도 안 되게 시커먼 눈썹이며 간질간질한 속눈썹, 그리고 어두운 눈동자와 머리칼 위에 떨어지는 촛불의 희미한 빛. 불현듯 나는 생각했다. "나, 당신과 함께 있고 싶어. 정말이지 영원히 함께. 진심이야."

시레나도 자기를 빤히 쳐다보는 나를 의식했다. 좋아하면서도 바보같이. 그녀는 한쪽 눈썹을 위로 치켜 올리더니 ─무슨 말을 하려고? "나도 당신을 보고 있어요."라고? "이해할 수 있어요."라고? "우린 지금 여기 같이 있잖아요."라고?─ 내 손을 붙잡고 테이블 위에 둔 채로 가만히 있었다. "오늘 정말 멋진 날이었어. 그렇죠? 매일 매일이 오늘 같기만 하다면 얼마나 좋을까, 카라 미애!" 내 손 위에 놓인 그녀의 손을 내 몸 구석구석까지 느끼고 있었기 때문에, 나는 그녀의 말을 거의 듣지 않았다. 난 그녀의 피부를 느끼고 있었다. 정말로 그걸 느끼고 있었다.

그런 생각을 하라고 누가 시킨들 하겠는가? 또 그런 생각은 일단 하게 되면 아무도 지워버릴 수 없다. 그녀와 내내 사랑에 빠져 있었건만, 나는 그녀에 대해 단 한 번도 그런 생각을 해본 적이 없었다. 하지만 아모데오 바에서 나는 상상도 못했던 순간에 느닷없이 그런 생각을 했고, 그런 생각이 들자마자 나는 웃고 싶었다. 그리고 그녀에게 말하고 싶었다. 그걸 정말 이해해주리라고 생각할 수 있는 유일한 사람은, 바로 시레나 본인뿐이었다. 하지만 다음 순간 갑자기 나는 그녀가 움찔하고 물러설지도 모른다는 불길한 예감이 들었다. 그녀가 나랑 같은 감정을 갖고 있지 않다면 어떡하지? 아니, 나랑 같이 느낀다면, 그땐 어떡하지? 그녀와 함께 있으면서 내가 경험했던 그 감당하기 힘든 모든 감정들이 어떻게 해서 한낱 이 하나로 요약될 수 —초라해질 수— 있단 말인가?

5

지금처럼 거리를 두고 이제 돌이켜보면 알 것 같다, 그것은 어수선한 마음속을 먼지처럼 떠다니는 다른 온갖 생각들 사이에 끼여 있던 하나의 자그마한 생각이었다는 사실을. 그러나 난 그 생각을 어떤 구체적인 대상으로 만들어, 거기 매달리고 그것을 손 안에서 줄곧 만지작거리고 있었다. 그게 무슨 부적인 양, 마치 예전의 일에 무슨 의미라도 부여하는 양. 그리고 그것에 대한 집착이 다시 한 번 모든 걸 바꾸어놓고 말았다.

만약 네가 내 입장에서 이런 계시를 깨닫는다면 ─하지만, 이봐, 난 그저 사랑만 하는 게 아니라 원한다고!─ 그리고 시레나 한테 말하고 싶지만 할 수 없는 상황이라면, 넌 어떻게 할래? 그래, 디디한테 털어놓을 거야. 그 정도가 아니지, 아마도 바로 그 다음날 저녁 에스더의 의견은 알고 싶지도 않다는 걸 뻔히 알면서 디디랑 에스더 두 사람에게 모두 털어놓는 무지몽매한 짓을 할 거야. 저메이커 플레인에 있는 그들의 단골 술집, 끈적끈적한 부스에서 말이지. 하지만 너의 그 계시란 놈이 손 안에서 어찌나 시뻘겋게 타오르는지, 도저히 한 순간도 더 붙들고 있을 수가 없을 테니 어쩌겠어?

그리고 네가 나라면 두 사람이 약속이나 한 듯 똑같이 반응하는 걸 보고 깜짝 놀라겠지. 그리고는 거기에 놀라는 자신이 또 놀라울 것이고.

두 사람이 딱히 웃은 것은 아니었다. 다만 디디가 맥주를 머금은 채 코로 무슨 소리를 냈는데, 그게 우라지게 화가 날 정도로 웃음소리와 닮았던 것이다.

"너 지금 날 조롱하는 거야? 내가 이 어마어마한 일을 —나한텐 엄청 큰 일이거든— 너한테 말했고, 넌 나랑 가장 가까운 친구나 다를 바 없는데, 네가 날 비웃고 있는 거야? 내 정신이 어떻게 되고 있는 거야, 뭐야?"

"이거 봐, 노라, 이 계집애야."

"아니, 나 진심이야. 나 차라리…"

"심호흡 한 번 해. 나 비웃은 거 아냐. 에스더도 마찬가지고. 그렇지, 에스더? 우린 널 사랑하잖아. 진정해, 가라앉히라고."

"우리, 어느 정도는 네가 무슨 말을 하려고 그러는지 알고 있었어." 에스더가 거들었다. "우리가 마치 여신들처럼 선견지명이 있었던 게 우스웠을 뿐이야."

"오, 이런, 망할 것들! 남자만 좋아하는 멍청해빠진 계집애가 마침내 때늦게 뭔가를 깨우쳤다고 늬들 웃었잖아. 참 가여운 인간이라고 말이야."

"집어쳐, 말도 안 되는 소리. 우릴 겨우 그 정도로 생각해? 그거 아니지. 그렇지?"

에스더는 발바리강아지 눈으로 날 쳐다봤고, 디디는 좀 끈끈한 손으로 내 두 손을 꼭 잡았다. 내가 그냥 뛰쳐나갈까봐 두려운 눈치였다.

"우리도 대충 예상을 했기 때문에 이미 얘기를 좀 나누었어. 예상하기 어려운 일도 아니었잖아. 내 말은, 어제 네가 무슨 계시를 느꼈다고 이미 말했으니까. 그렇다고 네가 아빠랑 데이트하는 건 아니니까 말이야. 그래 우리 벌써 생각을 해봤어."

디디는 내 왼손을 더 꼬옥 잡았다. 그녀가 끼고 있던 뭉툭한 반지가 손가락 살을 파고들어와 내가 움찔했더니, 그녀도 그걸 깨닫는 것 같았다. "우리 논의해봤는데, 아무래도 네가 틀린 것 같아."

"아니, 그게 무슨 뜻이야? 내가 느꼈던 그 감정이 어떻게 틀릴 수 있지? 내가 생생하게 느끼는 건데? 그걸 내가 모른다면 대체 누가 알 수 있겠어, 응?"

"우릴 믿어봐." 에스더가 답했다. "우리, 전문가잖아. 보면 알 수 있어." 우스갯소리처럼 말했지만, 그건 절반 정도만 농담이었다. 그 순간 난 에스더를 증오했다. 아주 솔직하고 뜨겁게 솟구쳐 오르는 증오였다.

"그래, 알아, 기이하게 느껴진다는 거." 여전히 내 손을 붙잡은 채 디디가 그렇게 말했다. "내가 이렇게 말한다고 해서, 있잖아, 너의 판단력에 이의를 제기하자는 건 아니야."

"또 네 경험을 어떻게 판단하려는 것도 아니고." 에스더가 끼어들었다. "그러니까 내 말은, 너의 **경험 자체**는 말할 것도 없이 완전히 타당하다고."

"아이고, 고맙구나. 너희들 참 대단해."

"좀 진정해봐, 예쁜이…"

"이 손 놔. 난 너의 예쁜이가 아냐."

"자, 좀 들어봐." 내 손을 놓고 몸을 곧추 세우면서 디디는 날카롭고 사무적이고 오래 잊어버리고 있던 그 라디오 음성으로 말했다. 앉아 있었음에도 그녀의 키는 나보다 훨씬 더 컸다. 빨간 버드와이저 네온사인 광고가 그녀의 머리칼 뒤에서 환하게 켜졌다. 디디는 갑자기 동화 속 정령이 되었다. "잘 들어, 미스 엘드리지! 내 말에 대꾸하지 말고. 우리가 할 말에 먼저 귀를 기울이고, 그다음 우리 토론을 해보자고. 오케이?"

그녀는 에스더까지 끌어들여 '우리'라는 표현을 쓰는 실수를 저질렀다. 하지만 나는 두 손을 다시 무릎으로 가져가면서 고개를 끄덕여주었다.

"네가 소녀의 열병처럼 반했다는 건 아무도 부인하지 않아."

"열병처럼 반했다고?"

"불쾌한 표현이지만 정확한 진단이야."

"열병처럼 반해?"

"들어보라고 했지, 내가, 조용히. 끝까지 들어, 오케이?"

나는 실눈을 떴다.

"좋아, 네가 이 여자에 대해 어떤 느낌을 갖고 있는지는 오래 전부터 잘 알고 있어. 예술가로서 너에게 영감을 불어넣어주고, 널 웃게 만들고, 생생하게 살아있다는 느낌을 주지. 그 모든 게 사실이야. 멋지고 드문 일이기도 하지. 또 그런 감정이 종종 성적인 욕망으로 연결된다는 것도 사실이야. 하지만 지금까지 넌 바로 그 연결을 하지 않았어, 왜냐하면…"

"두려웠으니까."

"사실 난 그걸 말하려고 했던 건 아니고… 왜냐하면 너한테 아무런 소용이 없었기 때문이야. 그래봤자 아무런 결말이 나지 않았을 테니까. 네가 그럴 필요 없었으니까. 왜냐하면 너의 감정들이 이미 훌륭하게 표현되고 있었던 것 같았으니까. 다시 말해서 친밀해지고 싶은 너의 욕구는 이미 충족되고 있었으며, 육체적인 것은 도무지 필요가 없었으니까 말이다. 그게 중요한 건 아니었다는 거야."

"좋아, 그런데 이제 상황이 변해버렸어."

"잠깐, 기다려. 내가 말하는 요지는, 뭣이든 항상 변하게 마련이란 거야, 시시각각으로. 따라서 그녀와 입을 맞추고 싶다는 이 갑작스런 충동은, 뭐랄까 전압이 영영 변해버렸다기보다 갑자기 전력이 폭등한 경우라고… 내 말 알아들어?"

"이 친구가 하는 말이 무슨 뜻이냐 하면, 내 생각엔 말이야…" 에스더가 입을 열었지만, 내 성격을 너무 잘 아는 디디는 손을 들어 그 말을 막았다.

"내 말이 무슨 뜻인고 하면, 그래, 애정과 즐거움이 끓어올라서 어떻게든 분출구를 찾으려 하고 너는 뭔가를 좀 더 갈구하는 그런 순간이 있었어. 쾅! 그래, 그 순간에 넌 완전히 뭔가를 원했어. 그걸 부인하자는 게 아니야. 하지만 그게 정말 무슨 레즈비언 성향으로 너를 뒤흔든 변화였을까, 난 고개를 갸우뚱할 수밖에 없어. 만약 그런 거였다면 다른 누구보다도 내가 널 완전히 지지할 용의 있어. 너도 알지? 여자를 사랑하는 여자보다도 더 좋은 건 없으니까. 하지만 이 경우엔 정말 의아스럽지 않을 수 없거든. 에스더도 이 점에서는 나랑 동감일 거야. 그러니까 이건 전혀 다른 스토리의 한 부분인 것 같다고, 알겠니? 전혀 다른 퍼즐의 한 조각."

"내가 느낀 계시를 부정하면 너한테 뭐 득이 되니, 왜 그래?" 화가 났다기보다는 심통이 나서 내가 그렇게 쏘아붙였다. "왜 내가 시레나와 사랑에 빠지지 않기를 바라는데? 왜?"

"이거 봐, 우리가 걱정하는 사람은 오직 너뿐이야, 노라. 네가 그 여자 사랑하는 거, 알아. 하지만 그 이탈리아 계집애 따위는 눈곱만치도 관심 없어. 그리고 네가 쓸모없이 스스로 위험한 길로 뛰어드는 꼴은 보기 싫다고. 너의 감정을 부정하자는 게 아냐, 난 다만 그런 감정에 대해서 네가 들려주려는 이야기에 의문을 제기하려는 것뿐이지. 그래, 그게 다야."

나는 눈알을 굴렸다. 짜증을 펼치는 내 연극과 실제 내가 느끼는 짜증 사이의 겹침은 거의 어색한 수준에 이르렀다. "누가 널더러 빌어먹을 치료사가 되어달라고 했니?" 술을 한 순배 더 갖다 달라는 신호로 종업원에게 팔을 내뻗으면서 나는 그렇게 말했다. "이런다고 치료비용 내진 않을 거야." 그러면서 나는 폭소를 터뜨리는 것처럼 되어버리긴 했지만, 어쨌거나 웃기까지 했다. 그런 다음 나는 그들이 끔찍이도 좋아하고 시합을 보러 자주 가기도 하는 동네의 이름 없는 여자 축구팀 이야기를 꺼냈다. 그 팀은 어떻게 돼가고 있는 거야? 나는 우리 대화를 마무리했다.

내가 느끼는 감정이 진짜가 아니라고 누군가가 합리적으로 설명한다고 해서, 그 감정이 없어지는 건 아니다. 나의 경우 그게 나한테 끼친 영향이 있었다면, 내가 그 이탈리아 바에서 느꼈던 것이 진짜배기였음을 한층 더 확신하게 되었다는 거다. 어떤 계시를, 일종의 개종改宗이나 전향轉向 같은 걸, 경험했다는 데는 의문의 여지가 없었다. 그렇지만 다른 한편 디디와 에스더의 반응을 감안했을 때, 그런 나의 인식을 어느 누구에게도 누설하지 말고 비밀로 간직해야 한다는 것도 확실해졌다.

너도 궁금하게 여길 거야, 이번에 내가 갖는 감정이 이전에 느꼈던 그 모든 것과 —세세히 따져서 그렇다기보다 두루뭉술하게 사랑에 빠져 있었던 그 몇 달에서 얻은 것과— 대체 어떻게 다른 거냐고. 본질적으로 그 둘은 똑같다고 생각할 수도 있지. 그러나 나는 이제야 완전히 잠을 깬 것처럼, 세상이 드디어 또렷해진 것처럼, 그 형태가 마침내 말이 되는 것처럼 느꼈다. 전반적으로 희망을 갖게 되었을 뿐 아니라, 구체적으로 희망할 어떤 것이 생긴 것이었다. 내가 그것을 이해한다는 사실에 대해 나는 확신을 가졌다. 그리고 내가 이해하는 것을 설명하려 든다면, 다른 사람들은 —디디와 에스더가 그랬듯이— 필경 나를 오해할 터였다.

너, 요즘 누구 만나는 사람 있니? 감정 표현에 어눌한 아빠가 (갈수록 화석처럼 변하고 있는 내 독신생활을 초조해하면서, 그리고 독립이라는 엄마의 꿈을 내가 거의 이룩했다는 사실을 엄마와는 달리 깨닫지 못한 채) 완곡하게 물었을 때, 나는 톡 쏘아붙였다. 그런 허튼 소리 듣기엔 내가 너무 늙은 게 아니냐고. 나의 위장된 신랄함은 뭐라고 투덜대는 아빠의 목소리를 한층 더 나약하고 서글프게 만들었다.

그러나 내가 느낀 계시는 머릿속에 하나의 문을 활짝 열어젖힌 것만 같았다. 그 문을 통해 또 다른 방으로 들어가면 거기에는 모든 생명이 갑자기 기분 좋게 나를 자극할 수 있을 것 같고, 모든 것이 은밀하게 나의 비밀로 들어와 자리 잡을 것만 같았다. 은밀한 사랑이나 짝사랑에 관한 무슨 기사나 책이나 영화를 볼 때마다 나는 그것이 어쩐지 내가 혼자라고 느끼지 않도록, 의도적으로, 내 길 위에 놓인 거라고 생각했다. 이제 어디론가 차를 몰거나, 슈퍼마켓 통로를 느긋하게 걷거나, 침대에 누워 일월의 세일 때 샀던 인조모피를 두른 온수 주머니에다 발가락을 대고 지지는 밤이면, 나는 항상 시레나를 생각했다.

아니, 좀 더 정확하게 말하자. 실제로 항상 생각했던 건 아니다. 그렇게 말하면 구체적인 것들을 암시하게 될 터. 예전에는 사실이라고 할 수 없었던 어떤 방식으로 나는 시레나에 관한 나의 생각을 곱씹고 있었다. 나는 내 감정을 그녀한테 이야기하고 있는 자신을 상상했다. 혹은 (그녀만이 지닌 특별한 경쾌함으로) 날더러 아름답다고, 혹은 나를 훌륭한 예술가로 생각한다고, 고백하는 그녀를 상상했다. 한 번은 이제 내가 없는 인생이란 상상도 못하겠다고 속삭이는 그녀를 상상하기도 했다. 내 머릿속에서 우리는 얼마나 기막힌 대화를 나누었는지! 아, 얼마나 어마어마한 정직함과 순수한 투명성과 두 마음의 완벽한 만남이 이루어졌는지!

이러한 환상 속에 레자는 얼마나 중요한 자리를 차지했냐고? 글쎄, 나는 때로 우리 세 사람이 버몬트나 토스카나의 농장이라든지, 카리브해에 있는 섬의 초가지붕 방갈로에다 터를 잡은 모습

을 그려보곤 했다. 예술을 할 수 있을 만큼 경제적으로 살면서 찬
란하게 빛나는 정원을 만들고 직접 먹을거리를 가꾸기 위해서 말
이다. 나는 이런 여러 가지 주거지와 그 안에 퍼져있는 방들의 레
이아웃을 잘 알고 있었다. 나는 마음속에 그런 집들을 지었고, 우
리는 때맞추어 하나씩 골라 살았다. 이탈리아의 아침 햇살이 어
떻게 창살을 뚫고 구운 점토 바닥에 쏟아지는지, 모이를 찾아 마
당을 뒤지는 닭들이 무슨 소리를 내어 여닫이창을 열기만 하면
들리는지, 나는 알고 있었다. 집 뒤쪽 들판에 내리는 버몬트의 눈
이 어떻게 욕실 거울에 하얗게 비치는지도 알고 있었다. 갈퀴 발
을 한 욕조의 뜨거운 물에서는 세이지 냄새가 나고, 시레나는 욕
조 속으로 들어가기 전에 흰 페인트를 칠한 나무 바닥 한가운데
깔린 핑크와 진홍색의 깔개 위에다 슬리퍼를 ─모로코 바부쉬를
─ 한 짝씩 벗어 던지겠지. 또 나는 카리브해에 이는 바람의 입맞
춤도 잘 알고 있었다. 그늘진 문간에 서서 청색과 백색의 교복을
입은 학생들이 느릿느릿한 걸음으로 지나가면서 먼지를 일으키는
걸 찡그린 눈으로 보고 있노라면, 내 팔뚝의 헝클어진 털 위로 따
스하게 느껴지는 바람. 그러면 나는 친구들의 초콜릿과 커피색 얼
굴 사이에 혹시 깔깔 웃는 레자의 올리브색 얼굴이 어디 있을까
싶어 아이들을 훑어보고…
　　이런 나의 환상 속에서 내가 밝은 햇살 아래 테이블에서 무
슨 미술작품을 만들거나 자기로 된 농가의 싱크대에서 상추를 씻

고 있노라면, 레자는 내 어깨에다 자그맣고 뜨거운 손을 얹고는 언제나 나를 엄마라고 부른다. 물론 그런 것은 완전히 초현실적인 것 같았지만 —현실 속에 멈춰 선 자동차들이나 일렬로 늘어선 시리얼 박스 혹은 내가 덮은 거의 땀에 전 이불 등과는 연결되지 않은 단단한 표면의 비눗방울— 이러한 상상은 내가 보고 냄새 맡고 감촉을 느낄 수 있는 많은 것들보다도 더 생생하게 살아 있었다. 예전 내 꿈에 스칸다르가 나타났을 때도 그랬지만, 나는 그 장면들이 실제로 일어난 게 아니란 사실을 —혹은 내 식으로 보자면 아직까지는 일어나지 않았음을— 한 순간 스스로에게 상기시켜야 했다.

그건 그렇고 내가 역시 꿈속에서 본 스칸다르는 어떻게 되었는가? 아, 그 사람은 적어도 그 늦겨울 동안은 내 환상의 삶에 아직 모습을 드러내지 않았다. 그야말로 그는 봄이 오기까지 기다려야 할 터였다.

이렇게 설명해야 할까보다. 그 "패브릭(옷감 사러 간) 주말," 혹은 좀 더 적절하게 말해서 "패브리케이션(상상으로 꾸미기) 주말" 이후로 내 이런 몽환의 상태는 여러 달 동안 —그리고 전처럼 절박하지는 않았지만 여러 해 동안— 내가 서둘러 달려갔고 머물러 있기를 좋아했던 땅이었다고.

나는 그것이 실제라기보다 잠재적으로만 가능함을 이해했지만, 그것이 '진짜'가 아닌 것을 그때는 몰랐다. 내 스스로 그걸 꾸며냈다는 걸 깨닫지 못한 것이다. 시레나가 두 손으로 내 손을 잡고 "당신이 없다면 난 어떡하죠? 당신은 내 천사이고, 내 가슴에 품은 최고의 사랑이야."라고 말했을 때, 나는 그녀를 믿었다. 레자가 "선생님 절대 떠나가면 안 돼요."라고 말했을 때, 나는 아이를 믿었다. 그리고 그 믿음의 반석 위에 집을 짓고 삶을 오롯이 세웠다. 만약 다른 누군가가 방금 내 이야기처럼 살았다고 나한테 말한다면, 난 너한테 자신 있게 말해주었을 거야, 그 사람은 완전히 꼭지가 돌았다고. 아니면 어린애라고. 언제나 그런 식이야.

6

나는 행복했다. 나는 정말로 '완전' 행복했다. 나는 사랑과 사랑에 빠졌고, 운 좋게도 주차 공간이 나거나, 한 입 베문 멜론이 유난히 맛있거나, 직원회의가 뜻밖에도 금방 끝나는 일이 생길 때마다, 그건 우연이 아니라 내 인생의 아름다움이 필연적으로 나타나는 것 같았다. 여태까지는 나에게 자기 인식이 결핍되어 있어서 볼 수 없었던 아름다움이 말이다.

나는 미쳐 있었다. 어린아이가 미치는 것처럼, 혹은 삶이란 내가 원하는 대로 이루어질 수 있다고 —아직은 그렇게 될 수 있다고, 그것도 확실히— 무모한 열정으로써 믿는 사람처럼, 나는 미쳐 있었다. 어쩌면 그렇게 어리석었단 말인가? 다른 사람도 아니고 엄마가 벌써 그런 건 터무니없는 꿈이며 숙명은 나를 가둔 옥지기라는 걸 몸소 가르쳐주지 않았던가. 내 어린 시절을 변덕스럽게 질질 끎으로써, 그리고는 한층 잔인하게시리 자신의 몸을 본의 아니게 오랫동안 꽁꽁 걸어 잠금으로써 말이다. 그러나 그때의 나는 엄마의 교훈에 귀를 기울이지 않기로 작정했다. 부모의 가장 소중한 가르침을 무시하지 않는다면, 어찌 우리가 제대로 된 아이들이겠는가.

엄마는 삶의 마지막에 이르러 나에게 말했다, 달콤한 미소를 지으며. "인생이란 웃기는 거야. 우리 꿈이 하나도 실현되지 않을 거라는 사실을 깨달은 후에도, 계속 나아가야 할 방도와 계속 웃을 수 있는 길을 찾아야 하거든. 그걸 깨달았을 때에도 여전히 거쳐야 할 삶의 여정이 너무 많이 남아 있지." 하지만 난 불쾌했다. 나는 내가 엄마의 딸로서 이루어진 꿈이라고 믿고 싶었기 때문이다. 하지만 다른 무엇보다도 난 엄마를 측은하게 생각했다. 내가 어떻게든 엄마와는 다르리라는 걸 나는 여전히 믿고 있었다. 하긴 나의 '루시 조던 순간'은 아직 누리지 못했다. 샤히드 가족들이 나에게 그 순간으로부터 길지만 한정된 유예기간을 허락했었기 때문이다.

행복하다, 미쳤다…… 뭐라고 부르든 그게 무슨 상관이겠는가. 온 세상이 마치 빛으로 가득한 것 같은데. 진부한 표현은 무언가를 있는 그대로 묘사하며, 바로 그 때문에 우리는 그 본질이 마모되어 먼지로 변할 때까지 그런 표현을 되풀이해서 쓰는데, 바로 이게 문제다. 하지만 이런 일들은 사실이다. 예컨대, 난 전보다

일찍 그리고 더 상쾌한 기분으로 잠에서 깼다. 전보다 더 에너지
가 넘쳤고, 마음은 더 명징하고 더 빠르게 움직였다. 감기에 걸리
는 일도 없었고 어디 아픈 데도 없었으며, 운도 더 좋았고 사람들
과도 더 잘 지냈으며, 더 많이 웃고 더 많이 일하고 잠도 더 잘 잤
다. 여태껏 알지 못했던 전혀 새로운 방식으로 나의 삶 속에 깨어
있었다. 그리고 나는 알았다, 그 어떤 일이든 —아! 나의 예술까
지!— 가능하다는 것을.

도무지 사라지지 않고 무시할 수도 없는 가려움증이 생긴 것
또한 사실이었다. 사랑이라는 마약의 부작용이었다. 이 근질거림
은 내가 샤히드 가족 중 한 사람과 같이 있든가 무슨 작업에 몰
두하고 있을 때만 누그러졌다. 마지막 학교 종이 울리자마자 내
온몸은 기다렸다는 듯 근질거렸다. 나는 6학년을 맡고 있는 매기
와 댐 주변을 걷는다든지, 고관절 통증으로 고생하는 아빠를 정
형외과까지 모시고 가면서, 그들의 대화를 분명히 듣고 있거나 심
지어는 멀쩡하게 대화에 참여하기까지 했지만 ("맞아요, 걔네 아빠
가 오는 가을까지 중국어 방과 후 수업을 할 수만 있다면 정말 좋을 텐데
말이죠. 많은 아이들과 학부모들이 정말 좋아하거든요." 혹은 "아빠, 내가
보기에 푹스 박사는 고통이 좀 따르더라도 고관절 대체물은 할 만한 가치
가 있으며, 재활치료도 할 수 있다고 생각하는 것 같아. 아빠가 재활을 받
지 못할 상황이라고 생각한다면, 그런 제안을 안 했겠지.") 사실 내 머릿
속에서는 말로 나타낼 수 없는 가려움증을 보살피고 있었으며 다

른 대화를 다시 음미하거나 해석하고 있었다. ("여섯 시까진 못 와요?" 그녀는 실망한 어조였다. 그녀는 괜찮은 척 꾸며보려고 애를 썼지만, 나는 그녀가 실망했다는 것을 알 수 있었다!) 바로 그 순간 그녀는 무엇을 하고 있을까, 궁금했다. 언제까지 기다려야 전화로 그걸 물어볼 수 있을까, 언제쯤 스튜디오에 갈 수 있을까, 그리고 얼마나 오래 머무를 수 있을까, 궁금했다. 그녀나 다른 누군가가 나한테 달라진 점을 말해줄 수 있을까, 나의 계시와 나의 자각이 행여나 바깥으로 드러나는 건 아닐까, 무시로 궁금했다.

혹시 내가 무슨 말을 했었나? 어느 누구에게라도? 그리하여 나의 놀라운 자각으로부터 퍼뜩 정신 차릴 위험을 무릅쓰지는 않았나? 넌 어떻게 생각하니?

내가 처한 상황의 그 모든 신나는 이점들, 그리고 그로 인한 불편한 효과들 때문에 나는 가능한 한 스튜디오에 죽치고 들어앉아 있고 싶었다. 2월도 3월도 4월도 토요일마다, 그리고 거의 일요일마다, 나는 앉거나 서거나 어디에 기대거나 뭔가를 들어 옮기면서 아침 내내 원더랜드를 (시레나의 원더랜드를) 구축했다. 그러면서 깔깔 웃고 멍청한 바보가 되고 어떤 때는 그냥 멍하니 바라보았으며, 입에 담기 민망한 그 근질거림은 '이미 없어진 터라' 무시할 수 있었다. 그런 다음 우리는 뭘 좀 먹었다. 처음 두어 주가 지난 다음 우리는 번갈아가며 점심을 싸오기로 했다. 나는 금요일 저녁이면 상점 앞에서 뭘 고를까 망설였다. 맛을 낸 막대 빵, 아니면 성찬식에 쓰는 커다란 빵처럼 생겨서 조글조글한 흰 종이에 포장된 스웨덴 크래커? 올리브, 치즈, 절인 고기? 아랍인들의 돌마, 아니면 보스니아의 뷰렉, 혹은 부드러운 커드로 속을 채운 달콤한 페퍼? 통에 담긴 라타투이, 피페라드, 앙쇼야드. 엔다이브 잎과 기다란 회향 조각들. 자줏빛의 브로콜리 줄기. 이른 봄에는 돈깨나 줘야 맛보는 에얼룸 토마토. 그리고 온갖 디저트. 나는 집에서 그리 멀지 않은 델리에 들러 저 유명한 하일런드 애비뉴 컵케이크라든지 꿀에 적신 참깨빵, 짭짤한 초콜릿 오트밀 쿠키, 혹은 루쿰 사탕이나 화려한 이탈리아 초콜릿 바 같은 것들을 가져가곤 했다. 레자와 심지어는 스칸다르까지 먹을 수 있도록, 그리고 내 행복이라는 죄의식을 덜기 위해서, 항상 넉넉한 분량의 디저트를 가져갔다.

이 몇 달 동안 시레나에게는 강박적이고도 고압적인 새로운 면, 가을엔 보지 못했던 면이 있었다. 나에게는 어딘지 이기적인 것으로 보였던 것 같다. 그렇지만 나는 그녀의 열정적인 외곬에 사로잡혀 있었다. 특히 내가 사실상 그녀의 조수로서 그 안에 포함되어 있었기 때문에. 마치 광기처럼 그녀의 원더랜드는 그녀의 모든 것이 되었고, 일반적으로 그것에 관해 말하기를 달가워하진 않았지만, 나와 함께 있을 때만큼은 기꺼이 이야기를 나누었다. 예컨대 이렇게 말이다. "우리 방수포가 좀 더 필요할 것 같아, 더 많이, 안 그래요?…… 유리 파편이 실제로 위험하리만치 날카로워야 하나, 어쩌나, 결정을 못하겠네, 당신 생각은 어때요, 노라? 누가 피를 흘리게 만들고 싶진 않잖아요. 그렇지만 손을 대면 아파야 되는 것 아닌가?"

시레나는 2월의 방학 동안 레자를 과학박물관에서 실시되는 로봇공학 캠프에 보내고, 매일 나와 함께 스튜디오에서 온종일 시간을 보냈다. 그녀는 마치 싱크나 복도를 떠도는 화공약품 냄새처럼 스튜디오의 유기적인 한 부분이 되기 시작했다. 3월 중순이 되기까지 그녀는 거의 옷도 갈아입지 않고 머리도 거의 감지 않았으며, 손톱 끝은 갈라진데다 페인트와 풀로 인해 색깔까지 변했다. 일과가 끝날 즈음이면 입고 있는 청바지는 머리카락이나 마찬가지로 뻣뻣해지고 물감이 튀어 있었다. 남편의 담배를 슬쩍해가지고 와서는 커피를 마시면서 피웠다. 이 빠진 컵을 꾀죄죄한 한쪽 손바닥 안에 넣고 다른 손으로는 담뱃재를 바닥에다 떨었다. 스튜디오는 악취를 풍기기 시작했고 오슬오슬 추웠다. 그녀는 탁한 공기를 말끔히 하려고 창문 두 개를 모두 활짝 열어젖혔지만, 공기는 반나마 맑아졌을 뿐이었다.

내 눈앞에서 시레나는 내가 이상으로 꿈꾸는 예술가의 전형으로 변하고 있었다. 마치 내가 상상을 통해 그를 존재하게 하고, 그 상상으로 마술을 부려 그가 있도록 했던 것처럼. 그리고 참 기이한 일도 다 있지, 이상적인 여성 예술가로서 그녀의 존재가 나를 좌절시키거나 통제한다는 느낌이 전혀 들지 않았다. 난 그녀를 바라보면서 이렇게 생각하지 않았다. "왜 넌 상당히 유명한데, 난 네 조수에 지나지 않는 거지?" 단 한 번도 그런 생각을 했던 기억은 없다. 오히려 나는 그를 바라보면서 나 자신을 봤고, 그녀에게 가능하기 때문에 갑자기 나에게도 가능해진 것을 보게 되었다.

그리고 그때 가장 기이했던 일은, 바느질로 드레스를 만들고, 인조 잔디에다 꽃을 심고, 가는 줄에다 부서진 거울을 엮어 붙이고, 귀뚜라미 소리와 덤불 속 동물이 내는 소리를 녹음하고, 결국엔 버려지고 잊어질 재버워크의 어금니를 만들고, 재버워크의 눈이 될 날카롭고 작은 전구를 걸고, 시레나 대신에 (우리가 애플턴 플랜이라고 일컬었던) 아이들의 비디오를 위해 카메라 세팅을 알아내는 것도 모자라, 평상시와 같은 교수부담에다, 뒤죽박죽 부산한 봄 학기의 우리 교실에다 (시간표! 올챙이! 스쿨버스로 현대미술박물관 견학!) 그리고 레자가 사랑하는 이모가 되어줄 꿈같은 밤까지, 그뿐인가 (그러고 보니 난 의아하지 않을 수 없었다. 지금 생각해도 다시 스스로에게 묻지 않을 수 없다. 아니, 여태까지 나는 그 숱한 시간을 갖고 뭘 했담? 우리 모두 알다시피 슬프면 시간도 더디어지고 소스에 들어간 옥수수전분마냥 더 끈끈해지는데, 그와 마찬가지로 행복하면 그냥 더 많은 시간이 생긴단 말인가?) 어쨌거나 이 모든 것들도 모자라는 듯, 나는 내 자신의 미술작업까지 해냈다.

믿기가 어려울지 모르지만, 사실이 그랬다.

나는 내가 기획한 시리즈의 방들 중에서 하나도 아니고 한

꺼번에 두 개씩이나 작업했다. 기술적으로 혹은 시간 순으로 봐
서는 로드멜에 있는 버지니아 울프의 작업실을 만드는 것부터 착
수했어야 마땅했다. 공책을 펼쳐놓고 숄은 의자에다 걸쳐놓은 채
벽난로 위에는 그녀의 마지막 쪽지가 놓여 있는 그녀의 방. 하지
만 어쩐 일인지 난 그걸 견딜 수 없었기 때문에 -적어도 내 삶에
서 그때는 자살의 계절이 아니었기에- 딱히 즐겁다고는 할 수 없
는 앨리스 닐과 이디 세지윅의 방부터 시작하게 되었다. 하지만
그들 방에서 나는 어쨌거나 기쁨을 찾았다.

　앨리스 닐의 방은 그녀가 신경쇠약에 걸린 후 갇혀 지냈던 펜
실베이니아 자그마한 마을의 요양소 안 자살병동으로 만들게 되
어 있었다. 그녀는 두 딸 중 하나를 장티푸스에게 잃고, 다른 하
나를 변덕 심한 쿠바 출신 남편에게 빼앗겼다. 남편은 나중에 사
람을 보내 그녀를 데려오겠다고 약속해놓고는 지키지 않았으며,
딸아이는 자기 부모에게 맡겨둔 채 혼자서 파리로 가버렸다. 나
는 앨리스의 어린 딸들에 관한 추억을 황량한 방안에다 넣어주고
싶었지만, 동시에 후일 그녀가 갖게 될 아들들의 유령도 모서리마
다 슬쩍 집어넣고 싶었다. 어떤 상황에서도 -어려울 때가 그토록
많았어도, 몸소 엄청난 대가까지 치르면서- 엄마 곁을 꿋꿋이 지
켰던 헌신적인 아이들, 엄마가 너무나 사랑했던 소년들 말이다.
그녀는 나이 들고 뚱뚱해지고 평범하게 변하면서 언제나 가난했
으며, 너무나 오랫동안 알아보는 사람도 없이 작업에만 집착하여,

엘리베이터도 없는 더러운 아파트 좁은 복도에는 팔리지 않은 캔버스만 쌓여갔다. 하지만 그 불행의 기간에도 그녀에겐 그 아들들이 있었다. 두 아들은 모두 보헤미아의 삶을 떠나 직업을 가짐으로써 확고하고 부르주아적인데다 적극적으로 무사평온한 날들을 보내면서, 엄마가 살아온 그 모든 고통과 엄마의 잃어버린 젊음과 만난 적도 없는 누이들을 자신의 내면에 항상 품고 다녔다. 하지만 단 한 번도 엄마를 버리지 않았다. 그래서 이제 내가 환한 세상을 바라보는 도구가 된 새로운 황금빛 사랑으로 비추어볼 때, 내 앨리스의 방이 단지 그녀가 겪은 최악의 순간, 그녀가 삶과 예술과 사랑에게 모두 버림받았다고 느꼈던 가장 어두운 격리의 순간만을 반영하도록 만든다는 것은 어쩐지 옳지 않은 노릇인 것처럼 느껴졌다.

하얀 천을 걸친 철제 침대가 일렬로 늘어선 모습이며, 장식 없는 높고 하얀 창문과 깨끗이 닦은 흰색 리놀륨 바닥을 나는 여전히 재현하고 싶었다. 뭉크의 그림처럼 그녀가 두 손으로 귀를 막고 절규할 때의 어깨가 찢어진 하얀 나이트가운도 만들어 넣고 싶었다. 그러나 무엇보다도 지표를 뚫고 솟구쳐 올라오는 봄의 약속과도 같은 쿠바의 색깔, 모성의 색깔, 미래의 색깔을 작은 틈새에, 창문 밖에, 벽 상단에 구현하고 싶었다.

이디, 아름다운 이디의 경우, 기이한 것은 방이 그녀를 죽이고 있는 그 순간에도 방 안에는 이미 기쁨이 가득했다는 점이었다. 여자가 그 자신을 예술작품으로 만들어 모든 사람이 바라보는 대상이 되면, 다른 무엇보다도 그 여자는 혼자가 아니다. 이디는 겉으로는 절대 혼자가 아니었다. 에밀리, 버지니아, 앨리스 – 너무나도 근본적으로 고립된 여성 예술가. 그런데 이디는 전혀 혼자가 아니었다. 눈에 띄지 않는 경우도 절대 없었다. 하지만 동시에 감히 주장하건대 사람들이 한 번도 봐주지 않았다. 그런 의미에서는 혼자인 것 이상으로 그녀는 말살 당했다.

하지만 그녀의 방을 상상하는 것 자체가 신기하게도 즐거웠다. 아, 그럴 때의 나는 얼마나 자유로웠는지! 왜냐하면 그녀의 방이야말로 실존하는 어떤 장소의 사진이나 그림이나 묘사에 바탕을 두지 않고 오롯이 상상으로만 존재하는 유일한 방이었기 때문이다. 나는 마음대로 그 방을 만들어낼 수 있었다. 확대된 그녀의 사진들이 줄줄이 내걸린 방. 그 사진들 사이로 창문들, 그리고 창밖에는 모여들어서 그녀를 (이디라고 하는 광경을) 지켜보는 사람들. 마치 그녀가 블루밍데일즈의 크리스마스 특별 진열품이라도 되는 것처럼.

내 방을 만드는 작업은 나만의 몫으로 미루어두었다. 그렇다고 해서 그걸 시레나가 못 보도록 숨겼다는 말은 아니다. 단지 시레나가 없을 때만 그 일을 했다는 얘기다. 나는 기다렸다. 그 일은 비밀로 했다. 나는 그녀의 프로젝트에 관해서 모든 걸 알고 있었지만, 반대로 그녀는 내 프로젝트에 대해 아주 조금밖에 알지 못했다. 그리고 나는 이것을 나의 승리, 약간의 작은 우세로 간주하고 싶었다. 말하자면 복종 속에서 찾는 위엄이랄까.

그리고 물론 이제는 스튜디오에 있어도 더 이상 겁나지 않았다. 내 자신이 절대 패배하지 않는다는 근거 없는 믿음이 생겼다. 그만큼 겁을 집어먹어본 적이 없다면, 거기서 벗어난다는 것이 얼마나 굉장한 해방감인지 상상도 못 할 것이다. 그 전에 무서워했던 것이 바보짓이었다고 말할 수도 있고, 여러 해 동안 근심을 만들어서 스스로를 고문해왔었다고 할 수도 있겠지. 그리고 그게 사실이라는 걸 나도 부정할 수 없다. 그러나 어찌 되었건 시레나가 ─혹은 레자가, 아니면 심지어 스칸다르가─ 그 두려움에서 나를 자유롭게 해준 거다. 난 겁이 나서 움츠리는 일이 없어졌다. 시레나는 내게 그런 재능까지 준 것이다.

나는 내 음악을 ─앨리스 닐을 위해서는 패츠 월러, 처비 잭슨, 조 마살라 앤 히즈 델타 포, 그리고 이디의 방을 만들 땐 벨벳 언더그라운드를─ 커다랗게 틀어놓는다든지, 시레나가 남겨둔 담배를 피울 수 있을 정도로 자유롭고도 용감해졌다. '직접 이디가 되고자' 하는 열의가 솟구치는 때도 있었다. 그럴 때면 나는 화장품을 잔뜩 가져와 시레나의 잡동사니에 들어 있던 거울 조각 앞에서 (마치 이디의 공장에서 나온 무슨 유물처럼, 파편이라는 그 특성이 안성맞춤이었다) 얼굴을 칠했으며, 피부에는 하얗게 분을 바르고 두 눈은 시커멓게 칠해 크고 어둡고 번쩍이는 구멍으로 둔갑시켰다. 머리칼은 자르지 않고 빗어서 뒤로 넘겼으며, 흰색 티셔츠와 까만 레깅스를 입은 나는 젖가슴이 크다는 사실과 거의 마흔이 다 되었다는 사실과 몸집이 아담하지 않다는 사실 때문에 스스로를 욕하면서도 온 방을 휘저으며 춤을 추었고, 엄마의 낡은 폴라로이드 카메라로 그 모습을 담기도 했다. 사진의 이미지는 흐릿했다. 게다가 한쪽 눈이나 코, 기름으로 번들거리는 머리선, 프레임의 절반을 막아버린 움직이는 팔 등, 일부분만 찍혀 있었지만, 오히려 그게 나의 기분과 잘 어울리는 것 같았다. 셔츠를 홀렁 벗고 자신의 초점을 잃은 몸통이 지닌 복고풍 느낌에 취해서 찍은 사진도 있었다. 평범한 흰색 브래지어 안의 내 가슴은 높고 뚜렷하게 카메라에 기록되었다.

홀로 스튜디오에서 보낸 그 밤들, 나는 반나마 완성된 시레나의 원더랜드 속 자그마한 통로를 정처 없이 오락가락했다. 나중에 앨리스의 드레스 같은 하늘이 내걸리게 될 곳을 올려다보았다. 아스피린으로 만든 꽃에 코를 가져가 킁킁댔고, 커다랗고 거의 거친 목소리로 나 자신과 −혹은 시레나와− 대화를 나누었다. 나는 앨리스 닐을 향해 딸을 돌려주지 않겠다고 선언하는 그녀의 시어머니를 흉내 내어, 바보 같은 억양에다 쿠바식 엉터리 스페인어로 말해보기도 했다. 두툼하고 하얀 코팅이 된 전깃줄로 앨리스가 요양원에서 썼던 침대를 만들고, 발포고무를 가득 채운 줄무늬 아이리시 플란넬로 작고 촘촘한 매트리스를 만드느라 동화 속 요정처럼 분주하게 움직이면서, 중년의 시력이 처음으로 감퇴된 것을 욕설처럼 큰 소리로 한탄하고 바늘로 집게손가락을 자꾸만 찔렀다. 가지런히 자른 아이스크림 막대들을 세심하게 연결한 마루를 이디의 작업실 방바닥에 깔고, 그 훈훈한 색조를 완성하기 위해서 착색제와 광택제를 겹겹이 칠했다. 그녀의 육각형 공간에 있는 판유리 창문에 (문은 그냥 두고 창문만 모두) 틀을 만들어 두르고, 옛날 방식대로 퍼티를 발라 조심조심 고정시켰다. 그리고 그녀의 방, 이디를 관람하는 방 주변 공간에는 마루를 깔아 길을 만들고, 나중에 여기를 관람객으로 가득 채울 생각이었다. 하지만 난 결국 관람객을 모으는 단계에는 이르지 못했으며, 지금 생각해보면 그것도 일리가 있는 것 같다.

정말 가슴 터질 것 같았다. 나는 마치 3학년 학생처럼 내 삶의 한 가운데 있었고, **생명으로 넘쳐** 있었다. 잠자는 숲속의 미녀처럼 긴 잠에서 깨어난 것이라고 생각했다. 아니, 사실은 긴 잠이 필요 없는 것 같았다. 그건 마치 잠 속에서 허우적댔던 그 오랜 세월이 적어도 이제는 휴식 없이도 살 수 있도록 만들어준 것 같았다. 때로 나는 1시 혹은 2시에야 비로소 스튜디오를 나오고, 평일의 경우 6시 반에는 이미 샤워를 했으며, 8시 5분이면 초롱초롱하고 깔끔한 모습으로 벌써 교실에 나와서, 살짝 지각하기 일쑤인데다 그 때문에 쉽게 불안해하는 레자에게 은근히 윙크를 보내기도 했다. 나는 너무나 오랫동안 야채만 먹어 왔었는데, 여기, 마침내, 아이스크림 선데이를 만나게 된 것이다!

7

벽걸이 융단 같은 이 이야기에는 또 다른 가닥이 있었다. 너에게 그걸 이야기해주기 싫다거나 이야기에 뜸을 들이는 게 무슨 의미가 있겠는가? 그건 별개의 동떨어진 이야기며 다른 연유로 생긴 일이라고 말하고 싶다. 그러나 그건 새빨간 거짓말이 될 것이며, 그렇다고 아예 말하지 않는 것은, 신앙심 돈독한 베이비 이모의 어법에 의하면, '빼먹는 죄악'이 된다.

내가 레자를 봐줄 때면 거의 매번 스칸다르가 걸어서 집까지 날 데려다주었다. 그는 눈이 올 때는 낡은 코끼리 회색의 펠트로 만든 구닥다리 중절모 같은 걸 썼는데, 안경을 꼈는데도 깡패처럼 보였다. 아니면 깡패들의 회계사처럼 보였다. 비가 내릴 땐 호텔이나 골프 클럽에서 볼 수 있는 커다란 우산을 꺼내 마치 시종처럼 내 머리 위로 정중하게 받쳐주었다. 장갑은 아예 없는 것 같앉지만 춥다고 불평하는 일은 없었고, 걸어가면서 동그랗게 모은 손에 담배를 들고는 폭력배 스타일로 담배를 피웠다. 그들의 타운 하우스에서 강을 따라 휴런 애비뉴 반대편에 있는 삼 층짜리 우리 아파트까지는 15분이 채 안 걸렸다. 먼 거리가 아니었다. 우리는 처음에 날씨가 추웠을 땐 그냥 곧장 우리 아파트로 향했다. 2월엔 눈이 많이 내렸기 때문에 그는 내 뒤에 서서 삽으로 눈을 치운 미끄럽고 좁은 길을 따라 걸었고, 그래서 우리는 별로 대화를 나누지 않았다. 그렇게 앞뒤로 서서는 말이 잘 들리지 않았으니까. 우리 집에 도착할 즈음이면 나는 코가 빨개진 걸 느낄 수 있었고, 그의 코도 빨개진 것을 알 수 있었다. 그는 호주머니에 손을 푹 찔러 넣고는, 마치 내가 누군지 잘 모르겠다는 듯 바보 같이 모호하게 씨익 웃으며 이렇게 말했다. "자, 그럼, 고마웠어요. 잘 쉬세요." 그러면서 마치 구두 뒤축을 맞부딪히는 것처럼 온몸으로 막연한 제스처를 취했다. 그리고는 내가 열쇠를 집어넣어 돌릴 때까지 아버지처럼 기다렸다가, 다시 길을 따라 돌아갔다. 가죽 창을 댄 정장구두를 신어서 조심조심 발을 내디뎠다.

밸런타인 데이 다음 날 그들 부부는 다시 화려한 만찬에 참석하게 되었다. 케네디 스쿨 교장 사택에서의 파티였는데, 그 전에 스튜디오에서 시레나는 남편이 참석을 취소하고 싶어 한다고 말했다.

"왜, 몸이 안 좋대요?" 내가 물었다. 그때 나는 무언가 바느질을 하고 있었다. 몸을 구부린 채 눈을 가늘게 뜨고 뭔가를 보고 있었으며, 시레나를 쳐다봤을 때 초점이 잡히기까지 잠시 시간이 걸렸던 기억이 생생하기 때문에 확실히 알 수 있다.

"신문 안 읽는 모양이죠?" 그녀가 되물었다. "라디오도 안 듣고?"

"무슨 얘기예요?"

"하리리 이야기하는 거죠."

나는 알 수 없다는 듯 어깨를 살짝 으쓱했다.

"라피크 하리리? 못 들어본 모양이네."

"오늘 신문을 못 봤거든요."

"레바논의 국무총리죠. 어제 암살당했어요. 경호원과 동료들 스물두 명과 함께. 그들의 자동차 행렬이 지나가던 세인트 조지 호텔 밖에서 폭탄이 터졌대요. 길에 작은 집 채만한 크기의 구멍이 생길 정도였다니, 참."

나는 바닥을 내려다보며 머리를 절레절레 흔들었다. "맙소사." 그렇게 내뱉었다.

"여기서 살고 있으니 이런 문제가 생겨요. 이 모든 일들이 너무 멀리 느껴져서 무슨 일이 생기든 어느 누구도 관심을 보이지 않거든."

"누구 소행이래요?"

"누가 알겠어요? 이스라엘인지, 시리아인지, 헤즈볼라인지, 하리리가 죽으면 좋아할 사람들이 워낙 많으니."

"스칸다르가 아는 사람이에요?"

"몇 번 만난 적이 있대요. 몹시 속상해하고 있어요, 당신도 이해하겠지만. 나라 전체가 조의를 표하고 있는데다 아주 혼란스럽대요. 그리고 여기 대학교에서나 심지어 사적인 만찬장에서도 사람들은 그이에게 이 사건에 관해 이야기해주기를 원하고 있어요. 그게 한 사람, 아니, 많은 사람들이 걸린 사건이라기보다 그저 하나의 무슨 개념인 것처럼 말이죠.

"그럼 스칸다르는 그 사람을 지지했던 모양이죠?"

그녀는 혀를 끌끌 찼다. "미국인들은 뭐든지 너무 단순하게 보는 것 같아. 좋은 사람, 나쁜 사람, 흰 모자냐 아니면 까만 모자냐, 하는 식으로. 하지만 그런 질문은 잘못되었어요. 그래도 답을 원한다면 스칸다르에게 물어봐야겠죠. 그에게 부탁하면 아마 완전히 강의를 해줄 수도 있을 거예요."

그래서 그날 밤 교장 사택에서의 만찬이 끝나고 (나중에 안 일이었지만, 스칸다르는 만찬에 모인 사람들을 위해 하리리 암살의 의미와 예상되는 결과를 반 시간가량 설명해주었다) 스칸다르가 날 집까지 데려다줄 때, 그가 간간이 보도 위를 걸으며 내 뒤를 따라올 때, 나는 암살 사건에 대해서 물어보았다. 처음엔 그가 내 말을 제대로 듣지 못해서, 난 몸을 돌려 다시 물어야 했다. 그 때문에 우리는 거의 부딪힐 뻔했고 아주 어색한 느낌이 들었다.

"아!" 내 질문을 이해하자 그는 이렇게 말했다. "그거 복잡한 일입니다."

"그래도 마음이 상했잖아요."

"어디서 생기든, 누가 다치든, 폭력이란 마음을 상하게 하죠. 하지만 나의 불쌍한 레바논은 좀 특별한 경우랍니다. 아주 별난 스토리죠. 끔찍한 전쟁에서 간신히 회복하여 첨부터 다시 새 살을 돋게 하고 온전한 몸뚱이를 만들어보려고 안간힘을 쓰고 있는데, 이런 일이 생겼단 말입니다. 언젠가 제가 설명하도록 할게요. 그렇지만 어디서 시작을 해야 하죠? 내 자신의 출발점? 전쟁의 시작? 금세기의 새로운 시작? 여기서, 하리리 이야기부터? 어디서 시작을 하느냐에 따라, 전혀 다른 이야기를 하게 되거든요. 나중에 자세히 이야기할 때가 있을 겁니다." 그날 저녁은 거기서 이야기를 끝냈다.

그리고 나는 집으로 들어가 컴퓨터를 켜고 구글에서 '레바논 전쟁'을 검색해봤다. 내가 그 내전에 대해서 전혀 무지했던 것은 아니다. 우리가 어렸을 땐 레바논에 전쟁이 벌어지고 있었던 것을 모르는 사람은 없었고, 또 예를 들어 누가 '사브라와 샤틸라' [24]라고 말하면 내 머리는 자동적으로 거기다가 '학살'이란 단어를 덧

---

24) **Sabra and Shatila massacre** 1982년 9월 16일 레바논의 기독교 민병대가 베이루트에 있던 사브라와 샤틸라 난민촌에서 762~3,500명의 팔레스타인인 및 레바논 시아파 교도들을 학살했던 사건.

붙일 정도는 되었다. 어쨌거나 나는 서서히 터득하면서 무언가를 빨아들이긴 했었던 것이다. 그러나 그 학살에 담겨 있는 의미가 도대체 무엇인지를 설명할 수는 없었고, 그 내전이 15년이나 계속되었다는 사실도 말해줄 수 없었다. 구글의 내용을 읽으면서 나는 꼭 알고 있어야 했을 사실을 모르고 있었다는 느낌이 들었다. 이런, 이런, 무슨 교사가 이 모양이람, 레자가 우리 반 아이인데! 언젠가 시레나는 이 전쟁 통에 스칸다르가 형을 잃었다는 사실을 언급한 적이 있었다. 폭격이라고 하지 않았던가? 그러나 그렇게 따진다면 (우리 학생들 중에도 월남 난민들의 자녀 혹은 손자들이 있지만) 나는 월남 난민들에 대해서도 모르는 게 많았고, 애플턴에 아이티 출신 학생들이 있었지만 아이티의 간단한 역사도 제대로 알지 못하고 있었다. 그뿐인가, 오만에서 온 남자아이도 있었고, 지금 4학년에는 라이베리아 소녀도 있지만, 그런 나라가 어디쯤에 위치하고 있는지를 제외한다면 구글로 검색을 하지 않는 한 아무런 정보도 갖고 있지 않았고, 또 그 소녀가 우리 반에 있던 일 년 내내 나는 구글로 찾아볼 생각도 하지 않았다. 그러고 보니 나의 안락한 미국식 삶에 대한 시레나의 지적, 내가 강보에 싸인 아기처럼 험한 세상으로부터 보호되어왔다는 그녀의 말은 옳았을지도 모른다는 생각이 들었다. 아무런 논리적인 이유도 없이 느닷없이 9/11 사건이 터져 우리를 경악시킬 수 있었던 이 기묘한 안전지대, 이것은 그 나름의 편 하우스였다.

이미 해방되어 감정의 안티-펀하우스적 현실 같은 것에 ─
사랑의 인식에─ 돌입했을 뿐 아니라 바야흐로 나의 예술적 자유
까지 누릴 지점에 와 있던 나는, 이제 내 지적인 세계의 확대까지
도 열망하게 되었다. 하리리의 암살 같은 일도 이미 알고 있기를
원했고, 그런 걸 조금이라도 이해할 수 있기를 바랐다. 그건 마치
나만의 〈세계의 불가사의〉 같았다. 아니, 오히려 그보다 더 낫거나
더 나빴다. 이 세계의 복잡함과 거대함은 한순간 내 눈에 갑자기
분명해졌고, 내 시야의 가장자리에 떠오르는 거대한 물체 같았
다. 정확히 너무 크다고 할 순 없지만, 거의 그러했다. 그것은 거
기 존재하고 있었으며, 나는 그것을 알고 싶었다.

봄이 되면서 스칸다르와의 걷기도 본격적으로 발전했다. 2월
의 방학이 끝난 다음 우리는 나란히 걷기 시작했고, 이 저녁의 걷
기는 자그마한 사교활동 혹은 자연스럽게 대화할 수 있는 기회가
되었다. 그들의 집과 우리 아파트 사이의 거리는 우리가 이야기
를 나누기에 너무 짧아졌고, 그래서 우리는 걷는 길을 좀 더 늘렸
다. 이런 일이 처음으로 생긴 것은 우리가 아파트 입구에서 10분

간 서 있었을 때였다. 그를 집안으로 들어오라고 하기가 좀 이상해서 그러긴 했지만 둘 다 추워서 얼얼해졌다. 결국 그가 제안했다. "우리 이야기도 끝내고 얼어 죽는 일도 피하려면, 좀 더 걷는 게 어떻겠어요?" 그래서 우리는 걸어서 그 구역을 네 번이나 돌았고, 그런 다음에야 그도 마침내 이제 돌아가는 게 좋겠다고 생각했다. 그건 시작에 불과했다. 다음번에 우리는 하이라이즈 빵집까지 걸어갔다가 돌아왔다. 그러고는 매번 조금씩 더 멀리 걸었다. 하버드 광장으로 나갔다가 사실상 다시 그 정문을 지나가는 원을 그리며 되돌아오기도 했다. 하지만 마침내 우리가 무언의 약속을 깨고 있다고 느껴진 걷기는 4월 말이 되어서야 비로소 이루어졌다. 규칙을 무너뜨린 때는 나 혼자서 이디 세지윅을 흉내 내었던 바로 그 주였다. 뺨을 스치는 그 부드러운 느낌, 바스락거리는 나뭇가지 위 덩이를 이룬 밝은 이파리들, 봄기운이 완연했다. 우리는 터벅터벅 걸어서 워터타운까지 간 다음 벨몬트 가장자리를 가로질렀다가 다시 돌아왔다. 우리는 한 시간 반이 넘게 텅 빈 거리를 따라 ―평일 밤 거의 자정이 가까웠다― 분홍빛 가로등과 숨쉬는 나뭇가지 아래로 걸었으며, 어쩌다 홀로 지나가는 자동차만이 우리 대화를 방해했다. 나는 마음속으로 생각했다. 우리가 선을 넘지 않았다는 것, 그가 내 팔을 잡지도 않았고 우리가 서로 털끝 하나 건드리지 않았다는 것은 의미심장한 일이야.

내가 알고 있는 한, 그는 시레나에게 자신이 혼자서 걷는다고 둘러대지는 않았다. 내가 알고 있는 한, 그녀는 우리 둘이 함께 걷고 있다는 것을 알고 있었다. 물론 단 한 번도 언급하진 않았지만. 한 번은 스칸다르가 이야기했던 주제를 그녀에게 말해봤지만, 그녀는 그걸 피하기라도 하려는 듯 손을 내저었다. "에그, 말이 얼마나 많은지! 난 그이를 사랑하지만, 그 사람 언제나 말이 많아요, 어쩌고저쩌고… 재잘재잘… 당신은 너무 사람이 좋아서 그걸 다 들어주고 있죠. 나는 가끔 이렇게 말해요. 스칸다르, 그냥 말만 해도 되는 직업이 없다니 참 애석하군요. 당신이 딱 안성맞춤일 텐데."

"토크쇼 호스트 같은 거 할 수 있을 텐데."

"오, 당신은 이상하다고 생각할지 모르지만, 그이는 그런 거 못해요. 토크쇼 호스트는 경청을 하잖아요, 안 그래요? 토크쇼 호스트는 듣지만, 그이는 그저 말을 할 뿐이라고요. 아니, 일거리라면 그이는 토크쇼 손님이 되어야지." 시레나는 깔깔 웃었다. "하지만 그건 직업이 아니니…"

"온통 말뿐이고 행동은 없군요." 나는 잠자코 있기가 뭣해서 한 마디 거들었다. 어쨌든 내가 그녀의 남편과 저녁에 함께 걸어다니는 일에 관해서 우리 둘이 이야기를 나눈 거라고는 그 정도가 고작이었다.

그래도 그녀의 말은 옳았다. 스칸다르는 말이 많은 타입이었다. 그가 나를 집으로 데려다주는 것은 마치 세헤라자데 이야기를 듣는 거와 같다고 말했더니, 그는 웃으면서 그건 거꾸로 되었다고 답했다. 이야기는 내가 그에게 해주어야 한다는 것이었다. "내 고향에서 이야기꾼은 여자의 몫이랍니다. 남자는 그런 여자의 포로이구요."

매순간 신비한 암호를 읽으려 하고 모든 것에 숨어 있는 의미를 찾아내려는 욕구에 사로잡혀 있던 나는, 그의 이 말을 그가 나의 포로가 되겠다고 자청하는 뜻으로 받아들였다. 그가 나에게 매력을 느낀다는 뜻으로 받아들였다. 어머, 당연하지, 우리가 함께했던 그 모든 산책이 그런 뜻 아니겠는가? 곧이곧대로는 아니고, 유별나게 그런 것도 아니지만, 상당한 기간 동안 그가 나에게 허락한 시간, 쏟았던 그 관심 —게다가 내가 누군가?— 그리고 그의 아내와 아들이 집에 있으며 그의 침대가 기다리고 있는 동안 그런 시간을 허락했잖은가. 나는 이 모든 것이 어떤 의미를 가진 것으로 받아들였다.

우리가 무슨 이야기를 했냐고? 시레나의 말마따나 스칸다르는 말하기를 좋아했다. 따분한 사람으로 비칠 수도 있었겠지만, 그는 워낙 탁월한 이야기꾼이었다. 어떤 이야기를 두어 번 반복할 때조차도 나는 완전히 넋을 잃었다.

우리가 제대로 걷기 시작했던 첫날 밤, 우리 아파트가 있는 블록을 네 번이나 도는 동안 그는 산골 마을에 있던 외할머니의 집 이야기를 들려주었다. 다섯인가 여섯 살 소년이었을 때 그 집에 갔었는데, 밤에 정원에서 재규어인지 표범인지를 분명히 보았다는 것이었다. 나중에 할머니는 레바논에 그런 동물이 있을 리가 없다고 아침식사 때 한번, 그리고 점심 때 다시 단단히 일러주었지만 그는 막무가내였다고 했다. 그의 형들은 코웃음을 치며 그가 꿈을 꾸었거나, 아니면 옆집의 얼룩무늬 고양이를 보고는 어린 마음에 부풀려서 상상했다고 놀렸다. 그러나 이후 며칠 동안 산 위에서 양들이 밤중에 살해당하는 사건이 생기자 가족들의 어투가 싹 바뀌더라고 했다.

훌륭한 이야기꾼이라면 다 그렇겠지만, 스칸다르 역시 유령이나 마술의 가능성을 항상 열어두었다. "나는 그게 누군가의 어두운 영혼 혹은 그의 아바타라는 가정을 항상 했었죠." 그의 설명이었다.

이어서 그는 그 지역 어느 관리의 아들에 대해 이야기했다. 당시 10대 후반이었던 소년인데, 깎은 듯 조각 미남이었지만 불처럼 화를 내는 고약한 성질이었다. 그해 여름에 늙은 나귀 한 마리를 어찌나 심하게 때렸는지 총으로 쏴서 죽일 수밖에 없었던 일도 있었다. 마을에서는 그게 유명한 사건이 되었지만, 이 때문에 소년이 벌을 받았는지 알려진 바는 없다. 스칸다르는 살금살금 마당을 건너는 냉정한 검은 고양이를 볼 때마다 그것이 소년의 어두운 영혼이거나 그 영혼을 차지한 악마가 아닐까 궁금하더라고 말했다. 그러더니 미소를 띠고 다시 담배에 불을 붙이며 (처음으로 오래 걷던 날의 마지막 담배였다) 이렇게 덧붙였다. "물론 그 어두운 영혼도 십 년 이상이 지나 전쟁이 시작된 후에는 그 절정을 맞기도 하고 또 응분의 대가를 치르게도 되어 있었지요."

"어떻게 됐는데요?" 나는 숨을 할딱이며 다음 얘기를 기다리는 어린애처럼 물었다.

"아흐마드 아킬 압바스." 그가 말했다. "1975년 즈음, 그는 우리 모두나 마찬가지로 그만큼 더 나이도 들고 그만큼 더 어두워져 있었어요. 술도 많이 마시고, 마약도 하고, 소위 담력도 많이 커졌지요. 그리고 77년인가 78년인가, 그는 도적떼를 모아 민병대를 조직했는데, 그 민병대가 잠자고 있던 이웃의 기독교도들을 살해했어요. 그때 우리 할머니는 이미 돌아가신 다음이었으니, 오 하나님, 얼마나 다행인지! 할머니는 다른 종족의 남자와 결혼했어요. 진짜 연애결혼이었지. 종파간의 이 전쟁을 겪었더라면 할머닌 못 견뎠을 거예요. 민병대는 바로 이웃에 사는 쿠리 일가족의 목을 따고 손을 잘라버렸대요. 그 집안의 아들 셋은 뉴욕 버펄로에 와서 살고 있었는데, 너무 무서워서 장례를 치르러 오지도 못했어요. 그래서 다른 기독교신자들이 대신에 묻어주었답니다. 그때만 해도 벌써 기독교인들이 별로 많지 않았죠. 떠날 수 있었던 사람들은 다 떠나고 없었으니까. 하지만 아흐만 압바스 역시 그런 식으로 살다가 그런 식으로 죽었어요. 조각 미남이었지만 말입니다. 쿠리 일가가 살해된 지 얼마 후에 아흐마드 역시 살해당하여 아

버지의 집 뒤에 있는 골목에 내버려졌어요. 바로 옆엔 그가 애지
중지하던 오토바이가 있었대요. 누군가 그의 고환을 잘라서 입에
처넣었어요. 어쩌면 그것도 검은 고양이가 한 짓인지 모르죠. 어
쩌면 레일라 쿠리의 영혼이었을 수도 있고. 레일라는 펌프에서 느
릿느릿 나오다가 점차 더 빨라지며 콸콸 쏟아지는 물처럼 웃어대
던 통통하고 차분한 여자였는데, 와, 요리 솜씨가 정말 굉장했어
요. 어쩌면 아흐마드의 마지막 만찬을 위해서 그의 불알을 대접
해야겠다는 생각이 들었던 것인지도 모르죠. 그렇게 최후로 웃은
것은 그녀였을지도 몰라요."

　도저히 귀를 기울이지 않을 수 없었다. 날더러 프로빈스타운
까지 걸어갔다가 돌아오라고 해도 망설이지 않았을 것이다. 스칸다
르가 젊었을 때의 경험은 맨체스터-바이-더-시의 그것과는 달라
도 너무나 달랐다. 나는 열다섯 살 때 미술실에서 엉터리 무정부주
의 슬로건을 그려서 복도마다 내걸려고 했다. 나에겐 패늘 홀[25]로
소풍을 가는 것만으로도 절정이었으며 더할 나위 없이 완벽한 경
험이었다. 하지만 스칸다르가 열다섯이었을 때 그는 동네사람들과
같은 반 친구들이 민병대로 가거나 외국으로 떠나서 없어지는 걸

25) **Faneuil Hall** 미국 보스턴에 있는 옛 공설시장 겸 회의소. 가끔 '자유의 요람'으로 불리
　며 미국 내 가장 방문객이 많은 장소로 열 손가락 안에 꼽힌다. 프랑스어 발음으로는
　'파뇌이'라 한다.

목격했고, 자신도 결국은 파리로 가는 비행기에 올랐으며 거기서 기숙학생으로 학교를 마쳤다. 겨우 스무 살이 막 되었을 때 여전히 파리에서 공부하고 있던 그의 형이 폭격으로 목숨을 잃었다. 친구 집에 놀러가서 하룻밤을 보냈는데, 그 아파트 건물이 쑥밭이 되어버렸던 것이다. 폐허에서 형의 시체를 끄집어낸 것은 적십자에서 일하고 있던 또 다른 집안친구였단다.

"당신이 어린 나이라면, 아니, 지금이라도 그렇지, 이걸 어떻게 이해하겠어요?" 밤길을 함께 걷던 그는 옛날이야기를 하면서 이렇게 물었다. "이해할 수 없을 겁니다. 말이 안 되죠. 분노에 휩싸이도록 스스로를 내버려둘 수는 있지만, 그래도 이건 당신을 죽일 겁니다. 그렇지만 검은 표범이 가만히 있지 않겠다는데, 어떻게 그걸 볼 수 있겠어요, 어떻게 그놈의 눈을 똑바로 쳐다볼 수 있겠어요? 그것이 아무데도 없으며 동시에 어디에나 있고, 어느 누구의 것도 아닌 동시에 모두의 것이기도 하다면 말입니다? 그러니까 만약 당신이 나라면, 이 문제를 다루는 방법은 이렇게 말하는 겁니다. 난 우리가 표범에 관해서 어떻게 이야기하는지를 보겠다고. 난 역사의 이야기, 우리가 어떤 식으로 더러는 이야기하고 더러는 하지 않는지를 공부할 거라고. 그 스토리가 우리에 관해 뭐라고 하는지를 이해하도록 노력하고, 이야기를 가려서 하도록 노력하며, 그걸 특정한 방식으로 하도록 노력하겠다고. 나는 무엇이 윤리적이며, 누가 윤리의 여부를 결정하는지를 묻겠다고.

난 역사라는 문제에서 윤리를 갖는다는 게 정말로 가능한 노릇인지를 묻겠다고."

"무슨 이야기인지 확실히 알 수가 없네요." 난 그렇게 답했다. 바보처럼 보이기도 싫었지만, 그의 이야기를 따라가는 것이 더 중요했다. 그의 손은 정사각형으로 아주 미끈하게 잘 생겼다. 그 손을 차가운 공기 속으로 내저어 연기인지, 입김인지, 둘 다인지를 밀쳐냈다.

"왜 내가 표범 이야기를 꺼냈냐고요? 당신이 여섯 살배기 꼬마인 나를 보고 연민을 느끼도록 만들려고 하는 걸까요? 이젠 나 때문에 레바논에 대한 당신의 첫 번째 생각은 이런 것일 테지요. 흠, 어쩌면 하리리가 맨 처음 떠오를지도 모르죠. 나는 가능하다면 그것만큼은 피했을 테지만. 어쨌거나 첫 번짼 폭력이지만, 둘째는 꿈으로 가득한 어린 소년. 그러나 나는 60년대 중반인 그때 PLO의 이스라엘 침공이라든지, 아니면 한참 후의 전쟁으로 이야기를 시작할 수도 있었어요. 혹은 사브라와 샤틸라에서 이스라엘이 수행했던 역할이나 오늘날 베이루트가 어떤 모습인지에 대한 이야기로 시작할 수도 있었겠죠. 어릴 적 그 모습으로 온통 아름답게 재건된 도시, 그러면서도 너무나 다른 베이루트 말이죠. 아직 시작도 하지 않았지만 하리리 이야기를 먼저 들려주었을 수도 있고요."

"봐요, 미국의 모든 아이들이 독일에 관해서 가장 먼저 알고 있는 게 히틀러라면, 그게 무슨 의미이겠어요? 당신이 맨 먼저 생각하는 게 무언가 다른 거라면 어떡하죠? 어쩌면 2차 세계대전이 끝난 지금 아이들이 맨 먼저 히틀러를 배우는 것은 중요하고 윤리적이고 필수적이라고 말할 사람들도 있을 겁니다. 하지만 또 다른 사람들은 정반대를 주장하겠지요. 누구든지 브람스와 베토벤과 바흐와 헤겔과 레싱과 피히터와 쇼펜하우어와 릴케를 (이 모든 것들을) 먼저 알기 전에는, 절대로 히틀러나 전쟁에 관해서 일체 배워서는 안 된다고 해봅시다. 그렇다면 그게 어떤 결과를 가져올까요? 사태가 어떻게 바뀔까요? 혹은 나치에 대해 알기 전에 먼저 그 중의 단 한 가지라도 —브람스의 피아노 오중주 F단조라든가 골드베르크 변주곡 혹은 라오콘 같은 걸— 알아야 하고 이해할 수 있어야 한다면 말입니다?"

"하지만 세상은 그렇게 돌아가지 않잖아요."

"물론이죠, 그렇게 돌아가지 않죠." 그는 혼자서만 들은 농담에 기분이 좋아진 것처럼 그 모호한 웃음을 흘렸다. "하지만 세상이 그렇게 돌아가지 않는다는 게 어떤 의미죠? 또 그렇게 돌아간다면 무슨 뜻이고요?"

스칸다르가 고집했듯이 자신의 어릴 적 이야기를 먼저 하는 게 당연히 중요하긴 했지만, 그렇다고 항상 그런 이야기만 한 것은 아니다. 자주 했던 것도 아니다. 그는 미국에 와서 보낸 시간, 지구촌 정치, 파리 같은 것도 조금씩 언급했고, 레바논과 그 역사에 대해선 자주 이야기했다. 수백 년, 천 년에 걸친 역사의 단편들, 페니키아 역사, 로마 역사, 오토만 역사. 그는 로마가 중동에 설립했던 수도 헬리오폴리스가 레바논으로부터 산을 넘어 백 킬로미터 정도 거리에 있어 지금도 찾아가볼 수 있다는 얘기도 했고, 그 어마어마한 스케일이며 경작지 한가운데 하늘을 향해 우뚝 솟은 기둥이며 지평선 끝의 눈 덮인 산들도 생생하게 그려주었다. 유적지 주변에 자갈처럼 쓰러져 있지만 사람의 키보다 더 큰 돌덩이들, 그리고 완벽한 모자이크와 정교한 프리즈가 고스란히 보존되어 아름답고도 위압적인 디오니소스 신전도 자세히 설명해주었다. 신전은 예수 탄생 직후부터 수백 년에 걸쳐 로마인들이 노동한 결과라고 했다. 그의 얘기를 듣고 있노라면 본디오 빌라도가 그곳을 직접 걸었을지도 모른다는 (그 손자는 확실히 그랬을 거라는) 생각이 들었다.

그는 티레 어부들의 공동체 이야기도 들려주었는데, 이 어부들은 예수가 십자가에 매달리기 훨씬 전 그의 설교를 듣고 이미 기독교로 개종했기 때문에 자신들을 최초의 기독교도로 간주한다고 했다. 그러니까 이들은 엄밀히 따져서 예수 자신이 크리스

천이 되기 전에 벌써 크리스천이 되었노라고 주장한다는 얘기였다. 또 그는 최근에 젊은 팔레스타인 친구의 결혼식에 다녀온 이야기도 했다. 베이루트 남쪽의 어느 비치 클럽에서 벌어진 이 혼례에는 각계각층 사백 명 이상의 손님이 참석했었다. 춤추고 노래하고 오렌지 판타를 마시는 (회교도의 결혼식이라 술은 허락되지 않았다니, 나는 충격을 받았다. 정신 말똥말똥한 사백 명의 인간들이 모인 잔치라고?) 그들의 뒤에는 높은 파도가 쏴쏴 몰려오고 머리 위에는 뭇별들이 빛났다. 그러는 가운데 휘황찬란한 옷과 보석으로 꾸민 신부는 하얀 새틴을 걸치고 물속에 숨은 장정들이 미는 고무보트 위에 올라탄 채 거대한 수영장 중앙을 가로질러 축하연에 도착했다. 양쪽으로 늘어선 불붙은 회전폭죽이 앞을 밝히고, 풀의 맨 끝에서는 그녀를 위해 불을 입으로 넣고 칼을 삼키는 묘기가 벌어졌다.

"아주 전형적인 잔치의 모습이죠." 그는 덧붙였다. "내 친구는 작가여서 돈이 별로 많지 않아요. 신부는 학교 선생님이고. 그렇지만 레바논에서는 축하를 할 작정이라면 제대로 해야 하거든요. 그래서 시레나와 나는 이 파티를 위해 파리에서 날아왔죠. 전통 의상을 입고 수용소에서 온 나이 많은 부부와 반짝이는 히잡을 두른 아주 예쁜 딸이 우리와 자리를 함께했습니다.

"우리는 서로 인사를 나누긴 하지만 별로 이야기를 하지 않습니다. 딸은 앉아서 물담배를 뻐끔거리고 어머니는 앉아서 줄담배로 골루아즈[26]를 태우는 바람에 접시는 벌레 모양의 쭈글쭈글한 담배꽁초로 가득 차게 됩니다. 한편 이빨이 거의 다 빠진 아버지는 테이블 위의 판타를 하나씩 홀짝홀짝 모조리 마셔버리지요. 그들은 웃지도 않고, 일어나 춤을 추는 법도 없고, 거의 먹지도 않아요. 그들이 이런 파티를 어떻게 생각하는지 참 알기가 힘듭니다." 그는 잠시 말을 끊었다. "나도 수용소에 가봤어요. 어떤 곳에서 그들이 사는지 상상할 수가 있죠. 형광 전구, 벗겨진 페인트, 짝도 안 맞는 의자들. 반짝이는 딸의 히잡, 그런 옷감을 사려면 아마 몇 달 동안 돈을 모아야 할 걸요. 그리고 치아를 다 잃고 피부는 무슨 계곡처럼 주름이 나 있는 아버지는, 나에게도 할아버지처럼 보이지만 필시 나랑 나이가 비슷할 겁니다. 그리고 이런 사람들이 우리 옆에 앉아 있는데, 제 머릿속에는 이런 질문이 떠돌아요. 누가 더 멀리서 예까지 온 걸까, 그들 아니면 우리? 살다 보면 어떤 땐 단 한 발짝도 움직이지 않고서도 수많은 세상과 수백 년 세월을 가로지르기도 하잖아요."

우리가 걷고 있는 동안 그가 이런 말을 하자, 나는 웃으면서 우릴 둘러싼 케임브리지의 거리들을 가리키며 이렇게 대꾸했다. "그런가하면 수없이 발걸음을 옮기고서도 그냥 같은 세상에 머무르기도 하고요."

---

26) **Gauloise** 프랑스 서민층이 많이 소비하는 궐련 담배의 브랜드명.

"맞아요." 그도 화답했다. "그것도 가능하지요."

하지만 우리가 함께 걸으면서 내가 경험한 것은 물론 달랐다. 만일 스튜디오에서 내가 자유를 만끽하며 상상의 땅으로 ―사실은 다른 누군가가 상상하는 땅으로― 여행을 떠난다면, 그건 온전히 예기치 않았던 모험일진대, 그렇게 되면 나는 마치 밤에 도회의 거리를 걷는 것처럼 현실의 세계로, 그 존재가 나에게 놀라움과 꿈을 가져다주는 경이의 세계로, 옮겨지지 않았던가. 서른일곱의 나이에 나는 느닷없이 루시 조던과는 정반대가 되어 있었다. 내가 확신할 수 있는 것은 오로지 예전에 내가 확신했던 건 무엇이든 모두 틀려먹었다는 사실뿐이었다. 어느 누가, 일말의 타당성을 가지고, 말할 수 있겠는가? 내가 스포츠카를 타고 따뜻한 바람이 머리칼을 날리는 파리의 거리를 누비는 일은 결코 없으리라고? 나는 헬리오폴리스를 향해 걸었고, 티레에서 빈둥거렸으며, 원더랜드를 건설하기도 했잖아, 우라질! 난 마치 내가 가르치는 3학년 아이들이 된 기분이었다. 애완용 닭을 기르는 체스터티와 이벌리언스, 혹은 과학경시대회에서 활화산을 만들던 때의 호세 같은 기분이었다. 에스터와 디디의 식탁 아래 자기만의 세상을 가진 릴리는 나에게 아무런 영향도 미치지 않았다. 벽 위엔 지단이 공을 차고 어둠 속에서 재즈 음악가들이 퍼레이드를 벌이고 있는 꿈으로 가득한 침실 안의 레자도 마찬가지였다. 그가 상상하는 여러 세계조차도 그해 봄 내 영혼이 시작했던 여행에 비하면 한

낡 촌마을에 지나지 않았다.

＊≈＊

　내가 이디처럼 차려입거나 반쯤은 취해서 속옷차림으로 춤을 추며 스튜디오를 헤집고 다닌 것도 놀랄 일은 아니었다. 나는 저 바깥세상과 내 자신의 내면에서 찾을 수 있는 어마어마한 가능성을 깨닫고 거의 패닉 상태가 —즐거운 패닉 상태가— 되었다. 하루 하루 애플턴에서의 내 삶, 아빠한테 전화를 걸어주고, 어쩌다 친구들과 맥주를 한잔 하고, 일요일 아침이면 저수지를 돌며 조깅하는 것, 이 모든 게 아편이 든 삶의 껍데기가 아니고 뭐란 말인가? 다람쥐 쳇바퀴 도는 일상이 아니고 뭐란 말인가? 인습과 소비지상주의와 의무와 두려움으로 만들어진 새장이 아니고 뭐란 말인가? 그 새장 안에서 나는 연꽃을 먹는 몽상가처럼 제 몸은 늙어가고 시간은 내달리는 줄도 모른 채 몇 십 년을 뒹굴고 있었잖아? 나는 새로이 잠을 깬 사람처럼 열의를 품고서 이 모든 것을 느꼈다. 오, 하나님, 정말 느꼈다, 속속들이 느끼고 또 느꼈다.

　머리가 빙빙 돌 정도로 들떴던 그 몇 주 동안, 모든 게 그저 나 자신 때문이 아니라 엄마 때문이기도 하다는 느낌이 들었

325

다. 나의 예술을 좀 더 진지하게 추구하지 못하게 만들었던 두려움, 나를 보스턴에 가두어두었던 두려움, 교사직을 떠나지 못하게 했던 두려움, 그리고 물론 여태 독신으로 살게 했던 나의 두려움은 기실 엄마의 두려움이었다는 느낌. 엄마의 기본적으로 착한 가톨릭 소녀의 인성이라든지 아이러니컬하게도 신앙을 갖지 못하는 성격과 함께, 그 모든 불안과 실망까지도 내가 걸머지고 왔던 것으로 보였다. 그래서 나 역시 내 자신의 노력이 지닌 가치와 내 자신의 영혼이 지닌 독특함을 믿지 못했던 게 아닐까. 아, 위대한 모험이여! 내 눈앞에 펼쳐지는 삶, 내가 오기만을 기다리는 무한한 잔치여!

8

엄마가 돌아가시기 전의 두 주일, 병원에서 보낸 엄마의 마지막 하루하루 매 시간은 내 영혼에 깊이 각인되었다. 그 병동 어디에 엄마의 병실이 있었는지, 그게 어떤 방이었는지, 벽에 걸린 그림을 비롯해서 그 안에 뭐가 있었는지, 그리고 난 매 순간 병실의 어디에 있었으며 불빛은 어땠는지, 아빠는 언제 거기 있었고 오빠는 언제 도착했는지, 모두 다 기억난다. 새언니 트위티와 개구쟁이 아들은 나중에 장례식 때에야 비로소 나타났고, 그나마 상복을 입은 채 신나게 쇼핑하는 기회로 삼았을 뿐이지. 살다보면 그럴 때가 있다. 만사가 바로 지금 이 순간에 달려 있고 이제부터 모든 게 달라지리라는 걸 직관적으로 알게 되는 때. 그 결과 우리 뇌가 아무리 사소한 것일지라도 알아차리고 기억하는 때. 예컨대 밭장다리를 한 청소부가 걸레질을 하면서 쇼팽의 왈츠를 콧노래로 흥얼거리던 모습, 혹은 엄마의 폐가 작동을 멈추고 있다고 설명하면서 나를 제대로 쳐다보지 못하고 20센티 가량 내 오른쪽을 보고 있던 눈썹이 두툼한 젊은 호흡기 치료사. 마치 내가 바로 옆에 서 있는 어떤 다른 존재의 그림자인 것처럼. 하긴 그 기이한 시점에서 그런 존재는 거의 가능한 것처럼 느껴졌지만 말이다. 우리 마음은 이 모든 것들을 스스로 알아서 보관한다. 마치 그런 것들이 지각을 위해서 꼭 필요한 것처럼. 그것이 '정말 중요하다는' 이유만으로. 인간의 마음은 그렇게 움직이는 법이다.

그리고 엄마가 죽어가고 있을 때처럼, 앞으로 무슨 일이 벌어질지를 알고 있는 경우도 있고, 거기에 어떤 것이 수반될지를 (설사 불충분할지라도) 어느 정도 눈치 채는 경우도 있다. 그런가하면 그저 중요하다는 것만 느낄 뿐 그 외엔 아무 것도 없는 때도 있다. 예를 들면 2005년 4월의 마지막 주와 5월 초처럼 따뜻해졌다가 다시 추워지던 때, 무척이나 비가 많이 내리던 때, 마치 신들이 비탄에 잠긴 듯, 나는 그처럼 기쁨에 넘쳤지만 봄은 슬픔인 것 같던 때. 우리는 그게 무엇이며 어떤 의미를 갖고 있는지 충분히 이해하지 못할 수 있다. 몇 달이 아니라 몇 년 동안.

지금 내가 너에게 말해줄 수 있는 건, 스칸다르와 함께 걸어서 벨몬트까지 갔다 돌아온 게 어느 화요일 밤이었다는 사실이다. 저녁에 비가 내렸다가 그쳐서인지 휙휙 내달리는 구름이 어두운 하늘에 기다란 흔적을 남겼다. 엄마가 묻혀 있는 묘지를 지날 때, 그리고 집들이 많은 수수한 거리에 사각형의 작은 정원들이 열린 초콜릿 박스처럼 펼쳐진 동네를 다시 지날 때, 주위에는 땅 냄새며 짙고 컴컴한 토양의 냄새가 묻어났다. 머리 위에선 새로 돋아난 잎들이 산들바람에 바스락거리고, 때때로 물방울이 뚝뚝 떨어졌다.

기억이 난다. 그날 저녁 식사 후에 난 레자와 체스를 두었는데 아이는 내가 이기도록 배려해주었지. 마음씨도 넉넉한 이 녀석은 자신의 우월함을 목격한 다음 그걸 내려놓는 게 퍽이나 좋았던 모양이다. 나중에 잠잘 시간이 되자 난 아이가 즐겨 듣는 삼총사의 요약본을 읽어주었다. 불을 끌 때가 되자 아이가 물었다. 언제나처럼 딱딱한 의자에 앉지 말고 내 옆에 나란히 누우면 안 돼요? 엄마가 있었다면 그래주었을 텐데. 난 잠시 머뭇거리다가 좁은 침대로 올라가 아이 옆에 누웠다. 아이를 좀 더 잘 보기 위해서 팔베개를 했다. 아이는 너무나 엄마 같은 나의 존재를 확인하려는 듯 예쁜 손을 내 다른 팔에다 얹고 고운 눈을 감더니 금세 잠이 들었다.

그 화요일 밤, 그렇게 생생하게 기억 나. 내가 아들과 아빠 모두에게 가까이 다가가는 새로운 발걸음을 뗀 날이었거든. 그날 밤, 두 사람은 물론 그걸 알지 못했지만.

어쨌거나 스칸다르가 시레나와 만찬에서 돌아온 다음, 그와 함께 걸은 것은 새로운 경험이었다. 나 역시 이야기를 했기 때문이다. 우리가 묘지 옆을 지날 때 물었다. 묘지 안은 아주 아름다워요, 걸어본 적 있어요? 아뇨. 그래서 나는 엄마의 묘를 보러 간 이야기를 해주었고, 이어서 나의 엄마 벨라 엘드리지 이야기도 해주었다. 여러 해 동안 엄마가 아팠던 것, 엄마의 능력과 체념이란 조합이 얼마나 어른스럽고 칭찬해줄 만했는지, 그러면서도 그 때문에 내가 얼마나 화가 났던지, 엄마의 삶을 보면서 얼마나 내가 굶주린 늑대 같다고 느꼈는지, 엄마에게 온 세상을 삼켜버리고 탐욕스러워지고 물릴 정도로 배를 채울 기회가 주어지기를 얼마나 원했는지 등등. 그는 웃으며 이렇게 말했다. "그 모든 것을 지금 이 땅에서 즐길 수 있는 당신 자신은 왜 그걸 원하지 않죠? 어머니는 그런 것들을 당신 자신이 원하기를 바라지 않을까요?"

"왜요, 나도 바라죠." 얼마나 힘주어 말했는지 나는 거의 그를 손으로 건드릴 뻔했다. "내 자신 그런 걸 정말 원해요. 엄청나게."

"그런가요? 그렇게 말해주시지 않았다면 전혀 몰랐을 겁니다. 당신은 기막히게도 차분한 삶을 살고 있는 것 같아서. 마치 그게 바람직한 질서인 것처럼 말이죠. 마치 당신은 추가로 더 필요한 게 전혀 없는 것 같더라고요. 혼란도 없고 혼란을 만들지도 않고. 당신은 누구에게나 참 후하죠, 학교에게, 우리 아들에게, 시레나에게, 심지어 저한테도 아주 너그러워요. 전혀 굶주린 늑대 같지 않아요."

"아뇨, 맞아요." 나는 답했다. "나 정말 배가 고프거든요."

바로 그때 우리는 아이스크림 가게를 지나고 있었다. 그는 가게 문만 열려 있다면 내가 얼마든지 실컷 먹을 수 있다면서 농담을 했다.

"이 가게의 아이스크림을 마지막 한 스푼까지 몽땅 다 먹어치워도 내 허기진 배를 반도 못 채울 걸요." 내가 그렇게 대꾸했다.

"그럼 뭐든 찾아 먹을 궁리를 해야겠네요." 이제 그는 제법 진지한 말투였다. "필요한 게 있으면 부탁해요."

"필요한 것?" 나는 깔깔 웃었다. "그거 참 복잡한 단어네, 그렇죠? 말이야 바른 말이지, 먹을 거랑 마실 거만 좀 있으면 누가 뭘 필요로 하겠어요? 난 이미 필요 이상으로 갖고 있어요."

"하지만 당신이 굶주린 늑대라면…" 그는 언제나처럼 미소를 지으며 먼 데를 바라보았다. "있잖아요, 이런 식으로는 당신을 생각할 수가 없어요. 말이 안 되니까. 정말 원하는 게 뭐죠?"

"삶. 생명." 나는 그렇게 말했다. "삶의 모든 것. 전부요. 놓치기 싫어요. 감옥의 문이 닫히는 거, 싫어요."

"감옥 문이라고? 하지만 그건 정말……"

"알아요. 당신 주위엔 온통 전쟁과 비탄뿐이었으니, 당신에겐 말이 안 될 거예요. 당신 가족에게, 당신 형에게, 끔찍한 일들이 있었다는 것, 잘 알아요. 하지만 날 좀 믿어봐요."

그러고는 그에게 모두 이야기해주었다. (지금 생각해도 기이하

331

다. 시레나에게조차 제대로 이야기해준 적이 없잖아? 이것저것 조금씩은 말했지만 전체를 이야기해준 적은 없었어.) 내가 엄마의 열망을 항상 느끼며 자랐건만 한 번도 그걸 충족시키지 못한 것, 누가 그런 규칙을 만들었는지도 모르면서 언제나 내가 할 수 있고 해도 되는 일에는 규칙이 있음을 알고 살아왔다는 것. 고등학교 땐 미술이 그 규칙들을 어기거나 회피할 수 있는 방법처럼 보이더란 것, 그러나 결국 그것도 제대로 성숙한 것처럼 보이질 않더라는 것.

"꼭 성숙해져야 한다고 누가 그래요?" 스칸다르는 물었다.

"어머, 초등학교 선생님에게 그런 말씀이라니! 글쎄, 모르겠어요. 내가 예술가도 될 수 있다고 생각하다니, 아니, 난 내가 누구라고 생각하는 거야, 뭐 그런 것 있잖아요? 게다가 미술로는 생계를 유지할 것 같지도 않았고……"

"시도는 해봤나요?"

"실패로 끝난다는 생각을 견딜 수 없었어요. 시도했다가 실패하느니 차라리 아예 시도를 않는 게 나을 것 같았죠. 그 위에 엄마까지, 알잖아요……"

"그렇군요." 그가 답했다. "알겠어요."

그런 다음 우리는 잠시 말없이 걸었다.

"봉사한다는 것은 삶의 위대한 즐거움 중의 하나죠. 봉사할 수 있다는 건 하나의 특권이고요."

"농담이겠죠, 안 그래요? 아니 그게 대체 무슨 뜻이죠?" 나는 내가 봉사하는 것을 언제나 노예상태로 생각해왔는데.

"누군가를 위해서 내가 반드시 해야 한다고 인지되는 그런 일거리를 만나는 것은 극히 다행스럽고, 하나의 선물이잖아요. 그 이유가 뭐든 상관없거든요, 사랑에서 비롯된 것이든, 의무로 하는 것이든, 혹은 다른 연유에서든. 우리가 우리 자신을 내주는 한은 상관없죠. 그 일을 잘 해내는 것 외에는 그 어떤 점도 걱정할 필요가 없고, 그걸 해냈을 때의 만족감은 정말 아름답지요."

"내가 말했던 의미는 전혀 그런 게 아닌데."

"알고 있어요." 그가 말했다. "그렇다고 해서 그것이 진실과 멀어지지는 않아요."

그러자 내 머릿속에는, 있잖아, 시레나한테 뭔가 말을 해줘야겠다는 확신이 들어섰어. 모든 것이 의미를 띠고, 모든 것이 다른 모든 것과 연관되는 때였다. 스칸다르가 봉사하는 것의 즐거움을 이야기했을 때, 그가 나에게 늑대 같은 욕심을 만족시켜줄 방도를 찾아야 한다고 말했을 때, 나는 이런 일들이 시레나에게 (아니 시레나와 나에게) 해당되는 거라고 이해했다.

그 수요일 내내 학교에서 내 손은 가만히 두었는데도 커피를 너무 많이 마신 사람처럼 바르르 떨렸다. 기이하게도 더운 날이었다. 뜨거운 섬광과도 같은 여름날이어서 땀깨나 흘렸다. 비행기를 타기 직전처럼 오장육부가 물구나무를 서고 뒤틀렸다. 점심으로 가져온 샐러드를 먹을 수 없었다. 가만히 앉아 있을 수도 없었다. 그녀에게 무언가 말해야겠다는 생각만 들었고, 그녀가 어떻게 반응할지 상상할 수가 없었다.

평생을 두고 나는 상상할 수 없는 일이 있으면 언제나 꽁무니를 뺐다. 상상할 수 없다면 그건 좋은 아이디어가 아니란 것이 기본적인 느낌이었거든. 엄마의 병만 해도 마찬가지다. 최악의 상황을 상상하라, 그러면 그 상황으로부터 엄마를 지킬 수 있어. 상상할 수 없으면 지키는 것도 불가능해. 좋지 않아, 좋지 않아.

시작해보기도 전에 내가 예술가의 삶을 포기해버린 배경에도 이런 신념이 자리 잡고 있었다. 내가 어떻게 이 세상에서 예술가가 될 수 있을지, 도무지 상상할 수가 없었기 때문이다. 미술학교에 다니는 주위의 학생들을 볼 때마다, 예술가로서 대성하리란 것을 우리 모두 알고 있던 그들을 볼 때마다, 나는 화랑이며 박물관의 거물들이며 비엔날레를 이끌고 유행을 주도하는 사람들에게 알랑대는 자신의 모습을 상상할 수 없었던 것이다. 출세하기 위해 전시회 개최를 얻어내려고 우리 반 스타들이 나이 많은 화가들과 한물간 지저분한 평론가들한테 아첨하듯 수다를 떨어대는 자신의 모습이 상상되지 않았던 것이다. 그들이 그런 짓을 하는 걸 눈으로 보면서도, 내 자신이 그러는 모습은 그려지질 않았다. 나도 마음만 먹으면 파편화破片化니, 정체성이니, 성의 전의轉義니, 그런 게 뭔지 모르지만, 아무튼 그딴 헛소리를 줄줄 읊어댈 수 있었다. 롤랑 바르트며, 주디스 버틀러며, 미크 발이며 그런 이름들을 줄줄이 욀 수도 있었다. 학교에서 그런 걸 가르쳐주니까 나도 할 수는 있었다. 미술학교란 주로 그런 것 때문에 있는 거잖아. 그런데도 얼굴에 철판을 깔고 그럴 수가 없었다. 얼굴에 철판을 깔고 그러는 내 모습을 상상조차 할 수가 없었다. 교육학으로 석사학위를 딴 것이나, 내 자신과 온 세상에게 내가 품었던 단 하나의 꿈을 버린 것처럼 보인 것도 다 그런 이유 때문이었다.

그러나 내 머릿속에서 화가가 된다는 꿈, 그리고 실제 세상에서 화가가 되는 꿈, 나는 그 둘을 연관 지을 수 없었다. 시레나를 만나기까지는 연관 지을 수 없었다. 알겠어? 그래서 나는 머릿속의 꿈을 위해 세상을 버렸다. 왜냐하면 머릿속에서는, 그리고 휴런 애비뉴에서 떨어져 있는 내 두 번째 침실에서는, 마지막으로 소머빌에서의 기쁨에 넘친 그 한 해 동안은, 내가 화가라는 꿈을 지닐 수가 있었기 때문이다. 그것은 21세기 초반의 서구에서 화가가 된 것으로 통할 수 있는 모든 헛소리가 없더라도 진짜일 수 있었다. 나는 에밀리 디킨슨 같은 화가가 될 수 있었던 것이다.

그리고 보니 내가 케이크 가게와 스튜디오 사이, 보도步道와 스튜디오 입구 사이의 얼마 안 되는 거리를 오가면서 노심초사했던 게 또 하나 있다. 내가 그녀를 사랑했기 때문에 그녀가 탁월한 예술가라고 생각했던가, 아니면 그녀가 탁월한 예술가였기 때문에 내가 그녀를 사랑했던 것인가? 혹은 나는 진실과는 너무나도 다른 그녀의 어떤 이상을 사랑하고 있었던 걸까? 그렇다면 나는 그녀의 예술을 진심으로 어떻게 생각하는지, 스스로에게 물어봐야 하는가? 난 정말 그녀의 예술을 어떻게 생각했지? 난 그 답을 모르고 있었을 수도 있다. 그러나 그런 의문을 깨닫는 순간, 나는 그것이 나에게 너무나도 중요하다는 걸 알았다. 다른 거의 모든 것보다도 더 중요했다. 그 질문에 대한 내 대답이야말로 마침내 내가 현실 안에 들어와 살고 있는지, 아니면 여전히 거울이 내걸린 복도에 갇혀서 꿈만 꾸고 있는지를 틀림없이 결정하게 될 터였다.

내 맘속 생쥐의 쳇바퀴에 올라타 홀린 듯 빙글빙글 돌며 온통 걱정하고 사태를 재구성해본 다음, 드디어 스튜디오에 도착해서 문을 활짝 열고는 명랑한 노래처럼 그녀의 이름을 불렀으나, 아무런 대답도 없었다는 거, 너도 알지, 그런 상황, 그렇지? 쥐 죽은 듯이 조용했어. 불은 다 꺼져 있고, 온통 잠잠했지. 나는 거의 식어버린 커피와 케이크가 담긴 백과 핸드백과 이디 세지윅의 축소된 고화질 사진을 넣은 커다란 손가방을 내려놓았다. 그리고 L자 형태의 한쪽 끝에서 다른 끝을 향해 천천히 좀 더 천천히 걸어갔다. 그녀가 스튜디오에 없다는 사실을 내 머릿속으로 이해할 수 없었기 때문이다. 방안을 찬찬히 살펴보는 그 몇 분 사이에 나는 내가 정말 돌아버리고 있는 건 아닌지, 제정신을 잃고 있는 건 아닌지 의아해졌다. 그녀가 무슨 까다로운 디테일 작업을 하느라 몸을 숙이고 있든지, 열린 창가에서 담배를 피우고 있든지, 스카프를 아기자루처럼 몇 겹씩 두르고 쿠션 위에 누워있든지, 아무튼 스튜디오에 있을 거라고 너무나도 확신했기 때문에, 그것이 내 현실임을 너무나 믿었기 때문에, 처음엔 눈앞의 사실을 받아들이기가 불가능했다.

다음날 나는 스튜디오로 가야 할지 어떨지 알 수가 없었다. 나는 스스로의 규칙 중 하나를 어기면서 레자에게 엄마가 괜찮은지 물었다.

"그게 무슨 뜻이죠?" 아이의 영어가 얼마나 늘었는지 나는 깜짝 놀랐다. 이젠 억양이 원어민과 같았다.

"응, 어제 스튜디오에 안 계시더라고. 그래서 혹시나⋯⋯"

그는 약간 짧고 큰 소리로 웃었다. 여러 달 전 슈퍼마켓에서 사과를 쏟았을 때의 그가 생각났다. "엄마는 절대 아픈 법이 없어요. 아빠 말로는 엄마가 슈퍼히어로로 같대요. 아니, 엄마는 어디 갔어요."

"어딜 갔다고?"

아이는 빨리 교실에서 나가고 싶어 안달이었다. 복도에서 친구들이 애타게 기다리는 소리가 들렸다. "하지만 이젠 돌아왔어요. 어젯밤에요." 아이는 이 말을 어깨너머로 내뱉고는 나가버렸다.

그날 오후 스튜디오를 향하고 있는 나는 초라해졌다. 머릿속을 맴돌던 이야기, 어떻든 고백해야겠다는 내 욕망, 우리 사이의 어떤 드라마를 작동시켜 그녀의 관심을 사로잡고 싶은 바람 등은 어딘지 더 강력한 그녀의 현실에 막혀 있었다. 그녀를 그처럼 갑자기 데려갔던 일이 뭔지는 몰라도, 나보다는 더 중요하다는 의미였다. 언제나 그렇듯이 ─아, 위층에 갇힌 우리네 여자들이란!─ 그녀의 삶은 내 삶보다도 더 중요한 것으로 비칠 것이었다.

시레나는 거기 있었다. 머리는 아무렇게나 올려 쪽을 찌고 이마에는 파란 잉크 자국이 묻어 있었다. 내가 들어섰을 때 그녀는 가슴께에 숄을 꼭 붙잡은 채 커다란 그림책 위로 몸을 숙이고 있었다. 그녀는 몸을 돌리더니 숄을 떨어뜨리면서 두 손을 활짝 벌렸다. 그녀의 얼굴이 펴지면서 뒤틀린 이빨을 드러내고 꾸밈도 없이 커다랗게 싱글싱글 웃자, 나는 대책 없이 그냥 녹아버렸다.

"노라!" 그녀는 날렵한 걸음으로 재빨리 다가왔다. "엄청난 뉴스가 있어요!"

"그럼 모든 게 괜찮은 거죠?"

"모든 게 괜찮냐고? 모든 게 더할 나위 없이 최고예요." 헌데 '최고'라는 말은 그녀만의 독특한 방식으로 말했다. 그녀는 머리칼을 이리저리 만져서 얼굴 좌우로 흘러내리게 했다. "내가 커피를 좀 준비할게…… 그리고 다 얘기해줄게요……"

그러더니 내가 들고 있던 백에 눈길을 주었다. "아, 오늘은 아무 것도 못 가져왔어요." 어제 스튜디오에 그녀가 없어서 혼자 컵케이크 하나를 다 먹어치웠다든지, 너무 속이 안 좋아서 돌아가야 했다는 이야기는 쏙 빼고 난 그렇게 말했다.

"차라리 그게 나아요." 그녀는 커피랑 포트랑 물을 갖고 요란을 떨었다. "당신이 갖고 오는 디저트에 너무 빠져 있었거든요."

나는 소파에 털썩 주저앉았다. "그래, 무슨 일이 있었던 거죠?"

"있잖아요, 나 어제 뉴욕에 갔었어."

"나한테 말도 안 해주고."

"아, 내가 하는 일이란 게…… 그러네, 내가 잊어버렸던 모양이지. 아니면 너무 신경이 쓰이고, 행운을 그르쳐버리면 어떡할까 싶었죠."

나는 잠시 기다리다가 물었다. "그래, 운이 좋았어요?"

그녀는 어깨를 으쓱하고는 다시 미소를 지었다. "두고 봐야죠. 하지만 좋을 것 같아. 이번 주에 한 가지 있고 두 주 후에 또 다른 게 있으니까 보자구요."

"오, 이러지 말고, 시레나. 그냥 얘기해요. 뉴스란 게 뭔지."

그녀가 내 곁으로 와 앉더니 무언가를 공모하듯이 넌지시 몸을 기울였다. "어제 미술을 하는 어떤 친구랑 점심을 했어요. 조각을 하는 분인데 육십 줄에 접어든 진짜 좋은 예술가거든요. 목소리가 중후해서 섹시하기도 하고. 어쨌든 그 사람이 나더러 영향력 있는 평론가를 한 번 만나보라는 거지 뭐예요. 대학에서 강의하는 여자래요. 나이도 지긋하고 아주 유명한 여잔데, 지금부터 2년간 여류화가들을 위한 페미니스트 아트 주제로 중요한 전시회의 큐레이터를 맡는다고. 여태까지 한 번도 이런 전시회가 없었대요. 브루클린 박물관에 새로운 전시동이 페미니스트 윙으로 개관되는데, 이게 개관기념 첫 번째 전시회가 된대요. 정말 신나는 일이잖아, 안 그래요?"

"그래, 그 여자가 만나고 싶대요?"

시레나는 웃었다. '겸손한' 웃음이었다. "날 만난다고? 아, 아니죠, 그 여잔 나라는 사람이 존재한다는 것조차 몰라요. 내 친구 프랭크가 우연인 것처럼 아니면 그냥 친구로 만나는 것처럼 가장해서 점심을 같이 하는 거죠. 그럼 프랭크는 내가 뉴욕의 화랑을 찾고 있노라고 그 여자한테 일러주고. 하기야 그건 물론 사실이니까. 어쨌든 다음 주 말고 그다음 주에 이틀 동안 가서 나를 대표해줄 만한 화랑 두 곳을 만나보는 거죠. 그러니까 점심을 하는 중에 공식적인 화제랄 게 있다면 이거죠. 그 두 화랑 가운데 어느 쪽이 더 좋을까, 왜 좋을까, 그리고 혹시나 다른 제 삼의 화랑과 협력해야 하는 건가, 그런 것. 하지만 정말로 프랭크가 은밀하게 원하는 것은 그 큐레이터가 그 굉장한 전시회를 위해서 나를 고려하도록 만드는 거예요. 대략 40명 정도의 미술가들이 참여할 텐데 그 여자는 전시회가 국제적이기를 바란대요. 그런데 나는?" 여기서 시레나는 무비 스타 같은 얼굴을 하더니 얼굴 양쪽으로 두 손을 펴들었다. "난 대단히 국제적이잖아요, 그렇죠?"

"와, 정말 대단한 일이네, 내 말은 이게……"

"이건 완전히 새로운 차원으로 가는 거라고요. 노출이나 명성이나 지위 같은 면에서…… 상상이 돼요?"

"그럼, 물론이지." 나는 상상할 수 있었다. 그녀가 나의 세계로부터 얼마나 멀리, 얼마나 빠르게 달아나버릴지 상상이 되었다. "정말 완전히 놀라운 일이군요."

"아직 이루어진 건 아니야, 어쩜 그런 일이 안 생길지도 몰라, 난 알아요. 그렇지만 그 평론가란 여자는 날 좋아하는 것 같았어. 우린 엄청 많이 웃고, 아주 죽이 잘 맞더라고요. 어쨌든 꿈같은 일이잖아, 그죠? 실현되기만 한다면, 엄청난 꿈이지!"

그 소리에 나는 우리 각자의 목전에 나타난 꿈이 서로 상당히 다르다는 사실과, 그토록 정열적으로 내 마음속을 뱅뱅 돌고 있었던 그 상상의 대화를 적어도 오늘 하기는 글러먹었다는 사실이 드러나 확인되는 느낌이 들었다. 오늘은 시레나가 단연 주인공이었으니까. 물론 그랬다. "케이크를 갖고 왔더라면 좋았을 걸!" 나는 명랑하게 말했다. "축하를 해야겠어요."

"축하? 아니, 아직은 아녜요. 아니. 기다려봐야죠. 얼마나 걸릴지도 모르는 이 평론가 양반의 결정을 기다릴 일은 아니지만, 그래도 두 주일 뒤에 그 화랑 주인들을 만날 때까지는 기다려야 해. 그게 모든 걸 바꾸어놓을 수 있거든요."

"나한텐 이 모든 걸 한 마디도 안 해주고……"

"난 일종의 미신이 있어요. 나, 논리적인 사람 아니잖아요. 기회를 망쳐버리면 어쩌나, 운이 나빠지면 어쩌나, 걱정이 돼요."

"하지만 이젠 나한테 다 말해줄 거죠?" 나는 질문으로 그 말을 한 건 아니었다. 좀 짜증이 난 말투로 들렸다 해도, 그녀는 눈치 채지 못했다.

"그렇게 해선 안 되지만 -행운의 여신들이 이해해주면 좋겠는데- 그래도 좋아요, 당신한텐 말할게. 안 그러면 내가 폭발해버리겠는 걸." 이어서 그녀는 곧 만나게 될 두 명의 화랑 대표에 대해서 설명해주었다. 한 사람은 소호에 자리를 잡은 어느 화랑에서 -이 화랑의 이름은 나 같은 사람한테도 익숙했다- 10년간 일한 다음 최근에야 독립한 30대 초반의 여자였고, 다른 한 사람은 40대의 일라이어스라는 남자로 중동 출신이고 좀 더 신랄한 사람인데 한동안 화랑을 운영하면서 대담한 작품 선택으로 제법 관심을 끌었단다. 시레나의 설명에 의하면 그는 스칸다르의 한 친구와 아는 사이라고 하니, 전혀 모르는 사람이 아니라는 점이나 그의 개략적인 윤곽이 무리가 아니라는 점에서 다행스런 일이었다. 그리고 그는 시레나가 일 년간 미국에 살게 되었다는 얘기를 듣고 접촉해왔다고 한다. 그렇지만 앞서 말한 애너 Z라는 여자는 그녀가 미국에 있다는 사실도 모른 채 그녀의 거주지인 파리로 편지를 보내, 엘시노어 설치작품은 눈물이 날 정도로 감동적이었으며 그 후로도 결코 잊을 수가 없었다고 썼다. 그리고 만약 아직도 미국 쪽에 대리인이 없다면, 애너 Z가 기꺼이 파리로 날아가 그 문제를 상의하고 싶다고도 썼다. "바로 이런 게 헌신의 태도잖아요. 그게 열정이라고요." 시레나는 그렇게 의견을 말했다.

일단 스스로에게 말해도 된다는 허락을 내린 터라, 시레나는 양쪽의 가능성이 지닌 장점과 약점에 대한 생각으로 가득해서, 열정적으로 말하느라 더듬기도 했다. 나는 질투가 생기진 않았다. 내가 어찌 질투를 하겠는가? 나의 디오라마와 함께 이 세상의 모든 일라이어스와 애너 Z한테 의도적으로 등을 돌려버렸던 내가? 하지만 나는 더 똑똑하게 보고 싶었다. 내가 질투할지도 모른다는 생각을 그녀도 했었다는 것, 그런 생각에 그녀가 눈곱만큼이라도 걱정했을 수도 있다는 것을.

"남편은 뭐래요?" 마침내 나는 그렇게 물었고, 이젠 익숙한 그녀의 짜증스러움이 스치는 모습을 놓치지 않았다.

"스칸다르? 뭐라고 할 것 같아요? 그 사람은 이렇게 볼 수도 있고 저렇게 볼 수도 있지만, 아무튼 자기가 어떻게 보느냐는 전혀 중요한 게 아니래요. 뭐라고 말을 많이 하긴 하지만 그 양반 별로 말이 없을 때도 더러 있어요. 이 경우엔 공식적으로 아무런 의견도 없대요. 하지만 내가 일라이어스를 택해주었으면 하는 건 잘 알지. 그의 가족이 레바논 출신이니까. 그 양반이 당신한테 티레의 어부들에 관해 특별히 얘기해줬어요? 그래요, 그러니까, 티레에서 프린스턴까지 길고도 긴 여정 — 이게 일라이어스죠. 이게 스칸다르가 진심으로 원하는 거구요."

"당신은 그걸 제대로 알지 못해요." 나는 나와 스칸다르의 짜릿한 대화가 '그의 특별한 얘기' 쯤으로 밝혀진 것에 은근히 부아가 나서 그렇게 말했다.

"날 믿어요, 그이는 내가 잘 아니까. 나 그거 제대로 알고 있어요. 그리고 그이를 기쁘게 해준다든지 혹은 기분 나쁘게 하지 않도록 조심해야 해요, 어쨌든 선택은 나 혼자서 해야 돼." 그녀는 한숨을 쉬었다. "당신이 나랑 함께 가면 좋으련만. 이 사람들에 대해서 당신의 의견을 듣고 싶어요. 당신 눈은 정확하니까"

"흠, 글쎄 그거야…… 어쩌면…… 언제 가는데요?"

"목요일과 금요일. 다음, 그다음 주. 불가능하겠지요?"

"몇 주 후라면 어떻게라도……"

"스케줄을 바꿀 수는 없어요. 너무 아깝네. 돌아와서 세세하게 말해줄게요. 아직 한참 뒤의 일인데. 자, 그 얘긴 그만하고, 노라, 내 친구, 당신이 하는 작업은 어때요?"

그녀가 신경이나 쓰고 있었던가? 내가 원했던 것은 그녀가 마음에서 우러나 관여해준다는 느낌이었다. 예컨대 에스더는 아니지만 디디와 내 사이처럼 가장 가까운 친구와 더불어 갖는 느낌, 일부러 조심하지 않아도 되고 상대의 반응은 친절하면서도 동시에 진심이라는 느낌 같은 것 말이다. 이렇게 말하면서도 내가 바라는 게 너무 지나치다는 생각은 든다. 그녀가 날 사랑하긴 하는 것인가, 얼마나 날 사랑하는 걸까, 그런 걸 알게 되기나 할까, 어떻게 알아낼까… 어쩌면 나는 이런 의구심에서 비롯된 나의 고집스런 불만을 표출하고 있는 건지도 몰라.

"날 사랑해요?" 이렇게 묻는 게 아주 수월한 일이라고 너는 생각할 테지. 그러나 너 자신이 그런 질문을 한 번도 하고 싶지 않았던 경우에만 그렇게 생각할 거야. 그날 오후 머릿속으로 꿈꾸고 있었던 것처럼 까놓고 고백하는 대신에, 나는 그들이 떠나는 것에 대한 질문을 던졌다.

"이렇게 시간이 쏜살같이 지나가다니, 참 터무니없지 않아요?" 내가 물었다. "당신 가족들이 떠날 날도 그리 멀지 않았으니."

"터무니없죠. 알아요." 그녀의 답이었다.

"언제 가요? 나도 알고는 있지만, 그래도……"

"내 전시회가 16일에 시작되잖아요."

"7월 16일?"

"7월 16일이요?" 그녀가 웃었다. "파리에서 7월에? 그건 아예 전시회를 하지 않는 거나 다름없어요."

"그럼 6월 16일? 파리에서? 어떻게 내가 그걸 모르고 있었지?"

"내가 요란을 떨지 않고 조용히 있어서 그랬을 거예요. 너무 두려워지지 않으려고 애를 썼거든. 아직 좀 더 시간이 있는 척, 가장을 해왔어요."

"16일이라고요? 하지만 방학을 하려면 23일은 돼야 하는데. 그 전엔 갈 수 없어요. 또 아이들은 어떡하고? 여기를 찾아올 아이들은? 우리 그거 월말이라고 말했던 것 같은데." 우린 이미 대충 자리를 잡긴 했었다. 꽃이며, 거울 유리조각으로 만든 빗방울, 만들기 시작한 재버워크의 눈…… 그리고 비디오를 찍기 위해서 카메라를 설치하기 몇 주일 전, 우리는 두 번이나 비 내리는 오후 내내 작업했다. 스튜디오 쪽에서는 실제적으로 준비가 된 상태였다. 하지만 아이들을 이리로 데려오려면 시간을 잡아먹는 학교 쪽의 서류작업이 필요했다. 교장실에서 현장학습의 허가를 받아야 하고, 견학동의서에 부모들의 서명도 받아야 한다. 그런 일은 하루 이틀에 되는 게 아니었다.

"선생님처럼 그러지 말아요, 노라. 우리가 다 해결할 수 있어

요. 파리에서 내 전시회가 열리는데 내가 여기 있을 수는 없잖아
요. 우리 집에도 아직 이야기를 안 했어요. 스칸다르 역시 계획
이 좀 복잡하더라고요. 이곳과 몬트리올 그리고 워싱턴에서 학회
가 있고…… 아, 됐어, 충분해요. 방법을 찾을 거예요." 그런 다음
우리 주변을 향해 두 팔을 휘휘 저으면서 덧붙였다. "아직 시간이
있을 때 아이들을 데려와야 해요. 그건 꼭 필요해! 오늘 날짜를
잡자구요. 그 단계까지 가려면 할 일이 너무 많아. 올라야 할 산
이 많다고."

　　"지어야 할 원더랜드도 많고."

　　"그러니까, 이제 오 트라바이유!" 다음 순간 그녀는 가볍게 일
어서더니, 내게 등을 돌리고는 자신의 우주로 사라지고 말았다.

　　시레나는 너무 산망스러웠다. 파리 전시회가 겨우 두 달 앞인
데, 내가 그걸 이제야 처음으로 듣게 만들다니. 그날 저녁 집으로
돌아온 나는 달력을 꺼내 들여다보았다. 종이 위에 죽 펼쳐진 작
은 박스 안의 날짜들. 그녀가 케임브리지에서 얼마나 충분히 마무
리를 할 수 있느냐에 많은 것이 달려 있을 터. 그러나 어쨌건 6월

초면 그녀는 떠나야 한다. 나는 그것에 대해 맘을 굳게 먹어야 했다. 설마 레자를 학교에서 빼내 가지는 않을 테지? 스칸다르는 여기 남겠지. 만약 스칸다르가 학회에 다녀야 하면 날더러 아이를 돌봐달라고 부탁할지도 몰라. 레자가 스르르 잠이 들면서 발산했던 열기가 내 팔을 따라 느껴졌다. 내가 할 수 있어, 아이를 돌봐줄 수 있어.

그게 목요일의 일이었다. 금요일엔 시레나가 오지 않는다는 걸 알고 있었다. 미리 알려주기만 하면 이런 건 전혀 문제가 되지 않았다. 아이들만 이런 것은 아니니까. 사람들에게 미리미리 경고만 해준다면 만사가 좀 더 부드럽게 돌아간다는 것을 나는 교사로서의 오랜 경험으로 알고 있다. 나는 혼자 스튜디오에 있게 되리란 걸 미리 알았기 때문에, 느지막이 갈 계획을 세웠다. 슈퍼마켓에서 갈색 판지 박스에 든 샐러드를 사고, 바로 옆의 주류판매점에서 싸구려 레드와인 한 병을 산 다음, 엄마가 쓰던 폴라로이드 카메라와 (필름이 황금처럼 귀해지기 전의 일이라, 넉넉하게 가져갔다) 나의 이디 장식품들을 (보통 중년의 3학년 선생님이 소유하고 있으리라고 상상하기 어려울 정도로 많았다) 모두 챙겨서 소머빌로 갔다.

이건 너한테 이미 이야기했지. 난 약간 취했다. 볼륨을 상당히 크게 올려놓고 음악을 들었다. 춤을 추고, 포즈를 취하고, 사진을 찍어댔다. 나는 자유를 만끽하고 있었고, 그것은 어떤 면에서 하나의 푸닥거리 같은 것이었다고 생각된다. 푸닥거리라니, 적절한 표현은 물론 아니겠지? 이디의 유령이 내 안에 거주하도록 허락함으로써, 나는 온순하고 고분고분 말 잘 듣는 미스 엘드리지, 조용하고 감동 잘 하는 미스 엘드리지, 좋은 친구이자 좋은 딸이며 좋은 선생님이고 아무리 당해도 찍소리 못하는 미스 엘드리지를 쫓아내고 있었다. 누구나 명랑한 미소를 보내지만 금세 잊어버리는 미스 노바디, 미스 낫씽을 몰아내고 있었다. 그런 여자를 제거해버리고 있었단 말이다.

춤을 추고, 와인을 마시고, 담배를 피우고, 폴라로이드에다 흐릿한 내 모습을 여러 통 기록했다. 마치 내가 로버트 메이플소프[27]인 동시에 패티 스미스[28]가 된 것처럼. 와인 한 병을 다 마실 때까지 그렇게 계속했다. 술은 대부분 내가 마셨지만 빨간 몇 방울은 나의 하얀 이디 티셔츠 앞쪽에 떨어지고 말았다. 내 왼쪽 젖가슴 바로 위에 떨어져 얼룩이 지더니 이내 아래로 흘러내려 마치 내 가슴이 피를 흘리는 것처럼 보였다. 나는 티셔츠를 벗어버리고 딱 한 군데 와인이 묻은 하얀 브라만 걸친 채 계속 춤을 췄다.

그런데 그 어질어질한 상태에서 내가 무슨 짓을 했는지 알아? 난 까치발을 하고 시레나의 원더랜드 숲으로 들어갔어. 그리

---

27) **Robert Mapplethorpe** 미국의 사진작가. 동성애, 에이즈, 흑인 남성의 누드 등 금기시 되거나 도발적인 주제의 작품으로 많은 스캔들을 일으켰다.
28) **Patti Smith** 여자가수에 대한 고정관념을 과감히 무너뜨린 미국의 싱어송라이터. 애써 여성성을 과장하지 않았으며 펑크 분야에 많은 영향을 끼쳐 '펑크의 대모'로 불린다.

고 인조 잔디 위에 드러누웠지. 내 주위와 머리 위에서 꽃들이 흔들리며 흐릿한 불빛 속에 마치 무희들처럼 벽에다 그림자를 수놓았다. 난 눈을 감고 허리띠 아래로 손바닥을 집어넣었다. 그리고 스스로의 배를 간질이면서 눈먼 손가락으로 엉덩이뼈 사이의 내 리받이를 따라 더듬었다. 제 뜻대로 길을 찾는 탐험가와도 같은 손가락은 내 몸의 측면으로 피를 끓게 하고 노래하는 선을 따라 내려가, 엉덩이를 지나 사타구니의 털 속으로 들어갔다. 그리고 거기서부터 두 다리 사이의 축축한 데로 내려갔다. 잠시 동안 나는 이디도, 앨리스도, 에밀리도, 다른 어느 누구도 아니고 오로지 하나의 **몸뚱어리**였다. 혹은 완전히 다른 또 하나의 노라였다. 내 밑에 깔린 까끌까끌한 인조 잔디, 이제 내 몸을 누르고, 내 안으로 들어오거나, 바르르 떨리는 살갗 위를 더듬는 내 두 손. 들리는 소리는 오로지 예스, 예스, 예스. 나는 원더랜드를 헤매고 있었다. 그 짧막하고 부끄러운 줄 모르는 노골적인 시간 동안, 나는 자유로웠다.

9

다음날 아침 나는 전혀 새 사람이 되어 일어났다. 적어도 나
는 그렇게 생각했다. 담배를 피우다가 끊은 사람이 예전의 궁핍
한 자아를 바라보고 놀라는 식으로, 가벼운 실망감으로 가득한
채 나는 일주일 내내, 한 달 내내, 아니, 여러 달 동안의 내 스스
로를 바라보았다. 나는 일어나 아빠한테 전화를 한 다음 브루클
린까지 차를 몰고 가, 함께 재프틱스에서 브런치를 하러 갔다. 그
런 다음 아빠를 태우고 수목원으로 가, 파릇파릇 신록의 나무와
터질 듯 디즈니 꽃이 만개한 나무 사이를 한참이나 걸어 다녔다.
아빠는 고관절이 안 좋아 절룩거렸지만, 내가 잠시 쉬자고 할 때
마다 그냥 계속 걷고 싶다고 했다. 추운 날씨였지만 유달리 느낄
정도는 아니었고, 축 늘어진 아빠의 뺨에 화색이 도는 것을 볼 수
있었다. 내 사랑하는 반백의 아빠, 저처럼 당당하게 계속 분투하

시다니. 나는 아빠를 방치해두었던 게 슬펐다.

아빠는 그날 저녁에 보기로 되어 있는 레드 삭스와 탬파의 (그래, 탬파였지, 아마?) 경기 이야기를 했다. 우리는 엄마가 꽃을 사랑했고 정원 가꾸기에 열의를 보였던 얘기도 나누었다. 기르던 식물이 겨울을 나지 못하고 죽으면 엄마가 얼마나 화를 냈는지를 기억하면서 함께 웃기도 했다. 개인적으로 모욕을 당한 것처럼 화를 냈잖아요, 내가 그렇게 말했다. 엄마는 평생 어떤 것도 통제하지 못하고 살았기 땜에 최소한 가꾸는 식물이라도 말을 들어줘야 할 게 아니냐고 느꼈는데, 그조차 안 되니까 자신감이 완전히 산산조각난 거라고 나는 항상 생각했었다.

아빠는 무슨 얼빠진 소리냐고 꾸짖듯이 날 쳐다봤다. 그는 이렇게 말했다. "아니, 너, 그게 무슨 말이니? 네 엄마는 평생, 나와 함께 살면서, 만사를 손아귀에 쥐고 살았어. 우리가 어디서 어떻게 살 건지도 엄마가 택했고, 무엇을 언제 먹을 건지도 택했지. 무얼 입고 누구랑 사귀며 그들을 언제 어떻게 만날지도 엄마가 골랐다고. 아이를 몇 명 가질지도 엄마가 정해서 네 오빠랑 네가 태어났지. 난 아이를 여섯 명쯤 갖고 싶었는데 말이야. 그리고 언제 너희들을 가질지도 엄마가 정했어. 엄마가 항상 뭐든지 다 컨트롤했고, 바로 그 때문에 정원 가꾸는 일이 엄마를 환장하게 만들었던 거야. 이 세상에 자기가 완전히 장악할 수 없는 한 가지를 찾았거든. 너희 엄마는 정말…… 물건이었어. 환상적이었지. 사

람들이 어느 누구를 엄마만큼 좋아해주었겠니? 하지만, 아, 맙소
사, 엄만 진짜로 사람을 쥐고 흔드는 거시기였다니까."

아빠가 이 모든 걸 쏟아놓자 나는 한편으로는 소스라치게 놀
랐고 (사랑에 빠진 그의 모습, 눈두덩이 안에서 이글이글 타는 눈빛, 입술
위에 묻어 번들거리는 침. 그 맹렬함도 참으로 놀라웠지만) 다른 한편으
로는 경이로움이 넘치도록 느껴졌다. 벨라 엘드리지가 어떤 사람
이었고 살아있는 동안 그녀가 어떠했는지에 관해서 우리가 각자
아주 다른 스토리를 지니는 게 자연스럽고도 명백하다는 사실을
생전 처음으로 생각했기 때문이다. 그건 당연했다. 시레나와 나
역시 우리가 함께했던 일 년을 두고 사뭇 다른 이야기를 할 터였
다. 그녀의 버전은 내 것과 일치하지 않을 것이었다. 물론 그렇다
고 해서 내 버전이 무효로 변하는 것은 아닐 터. 엄마에 대한 아
빠의 그림이 나의 그림을 무효로 만들 수는 없듯이. '이디가 되었
던' 후의 그날, 어쩐 일인지 잠시 동안 이 모든 게 거의 믿어도 좋
을 것처럼 보였다.

나는 때맞춰 아빠를 집으로 모셔다주고 가는 길에 여섯 병
들이 맥주 세트와 엑스트라 치즈 맛의 콘칩을 점보 사이즈로 하
나 샀다. 아빠를 내려준 다음 집으로 돌아가는데, 스튜디오로 갈
때처럼 BU 다리를 건넜다가 센트럴 광장에 이르러서야 실수를 깨
달았다. 그날 오후엔 시레나가 나와서 일하고 있을 게 거의 확실
했지만, 나는 굳이 가서 확인하지 않았다. 바로 집으로 돌아가 한

차례 조깅을 하고 샤워를 했다. 사실은 책을 읽으리라 다짐했었는데, 이제 그럴 마음이 없어졌다. 텔레비전 틀기도 우울했다. 몇 사람에게 이메일을 보내고 나니 그것도 따분해졌다. 디디한테 전화를 했지만 받지를 않고 핸드폰도 꺼져 있었다.

마침내 이른 저녁에 나는 시레나한테 전화를 했다. 가능한 한 사무적인 어조로 우리 학생들의 현장학습 날짜와 시간을 확인해주는 메시지를 남겼다. 부모동의서에 서명을 받는 일이 아직 남았다는 것도 상기시켰다. 미리미리 계획을 세워야 하잖아요? 스크램블드 에그를 얹은 토스트를 먹고 여덟 시 반에 잠자리에 들었다. 음식을 향한 건 아니지만 지독한 허기를 느끼면서. 자, 나의 포식飽食 상태에 대한 이야기는 그만!

메시지를 남겼음에도 시레나는 전화를 주지 않았다. 왜 그런지는 알 수 없었지만, 그 이유를 물음으로써 스스로에게 굴욕감을 안길 생각은 없었다. 거의 한 주일을 그렇게 버티면서 머릿속에는 그녀의 침묵을 설명해줄 온갖 황당한 이야기가 맴돌았다. 목요일 밤, 나는 결국 굴복하고 말았다. 아홉 시가 훨씬 넘기까지 기다렸다가 스튜디오로 갔다. 나는 스스로에게 다짐했다. 이건 시레나와는 전혀 상관없어, 이건 이디와 앨리스와 그들을 위한 내 작업을 다시 해야 하기 때문이야. 내 테이블 위에 폴라로이드 사진을 놓아두었었는데, 정말로 그날에서야 그걸 기억해냈다. 너무 늦었다는 걸 알았다. 사진을 엎어두었다 해도, 아니 특히 엎어두었다면, 시레나가 이미 그걸 자세히 훑어보고 어떤 의견까지 가졌으리라는 걸 나는 너무나 잘 알고 있었다. 생각만 해도 창피해서 견딜 수 없었다. 어쩌면 사진들을 보고 경멸감 때문에 잠잠했던 게 아닐까…… 흐릿하게 브래지어 차림인 나, 눈이 벌개가지고 무슨 팬시 드레스 비슷한 걸 입고서 자기 사진을 찍고 있는 나, 황당하고 말도 안 되며 부적절하게 막 되먹은 나……

펜트하우스의 노라, 위층의 여자, 다른 사람들을 너무나 잘 배려하기에 우리 모두 노라를 좋아하지. 건방지게 우쭐대는 법이 없으니까.

어느 게 진짜 노라일까? 그녀를 상상할 수가 없네……

아, 있잖아, 그 참한 3학년 선생님. 솜사탕 머리 말고, 다른 선생님.

그게 내 숙명이다. 난 '다른' 사람이 되기로 정해져 있다. "아뇨, 스튜디오에 있는 진짜로 위대한 그 예술가 말고, 다른 사람 있잖아요."

"남자들 넉아웃 시킬 드레스의 그 아름다운 여자 말고, 다른 여자 있잖아요."

"괴짜인 그 여자요?"

"네, 그렇죠, 그 여자일 거예요. 괴짜인 여자."

시레나는 폴라로이드 이디 사진들이 괴이하다고 생각할지 모른다. 일종의 농담이 아닐까, 생각할 수도 있다. 그게 농담이라면, 그렇다면 상관없을 텐데.

그래서 목요일 밤 나는 내가 만든 미니어처 방들을 보러, 나의 예술가들을 보러, 내가 찍은 사진을 살펴보러, 스튜디오로 갔다. 사진들을 챙겨오려 했다. 말하자면 구조작업이라 해도 되겠다. 말은 안했지만 속으로는 그녀가 그 주일 동안 뭘 했는지, 나도 없이 혼자서 얼마나 진척을 이루었는지 보고 싶었다. 맘속 한편으로는 내가 마지막 떠날 때의 스튜디오 모습 그대로이기를 바라면서 갔다. 그 사이 무슨 일이 있었는지는 모르지만 ─무언가 일이 생기긴 했을 테니─ 그녀가 멀리 떨어져 있어야 할 정도로 큰일이었기를 바라면서.

계단통에 이르자 벌써 소리가 들리기 시작했다. 그녀가 평소

듣지 않는 동양 음악이 허공에 퍼지고, 수다 떠는 소리에, 뭘 두드리는 소리까지. 생명의, 아니 여러 생명의 움직임이 느껴졌다. 복도를 따라 걸으면서 나는 파티가 벌어진 걸까 생각도 했지만 파티 소리는 아니었다.

그들은 내가 들어오는 소리를 못 들었다. 다들 너무 바빴던 것이다. 아니, 완전히 사실은 아니다, 20대 중반으로 보이는 젊은 여자가 옹기종기 모여 있던 데서 빠져나와 나를 향해 걸어왔다. 몸이 드러나는 검은 튜닉을 입었는데, 눈이 아주 컸고 얼굴은 너무나 하얀데다, 염색을 안 해도 염색한 걸로 보이는 저 희귀한 적갈색 곱슬머리가 이마로 흘러내렸다.

"죄송해요. 소란해서 거슬리지요?"

"여긴 내 스튜디오인데." 내가 그렇게 말했다. 퉁명스럽게. 어쩔 수가 없었다. 내가 앉는 쪽의 L자 끝, 내 테이블과 내 물건들로 시선을 던졌다. 내 작업의자 위에다 누군가가 제멋대로 재킷을 걸쳐놓았고, 그 옆 바닥에는 쇼핑백이며 핸드백을 던져놓았다. 하지만 그것만 제외하면 내 물건들은 멀리서 봐도 괜찮은 것 같았다. 사이드 테이블 위에 폴라로이드 사진들이 삐뚤삐뚤 쌓여 있는 게 보였다. 내가 사진을 거기 놔두었는지, 아니면 누군가가 그리로 옮겼는지, 자신이 없었다. "근데 누구세요?" 내가 물었다. 짜증난 것 같은 티를 안 내려고 했지만 제대로 되질 않았다. "여기서 뭘 하고 있는 거죠?"

"시레나한테 당신이 왔다고 말할게요. 노라, 맞지요?" 날 아래위로 훑어보다가 촌스러운 나막신에 시선이 머무는 걸로 봐서 자기가 예상했던 거랑 내 꼴이 달랐던 모양이다. "전 베카라고 해요." 그가 말했다. "분장 담당이죠."

스튜디오로 들어서니, 검은 옷을 입은 사람들의 작은 무리가 희미한 불빛 아래 영사기 주위에 옹기종기 모여 있고 그 중앙에 시레나가 눈에 들어왔다. 시레나가 감독이겠거니, 추측했다. 카메라를 맡은 것은 머리를 면도로 밀어붙이고 키가 멀쑥한 사내였는데, 시커먼 눈썹에는 실버 불릿이 하나 매달려 있었다. 그의 턱에는 까칠한 수염이 검댕처럼 점점이 나 있었고, 까만 티셔츠에서 빠져나온 기다란 팔은 어둠 속에 하얗게 드러났다. 나중에 그가 일어섰을 때야 나는 그가 어마어마하게 키다리라는 것을 깨달았다. 최소한 육척하고도 반이 넘는 키였다. 그리고 방에서 유일한 남자였다.

시레나와 베카 말고도 서너 명의 여자들이 있었다. 그 중 한 사람은 조명 담당인 듯했는데, 원더랜드 쪽으로 달려가더니 스포트라이트와 커다란 은빛 반사스크린을 만지며 법석을 떨었다. 모두 젊은이들이었지만, 키가 크고 긴 코를 가진 여자만 40대 후반이나 50대 초반으로 보였다. 검고 풍성한 머리칼의 그 여자는 멋진 빨간색 사각형 안경을 끼고 있었다. 그 사람이 시레나의 친구 마를렌인데, 헝가리 출신 사진작가로서 래드클리프 장학금을 받고 로스앤젤레스에서 여기로 와 연구하고 있었다.

그들은 머리끝에서 발끝까지 온통 하얀색으로 뒤덮인 어떤 여자한테 일제히 눈길을 주고 있었다. 여자의 머리칼은 우스꽝스럽게 희고 기다란 모자로 덮여 있었는데, 주름만 없다뿐이지 스머프의 모자 같아서 빳빳하게 서 있었다. 여자의 몸에서 보이는 부분은 얼굴과 얼굴에서 삐져나온 귀, 그리고 고르게 연한 갈색의 예쁜 손발뿐이었다. 소매 긴 평범한 흰색 드레스와 엄청 큰 스커트, 그리고 하얀 레깅스를 입은 여자는 주변의 깎아서 만든 꽃들과 마찬가지로 인조잔디로부터 자라나온 것처럼 보였다.

베카가 종종걸음으로 시레나에게 다가가 귓속말을 하자, 그녀는 높은 의자에 앉은 채로 (이 의자는 또 어디서 온 거지?) 빙그르르 돌아보더니 두 손으로 나를 향해 키스를 날려 보냈다. 그렇지만 일어서지는 않고, 지금 당장은 일어서기가 곤란하다는 표시를 했다. 그래서 나는 들고 있던 것들을 내려놓고 카메라 쪽으로 걸어갔다. 그들은 애잔하게 떨리는 듯 마음을 사로잡는 무슨 동양음악을 틀어놓고 다시 촬영을 시작했다.

곧 이어 흰 복장의 여자가 돌기 시작했다. 처음엔 천천히 그리고는 점점 더 빨리. 그녀의 스커트가 커다란 원을 그리며 퍼져나가 아래위로 멋지게 물결쳤다. 그 바람에 줄기 끝에 달린 아스피린 꽃들도 덩달아 흔들리며 춤을 췄다. 여자가 스튜디오 저쪽 끝에서 실제로 춤을 추는 게 보였고, 이어서 카메라 스크린에도 그 춤이 미니어처로 드러나면서 두 장면이 동일하면서도 다르게 대조되었다. 현실의 여자를 봤을 땐 주변에 거의 희뿌연 실안개 혹은 눈에 보이는 공기 같은 걸 만들어내는 것 같았는데, 화면에 드러난 왜소한 영상에서는 마치 과학처럼 정교하게 도는 것으로 기록되어 있었다.

내가 한 시간 이상 스튜디오에 머문 다음 나왔을 때도, 그들은 여전히 작업에 몰두하고 있었다. 사실 나는 그들이 (나중에 시레나가 말해줘서 알았지만) 최종 촬영에 들어가기 전의 휴식 시간에 빠져나왔다. 시레나는 7분 동안의 완벽하고도 중단 없는 회전을 원했고 결국 그것을 얻었다. 채용되었는지 자원했는지는 모르지만 이웃 수피 사원에서 온 이 무슬림 신자는 명상의 무아지경에서 넘어지는 법도 없이 7분이라는 마법의 시간 동안 끊임없이 빙글빙글 돌았던 것이다. 시레나는 만족할 만한 결과를 얻기까지 거의 7시간이나 걸렸지만, 끝내 그것을 얻어냈다. 얻어내지 못하리라고는 전혀 생각하지 않았다.

그들이 잠시 작업을 멈추고 타이 음식을 먹을 때, 시레나는 명랑하고도 공개적인 어조로 —가면을 쓴 건가! 예전엔 한 번도 본 적이 없었던 식으로— 나를 모두에게 소개했다. 랭글리라는 이름의 촬영 담당은 좀 바보스런 태도였으며, 나보다 나이가 더 많진 않았지만 그래도 보기만큼 젊지는 않았다. 마를렌은 처음엔 호기심을 보이다가 내가 초등학교 교사라는 걸 알게 되자 도마뱀

360

처럼 눈을 껌벅 하더니 타이 국수를 다시 먹기 시작했다. 한편 수피 교도인 새너는 ─원래는 이름이 캐럴라인인 그녀는 푸에르토리코 출신 가톨릭 집안의 반항아였단다─ 한쪽 옆으로 서서는 파파야 조각을 라임 주스에 찍어 얌전하게 먹고 있었다. 티끌 하나 없이 깨끗한 드레스에 기적과도 같이 한 방울도 흘리지 않고서 말이다. 그녀는 식사가 끝나자 주름 속에서 리넨 손수건을 꺼내 조심스럽게 입술과 손가락을 닦았다. 행복으로 환하게 빛나는 그녀는 거의 입을 열지 않았다. 그녀에게 이것은 하나의 영적인 행사였던 것이다.

하지만 시레나에게는 누가 봐도 영적인 게 아니었다. "정신 나간 아가씨, 요 며칠 동안 어디에 있었나요?" 그녀는 그렇게 묻고 내 대답을 기다리지도 않았다. "흥미진진한 온갖 일들을 다 놓쳤잖아요. 아깝네…… 우린 엄청난 모험을 했는데. 지금 이게 마지막이죠." 그녀는 손뼉을 쳤다. "지금 이게 제일 중요한 부분이고," 그녀는 기쁨에 넘쳐있는 흰 옷의 여자 쪽으로 몸을 돌렸다. "새너는 우리의 스타랍니다." 시레나는 몸을 굽혀 스프링 롤을 먹었다. "하지만 한 사람도 빠짐없이 모두 최고였어요. 꼬마 아가씨도, 언니도…… 언니 정말 탁월하지 않았어, 마를렌? 마를렌은 날 똑바로 잡아주는 내 오른팔이었어요. 지금까지 스틸 사진 찍는 건 내 장기가 아니었거든, 비디오는 몰라도 사진은 아니었어." 그녀는 음식을 씹었다. 그것조차 나에겐 과장되어 보였다. "그나저나 사진

361

은, 어떻게, 잘 나왔나요? 마를렌은 너무도 뛰어난 사진사라서 당신 의견을 묻는 것조차 거의 부끄러울 정도죠." 그녀는 마를렌의 팔에다 손을 얹었다. 나한테만 저렇게 팔을 얹는 줄 알았는데. "하지만 당신은" —그녀는 마를렌을 향해 말하면서 그 내용만 나에게 알려주고 있었다— "친절하게도 사진이 훌륭한 것 같다고 그랬어."

"제가 말했잖아요, 시레나, 경탄스럽다니까요. 아시면서……" 그런 다음 마를렌은 나를 향해 몸을 돌릴 듯하다가 전혀 날 보지 않고서 말했다. "시레나는 그릇된 겸손이 너무 심해요. 그래도 이 작품이 설치되면 유명해질 겁니다."

"내일 오후에 올 수 있어요?" 시레나는 그제야 (그날 저녁 단 한 번) 시선을 내게로 고정시키면서 나에게 물었다. "지금은 여기 이 컴퓨터에 잘 보관되어 있는데, 그 때 이미지를 보여줄게요. 맘에 드는지 말해줄 거죠? 여기 이 작은 아가씨 마를렌과 나는 서로 생각이 다르거든요."

"시레나는 표정을 나타내기 위해서 머리 쪽, 그러니까 턱과 입을 보여주고 싶어해요." 마를렌은 여전히 내가 아니라 시레나를 바라보면서 그렇게 말했다. "그렇지만 난 입이 없는 편이 더 나을 것 같아요. 그래야 젊은 아가씨를 위해선 입이 있고, 아줌마에겐……"

"아줌마라고 부르지 마." 시레나가 웃으면서 거들었다. "우리

362

랑 비슷한 나이인데."

"그리고 나의 달링 시레나, (그녀는 달링의 'r'을 내가 항상 원했던 식으로 굴렸다) 우리 또한 아줌마잖아. 그걸 자랑스럽게 생각해야지." 하지만 ─나는 마를렌을 쳐다보며, 빈약한 살이 제풀에 겨워 뼈에서 떨어져 나온 것 같은 그녀의 인상을 생각했다─ 이 여자가 시레나와 같은 나이라고? 말도 안 돼. 시레나의 나이는 이 여자의 근처에도 못 가. "어찌 되었건 우리 동년배인 그녀의 입과 코, 어쩌면 두 눈의 아랫부분까지도 볼 것이고, 그다음엔……."

"그래, 그래." 시레나가 끼어들었다. "노라가 잘 알고 있어요. 그렇게 되면 우리는 우리의 지혜로운 여인인 그 여자의 모든 것을 보게 된다는 것. 바로 그녀가 자신의 모든 걸 보듯이 말이에요. 노라는 이걸 벌써 알고 있지. 우린 그걸 벌써 이야기했거든."

"여러 번 얘기했지." 난 그렇게 중얼거렸다. 마치 내가 그걸 제안했던 것처럼 느껴졌다. 타이 음식의 만찬은 그렇게 끝나가고 새 녀와 얼굴이 환한 수피 신도는 화장실을 향했다. 신비주의자들도 오줌을 눠야 하는 건 마찬가지였다. 나는 몹시 궁금해졌다, 저 여자가 저 큼지막한 흰색 스커트로 예술가들의 때에 찌든 화장실에서 어찌 할 셈인지. 그러나 그녀가 돌아올 때 보니, 전이나 다름없이 아주 깔끔했다.

내가 거기서 이다나 앨리스의 방을 작업한다는 것은 물론 불가능했다. 시레나가 날 보고 싶어 했을지도 모른다는 생각도 도무지 말이 되지 않았다. 추종자들이며 도우미들이 (특히 마를렌이) 시레나를 저렇게 둘러싸고 있었는걸. 시레나가 했던 말이 기억나는데, 마를렌의 작품도 뉴욕 현대미술관에서 열린 단체전시회에 포함되었었다. 이 여자를 보면서 나는 예술의 세계가 어떤 모습인지, 그리고 왜 내가 그 세계에 등을 돌렸는지가 다시금 생각났다. 그래, 지난 몇 달은 온통 진짜 손님이 도착하기 전의 집안 정리에 지나지 않았다. 그러니까 시레나는 전혀 날 필요로 하지 않았던 것이다.

나는 용케도 헤픈 미소를 흘렸다. 무슬림 신자인 여자가 원더랜드 속으로 돌아가기 전에 그녀를 보고 아름답다고 한 마디 했더니, 그녀는 마치 내가 무슨 고대어로 말을 붙이기라도 한 것처럼 날 빤히 쳐다봤다. 스프링 롤은 딱 하나만 먹었지만 베카에게 잘 먹었다고 인사했다. 나는 소지품을 챙기면서 내 폴라로이드를 아무도 못 보게 손가방 속으로 재빨리 집어넣었다. 쌓아놓은 맨 위의 사진 속 내 턱과 어깨에 난 (그리고 내 하얀 브래지어 끈까지) 솜털만 슬쩍 훔쳐봤을 뿐인데도 나는 얼마나 부끄러움에 휩싸였는지 머리가 지끈지끈 아팠다. 이 아마추어 같은 어리석음이라니! 이처럼 제멋대로라니! 누굴 속여 넘기려고 한 거야? 저 사람들, 사진을 다 훑어봤을까? 베카도? 마를렌도? 스튜디오를 빠져나오면서 나는 마지막으로 가로놓인 어둠을 지나 저 멀리 새너가 회전무를 준비하고 있는 빛의 웅덩이 쪽을 쳐다보았다. 그녀의 모습은 이내 사라졌다. 반짝이는 하얗고 희미한 형상이 보일 뿐이었다.

10

다음날 오후 사람들도, 그들의 장비도 모두 사라졌다. 시레 나는 쓰레기까지도 이미 다 치웠다. 아니면 베카한테 시켰거나. 그들이 스튜디오에 있었다는 증거는 깡그리 없어졌으니 말이다. 예외적으로 남은 증거라면 아마도 커피 잔이 모두 깨끗하다는 사실이었다. 보통은 커피 잔이 깨끗할 리가 없으니까.

"노라!" 내가 들어서자 그녀는 쳐다보지도 않은 채 불렀다. "와서 봐요!" 컴퓨터에 앉아 있다가 내가 다가가자 그녀는 새너의 동영상을 틀어주었다. "랭글리가 이걸 막 보내왔어요. 물론 원한 다면 손을 봐도 되는데, 일단 한 번 봐요."

밝고 환한 색채가 넘쳤다. 인조 잔디는 너무도 녹색이었고, 꽃들은 너무도 완전하게 라일락이고 레몬이고 장미였다. 그리고 새너는 올리브 색조를 띤 부분을 제외하고는 —저 손이며 저 두

귀를 좀 봐!- 이루 말할 나위 없이 순수한 백색이었다. 비디오는 완전히, 꿈처럼, 무성無聲이었다.

"음악은 어떻게 된 거지?"

"아니, 아니, 잘 봐요. 우리 그 점은 이미 논의했잖아요? 아, 아니다, 마를렌과 이야기했었구나, 미안해요. 요즘 내 기억력이 어떻게 되었나봐."

"우리 음악은 이야기한 적 없어요."

"무성영화처럼 만들고 싶었어요. 완전히 소리를 배제하고. 무인도에 살았던 이븐 투파일29)의 은둔자는 자연의 음악이라든지 자신의 머릿속에서 상상한 음악을 제외하고는 다른 어떤 음악에 맞추어서도 빙글빙글 돌며 춤추는 일이 없었죠. 아니, 어떤 음악도 알지 못했고. 그래서 난 이 비디오에 음악을 넣지 않았어요. 하지만 내가 알고 싶은 것은 이거에요. 우린 그들에게 침묵 외에 동시에 음악도 주어서 선택하도록 해야 할 것인가? 그리고 이건 빨리 결정해야 돼."

"무슨 말인지 모르겠네."

"응, 그러니까, 나의 원더랜드에 오는 사람들 하나하나가 그들 자신의 원더랜드를 위해 가능한 한 풍부한 공간을 찾도록 해

29) **Ibn Tufail** 12세기 스페인의 철학자 겸 내과의사 겸 소설가. 서양에서 Philosophus Autodidactus로 알려진 최초의 철학소설을 쓴 것으로 유명하다.

주고 싶다는 거죠. 당신도 이거 알잖아요. 남자들도 마찬가지고.
자, 그래서, 상상력이 전혀 없는 사람이거나 도움을 받아야 꿈을
가질 수 있는 사람들은 어떡하겠어요? 그렇기 땜에 비디오 룸 주
변에다 헤드폰을 여럿 설치하는 거죠, 어때요?"

"어떠냐고?"

"네 개나 다섯 개쯤, 아니면 아예 일곱 개 정도."

"일곱 개씩이나?"

"삶에는 일곱 단계가 있으니까. 사진도 일곱 장이고, 베일도
일곱 개, 그러니까 베일을 걷는 것도 일곱 번, 춤도 7분 동안이고,
존재하는 숫자 중에서 7이 가장 신비로우니까." 그녀는 두 손을
위로 치켜들더니 이어 테이블 위에 열려 있던 담뱃갑에서 한 개비
를 꺼냈다. 스칸다르가 피우는 게 아닌 걸 보니 이번에는 그녀가
직접 샀던 모양이다.

"음, 헤드폰을 일곱 세트 마련하자는 거군요. 많은 것 같은
데. 어쩌면 어수선할 수도 있고."

시레나는 어깨를 으쓱했다. 우리는 함께 스크린에서 새녀가
춤추는 모습을 봤다. 한 손은 하늘을 향하고 다른 손은 땅을 향
하고 있었다. 손가락을 마치 산들바람에 흔들리는 꽃잎처럼 움직
였다.

"그러면?"

"그럼 세트마다 다른 음악이 나오는 거죠. 다 음악이 나올 필

요도 없어요. 맞아, 그 중 하나는 새녀가 실제 거기 맞추어 춤추게 될 오마르 파룩 텍빌렉의 음악이고. 아, 참, 허락을 받고 사용하도록 해야겠네. 하지만 다른 하나는 반드시 새 소리라야 해요. 봄의 새 노래, 예컨대 나이팅게일과 찌르레기를 함께 틀면 좋겠어. 또 다른 건 요즘의 팝송…… 누구 젊은 친구에게 물어봐야겠어. 마리아가 알지도 모르겠네? 아니, 아니야, 마리아는 만날 끔찍스런 음악만 듣지, 맞아. 그리고 또 다른 헤드폰에서는 도시의 소리들, 그러니까 뉴욕의 교통 소음 같은 게 나오면 어떨까요."

"사색이나 명상에 어울릴 것 같지 않은데. 깨우침의 소리라고 볼 수는 없잖아요?"

"그 자체는 아니죠, 오케이. 하지만 비디오 좀 봐요, 저기……" 우리는 같이 화면을 봤다. "그리고는 자동차의 경적과 브레이크 밟는 소리와 끼익 멈추는 소리 같은 온갖 소음을 상상해 봐요. 그러다가 갑자기 새녀의 춤이 (말하자면 그녀의 기도가) 그녀의 낭랑한 울림이 시작되면, 그녀의 원더랜드가 지닌 힘은 한층 더 막강해지는 거야, 이해되죠? 훨씬 더 자유로워진다고요. 왜냐하면 그녀는 자신의 생각에 의해서 자신의 마음속 다른 세계로 옮아가기 때문이죠. 음악이 파블로프의 조건반사처럼 그녀를 그런 상태에 들게 할 때도 그렇지만, 새들이 천상의 음악을 노래할 때도 그렇지만, 심지어 바깥세상이 완전히 혼란스럽고 ―그녀는 '혼난'이라고 발음했다― 엉망진창일 때도 마찬가지거든요." 그녀가 스크린을 향해 담배를 흔들자 한 순간 연기가 걸려 있었다.

"이건 정말 아름다울 거예요. 참되기도 하고."

나는 그녀가 말을 잇기를 잠시 기다렸다. 하지만 침묵이 계속되자, 내가 말했다. "그래도 여전히 네 개밖에 안 되는데."

"뭐가 네 개라고요?"

"헤드폰 세트."

"오, 노라, 당신이 이렇게 쪼잔할 수 있는지 미처 몰랐네요. 나, 이거 너무 맘에 들어요. 정말 좋다구요."

내가 커피를 만들자 그녀는 이렇게 말했다. "아, 참, 사진. 당신 가기 전에 사진을 좀 봐야 해요. 프랑스에서도 출력하라고 지시해야 하거든. 언제나 그렇지만 어제 지시를 했어야 하는 건데. 아주 커다란 거의 213센티미터 길이의 모슬린에다 인쇄하는 거라, 컴퓨터로 한다고 해도 쉽지 않아요. 크기부터 그렇고, 직물에다, 그것도 일곱 장씩, 시간이 걸려요. 이제 시간이 많지 않아요."

"그렇군." 내가 답했다. "그런 것 같네, 시간이 너무 없어요." 그녀가 파리 전시회 날짜를 나에게 알려주었던 때가 까마득히 오래 전인 것처럼 느껴졌다. 갑자기 모든 게 끝나버렸다. 초점이 딴데로 옮아가버린 것이다. 이제 샤히드 가족 사람들은 모두 나에게서 시선을 돌리고 있었다. 우리는 (혹은 나는) 그 모든 것의 종말을 향해 치닫고 있었다. 앞뒤 안 가리고 죽음을 향해 내닫는 불치병 환자. 모든 것의 속도를 무엇보다 줄이고 싶은 때이건만, 유한성의 깨달음 자체가 만사를 몰아붙이고 있었다. 시간이 없다는 시레나의 말은 그런 뜻이 아님을 나는 알고 있었다. 전시회까지 시간이 별로 없다는 의미였다. 그녀가 나에게 잃어버린 존재가 되기까지 거의 시간이 남지 않았다는 거다.

"그럼 사진을 보여줘요." 내가 말했다. "서두르자고요!"

어린 소녀는 표현처럼 그렇게 어리지 않았다. 난 발가벗은 아이의 모습에 거의 충격을 받았지만, 동시에 심오한 감동도 느꼈다. 대여섯 살의 아이를 쓰지 않은 것은 시레나의 의도였다. 그 나이엔 발가벗는 데 대한 부끄러움이라곤 조금도 없으니까. 해변을 따라 서 있는 굴곡 없이 밋밋한 몸매의 아이들, 두드러지지 않아 서로 바꾸어도 모를 정도의 고추를 단 아이들. 아니, 내가 받은 충격은 틀림없이 열한 살 정도인 —시레나가 열한 살이라고 확인해준— 이 계집아이의 새롭게 눈뜬 신체를 목격하는 데서 왔다. 날카롭게 장밋빛으로 부풀어 오른 젖가슴의 싹, 허리 아래 이제 막 둥그스레해지고 있는 둔부. 그러나 이런 곡선들은 여전히 단단한 몸통과, 신의 품 안에 있어 워즈워드 식의 영광을 따라다니는 아이의 길고 곧게 뻗은 완벽한 사지 위에 나타난 하나의 암시에 불과했다. 그리고 거기 음부에는 몇 가닥의 검은 털, 감추어진 비밀의 시작, 그러나 아직은 세상을 향해 거리낌 없고 맑으며 깨끗한 아이의 성기가 보였다. 이 모든 가운데 계집아이는 똑바로 서서 왼쪽 엉덩이에 몸을 살짝 기울인 채 오른발을 약간 벌리고 있었는데, 프레임마다 그 각도가 조금씩 변하는 것이었다. 왼손은 카메라를 향해 뻗어서 더 크게 다가왔으며 그 부드러운 사각형의 손톱은 성년成年의 약속을 담고 있기도 하고 거기에 매달리기도 했다. 얼굴이 나온 사진은 하나도 없었지만 잘라내기를 한 정확한 포인트가 모두 달랐고, 어떤 사진에는 턱과 입이 보이기도 했다. 머리칼은 위로 말아 올려서 어떤 색깔인지도 알 도리가 없었다. 그래서 이 계집아이를 정의해주는 것은 섬세한 목의 노출이었는데, 마치 식물의 줄기처럼 신체의 다른 부분에 비해 약간 길고 연약해 보이는 목이었다. 어떤 사진에서 ─아이의 모습이 가장 많이 드러나 시레나가 사용하고 싶어 했던 사진인데─ 아이는 입술을 지그시 깨물고 있었는데, 보는 사람은 완벽하게 이랑이 패인 장밋빛 입술을 누르는 이빨의 기미만을 어렴풋이 알아볼 정도였다. 숨이 턱 막히도록 아름다운 이미지였다.

"봐요, 저기, 이해할 수 있죠, 그죠?" 시레나가 물었다. "머뭇거림의 순간이에요. 앞으로 손을 뻗어보지만 확신이 없는 거예요. 그냥 가만히 있기를 바라기도 해요. 느긋하면서도 어딘지 어색하기도 하고. 아이이지만 또 아이가 아니기도 하고."

"바로 그 이유 때문에 당신은 절대 이걸 쓸 수 없어요." 내가 대꾸했다. "사진사를 믿어요. 당신 친구를 믿고 맡겨요. 자기가 뭘 하고 있는지 잘 알고 있으니까."

시레나는 다시 두 손을 내던지듯 쳐들었고 목구멍에선 짜증이 나 가래 끓는 소리가 굴렀다.

"이 아이의 사진 중에서 하나만 쓸 거죠, 그렇죠? 딱 한 장만? 저 사진을 쓰게 되면 그게 무슨 이야기를 하는지 당신한테는 뚜렷하겠지. 그러나 바로 저 입과 저 이빨 때문에 사실 다른 사람들이 하지 않는 식으로 스토리를 풀어나간다고요. 모르겠어요? 그래서 그게 이야기를 시작하는 순간 사람들은 제멋대로 그걸 해석하고, 저 사진에다가 자기 나름의 스토리를 입힐 수가 있거든. 물론 당신한테는 그게 말하는 바가 또렷이 보이겠지만, 그렇다고 사람들이 생각하는 것까지 통제할 순 없잖아요. 그게 당신의 원더랜드에겐 핵심적인 개념인 줄 알았는데. 그것에 대한 각 개인의 경험은 개방되고 독특해야 한다는 것."

"그건 물론 맞아요, 하지만 이 사진은……"

"당신한테는 이 사진이 '나는 깨달음의 순간에 머뭇거리다'라고 말해요. 또 수많은 사람들에게 역시 그렇게 말하겠지요. 그렇지만 또 그 수십만 가운데 수백 명의 성욕 도착자들에게는 이렇게 말한다구요, '저 어린 소녀는 나랑 섹스를 하고 싶어해. 난 알고 있었지.'"

"하지만 그건 말도 안 되는……"

"**롤리타** 읽어봤죠? 그럼 얘기는 다 끝난 거잖아요."

시레나는 더욱 툴툴거렸지만, 내가 한 말을 반박하지는 않았다.

"이거네." 머리가 안 보이고 소녀의 목이 가장 백조처럼 보이는 사진, 앞으로 뻗은 왼손의 집게손가락이 약간 들려 있는데다 어떤 광채의 효과 때문에 주위에 그림자가 둘러쳐져 있어서 손가락 길이를 강조하는 것 같은 사진을 가리키며 내가 말했다. 덕분에 사진은 약간 종교적인 분위기를 띠었고 중세 마돈나의 제스처가 어렴풋이 느껴졌다. "이걸 사용해야 돼요."

"정말 그렇게 생각해요?"

"확실해요."

그녀는 한숨을 내쉬었다. "그럴지도." 그녀의 답이었다. "당신 말이 맞을지도 몰라." 마지못한 이 한 마디는 나를 우쭐하게 만들었지만, 이어 그녀가 이렇게 덧붙였다. "마를렌한테 다시 보라고 말해야겠네. 마를렌이 선택한 것은 이게 아니고…… 응, 이거였지." 그녀는 다른 이미지를 손으로 가리켰다. "하지만 당신이 왜 이걸 골랐는지 알겠어요. 손가락 때문이죠, 그렇죠? 손가락에 대해선 당신 말이 맞아요. 내가 언급하진 않았지만, 옳은 말이에요."

그다음에 이어진 사진들은 스물두 살인 어느 여자인데, 하얀 피부에 선정적인 페인트 덩이처럼 점이 나 있었다. 활모양의 예쁜 입은 위쪽으로 말려 올라가 있어 웃음을 간신히 억누르고 있는 것처럼 보였고, 윗입술에는 선연한 홈이 패어 있었다. 이 아가씨 사진이 두 장, 그리고 다음부터는 모든 모델의 사진이 두 장씩 있었다. 그 중 하나에는 역시 여자가 손으로 수줍게 음부를 가린 채로 카메라를 향해 똑바로 서 있었다. 다른 사진에는 대기를 끌어안듯 팔을 내뻗으며 반쯤 몸을 돌리고 있어서, 날카롭고 검은 젖꼭지와 함께 유방의 무르익은 무게가 느껴지고, 사타구니에서 부풀어 나온 풍성하고 젊은이다운 음모가 보였다.

중년기를 보여주는 사진은 두 세트가 있었다. 그 중 첫째는 키가 좀 큰 여자 사진으로, 묵직하고 모성애가 느껴지게 좀 뚱뚱했다. 젖가슴은 풍만하고 고르지 않게 늘어졌으며, 젖꼭지는 정렬이 안 된 헤드라이트처럼 살짝 다른 방향을 가리키고 있었다. 둥근 배는 아마도 아이를 낳아서 그렇겠지만 쭈글쭈글한 살갗으로 덮여 있는데, 그것이 다른 부분의 등걸 같은 탄탄함이나 신체의 충만함과는 어울리지 않았다. 허벅지 위의 장식 같은 자줏빛 핏줄과 그 흔적, 맹장수술의 자국, 그리고 한쪽 무릎을 둘러싼 이음매도 보였다. 여자의 얼굴은 거의 눈까지 보였다. 코에서 입에 이르는 강인한 선, 완전히 통통하진 않아도 여전히 둥근 뺨, 턱 아래 막 발개지기 시작한 피부. 하지만 두 장의 사진 가운데 하나는 ─우아하게 핏줄이 선 튼튼한 손으로 허리를 꽉 쥐고 있는 사진은- 입을 크게 열고 크게 웃고 있는 그녀의 모습을 보여주었다. 두 눈을 보지 않고서도 그녀의 힘을 느낄 수 있었고, 그녀가 아름답다는 걸 알 수 있었다.

얼굴을 감춘 이 여자에 대해서 나는 질투와 경멸을 동시에 느꼈다. 시레나가 그랬겠다, 마흔네 살에 아이가 셋이라고. 질투를 느낀 것은 내 자신의 육신이 ─모든 면에서 더 젊은데다, 무슨 조각상 같은 이상에 좀 더 가깝게 깎여져 있지만─ 기다리고 있는 몸, 아직 써먹지 못한 몸이라고 느꼈기 때문이다. 나는 경솔하게도 뚱뚱하고 지저분한 이 중년의 몸뚱어리를 향해 처음에는 젊은이의 본능적인 반발을 느꼈지만, 동시에 아무리 젊음을 유지하려고 애써봤자 나 역시 시간에 유린당해버릴 거라는 위기감도 느꼈다. 피지 못한 꽃처럼 덩굴에 매달린 채 시들어버릴지 모른다는 위기감 말이다. 그리고 생각했다, 이것은 사라지기 직전의 활짝 핀 꽃이지만, 그래도 그것은 풍성한 삶이 아니겠는가.

중년기의 사진 두 번째 세트를 보자 나는 경악을 금치 못했다. 무엇보다 나는 어째서 여기엔 두 명의 모델이 이용되었는지 종잡을 수가 없었다. 그렇지만 다음 순간 나는 목에 걸린 실버 체인을 알아보았다. 코의 곡선과 검은 진주 같은 작은 점이 나 있는 빗장뼈도 알아보았다.

"왜 자기 사진을 찍었죠?"

"아, 그게 문제예요. 마를렌이 사진을 찍었는……" 아하, 그러니까 마를렌이 카메라를 들고 서서 벌거벗은 시레나를 기록했다, 이런 말이지? 어찌 보면 마를렌이 그랬다는 것은 상관없었다. "사실 사진작가로서는 마를렌이 나보다 훨씬 낫거든요."

"글쎄, 내 생각은 좀 다른데."

"너무나 충실한 친구로군요. 하지만 세상은 그렇게 생각하고, 또 그럴 만한 이유가 있어요. 그러니까 만약 내 자신의 몸을 이용할 까닭이 있다면 ─나이도 적절하고 또 난 예술가니까─ 굳이 다른 사람한테, 말하자면, 내 대신 벗은 장면을 해달라고 부탁할 일이 없잖아요……" 그녀는 한숨을 쉬었다. "그리고 이런 설치미술에는 이것도 중요하다구요. 당신의 말처럼 나는 모든 사람이 원더랜드 안에서 나름대로 자기 삶의 여정을 경험했으면 좋겠어요. 사실 난 내 인생의 여정 가운데 지금 내가 있는 지점 때문에 이 작품을 만들고 있거든요. 그러니까 내 자신의 육신을 여기 내놓는 것, 여행 중인 내 모습을 보여주는 것은 올바른 일이죠."

"그럼 왜 주저하는 거죠?"

"혹시 제왕절개 흔적을 이야기하는 건지 모르겠는데, 그것 때문에 그러는 건 아니에요. 난 창피하지 않아. 그렇지만 이건 내 사진이 아니잖아. 나에게 이건 아주 기이해요. 말하자면 관점의 변화라 할까, 무슨 말인지 알죠? 나는 내 눈을 통해 세계를 보여주고 있는 건가, 아니면 내 자신을 세상에 보여주고 있는 건가?"

"뭐, 그건 상황에 따라 다르지."

"바로 그거죠! 상황에 따라 달라요. 그래서 난 선택해야 하는 거고. 하지만 당신도 의견이 있을 텐데?"

내 의견? 그녀의 벗은 몸은 아름답다는 것, 그녀의 몸은 더 나약하기도 하고, 더 어린이 같기도 하지만, 다른 한편 내가 상상했던 것보다 더 튼튼하다는 것. 그게 내 의견이었다. 마치 버터로 만들어진 조각인 양, 그녀의 올리브색 피부에 아직도 온통 젊음의 윤기가 자르르 흐른다는 것은 미처 깨닫지 못하고 있었다. 평평한 아랫배의 양쪽 골반 뼈가 마치 반질반질 닦은 문고리 같다는 사실도. 그 오랜 시간 동안 나는 그녀의 왼쪽 어깨가 오른쪽 어깨보다 얼마나 더 높은지도 알아차리지 못하고 있었다. 그녀가 미소 지을 때면 구부러진 이빨 하나가 밖으로 쑥 나오는 모습에 난 행복해졌다. "그 결정은 당신이 직접 해야겠네요." 나는 그렇게 말했다.

"어쩌면 무슨 계시를 받을지 몰라."

"둘 다 사용할 수는 없나? 각각 하나씩 안 돼요?"

"대칭과 균형의 문제니까. 안 그러면 일곱 명의 여자를 쓸 수도 있겠죠. 하지만 그렇게 되면 사진이 더 많아지고, 시간이 없어요."

"한 번 더 촬영할 수는……"

"안 돼요." 시레나의 목소리는 거의 매섭게 들렸다. "스칸다르가 하는 말이 바로 그거예요. 마치 시간이 무한정 있는 것처럼. 화랑에서는 먼저 6월까지 모든 걸 받고 싶어해요. 원단에다 이런 크기로 대형 출력을 해주는 곳만 해도 벌써 6주일을 달라고 하는데, 6주일이란 시간이 어딨어요? 날 위해서 서둘러보겠다고는 하는데 무슨 실수나 문제라도 생기면 어째? 일이 틀어져선 안 돼, **틀어질 여유가 없다고요!**" 그녀는 거의 소리를 질렀다. "할 일은 왜 이리도 많은지. 심장, 여기 플라스틱 심장을 만들어 넣고 싶었는데, 지금 보니까 펌프를 집어넣으려면 파리에서 하는 게 최고일 것 같네요. 하지만 사양서대로 아주 정확하게 만들어져야 하는데…… 다음 주 초에 어떤 친구의 친구를 불러 도와달라고 할까 해요. 목요일엔 화랑 사람들 만나러 뉴욕에 가야 하니까, 그죠, 기억하죠? 그리고는 토요일이나 일요일까진 못 돌아오거든. 그럼 또 한 주가 그냥 지나가버리잖아요. 그냥 낭비된다고, 안 그래요?"

"알았어요." 그렇게 답해주어야 할 것 같았다.

"당신이랑은 좀 달라요. 당신은 데드라인도 없고 철석같은 약속도 없어서 얼마든지 시간이 넉넉하잖아요. 하지만 내 경우는 기한 맞추느라 만날 헐떡인다니까. 항상 누군가가 기다리면서, 시레나, 늦었어요, 늦었어…… 여기 스튜디오는 여기대로, 집에선 집대로, 레자에, 스칸다르에, 우라질 베이비시터에, 전화에 대고 고래고래 소리 지르는 파리의 화랑에…… 지겹도록 할 일이 많아요. 근데 이 전시회는 아주 중요해요, 나에겐 절호의 찬스니까. 나이는 점점 들어가고, 그래, 시발점이라는 게 있잖아. 지금까지 그런

379

대로 관심은 받았지만, 관심이란 건 매번 더 중요해지거든. 여기서 실패하면 끝장이야. 매번 더 그렇더라고. 내가 장애물을 완전히 넘어버리기 전까지는 그래요. 이번엔 반드시 넘어야지. 이번 전시는 너무나 중요해요."

"알았다니까." 난 다시 말했다. 이 여자가 날 산 채로 아주 껍질을 벗기고 있었다는 거, 너한테 굳이 말할 필요도 없겠지?

"그러니까, 사진은 이제 그만요. 어떤 것이든 내가 오늘 밤까진 고를 거예요. 어쩌면 눈을 감고 고를지도 몰라요. 뭐가 될 건지 보자구요." 그녀는 거칠게 웃은 다음 두 눈에 마스카라를 발랐다. 상당히 흥분되어 있었다. 암, 모르지, 기회를 얻는다는 것, 삶을 누린다는 것, 그런 게 뭔지 물론 나야 알 수가 없지. "자, 그나저나 우리 아직 사진 얘기를 다 끝내지 못했어요. 나의 지혜로운 여인이 아직 내 곁에 있고, 그의 의견은 최고의 의견이잖아요."

"난 금방 가봐야겠어요."

"아니, 당신도 작업을 하러 왔잖아요. 미안해요, 내가 온통 들떠 있어서. 나, 너무 피곤해. 뭔가에 압도된 것 같아. 오, 노라, 친애하는 친구, 사진을 재빨리 훑어봐요. 그러고 나서 당신 작품을 해요, 응? 벌써 며칠 동안 작업대에 앉지도 못했다는 거 잘 알아요. 그냥 내가 가장 소중히 여기는 것, 가장 훌륭한 작품들을 봐주기만 하면 돼."

그 사진들은 (다른 사진들의 찬란한 아름다움에도 불구하고) 과연 최고의 것이었다. 시레나는 83세의 이 여자가 자기랑 함께 요가를 배우던 사람이라고 설명했다. 알고 보니 할머니 자신도 화가인 동시에 아동치료사였는데, 공식적으로는 은퇴했지만 지금도 여전히 컨설팅을 하고 있었다. 남편은 이미 세상을 떠났고 자녀는 없었다. 그녀의 이름은 ─이름이 중요한 건 아니지만─ 로즈였다.

사진에서 우리는 로즈의 모든 것을 볼 수 있었다. 엄지발가락은 밖으로 휘고 손가락은 얼마나 비뚤어졌는지 저 손으로 어떻게 펜을 잡을지 궁금해질 정도였다. 오그라든 오른쪽 젖가슴에는 암 덩어리 제거수술의 (쉰여덟 나이에 유방암이라) 하얀 흔적이 있었는데, 사실은 거의 눈에 띄지 않았다. 우리 역사시간에 봤던 원주민 여자들의 가슴처럼, 그녀의 가슴은 말라붙은 티레시아스의 젖꼭지 형상이었다. 에로틱한 것과도 너무 멀고 모성애의 이미지와도 너무 멀어서 젖가슴이라 부르기조차 뭣하고, 오히려 흉곽에 붙어있는 텅 빈 자루라고 하는 편이 나을 것 같았다. 그녀의 뼈대는 어디서건 다 보였고, 거의 툭 튀어나왔다. 마치 죽을 수밖에 없는 운명의 그림자처럼 살갖 아래서 희미하게 빛나는 가슴뼈, 갈비뼈, 기이하고도 의기양양하게 쑥 내민 고르지 못한 엉덩이, 작은 마디로 덮인 두 무릎…… 게다가 놀랍게도 주근깨투성이인데도 말이다. 그녀의 피부는 온통 너무나 얼룩덜룩해서 앞인지 뒤인지 구분할 수가 없었다. 그렇다고 젊은 여자의 목에 키스하듯 여기저기 부드럽게 흩뿌려놓은 반점은 아니었다. 로즈의 몸은 잭슨 폴락의 작품이었고, 여느 캔버스나 마찬가지로 두드러진 인간의 몸이며, 너무나 강렬해서 거의 벌거벗음을 입고 있는 것만 같았다. 나는 그 와중에도 그녀의 손톱과 발톱이 조가비 같은 핑크색으로 세심하게 -야하면서도 신중하게- 칠해져 있다는 사실이 너무 좋았다. 그건 노부인의 자긍심이었다.

그러나, 아, 그녀의 얼굴을 보는 기분이란! 다른 사진의 얼굴이 빠져 있는 몸을 본 다음에 그녀의 얼굴을 선물로 받자니 내 눈에는 거의 눈물이 고였다. 게다가 얼마나 독특한 얼굴인지! 그녀의 살색이 마스크였고 주름은 거의 접힌 살 같았던 몸의 나머지 부분처럼, 혹은 그 이상으로, 얼굴에도 주근깨가 덮여 있었지만, 여기 얼굴에는 영혼이 빛나고 있었다. 창백하게 푸른 두 눈은 맑고 강렬하게 그리고 울려 퍼지는 즐거움으로 빛났다. 강인하고 다부진 코는 뱃머리가 물결을 가르듯 바다 같은 얼굴을 갈라놓고 있었다. 너무나도 하얀 이빨은 비뚤어져 있어 안심이 되었다. 그리고 순백색으로 번들거리는 머리칼은 기름을 발라 곧게 편 다음 흠 잡을 데 없이 가르마를 타서 얼굴로부터 뒤로 당겨져 있었다.

시레나가 골라놓은 두 장의 사진 가운데 하나를 보니, 로즈는 반나마 몸을 회전시키며 춤을 추고 있는데, 거의 새너의 데르비시 회전무에 조응하는 것 같았다. 모든 사진 중에서 가장 아름다운 다른 한 장에는, 마치 아이에게 손을 내밀듯 카메라를 향해 손을 뻗으며 환영의 뜻과 공모의 뜻이 함께 담긴 미소를 짓는 그

녀의 모습이 있었다. 그녀는 이렇게 말하는 것 같았다. "이리 와,
어서, 내가 아는 온갖 불가사의를 다 보여줄 테니까."

실오라기 하나 걸치지 않은 로즈를 보면서 질투나 경멸이나
심지어 슬픔을 품을 수는 없다. 나는 경외의 느낌으로 그녀를 보
면서 이렇게 생각했다. "당신과 함께 갈 수 있게 해줘요."

다음 순간 시레나에 대한 분노는 여전했지만 나는 생각했다.
설사 그녀가 자신의 설치작품을 위해 다른 아무 것도 안 했다 할
지라도, 설사 원더랜드가 오로지 저 사진뿐이라 할지라도, 이미
그녀는 아름답고 감격적인 작품을 만든 셈이라고. 나는 생각했다.
마를렌의 말이 옳았어, 이것으로 시레나가 만들어지는 거야. 내
가 앨리스의 드레스로 덮개를 꿰매줄 필요도 없었고, 아스피린의
꽃이나 깨진 거울 따위도 필요 없었다. 그 모든 것들은 아무리 영
리하고 아름답다 하더라도 결국 쓸데없는 것이다. 이거야말로 참
된 순간, 진정한 순간이었다. 이거야말로 그녀의 원더랜드였다.

"이것들 정말 기막히게 환상적이네." 그렇게 말할 수밖에 없
었다. 그러자 시레나는 언제나처럼 내 팔에 손을 얹으며 진심으로
나를 바라보면서 이렇게 말했다. "고마워요."

11

그다음 주 시레나는 뉴욕으로 떠났다. 가기 전에 우리는 애플턴 학생들의 모험을 거의 두 주일 후의 월요일 오후로 확정할 수 있었다. 아이들을 모두 데려올 터였지만, 그녀는 부모들이 동의한 아이들만 동영상에 넣을 생각이었다. 다른 아이들은 스튜디오에서 내가 작업하는 쪽에 모아놓고 미술 프로젝트를 줄 예정이었다. 나는 두 개의 섹션이 나타나 있는 동의서 양식을 준비해서 모든 학부모들에게 보냈다.

시레나는 결국 자신을 대리해줄 화랑으로 애너 Z를 선택했다. 당시로는 대담하고 위험하게조차 보이는 선택이었지만 ―이 화랑 살아남기나 할 건가? 누가 알겠어?― 지난 몇 년 간 어려울 때조차 둘 다 번성을 누렸고 한쪽의 성공이 다른 쪽을 먹여 살렸다. 그리하여 이제 애너는 시레나를 '발견한' 공을 인정받고, 시레나는 (글쎄 좀 더 정확히 말하자면) 애너를 '일으켜 세운' 공을 인정받고 있다.

하지만 그건 나중의 이야기고…… 어쨌건 시레나는 떠났다. 말할 것도 없이 난 그녀가 떠날 거라는 사실을 이미 알고 있었다. 나는 일주일이 넘도록 상자 만들기를 내버려두고 있었다. 느끼기에는 훨씬 더 오래인 것 같았다. 그 며칠 동안 나는 꼼짝도 않고 집에 너무나 틀어박혀 지냈다. 내가 찍은 폴라로이드 사진들을 찢어발기고 싶은 충동을 간신히 억눌렀다. 도대체 내가 뭐라고 생각했던 거지? 다른 사람들이 이 사진을 보는 것을 어떻게 참을 수 있을까? 여전히 그걸 들여다볼 용기가 나지 않았다. 슬프고 길들여진 사진이 아니라 무슨 야한 음란물이라도 되는 것처럼, 속옷을 넣어두는 서랍 저 안쪽에다 처박아두었다. 나는 부끄러움을 느꼈을 뿐 아니라 그 부끄러움도 부끄러웠다. 앨리스든 이디든 나처럼 내숭을 떨 시간도, 그럴 인내심도 없었을 터. 나같이 멍청한 암소가 또 어디 있을라구!

중요한 것은 그것에 (예술에) 소질이 있으면서 동시에 신경을 끊는 것이었다. 그 둘 중 어느 것이 더 중요한지, 그냥 신경을 쓰다가는 치명적인 장애를 만나게 된다는 건지, 확실치 않았다. 소질도 없고 신경도 쓰지 않는다면 더 나을 것인가? 말할 것도 없이 무엇보다도 —내 마음속에 찬란한 나신裸身의 로즈가 떠올랐다— 예술에 소질이 있다는 건 중요했다. 시레나는, 아, 망할 년, 그녀는 소질이 뛰어났다.

그러나 그것이 나의 예술가들과 그들의 집을 내버려두는 이유가 될 수는 없지. 스스로에게 난 그렇게 다짐했다. 나야 그리 대단치 않은 인간이지만 −의심, 오, 의심! 모든 생명의 적이여!− 그들은 탁월하며, 내가 그 정도라도 되는 건 그들 덕택이었다. 그래서 시레나가 떠난 다음 목요일과 금요일에 나는 스튜디오로 가서 밤늦게까지 남아 이디의 완벽한 축소판 사진들을 골라 유리 아래 조심스럽게 끼워 넣었다. 일단 설치가 되면 그것들은 봉인된 방에 들어 있는 이디를 내려다보게 되겠지. 다듬고, 측정하고, 풀을 붙이면서도 나는 줄곧 생각하고 있었다. 근데 이 이미지들은 뭐지? 새 것도 아니고, 파운드가 그처럼 원했듯이 새롭게 만드는 것도 아니잖아. 잡동사니를 그러모은 이 이미지들, 내 노력으로 된 건 하나도 없잖아. 오히려 내 노력이 얼마나 노동집약적인지를 감안한다면, 내가 노력하지 않은 게 더 큰 일, 왠지 더 거창한 일이었고, 마치 눈 먼 사람처럼 느낄 수는 있어도 그게 뭔지 제대로 알 수는 없었다.

동시에 난 이렇게도 물었다. 그러나 아직 만들어지지도 않은 것, 아직 충분히 완성되지도 않은 걸 왜 판단해야 하지? 이 디오라마들은 어느 누구와도, 다른 어떤 것과도, 경쟁을 하는 게 아니잖아. 그것들은 너의 표현일 뿐이잖아. 너의 표현.

너의 표현이라고? 종류는 달라도 실제 살았던 위대한 예술가들에게 바치는 원시적인 오마주일 따름인데, 그게 어떻게 네 것이 될 수 있어?

하지만 하나의 시리즈로서는 논리를 갖잖아……

그리고 그 논리는 완전히 부수적인 거지. 추종자들의 논리니까.

그렇지만 우리는 (우리 대부분은) 추종자 아닌가?

하지만 우린 추종자가 되고 싶은가? 당연히 예술작품이란 그저 **현재 상태에 대한** 것은 아니잖아? 너는 가능한 것, 원하는 것을 위해 문을 열어두고 있는가?

다듬고, 측정하고, 풀을 붙이는 동안에도 나는 내 자신의 작업보다는 오히려 빙글빙글 돌고 있는 새너, 혹은 손을 내뻗은 계집아이, 혹은 포옹하고 있는 로즈의 모습을 더 많이 생각하고 있었다. 시레나의 세계에 넌지시 드러나는 괴물성과 재버워크의 두 눈을 생각하고 있었다. 그녀가 만들자고 제안한 아이들의 동영상과, 그게 정확히 어떤 모습이 될 것인지를 생각하고 있었다.

복도에서 들리는 발자국 소리와 문간에서 발을 끌며 멈추어서는 기색을 (몇 달 전처럼) 인식하게 된 것은 금요일 밤 열 시경이었다. 그리고는 영락없이 노크하는 소리가 들렸다. 방안은 따뜻했고 문을 다 열어놓고 있어서, 밖에서 나뭇잎이 바스락거리는 소리가 속삭이는 음성처럼 들렸다. 사위는 너무도 고요했고, 난 스스로가 아주 침착한 것을 (거의 침착한 것을) 깨닫고는 소스라치게 놀랐다. 나는 이그잭토 커터를 그러잡지도 않았고 구슬땀을 흘리지도 않았다. "누구세요?" 문 쪽으로 걸어가면서 나는 소리쳤다. 그리고 반응은 다시 그 특유의 노크였다.

스칸다르가 거기 서 있었다. 엉망이 된 양복저고리 한쪽 어깨에 녹색 나뭇잎들이 조금 묻어 있었다. 숲속을 지나온 것처럼.

"하, 당신이군요." 나는 미소를 지었다. 그러지 않을 수가 없었다. 무엇인가가 얼마나 강력하게 밀려드는지, 마치 병이 난 것만 같았다. "와우."

"그리 멀지 않은 곳에서 식사를 했어요. 레바논 출신의 대학원생들 몇몇이랑. 다들 엄청 떠들어댔죠. 데이비스 광장 근처였나." 그의 얼굴에 얼빠진 미소가 피는 걸 보니 몇 잔 들이켰음에 틀림없었다. 손에는 종이봉지를 들고 있었다. "당신에게 휴식이 좀 필요할 거란 생각을 했죠." 그가 말했다. "한 잔 하든가 좀 걷든가, 난 그렇게 생각했어요. 그래서 여기 와인을 한 병 가져왔는데, 레드에요, 레드 좋아하실 것 같은데? 그리고 또 뭐냐 하면……" 그는 시선을 내렸다.

"당신 신발요."

"네, 신발을 가져왔죠. 우리가 산보를 한다면 이게 필요할 것 같아서."

"물론 이 근처를 걸으면 되죠." 나는 봉지에서 꺼낸 병을 받으면서 그렇게 답했다. "들어오세요."

그는 자신감이 없어 보이고 거의 부끄러워했다. 처음 스튜디오에 와서 나 대신 주인이라도 된 것처럼 행동하던 때와는 사뭇 다른 태도였다.

"앉아요." 자기 부인의 쿠션을 가리키며 내가 말했다. "잔을 가져올게요." 눈에 띄는 것은 커피 잔밖에 없었다. 예쁘지만 이가 빠진 커피 잔, 그래서 너무나 단호하게 시레나의 것. 나는 두 개의 잔에다 레드 와인을 따랐다. 그렇게 하는 게 매혹적으로 보헤미안 느낌이 들었다. 나에게 조금이나마 보헤미안의 풍미 혹은 매력이 있다면, 그건 얼마나 시레나의 덕택이었을까, 궁금해졌다. 하지만 그땐 어쨌거나 상관없었다. 그런 생각 자체가 죄책감을 예상하는 것이었다. 나는 그가 커피 잔을 화제에 올리지 말았으면 했다. 그는 그걸 언급하지 않았다.

"허허," 솔직히 그는 멋쩍어했다. "흠, 고맙습니다."

"아니, 제가 고맙죠." 나는 예의를 차려 컵을 들어 올린 다음 마셨다. 그가 어색해하는 것, 그리고 내 자신이 어색해진 것에 감동을 받았다. 잠시 침묵이 흘렀다. 생각나는 말이라곤 기껏 "레자는 누구랑 같이 있죠?" 혹은 "시레나한테는 무슨 소식이 없었나요?" 같은 것뿐이었는데, 그런 말은 하고 싶질 않았기 때문이다. 이번에 그는 아주 침착하게 마치 고양이처럼 나를 바라보고 있었다. 이 사람 얼마나 마시고 온 걸까, 잠깐 궁금해졌다.

"학생들이 뭐 맛있는 거 많이 대접하던가요?"

"팔라펠, 케밥, 뭐, 그런 것들."

"파스타 샐러드 남은 게 좀 있는데, 드실래요? 유기농 재료로 만든 거죠. 페스토 소스를 얹은 로티니 같은 것."

그는 좋다는 제스처를 취했는데, 배고픈 늑대라기보다는 어린아이 같았다. 나는 그에게 갈색 박스를 넘겨주었다. 나는 보란 듯이 싱크에서 포크를 씻어서 그에게 주었다.

"재미있는 소식이라도 있나요?" 나는 다시 한 번 물었다. "저 너른 세상 소식?"

"아아, 오늘 레바논에서 또 폭탄 테러가 일어났대요. 베이루트 북쪽에서."

이런 종류의 대답을 기대했던 건 아닌데. 좀 더 가벼운 기분으로 던진 질문이었는데. 내가 뭐라도 한 마디 응답하기까지는 제법 시간이 걸렸다. "사망자도 있었겠네요?"

"대여섯 명이 중상을 입었대요. 여기서는 뉴스에도 별로 안 나올 겁니다. 죽은 사람이라도 있어야 보도할 가치가 있을 테니까."

"누가 저지른 짓인지 드러났대요?"

그는 고개를 숙인 채 꼬불꼬불 나선형의 파스타를 잡으려고 안간 힘을 쓰고 있었다. "3주 후에 선거가 있어요. 서로 다른 목소리들이 자기주장을 하고 싶어 난리들이죠. 그게 문제라니까."

"학생들하고 그 이야기를 했던 모양이군요."

"학생들이 어떤지 당신도 잘 알잖아요."

"내가 가르치는 아이들은 잘 알죠." 내가 대꾸했다. "하지만 겨우 여덟 살배기들인데요, 뭐."

그는 미소를 지었다. "그래도 학생들이란 대충 비슷하지 않습니까? 다들 자기 의견이 있어서, 자기네와 생각이 다르면 우리 의견은 별로 듣고 싶어 하지도 않아요. 언제나 그런 식이죠."

"하긴, 그런 의미에서 우리는 똑같네요."

"종종 그런 생각이 들어요." 그가 말했다. "누구나 다 어린이 같다고. 각자가 쓰고 있던 가면을 갑자기 벗어재끼면 우린 모두 다 어린아이라는 게 드러날 거라는 생각."

"마음 통하는 친구가 이렇게 가까이 있는 줄은 미처 몰랐네요."

"네, 그게 무슨 뜻……?"

"나도 그런 요지의 말을 거의 매일 하거든요. 짜증나게 만드는 어른들을 대해야 할 때면 그들 안의 어린이를 상상해보라고 나 스스로에게 말할 때도 더러 있죠. 왜냐하면 아이는 아무리 성가시게 굴어도 어떤 연민이나 동정심을 느낄 수 있거든요."

"언제나 그래요?"

"거의 언제나."

"당신은 어떤 아이였나요?"

"장난꾸러기." 그렇게 말하면서도 나는 내 자신이 아니라 엄마를 마음속에 떠올리고 있었다. 햇볕에 그을리고 마른 엄마. 밝은 녹색 스커트에 소매 없는 하얀 폴로 셔츠, 구슬로 장식한 샌들과 엄청 커다란 선글라스, 한 손엔 담배 다른 손엔 진 앤 토닉을 들고 있는 엄마. 상상 속의 엄마는 같은 구역에 사는 호러스 워커와 시시덕거리고 있었다. 전혀 아이처럼 보이지 않았다. "난 정말 장난꾸러기였죠. 당신은 어때요?"

"어른스러웠어요." 그는 애를 써서 기대고 있던 쿠션에서 일어섰다. "담배 좀 피워도 괜찮을까요?" 그러면서도 내 답을 기다리지는 않았다. "난 어렸을 때 너무 어른스러웠어요. 그래서 별로 재미있는 아이가 못 되었죠." 그는 커피 잔에 담긴 것을 단번에 꿀꺽 삼켰다. "가는 게 좋겠어요." 그가 말했다.

"방금 담배에 불을 붙여놓고는." 내가 대꾸했다.

"그렇군."

그녀가 앉는 쪽의 불은 꺼져 있었지만, 그녀는 우리와 함께 방안에 있었다. 그녀의 이름을 굳이 말할 필요도 없었다. "지금까지 완성된 설치작품을 한 번 볼래요?"

"좀 있다가요." 그가 그렇게 답했다. 설치작품이란 내 것이 아니라 그녀의 것이란 사실을 우리 둘 모두 잘 알고 있었던 것이다.

"당신이 작업하고 있었던 걸 먼저 보고 싶은데요."

나는 그의 말이 진심이라고 믿어야 할지 알 수가 없었다. 누구나 다들 그녀의 작품부터 먼저 보고 싶어 하는 것 아닌가? 나는 그의 커피 잔에다 와인을 더 따라주었다. "좋아요." 내가 말했다. "그래도 좋겠죠. 어느 걸 보고 싶었나요?"

"괜찮다면 전부 다요." 그가 답했다. "모두 몇 개죠?"

"세 개. 음, 사실은 두 개뿐이에요. 하나는 완전히 끝났고, 두 개는 절반쯤."

"멋지네요. 보여줘요."

그는 하나씩 차근차근 뜯어보았다. 위에서 전체적으로 훑어보는 대신, 그는 쪼그리고 앉아서 한쪽 눈을 감고 창문 안을 똑바로 들여다봤다. 천천히 움직이면서 신중하게 보다가, 무언가를 만져보고 싶으면 먼저 물어보듯이 나를 쳐다보면서 내 허락을 기다렸다. 그렇게 내 작품을 보는 동안 그는 아까 주장했던 것처럼 아주 진지한 어린이로 보였다. 내가 만든 방과 예술가들을 너무도 진지하게 취급하는 모습, 그렇다고 느낌이나 감탄을 마구잡이로 쏟아내지 않고 그저 침착하게 주의를 기울이는 모습에 나는 기뻤다. 나는 흥분이 되었다. 그가 주의를 기울였잖아. 그래서 나는 그를 사랑했다. 그래서 그를 그의 아내와 비교하지 않을 수가 없었다. 그가 얼마나 더 안정감이 있으며, 얼마나 더 자유롭게 자기 스스로의 자아일 수 있는지를 생각하지 않을 수 없었다.

마침내 내 작품을 모두 본 다음, 그는 허리를 쭉 펴고 언제나처럼 진지하게 나를 쳐다봤다. "정말 탁월하군요." 그는 결국 그렇게 말했다. "대단히 뛰어나요." 그는 자신의 잔에 와인을 따르고, 다시 담배에 불을 댕겼다. "모두 대단히 사실적이면서도 동시에 감정을 담고 있어요, 게다가 저렇게 작게 만들다니!"

"너무나 작다고요?" 그건 딱히 칭찬의 말로 들리진 않았다.

"너무나 작은 공간에 너무나 많은 것을 넣었잖아요. 이건 마치 단 하나의 거친 붓으로 그린 페르시아의 세밀화 같아요. 아주 작고, 정밀하고, 이 안에 온 세계가 담겨 있잖아요. 중요한 것은 모두 다, 온갖 정서들이 들어 있어요."

"맞아요." 그런 뜻으로 한 말이라면, 당연히 오케이지.

"하지만 묻지 않을 수 없네요, 왜? 왜 그토록 작게 만든 거죠? 부드럽게 말하면서도 세상에서 가장 커다란 진실을 말하려고? 혹은 페르시아 세밀화처럼 들고 다니기 쉽게, 어디로든 들고 갈 수 있게, 그러면서도 그 아름다움과 정교함으로 이걸 가진 사람의 방대한 부를 과시하려고? 그것도 아니면, 이 경우엔 더 커져서는 안 된다고 느껴지기 때문인가요?"

"그게 어떤 의미죠?"

"이 하나하나를 왜 실제 사이즈의 방으로 온전하게 만들지 않았냐구요? 왜 그냥 자그마한 박스로 했죠?"

나는 두 눈 뒤에 예기치 못했던 얼얼한 신랄함을 깨달으면서 어깨를 으쓱했다.

"음, 달리 표현해볼게요. 어째서, 이 방들과 이 예술가들에게 그토록 많은 감정이 있는데도, 어째서 한결같이 슬픔뿐이죠?"

"아뇨, 방마다 조이를 집어넣은 걸요. 찾아보면 보일 거예요. 조이가 거기 있거든요, 황금의 부적처럼."

"오케이, 좋아요. 그렇지만 어째서 한 번, 딱 한 번만이라도 그게 가장 큰 요소가 못 되는 겁니까? 왜 조이가 방 전체를 차지하지 않는 거죠?"

눈이 축축해졌다. 눈물이 고이는 것을 느낄 수 있었다. 그가 보지 못하도록 몇 번씩이나 눈을 깜빡거렸다. 그 순간 나는 갑자기 깨달았다. 다른 어떤 말로도 표현할 수 있겠지만 어쨌든 시레나의 예술은 기쁨에 넘친다는 것을. 그녀의 예술은 진실이면서도 —설사 그걸 만든 그녀는 반드시 진실이 아닐지라도— 동시에 기쁨에 넘친다는 것을. 하지만 나의 예술은 슬펐다. 내 영혼이 슬펐기 때문에. 이건 과연 옳은 말일까?

"내 영혼이 슬프다고 생각하세요?" 나는 그에게 물었다.

"당신의 영혼은 사랑스럽다고 생각해요." 그의 답이었다. 비록 그 사람은 여전히 진지했지만 (내 눈에 비친 그는 완전히 진지하다고 판단할 수밖에 없었다) 동시에 나는 디디가 했던 말이 생각났다. "단풍잎처럼 생긴 것이, 색깔이나 질감도 단풍잎인데다, 단풍나무 아래서 발견되었다면, 그건 필시……"

"당신은 그렇게 생각하지 않는 것 같은데, 당신의 영혼은 아름다워요." 그는 말을 이으면서 두 손으로 나의 왼손을 잡았다. 그의 손은 네모진데다 두툼하고 무슨 난로처럼 뜨겁고 말랑말랑했지만, 그 모든 게 마음을 들뜨게 만들었다. "그리고 그 영혼은 기쁨과 슬픔 모두를 담을 수 있는 커다란 그릇과 같다고 생각해요. 당신의 영혼에 대해서는 단 한 순간도 걱정할 필요가 없어요. 그보다는 당신의 모든 감정을 그 작은 상자에서 *끄집어내어* 방을 온통 점령해버리도록 내버려두는 게 필요해요."

"그냥 방 하나 정도로는 부족해요." 내가 답했다.

"알아요, 물릴 줄 모르는 당신의 허기진 늑대. 그러나 그 놈을 우리에서 꺼내주지 않는 한, 어떻게 그 광란의 깊이를 짐작하겠어요?"

그 연극과 그것의 '키치'(천박함)를 깨닫고 있으면서도 (내가 어떻게 그걸 깨닫지 못할 수 있었겠는가) 거기에 완전히 ―내 손가락, 내 살갗, 내 심장― 푹 빠져 있었던 나는 그 순간의 안에 존재하는 동시에 그 순간의 밖에 있었다. 귓속에는 디디의 음성이 깔깔 웃고 있었고 (어리석은 계집애!) 시레나의 목소리, 아픔과도 같은 그녀의 외침은 아예 상상조차 하기 싫었다. 그리고 그 배경에는 나에게 조용히 속삭이는 엄마의 말이 깔렸다. "귀여운 새끼, 네가 어찌 감히? 네가 감히 그 짓을? 대체 네가 누구라고 생각하는 거야, 귀여운 것? 도대체 네가 누구라고 생각하는 거야?"

하지만 나를 끌어당긴 것은 내가 나라고 생각하는 내가 아니라, 그가 나라고 생각하는 나였다. 에밀리도, 버지니아도, 앨리스도, 이디도 아니고, 심지어 시레나도 아니었다. 한낱 위층의 여자가 아니었다. 하나의 사물이 아니었다. 그 당시에는 내 자신이 나의 윤곽을 알지 못한다는 사실쯤은 조금도 문제가 되지 않았다. 누구에겐가 나도 하나의 윤곽을, 믿을 수 없이 소중한 윤곽을 갖고 있다는 사실이 중요했다. 그의 두 손이 내 등으로 내려와 마치 뜨거운 돌처럼 따스하게 거기 머물렀다. 그 순간 잠시 그런 느낌이 들었다. 그냥 조금도 숨김없이 모든 걸 벗어버린 노라 엘드리지로 돌아가는 건 용서받을 수 있는 일이야. 그래, 그걸로 충분하기도 하지.

12

처음엔 모든 것이 다 괜찮을 거라고 생각했다. 이 관계가 의미는 있지만 어째서 잘못된 일인가에 대하여, 그리고 어째서 그걸 계속해서는 안 되는지에 대하여, 스칸다르와 나는 대화를 ─완곡하고 기이하지만 어쨌든─ 나누었다. 나는, 있잖아, 도저히 이해를 할 수가 없었어. 이건 내가 머릿속에서 보듬어왔던 스토리가 아니었거든. 그 구슬은 내가 가진 실에 도통 들어맞질 않았다고. 그리고 맞아, 나는 단순히 의지의 힘으로써 그걸 물리칠 수 있다고 믿었다. 그렇게 해야만 했으니까. 그렇게 하지 않으면 너무나 많은 것들을 잃을 테니까.

참으로 이상하지, 소중한 한 사람이 내 자신을 또렷하고 투명하게 연민으로 보고 있음을 느끼는 것이, 또 다른 소중한 사람의 눈에는 몸서리치도록 왜곡되어 보일 위험을 무릅쓴다는 뜻이라니! 우리는 언제나 아이들에게 정직이 최선의 방책이라고 가르친다. 그러나 나는 무언가 더 크고 중요한 것을 위해서 거짓을 말해야 할 때도 알고 있었다. 그 일은 틀렸다거나, 누군가의 강요에 의해서 일어났다거나, 유혹이라든가, 실수처럼 느껴지지 않았다. 그것은 시레나와 나 사이의 우정과 -혹은 그녀를 향한 내 사랑, 내 광적인 사랑과- 갈등을 일으키는 것으로 느껴지지 않았다.

　나의 슬픔은 헤아릴 수 없이 많았지만, 우리가 저지른 짓에 대한 슬픔은 그 가운데 없었다. 나에게는 그것의 절대적인 도덕 가치가 부정적으로 보이지 않았다. 그 구슬 하나를 옆의 구슬로부터 분리해낼 수만 있다면, 그걸 시간으로부터 들어내 불빛에 비추어볼 수만 있다면, 그건 얼마나 아름답고 명징한 구슬일 것인가! 만약 예술가 노라 엘드리지에게 공간을 허락할 수 있다면, 그 안에다 그 경험을 묘사할 수 있다면, 그건 즐거움이리라. 우리가 인조 잔디 위 흔들리는 아스피린 꽃 사이에 한 동안 누워있었다는 사실에 대해 뭐라고 말해야 할지 모르겠다. 난 그걸 설명할 수가 없다. 혹은 그때 나는 설명할 수 없었다.

월요일 아침 걸상에 앉아있는 레자의 모습을 보자마자 나는 질식할 뻔했다. 다림질한 티셔츠를 입은 그의 새까만 곱슬머리가 하늘을 향해 곧추서 있었다. 이제 나는 갑자기 그에게서 엄마의 눈을 보는 게 아니라 아빠의 코와 입술을 보고 있었던 것이다. 그 아빠의 바보 같은 미소까지도. 내가 아이를 이상하게 빤히 쳐다봤던 모양이다. 아이가 검비를 닮은 탄력성 있는 미소를, 그러니까 잘못한 거라곤 없으면서도 괜히 꾸중들을까봐 두려워하는 사람처럼 쓴웃음을 억지로 흘렸으니 말이다. 나는 교실 맨 앞에서도 그의 눈가에 난 자국을, 나의 상흔을, 볼 수 있었다. 그리고 그것을 보자 병원에서 정교하게 상처를 꿰매던 의사의 모습이 떠올랐다.

나는 질식하지도 않았고, 수업을 멈추지도 않았으며, 일과는 시작되었고, 그 순간은 지나갔다. 그리고 흔들림 없는 3E의 일상 속, 주변에 있는 우리 아이들의 완벽하게 친근한 모습과 와자지껄 소란 속에서 꿈처럼 느껴진 것은 이 광경이 아니라 금요일 밤에 일어난 일이었다. 그리고 하루의 일과가 진행됨에 따라 나는 그 일을 잊어버렸다. 그런 다음 그날 오후 교직원 회의가 열렸다. 자기 자신의 목소리와 사랑에 빠진 쇼나는 학년 말 준비며, 장기자랑대회며, 기금 모으기 행사며, 전교생들의 소풍 등등에 관해서 계속 웅얼거렸다. 그리고 난 스튜디오에 가볼 생각조차 하지 않았다. 미안한 마음 따윈 없었다.

화요일 오후, 나는 용기가 생기지 않았다. 그렇지만 결국은 얼굴을 마주해야 한다는 걸 알고 있었다. 레자와 그러했듯이 시레나와도 어색함의 단계를 넘어서서 그다음 풍경으로 나아가야 한다는 걸 말이다. 그녀가 원더랜드를 완성하는 풍경으로. 그녀의 영광스러운 설치작업을 보며, 소중한 예술과 삶은 그녀의 것이라는 사실을 함께 이해하여 들뜬 마음으로 우리의 유대를 다지는 풍경으로.

스튜디오에 들어서는 순간 시레나에게는 그 때와 지금 사이에 그 어떤 단절도 전혀 없었음을 깨달았다. 그 인식이 나에게는 충격이었다. 태평스레 인사하는 거나, 머리칼을 열심히 돌리는 모습 하며, 솔을 부지런히 만지작거리는 것, 그녀의 태도는 어디 하나 변한 게 없었다. 닷새 전 뉴욕 행 아침 열차를 집어타면서 그 여행에만 온통 맘이 들떠 다른 건 행복하고 이기적인 모습으로 까맣게 잊고 있던 바로 그 시레나였다.

"이거 정말 결정하기가 난감하네. 둘 다 정말 훌륭하단 ('훌리융'하단) 말이야. 둘 다 나더러 자기를 가져가라고 하니, 참. 당신이 좀 도와줘야 할 것 같아요, 노라. 난 당신을 철석같이 믿으니까.

애너한테 나의 벗은 사진들을 보여줬더니, 글쎄, 눈물을 글썽이지 뭐예요. 충격적으로 아름답다고 하기에, 내가 그랬죠. '조심해요, 애너, 전체적인 맥락 안에서 설치작품의 딴 요소들과 어떤 관계인지 보고 그걸 상상해야 하니까.' 그랬더니 그 사람이 이랬어요. '시레나, 이건 정말 굉장해요. 그 주위에다 무엇을 놓던 이 충격적인 아름다움을 앗아갈 수는 없어요. 그 아름다움이 더하면 더했지 줄어들진 않을 겁니다.'"

"또 다른 화랑에서는 뭐래요?" 시레나가 좀 떠버리이긴 해도, 그녀를 위해 마음이 들뜨지 않을 수가 없었다. 나는 용케도 내 모든 감정을 따로따로 수용할 수 있었다. 용인할 수 없는 승리의 쾌감이 살짝 깃든 죄책감의 구름조차도. 나는 그 모든 것들을 머릿속에 한꺼번에 보관할 수 있었다.

시레나와 레자, 그리고 이젠 너무도 생생하게 스칸다르를 갖고 싶었던 데다 원더랜드마저 원한다는 사실을 (어느 누구도 상상이 실제와 동일하다는 소리 따윈 하지 말라고 해. 너의 살갗이, 너의 방대하고도 살아 숨 쉬는 살갗이 그렇지 않다고 주장할 테니까) 나 스스로에게도 숨길 수 없었기 때문에, 나는 그녀의 **상상까지도** 탐이 났다. 그것이 나의 상상이었으면, 하고 바랐다.

나는 시레나가 두 화랑과 그들이 보유한 공간, 그리고 그들이 무엇을 약속했는가에 대해 이야기하는 걸 듣고 있었다. 나는 그녀와 함께 있으면서도, 동시에 그렇지 않기도 했다. 그것은 레자와 함께 있는 학교와는 달랐다. 학교에선 일상의 현실이 다른 현실을 쉽사리 대신하고 대체해버리니까. 여기 스튜디오에는 스칸다르가 늘 맴돌고 있었다. 창문에 걸린 표백된 빛을 가로지르는 그림자처럼. 그녀는 우리 둘 사이의 그를 보지 못했지만, 그래도 그의 유령은 사라지지 않았다. 나는 그녀를 더 질투했으면서도 그렇다고 그녀에 대한 내 사랑과 갈망이 줄어드는 법은 없었다. 혼란스러운 노릇이었다. 그때 그녀가 두 팔로 날 감싸 안을 뜻만 있었다면 너무 늦긴 했지만 그래도 날 이해할 수 있으리라고 믿었으며, 그랬기에 내 죄의식은 스칸다르를 그림자로 만들었고 그녀가 그 그림자를 보지 못하는 게 신기했다. 하긴 은유적으로 표현하자면 그녀는 처음부터 나를 정말 그렇게 껴안았다. 그리고 그 모든 순간, 나는 그녀가 정말로 나를 이해할 수 있으리라고 생각하기도 했다. 또 어떤 면에서는, 스칸다르가 멈추어 바라보고 실제로 알게 된 이후에조차 나는 그렇게 믿었다. 나는 생각했다. "이거, 정말 힘들겠는걸. 생각했던 이상으로 더 힘들겠어." 그러나 이렇게 생각지는 않았다. "이거, 도저히 안 되겠는걸."

목요일 밤 나는 레자를 봐주러 갔다. 처음으로 세 사람 모두와 한 자리에 있게 되는 기회일 거라고 기대했지만, 스칸다르는 집에 없었다. 학교에서 회의가 있대나 봐요, 시레나가 그랬다. 연말 모임인지 뭔지. 나중에 만찬에서 만나기로 되어 있다고 했다.

그녀는 말이 많아진 게 아니라 정신이 흩어져 있었다. 옷을 갈아입겠다고 허둥지둥 서두르는가 하면, 음식은 어떤 게 있으며 누구누구는 전화를 할지 모른다는 둥, 거의 위압적으로 하나씩 주워섬겼다. 나는 그녀가 이렇게 퉁명스러운 것이 나를 향한 어떤 신호, 어떤 악감정이라고 해석하지 않기 위해 발버둥 쳤다. 너도 어떤 상황인지 알겠지? 죄진 놈이 의심받기를 되레 기다리는 심정? 그녀는 다채로운 자수로 뒤덮인 카프탄을 걸치고 목걸이에는 무거운 메달을 매단 채 다시 나타났다. 마침내 그녀가 문을 열고 나가는 길에 멈추어 서자, 나는 더 참을 수가 없었다. "다 괜찮아요? 내가 뭐 기분 나쁘게 한 일이라도……?"

"기분 나쁘게 한 일? 말도 안 돼요. 당신이 어떻게 내 기분을 상하게 할 수 있담. 미안해요, 나…… 그럼 나갈게요. 실질적인 문제로 어려움이 많아서 그래요. 내가 파리에 있기만 하다면야, 이런 것들 다 해결할 수 있을 텐데. 당장 비행기를 잡아타고 가야 하나 어쩌나 생각 중이에요. 헌데 애가 있으니…… 아, 복잡해. 스칸다르는 이제 하버드에서 가르치는 기간이 끝났나 했더니 어딜 그렇게 돌아다니는지…… 이런 식이야, 내 머릿속은 만날 터무니

없는 생각으로 가득해요, 체스 게임처럼. 이 말을 움직이고, 그 다음 저 말을 움직이면…… 그다음은, 자…… 미리미리 앞의 수를 봐두지 않으면, 콰당! 꼼짝 못하잖아요.

아무렴, 그쯤은 나도 알지. "혹시 도울 수 있는 일이라도……"

"여기 와주었잖아요, 안 그래요? 어느 누구도 당신만큼 도움을 주진 못할 거야."

"오늘 밤엔 모든 걸 훌훌 털어버려야 돼. 즐겁게 지내고 와요."

"즐기긴, 무슨 끝내주게 잘나가는 경제학 교수랑 심리분석자라는 그의 마누라하고? 게다가 만날 텔레비전에 나오는 그, 얼굴이 말처럼 생긴 키다리 양반도 나온대요. 전에도 한번 그 사람한테 붙잡혀서, 어휴 따분해 죽겠는데다 입 냄새는 또 얼마나 지독한지, 꼭 죽은 생쥐 같아. 이따위 허튼 수작에 시간 낭비할 사람이 어디 있다고? 스칸다르한테 마누라 대행 전문가를 얻어줘야 할까 봐요. 아냐, 당신이야말로 운이 좋은 거예요, 당신과 우리 꼬마 레자."

그래, 진실을 말하자면 우리는 정말 운이 좋았다. 그날 저녁 식사를 마친 다음 레자와 나는 거실 바닥에 앉아서 레고로 변형 우주선을 만들었다. 지었다 허물어버린 창작품이 담긴 양동이에서 조각들을 꺼내 한 시간이나 갖고 놀았다. 완벽하게 대칭을 이룬 로켓 모양의 탑도 계산하고, 전등과 창문과 작동되는 문까지 다 포함해서 그 널찍하고 계란 모양인 베이스를 만들기 위한 조

각들을 찾기도 했다. 뗄 수 있는 작은 방들을 만들어, 더러는 날
개를 붙이고 더러는 탱크 바퀴를 달아주기도 했다. 우리는 또 길
고 가는 망치 머리의 스타워즈 등장인물들, 농부처럼 생긴 탄탄
한 친구들, 풀로 치마를 해 입은 식인종 한두 명 등, 레고 사람들
을 찾아서 우리의 우주선에 실어주었다. 하나씩 그런 사람이 늘
어날 때마다 레자는 그가 어디서 왔는지, 무슨 일을 하는지, 왜
여기 왔는지 등등, 이야기를 지어냈다.

"제가 어른이 되면요," 아이는 느닷없이 그렇게 말했다. "건축
가가 될래요. 사람들을 위해서 새 세계를 만들 거예요. 그리고 어
쩌면……" 그는 아빠가 생각나게 눈을 반짝이며 말했다. "아마 새
세계를 만들면 새로운 사람들도 만들어질지 몰라요. 보세요, 모자
만 바꾸어주면 이 농부가 심장전문의사로 변했잖아요? 멋있죠?"

⁂

나는 그가 함께 걸어서 집까지 날 데려주기를 기다리고 있었
다. 언제나 날 집에 데려다주었잖아. 그러나 이번엔 열한 시가 지
나자마자 시레나 혼자서 돌아왔다.

"나 정말 피곤해요." 백과 열쇠를 식탁 위에 던지면서 그녀

는 말했다. "단 일 분도 거기 죽치고 있을 수가 없었어요. 스칸다르는 입에서 쥐 냄새 나는 그 양반과 이야기하느라고 정신이 없었고. 그 남자를 설득해서 도대체 뭔 일을 시키려고 그러는지, 원, CNN에 나와서 2국 체제 해법이라도 주장할 건가? 그래서 남편한테 그랬죠, '스칸다르, 당신이야 오늘밤 이 세상을 구할 심산인지 모르겠지만, 난 가서 잠 좀 자야겠어요⋯⋯.'"

"정말 늦었네요⋯⋯."

"그러게. 당신은 내일 또 아이들 가르쳐야 하고. 오, 이런, 날 좀 봐, 잊었네. 아, 미안해요. 지금 비가 오고 있어요, 가랑비이긴 하지만⋯⋯ 택시를 불러줄까요?"

"괜찮아요. 좀 걸을래."

"그럼, 우산이라도 가져가요."

그래서 나는 스칸다르가 여러 차례 날 위해 정중하게 씌워주었던 줄무늬 있는 골프우산을 받아 들고 집까지 걸어갔다. 지난 몇 달 동안 이렇게 거리가 먼 것처럼 느껴진 적은 없었다. 그는 의도적으로 집에 오지 않고 손님들과 이야기하고 있는 걸까? 틀림없어. 우리가 함께했던 짤막한 그 신비의 시간이 가져온 암울한 결과는, 결국 그처럼 가까운 친구를 잃는 것이란 말인가? 왜냐하면, 그제야 깨달은 것이지만, 그처럼 함께 걷고 대화한 사이였으니 나는 그를 친구로 생각했을 수 있으니까 말이다.

그때부터 스칸다르는 불가피하게 내 마음속 맨 윗자리에 턱
하니 자리 잡기 일쑤였다. 어쩌다 잊어지는 것 같기도 했지만 강
박적인 내 상상은 익숙하고 오랜 궤적을 따라가곤 했다. 상상 속
의 버몬트 농가, 평화를 사랑하는 예술적 여인정치의 땅으로. 거
기서는 팔에 손만 얹어도 핏줄이 두 배나 빨리 펌프질을 해댔다.
그런 다음엔 꿈속에 들듯 환상 속으로 이런 생각이 다가왔다. 이
젠 더 이상 지금 같지 않아. 세상은 변했어. 엄마가 돌아가시고 2
년이 훌쩍 지나버린 때였건만, 여전히 살아있다고 생각하는 자신
을 불현듯 발견하게 되는 것처럼, 그러다 갑자기 가슴 위에 슬픔
이 보낸 훈계의 손가락을 느끼며 엄마가 떠나고 없음을 기억하게
되는 것처럼 말이다.

바로 그 주말 언제쯤이었다. 시레나는 원더랜드를 위한 심장
문제를 해결하기 위해서 파리에 다녀와야겠다고 결심했다. 사태를

컴퓨터나 전화로 손보려는 것은 너무 까다로운 노릇이기 때문이었다. 월요일 아침 내가 그날 오후로 예정된 학생들의 방문 때문에 확인할 사항이 있어 전화를 했더니 그녀가 그렇게 말했다. 심장을 제대로 구해지 못한다면 ─그 심장은 새너가 춤추는 동영상의 불과 몇 미터 앞에 설치되는 아크릴 연단 위에서 한가운데가 쩍 갈라지며 열리게 되어 있었고, 몇 분 간격으로 어떤 특별한 장미향수 같은 부드러운 향을 내뿜도록 되어 있었는데─ 그녀의 말로는, 자신의 설치작업 전체의 심장이 틀어지는 꼴이 된다고 했다. 그래서 화요일 늦게 출발하는 파리 행 에어 프랑스 편으로 떠났다가 다음 주말에나 돌아올 예정이었다. 그래서 나는 알게 된 것이다, 월요일이면 그게 나에게 모종의 영향을 미치리라는 것을.

아이들은 엄청나게 들떠 있었다. 어딜 가든 현장학습은 최고의 인기를 누리기 마련이지만 ─하수처리장으로 간대도 아이들은 마냥 신날 걸─ 이건 좀 기이하고도 자유로운, 그래서 심지어 훨씬 더 재미도 있는 현장학습이었으니까. 아이들이란 일상의 틀을 깨는 것, 한낮에 스쿨버스를 타는 것, 가능성의 느낌 같은 것을 좋아한다. 우리는 조금 이른 점심을 끝내자마자 열한 시 반에 학교를 출발했다. 버스 안에서 녀석들은 유달리 소란스러웠다. 노아는 내가 간신히 끌어다 앉히기 전까지 좌석을 세 줄씩이나 넘어다녔고, 이벌리언스는 애당초 가져와서는 안 되는 무슨 소형 컴퓨터 게임 때문에 마일즈와 옥신각신했으며, 소피아는 미아가 머리칼을 잡아당겼다고 울음을 터뜨렸다. 나는 목소리를 높이고 뒤를 돌아보면서 현장학습이고 뭐고 학교로 돌아가야겠다고 엄포를 놓아야 했다. 시작은 그런 식이었다.

그렇게 말은 했지만 나는 소풍을 나오게 돼서 기분이 좋았다. 거의 모든 부모들이 촬영에 대해서 동의했지만 ―애들이 어떻든 영화 같은 데 나온다는 게 '쿨'하게 보였던 모양이다― 가외로 나는 스튜디오의 내가 작업하는 쪽에서 아이들이 종이 반죽으로 마스크를 만들어보도록 준비를 해놓기도 했다. 그 전 주에는 아이들이 이상한 나라의 앨리스 축소판을 읽도록 했으며, 다 함께 체셔 고양이, 재버워키, 그리고 뚱보 형제 트위들덤 트위들디와 미친 모자 장수의 옛적 그림들도 봐두었다. 나는 아이들에게 그들 중 아무나 골라서 마스크를 만들어도 좋고 다른 어떤 등장인물을 택해도 좋다고 알려주었다. 내 계획은 우선 아이들을 두 그룹으로 나눈 다음, 한 그룹이 마스크를 만들기 시작하면 다른 그룹은 원더랜드를 누비며 쫓아다니도록 하고, 나중에 역할을 바꾸는 것이었다. 이 오후 교육의 막후에 숨어있는 교육적 논리가 무엇인지는 나도 완전히 또렷하게 이해되지 않았지만, 이 점에 의문을 제기한 부모는 하나도 없었다. 어쨌거나 아이들이 진짜 예술가의 아틀리에를 직접 본다는 것은 상당히 기억에 남을 거라는 생각이 들었다.

시작은 순조로웠다. 스튜디오에 도착했을 때 아이들은 모든 게 신기하게 보여 감탄하는 것 같았고, 시레나가 자신을 소개한 뒤 어떤 작품을 만들고 있는지 설명할 땐 L자의 한가운데 원을 이룬 채 조용히 앉아서 귀를 기울였다. 그녀는 예술을 일종의 마술처럼, 또 일종의 놀이처럼 하는 것에 대해 이야기를 펼쳤는데, 내가 상상했던 이상으로 아이들에게 말하는 재주가 훌륭했다. 레자가 앞으로 나와 그녀를 껴안지 않고 노아와 아리스티드 사이에 끼여 앉아 여느 아이들처럼 꼼지락대고 움직이는 것이 흥미롭게 보였다. 그러고보니 한 해 동안 레자가 그런 식으로 변했다고 생각했던 게 기억났다. 지난 9월에만 해도 아이는 드러내놓고 엄마에 대한 애정을 표시했었는데. 하긴 이 커다랗고 하얀 스튜디오, 모든 친구들이 보는 앞에서는 주인공의 아들이란 사실이 당황스러울 수 있고 어쩌면 부끄럽게까지 느껴질 수 있었다. 혹은 엄마와 내가 동시에 여기 있는 걸 보면서, 여기가 우리 둘이 공유하는 공간이라고 생각하면 우스꽝스런 느낌이 들 수도 있겠다. 글쎄, 난 모르겠다.

시레나는 애들이 마치 연극을 하듯 원더랜드 구석구석을 무대로 취급해도 좋다고 설명했다. "여러분 모두 앨리스 이야기를 읽었다고 하던데," 그녀가 말을 이었다. "여러분도 정말 토끼 구멍으로 내려갔다고 상상해보세요. 자, 여기 여러분이 이 기괴한 곳으로 찾아왔잖아? 여기선 어떤 일이 생길지 몰라요." 그녀는 우리가 몇 주 전 인공 잔디 양쪽 끝에 높이 설치해둔 두 대의 카메라를 가리켰다. "이상한 나라에 간 앨리스는 누군가가 자기를 지켜보고 있는지 전혀 몰라요. 카메라가 켜져 있을지도 모르고, 그렇지 않을지도 몰라요. 그러니 카메라에 대해선 아예 생각을 하지 말고. 자, 이걸 하나의 모험, 또는 게임이라고 생각해주세요. 친구들끼리 그룹을 만들어 놀아도 좋고, 혼자서 놀아도 돼요. 이 공간을 여러분이 원하는 대로 사용해보는 겁니다."

우리는 거울 조각을 붙인 줄을 천장에서 늘어뜨려 번쩍이는 공간의 파티션으로 태어나게 했고, 앨리스의 드레스로 만든 하늘을 바닥에다 죽 깔아서 휘도는 강물처럼 천이 구불구불 온 방을 뒤덮게 펼쳤다. 아스피린 꽃들도 비누로 만든 튤립 몇 개와 함께 여러 덩어리를 꿰매 붙였고, 사탕과자와 젤리 빈을 여기저기 흩어놓아 아이들이 찾아보게 만들었다. 그리고 그녀의 두툼한 쿠션을 인조 잔디 위로 끌어다가 삼베 부대를 덮어 씌워 바위처럼 보이게 만들기도 했다. 저 끝 구석에는 작은 빨간 전구를 몇 쌍 걸어서 재버워키의 눈으로 삼았는데, 그 놈들이 껌뻑일 때마다 MP3에서 으르렁대는 소리가 쏟아져 나왔다. 상당히 오싹한 소리였다.

아이들은 누구나 다 원더랜드에 들어가 놀고 싶어 했다. 어쩔 수 없이 마스크 만들기는 마치 위로상처럼 돼버리고 말았다. 그래도 우린 애들을 두 그룹으로 나눠 먼저 45분 동안 각각 첫 번째 활동을 하라고 시켰다. 그런 다음 휴식시간을 갖고 주스와 과자를 먹었고, 곧 이어 서로 활동을 바꾸어 했다. 버스는 오후 두 시까지 밖에서 우리를 기다리고 있었다.

처음엔 레자, 노아, 아리스티드가 모두 내 그룹으로 들어왔고 세 명의 다른 사내아이들과 시끌벅적 여자애들도 따라왔다. 다른 팀이 먼저 원더랜드로 들어가게 되어 실망하긴 했지만, 마스크를 만들며 놀 수 있다는 생각에 한껏 고무되었다. 마스크는 잘 말라야 한다는 것을 내가 지적해주자, 사내아이들은 더 빨리 작업을 해야 한다고 느꼈다. 나는 아이들이 옷걸이로 마스크 형태를 잡도록 일일이 도와주었다. 머리 크기를 재고 철사를 구부려 코와 빰을 만들었다. 소란을 피우는 일도 거의 없이 아이들은 끈적끈적한 신문지들을 켜켜이 쌓아올려 금속 뼈대를 중심으로 빙글 빙글 빙글 수도 없이 살을 붙여나갔다.

노아가 만든 재버워키는 기다란 코에 구두점처럼 콧구멍이 쩍 벌어져 있어 황소와 말의 잡종처럼 보였다. 아스트리드는 체셔 고양이를 만들었는데 (혹은 만들었다고 하긴 하는데) 귀를 하나도 해 넣지 않았다. 단지 싱긋 웃는 어마어마하게 큰 입만 만들었는데, 뭐, 그것만으로도 충분히 볼만했다. 레자가 선택한 건 보조 캐릭터에 속하는 겨울잠쥐였는데 아주 능란하게 잘 만들었다. 코는 뾰족했고 마스크에 달린 귀도 두드러졌다. 하지만 아이는 특별히 고양이수염을 자랑스럽게 생각했다. 코끝에 풀로 붙여서 마치 제 멋대로 자란 콧수염처럼 대롱대롱 매달린 여섯 개의 줄이었다. 사내아이들은 다른 아이들보다 빨리 끝내놓고 원더랜드로 미리 좀 넘어가면 안 되겠느냐고 졸랐다.

녀석들이 그때까지 고분고분 잘 따라줬고, 교대 시간도 다가왔으므로 그렇게 하라고 허락했다. 하지만 그래도 좋을지를 시레나한테 미리 물어봤어야 했다. 나는 그녀가 사다리에 올라가 몇몇 꼬마들을 추적할 수 있도록 카메라를 조정하는 일에 얼마나 몰두하고 있었는지를 미처 깨닫지 못했던 것이다.

모든 일이 너무 순식간에 일어났다. 나는 바다코끼리 마스크를 만들고 있던 소피아를 도와주다가 ─소피아나 내가 해낼 수 없을 정도의 정말 커다란 과제였는데─ 사내아이들의 놀이가 거칠게 변하는 것을 곁눈질로 보게 되었다. 나는 처음엔 아무런 반응도 보이지 않았다. 시레나가 충분히 통제할 것으로 짐작했기 때문이다. 그러나 L자의 한가운데를 향해 발걸음을 떼는 순간 아차 싶었다. 시레나는 등을 돌린 채로 앨리스 천을 몸에 둘둘 감고 빙글빙글 돌고 있는 이벌리언스와 채스터티를 촬영하느라 정신이 없었기 때문이다. 한편 그녀의 뒤에는 레자와 노아가 옥신각신 실랑이를 벌이고 있었으며, 아리스티드는 겁에 질린 듯 황급히 소릴

내질렀다. 다음 순간 나는 똑똑히 보았다. 레자가 노아의 턱에 그대로 펀치를 한 방 날리는 것이 아닌가!

"그만 해!" 내가 소리를 냅다 질렀다. 애플턴 초등학교의 엘드리지 선생님이 소리 지르는 경우란 흔치 않지만, 그런 일이 생기면 온 세상이 귀를 기울이는 법이지. "당장 그만두지 못해?" 나는 바지 엉덩이 쪽에 끈끈한 손을 문지르면서, 그들이 서 있던 곳을 향해 벼락같이 고함을 쳤다. 그리고 두 사내아이의 셔츠 깃을 움켜잡았다. 예전에는 선생님들이 무시로 했지만 이젠 더 이상 할 수 없게 되어 있는 짓이었다. 잠시 이성을 잃어버렸다. 나는 레자에 대해 개인적으로 실망을 느꼈다. 달리 어떻게 그 기분을 표현하겠는가? 녀석이 날 실망시킨 것이었다. "하나님 맙소사, 대체 이게 무슨 일이니? 레자 샤히드, 자세히 설명해보겠니? 지금 네가 한 짓을 내 눈으로 똑똑히 봤거든. 도대체 어떻게 된 거니?"

레자는 잠시 노려보다가 어깨를 으쓱했다.

"노아, 네가 이야기해봐. 네가 먼저 집적거리지 않았다면 레자가 손찌검을 할 리가 없잖아."

노아도 역시 어깨만 으쓱 올렸다. 다음 순간 그가 아스피린 꽃 몇 송이를 손에 움켜쥐고 있는 게 눈에 들어왔다. 꽃은 철사로 만든 줄기에 대롱대롱 매달려 있었다.

"너 꽃을 땄구나."

"따면 안 된다고 말해준 사람이 없잖아요." 그건 사실이었다.

아무도 꽃을 따선 안 된다고 알려주진 않았다. 노아가 말을 이었다. "그랬더니 레자가 나한테 달려들었단 말이에요. 꼭 미친 사람 같더라니까요."

"정말 그렇게 된 일이니, 레자?"

레자에게서 그토록 화난 표정을 본 적이 없었다. 그러나 아이는 아무 말도 하지 않았다. 인조 잔디에다 발만 이리저리 문댔다. 뭔가를 아직도 숨기고 있다는 직감이 왔다.

"노아가 무슨 거슬리는 말을 한 거니?"

레자가 얼굴을 쳐들었다. 그는 눈길로 엄마를 찾아냈고, 둘은 눈짓으로 뭔가를 주고받았다. 내가 간여할 수 없는 둘만의 소통이었다. 레자는 여전히 아무 말도 하지 않았다.

그제야 나는 아이들이 전부 우리 주위로 몰려와 있음을 깨달았다. 시레나는 아이들 맨 뒤에 서서 우리 쪽을 쳐다보고 있었다. 그녀는 무슨 생각을 하고 있을까, 알 수가 없었다. 당시 나는 눈앞에 벌어진 일로 발끈해서 깊이 생각할 겨를도 없었지만, 이제 돌이켜보니 모든 게 끔찍스럽게도 기괴했다. 내 자신의 아이한테 (나의 특별한 소년한테, 이 세상을 좀 더 낫게 만들고 싶다던 그 소년한테) 배신을 당한 느낌이라 한층 더 분노가 치솟았던 것이다. 하지만 그 자리에서 나는 레자가 내 아이가 아니라는 현실에 따귀를 한 대 얻어맞은 격이었다. 그의 진짜 어머니가 거기 있었고, 그녀의 얼굴에 떠오른 것은 내 친구의 표정이 아니라 아이 엄마의 표정이었으니 말이다. 무슨 말인지 알겠니? 그녀가 무슨 생각을 하고 있는지는 알 수 없었지만, 선생님한테 아들이 호되게 꾸중 듣고 있는 걸 보는 엄마의 반응임에 틀림은 없었다. 나는 아이의 교사였고, 아웃사이더였다. 난 그 이상도, 그 이하도 아니었다.

삶의 허위와 가식이 여지없이 벗겨지는 순간, 무엇이 진실인지를 똑똑히 보게 되는 순간, 스스로에게 해줄 수 있는 말이라곤 "그거 배우게 됐으니 앞으로 쓸모 있겠군." 정도뿐인 순간. 그것은 그런 순간이었다. 교사의 신분으로 돌아가 최대한으로 그 역할을 수행하는 것, 그 순간에 할 수 있다고 생각되는 건 그뿐이었다. 나는 아이들을 윽박지르듯 말했다. "거기 서서 빤히 쳐다보지만 말고. 너희 모두가 관여할 일이 아니야. 하던 게임을 계속해, 마스크를 만들거나. 노아랑 레자, 너희들은 저리로 가서 벽에 등을 대고 앉아 있거라. 둘 중 누구든지 더 이상 아무 말도 하지 말 것, 알았지?"

한순간 아무도 꼼짝하지 않았다. 레자를 비롯한 몇몇 아이들이 시레나를 힐끗 쳐다봤다. 그녀는 눈을 지그시 감고 가볍게 고개를 끄덕였다. 다음 순간 레자가 움직였고 노아가 뒤를 따랐다. 둘 다 마치 죄인처럼 고개를 떨구었다.

나는 아리스티드를 따로 불러 무슨 일이 있었는지를 물었다. 노아가 원더랜드에 대해서 뭔가 고약한 말을 내뱉었고 그걸 '쓰레기 같다'고 했단다. 그리고 이렇게 말했단다. "니네 엄마 아이디어는 정말 등신 같아. 우리를 뭐 두 살배기쯤으로 생각하는 거야, 뭐야?" 그런 다음 녀석은 텔레비전인지 어디선지 들었던 말을 그대로 옮겼던 모양이다. 그렇잖아도 헛배 부르고 가스 차는 현상에 꽂혀 있던 노아가 이렇게 말했다는 것이다. "대충 니네 엄마 쪽으로 방귀나 뿡 뀌어야지." 우스갯소리로 그런 것이었지만, 레자는 그걸 이해하지 못했던 모양이다.

시레나는 곧장 내 쪽으로 와서 이야기를 나누지는 않았다. 뭐 대단한 일이나 생긴 것처럼 보이기 싫었기 때문이리라. 나는 노아가 레자한테 했던 말을 그녀에게 일절 알려주지 않았다. 레자가 그런 이야길 했을 리도 만무하다. 그녀는 벽에 기대 움츠리고 있는 레자에게 다가가 잠시 몇 마디 나누었다. 얼굴에 엄준한 표정이 서렸지만, 그것도 잠시, 그녀는 서둘러 사다리로 돌아가 카메라를 만지작거리며 엉망진창이 되어버린 장면에서나마 그럴 듯한 비디오를 얻어내려고 애를 썼다. 이후 아이들은 그다지 마음대로 뛰놀지 않았다. 더 이상 자연스럽게 느껴지질 않았을 테지. 두 그룹이 무대를 바꾸고 스낵까지 먹은 다음에도 오후 내내 어두운 무거움이 살짝 내려누르고 있었다. 도무지 그 전의 분위기가 살아나지 않았다.

현장학습을 마무리하기 위해 아이들을 일렬로 세우고 있을 때, 시레나가 바로 옆에 다가와 섰다.

"미안해요, 그런 모습을 보여줘서." 내가 말했다.

"신경 쓰지 말아요." 그녀가 답했다. "당신이 늘 하는 대로 아이들을 지도해야죠. 당신 나름의 규칙이 있을 테니." 그녀는 한숨을 내쉬었다. "그러고 나서는 분위기가 흐려져서 참 유감이네요. 아이들이란 섬세하고 민감해서 뭐든지 곧이곧대로 빨아들이니까……" 그리고 덧붙였다. "다시 와서 치우려고 신경 쓰지 말아요. 내가 알아서 정리할게."

"고마워요, 시레나." 보통의 경우 나는 그런 식으로 이름을 부르지 않았다. 그 말이 내 귓속에 메아리치는 것만 같았다.

"그럼, 한 주일 동안 굿바이네요? 난 내일 파리로 떠나요."

"그러네, 거의 잊어버릴 뻔했구나." 그런 다음 나는 "없는 동안 내가 두 남자를 잘 감시할게요."라고 말할 참이었지만, 그러지 않는 편이 낫겠다고 마음먹었다. "다 잘 되기를 빌어요." 대신 그렇게 말했다.

"걱정 말아요, 잘 될 거야." 그녀는 잠시 표정이 밝아지면서 좀 더 정상적인 것처럼 보였다. "잘 되지 않고 어쩌겠어요?"

레자와의 관계는 제대로 좋아지지 않았다. 녀석은 후회하고 있는 것으로 보였고, 그다음 날 수업이 시작되기 전에 나한테 사과도 했다. 하긴 전날 있었던 일의 복잡한 아이러니를 그는 이해하지 못하고 있었다. 실제로 무슨 일이 있었는지를 나한테 털어놓을 태세도 아니었다. 고자질이나 하는 놈이 되기 싫었든가, 아니면 엄마에 대한 모욕을 되풀이하기 싫었기 때문이었다. 어쨌거나 자신에게 주어진 벌은 자기가 저지른 짓에 합당하다고 느꼈다. 그렇게 적어도 레자에게는 모든 게 끝났고 잊혀졌다. 그것은 다행이었다.

시레나는 떠나기 전에 스튜디오를 청소하긴 했지만, 간신히 오십 점 정도밖에 줄 수 없었다. 컵이며 냅킨 등 아이들이 남긴 쓰레기들을 모조리 쓰레기 봉지에다 넣었고, 바닥에 떨어진 빵 부스러기들도 깨끗이 쓸어냈다. 꽃들은 다시 심고 강물처럼 흐드러져 있던 천 조각들도 접어 치워서 자신의 원더랜드를 다시 깔끔하게 다듬어놓고 갔다. 하지만 칠하지 않고 남아 있던 아이들의 마스크는 전부 내가 앉아서 일하는 쪽에다 모아두었고, 양동이에 그냥 버려둔 종이반죽용 풀은 딱딱하게 굳어 있어서 내다버릴 수밖에 없었다. 내 입장에서 볼 때 스튜디오에는 참으로 기이한 느낌들이 수북이 쌓여 있었다. 거기 앉아 있기가 그리 수월하지 않았다.

나는 시레나가 돌아올 것을 대비해서 좀 더 깨끗하게 치우려고 해봤다. 마치 청소부 아줌마가 서재를 치워줄 때처럼, 물건들을 말끔하고도 눈에 보이게 정돈했다. 그래놓고 보니 시레나가 작업하는 쪽이 옷을 입다 만 여자처럼 묘하게도 쓸쓸하고 덜떨어진 것 같아서 등을 돌리지 않고는 배길 수 없었다. 그 주 내내 나는 저녁에만 스튜디오에 들러 일하는 흉내를 냈지만, 속으로는 복도에서 발자국 소리가 나거나 은밀한 노크 소리가 들리기를 고대했다.

그는 바빴다. 나도 알고 있었다. 그렇지만 그가 스스로의 감정에 억눌려 나를 만나지 못하고 있다는 것 또한 확실히 알고 있었다. 그가 더 이상 나랑 엮이고 싶지 않을 것이란 가능성도 물론 알고 있었지만, 그럴 거라고 믿고 싶진 않았다. 우리 두 사람 모두 고귀하게 자기 안으로 침잠沈潛하여 고통을 견디는 편이 차라리 나았다. 말할 것도 없이 내가 전화를 거는 일은 없을 터였다. 내 살갗에 그의 살갗이 포개지는 촉감이 어떻게 모든 것을 바꾸어 놓았는지, 생각할수록 놀라울 따름이었다. 그의 팔꿈치 안에 몸을 웅크리고 그의 가슴에다 머리를 얹은 채 나는 심장의 박동을 느꼈고, 한 순간 그것이 그의 가슴인지 내 가슴인지 알 수가 없었다. 내 손가락 끝은 그의 가슴에 난 굵은 털이며 팔뚝에 난 보들보들한 털을 여전히 생생하게 더듬을 수 있었다. 저녁녘에 자란 그의 짧은 턱수염에 찔린 내 두 뺨과 턱은 얼얼했다. 그리고 그의 몸, 그의 두 손, 그의 혀. 눈을 감으면 그것들은 여전히 내 위에, 내 안에, 나와 함께 있었다. 나는 무시로 그를 기억하고 있었다. 대지 위에 새겨진 자국처럼 그것은 육체의 기억이었다. 마음이 원하는 것과 몸이 원하는 것은 따로 있다. 난 그걸 깨닫게 되었던 것이다. 마음은 몸을 달뜨게 할 수 있지만, 그 욕망은 거짓일 수도 있다. 반면 육체는, 아, 그 짐승은, 원하는 게 따로 있다.

13

그다음 주말 나는 아빠와 함께 베이비 이모를 만나러 갔다. 크리스마스 이후로는 못 만났었는데, 토요일에 가서 하룻밤 묵고 일요일 아침에 같이 미사를 보러 가겠노라고 성급하게 약속을 해버렸다. 금요일 밤엔 스튜디오에 죽치고 앉아 미니어처 방 만드는 데는 손도 안 대고 온라인으로 신문을 보거나 레드 와인을 찻잔에 따라 마시면서 거의 자정까지 기다렸지만, 스칸다르는 여전히 깜깜 무소식이었다. 다음날 아침 저수지를 한 바퀴 돌았음에도 깨끗해지지 않는 머리로 아빠를 픽업하러 갔다. 작약 몇 송이와 (엄마가 제일 좋아했던 꽃) 번트 케이크를 (내가 기억하는 한 엄마는 언제나 이모한테 줄 케이크를 직접 구웠지만, 난 쿨리지 코너의 빵집을 찾았다. 브루클린으로 이사 와서 엄마가 더 이상 요리를 할 수 없게 되었을 때 발견했던 빵집이었다) 사들고 우리는 북쪽에 있는 케이프 앤으로 향했다.

"이번 주에 매튜랑 통화했니?" 아빠는 날 쳐다보지 않은 채 길게 뻗은 I-95 국도를 창밖으로 내다보며 물었다.

"아뇨. 왜, 꼭 통화해야 할 일이 있었어요?"

"트위티의 생일이잖아."

"잊어먹었네." 난 언제나 잊었다. 내가 고의로 잊어버리는 건 아닐까 싶은 때도 있었다. 하긴 그쪽도 내 생일을 기억한 적이 한 번도 없었는걸 뭐. "다들 잘 있대요?"

"잘 있겠지." 아빠가 그렇게 답한 다음 한참 동안 침묵만 흘렀다. 차들이 쌩쌩 지나가고. 그러고는, "하지만 뭔가 잘못된 것 같아."

"무슨 말씀이세요?"

"뭔가 이상해. 정확히 꼬집어 말할 순 없지만. 그렇다고 물어보기도 싫더라고."

"왜 그렇게 생각하는데요?"

"음, 그게…… 왜냐하면 내가 트위티한테 생일 축하한다고 말하고 싶어서 바꿔달라고 했더니, 나가고 없다잖아."

"그게 뭐 이상해요? 나가고 없을 수도 있지."

"하지만 내가 물었거든, 언제 돌아오냐고, 전화를 다시 걸 생각으로." ―참 부지런도 하시지, 우리 아빠, 하긴 보험업계에서 평생을 보냈으니 오죽할까― "그랬더니, 아, 이 녀석이 아주 이상한 어조로 모르겠다고 하더란 말이야. 차라리 트위티가 돌아오면 나한테 전화를 거는 게 낫겠다면서."

"그게 뭐 유달리 이상할 이유가 있어요?"

"그 애 목소리에 뭔가 좀 기묘한 게 있었어. 좀 걸걸한 목소리라고 해야 하나……"

"거기 무슨 의미가 담겨 있을 것 같진 않은데."

"거칠었어. 그래, 목소리가 거칠었다고, 마치 화가 난 것처럼." 그때 난 운전대를 잡고 있었는데, 그 순간까지만 해도 아빠가 단 한 번도 고개를 돌려 날 쳐다보지 않았다는 걸 깨닫고 있었다. 그랬던 그가 이제 나를 물끄러미 바라보았다. 눈을 가늘게 뜨고 피곤해 보였다. 다시 아빠가 물었다. "그건 그렇고, 트위티는 너한테 전화한 적이 있기나 하냐?"

"나한테? 물론 없죠. 말도 안 되는 소리 마세요. 이십 년이 넘도록 전화 거는 꼴을 못 봤잖아."

"내 말이 바로 그거야. 나한테조차 전화를 건 적이 없었거든. 네 엄마가 죽었을 때도 전화 한 통 없었다니까."

"나도 기억해요." 그래서 내가 불평을 터뜨린 적도 있었다. "무슨 식구가 이 따윈지 몰라." 그렇게 투덜댔었지.

"그러니까 그 녀석 너무 속이 상해서 자기가 무슨 말을 하고 있는지도 모르거나, 아니면 일부러 거짓말을 하고 있거나, 그것도 아니면 트위티한테 근본적으로 무슨 변화가 있었거나…… 아무튼 두 사람 사이에 문제가 없다는 그림은 도무지 그려지질 않는

구나."

아빠답지 않은 화법이었다. 그건 오히려 내가 써먹을 법한 말투였다. "그럼 어떤 그림이 그려지는데요?"

"트위티가 떠나버렸을 거야."

"행여나." 난 거의 그렇게 뱉을 뻔했다. "꿈 깨세요, 아빠."

"아님, 아프거나."

"아프다고요?"

"아픈 것도 여러 종류잖니. 신체적으로, 정신적으로, 그치?"

"그렇군요."

"혹은 갓난아기가 아플 수도……"

"갓난아기가 아프긴, 무슨, 아빠도. 그리고 이제 갓난아기 아니잖아요."

"아니면 둘이서 대판 싸우고 여자가 뛰쳐나갔거나."

"아이고, 아주 드라마를 쓰고 있네요. 아빠, 터무니없어요."

"어쩌면 돈 때문에 걱정거리가 생겼을지도 몰라."

난 깔깔 웃기 시작했다. "아빠, 그만해요. 제정신이 아닌 소릴 하고 있잖아요."

"그러냐?"

"시간이 너무 많아도 탈이라니까. 무슨 문제가 있을까봐 걱정 되면, 오빠한테 전화해서 물어보세요. 틀림없이 아빠 보고 웃긴다고 그럴 걸. 하지만 아빠 아들이니까 빈정대진 않겠지. 물어봐요, 마음이 활짝 풀릴 테니까."

"그래, 네 말이 옳겠구나." 아빠는 헛기침을 한번 하고 한층 더 힘줄이 돋은 손을 다시 모으고 창밖 앞쪽을 내다봤다. 잠자코 있는 걸 봐서 오빠와 통화했던 일이 몹시 맘에 켕겼다가 이제야 안심이 되는 모양이었다. 나중에 트위티가 그날 올리브 씨앗을 깨물었다가 이빨이 부러져 급히 치과로 달려갔었다는 이야기를 오빠한테 듣고서, 아빠는 물론 껄껄대고 웃을 수밖에 없었다.

❦

바닷가재 요리 (그 지긋지긋하게도 과대평가된 음식) 덕택에 지지부진했던 점심식사가 겨우 끝나고 우리는 거북이걸음으로 들쑥날쑥한 방파제를 따라가며 어부들과 맹렬하게 덮치듯 내려오는 갈매기를 보고, 악마처럼 번들거리는 잠수용 고무옷을 입은 용감무쌍한 서퍼들이 짭조름한 파도에 덤벼드는 모습도 구경했다. 파도 위엔 불안스럽게 보이는 잿빛 거품이 유독물질처럼 일었다. 베이비 이모는 분말 같이 고약한 냄새를 풍기며 내 팔에 기댄 채로 발을 절었고, 면으로 된 짙은 감색 케이블 스웨터를 입은 아빠는 비즈니스맨처럼 혼자서 느긋하게 우리 뒤를 따라 걷고 있었다. 이

427

같은 록포트에서의 그날 오후, 나는 차안에서 아빠와 나누었던 대화와 내가 아빠한테 했던 충고를 끊임없이 생각하고 있었다. 그래, 누가 뭐래도 분명하다. 투명한 것을 원하면 정직할 수 있는 용기를 가져야 하는 법이다. 내가 그런다고 해서 다른 사람들도 나에게 정직하리라는 보장은 전혀 없지만, 그렇다고 다른 뾰족한 수가 있겠는가?

이미 여러 달 전에 시레나한테 내 감정을 털어놓았어야 했다. 하지만 나는 무언가가 일어날 가능성이 겁났던 것이었고, 또 그것이 가져올 제약도 두려웠었다. 차라리 내 꿈속에서 살아가는 편이 더 수월했던 게지. 하지만 이젠 그녀에게 입을 떼는 것도 불가능했다. 나는 다짐했다, 최선을 다해서 진실을 향해 손을 뻗어야 해. 그것은 스칸다르에게 전화를 걸어 지금 정확하게 무슨 일이 벌어지고 있는지를 대놓고 물어봐야 한다는 의미였다.

일단 그렇게 하리라고 맘을 먹고 나니, 좀이 쑤셔 견딜 수가 없었다. 베이비 이모한테 퉁명스러워진 나 자신을 보고는 깜짝 놀랐다. 이모가 좀 빨리 걸었으면, 좀 시원시원 말했으면, 좀 더 흥미진진한 사람이었으면 하는 맘뿐이었고, 내 사는 꼴도 워낙 짜릿한 구석이라곤 찾아볼 수 없지만 그런 내 일상생활과 비교해보아도 도무지 이루어지는 게 없는 그 날이 빨리 끝나주기만을 바라고 있었다. 하지만 설거지가 다 끝나고 가장자리가 녹슨 케케묵은 기계가 윙윙 돌아가는 가운데 노인네들이 다시 편안하게 자리를 잡고 세상 떠난 친구들 얘기에 빠졌을 땐 이미 아홉 시가 넘었고, 그제야 나는 막다른 골목을 등지고 핸드폰 신호가 잡힐 만큼 충분히 신작로 쪽으로 걸어 나와 샤히드네 집으로 전화를 걸 수 있었다.

토요일 밤. 그들의 거실에서 전화벨이 울리는 광경을 상상했다. 조광기로 불빛이 낮아진 둥그런 샹들리에가 떠올랐다. 텔레비전 앞에 앉아서 귓불을 뚫어 매단 액세서리를 손으로 빙빙 돌리며 재빨리 팝콘을 먹고 있는 마리아의 모습도 상상했다. 복도 저 끝에는 재즈 음악가들의 다채로운 퍼레이드 속에서 잠든 레자의 가슴이 올라갔다 내려갔다 할 테지. 난 그들의 삶을 속속들이 알고 있었다. 하지만 아냐, 아냐. 벨이 세 번 울린 다음 그가 전화기를 들었다.

삐걱 소리가 나는 안락의자에서 일어나고 있는 그의 모습이 그려졌다. 한 손에 대롱대롱 독서용 안경을 들고 눈을 껌뻑이는 그의 모습. 하얀 셔츠는 구겨져 있고, 소매는 시커먼 털이 엉클어진 팔뚝 위로 반나마 걷어붙였겠지.

"스칸다르?"

"그렇습니다만." 전화한 게 나라는 것을 정말 모르는 눈치였다.

"노라예요. 노라 엘드리지."

"아, 네, 그렇군요." 잠깐의 침묵. 그의 어조를 가늠할 수 없었다. "안녕하세요, 노라."

"있잖아요," 나는 명랑하고 경쾌하게 들리려고 애를 쓰면서 말했다. "좀 터프한 한 주일이었네요."

"네." 무덤덤한 진술.

"우리가 어디서든 마주칠 거라고 줄곧 생각하고 있었어요. 디너 파티가 있던 날, 그게 언제였더라, 그날 당신을 볼 수 있으리라고 생각했는데……"

"미안해요. 늦게 왔어요. 이렇게 표현해도 될지 모르겠는데, 내 야망 때문에 인질로 붙잡혀 있었다고 할까. 어리석은 노릇인 줄 알면서도 항상 굴복하게 되네요. 그 때문에 시레나가 놀리곤 하죠."

"괜찮으세요?"

"어떤 의미로 말입니까?" 조심스러워 하는 게 말투에서 느껴졌다. 그게 내 신경을 거슬렸다. 우리 둘이 같은 편이라는 걸 깨닫지 못하고 있단 말인가?

"아, 난 그냥…… 만만치 않을 텐데, 안 그래요? 시레나는 없고, 레자와 단 둘이서만 있잖아요……"

"아, 그렇죠. 걱정해줘서 고마워요. 마리아가 듣고 있던 코스가 다 끝나서 이젠 얼마든지 시간을 낼 수 있어요. 그래서 괜찮았어요."

"다행이군요." 이건 내가 바랐던 대화가 아닌데. 하지만 나는 겁내지 말고 솔직해야 한다는 사실을 스스로에게 상기시켰다. 머릿속에서 허튼 픽션을 지어내지 않기 위해서. 난 진실을 알고 싶었다. "만에 하나라도 당신이 어려워한다면…… 그 전날……"

"그 전날……이라니?"

"그날 밤 스튜디오에서 있었던 일…… 당신, 그거 괜찮아요?"

"아, 노라, 맙소사. 어떻게 괜찮을 수 있겠어요. 무슨 말로 형언하겠어요? 아, 노라, 친애하는 노라, 우리가 말했듯이 누구나 그럴 때가 있잖아요, 당신이 뭐라고 표현했더라?"

"거울을 뚫고 들어갈 때가 있다고, 그렇게 말했던 것 같네요. 거울 속으로 들어가듯이."

"맞아요. 또 우리가 했던 말마따나, 그건 너무나도 희귀한 재주죠. 하지만 그건 또……"

"살아가는 것과는 별개라고요?"

"그래, 맞아요, 바로 그렇게 표현했었지. 살아가는 것과는 별개."

"당신이나 나나 잘 알아요, 시레나와 레자를 보호하는 것이 가장 중요하다는……"

"보호한다고?" 그는 진심으로 깜짝 놀란 말투였다. 걱정이 되었던 모양이다.

"내 말뜻은 그저 그 두 사람이 절대 알게 하면 안 된다는 거죠, 그렇잖아요? 그 점에는 우리 둘 다 동의했어요, 그렇죠?"

"네, 물론 절대적으로 동의했죠."

"시레나가 조금이라도 의심쩍어하는 것 같아요?"

"의심? 아니, 그럴 것 같진 않아요, 노라. 그건 전혀 별개의 사건이었고…… 마음의 표현이랄까, 진실의 한 순간이었어요. 그렇지만 그건 애석하게도 하나의 스토리는 아니에요. 왜냐하면 스토리가 될 순 없으니까."

"내가 하려는 말은 그저……"

"우린 소중한 무엇인가를 나누었어요. 어떤 일이 있어도 그건 변하지 않을 겁니다. 그것이 지니는 의미에 대해선 우리 둘 다 동의하겠지만, 아무튼 시레나와는 눈곱만치도 관련이 없어요. 게다가 있잖아요, 그 사람 지금은 자기가 자랑스러워할 방식으로 제때에 설치작업을 마무리할 수 있느냐 하는 아주 다급한 과제가 있기 때문에 그 외엔 일절 신경 쓸 수도 없는 것 같아요. 지금 당장은 오로지 그 걱정뿐이거든요."

나중에야 난 그때 그가 무슨 이야기를 하고 있었는지 궁금해졌다. 시레나가 한 동안 나한테 관심을 쏟지 않았던 것처럼 자기한테도 관심을 기울이지 않았다는 건가? 그녀의 그런 소홀함 때문에 심사가 틀어졌거나 부아가 나서 나와의 외도를, 혹은 일시적인 위안을 추구했다는 건가? 어쩌면 자기가 하고 있는 말이 정말 무슨 뜻인지를 알지도 못했을 거야.

나는 깊은 숨을 들이쉬었다. "뭐 좀 물어봐도 돼요? 시레나의 설치작품에 대해서?"

"무슨 얘기죠?"

"스칸다르, 당신은 그 작품이 뭘 말하고 있다고 생각하죠?"

"뭘 말하고 있느냐고?" 그는 담배를 피우고 있는 것처럼 들렸다.

"시레나는 그게 무슨 의미를 지닌다고 생각하는 것 같아요?"

스칸드르는 의심할 여지도 없이 담배를 피우고 있었다. 한 동안 뜸을 들이고서야 대답을 했다. 나는 신작로와 인접한 캄캄한 포장도로에서 덜덜 떨고 있었다. 때는 5월인지 모르지만 바다에서 올라오는 밤바람은 차가웠다. "왜 그런 걸 묻지요? 당신이 하고 있는 작업에 관해서라면 그런 걸 묻지 않을 텐데…… 그건 의미가 없잖아요. 사람마다 나름대로의 답을 할 수 있고 또 하겠죠. 그게 시레나가 원하는 바이고, 또 당신도 물론 마찬가지겠죠?"

"하지만 잘 생각해봐요. 그건 여러 가지 신호가 모인 거잖아요, 그렇죠? 그 신호들은 다양한 방식으로 짝을 이루어 몇 가지 다른 해석을 만들어내어요. 맞죠? 그러나 무한한 것은 아니거든요, 그렇지 않나요? 그러니까 내 말은, 그럴싸한 것이라든지 의미 있는 해석에는 한계가 있다는 거예요. 그런 생각이 안 들어요?"

"노라, 난 지금 당신이 무슨……"

"조금 다른 식으로 물어볼게요. 분명히 틀린 해석이라는 것도 있나요?"

"시레나가 잘못이라고 생각할, 그런 해석 말인가요?"

"아니, 그런 게 아니라. 그냥 객관적으로 틀린 해석 말이에
요…… 사실이 아니거나, 정확하지 않거나, 허위인 것."

"정말 심각하게 생각해보진 않았지만 지금 당장 답을 하라고
한다면, 난 그렇다고 답해야겠네요. 역사적인 사실에서도 마찬가지
지만, 일련의 사실에 대해 누가 봐도 잘못된 해석이 있긴 하죠. 신
호들이 모인 다른 형태의 집합체가 예술이고, 물론 신호란 게 사실
을 가리킬지는 몰라도 사실인 것은 아니잖아요. 그러니까 예술의
경우도 좀 더 자유가 주어질 수는 있지만, 그래도 틀림없이 어떤 시
점에 다다르면 그것을 읽거나 해석한 것이 그저 서툴거나 극단적인
수준을 넘어 완전히 틀려먹을 수도 있어요. 맞아요. 내 대답은 예스
입니다. 그렇다고 답하겠어요. 근데 이걸 왜 묻는 거죠?"

그의 말투에서 나는 또렷이 알 수 있었다. 내가 이 질문을 하
고 나니, 그가 전보다 날 더 좋아하고 있다는 것을. 그는 나에게
알랑대고 있는 게 아니었다. 그는 그 질문 때문에 우리가 한밤에
오래 걸으면서 나누었던 대화를 돌이켜 생각하고 있었으며, 내가
누군가를 절박하게 필요로 하는 사람일 가능성, 미처 예상치 못
했으나 사랑으로 똘똘 뭉친 자기의 안정된 결혼생활을 방해할 골
칫덩어리로 변할 가능성을 떨쳐버리고 있었다.

"딱히 이유가 있어서 물은 건 아니에요." 내가 답했다. "그냥
궁금했죠. 미안해요, 스칸다르, 이제 끊을게요. 아빠가 무슨 일
인지 오라고 하네요." 아빠가 정말 날 필요로 하고 있을지도 몰랐

다. 그러나 난 전화를 끊고 아예 핸드폰을 꺼버린 다음, 콘도로 들어가는 진입로에서 10분가량 더 서성였다. 그러면서 방금 나에게 드러난 진실의 슬픔을 뼈저리게 느꼈다.

진정 대답을 원하지 않는다면, 물어서는 안 된다. 정직할 수 있는 용기를 지닌다는 얘기는 바로 그런 의미다. 난 그에게 대놓고 묻질 않았다. 당신한테 나란 인간은 눈곱만치라도 의미가 있나요, 있다면 어떤 의미지요? 하지만 그의 말로써 모든 게 명백해졌다. 나의 진짜 모습은 일시적인 쾌락이었을지 모른다. 아니, 그 사람 말마따나, 심지어는 소중한 한 순간이요, 마음의 표현이었을 수도 있지. 그러나 그의 삶은 한 치도 변하지 않았다.

나는 록포트의 바람에 맞서서 팔짱을 끼고 섰다. 내가 최근에 품었던 환상, 내게 가장 필요했던 환상이 스러졌음을 받아들이기 위해 안간힘을 썼다. 스칸다르는 나의 검은 옷의 수도승, 체호프의 극에 나오는 내 친구였다. 그 사실을 너무 늦게야 깨달았다. 시레나 이상으로 이 남자야말로 나의 본질, 나의 천성, 내 생각과 노력의 의미를 확신시켜준 인물이었다. 만약 내 검은 옷의 수도승을 앗아가버린다면, 난 대체 뭐란 말인가? 내 안에 담긴 '가치 있음'의 조짐(예술적 가치의 조짐)을 어느 누구도 읽을 수 없고 읽으려 하지 않는다면, 어떻게 나한테 그런 조짐이 있다고 말할 수 있겠는가? 온 세상이 결의를 다지고 있는데 무슨 수로 거기 맞서서 내 스스로에게 확신을 준단 말인가? 그가 아내를 버리고 나를 택해야 한다고 느꼈다는 얘기는 아니다. 누구한테든 가족을 버리라고 요구하진 않을 테니. 그렇지만 그가 둘 중 하나를 선택하기가 좀 더 어려울 거라고 생각했고, 그러기를 바랐다는 얘기다. 아니, 그런 선택을 할까 망설이기라도 한다는 느낌을 받고 싶었던 거다.

네가 위층의 여자가 되면 말이야, 아무도 너를 먼저 생각해주지 않아. 다른 사람보다도 먼저 너에게 전화를 거는 법도 절대 없고, 맨 먼저 쓴 엽서를 너한테 보내주는 법도 절대 없지. 네 엄마가 돌아가시고 나면, 어느 누구도 널 세상에서 제일 사랑하는 일은 절대 안 생겨. 그거야 뭐 대수로운 일도 아니잖아요, 라고 생각할지 모르겠다. 어쩜 네 성격에 달려 있을지도 몰라. 어떤 부류의 사람들에겐 대수롭지 않을 수도 있어. 그러나 베이비 이모네 집 밖의 막다른 골목에 서 있던 나는 희망이 모두 날 저버린 느낌이었다. 아빠와 이모는 죽음을 이리저리 다 해부해놓은 다음, 양처럼 온순하고 도살당한 짐승처럼 맥없이 아침 미사를 준비하기 위해, 느릿느릿 발을 끌며 농가에서 쓰는 진홍색 방문 뒤의 침대로 향했다. 누군가가 날 봤다는 느낌, 말끔하게 다 봤다는 느낌, 그리곤 날 내버렸다는 느낌, 마치 바닷가 조개처럼 마구잡이로 쌓아놓은 무더기 속으로 날 다시 떨어뜨렸다는 느낌이 들었다. 이건 섹스나 욕망에 관한 얘기가 아냐. 단지 그런 건 아니라고. 넌 이걸 이해해야 돼. 모든 사람들이 가정하듯이, 난 결코 그런 식으로 그를 내 안에 완전히 들여놓지 않았다. 그럼에도 불구하고 우리가 함께 했던 짓, 우리들의 '하나 됨'은 (그런 표현을 써도 좋다면) 완벽했다. 어쩌면 우리들의 한계가 생생했고, 다른 사람들을 향한 사랑 때문에 생긴 한계였으며, 우리가 그 한계를 충실히 지켰기에, 그건 한층 더 완벽했는지 몰라. 내 살갗에 포개진 그의 살갗, 그 촉감. 그토록 풍요로운 발가벗은 살갗. 우리 두 영혼 사이에서 맥동하던 더할 나위 없이 얇은 그 표피. 우리의 애무는 온갖 의미로 충만한 어루만짐이었다. 혹은 나 혼자 그렇게 생각했던 것인가. 그것은 의미를 띠고 있었다. 적어도 나에게는. 물론 그 신호들을 읽는 데는 다른 방법도 있다. "우린 몸을 섞지도 않았어."도 그 한 방법이리라.

다시 집안으로 돌아갔더니, 아래층의 불은 모두 꺼져 있었다. 틀림없이 내가 벌써 자러 가버렸다고 생각했던 모양이다. 나는 더듬더듬 방향을 잡아 두 번째 손님방으로 올라갔다. 그건 수도승이 누울 법한 싱글베드만 덜렁 놓인 벽장이었다. 침대 맡의 전깃불은 영락없이 25와트까지 완전히 올라갔지만, 뭔가를 읽는다는 건 불가능했다. 나는 옷을 고스란히 입은 채 이불보 위에 누워서 처음엔 아빠가, 다음엔 이모가 코를 고는 소리를 들었다. 콘도의 싸구려 벽을 통해 전해오는 그들의 불협화음인 양 암담하게 쌕쌕거리는 소리, 악의적인 숨을 한 번씩 들이쉴 때마다 간단없이 다가오는 삶의 종말을 향하는 그들의 고달픈 노동. 그렇게 난 거기 있었다. 꼼짝도 않고, 눈을 크게 뜬 채, 새벽을 기다리며, 너무나도 사랑했지만 누가 봐도 비현실적인 내 삶의 상실을 어찌 해볼 도리 없는 패닉 상태에 사로잡혀서.

Part
THREE

1

시레나는 다시 케임브리지로 돌아오지 않았다.

아니, 정확히 그런 건 아니다. 한 주일 후에 돌아와 72시간 동안 스튜디오에 있던 자기 물건들을 챙겼다. 참 기이한 것은 내가 그 시간들을 기억하는 데 어려움을 겪는다는 사실이다. 그리고 지금도 시레나를 생각할 때면, 당시 그녀가 돌아오지 않은 걸로 기억된다. 그녀가 너무도 (거의 미친 사람처럼) 맘이 산란해져 있었기 때문인지 모른다. 자신의 작품은 완벽하게 적합한 자리를 찾아야만 제대로 존재할 수 있다는 것을 느닷없이 깨달았던 것이다. 그것을 나에게는 이렇게 표현했다. "노라, 우린 여태껏 그냥 가식적으로 움직였던 모양이에요. 내 작품을 만드는 놀이를 해오고 있었다고 할까. 헌데 이젠 시간이 없어요, 거의 막이 오를 시간이죠, 말하자면 이제 죽을 시간이 거의 되었달까. 그리고 어떻게든 만반의 준비를 해야 해. 준비를 못 한다는 건 있을 수 없어요. 그래서 쾅, 케임브리지에서의 놀이는 끝! 파리에서의 진짜 삶이 시작되어야 해요. 쾅, 이렇게, 지금 당장!"

그녀는 아들까지 데리고 귀국하려는 생각이었고, 그게 좋은 생각이 아닌 것 같다는 따위의 충고는 씨알도 안 먹힐 상황이었다. 그때 에너지와 자기 프로젝트를 향한 열정이 넘쳐 격렬한 상태에 있던 그녀를 네가 봤더라면! 심장은 시간에 맞춰 완성될 터였지만, 그것도 그녀가 공장 사람에게 고래고래 소리를 지르고 돈을 두 배로 주겠노라고 어르기도 하고 만약 제때 공급을 못하면 땡전 한 푼 안 줄 거라고 으름장을 놓고서야 가능한 일이었다. 거대한 캔버스 사진들은 엿새나 빨리 완성될 예정이었음에도 불구하고, 그녀는 혹시 자기를 잊어버리지나 않았을까, 그 어마어마하게 눈부신 나신裸身의 소녀와 여인들을 잊어버리지나 않았을까, 이틀이 멀다 하고 전화를 해댔다. 또 아스피린 꽃이며 인조 잔디, 깨진 거울 파편들, 그리고 내가 대신 꿰매주었던 거대한 앨리스 블루의 하늘덮개 같은 것들을 위해 소형 이동차와 포장자재와 나무박스 등으로 무장한 남자들을 동원했다. 그 물건들을 하나씩 봤을 땐 엄청난 비용이 드는 미술품 운송의 특수전문가들까지 부를 일은 아니었지만 ─우리 3학년 학생들을 찍기 위해서 설치했던 비디오 기기처럼 기술적인 물건조차도 그럴 필요 없었지만─ 어쨌거나 그녀가 대장처럼 그들을 감독하는 가운데 포장은 모두 끝났다. 그리고 나무상자에 못을 박아 봉인할 즈음에는 아닌 게 아니라 내가 예상했던 것보다 훨씬 더 소중한 수집품처럼 보였다.

그래, 맞아, 그녀를 봤지. 그리고 도와주려고 애도 썼지. 레자가 몸이 커져 입지 못하게 된 옷들을 넘치도록 쑤셔 넣은 쓰레기봉지를 데이비스 광장에 있는 굿윌 점포까지 끌고 가면서 궁금해했지, 어떤 여덟 살배기 미국 소년이 지난 가을에 입었던 프랑스식 샌들 신고 버뮤다 바지 입으면 때깔이 날까 하고. 그러나 우리 둘 사이의 친밀감이나 한 해 동안의 끈끈했던 우정 따위는 다급한 현실의 상황에 밀려 부득이 옆으로 제쳐놓을 수밖에 없었다. 글쎄, 내 생각에 우리의 긴밀했던 우정은 말이 아니라 행동하는 것으로 변했고, 스튜디오에서 그녀가 썼던 쪽을 씻고 닦는 일이라든지 그녀가 맡겨놓은 드라이클리닝 세탁물을 찾고 우편으로 보내야 할 그녀의 사물함을 UPS에 갖다 주는 등의 일 따위를 하지 않을 수 없게 된 건 오히려 자랑스러워해야 했던 게 아닌가 싶다. 반병 남은 오래된 발사믹 식초와 겨자, 그리고 쓰다 남은 면봉과 컨디셔너를 인수받게 된 것 역시 우쭐해야 했던 것 같고. 그녀가 그런 것들을 내게 물려주기로 했다는 것은, 자신의 아이를 나의 베이비시팅 전문지식에 맡겨준 거나 마찬가지로 나름 친밀감의 표시였고, 동시에 (딱히 왜인지 설명할 수는 없지만) 그와 비슷하게 은근히 굴욕적이기도 했다.

어쨌든, 그래, 그녀를 보긴 했다. 말이야 바른 말이지만, 꽤 많이 보았다. 자기들이 떠나면 나 혼자 뒤에 남겨지리라는 사실쯤은 명랑하게 잊어버린 채 예전의 삶, 옛 친구들, 옛 침실, 심지어 스케이드보드 따위를 되찾는다는 생각에만 골몰하는 나의 사랑하는 소년을 데리고 마을을 영영 떠난다고 온통 정신이 없는 와중이었지만, 그녀는 용케도 나한테 다정스럽게 대해주기도 하고 심지어는 미안한 것처럼 굴기도 했다. 그 점은 나도 동의할 수밖에 없을 것 같다. 내가 많이 보고 싶을 것이라든지, 나는 "결코 없어서는 안 될" 친구였다는 말도 여러 번 했다. 심지어는 내가 아주 좋아했던 (하지만 그녀 자신도 좋아했던) 산뜻한 쪽빛 벌집무늬의 스카프를 주기까지 했다. 그건 사랑이 담긴 선물이었다. 그녀도 그걸 그리워할 테니까.

그럼에도 불구하고 나는 그녀가 아예 돌아오지 않았던 것으로 기억한다. 예전과는 완전히 딴판이었기 때문이다. 게다가 사태가 그처럼 신속하게 반전되리라고는 미처 예상하지 않았기 때문에 한층 더 고통스러웠다. 인생이 그렇다는 것을 진작 알았어야 하는 건데. 엄마의 죽음도 그랬잖아. 그걸 고스란히 겪지 않았던가 말이다. 우리는 엄마가 결국은 그 병으로 돌아가시리라는 것을 너무나 오랫동안 잘 알고 있었다. 그런데도 우리는 그걸 믿지 않도록 선수를 쳤다, 제법 성공적으로. 하지만 그렇게 더 앞지를수록 죽음은 더 가까이 다가왔다. 어쨌든 살아남는 데 너무도 열중했고 새로운 위기가 닥칠 때마다 살아남기 위해 너무나 잘 대비했기 때문이다.

마지막 보름이 남았을 때조차도 우리는 줄곧 좀 더 시간이 있으리라고 믿었다. 아니, 사실 마지막 이틀 동안에도 우리는 어쩌면 한 주일 정도는 더 오래 가리라고 생각했다. 그래서 엄마가 끝내 숨을 거두자 우리는 소스라치게 놀랐던 것이다. 그야말로 숨이 턱 막히도록 그렇게 놀랐던 것이다.

시레나와의 헤어짐도 꼭 그랬다. 애당초부터 나는 이런 사태가 올 줄을 알고 있었다. 내가 죽 예상해오던 것보다 훨씬 빨리 그때가 오리라는 것을 얼마 전에야 깨닫고는 끔찍한 충격을 받았다. 그렇지만 아무런 경고도 없이 어느 누가 그런 걸 예측할 수 있었겠는가, 이런 식으로 말이다?

스튜디오에 남아 있던 원더랜드를 철거하면서 나는 그것이 기껏해야 반나마 만들어진 사물에 지나지 않는다는 사실을 갑자기 강렬하게 깨닫게 되었다. 완전히 상상의 것은 물론 아니지만, 그렇다고 세상에 존재하는 어떤 완성품도 아니었다. 적어도 내 머릿속에선 내가 그것에 너무도 가까이 살아왔었고 그녀의 비전이 나에겐 너무나 완전하게 실현되었기 때문에, 나는 그 설치작품이 이미 바로 그 스튜디오 안에서 실제보다도 훨씬 더 완성에 가깝다고 오랫동안 생각해왔던 것이다.

참 웃기고 말도 안 되지, 그렇지? 그 하나하나와 따로따로 보냈던 그 많은 시간들, 각각의 경우마다 어마어마하게 넘쳐흐르던 열정, 아니, 그보다 더 생생하게 현실인 것이 어디 있겠어? 그뿐인가, 이 경우는 엄마와는 달리 그들이 죽게 되었다든가, 그런 것도 아니었다. 무슨 거대한 용광로가 그들을 가루로 만들어 한 조각 기억이나 생각보다도 더 꿈같은 한 줌의 재로 만들 거라든가, 그런 것도 아니었다. 그들은 —이 지구 위 다른 지점에서이긴 하지만— 앞으로도 계속 숨을 쉬고, 움직이고, 웃고, 말하고, 생각하고, 창조할 터였다. 그다지 아득히 먼 곳도 아닌 데서 말이다. 그러나 나에겐 머나먼 곳이었고, 그 세 사람이 계속 함께 살 것이란 사실과 (나는 같은 장소에 그대로 남아있고, 따라서 내 삶도 표면적으로는 변화가 적은 쪽이었지만) 그들의 삶이 내 삶보다도 훨씬 더 결속력과 지속성을 가지리라는 사실을 알고 있었기에, 그 상황에서는 말하자면 그들이 아니라 내 자신이 죽어가고 있는 꼴이었다. 내가 그들을 포기해야 하는 쪽이었고, 그러는 가운데 세상까지도 포기해야 하는 쪽이었다.

오월도 절반이 지났던 어느 수요일 저녁 시레나와 레자가 떠났을 때, 나는 공항으로 함께 나가지 않았다. 애플턴에는 아직 한 달의 수업이 남아 있었다. 그들이 출발한다는 것을 알고 있던 나는 할 일이 전혀 없어지는 사태만큼은 오지 않도록 만전을 기했다. 여섯 시에 「인터프리터」를 보러 영화관으로 갔다. 그들의 비행기가 로건에서 이륙하게 될 즈음 나는 니콜 키드먼과 숀 펜이 유엔에서 펼치는 음모에 완전히 빠져들어 있었다. 영화관에서 여름의 으스름 속으로 나왔을 때 핸드폰에 시레나의 문자가 와 있는 걸 보고 걷잡을 수 없는 감동에 몸을 떨었다. "벌써 보고 싶네요. 아들이 특별 XX를 전하래요. 파리에 놀러 와요!" 그녀는 공항에서 문자를 찍었다. 절대로 그것을 상상조차 하지 말자고 스스로를 타일러왔건만, 그녀의 메시지를 보는 순간 그것이 다시 고개를 들었다 — 희망이.

2

그로부터 보름 뒤 스칸다르가 파리로 돌아가기 전에 그를 만났다. 그는 어느 날 저녁 약간은 기묘한 시간인 밤 아홉 시쯤에 전화를 걸어 커피나 한 잔 하지 않겠냐고 물었다. 우리는 하버드 광장에 있는 알지에 카페에서 만났다. 거기서 가장 늙은 손님이었던 우리는 풋내기들답게 원기왕성한 학부 학생들에게 둘러싸여 앉았다. 안경 뒤의 두 눈은 흐릿하고 검은 테가 생겨 있었다. 맞은편에 그렇게 앉아 있는 그를 보며 난 그저 그의 뺨을 만지고 싶었다. 그걸 딱히 욕망이나 육욕이라고 부를 생각은 없었다. 내 말은, 성적인 의미의 욕망, 혹은 어쩌면 소유하고자 하는 욕심은 아니었다는 뜻이다.

이 말들, 이 말들은 너무도 부정확하고 너무도 불충분하다. 내가 사랑이나 욕망이나 심지어 그리움을 이야기할 때, 이런 단어들이 담고 있는 것은 우리 각자에게 너무도 특별하다. 내 사랑인 세 명의 샤히드를 마지막으로 한 번 설명하자면 이렇게 된다. 시레나와 스칸다르 모두에게 있어 성적인 요소는 두 말할 나위 없이 존재한다. 그러나 그것은 요점이 아니다. 그것은 내가 경험했던 것의 핵심이 아니었다. 핵심은 그리워하는 것이었다. '그리워함'이 '욕망'보다는 더 나은 표현이다. '그리워함'에는 손을 뻗지만 얻지 못하는 품격, 무언가를 애타게 바라는 품격, 강렬하면서도 동시에 애잔한 육체적인 끌림과 같은 품격, 언제나 이미 약간은 슬프고 자각하고 있는, 어떤 점에선 열정적이면서도 약간은 체념하는 듯한 품격이 담겨 있다. 열망이란 불타오르고 열렬하며 무분별한 어떤 것, 무엇보다도 만족을 원하는 것을 암시한다. 그런데 나의 샤히드 식구들에 관해 네가 이해해야 할 게 있다. 언제나, 어떤 순간에도 —그렇지 않다고 믿을 것을 스스로에게 잠시 허락했을 때조차, 심지어는 내가 그들 중 하나를 껴안고 있던 그 소중한 한 순간에도— 내 욕망은 만족시킬 수 없다는 것, 결코 채워지지 않으리라는 것을 내가 줄곧 알고 있었다는 사실이다. 그러나 여전히 만족의 환상을 간헐적으로 붙들기에 충분할 정도로 가까이 있다는 것, 그리고 그 환상을 오래 살려놓고 있으려면 그것으로, 그걸로 충분하다는 사실도 알고 있었다.

그러므로 내가 그의 얼굴을 쓰다듬기를 갈망했던 것은 —그렇게 맞닿아 내 손가락 끝에 그의 살갗을 느끼기를 갈망했던 것은—

사실이지만, 동시에 그날의 만남에서는 그런 일이 일어날 수 없다는 것을 충분히 이해하고 받아들였음도 사실이다. (하지만 내가 안 그러기를 어찌 바라지 않을 수 있었겠는가? 감히 그를 만졌다면 학생들은 무엇을 보게 되었을까? 구석에 옹송그리고 있는 두 늙은이에게 무슨 신경을 썼겠는가? 만약 테이블 위로 손을 뻗어 그의 달콤한 살짝 처진 뺨을 부드럽게 감쌀 무모함만 내게 있었더라면, 어떤 일이 생겼을 것이며 우리 운명을 어떻게 바꿔놓았을까?)

스칸다르는 갖고 있던 플라스틱 쇼핑백을 테이블 위, 그의 터키 커피와 나의 샛노란 박하 차 사이에다 어색하게 놓았다.

"짐 싸는 일을 혼자 해야 하는 형편이네요." 대단히 미안하다는 표정으로 그가 말했다. "별로 소질이 없는데. 처음엔 그냥 모두 다 싸야겠다고 생각했죠. 하지만 짐을 싸고 보낸다는 게 얼마나 골치 아픈 일인지를 알고서야 전부 다 내버리자고 말하고 있어요. 이런 일은 아내가 훨씬 더 잘 하는데 말이지." 그가 이런 식으로 다들 떠나고 혼자 남았던 적이 한 번도 없었다는 걸 알 수 있었다.

그는 말을 이었다. "그러다가 우리 모두에게 너무나 좋은 친구였던 당신 생각이 났어요. 우리가 가져가봐야 의미가 없는 이런저런 것들을 당신이 가지면 어떨까 생각했지요." 그는 테이블 위의 쇼핑백을 내 쪽으로 밀었다. 하마터면 내 차를 넘어뜨릴 뻔했다. 손을 뻗어 그걸 받았다. 그가 말했다. "걱정 말아요. 여기서 꺼내볼 필요는 없어요. 뭐든 지니고 싶지 않은 것은 그냥 내버리면 되니까요."

나는 웃었다.

"아니, 아니…… 이 가방에 쓰레기만 잔뜩 있다는 뜻은 아니
고요. 사실은 그 반대죠. 하지만 나는 어떤 경우에도 이 물건들을
가져가진 않을 겁니다."

우린 카페에 오래 앉아 있지 않았다. 그는 회의가 있어서 아
침 일찍 워싱턴으로 가야 했던 데다 여전히 정리할 일도 많았다.
함께 있던 그 짧은 시간 동안 그가 우리 사이에 있었던 일을 수긍
하는 말은 딱 이 한 마디였다. "노라, 살아야 해요. 당신의 허기진
마음을 채워요. 당신 주위에도 그걸 충족시켜줄 것들은 많아요,
알죠?"

"어떤 것들이 내 허기를 채워줄까요? 알고 싶네요."

"아," 그의 얼굴에 미소가 흘렀다. "모든 것들을 맛봐야 해요,
맘에 들지 아닐지 알고 싶으면 말이죠."

그게 무슨 소용이람? 나는 묻고 싶었다. 세상에서 제일 달콤
한 과일이라도 먹지 못한다면?

우리는 보도 위에서 작별했다. 그는 두 팔로 다정하게 나를
껴안고 ―나는 그의 몸에 싸였다― 필요 이상으로 오래, 심장이
몇 번이나 고동칠 동안, 놓아주지 않았다. 지나가던 사람이 보더라
도 대수롭잖게 넘어갈 그런 종류의 포옹이었지만, 동시에 겉으로
드러나는 것보다는 더 많은 것을 의미하는 포옹이었다. 나는 그걸

알고 있었다. 혹은 안다고 말할 수 있었다. 나중에 그는 수줍게 내 시선을 피했고, 집 쪽을 향해서 발을 끌며 포장도로를 걸어갔다. 뒤에서 보니 그는 왜소해 보였고, 노인네나 키가 작은 남자의 걸음걸이처럼 느껴졌다. 그런 모습이 다시금, 어딘지 새롭게, 잠깐 나의 마음을 움직였다.

�֎✦֎

그리고 그 쇼핑백으로 말하자면…… 그것은 이후 몇 달 동안 ─내가 무슨 말을 하고 있는 거지? 이후 몇 년에 걸쳐─ 나의 상상력을 집요하게도 자극할 터였다. 그 안에 뭐가 들어 있었지? 너에게 그걸 제대로 말해줄 수 있으면 참 좋으련만. 나는 브래틀과 처치 스트리트가 만나는 모퉁이의 상점 불빛 아래에서 백을 열고 내용물을 들여다보았다. 나온 지 얼마 안 된 그의 책 한 권이 들어 있었다. 상상컨대 나를 위해 헌사를 써놓은 선물이겠지. 뭐라고 썼는지 보고 싶어서 안달이 나긴 했지만, 거기 길에 서서 책을 꺼내보기도 뭣했다. 둘둘 말아놓은 레자의 사진도 있었는데, 눈 내리는 날에 찍은 것임을 한눈에 알아볼 수 있었다. 지난 1월의 어느 미술 시간에 했던 작업인데, 레자의 것이 유난히 창의적이었다. 맨 아래에는 참으로 기이하게도 부엌에서 쓰는 가위, 슈퍼에서 살 수 있는 플라스틱 손잡이의 가위가 세 자루 놓여 있었다. 그리고 뭔가 화장지로 싸놓은 작은 물건도 보였다. 그걸 보니 궁금해서 견딜 수가 없었다. 서툴긴 했지만 완벽하게 테이프로 꽁꽁 붙여놓은 종이를 찢어발기자 묵직한 은 목걸이가 나타났다. 은으로 정교하게 만든 십자가가 거기 매달려 있었고, 십자가엔 터키석과 어둑한 불빛 아래서 피처럼 빨갛게 보이는 보석으로 무늬가 새겨져 있었다. 손에 쥐니 묵직하게 느껴오는 게 제법 우아했고 약간 변색은 되었지만 여전히 반짝였다. 이게 무슨 의미일까? 누구의 십자가였을까?

나는 쇼핑백 바닥에다 그걸 슬그머니 놓았다. 그가 나를 염두에 두고 그걸 골랐다고 생각하고 싶었다. 하지만 레자에게서 받은 새해 선물이었을 가능성이 컸다. 수없이 많은 그럴싸한 것들 중에서 시레나가 서둘러 골라놓고, 급급히 떠나느라고 잊어버린 선물일 거야. 가장 간단하고 가장 비위에 맞지 않는 설명이 언제나 정확한 설명이지, 내가 몇 년에 걸쳐서 배운 거야.

하지만 사실을 말하자면 난 영영 진실을 알아내지 못하고 말았다. 나는 효과만점의 선견지명이 있어서, 그가 나를 불러냈던 밤에 여러 주의 수도를 거치는 서맨서와 조던의 자동차 여행을 주제로 한 지리 답안지를 갖고 나왔었다. 아침에 스물 두 장의 ―아니, 이젠 스물 한 장이면 되겠군― 사본이 필요했기 때문이다. 그래서 나는 마운트 오번 거리의 우체국 바로 옆에 있는 야간 복사 센터 킨코스로 들어갔다. 석 장쯤 나왔을까, 종이가 기계에 끼어버리는 바람에 나는 얼굴이 퉁퉁 부은 직원을 찾아다녀야 했다. 그는 형광등 아래 눈을 깜빡거리면서 창백하고 퉁퉁한 손가락을 기계 속으로 들이밀었다. 복사 몇 장 하겠다고 그 야단법석이라니! 학교에 있는 복사기는 만날 사용 중이거나 고장인지라, 난 그래도 인생 좀 단순하게 살겠답시고 거길 찾았는데…… 그런데 아파트로 돌아와서야 나는 비로소 스칸다르의 플라스틱 가방을 셀프-서비스 제7번 복사기 옆에 있는 책상 위에 두고 왔다는 사실을 깨달았다. 전화를 걸어봤지만 아무도 받지 않았다. 다시 돌아갈까도 생각했지만, 이미 열한 시가 넘어버려서 용기가 나질 않았다.

다음날 아침 출근 전에 서둘러 킨코스로 달려갔지만, 남자 직원과 교대한 흐릿한 눈매의 계집애는 백이라니 무슨 얘기냐는 듯 아무 것도 모르고 있었다. 그가 보여준 분실물 보관함에는 열쇠 몇 세트, 우산, 짝이 안 맞는 겨울장갑 두 개, 그리고 뒷면에 녹색용 스티커가 붙어 있는 블랙베리가 들어 있었다. 그리고 습득된 분실물은 모두 이 장소로만 오게 되어 있었다. 에릭은 저녁 열 시에 출근해요. 그때 다시 오셔서 직접 물어보시겠어요? 그 외에는 달리 해드릴 일이 없군요.

그래, 그렇게 그 가방은 없어져버렸다. 사라지고 없었어. 이제 나는 그 목걸이의 유래도, 목적도 영영 알 길이 없으며, 스칸다르의 책 안에 무엇이 쓰여 있었는지, 뭔가가 쓰여 있기는 했는지, 역시 알아낼 도리가 없었다. 그리하여 나는 온갖 다양한 가능성을 마음대로 상상할 수 있었다.

그들에게는 백을 잃어버린 일에 대해서 일체 말하지 않았다. 내가 선물을 받아놓고 고마움의 표시도 안 하는 것을 그들이 이상하게 생각했는지는 몰라도, 나에겐 그런 말을 하지 않았다. 그들 모두와의 인연이 지닌 강렬함을 너무나도 오랫동안 생생하게 유지하는 나의 별난 능력 때문에, 몇 안 되는 그 물건들의 궁극적인 허구성은 상당히 중요할 것이었다. 그런 생각이 든다.

3

내가 시레나를 다시 본 것은 거의 두 해가 지난 후 뉴욕에서였다. 브루클린 박물관에 새로 세워진 여성관 준공기념전시회의 일부로 그녀의 원더랜드가 선정되었을 때였다. 미국에서는 그때까지 줄곧 애너 Z가 그녀의 에이전트로 일해왔고, 둘은 아주 가까운 친구가 되어 있었다. 애너 Z가 더 어렸으며 시레나는 그녀의 떠오르는 별이었다. 웨스트 13번가에 있는 애너의 화랑 입구 안쪽에 두 사람이 나란히 서있는 모습을 봤을 때, 그들의 몸에서 풍기는 서로와의 관계에는 어딘지 나와 시레나 사이의 관계를 상기시키는 무언가가 있었다. 질투의 거대한 파도가 나를 덮쳤다.

시레나는 둘 중 키가 작은 쪽이었지만 강렬함을, 거의 빛을, 내뿜고 있었으며, 애너는 마치 해를 좇는 식물처럼 그녀를 향해 몸을 숙였다. 내가 다가갔을 때에도 어색함이라곤 없었다. 시레나는 내게 여전히 익숙한 포옹을 해준 다음 팔 길이만큼 나를 밀어내더니 이렇게 말했다. "오, 친애하는 노라, 어디 좀 봐요!" 그녀가 나에게 어떤 의미였는지를, 내가 잃어버린 게 무엇인지를, 그리고 이제 내가 슬프게 혼자 멀찌감치 떨어져서 잃어버렸던 그것을 다시 바라보고 있음을, 어느 누구도 ─특히 시레나 자신도─ 알지 못했다.

시레나와 나, 우리는 가끔 만나 술잔을 기울였다. 하지만 저녁은 아니었다. 그녀는 거창한 전시회 개최를 위해 뉴욕에 온 파리의 예술가로, 그녀의 저녁은 나보다 더 중요한 사람들이 차지했다. 그러나 그날 오후 시레나는 그 화랑 주인에게 황송하게도 나를 보스턴에서 온 절친한 미술가 친구로 소개해주었다. 그러자 살짝 사마귀를 닮은 애너 Z는 마치 내가 중요한 사람이 될 가능성이라도 품은 것처럼 날 쳐다봤다. 하지만 다음 순간 그녀는 내가 어디서 '전시되었는지'를 ─'펀하우스' 용어란 게 있다면 이런 말이겠지─ 알고 싶어 하는 통에, 나는 집안에 어려움이 있어서 잠시 꿈을 접어야 했다는 둥, 모호하고 실없는 소리를 중얼거리며 얼굴이 시뻘겋게 달아올랐다. 이 말에 애너는 자기의 태양 쪽으로 몸을 돌려버렸고, 한두 차례 약간은 궁금하다는 듯, 약간은 불쌍하다는 듯 힐끔거리는 것 외에는 나한테서 관심을 끊어버렸다.

시레나는 어땠냐고? 2년이 훌쩍 지나가버렸다. 그 2년 동안 우린 이메일을 대충 열 번쯤 주고받았나? 하지만 난 하루도 빠지지 않고 그녀를 (그리고 스칸다르와 레자를) 생각했다. "그 사람을 생각하지 않은 날이 하루도 없었지요." 사람들이 그런 식으로 말할 때마다 나는 그게 쑥스럽고 기묘한 과장이라고 늘 생각했었는데, 샤히드 집안사람들 덕분에 이제야 이해가 되었다. 난 심지어 날마다 아예 그들을 위한 시간을 따로 잡아놓았고, 맘껏 그들을 그리는 사치를 스스로에게 허락하는 장소까지도 마련했었다. 예를 들어 불을 모두 끈 다음 침대에 누워있을 땐 (더러는 낡았고 더러는 새로운) 마구잡이 환상도 스스로에게 용서했다. 버몬트나 토스카나에서 미술을 하면서 사는 꿈도 여전히 살아 있었다. 하지만 나는 좀 비열하게도 내가 파리에 가 있는 상상을 더 자주 했다. 햇살 아래 반짝이는 식당에 스칸다르와 함께 앉아 있는 모습, 식탁보 아래 무릎을 맞대고 프랑스 지성인과 미국 지성인의 차이라든지 이라크 전쟁 이후의 세상이 어떤 모습일지를 토론하는 환상. 나의 에이전트가 되려고 끈질기게 날 꼬드겨온 품위 있는 스파르타 화랑에서 당당하게 내 작품을 시레나에게 보여주는데, 옆에서는 까만 옷을 입은 심약한 소녀들이 외경심에 사로잡혀 그걸 바라보는 광경을 상상하기도 했다. 그런 꿈을 꾸면서도 그게 불순하다는 건 알고 있었지만 ―결국 나에게 샤히드 집안사람들이란 가식의 세계로부터 달아나는 것, 나의 참모습을 그대로 드러내 보이는 것을 의미했거든― 어쩔 수가 없었다. 그들 각자의 천성이 나를 더럽혔다고 말해도 좋을 것이다. 그들의 승인을 얻으려는 내 욕구, 그런 승인이 그들에게 무엇을 의미하는지에 대한 나의 이해, 이런 것이 내

꿈은 말할 것도 없거니와 심지어 내 자아의 모습까지도 바꾸어버렸던 것이다.

나는 그들이 떠난 지 두 해가 지난 그 때까지도 내가 여전히 애플턴에 남아 있다는 사실이 부끄러웠다. 그 세상에서 내가 좀 더 깊은 인상을 남긴다면, 그들이 내게 더 자주 소식을 전해올 거고 내게 더 마음을 써줄 것이며 좀 더 강렬하게 날 사랑해줄 거라고 철석같이 믿었기 때문에 난 부끄러웠다. 그래서 나는 상황이 꼭 그렇기만을 빌었다. 아, 우린 얼마나 한심하고 불쌍한지!

잠들기 전의 이런 상상 외에도, 그래, 맞아, 나는 그들의 소식을 담은 이메일이 올 때마다 조용한 집착에 맘껏 탐닉하도록 스스로를 내버려두었다. 나는 시레나와 스칸다르 두 사람을 구글 알리미 주제로 등록해두었다. 그랬더니 그들의 삶에 생긴 새로운 변화를 알려주는 소식이 얼마나 시도 때도 없이 도착하는지 (나도 깜짝 놀랐지만) 너도 아마 놀랄 거다. 그렇게 해서 시레나와 함께 애너의 화랑에서 멀지 않은 어두컴컴한 바에 앉아 있을 즈음, 나는 스칸다르가 학교에서 승진했다든지 2006년 가을 옥스퍼드에서 일련의 중요한 강의를 했다는 것도 이미 알고 있었다. 또 이듬해 말에는 그게 책으로 출간된다는 것이나, 심지어 그 책 표지가 어떤 모양인지조차도 알고 있었다. 마찬가지로 최근에 저자로서 스칸다르의 사진이 업데이트되어, 예전보다 덜 흐릿하게 좀 더 본모습으로 세간에 보이고 있다는 것도 알고 있었다. 그가 BBC에 나와 이스라엘의 레바논 공습에 관해 이야기하는 걸 온라인으로 들은 후에는, 며칠 동안 너무도 부드럽고 애틋한 심정으로 그를 생각했다. 또 알아들을 수 없는 불어로 그가 알제리아의 현 정국을 논의하는 것도 유튜브에서 보았다. 빳빳한 흰색 셔츠를 입은 그는 특히 말쑥하게 보였다. 원더랜드가 파리에서 받았던 열광적인 평이라든지, 이어서 그 설치작품이 '예술 속의 영靈'이란 주제로 함부르거 반호프 현대미술관에 전시되었던 베를린에서의 호평도 익히 알고 있었다. 시레나는 이 작품을 보러온 사람들의 모습을 비디오에 담았는데, 많은 수집가들이 이 비디오를 구하려고 백방으로 뛰고 있다는 것도 알았으며, 그 와중에 사치 갤러리에서 일하는 어떤 사람이 하나를 구입하는 바람에 그녀의 가치가 덩달아 올라갔다는 얘기도 들었다. 동영상에는 발가벗은 채 전시장에 들어서는 어떤 사내의 모습도 담겨 있었고, 아주 오래 전 우리 애플턴 아이들처럼 시끌벅적한 프랑스 학생들도 있었으며, 말할 것도 없이 바로 앨리스처럼 차려입은 계집아이도 있었다. 그리고 이제 이 동영상들이 (혹은 거기서 발췌되고 편집된 것들이) 설치작품과 함께 나란히 전시되고 있어서, 관람객들은 누구나 자신이 촬영되고 있다는 걸 알고 있었다. 게다가 누군가가 이에 대해서, 시레나의 작품 속 관람객과 그들을 훔쳐보는 자들에 대해서, 장문의 에세이를 아트포럼에다 게재하기도 했다. 그녀는 이 개그를 자신의 개그로 만들었기 때문에 사람들이 원더랜드를 찾을 땐 가끔씩 무의식중에 예사롭지 않은 행동을 하게도 만들었다. 예컨대 사람들이 보는 앞에서 섹스 하는 동작을 취한 커플도 있었고, 두 귀가 엄청나게 큰 하얀 털의 토끼 복장을 하고 작품 속에서 튀어나온 대학생도 있었다…… 물론 시레나는 이처럼 즉흥적인 돌발 사고가 담긴 비디오는 틀어주지 않았지만, 어리벙벙해진 몇몇 평론가들이 그 얘기를 쓰면서 예술과 부당한 착취 사이의 경계는 어디냐, 이것은 협업에 의한 예술이냐 아니면 한낱 코미디냐, 예술이 리얼러티 쇼에 다가가는 이런 경우에 행여 계획적이거나 우연적인 인격 비하卑下가 이루어진 게 아니냐, 따위의 날선 질문들을 던졌다.

그렇다 해도 시레나가 사려 깊고 아름다우며 정서적으로 맘속 깊은 데를 건드리는 작품을 만들었다는 사실에는 어느 누구도 이의를 달지 않았다. 모든 사람들이 그랬다. 2년이라는 짧은 기간에 그녀는 몇 가지 측면에서 자신을 논쟁의 한가운데로 밀어놓는 데 성공했다. 그리고 이 논쟁이 유럽에서는 말할 것도 없이 그녀를 유명하게 만들었고, 심지어 북미의 예술계에서도 마찬가지였다. 그랬기에 2007년 봄 브루클린 박물관 최초의 여류작가 전시회가 그녀를 초대한 것은 (사후적으로 볼 때) 결코 큐레이터의 호의나 모험이 아니라 오히려 예술적인 필연이었던 것 같다. 이제 그 유명한 예술사가 겸 큐레이터는 차라리 자기 손가락을 자르거나 아예 남자를 전시에 포함시켰으면 시켰지, 어떻게 시레나를 빼놓을 수 있었겠느냐고 당당하게 주장할 수 있었다.

이 모든 것은 구글 알리미 덕택에 알게 된 것이었지만, 난 아무 것도 모른 척 시치미를 뗐다. 그리고 그녀가 자기 자신에 대해서, 자기 식구에 대해서, 그리고 우리가 함께했지만 이젠 오래 전의 일이 돼버린 시간들에 대해서 이야기하는 것을 듣고 있노라면 재미있었다. 그녀는 나를 아프게 할 때조차도 언제나 재미있었다.

시레나는 들고 있던 화이트와인 잔에 송글송글 맺힌 방울을 잉크 묻은 손가락으로 어루만지면서 이렇게 말했다. "우습지 않아요? 그 해 나는 너무나도 우울했어요. 불쌍한 레자, 기억나요? 그리고 그이는 또 어딜 그리도 열심히 나다니는지…… 게다가 날씨 또한 끔찍했잖아요. 기억해요, 노라? 그때만큼 어려웠던 시기는 없었다고요." (그녀는 '시기'를 이상하게 발음했다.)

"글쎄, 난 그렇게까지 나쁜 줄 미처 깨닫지 못했네." 난 그렇게 대꾸했다. 달리 뭐라고 말하겠는가?

"그렇게 나쁜 줄 깨닫지 못했다고? 하지만 바로 그게 특별한 거죠. 그렇게 나빴을 수는 없어, 아니면 어떤 목적 때문에 고약했든지…… 내가 만든 원더랜드 때문에……" 여기서 그녀는 잠시 머뭇거리다가 머리를 슬그머니 젖히더니 이렇게 덧붙였다. "당신의 기막힌 도움으로 만들었던, 그니까 나 혼자선 도저히 만들 수 없었던 그 원더랜드 말예요. 내 삶에서 그건 어마어마한 변화였어요. 물론 힘든 때도 있었기 때문에 가끔은 그걸 잊어버리죠. 이렇게 말하면 성공을 고맙게 생각하지 않는 꼴이 되니까 안 되겠지만,

그래도 나의 친구 노라, (내 팔에다 손을 얹고서) 당신한테는 진실을 이야기해줄 수 있어요. 지난 두 해 동안은 두 사람 모두 어려운 시간을 보냈으니까. 레자는 그 모든 여행이 달갑지 않았고, 스칸다르도 마찬가지였죠. 그 사람, 화려하게 꾸미는 타입은 아니지만 그건 그이가 관심의 한가운데 있기 때문이거든요. 또 관심이 자신한테 쏠리지 않을 땐 그다지 밝은 성격이 아니에요. 침통하고 다루기 어려울 수 있는데다 무례하게 굴기도 하잖아요. 게다가 작년엔 시어머니가 굉장히 편찮으셔서 ―지금은 많이 좋아지셨어요, 하지만 암이라, 그 후로는 바람 잘 날 있겠어요?― 그래, 맞아요, 정말 온통 너무 바빴고 쉽지 않았어요." 그녀가 말하고 있는 동안 나는 정말 그를 뚫어지게 쳐다보고 있었다. 날 알아봐주기를 기다리고, 똑바로 눈을 바라보며 이야기하기를 기다렸다. 하지만 그녀의 눈길은 시종 내리깔려 있거나 여기저기를 방황하면서 내 얼굴을 향하지 않았다. "그렇지만 케임브리지에서 보냈던 시간은, 우리 모두에게 어려운 때였지만, 상자에 따로 담겨서 이제 한켠에 밀어두었어요. 내 일상생활 속에 그게 들어올 자리는 없다고요. 물론 당신을 만난 것이나 내 원더랜드를 시작한 것도 거기였고, 그래서 만사가 변하기 시작한 것도 거기였지만 말이에요."

"그래도 그땔 기억은 하죠?" 그렇게 묻고 있는 내 눈 앞에 스튜디오 창을 뚫고 들어오는 겨울 햇빛이며, 페인트가 튀긴 싱크대 수도꼭지, 이가 빠진 컵이며 두툼한 쿠션, 그리고 커피 테이블 밑의 지저분하고 시퍼런 색깔의 카펫 등이 선연히 떠올랐다. 그들이 살던 타운하우스가 생생히 보였고, 페인트칠한 합판으로 만든 정문의 연약함과 흔들리며 빠져나오려는 손잡이가 느껴졌으며, 입구 안쪽의 계단에 깔린 베이지색 융단에 묻은 얼룩도 볼 수 있었고, 그들이 몰래 담배를 피운 다음에도 집안에 떠돌던 어딘지 보호시설에서 날 것만 같은 비스킷 냄새도 맡을 수 있었다. 아니지, 그걸 어찌 잊을 수 있어, 난 모두 기억나는데. 케이크 가게에서 준 왁스를 먹인 종이봉지, 그날 오후 아모데오 바의 지하 부스에서 그녀의 머리칼 위로 떨어지던 빛, 겨울에 스칸다르가 눈 더미 사이로 나를 집까지 데려다줄 때면 내 뒤에서 그의 정장 구두가 단단히 다져진 눈 속에서 내던 소리, 그리고 싸늘한 공기를 삼킬 때마다 내 목구멍이 얼어붙던 그 느낌. 침대에 들기 위해 옷을 벗을 때 레자의 자그맣고 살이 붙어 동그란 팔뚝, 그의 왼쪽 이두박근 위에 선명한 딸기 색 모반母斑, 새가슴마냥 헐벗고 가냘픈 흉곽, 그리고 맞아서 빨개진 눈가의 상처에서 시간이 흐르면서 나타난 은빛의 깔끔한 자국 한 줄…… 그뿐인가. 그 외과의사의 모습도 생생하게 떠올랐다. 미처 예기치 않았던 그녀의 하이힐이며 네모진 두 손, 그리고 바늘과 실을 만지는 그 요정과도 같이 날랜 손길…… 반투명인 채로 반짝이는 구슬을 하나씩 쌓아올리듯, 하나도 빠짐없이 그 모든 순간을 넘겨줄 수도 있었다. 시레나가 원하기만 했더라면. 하지만 이렇게 말할 때의 그녀는 딱히 원하지 않는 것 같았다. "아,

노력을 하면 기억할 수 있죠. 나, 아직 그렇게 늙진 않았으니까. 그
렇지만 내 기억 속에 그것은 죄다 흐릿해요, 컴컴하다고. 그럴 리
가 없다는 걸 알지만 말예요. 보스턴이 늘 그렇게 어두운 건 물론
아니겠죠?"

"당연히 아니지," 내가 대꾸했다. "당신의 상상일 뿐이죠. 사
실은 상당히 밝은 도시예요."

나의 상상 속에서만 존재했던 것들도 많았고, 물론 나도 그건
잘 알고 있었지. 하지만 다른 한편 단호하고도 온전하게 '리얼'한
것들도 있다. 너무도 생생한, 나에겐 지금도 살아 있는 그 모든 순
간들이며 세밀한 부분들. 그러나 시레나에게는 마치 영혼의 해변
에 밀려온 하고많은 잡동사니 쓰레기처럼, 이미 오래 전에 과거라
는 광대한 바다 속으로 내버려진 것들. 2년 전 그 에어프랑스 여객
기가 밤하늘 속으로 솟아오르면서, 보스턴은 그녀의 발아래 멀리
떨어져나갔던 것이다.

"이 설치작품을 만들던 일은 그저 간신히 생각나요." 그녀가
말했다. "당신이 그 푸른 드레스를 일일이 바느질하던 건 또렷이
기억나지만."

"드레스가 참 많기도 했었죠."

"뭐가 웃기는지 알아요? 당신이 보냈던 그 엽서 있잖아요, 이
상한 나라의 앨리스 초판에 실린 삽화 말이에요. 앨리스는 엄청
크고 목이 너무나 긴 그림?"

"물론 기억하죠." 그들이 떠나자마자 엽서를 보냈었다. 한 번도 답신을 받아보지 못했던 내 첫 번째 메시지. 그녀의 전시회 개막에 맞추어 그들의 거짓말 같은 파리 주소로 보냈었다.

"아, 그거 아직도 우리 집 냉장고에 붙어 있어요." 재미있다는 표정으로 그녀가 말했다. "응, 바로 거기. 참 오래도록 붙어 있어요. 누가 그걸 여태 보관했는지 몰라, 내가 그랬던 것 같진 않은데. 우리 아들인가?"

나는 미소로 응답했다. 레자.

"응, 그러니까 당신은 언제나 우리랑 같이 있는 거예요. 간간이 오렌지 주스나 요거트를 꺼낼 때면 거기 깜짝 놀란 표정의 목이 기다란 앨리스를 보고는 당신 생각을 하죠." 그러면서 시레나는 마침내 나를 똑바로 쳐다봤다. 지저분한 그 바에서 신용카드를 찾느라 두툼한 지갑 속을 마구 뒤지면서. 그때 그녀의 미소는 진짜였다. 내가 그토록 사랑했던 예전의 그 미소, 예전의 그 얼굴이었다.

다음날 아침 혼자서 막 문을 연 브루클린 박물관을 찾았을 때도 나는 이처럼 애틋한 마음을 보듬고 있었다. 주변이 조용한 원더랜드 안을 걷고 있는 손님은 나뿐이었다. 널찍한 세 폭의 푸른 천으로 된 앨리스의 드레스가 차양처럼 머리 위에 드리워져 에어컨의 잔잔한 바람에 살며시 물결치고 있었는데, 나는 거기서 풍기는 안락한 기분에 적이 놀랐다. 아스피린 꽃들 위로 불빛이 떨어져, 부드럽게 고개를 까닥일 때마다 순수한 녹색의 풀밭 위로 그 색깔들이 반짝였다. 번들거리며 깜빡대는 유리조각들은 무시할 수도 없고 심란한 구석도 있었지만 못 견딜 정도는 아니었다. 내가 누드 사진들을 잊어버린 건 아니었는데, 내 기억 속에서 그 모습이 변했던가, 혹은 내가 이제 그것들을 달리 보는 건가…… 쭉 펴진 소녀의 발가락, 약간 처진 젖가슴과 검은 젖꼭지의 무게, 섬세하게 벌름거리는 주근깨 앉은 코, 부자연스런 각도로 튀어나온 갈비뼈, 거의 한 세기에 이르는 삶의 증인, 게다가 사진들은 나보다도 더 큰 거대한 사이즈였다. 컴퓨터 화면에선 아주 조그맣게 봤었는데. 다른 모든 것들처럼 사진도 숨이라도 쉬듯이 조금씩 출렁거렸다. 내 주위로 방 자체가 숨을 쉬는 것만 같았다.

그다음 저 유명한 플라스틱으로 주조한 심장이 받침대 위에 놓여 있었다. 섬뜩한 모습의 하트는 둘로 나뉘어져, 심실心室은 마치 비행기 구명조끼에 바람을 불어넣는 튜브처럼 불쑥 튀어나왔고, 그 내부는 시커먼데다 바짝 말랐음에도 축축해 보였다. 게다가 그 심장의 자동펌프는 간헐적으로 움직이며 한가운데서 나지막하게 쉭쉭 하는 소리를 냈고, 시레나가 애지중지하는 로즈워터의 엷은 안개가 피어올라 대기를 가득 채우고 방안을 향기로 감싸면서, 과연 로즈워터답게 꽃 냄새와 다음 순간 다가올 죽음의 냄새를 풍겼다. 그런 다음 이 모든 것 위로 새너가 마지막으로 빙글빙글 돌면서 거대한 이미지로 나타났다. 이 중심 공간에 작고 검은 벤치가 두 개 있었는데, 나는 그중 왼편 벤치에 앉아서 ─내 자신이 비디오로 찍히고 있음을 깜빡 잊어버린 채─ 이 광경을 바라보았다. 하지만 다른 모든 방문객들이나 마찬가지로 나도 물론 촬영되고 있었다.

번득이는 꽃들 사이 로즈워터 향기를 마시며 나는 반시간이 넘도록 거기 있었던 모양이다. 원더랜드, 날 먹어, 날 마셔. 그래, 그래. 난 여전히 이 모든 것과, 그녀와, 그들과 사랑에 빠져 있었다. 그녀의 머릿속에 들어가 있는 게 마치 내 맘속에 들어가 있는 것처럼 그리도 익숙하게 느껴지고, 마치 이 원더랜드를 내가 직접 만들었던 것만 같고, 마치 이 모든 것, 이 삶이 나의 것이기도 한 것만 같으니, 어쩔 도리가 있겠는가. 그 반시간 동안 나는 영혼이 너무도 **충만함**을 느꼈다. 마치 물이 넘치면서 떨리는 액체의 표면이 위를 향해 아크를 그리는 잔처럼. 여러 달 동안 나는 이것을 매 순간 느꼈고, 그런 다음 2년 동안은 그 감정을 거부당했었다. 이제 나는 어떤 순간에든 어떤 일이든 일어날 수 있음을 느끼고 있었다. 모든 게 놀라우면서도 모든 게 가능한 것이어서, 루시 조던 순간의 정반대일 터였다. 나는 반짝반짝 살아있는 느낌을 누렸다. 그리고 왠지 여전히 그런 생각이 들었다. 시레나가 —아니, 그들이— 그 생명감을 나에게 주었다는 생각이. 내 삶에 그토록 희열을 가득 채워준 사람 혹은 사물에게 화를 낼 수는, 온전히 화를 낼 수는 없지 않은가. 그런 선물과 그런 선물을 준 사람은 사랑할 수밖에 없는 노릇이다.

❈

그래, 이 정도로는 계속 집착할 거리가 못 된다는 건 인정한다. 하지만 영혼이 멈추어선 기간이 2년 더 계속되면서, 그것은 여전히 시레나 생각에, 그들 생각에, 그들이 보여주었던 희망에, 매달리고 있던 나를 지탱해줄 터였다.

생각해봐, 2년씩이나 더. 모두 4년이 넘는다. 1,500일 정도라고. 그리고 단 하루도 빠짐없이 그들은 어떤 식으로든 나와 함께 있었다. 모종의 의무감에서, 주저앉지 말고 나아가야 한다는 의무감에서, 나는 몇몇 남자를 만났다. 쓰라림과 애틋함으로 속을 썩이는 아이가 셋 딸린 초조한 이혼남, 자신만 모르고 있을 뿐 누가 봐도 게이인 50세 남자, 어쩌나 끔찍스럽게도 나지막이 지껄이는지 소리라도 지르면서 그 침착하고도 머뭇거리는 가슴을 냅다 패

469

주고 싶었던 길고 가느단 손가락의 불교 신자. 하지만 그런 식으로 식당에 앉아 그들을 만날 때마다 스칸다르의 웃음소리가 들리고 그의 미안해하는 미소가 아른거렸다. 그리고 ―나만의 〈세계의 불가사의〉처럼― 매서추세츠 케임브리지의 경계를 넘어 저 너른 세상에는 얼마나 더 많은 것들이 존재하는지를 기억하고는, 몸을 돌려 내 평범함으로부터 달아나고 싶었다.

떠도는 유령을 견디기 힘들어 임대기간이 종료되기 훨씬 전에 소머빌 스튜디오를 내놓고, 나는 간헐적으로 나의 디오라마 작업을 시도했지만 뜻을 이루지 못했고 결국엔 희망을 잃었다. 디오라마는 먼지막이 얇은 천에 덮여 내버려진 채 예전에 스튜디오라고 불렀던 내 두 번째 침실에 시체마냥 둔한 모습으로 놓여 있었다. 그 방에 들어가야 할 일이 있어도 난 그놈에게 눈길을 주지 않았다. 1,500일, 이 지구 위 나에게 남겨진 누가 뭐래도 깜짝 놀랄 만큼의 그 시간을 나는 진심으로 샤히드 집안의 사람들에게 바쳤다. 넌 그러겠지, 그건 그들의 잘못이 아니었다고. 오로지 나의 광기였을 뿐이라고. 그러나 그건 완전한 사실은 아닐 터.

나는 종종 이메일을 보냈다. 주로는 시레나한테. 하지만 레자에게도 보내 이렇게 물었다. 우리 학교 6학년 친구들은 새로 온 과학 선생님의 지도로 여러 가지 발달 단계에 있는 알들을 해부해본 다음 삶에 대한 경외심을 느끼고 복도에서 소리를 지르곤 한단다. 너도 이미 생명의 주기를 배웠니? 한 번은 적당한 핑계를 찾아 스

470

칸다르한테도 메시지를 보냈다. 내가 읽었던 케네디 스쿨 학회에 관한 기사 링크를 달았다. 그는 예의상 몇 줄의 답신을 보내면서 자신들은 모두 잘 있다, 언제 파리에 올 계획은 없느냐고 묻기도 했다…… 그렇지만 대개의 경우 그들에게선 아무 소식도 없었다.

2008년의 이른 가을, 나는 스칸다르가 케임브리지에 다녀갔으면서도 나에게 연락조차 주지 않았다는 사실을 알게 되었다. 어느 토요일 밤 늦게 텔레비전을 켰더니 예의 구겨진 재킷을 입은 그가 나왔던 것이다. 미국에서의 인종관계를 (이 경우엔 아랍권과의 관계를) 다루는 공개토론회였다. 그는 오바마가 대통령에 당선될 경우 미국 사회의 분위기가 어떻게 변할 것인가를 유창하게 이야기했다. 닷새 전에 녹화된 것을 방영하는 프로그램이었다. 그는 이미 서둘러 떠나버렸을 거라는 확신이 들었다. 마음에 상처를 입었느냐고? 물론이지. 그러나 불쾌하지는 않았다. 우리 사이에 있었던 일, 우리를 갈라놓았던 것을 생각해봐. 마음으로만 가까이 있는 편이 더 낫다. 그뿐인가, 저들 중요한 인물들의 정신없이 분주한 출장이란 게 그렇잖아, 옛 친구들을 찾아보고 싶어도 그럴 시간이 어디 나겠냐고? 나는 그런 사정들을 잘 알고 있었다.

위층 여자란 그런 것이다. 우린 정신을 놓지 않는다. 엉망을 만들어놓거나 실수를 저지르거나 새벽 네 시에 징징 짜면서 사람들한테 전화를 거는 일도 없다. 우리에게 꼴사납고 어울리지 않는 비밀을 드러내지 않는다. 마흔이 되면 그저 웃어넘기고, 마티니가 필요하다느니 마흔은 서른의 새로운 시작이라느니 우스갯소리를 한다. 모두들 "이걸 어째, 이제 아이를 갖기는 글러버렸잖아."라고 생각하겠지만, 본인도 다른 어느 누구도 대놓고 그렇게 말하지는 않는다. 혹은 인정하긴 싫지만 이렇게 생각할지도 모르지. "자기는 아이를 원하지 않는다고 생각했던 걸까, 아니면 어쩌다보니 아이 가질 때를 놓친 걸까(이그, 어리석기는, 시간 관리에 실패한 거지 뭐), 그것도 아니면 ─가엾기도 하지─ 무슨 신체적인 장애가 있어서일까? 사정이야 어떻든 왜 아직 홀몸으로 살고 있는 거지? 그렇다고 무슨 화려한 커리어를 쌓아온 것도 아니고. 기껏해야 학교 선생님이잖아, 그것도 쇼나 맥피처럼 교장선생님도 아니고 말이야."

이 모든 수군거림을 위층 여자는 잘 알고 있다. 그걸 알고 있다는 게 너무 싫고, 알고 있기에 분노가 치민다. 하지만 용감하게도 그런 인식과 분노를 다 숨긴다. 비용에 구애받지 않고 찰즈 호텔 바에서 열렸던 그녀의 마흔 번째 생일잔치는 실로 오랜만에 구경했던 최고의 파티, 가족들 앞에서 벌어지게 마련인 전형적인 파티로 모든 사람들의 기억에 남아 있다. 게다가 마흔은 새로운 서른의 시작이라는 느낌을 갖게 만들어주었으니, 하여튼 노라 엘드리지 그녀는 알아주어야 해. 그래, 하긴. 위층 여자는 이 모든 것을 잘 알고 그러면서도 마치 시신처럼 깊이 묻어두고 있지만, 그게 어딜 가겠어? 해골은 거기 그대로 있고, 우린 언제나 그 해골과 함께 살아가야 한다.

샤히드 집안사람들과 친하게 지냈던 이야기를 절대 하고 싶지 않은 이유라면 (어쨌든 위신 문제도 있을 것이고) 헤아릴 수조차 없겠지만, 그 중에는 이런 것도 들어 있다. 그런 이야기를 함으로써 샤히드 식구 같은 사람들이 그걸 듣고 있는 사람보다도 훨씬 더 흥미진진하다는 것, 나만의 토템폴에서 어딘지 더 높은 자리에 위치해 있다는 것을 인정하는 고약한 인간으로 비치기가 싫기 때문이다. 위층 여자는 세상을 향해 끝없이 연민과 동정의 얼굴을 보여주어야 하므로 결코 그런 것을 자신의 토템폴로 간직하지 않을 터. 위층 여자는 그렇게 자기 잇속을 차리면서 무언가를 열망하지 않는다. 볼썽사나운 마음을 가진 것으로 보여서는 안 된다. 어느 누가 볼썽사납고 외로운 가슴을 사랑하겠는가 말이다?

❖

스칸다르, 시레나, 레자 — 그들은 각자 나름의 방식으로 나의 검은 옷의 수도승이었다. 내 안에 진짜 수도원이 들어 있었던 게다! 그들 각자는 열정으로 들끓는 내면의 대화 속에서 내가 가장 애틋하게 보듬으면서도 가장 치열하게 숨겨놓은 마음의 욕망 가운데 어떤 일면을 허락했다. 삶, 예술, 모성, 사랑, 그리고 내가 하찮은 인간이 아니라는 약속, 가식 없는 그대로의 자아를 보여줘도 좋고, 이 숨겨진 자아, 가면을 쓰지 않았기에 수십 년 동안 남들 눈에 띄지 않았던 이 소중한 소녀도 이 세상에 무언가 발자취를 남길 수 있다는 (반드시 남겨야만 한다는) 그 위대하고도 고혹적인 약속. 그 약속이 사실이라면 난 예술가가 될 수 있었을 뿐 아니라 그것은 허락될 것이었다. 근데 누가 그것을 허락할 것인가? 바로 그들이었다. 하지만 어떻게 그들이 허락할 것인가? 나는 어떤 신호를 기다리고 있었던 것이다.

무슨 흔적이든, 신호든. 내가 그들에게 어떤 존재였는지를 (내가 그들에게 눈곱만치라도 의미가 있었다는 사실을) 증명해줄 무언가를 바라고 있었다. 그리고 마침내 바로 몇 달 전에 나는 그것을 얻게 되었다. 마침내 모든 것이 일순간에 해명되고, 그들에게 나는 어떤 의미였는지가 확인된 것이다. 그래, 난 '의구심'을 품고 그걸로 스스로를 괴롭히면서 너무도 오랫동안 '의심의 땅' 위를 떠다녔다. 그런데 이제 갑자기 드디어 모든 걸 알게 된 것이다.

4

우리 인생에서 정말이지 가장 놀라운 것은 바로 이거다. 가장 어마어마하게 큰일들(때로는 치명적인 일들)은 눈 깜짝할 사이에 —울 엄마 손이 가볍게 떨리는 사이에— 벌어진다는 사실. 어떨 땐 그런 사건의 중요성조차 한참동안 깨닫지 못한다. 그토록 중대한 일이 그토록 눈에 띄지도 않게 나타날 수 있다는 걸 도저히 믿을 수 없기 때문이다. 베이비 이모가 세상을 떴다. 작년 추수감사절과 크리스마스 사이, 다행히도 급작스럽게였다. 독신으로 살아오면서 커다란 걱정은 병이었지만 한 번도 병 때문에 고생한 적이 없었던 이모는 새 대통령이 부임하는 걸 보고도 남을 만치 오래 살았고, 부디 하나님이 어떻게든 경제를 좀 다잡아주십사고 바랄 정도로 천수를 누렸다. 조심스럽고 검소하게 살았던 터라 빈털터리로 떠나지도 않았으며, 유산이 (매튜 오빠, 나, 그리고 사진 속의 먼 사촌들, 이렇게) 여섯 명에게 배분된 다음에도 록포트의 콘도를 서글 프게 팔고 세금까지 내고 나니 각자에게 십만 달러에 달하는 돈이 깔끔하게 돌아갈 수 있었다. 오빠와 새언니는 그 유산이 두 아이의 대학자금으로 쓰일 거라 했다. 분별 있는 커플의 분별 있는 선택이었다. 아빠에게는 한 푼의 돈도 남겨지지 않았지만, 들판의 암소를 그려 정교한 틀에 보관한 빅토리아풍의 커다랗고 멋대가리 없는 그림 두 폭과 은제 다기茶器 세트에 대한 실질적인 관리인으로 지명되었다.

이모의 콘도가 팔린 것은 4월이었는데, 나는 이모의 유산을 받자마자 한 가지 과격한 선택을 했다. 1년 동안 학교를 휴직하기로 결심한 것이다. 은행에 돈은 들어가 있고, 중년은 착실하게 다가왔다. 그때 난 이미 마흔둘을 넘어서서 마흔셋을 바라보는 나이였다. 왼쪽 무릎에 관절염이 생겨 달리는 것도 어려워졌고, 그저 보통처럼 보이기 위해서 머리를 염색하기 시작했다. 아스피린 병에 적힌 글을 보려면 안경이 필요했다. 이 모든 게 불과 두어 해 사이에 벌어졌다. 문을 두드리는 죽음이요, 지붕 위에 자리 잡은 저격수였다. 아이를 원하지 않는다는 뜻은 아니었지만, 내가 아이를 낳는 건 포기한다고 거의 선언했다. 조금이라도 알아주는 예술가가 되겠다는 환상도 마지막으로 완전히 포기했다고 생각했지만 그래도 누가 물으면 미술작업은 여전히 하고 싶다고 말했을 것이다. 그러면서 나에겐 오직 시간만이 (혹은 시간의 결핍만이) 장애라고 생각했던 것 같다.

게다가 난 애플턴에서 이미 온전히 10년을 가르쳐왔고, 쇼나 맥피 교장조차도 이제 다른 곳으로 옮기게 되어 있었다. (그녀의 경우는 원해서 움직이는 게 아니었다. 그녀를 향한 학부모들의 반발이 조금도 줄어들지 않아 급기야는 시 공무원들을 건드렸고, 공무원들은 다시 **그녀를** 건드리지 않을 수 없었다.) 그래서 내가 휴직하는 공식적인 이유는 오랜 복무로 이제 잠시 휴식이 필요하다는 것, 재충전이 필요하다는 것, 세상을 다시 발견해야겠다는 것이었다. 하지만 사람들이 인지하는 이유는 말할 것도 없이 내가 자그마한 중년의 위기를 극복해야 한다는 것이었다. 오, 불쌍한 노라, 너무 열심히 일했어요, 아이들에게 참을성도 많은 따스한 여선생님, 씨름해야 할 일도 너무 많았잖아요, 알지요? 그리고 공식적으로 진짜 이유는 학교에서의 직무와 연로하신 아버지를 모시는 일에 눌려 지난 몇 년 동안 제대로 미술활동을 해볼 수가 없었기 때문에, 이젠 제대로 미술작업을 시도해볼 수 있는 시간과 공간이 필요하다는 것이었다. 그리고 나 혼자만 알고 있는 진짜 이유는 내가 비참한 상태이기 때문이었다. 그 숱한 세월이 지났건만 지금도 밤마다 잠자리에 들 때면 나의 샤히드 가족이란 끄트러기를 놓지 못하고 연연하고 있으니 말이다. 나를 지탱해주기엔 너무도 하찮은 끈, 두어 번의 형식적인 이메일과 먼발치에서 한 번 봤던 일, 너무 자주 들춰내서 이젠 너덜너덜 헤진 기억. 난 여전히 좀 더 풍요롭고 좀 더 만족스럽고 좀 더 경이롭게 열려있어서 의식하는 존재를 희망하고 있었다. 너무나 잠시 동안만 가능하게 보였던 그런 존재를. 마흔을 훌쩍 넘긴 나는 그런 삶에 어떤 것이 수반될지도 몰랐지만, 그렇게 살 수 있는 기회를 진심으로 스스로에게 주고 싶었다.

나는 '대량예술' 가운데 9월에 시작되는 조각 클래스와 몬시뇰 오브라이언 하이웨이에서 약간 떨어진 스튜디오의 도자기 클래스에 등록했다. 새로운 미디어를 탐구할 필요가 있지 않을까 해서였다. 그리고 혼자 힘으로 사진예술을 탐구해보기 위해 인터넷에서 값비싼 디지털 카메라도 하나 주문했다. 나는 학생이라고는 나 자신뿐인 학과를 기획하는 선생님이었다. 그러고는 도서관에서 에멋 고윈, 샐리 만 등 충격적이고 경이로우며 은밀한 사진이 실려 있는 책을 여러 권 주문했다. 물론 그렇게 하면서 나에겐 아버지나 식구 축에 끼이지도 못할 오빠와 트위티와 아이들을 빼고는 사진을 찍을 만한 가족조차 없다는 사실을 또렷이 깨닫고 있었다.

하지만 내가 저지른 가장 드라마틱한 일은 유럽행 여름 여행을 잡아버린 것이었다. 안 될 이유가 뭐야? 아빠한테 같이 가자는 부탁도 하지 않았다. 디디에게는 농담조로 따라붙어도 좋다고 운을 뗐다. 말할 것도 없이 에스터와 릴리는 떼놓고. 디디는 껄껄 웃었다. "날 끌고 다니면서 남자를 어떻게 만나려고 그러니? 난 턱수염과는 완전히 반대잖아, 짝짓기 할 남자들이 다 달아날 가짜배기

레즈비언이니까."

"누굴 만나러 가는 거 아니거든. 참 터무니없는 생각이구나."

"누굴 만나는 여행이라야 하는 거 아냐?" 그녀가 대꾸했다. "그럴 때가 됐다고."

"무슨 때라고?"

"넌 절정기에 와 있어! 진 브로디의 전성기처럼. 기억나니, 미스 진 브로디? 영원히 계속되는 게 아니라고. 그러니 낭비하지 마."

"낭비?"

"노라, 내 사랑하는 친구야, 대놓고 이야길 해야 알아듣겠니? 너 마지막으로 바람이라도 났던 게 언제였더라?"

난 어깨를 으쓱했다.

"널 보고 억지로 가정을 꾸리라는 얘긴 아니야. 내가 가진 걸 누구나 다 가져야 한다는 얘기도 아니야. 네가 원하지 않는다면, 좋아, 완전히 쿨이야. 그렇지만 뭔가를 원하기는 원해야 할 것 아니니?"

"아무 것도 원하지 않는다면?"

"원하는 게 없다고 말한다면, 그건 너 자신이나 나에게 거짓말을 하고 있는 거지. 왜냐하면 넌 무언가를 원할 타입이라는 거, 내가 잘 알거든."

"불교로 개종하는 건 어떨까? 요 몇 년 동안 네가 나한테 바랐듯이."

"불교는 무슨 얼어 죽을! 래브라도 강아지가 훨씬 더 불교적이 겠다…… 노라, 나한테 약속해, 지금도 똑같은 예전의 그 문제가 아니라고!"

"너 무슨 얘기를 하는 거니?"

"불교는 노, 강박증은 예스. 나, 널 너무 잘 알아. 넌 바윗돌 아래 이런저런 것들을 쌓아뒀다가 혼자가 되면 야금야금 갉아먹지, 내가 잘 알아. 그래서 묻는 거야, 헛소린 집어치워, 예전의 그 것과 똑같은 거니, 예전의 그들?"

그렇게 물어줘서 그녀가 너무 좋았다. 그것은 진정한 친구의 제스처였는데, 살면서 진짜 친구는 그리 많이 만날 수 없잖은가. 그러나 나는 내가 이런 흉내도 낼 줄 알았던가 싶도록 태평스럽게 웃음을 터뜨렸다. 그리고 이렇게 말했다. "너 정말 정신이 나갔구나. 네가 무슨 이야길 하고 있는지 도무지 알 수 없어."

거의 3주간의 유럽여행 일정은 사실 온통 파리를 중심으로 짜여 있었다. 그들이 파리에 있을 시간에 나도 파리에 있겠다는 생각이 그 핵심이었다. 당연히 파리에서 3주씩이나 있을 생각은 아니었고, 거기엔 닷새만 있을 셈이었다. 하지만 우선 그들은 시레나의 가족을 만나기 위해 이탈리아로 향했고, 그다음 잠시 파리로 돌아왔다가 다시 베이루트엘 다녀오게 되어 있었다. 레자가 6월 말에 방학하면 그들은 바로 떠날 터였기 때문에, 나는 그들이 있을 때에 맞추어 빛의 도시를 방문하게끔 만전을 기했다.

비즈니스 컨설턴트였던 시절 이후로 나는 파리에 온 적이 없었다. 사치스럽고 꿈같던 오래 전의 일이었다. 루와얄 몽소에 머물면서 룸서비스를 시키곤 했었지. 반짝거리는 묵직한 백랍 주전자며, 빳빳한 하얀 색 식탁보 등, 지금도 그때의 아침식사가 생각났다. 테이블이 조용하게 카펫 위를 굴러 오고, 창문을 마주보는 자리에 아침이 차려졌다. 마치 나 혼자만의 식당인 것처럼. 하지만 이번엔 셍 미셸 근처 '플레장Plaisant'이란 이름의 별 세 개짜리 호텔에 (이름처럼 즐거우면 좋을 텐데) 싱글 룸을 예약해두었으니, 훨씬 더 수수한 경험이 될 터였다. 21세기 들어 장 리스 호텔을 개조한 것인데, 복도는 좁고 바닥은 삐걱거리며 배관도 엉망인데다 한때 연기에 찌든 진홍색 다마스크 벽지로 덮었던 벽에는 깨꽃 색깔의 페인트가 번들거리는 모습을 웹사이트에서도 볼 수 있었다.

내 여행이 기억에 남을 만큼 특별했냐고? 굳이 물어볼 필요가 있을까? 오반으로 가는 길의 광대한 공간이라든지, 그래스미어 호수의 이른 아침 땅 위를 떠돌던 태양을 머금은 안개에 대해서 입에 침이 마르도록 칭찬할 수는 있다. 객실의 욕실은 세상에서 가장 작고 싱크대 역시 가장 소형이었던 블룸즈베리의 그 예쁜 호텔을 자세히 설명해줄 수도 있다. 빅벤이나 나폴리 만의 사진을 지겹도록 보여줄 수도 있으며, 넬슨과 에마의 연애라든지 런던타워에 갇힌 앤 불린에 관해 시시콜콜한 얘기를 늘어놓을 수도 있다. 아무 생각 없이 우리 클래스 아이들에게 주려고 기념품을 샀다가, 올해는 내가 휴직이라는 사실을 나중에야 깨우치기도 했다. 포트넘 앤 메이슨에서는 치즈 토스트를 먹으면서 밀워키에서 온 가족과 수다를 떨었고, 포르토벨로 시장에서는 실용성이라곤 도무지 없는 금박 가장자리의 샴페인 글라스를 네 개나 샀다가, 그걸 상자에 넣고 (무슨 달걀 아니면 폭발물이라도 되는 양) 핸들이 달린 특별 포장까지 해서 유럽 전역으로 끌고 다녀야 했다.

먼저 그래미어의 B&B에 투숙했을 땐 침대에 누워 한쪽 눈을 감고 잔가지 무늬의 벽지와 한편에 놓인 연한 청색의 싱크대를 쳐다보면서 생각했다. 여기 이렇게 하루 종일 누워 있다 한들 아무도 신경 쓰지 않을 거야. 난 아무것도 보지 않고 기념품상점에서 엽서를 사는 것 외에는 아무 짓도 하지 않았으면서도 워즈워스의 생가生家를 가봤노라고 허풍을 떨 수도 있다. 하지만 누가 물어볼 거라고 그런 거짓말을 할 필요가 있겠는가. 내가 마침내 몸을 움직였던 것은 그러고 싶은 내 욕망 때문이 아니라 (난 파리에 가는 것 외에는 욕망이랄 게 하나도 없었으니까) 레이스 달린 앞치마를 두르고 날카로운 눈길로 사람을 뜯어보는 크로커 부인이 만들어주는 영국식 조찬을 놓칠 수가 없었기 때문이었다. 게다가 내가 재빨리 집에서 나가주지 않으면, 이번엔 다른 앞치마를 (가사용 앞치마를) 두른 바로 그 크로커 부인이 빗이며 쓰레받기며 솔벤트가 가득 담긴 양동이를 들고서 내 방으로 들어와 심술궂게도 날 쫓아낼 판국이었다. 부끄러울 줄 빤히 알면서도 나는 언제나 다른 사람들에게서 동기를 찾았다. 위층에서 여자를 몰아낼 수는 있지만, 그 여자에게서 위층을 몰아낼 수는 없다.

나폴리는 아주 조금 더 나았다. 이 도시를 보겠다는 순수한 의지가 생기기도 했고, 여기저기 허물어지고 있는 쓰레기 천지의 도시 자체가 무서웠기 때문이다. 공포란 강렬한 감정이고 내가 살아오면서 무시로 접했던 감정이니까. 언덕 위의 텅 빈 박물관을 나와 그걸 둘러싼 텅 빈 공원을 가로질러 혼자 걸어야 했을 때, 나는 스스로에게 묻지 않을 수 없었다. 이렇게 가슴이 두근거리고 숨이 차오는 것은 내 생명에 대한 위험 그 자체일까, 아니면 나의 무서워하면 안전하겠지, 하면서 그저 하나의 습관에 탐닉하는 걸까? 안전이라고! 마흔이 넘으면 어딜 가든 안전하긴 글렀는데. 느닷없이 비행기가 세상에서 제일 안전한 곳이 되는데. 죽음과 그 졸개

들인 두려움, 절망, 질병 등은 우리가 어디에 있든 우릴 찾아낼 것이며, 청춘의 갑옷은 더 이상 우릴 보호해주지 못한다. 시레나에겐 스칸다르가 있고, 스칸다르에겐 시레나가 있다. 이제야 깨닫는 거지만 엄마에겐 −변변찮은 보호자였는지는 몰라도− 아빠가 있었고, 아빠에겐 엄마가 있었다. 매튜의 곁엔 트위티가 있었고 디디의 곁엔 에스더가 있었다. 베이비 이모에게는 말할 것도 없이 주님이 있었을 터이다. 엄격히 말해서 그리스도의 신부는 아니었지만, 거의 평생을 '그분'과 함께 살았으니까. 그런데 나는? 두 주먹을 꼭 쥐고 늦은 오후의 텅 빈 공원을 용감하게 가로지르고 있는 나는 오로지 혼자였다. 누가 언제나 내 곁에서 함께 걷는가? 아무도, 빌어먹을 아무도 없어, 우라지게도 고맙군. 난 혼자서 걷는다.

셍 미셸에서도 품위가 좀 떨어지는 쪽의 짧은 막다른 골목에 한적하게 자리 잡고 벽으로 둘러쳐진 정원을 마주보는 나의 플레장 호텔은 사실 경이로울 정도로 유쾌한 곳이었다. 치장벽토治粧壁土를 바른 건물의 전면은 창가에 놓은 시끌벅적한 자색과 청색과 홍색의 화분들로 꾸며져 있어서, 밖에서 보면 거의 영국풍이었다.

방에서 내다보이는 거리에는 저 기막힌 구식 대문들이 (기다란 쇠막대를 움직여 구멍에 꽂아주는 달걀 모양의 핸들은 고색창연하면서도 초현대적인 간결함이 담긴 메커니즘이다) 있었고, 그것들은 거의 빈 공간으로 통했다. 혹은 더할 나위 없이 정교한 연철 발코니들이 그 빈 공간으로부터 사람들을 보호하고 있었다. 방에 들어가 가방을 놓고 창문을 활짝 열자, 파리에 와 있다는 기쁨으로 온몸이 떨렸다. 룸서비스는 없는 호텔이었는데, 에펠탑이나 개선문은 안 보이고 주차해놓은 자동차랑 볼품없는 뜰만 내다보였지만 그래도 상관없었다. 경찰차의 독특한 사이렌이 내겐 이국적으로 들렸다. 지하철에서 나는 고무 타는 냄새와 햇빛 속 기념석의 황갈색 금장金裝 또한 이국적이었다. 어떤 도시에 관한 모든 상투적 형용사는 방문객 각 개인에게는 새롭고, 따라서 그것은 상투적이 아니다. 우리가 사랑을 표현하는 수단이 아무리 하잘것없어도 사랑은 ―그것을 경험할 때마다― 완전히 새로운 거나 마찬가지다. 사랑은 불꽃처럼 격렬할 수도 있지만 한 풍경 위를 쓸고 지나가는 빙하처럼 느리고 부드러우면서도 압도적일 수도 있다. 혹은 어렸을 때 마서즈 비니어드에서 봤던 반딧불이의 들판처럼 덧없지만 찬란할 수도 있다. 어쨌거나 사랑은 할 때마다 익숙하기도 하고 새롭기도 하여 하나의 뒤집힘과도 같다.

그리고 파리는? 글쎄다. 호텔 리셉션에 있던 북아프리카 출신의 젊은 남자는 우리가 공모자인 양 나에게 미소를 던졌고, 그 첫

날 오후 목을 축이기 위해 잠시 들렀던 셍 미셸의 관광객을 위한
카페에서는 (맥주는 비쌌지만 노트르담이 보이는 광경은 기막혔는데) 웨
이터가 나한테 물었다. 당신처럼 예쁜 아가씨가 어째서 혼자 여행
을 다니는 거죠? 진부한 허튼소리지만 기분은 좋았다. 예전과는
다른 법칙에 예전과는 다른 펀 하우스, 그리고 알려지지 않았기에
한층 더 맘에 드는 펀 하우스. 그러나 그것 때문에 나는 다시 한
번 궁금해졌다. 샤히드 가족이 외국인이란 사실은 내가 그들을 사
랑하는 이유 가운데 어느 정도를 차지할까? 단순히 내가 그들을
차지할 수 없기 때문에 이토록 오랫동안 그들을 그리워한 걸까?
그처럼 세월이 흐르고 나니 그들은 이제 모두 허구와 가공架空의
존재였다. 하지만 그들은 실제로 생생하게 살아 있고 숨 쉬고 있
다. 그게 다른 점이다. 엄마나 베이비 이모까지도 이젠 그렇지 못
하고, 그들을 찾을 수 있는 곳이라고는 이 지구상에 아무데도 없
다. 하지만 샤히드 가족은 달랐다. 파리에 머문 지 이틀째 되는 날
저녁, 나는 택시를 집어타고 바스티유 뒤편 그들이 사는 인기는 좋
지만 지저분한 동네를 찾아갔다.

  그들이 사는 곳을 맘속에서 수없이 상상해왔지만, 불가피하
게도 현실은 그와 일치하지 않았다. 건물이 도로의 반대편에 있
었으면 싶었다. 출입구는 예상했던 것보다 더 작았다. 하지만 주
름 잡힌 격자창이 달린 구식 승강기는 딱 내 상상대로였고, 그래
서 너무 좁아 들어갈 용기가 나지 않았다. 4층을 걸어서 올라갔더

니 거기 그들이 (아니, 시레나가) 문간에 나와 있었다. 눈가의 주름은 좀 더 또렷해졌고, 두 어깨는 좀 더 견고했으며, 어디가 변했는지를 딱히 꼬집어내기까지는 시간이 좀 필요했지만 그녀의 머리카락이 완전히 새까맣다는 건 알 수 있었다. 노화실험은 이제 그만해도 좋겠다고 생각했다나. 그런데 아이로니컬하게도 검은 머리 때문에 그녀는 더 나이가 들어 보였다. 어쩌면 이런저런 이유 없이 그냥 늙어 보이는 것인지도 몰랐다. 사람들이 말하듯이 (지금은 나도 말하지만) 이제 우리 그럴 나이잖아. 나보다 몇 살 위인 그녀는 아슬아슬하게 오십에 가까워져 있었다. 그녀는 (나와 마찬가지로) 온갖 정중한 인사말을 다 했고, 우리는 포옹했다. 나는 마음이 열리기를 기다렸다. 그러나 그녀를 따라 아파트로 들어가면서 불청객처럼 찾아온 생각은 "내가 사랑했던 사람이 여기 있잖아."였다. 심지어 "내가 사랑했던 사람과, 완벽하진 않지만 전반적으로, 닮은 누군가가 있잖아."였다. 다른 건 몰라도 동경하거나 멜랑콜릭한 느낌만은 갖고 싶지 않았다. 자기들 담요랑 책과 함께 내 영혼까지도 싸 짊어지고 가버렸던 이 사람들의 유죄를 입증할 논거論據가 있었다. 달갑지는 않지만 난 그 논거를 요 몇 년 동안 간직해왔다. 아직 일어날 조짐도 보이지 않는 미래를 나에게 예언해주었던 (거의 약속했던), 그리고 그들의 약속을 손에 쥔 채로 마치 그 미래는 한낱 우스갯짓인 양 나를 버렸던 이 검은 옷의 수도승 셋. 그들의 유죄를 입증할 논리가 있었어……

하지만 저 웃음을 향해서 누가 비난의 논리를 펼 수 있겠는가? 혹은 낙하산으로 거실에 뚝 떨어져서는 거기가 어딘지를 몰라 어리둥절한 모습의 스칸다르, 오래 전에 잃어버린 그의 미소를 향해서……? 그 역시 날 다시 만나게 되어 진심으로 기뻐하는 것 같았다. (얼마만이지, 이게?) 우리가 포옹으로 인사를 나눈 다음 그는 거의 별다른 생각 없이 잠시 내 손목을 잡고 있었다. 마치 시레나가 방안에 없는 것처럼, 그리고 기이하게도 마치 내가 어린아이인 것처럼 행동하잖아, 하고 나는 생각했다. 다음 순간 레자가 아파트 저 안쪽 어디엔가 자리 잡은 자기 방에서 나왔다. 나는 큼직한 발로 흐느적거리며 사춘기가 다 된 소년들처럼 이목구비가 야릇한 비율을 이루고 있는 이 꼬마아저씨에게서 (그래, 턱에는 여드름도 한두 군데 나 있었지) 나의 완벽했던 어린아이를 찾아내려고 목을 빼고 쳐다보았다. 솔직히 그의 눈썹은 이제 아주 짙었고, 목소리는 낮고 거칠었지만, 그의 속눈썹과 그의 눈에서는, 그래, 거기서는 내 아이를 오롯이 알아볼 수 있었다. 하지만 그의 행동거지에서는 예전의 그를 찾을 수 없었다. 누가 봤으면 날 전혀 모르는 사람으로 대한다고 생각했을 거다. 그게 아니면 아스피린 꽃들 사이에서 벌거벗은 내 가슴에 뽀뽀라도 했었나, 생각했을 거다. 레자는 그만큼 부끄러워하고 어색해했으며, 수줍은 처녀처럼 힐끔 쳐다보거나 거인 같은 손발로 어쩔 줄 몰라 하면서 소리를 냈다. 소년의 몸에다 어른의 인형을 씌워놓은 것만 같았다. 유행을 따라 곱슬머리를 길게 기른 게 눈에 들어왔다. 계집아이들이 꿈에 그리는 소년이 되리란 것을 알 수 있었다. 처음 그를 보는 순간부터 난 그걸 알았었다. 식사 시간에 다들 다시 모일 테니까 들어가서 숙제나 하라고 엄마가 말하자 레자는 얼마나 눈에 띄게 안도의 한숨을 내쉬는지, 난 즐거운 마음으로 그를 놔두지 않을 수가 없었다. 그의 방문이 닫히자 시레나는 못 말린다는 듯 눈을 굴렸다. 그땐 정말 예전에 한 번도 보지 못했던 전형적인 엄마 티를 냈다. 그녀는 이렇게 말했다. "숙제는 무슨 숙제? 어떨 것 같아요? 말도 안 되는 넌센스죠. 저 나이엔 때를 가리지 않고 온통 페이스북이거든요. 비디오 게임에서 페이스북으로. 사내아이들한테는 그게 친구 사귀기 과정인가 봐요." 그녀는 킥킥 웃었다. "미술작품을 통해서 이런 현상에 관해 정말 무엇이든 표현할 수 없을까, 고민 중이랍니다. 하지만 어려워요…… 아, 내 친구 노라, 칵테일 한 잔 어때요? 아니면 와인? 어떤 게 좋아요?"

그리고 그녀는 (우리는) 자리를 옮겼다. 익숙한 움직임이면서도 어딘지 다르기도 했다. 레자가 여러 해에 걸쳐 날이면 날마다 그녀를 길들여 엄마가 되도록 했던 것처럼, 그녀는 우리가 마지막으로 함께 시간을 보냈던 이후로 자기 자신을 이 세상에서 중요한 예술가로 생각하게끔 길들여져 있었다. 자신의 작업을 그저 편안한 맘으로 즐겨도 좋겠다 싶을 때조차 그런 경향은 뚜렷했다. 그게 약간은 사람을 지치게 했다.

　(분명히 지구촌의 에너지 위기를 해결해줄) 핵융합을 이룩하려면 별이 탄생하는 것과 꼭 같은 조건을 고스란히 만들어주어야 한다. 알고 지내는 어느 과학자가 그렇게 설명해준 적이 있었다. 그건 말할 것도 없이 너무나도 어렵고 엄청 희귀한 일이며, 극히 순식간에 이루어졌다가 없어진다. 샤히드네 집의 거실에서 나는 깨달았다. 내가 하나의 특정한 방식으로 배열되고 설정된 사람들과 사랑에 빠졌었을 뿐 아니라, 그들과 나의 삶 가운데 어느 특정한 순간에 바로 그 특정한 설정의 사람들을 사랑하게 되었다는 것을 말이다. 내 자신이 영원히 변치 않는 피터 팬이라 한들 무슨 상관이겠는가. 쬐끄만 웬디가 변하기 시작하면 목가牧歌는 끝나버리는데……　그들은 대충 닮았지만, 각자는 모두 달랐다. 그들의 배열이나 설정이 틀어진 거다. 예전의 상황을 그대로 복제할 수는 없다.

　그렇다고 해서 모든 게 가치 없는 일이 되는 것은 아니었다. 우리는 친구였다. 난 여전히 그들이 한 가족을 이루고 있는 게 부러웠다. 특별히 어떤 제스처나 어떤 표정이나 과거를 회상하게 만드는 얼굴의 경련 따위를 볼 때면 나는 마음이 물러지면서 피가 들끓는 느낌이었다. 하지만 나는 그들이 신뢰를 져버린 것으로 생각했던 것은 잘못이라고 생각하면서 (내가 보스턴으로 돌아가기 전날인 목요일에 시레나와 함께 점심 아니면 적어도 아침식사를 하기로 약속한 다음) 그들과 작별했다. 그들의 따사로운 매력과 적어도 한 병의 와인으로 인해 얼굴은 발갛게 상기되었고, 시레나가 요리한 음식에 자못 감동을 받은 터였다.

("아, 당신, 이걸 기억했군요." 내가 말했다. "어쩜, 고맙기도 하지!"

"기억하다니, 뭘?" "케임브리지에서 당신이 처음으로 날 초대했을 때. 그때 당신이 요리했던 그 스튜잖아요." "어쩜, 정말 그러네! 난 까맣게 잊어버리고 있었어요. 이것만 봐도… 그게 뭐냐… 얼마나 제한적인지를 알 수 있네." "당신 요리의 레퍼토리." 스칸다르가 나에게 윙크를 하면서 한 마디 거들었다. 그 윙크는 뭐지? 그 역시 그날 저녁을 기억하고 있다는 암시? 아니면 그저 나랑 함께 마누라를 놀려준다는 뜻인가?)

오래 전 케임브리지의 교실에서 생겼던 일들을 ―그림 그리기, 쌍둥이 급우, 구구단 등등― 레자가 세세히 기억하는 것도 감동적이었다. 식사를 하면서 나는 그의 눈가에 혹시 상처가 남아 있을까 해서 유심히 봤다. 그가 전깃불 속으로 몸을 숙일 때 하얀 흔적이 아주 희미하게 보이는 것 같았지만 확실히 말할 수는 없었다. 예전과 좀 다를지는 몰라도 난 여전히 그들을 사랑하고 있었다. 그들을 용서하는 마음이 넘쳐흘렀고 내 정신도 완벽하게 온전했다. 하지만 희망은 없었다. 내 '즐거운' 호텔의 '즐거운' 방에 돌아와 나지막한 내 '즐거운' 침대에 들면서, 나는 반쯤 무의식적인 상태에서 희망의 정반대를 (그러니까 절망을) 느끼고 있음을 의식했다. 잠이 나를 데려가기 직전에 나는 똑똑히 알 수 있었다. 왜 내가 무겁지 않고, 환히 밝으며, 포스트-장 리스에다, 안티-에밀리 디킨슨이며, 네버-버지니아 울프인 호텔을 택했었는지를. 이 호텔의 '유쾌함'이 지닌 모든 것이 명백하게 '여기선 자살 금지'를 고집하고 있었기 때문이다.

　나는 이 모든 분노를 품고 있었다. 분노의 해, 분노의 몇 십 년, 내 육신 자체가 분노로 가득했고 분노로 피를 흘리고 있었다. 그리고 나는 어느 문간에다 그 모든 분노를 내려놓기 위해서 대서양을 느릿느릿 건너왔었다. 거의 협박처럼. 날 완벽하게 사랑해줘, 그게 아니면 나한테서 이 빌어먹을 걸 가져가라고! 내 안에는 주된 광맥鑛脈이 있었다. 그래, 광맥, 아주 적절한 용어다. 그걸 달래주든가 완전히 들어내야 할 판이었다. 그런데도 그들이 날 환영해주었고 사랑하기까지 했다는 느낌을 안고 작별을 했지만, 그건 다른 종류의 사랑, 내가 원했던 것보다 더 왜소한 사랑이었다. 도도한 빙하나 꽃처럼 피어나는 불꽃이라기보다 저녁 산들바람에 흔들리는 가벼운 숄이었다. 사랑으로 인식되기는 하되, 거친 바람에는 무용지물이었다.

5

　파리에는 볼 것도, 할 일도 너무나 많았다. 어찌나 많은지 내가 그걸 봤다는 게 기적이다. 그걸 볼 수 있다는 걸 알았다는 게 기적이다. 그렇지만 시레나와 스칸다르에 관한 거라면 뭐든 읽고 찾아내는 훈련을 너무나 오래 해왔기에, 그걸 놓치고 빠뜨렸다면 차라리 그게 또 다른 충격이었을 게다. 정말이지, 파리에선 엄청 시간이 많았다. 고스란히 닷새였으니까. 나는 월요일에 도착해서 금요일에 떠날 참이었다. 화요일에 저녁을 함께했고, 수요일 밤이나 목요일 아침에 시레나한테 전화를 하기로 되어 있었다. 수요일 아침 나는 일어나서 주간지 **파리스코프**를 손에 들고서 계단을 내려가 아침식사가 제공되는 방으로 갔다. 식당은 구석마다 화분이 놓여 있는 아늑한 아트리움이었는데 벽 앞에는 전기로 작동되는 분수가 있었다. 물병을 거꾸로 든 발가벗은 천사,

조개 모양의 그릇 안으로 똑똑 떨어지는 물방울 —화사하고도 명랑한 키치였다. 잡지에는 영화, 게이 나이트클럽, 시 낭송회, 화랑의 전시회 등 모든 것이 게재되어 있었다.

나는 식탁보며, 옷이며, 잡지 위로 바게트 가루를 열심히 흘리면서도 개의치 않고, 박물관 목록을 지나서 사설 화랑 관련 기사를 향해 잡지를 훑어나갔다. 여기, 보스턴과는 다르지만 뉴욕과 닮은 이 도시에서는, 미술품 딜러들이 피카소 작품의 석판 인쇄본을 전시하는 일도 있고, 로버트 폴리도리의 거대한 체르노빌 사진전이 열려 2만 유로가 넘는 값에 팔리는 작품도 생길 수 있다. 나는 반쯤은 장난스러운 맘으로 시레나의 이름을 찾아보았다. 저녁식사 도중에 그녀가 말했었지, 지금은 주요 설치작품이 없다고. 다음 작업할 것은 런던의 서펀타인 갤러리에서 열리는 그룹전을 위해 의뢰받은 작품으로, 그 주제는 재탄생과 부활이라고. 하지만 일곱 번째 화랑의 목록에 그녀의 이름이 보였다. 며칠만 지나면 끝날 그 전시회의 제목은 〈가을이 지나고: 원더랜드 테이프〉. 설치작품 자체는 빠졌지만, 사람들이 작품에 대한 여러 반응을 어떻게 생각하는지 표현하도록 만들려고, 시레나가 설치할 때 혹은 설치물 안에서 만든 비디오 컬렉션이었다.

권위 있는 평자들이야 나와 의견이 다르겠지만, 나에게는 그 비디오가 그녀의 예술 가운데 가장 흥미 없는 부분이었다. 그래도 이 전시를 가본다면 시레나에게 호의를 베푸는 일일 것 같앉다. 가보고 마음에 들지 않으면 아예 그런 전시가 있는지도 몰랐던 척 눙치고 넘어가면 되니까. 이 전시에 대해 시레나가 아무 말도 하지 않았던 것은 그녀의 겸손이라고 생각했다. 혹은 그녀의 이제는 거만한 당당함 때문인가. 어쩌면 비디오는 너무 사소한 거라 신경 쓸 필요 없다고 생각했을지도? 어쨌거나 (순수하건 불순하건) 호기심이 생긴 나는 가서 직접 눈으로 볼 심산이었다. 그녀의 삶을 몰래 엿본다는 느낌이 든다면? 내가 부지런히 연구했던 구글 알리미 내용이며, 마치 그녀 스스로 말해준 것처럼 (우리가 마치 절친한 친구인 양 언제나 연락을 취해왔던 것처럼) 내가 축적하고 소중히 간직했던 온갖 세세한 내용에 비하면, 그건 너무나도 하찮은 것일 텐데, 뭘!

그날 나는 아침에 먼저 루브르를 돌고, 그다음엔 오르세 박물관, 그리고는 걸어서 카르티에 라탱을 통과하여 호텔로 돌아오기로 스케줄을 잡았다. 그런 일정이라면 베르테르 화랑을 우연히 들릴 수 있는 거니까, 그 앞을 지나가는 게 누구의 강요 때문이라든가 특별히 유난스러워 보이지도 않겠지. 시레나도 내가 일부러 애써 거길 갔다고 나무라진 않겠지.

날은 덥고, 박물관은 사람들로 넘쳐흘렀고, 난 구경하느라 녹초가 되었다. 나폴레옹의 거처를 재현해놓은 루브르의 부속건물에 이르러서야 겨우 한숨을 돌릴 수 있었다. 거긴 명주실로 두껍게 짠 직물과 금박을 두른 가구로 꽉 차 있었고, 방에는 도자기며 (나를 포함하여) 어느 누구도 흥미를 느끼지 못할 은제 식기 뿐이라 관람객이 거의 없었기 때문이다. 오르세 박물관 근처의 방치된 거리에 있는 한적한 식당에서 때늦은 점심식사를 하는 실수를 저질렀다. 가격이 천문학적 수준이라 충격을 먹고 전채 요리만 시켰더니, 속에 크림 치킨이 한 숟갈 들어있고 물냉이 고 명을 얹은 퍼프 페이스트리가 나왔다. 그랜드 센트럴 역 같은 두 번째 박물관의 엄청난 소란을 견디기에는 아마도 부족했을 것이 다. 어쩐 일인지 나는 가능한 한 많은 걸 봐야겠다고 느꼈다. 언 제 파리에 다시 돌아오게 될지 누가 알겠는가? 그래서 좁은 복도 에 가득한 인파를 헤치고 나가며, 시야는 오디오 가이드 때문에 가렸지만 목을 빼고 전시된 그림들을 봤다. 군중은 동요하지 않 고 소떼처럼 느릿느릿 갤러리를 지나갔다.

모든 게 좀 무리였다. 밖으로 나오자, 나는 과자가게에 들러 에클레어를 사먹든가 아니면 적어도 원기를 찾아줄 커피라도 한 잔 마셔야 했다. 그러나 나는 그 모든 '프랑스'스러움에 기가 죽었 고, 내 형편없는 프랑스어로 종업원에게 말도 안 되는 소리를 지 껄이거나 나의 미국식 영어로 돌아가는 꼴을 (저들은 의기양양하게 날 경멸하겠지) 견디기 어려웠다. 길을 따라 걸으며 다리가 후들거 렸고, 거리는 예상했던 것보다 더 멀었다. 이 모든 것을 내가 왜 설명하고 있느냐고? 그때 내가 느꼈던 것에 대해 변명을 하고 그 느낌을 누그러뜨리기 위함이지. 그것은 어쨌거나 드라마틱했을 테지만, 바로 그 당시 내 자신의 취약함 때문에 한층 더 격화되어 있었으니까.

베르테르 화랑은 세느강과 나란히 달리는 최신 유행의 거리에 자리 잡고 있었다. 강에서 몇 블록 떨어졌고 생 제르맹 대로大路 아래쪽이었다. 늦은 오후 인도에는 활기가 넘쳤지만 박물관들의 소란에 비하면 어림도 없었다. 하지만 화랑은 아주 조용했고, 검은 셔츠에 검은 진 차림의 젊은이를 제외하면 텅 비어 있었다. 햇빛을 못 받은 콩나물처럼 허연 그 청년은 내가 들어서자 고개만 까딱했다. 방의 천장은 내가 상상할 수 있었던 것보다 더 낮았고 더 작았다. 그러나 방은 넉넉했고 흰색으로 칠해져 있었으며 푸른 콘크리트를 부어 만든 바닥이어서, 어느 모로 봐도 스타 작가의 기대에 부합되는 그런 화랑이었다.

여섯 개의 비디오 스크린이 설치되어 있었다. 모두 틀 안에 넣은 후면발광發光 플랫 스크린으로, 대단히 세련되어 보였다. 어느 면에서 나는 애플턴의 내 귀여운 아이들과 내 실낙원失樂園의 해를 찾고 있었다. 동영상의 이야기들은 딱히 순서대로가 아닌 것 같았고, 정해진 형태나 길이도 없는 것 같았다. 그 중 하나는 정지화면들을 날림으로 대충 엮은 듯했고, 다른 하나는 혼잡한 전시회의 관람객 네 명이 새너의 비디오 앞에서 빙글빙글 돌기 시작하는 비디오인데, 누가 봐도 각본을 짠 것 같아서 유튜브에서 봤던 히드로 공항에서 만든 휴대전화 광고를 생각나게 만들었다. 스크린마다 막대기 위에 걸어놓은 헤드폰이 있어서, 안에서 나오는 세 개의 사운드트랙 가운데 하나를 들을 수 있었다. 모두 어울리지 않는데다 가끔 웃기기도 했다. 나는 거의 퉁명스럽게 생각했다. "이런 건 잘 하지. 이런 데는 아주 선수라니까, 이게 무엇이든 간에 말이야."

마침내 나는 내가 나오는 비디오를 봤다. 화랑 한가운데 있는 기둥의 뒤쪽에 스크린이 있어서, 처음에는 그것이 있다는 사실조차 몰랐다. 멀리서 보니 다른 비디오보다 입자가 좀 더 거칠고 전문성이 떨어진 것 같고, 차라리 자연스러움이 있어서 살짝 자극성이 있으며 예상치도 못했다가 발견한 것 같은 1980년대 비디오테이프 냄새가 더 났다. 그리고 가까이 다가가서 보니, 빨간 점이 찍힌 단 두 개의 비디오 작품 중 하나가 아닌가. 그러니까 (입구에서 집어든 화랑 팸플릿을 보고 안 것이지만) 이 비디오는 완전히 팔렸다는 의미였다. 각 비디오에는 판매용 사본이 다섯 개씩 있었는데, 이 작품의 경우 모두 판매가 완료된 것이다.

좀 더 가까이 다가가서야 나는 깨달았다, 내가 지금 보고 있

는 것은 다른 비디오에서 봤던 것과 동일한 원더랜드가 아니라
는 사실을. 이미지도 입자가 굵었을 뿐 아니라, 배경의 세팅 역
시 부분적이고 미완성인데다 조명까지 달랐다. 그것은 내가 잘
알고 있던 바로 그 원더랜드, 그러니까 우리의 소머빌 스튜디오였
던 것이다. 내 가슴이 부풀어 올랐다. 레자를 보게 될 것만 같았
다. 아스피린 꽃들 사이로 부산하게 뛰어다니던 모습을. 내가 소
리를 지르면서 방해를 했지만, 결국은 완전히 엉망이 되지는 않
았던 걸까? 앨리스의 푸른 천으로 몸을 둘둘 말고서 서로 엉켜
서 걸려 넘어지는 체스터티와 이벌리언스도 보게 될 것만 같았
다. 아니, 꽃을 따다가 레자와 싸움질을 했던 노아까지도. 마침
내 나는 비디오에 실제로 뭐가 담겨 있는지를 볼 수 있을 정도로
가까이 다가섰다. 그다음 순간, 있잖아, 나는 어찌해볼 도리가
없었다. 난 숨을 멈췄다. 숨을 쉴 수가 없었다. 내 시야는 터널처
럼 좁혀들었고, 그다음엔 아무것도, 아무것도 볼 수가 없었다.

나이어린 보조원이 애써 나를 들어 옮겨야 했고, 그것은 나
에게나 그에게나 심각한 수치였다. 그는 프랑스어로 말하기를 아

예 포기하고 (내 복장이나 내 모습이나 전반적인 나의 뉴잉글랜드적인 양식 등이 나의 '미국인'임을 요란스레 외치고 있었으니까) 자꾸 영어로 되풀이했다. "부인, 괜찮으세요? 문제없어요, 부인. 괜찮으십니까?" 그는 데스크 뒤에서 자기가 쓰는 의자를 끌어내 나를 앉혔다. 그리고 물을 따라주었다. 날더러 머리를 두 무릎 사이에 넣고 있는 게 어떠냐고도 했다. 보기와는 달리 그는 모든 면에서 훨씬 실용적이었지만, 나 때문에 짜증이 났다는 것도 눈치로 알 수 있었다. 그에게는 내가 길을 가다가 잘못 뛰어 들어와 시레나의 예술을 기리는 그의 깨끗한 신전을 더럽히고 있는 것처럼 보였을 테지. 시레나의 신전이 더럽혀지다니, 그래서는 안 되지, 암!

그러나 온 세상이 다 보도록 비디오에 담긴 것은 바로 그것이었다, 원더랜드의 모독! 그것도 다름 아닌 나 자신에 의한 모독! 거기 화면 속의 내가 완벽하게 반듯이 누워 반쯤 발가벗은 채 (보는 사람들이야 모르겠지만) 이디 세지웍 흉내를 내고 있다는 사실. 원더랜드 안에서 열심히 자위행위를 하고 있는 사람이 분별 있는 위층 여자, 머렐 브랜드의 캐주얼화를 신는 위층 여자로서 이제 막 자신의 의자를 뺏고 평온을 방해했던 바로 그 여자임을 얼굴이 새하얘진 저 보조원은 결코 알지 못하리라는 사실. 그런 사실로 인해서 그 모든 게 허구가 될 수는 없었다.

어찌 된 연유인지 가장 은밀한 순간에 나는 카메라에 잡히고 말았다. 어찌 된 연유인지 나는 누군가에 의해 목격되었으며, 그런 다음 내 자신이 만든 디오라마의 예술가들처럼 무슨 물건처럼 전시되어 있었다. 희생의 제물이 되어 있었다. 우린 학교에서 고학년 아이들에겐 윤리를 가르친다. 우린 이렇게 묻는다. "이 단추를 누르면 중국의 이름도 없는 어떤 사람이 죽는다고 치자. 만약 네게 백만 불을 준다면 단추를 누르겠니?" "네가 유명해질 수 있다면 이 단추를 누르겠니?" "네가 그 단추를 누른다는 걸 아무도 모른다면?" "단추를 누름으로써 온 세상이 널 예술가로 환호하고 맞아준다면?" 만약 그렇게 함으로써 슬프고 외로운 등신이란 게 어떤 것인지, 온 세상에 약간의 진실을 보여준다면? 너라면 어떡하겠니?

그래, 그건 사실이었다. 이제 와서 생각해보니 그땐 카메라가 이미 아이들 때문에 설치되어 있었다. 아이들이 오기 여러 주 전에 이미 설치했었다. 나도 그녀가 설치하는 걸 거들었다. 하지만 그녀는 어떻게 나를 촬영한 거지? 그 날 그녀는 스튜디오에 일체 나타나지도 않았는데…… 아닌가? 확실하게 기억나지 않았다. 물체의 움직임으로 작동되는 카메라였군, 틀림없어. 누구든, 언제든, 자신의 원더랜드에 발을 들여놓기만 하면 촬영이 되도록 세팅을 해놓았음에 틀림없다. 혹은 그녀 자신을 동영상에 담으려 했던 것일까? 그물로 고기를 잡듯이 나를 함정에 빠뜨릴 계획은 아니었을 거야…… 아니, 혹시 그랬던 것일까? 어쩌면 그저 내 모습을 좀 찍어보겠다는 희망을 가졌을 수도. 하지만 그런 특종을, 그처럼 완벽하게 수치스러운 장면을 낚을 줄이야 상상이나 했겠어? 그녀는 나의 그런 모습을 언제 봤을까? 스칸다르도 봤을까? 만약 그 사람도 봤다면, 그가 스튜디오로 찾아온 것이나 나를 유혹했던 것은 이제 갑자기 전혀 다른 의미를 띠게 된다. 그 일은 그 두 사람 사이의 일, 나와는 아무런 상관도 없는 일이 돼버린다. 난 그저 멋모르고 희생양이 되는 거다. 시레나는 그 비디오를 이용할 만큼 —아니, 그걸 팔아먹을 만큼— 신경도 쓰지 않았던 것이다. 혹은 그럴 정도로 화가 났을지도 모른다. 하지만 나와 곧장 맞닥뜨릴 정도로 화가 나진 않았던 게지. (스칸다르와 나의 외도를 알았더라도) 이야기를 나눠봐야겠다고 생각할 만큼 화가 나지는 않았던 모양이다. 내가 얼마나 하찮게 보였으면 그녀가 이런 짓을 하고도 여전히 내 친구라고 내세울 수 있었단 말인가! 참, 더럽게도 고약한 한 해였구나! 내가 참 여러 방면으로 쓸모 있었구나!

상상의 산물이 있는가하면, 현실인 것도 있다. 그녀가 어떻게 날 비디오에 담았는지, 왜 그랬는지, 스칸다르와 내가 함께 있는 것도 찍었는지, 비디오를 사용하겠다고 결심한 건 언제였는지, 등등은 상상의 것으로서 손을 뻗는다고 닿을 수 없는 것들이다. 그녀에게 물어본다 한들 절대로 진실을 알아낼 수는 없을 거다. 우리의 우정, 나의 사랑들, 이 사람들, 내가 만들어낸 것들, 등등 상상의 산물은 불가침의 성역은 아닐지라도 손을 댈 수는 없다. 다른 한편으로 현실이 있다. 실제로 일어나는 일, 내가 확실하게 아는 것, 혹은 안다고 생각하는 것 등이다. 그러나 어쩌면 이 둘은 결국 하나일지도 모른다. 아마도 그 중 하나를 다른 하나로부터 보호할 수는 없을 것이다. 우리 마음속에는 가장 자유롭고 아무런 걱정도 없이 자아로 돌아가는 공간이 있는가하면, 껍질도 없는 핵심을 보호해주는 도구인 여러 겹의 가면도 있다. 하지만 저기 그 여자가 있다! 더할 나위 없이 무방비 상태인 내가 (환상의 내가) 저기 있다! 마침내 유명해진 내가, 아무라도 볼 수 있으나 동시에 보이지 않는 내가, 파리의 어느 화랑 벽에 걸리고 다섯 번이나 판매되기까지 한 내가 말이다!

하물며 이것이 모든 인간 중에서 내가 골랐고 가까이 다가갔고 사랑했으며 (그래, 온 마음을 바쳐서 사랑했으며) 수많은 결점까지 용서해주었던 바로 그 여인이 ―그리고 그의 남편이― 해놓은 짓이라니! 말해 뭣하겠는가. 이럴 수는 없다. 결코 이런 짓을 할 순 없어. 흐린 유리잔 속의 지나치게 소독된 미지근한 물을 홀짝거리면서 화랑 의자에 앉아 있던 그때, 택시도 의사도 필요 없고 몇 분만 쉬다가 그냥 혼자 걸어서 나갈 거라고 젊은 보조원에게 고집을 피우던 그때, 그 와중에도 나는 알고 있었다. 이번 일만큼은 절대, 절대로, 절대로, 시레나를 용서하지 않으리라는 것을 알고 있었다. 그녀가 잔인하게도 모든 것을 파괴하고 모든 것을 배신해버렸으니까 말이다. (아니지, 그녀 혼자가 아니라 두 사람 모두가 그랬다. 왜냐하면 스칸다르 역시 어느 시점에선 이 모든 걸 **알았음에** **틀림없으니까**, 알면서도 아무런 조치도 취하지 않았으니까. 아니, 조치를 취하기는커녕 이걸 알았기 때문에 나한테 접근했으니까. 물론 이건 상상도 못할 일이지만.)

살인이 벌어졌으니 자살은 아무짝에도 쓸모없지, 안 그래?

❈

난 그들에게 전화를 걸지 않았다. 그들에게 전화를 하다니, 상상도 할 수 없었다. 디디에겐 전화할 수도 있었지만 결국 하지 않았다. 시시콜콜 설명하기 싫었기 때문이다. 내가 속살을 드러 내고 있는 꼴이 시레나의 화랑 벽에 걸려 있는 걸 본다는 것이 어떤 의미인지를 무슨 수로 설명하겠는가? 우리 각자에 대해서, 무엇보다 내 자신에 대해서, 요 몇 년 동안 내가 끈질기게 했던 거짓말에 대해서 그것이 갖는 의미가 거대한 물결처럼 퍼뜨릴 분 노는 어쩌고? 확실했던 모든 것들이 순식간에 너무나도 불확실 하게 변해버렸다. 예술이니 예술가가 된다는 것은 다 뭐란 말인 가? 무언가 의미 있는 인간, 중요한 인물이 되려면 그런 짓이 필 요하단 말인가? 자신의 예술을 위해 '모든 걸' 희생한다는 것, 아니면 적어도 '모든 사람들을' 희생한다는 것이 뜻하는 바가 이런 짓이란 말인가?

⁂

하긴 좋은 점도 있다. 영혼의 가장자리까지 부글부글 끓어 오르는 이 모든 분노를 걸머지고 있었는데, 이제 그것도 무방하게 된 것이다. 이젠 정당화되었으니까. 나는 실수로부터 교훈을 얻었다. 나의 실패에 의해서 자유를 얻었다. 여태껏 난 바보등신이었다. 그러나 이젠 현명한 바보다. 이 우주가 날 으깨고 뭉개 버렸다. 조금도 가치 없는 싸구려 보석을 얻겠다고 황금 같은 내 애정을 낭비했고, 그 대가로 헌신짝처럼 내버려졌다. 내가 얼마나 화가 났는지, 넌 모르고 있는 편이 나을 거야. 어느 누구도 그런 걸 알아봤자 좋을 게 없지. 그 두 사람에게 나는 분노로 치를 떨고 있다. 그들의 우정이라는 거짓말, 세계와 예술과 사랑이라는 그들의 거짓 약속에 대해 불 같이 분노하고 있다. 그러나 꼭 마찬가지로 나 자신에 대해서, 나의 어리석은 꿈과 대상을 잘못 고른 신뢰와 아무짝에도 쓸모없는 갈망에 대해서도 미치도록 화가 나 있다고.

그러나 분노에 떨고 있다는 것, 살의殺意가 넘치는 분노에 사로잡혀 있다는 것은 생생하게 살아있다는 의미다. 더 이상 젊지도 예쁘지도 않고, 사랑받지도 못하며, 귀엽거나 사랑스럽지도 않고, 가면도 쓰지 않은 채 지극히 불명예스런 모습으로 만인이 보는 가운데 방바닥에서 몸을 비틀고 있는 꼬락서니라니, 이제 내가 무슨 짓을 저지를지는 도저히 말할 수가 없다. 나의 이 분노를 필름에 담아 팔 수도 있고, 내 나름으로 그들의 가면을 벗겨줄 수도 있다. 그 년놈들이 시작한 게임에서 그들의 코를 납작하게 해주는 거지. 그렇게 하면서 나는 —순전히 앙갚음하는 심정으로— 미국에서 가장 우라지게 유명한 미술가가 될 수도 있는 거다. 그거야 아무도 모르는 일이지. 난 지금 얼마나 화가 났는지 그냥 노려보는 것만으로도 집 한 채쯤은 불태워버릴 수 있다. 그건 억누를 수도 없고 재활용품과 함께 어디에다 처넣어둘 수도 없다. 입 꾹 다물고 위층에 처박혀 있는 것도 이젠 그만이다. 내 분노는 하찮은 인간이나, 귀여운 소녀나, 고분고분한 딸의 분노가 아니다. 내 분노는 어마어마하다. 내 분노는 거대한 동상이나 다름없다. 난 얼마나 화가 치밀었는지 왜 에밀리 디킨슨이 완전히 세상에 등을 돌려버렸는지, 왜 앨리스 닐이 자식들을 끔찍이도 사랑하면서 그들을 배신했는지, 이해할 수 있을 것 같다. 호주머니에 돌을 집어넣고 물속으로 걸어 들어가는 이유가 뭔지를 알 수 있을 정도로 분노에 떨고 있다고. 물론 내가 그런 식의 분노에 사로잡힌 건 아니지만. 버지니아 울프는 미칠 정도의 분노에 휩싸여 죽음을 두려워하지 않게 되었다. 하지만 나는 마침내 삶을 더 이상 두려워하지 않을 정도로 화가 나 있다. 그리고 그 분노 덕택에 난 드디어 —하느님의 뜻이 그러하다면 우리 엄마의 분노까지 어깨에 걸머지고서, 태양의 불처럼 이글이글 끓어오르는 분노를 끌어안고서— 얼마든지, 씨팔, 멋들어지게 살다 죽을 수 있어!

그러니 두고 보라고!

감사의 글

이 소설은 하버드대학의 Humanities Center에서 쓰기 시작했고, 베를린의 Wissenschaftskolleg에서 완료되었던 바, 이 두 단체의 넉넉한 지원이 없었더라면 이 책을 쓰기란 불가능했을 것이다. 다른 누구보다도 호미 바바, 요아힘 네텔벡, 루카 줄리아니, 이렇게 세 분 교수님의 친절한 도움에 무한한 감사를 드리고 싶다. 또 고마운 마음을 전할 분 중에는 베를린을 가리켜준 스티븐 그린블랫과 레미 타고프, 자신들의 지식과 베이루트를 내가 함께 누릴 수 있게 해준 디알라 에제디네 및 하심 사르키스, 아랍권 문학을 나랑 토론해준 비애트리스 그륀들러, 그리고 영감에 가득 찬 대화를 나누어준 친애하는 동료 특별회원 여러분들도 빠뜨릴 수 없을 터이다.

나의 에이전트로 활약해주고 있는 조르쥬와 안느 보르샤르,

508

영국 담당 에이전트인 펠리시티 루빈스틴, 영국의 편집 담당이자 내 친구인 비라고 출판사의 어슐러 도일, 그리고 미국 쪽 편집을 맡았던 노프 출판사의 로빈 데서 등에게도 변함없이 고마움을 전한다.

도전의 해였던 요 몇 년간 이런 분들의 소중한 믿음과 우정은 참으로 가치를 따질 수가 없었다. 특별히 일리저베스 메수드, 수재너 케이슨, 그리고 존 대니얼즈, 멀리사 프랭클린, 셰일러 갤러허, 셰팔리 말루트라, 마크 제비서, 아이러 색스, 메리 빙, 더그 엘리스, 피오나 싱클레어, 줄리 리빙스턴 등에게도 감사드리며, 물론 말할 것도 없이 불굴의 낙관주의를 견지하는 나의 제임즈 우드, 그리고 사랑하는 우리 아이들 리비아와 루시언에게도 고마움뿐이다.

그리고 형언하기 힘든 특별 감사를 받으셔야 할 분은 나에게 웃음과 분노의 중요성을 가르쳐주셨고 펀 하우스라면 절대 참지 못하셨던 바로 우리 아빠 프랑수아 미셸 메수드(1931~2010), 그리고 이 세상을 가볍게 디디고 사셨으며 직접 보내주신 편지로써 나에게 글쓰기를 가르쳐주셨고 눈으로써 나에게 보는 방법을 알려주셨던 우리 엄마 마거릿 리쉬 메수드(1933~2012)이다.

역자 소개 **권기대**

번역이란 서로 다른 문화와 언어를 넘나들며 새로운 콘텐트를 만드는 창의적 작업이라고 믿는 번역가. 2008년 앙드레 지드의 미발표 소설 『코리동』을 완역 출간함으로써 국내에서는 전무후무한 영어·독어·불어 문학작품의 번역-출간이라는 '트리플 크라운'을 달성한 학구파다. 서울대학교 경제학과를 졸업한 후 미국의 모건은행에서 비즈니스 커리어를 시작했으나, 이내 금융계를 떠나 거의 30년간 미국, 호주, 인도네시아, 프랑스, 독일, 홍콩 등을 편력하며 서양문화를 흡수하고 동양문화를 반추했다. 홍콩에서 영화 평론과 예술영화 배급을 했으며, 최근 귀국하여 다수의 해외 TV 프로그램을 수입-공급하기도 했다.

그가 번역한 영어 서적으로는 베스트셀러 『덩샤오핑 평전』(황금가지, 2004), 부커상 수상 소설 『화이트 타이거』(베가북스, 2008) 한국학술원 우수도서로 선정된 『부와 빈곤의 역사』(나남출판, 2008)를 위시하여 『우주전쟁』(베가북스 2005), 『아이는 어떻게 성공하는가』(베가북스 2013) 『헨리 키신저의 중국이야기』(민음사, 2012), 『살아있는 신』(베가북스 2010) 등이 있고, 독일어 서적으로는 페터 한트케의 『돈 후안』(베가북스, 2005)과 『신비주의자가 신발끈을 묶는 방법』(미토, 2005) 등이 출간되었다. 어린이를 위한 그림책도 『괜찮아 그래도 넌 소중해』『내 친구 폴리 세계평화를 이룩하다』『병아리 100마리 대소동』『달님이 성큼 내려와』등 다수를 번역하였다.

다시 살고 싶어

초판 1쇄 2014년 6월 27일
초판 2쇄 2014년 9월 11일

저 자 클레어 메수드
역 자 권기대

펴낸이 권기대
펴낸곳 도서출판 베가북스

책임편집 권기대
편 집 이민애
디자인 김은희
마케팅 배혜진 추미경 송문주

출판등록 제313-2004-000221호

주소 (158-859) 서울시 양천구 중앙로 48길 63 다모아 202호
주문 및 문의전화 02)322-7241 **팩스** 02)322-7242

ISBN 978-89-92309-75-2

홈페이지 www.vegabooks.co.kr
블로그 http://blog.naver.com/vegabooks.do
트위터 @VegaBooksCo **이메일** vegabooks@naver.com